RUTH RENDELL

Mord am Polterabend
Der Liebe böser Engel

Mord am Polterabend

»Es war die Woche unmittelbar vor dem 21. Mai, die ihn interessierte ...« Charlie Hatton war zu dem Zeitpunkt entweder schon im Besitz einer größeren Geldsumme, oder er wußte genau, wann der warme Regen auf ihn niedergehen würde. Denn von da an hatte Charlie förmlich mit Geld um sich geworfen.

Ausgerechnet Wexford findet Hattons Leiche, erschlagen mit einem Stein. Und das am Polterabend von Jack Pertwee, Charlies bestem Freund. Wexford und Burden gelingt es rasch, den möglichen Tathergang zu rekonstruieren. Nur eines paßt nicht ins Bild: der plötzliche Reichtum von Charlie Hatton ...

Der Liebe böser Engel

Mrs. Nightingale ist ein Engel. Dieser Meinung sind alle Leute in und um Myfleet Manor. So liebenswürdig, so hilfsbereit, so freigiebig, und nun ist Elizabeth Nightingale tot, erschlagen im Wald, mit einem stumpfen Gegenstand, den Chief Inspector Wexford und Inspector Burden nun suchen wie die sprichwörtliche Stecknadel im Heuhaufen. Denn ohne Tatwerkzeug können sie nur Vermutungen über Motiv und Täter anstellen. Sie gehen allen Spuren nach, doch dieses Mal brauchen sie Hilfe von ganz unerwarteter Seite.

Autorin

Ruth Rendell ist eine der ganz großen englischen Autorinnen. Sie erhielt bereits dreimal den »Edgar-Allan-Poe-Preis« und zweimal den »Golden Dagger Award«, des weiteren wurde sie mit dem »Grand Masters Award« der Crime Writer's Association of America ausgezeichnet, dem renommiertesten Krimipreis überhaupt, und darüber hinaus von Königin Elizabeth II. in den Adelsstand erhoben. Ruth Rendell, die auch unter dem Pseudonym Barbara Vine bekannt ist, lebt in London.

Von Ruth Rendell außerdem im Goldmann Verlag lieferbar:

Alles Liebe vom Tod (43813) · Das geheime Haus des Todes (42582) · Der Krokodilwächter (43201) · Der Liebe böser Engel (42454) · Die Besucherin (43962) Die Brautjungfer (41240) · Die Werbung (42015) · Flucht ist kein Entkommen (43815) · Eine entwaffnende Frau (42805) · Mord ist des Rätsels Lösung (43718) · Mord ist ein schweres Erbe (42583) · Phantom in Rot (43610) · Schuld verjährt nicht (43482) · Der Herr des Moors (44566) · Die Herzensgabe (44363) Die Tote im falschen Grab (43580) · Die Verblendeten (43812) · Leben mit doppeltem Boden (44590) · Mancher Traum hat kein Erwachen (44664) · Der Liebesbetrug (45723) · Wer Zwietracht sät (44672) · Der gefallene Vorhang (45388) · Durch Gewalt und List (44978) · Mord am Polterabend (42581) Schweiß der Angst (44979) · See der Dunkelheit (44910) · Der Sonderling (45004) · Das Verderben (45129) · Die Wege des Bösen (44980) · Der Fieberbaum (45443)

Ruth Rendell

Mord am Polterabend

Der Liebe böser Engel

Zwei Romane
in einem Band

GOLDMANN

Die Originalausgabe von »Mord am Polterabend«
erschien unter dem Titel »The Best Man to Die«
bei Hutchinson & Co. Ltd., London

Die Originalausgabe von »Der Liebe böser Engel«
erschien unter dem Titel »A Guilty Thing Surprised«
bei Hutchinson & Co. Ltd., London

Umwelthinweis:
Alle bedruckten Materialien dieses Taschenbuches
sind chlorfrei und umweltschonend.

Einmalige Sonderausgabe Juli 2005
»Mord am Polterabend«

Aus dem Englischen von Ilse Bezzenberger.

»Der Liebe böser Engel«

Aus dem Englischen von Denis Scheck.

Umschlaggestaltung: Design Team München
Umschlagillustration: photonica / Josua Sheldon
Druck: GGP Media GmbH, Pößneck
Made in Germany · Titelnummer: 13366

ISBN 3-442-13366-1
www.goldmann-verlag.de

Mord am Polterabend

Aus dem Englischen von
Ilse Bezzenberger

Die Originalausgabe erschien 1969 unter dem Titel
»*The Best Man to Die*« bei Hutchinson, London

1

Morgen früh würde Jack Pertwee heiraten, und der Darts-Club von Kingsmarkham versammelte sich im *Dragon*, um ihm, wie George Carter es nannte, das ›letzte Geleit‹ zu geben.

»Das hör ich nicht gern, George«, sagte Jack, »schließlich werde ich geehelicht, nicht beerdigt.«

»Das kommt aufs gleiche heraus.«

»Besten Dank! Dafür spendier ich dir noch einen Drink.« Er wollte zum Tresen hinübergehen, aber der Vorsitzende des Darts-Clubs hielt ihn zurück.

»Das ist meine Runde, Jack. Kümmer dich doch nicht um George. Marilyn ist ein wundervolles Mädchen, und du bist ein glücklicher Mann. Ich weiß, ich spreche für uns alle, wenn ich sage, daß es hier keinen einzigen gibt, der morgen nicht gern in deiner Haut steckte.«

»In seinem Pyjama wohl eher«, meinte George. »Und den solltet ihr mal sehen! Schwarzes Nylon, Karate-Kimono, oh, là, là!«

»Halt die Klappe, George!«

»Also, was darf's denn sein, die Herren?« fragte der Barmann geduldig. »Das gleiche noch mal?«

»Das gleiche noch mal, Bill, und für dich selbst auch eins. Nein, Jack, der Mensch ist ein monogames Tier, und es gibt auf Erden keine Partnerschaft, die an eine glückliche Ehe heranreicht. Vor allem, wenn man zum richtigen Zeitpunkt startet, wie du und Marilyn. Bißchen Geld auf der Bank, hübsche kleine Wohnung und nichts, was ihr euch vorzuwerfen hättet.«

»Ach, meinst du?« Jack hatte es eilig, die Sache mit dem

›richtigen Zeitpunkt‹ und ›nichts vorzuwerfen‹ als komisch abzutun, denn die Predigt des Vorsitzenden erinnerte ihn an die kurze – und immer noch zu lange – Unterredung, die er und Marilyn vor zwei Tagen im Büro des Vikars hatten über sich ergehen lassen müssen. Er kippte sein Bier hinunter und blickte unbehaglich in die Runde.

»Die ersten zehn Jahre sind die schlimmsten«, hörte er jemanden sagen, und er fuhr, plötzlich gereizt, herum.

»Ach verdammt, ist ja gut«, sagte er. »Ihr seid mir vielleicht eine schadenfrohe Bande. Und wie ich sehe, sind es die Junggesellen, die kein gutes Wort fürs Heiraten übrig haben.«

»Das stimmt«, kam ihm der Vorsitzende zu Hilfe. »Ein Jammer, daß hier nicht ein paar Ehemänner mehr sind, um mir den Rücken zu stärken, was, Jack? Charlie Hatton zum Beispiel. Das ist hier 'n richtiger... äh – na, wie heißt doch das Wort, das ich suche?«

»Frag mich doch nicht. Und was, zum Teufel, soll das auch? Du immer mit deinen Worten. Dies hier soll doch ein Männerabend sein und keine Jahresvollversammlung. Was wir brauchen, ist jemand, der ein bißchen Schwung in die Bude reinbringt.«

»Einer wie Charlie zum Beispiel. Was meinst du, wo der steckt?«

»Er hat gesagt, er würde spät kommen. Er kommt mit dem Laster von Leeds herunter.«

»Vielleicht ist er zuerst nach Hause gefahren.«

»Das macht der bestimmt nicht. Das letzte, was er am Mittwoch zu mir gesagt hat, war: ›Jack‹, hat er gesagt, ›ich schaff das zu deiner Jubelfeier am Freitag, und wenn ich das Letzte aus der Karre rausholen muß. Hab Lilian schon gesagt, sie soll mich erwarten, wenn sie mich sieht.‹ Nein, der kommt als erstes gleich hierher.«

»Ich hoffe bloß, ihm ist nichts passiert, das ist alles.«

»Und was?«

»Na, schließlich ist er mit seinem Laster ja schon zweimal überfallen worden, stimmt's?«

»Bist 'n altes Waschweib, George«, sagte Jack, aber auch ihm war mittlerweile ein bißchen mulmig. Es war halb zehn, bloß noch eine Stunde, bis der *Dragon* zumachte. Charlie sollte sein Trauzeuge sein. Eine wundervolle Hochzeit gäbe das, wenn man seinen Trauzeugen um Mitternacht irgendwo in den Midlands mit eingeschlagenem Schädel auffinden würde!

»Los, trinkt mal«, sagte der Club-Witzbold, »und ich erzähl euch das Ding von dem Mädchen, das den Matrosen heiratet.«

»Kenn ich schon«, meinte Jack verdrossen.

»Nein, diesen bestimmt nicht. Das gleiche noch mal, Bill. Also, da ist dieses Mädchen, wißt ihr, und am Abend, bevor sie heiratet, sagt ihre Mutter: ›Also, was du auch tust, laß ihn bloß nicht...‹«

»Krieg dich ein, Kumpel. Hier kommt Charlie.«

Sie waren alle große Burschen, so um die einsneunzig, aber Charlie Hatton war ein kleiner Kerl mit einem braunen Gesicht und sehr scharfen, hellen Augen. Die blitzten schnell und abschätzend über die versammelte Gesellschaft hin, ehe Charlie lächelte. Er zeigte einen Satz perfekter weißer Zähne, von denen niemand hier außer Jack wußte, daß sie falsch waren. Charlie war empfindlich gegenüber der Tatsache, mit dreißig falsche Zähne zu haben – warum hatte ihn nicht all die Milch während der Kriegszeit und all der Orangensaft auf Lebenszeit ausgerüstet wie seine Altersgenossen? –, aber daß Jack es wußte, machte ihm nichts aus. Überhaupt machte es ihm nichts aus, was Jack über ihn wußte, in vernünftigen Grenzen wohlverstanden, obwohl er ihm nicht mehr so rückhaltlos alles anvertraute, wie er es während der Zeit getan hatte, als sie gemeinsam die Kingsmarkhamer Grundschule durchliefen. Sie waren echte

Freunde. In einem anderen Zeitalter und in einer anderen Gesellschaft hätte man vielleicht gesagt, daß sie einander liebten. Sie waren wie David und Jonathan, aber wenn jemand etwas Derartiges auch nur angedeutet hätte, Jack hätte ihm die Nase eingeschlagen, und Charlie erst... Die Zecher im *Dragon* waren alle insgeheim, und mit einigem Stolz, davon überzeugt, daß Charlie zu allem fähig war.

Marilyn Thompson war die beste Freundin von Charlies Frau; Charlie sollte Jacks Trauzeuge sein, und eines Tages hoffte er, Pate bei Jacks erstem Kind zu werden. Wie oft hatten sie so zusammen getrunken, als Jungen, als Halbwüchsige, als Männer, wie oft waren sie unter demselben Sternenhimmel nebeneinander die vertraute High Street entlanggeschlendert, wo jedes Haus eine Landmarke, jedes Gesicht Teil einer gemeinsamen Geschichte war. Auch heute abend hätten ebensogut nur sie beide und sonst niemand in der Kneipe sein können; die anderen waren nichts als Hintergrund, als Zuhörerschaft. Heute abend entschwand Jack durch eine Tür, betrat neues Land – und wie immer würde Charlie auch dorthin mitgehen.

Falls solche Gefühle unter Charlies struppiger, schütter werdender Schädeldecke rumorten, so zeigte er sie nicht. Mit breitem Grinsen schlug er Jack auf den Rücken und lugte zwölf Zentimeter aufwärts in das gerötete, hübsche Gesicht des Bräutigams.

»Ich hab's geschafft, alter Junge!« – Mein Bruder Jonathan, ich habe große Freude und Wonne an dir gehabt; deine Liebe ist mir sonderlicher gewesen, denn Frauenliebe ist...

»Das hab ich auch stark gehofft«, sagte Jack, und sein Herz schwoll vor Freude. »Ich hätte es dir verdammt übelgenommen, wenn du es nicht geschafft hättest. Was willst du trinken?«

»Jedenfalls nicht diese Mückenpisse, um es gleich zu sagen. Elf geschlagene Stunden bin ich heute gefahren. Bist ein elender Geizhals, wenn du dich nicht zu Scotch aufschwingen kannst, Jack.«

»Laß mich... Ich...«

»Steck das weg. Es ist mir ein Vergnügen, ihr kennt mich doch. Sieben Doppelte, Bill, und du brauchst gar nicht so zu gucken. Kein Wunder, daß man meint, das Bier hier ist am Wasser gebaut. Den Laster hab ich ins Depot gefahren, und ich geh zu Fuß nach Haus, wenn es das ist, was dir Sorgen macht. Viel Glück, Jack, und mögen alle deine Sorgen immer nur klein sein!«

Charlie hatte schwungvoll seine Brieftasche gezückt, darauf bedacht, daß ihr Inhalt für alle Gäste der Kneipe sichtbar war. Seine Lohntüte lag ungeöffnet darin, und er öffnete sie auch jetzt nicht, sondern bezahlte seine Lage aus einem Bündel Banknoten, das mit einem Gummiband zusammengehalten war. Es war ein dickes Bündel, und wenn auch die meisten der Scheine grün waren, einige waren auch blau.

»Wie die Reichen so leben«, meinte George Carter.

»Wärst wohl froh, wenn du 'n Bruchteil davon machtest, was?«

»Kein Grund, gleich sauer auf mich zu sein, Kumpel. Ich muß doch 'n Ding am Kopp haben, den ganzen Tag Briefe zu sortieren, wo ich auf 'nem Laster das Zeug bündelweise kassieren könnte.«

»Du mußt es ja wissen. Ist ja dein dämlicher Kopp. Bring ihn doch mal zum Klapsdoktor, wenn er dich stört.«

»Hört mal zu«, unterbrach der Witzbold des Clubs, »ich hab gerade von diesem Mädchen erzählt und was ihre Mutter sagt am Abend, bevor sie den Matrosen heiratet.«

»Wer heiratet?« fragte Charlie. »Ihre Mutter? Bißchen spät dafür, was? Okay, Kumpel, ich mach ja nur Spaß, aber den Witz haben Jack und ich schon im letzten Schuljahr gehört. Und der Matrose sagt: ›Also mach's auf deine Tour, aber auf die Art kriegen wir nie Kinder.‹ Stimmt's? Das ist der Knalleffekt?«

»Vielen Dank. Und gute Nacht.«

»Sei doch nicht so«, sagte Jack. Charlie hatte aber auch den Bogen raus, die Leute gegen den Strich zu bürsten. Komisch, daß er nie sauer auf ihn war. »Das ist jetzt meine Lage.«

»Kommt nicht in Frage, Jack. Noch mal sieben Doppelte, Bill. Jack, ich hab gesagt, steck das weg! Ich kann's mir leisten. Wo das herkommt, ist noch viel mehr. Ich bin schließlich spät gekommen, also hab ich Vorfahrt, um aufzuholen, klar?«

»Für mich keinen mehr«, sagte der Mann, dem Charlie den Witz verdorben hatte. Er klopfte Jack auf die Schulter und sagte gute Nacht, während die anderen in betretenem Schweigen ihren Whisky tranken.

»Letzte Bestellungen, Gentlemen«, sagte der Barmann.

George Carter langte mit der Hand in die Tasche und brachte ein bißchen Kleingeld zutage. »Noch einen für den Nachhauseweg, Jack?«

Charlie blickte auf die Münzen. »Was 'n das? Das Haushaltsgeld von deiner Alten?«

George wurde rot. Er war nicht verheiratet. Charlie wußte, daß er nicht verheiratet war; er wußte darüber hinaus, daß ihn seine ständige Freundin vor zwei Wochen verlassen hatte. George hatte gerade die Anzahlung für ein Haus zusammengehabt und die erste Rate für eine Eßzimmergarnitur bezahlt. »Du Scheißkerl«, sagte er.

Charlie blitzte ihn an, ein kleiner Kampfhahn mit gesträubten Federn.

»Mich nennt niemand einen Scheißkerl!«

»Gentlemen, ich bitte Sie«, beschwichtigte der Barmann.

»Ja«, sagte der Vorsitzende, »jetzt ist Schluß, Charlie. Und wenn du dich aufregst, daß die Leute so empfindlich sind – kein Wunder, so wie du auf ihnen rumhackst.« Er lächelte wohlwollend und warf sich in Rednerpose. »Jetzt, da der Abend zur Neige geht, meine ich, sollten wir die Gelegenheit ergreifen, unserm Jack hier die herzlichsten Glückwünsche des Darts-Clubs von Kingsmarkham zu übermitteln. Ich meinerseits…«

»Gut, betrachten wir das als erledigt, ja?« sagte Charlie. »Ein aufrichtiges Dankeschön für den Vorsitzenden.« Er legte einen weiteren Fünfer auf den Tresen. So rot George geworden war, der Vorsitzende zuckte nur die Achseln und bedachte Jack mit einem Kopfnicken, bedeutsam und mitleidig, aber Jack ignorierte es. Dann ging er und nahm einen weiteren Mann mit sich.

Der Barmann wischte schweigend den Tresen sauber. Charlie Hatton war schon immer aggressiv gewesen, aber in den letzten Wochen war er unerträglich geworden, und die meisten Treffen hatten geendet wie dieses.

Von der ganzen Männerrunde waren jetzt nur noch Jack, Charlie, George und noch ein anderer übrig. Der war Fernfahrer wie Charlie, sein Name war Maurice Cullam, und bis jetzt hatte er kaum den Mund aufgemacht, außer um Alkohol hineinzukippen. Jetzt, nachdem er Zeuge des Hickhacks und der Niedertracht seiner Freunde geworden war, nahm er seinen letzten Drink und meinte:

»Kürzlich wieder mal was von McCloy gesehen, Charlie?«

Charlie gab keine Antwort, und es war Jack, der sagte: »Wieso, du vielleicht?«

»Ich doch nicht, Jack. Ich mach mir die Hände nicht dreckig. Geld ist schließlich nicht alles. Ich möchte ruhig in meinem Bett schlafen können.«

Statt des erwarteten Ausbruchs sagte Charlie sanft: »Wird auch Zeit, daß du's tust. Daß du zur Abwechslung mal schläfst.«

Maurice hatte fünf Kinder, innerhalb von sechs Jahren geboren. Charlies Gag konnte als Kompliment gelten, und zu Georges und Jacks Erleichterung faßte Maurice ihn auch so auf. Er lächelte dümmlich über diesen Tribut an seine Virilität. Angesichts der Tatsache, daß Maurices Frau eine außerordentlich nichtssagende Person war, hätte Charlie noch etliche Anzüglichkeiten auf Lager gehabt, solche, die unübersehbar beleidigend gewesen wären. Aber er beließ es bei der Schmeichelei.

»Es ist Zeit, Gentlemen«, sagte der Barmann. »Ich wünsche Ihnen alles, was Sie sich selbst wünschen, Mr. Pertwee.« Der Barmann nannte Jack gewöhnlich beim Vornamen, und Jack wußte, ›Mr. Pertwee‹ war eine Ehrenbezeugung, die sich nie wiederholen würde, der Respekt vor einem Bräutigam.

»Danke vielmals«, sagte er, »für den großartigen Abend. Bis bald.«

»Komm, machen wir uns auf die Socken, Jack«, meinte Charlie und steckte seine dicke Brieftasche weg.

Die Luft war mild und der Himmel übersät mit Sternen. Der Orion strahlte, sein Gürtel durchzogen von einer faserigen Hochsommerwolke.

»Wunderbare Nacht«, sagte Charlie. »Wird ein schöner Tag morgen, Jack.«

»Meinst du?«

»Glücklich die Braut, auf die die Sonne scheint.« Der Alkohol hatte George sentimental gemacht, und er zog kummervoll die Mundwinkel herunter, als er an seine Verflossene und an die Anzahlung für die Möbel dachte.

»Wein dich nur tüchtig aus, Kumpel«, sagte Charlie. »Nichts peppt ein Mädchen so auf wie ein bißchen Tränenvergießen.«

George leitete die Kingsmarkhamer Gruppe der Morris Dancers, und Charlie hatte ihn schon oft verspottet, wenn er in seinem schreiend bunten Kostüm, seinen Kappen und Glöckchen erschien. Er biß sich auf die Lippen und ballte die Fäuste. Dann zuckte er die Achseln und wandte sich ab.

»Kannst mich mal«, knurrte er. Die anderen sahen ihm nach, wie er schwankend die Straße überquerte und die

York Street hinunterging. Jack hob unschlüssig die Hand zu einem vagen Gruß.

»Das hättest du nicht sagen sollen, Charlie.«

»Ach, der macht mich krank. Los, laßt uns mal 'n bißchen was singen, ja?« Er legte einen Arm um Jacks Mitte und den anderen, nach kaum wahrnehmbarem Zögern, um Maurices.

»Eine von deinen alten Volksballaden, Charlie.«

Sie torkelten unter den alten, vorspringenden Häuserfronten entlang, und Jack mußte den Kopf einziehen, um nicht gegen eine schmiedeeiserne Lampe zu stoßen. Charlie räusperte sich und sang:

»Ach, liebste Mabel, hör mich an:
Im Park, da lauert ein Räubersmann.
Im christlichen Vereine,
da saß ich ganz alleine
und sang wie der Lerchen Klang.
's ist nirgends so schön wie zu Haus,
aber heimgehen im Finstern? Oh, Graus!«

»Jippie!« johlte Jack in Wildwestmanier, aber seine Stimme erstarb, als Inspector Burden von der Kingsmarkhamer Kriminalpolizei aus der Queen Street auftauchte und ihnen über den Platz vor dem *Olive and Dove* entgegenkam. »'n Abend, Mr. Burden.«

»'n Abend.« Der Inspector betrachtete sie mit distanziertem Ekel. »Wir wollen hier doch nichts veranstalten, was in ruhestörenden Lärm ausartet, was?« Er ging weiter, und Charlie Hatton kicherte.

»Bulle«, sagte er. »Ich wette, ich hab hier mehr in meiner Tasche, als der in einem Monat kriegt.«

»Dann mal gute Nacht, Jack«, sagte Maurice steif. Sie waren an der Kingsbrook-Brücke angekommen, wo der Fußweg nach Sewingbury abzweigte und dem Lauf des Flusses folgte. Maurice wohnte in Sewingbury, Charlie in einer der neuen Gemeindewohnungen am anderen Ende der Kingsbrook Road. Für beide war der Fußweg eine Abkürzung.

»Warte doch auf Charlie. Er hat den gleichen Weg.«

»Nein, möchte ich nicht, danke. Hab meiner Frau versprochen, daß ich gegen elf zu Hause bin.« Charlie hatte ihm den Rücken zugekehrt, als unmißverständliches Zeichen, daß er keinen Wert auf Maurices Gesellschaft legte. »Das Zeug hat's in sich«, meinte Maurice, und sein Gesicht im Laternenschein war fahl. »Hätt wohl nicht alles durcheinander trinken sollen.« Er rülpste, und Charlie kicherte. »Mach's gut, Jack, ich seh dich in der Kirche.«

»Mach's gut, Kumpel.«

Maurice schwang sich über das Geländer und landete wie durch ein Wunder sicher auf den Füßen. Er ging an den Holzbänken vorbei, tauchte unter die Trauerweiden, und das letzte, was sie von ihm sahen, war sein schlingernder Schatten. Jack und Charlie waren allein.

Sie hatten eine Menge getrunken, und die Nacht war warm, aber plötzlich waren sie beide stocknüchtern. Beide liebten Frauen, aber sie waren bei dieser wie auch bei anderen Emotionen unfähig, sich auszudrücken. Bei keiner Empfindung jedoch waren ihre Zungen so gelähmt, wie bei der tiefen und reinen Freundschaft zwischen ihnen beiden.

Eine tiefe, allumfassende geistige Übereinstimmung herrschte zwischen ihnen. Ihre Frauen waren ihr Stolz und ihr größter Schatz, fürs Bett, für Herd und Heim, zum Vorzeigen, für ihre Männlichkeit. Aber ohne den anderen wäre ihr Leben unvollständig, hätte es ihnen an Impulsen und Kraft gefehlt. Abgesehen von dem Griechen, dem das *Akropolis-Restaurant* in Stowerton gehörte, hatten sie noch nie etwas von den Griechen gehört. Sie konnten das Gefühl nicht begreifen, das sie in Bann hielt, sie mit Schweigen lähmte und fast eine Art Verzweiflung preisgab.

Wäre Charlie ein anderer Mann gewesen, kultiviert, gebildet, weichherziger, oder hätte er in einer vergangenen Epoche gelebt, in der die Zungen sich bereitwilliger lösten, vielleicht hätte er Jack jetzt umarmt und ihm aus übervollem Herzen gesagt, wie sehr er seine Freude teile und daß er für das Glück des Freundes zu sterben bereit sei. Und wenn Jack ein anderer gewesen wäre, so hätte er Charlie gedankt für seine selbstlose Freundschaft, für sein großzügiges Darlehen, seine Gastfreundschaft und dafür, daß er durch ihn Marilyn Thompson kennengelernt hatte. Aber Charlie war ein gerissener kleiner Fernfahrer, und Jack war ein Elektriker. Liebe gab es zwischen Mann und Frau, Liebe war für die Ehe, und jeder von ihnen wäre eher gestorben, als sich etwas einzugestehen, das über die Feststellung hinausging, sie ›kämen gut miteinander aus‹. Sie lehnten über dem Brückengeländer, ließen Steinchen ins Wasser fallen, und Charlie sagte:

»Schätze, du brauchst deinen Schönheitsschlaf, ich werd mich also auf den Weg machen.«

»Wir haben dein Geschenk bekommen, Charlie. Ich wollte nichts davon sagen, bis die anderen gegangen wären, aber das ist echt 'ne starke Sache, dieser Plattenspieler. Hat mich richtig umgehauen, als ich ihn gesehen hab. Muß dich 'n Haufen Geld gekostet haben.«

»Hab ihn günstig gekriegt, mein Junge.« Ein weiterer Stein fiel und platschte in die Dunkelheit unter ihnen.

»Marilyn hat gesagt, sie würde Lilian schreiben.«

»Hat sie schon getan. Schon ehe ich losfuhr nach Norden, ist ein ganz toller Brief von ihr gekommen. Ein echt gebildetes Mädchen hast du da gekriegt, Jack. Die weiß, wie man einen Brief zusammenschreibt. Wenn man solchen Brief kriegt, dann tut einem die Ausgabe nicht leid. Und ich hab euch beide zusammengebracht, vergiß das nie!«

»Na, du verstehst dich eben drauf, sie auszusuchen, Charlie. Brauchst dir doch bloß Lilian anzugucken.«

»Tja, und ich geh jetzt wohl besser und seh mal nach ihr,

was?« Charlie wandte sich dem Freund zu, und sein Schatten war kurz und schwarz gegen den langen von Jack. Er hob seine harte kleine Hand und schlug sie schallend in Jacks Rechte. »Also, ich verschwinde.«

»Ist wohl besser, Charlie.«

»Und falls ich morgen keine Gelegenheit dazu hab – na ja, ich bin kein Sprüchemacher wie Brian, aber alles, alles Gute, Jack.«

»Und ob du Gelegenheit haben wirst. Du mußt 'ne Rede halten!«

»Also sparen wir's solange auf, klar?« Charlie zog die Nase kraus, und seine Augen blinzelten. Die Schatten trennten sich, er verschmähte den Sprung über das Geländer. »Gute Nacht, mein Lieber.«

»Nacht, Charlie.«

Die Weiden hüllten ihn ein. Sein Schatten tauchte noch einmal auf, als der Weg anstieg und sich wieder senkte. Jack hörte ihn pfeifen: »Ach, liebste Mabel, hör mich an«, dann war der Schatten aufgesogen und verloren in den vielen Baumschatten, und auch das Pfeifen verhallte, und nirgends mehr war ein Geräusch, außer dem leisen Plätschern des Flusses, des Kingsbrook, der unentwegt über sein Kieselbett strömte.

2

Detective Chief Inspector Wexford machte sich nichts aus Hunden. Er hatte nie einen Hund gehabt, und jetzt, da eine seiner Töchter verheiratet und die andere Schülerin der Schauspielschule war, sah er keinen Grund, weshalb er sich einen ins Haus nehmen sollte. Mancher Hundegegner wechselt in die Reihen der Hundeliebhaber über, weil er zu schwach ist, dem Betteln geliebter Kinder zu widerstehen, aber in Wexfords Haushalt waren solche Bitten immer nur halbherzig gewesen, so hatte er diese Falle umgangen und war unbehelligt davongekommen.

Deshalb war er wenig erfreut, als er spät am Freitag abend nach Hause kam und in seinem Lieblingssessel diesen grauen Köter mit Ohren wie gestrickte Topflappen vorfand.

»Ist sie nicht süß?« fragte die Schauspielschülerin. »Ihr Name ist Klytämnestra. Ich wußte, es würde dir nichts ausmachen, sie hierzuhaben, bloß für vierzehn Tage.« Damit huschte sie aus dem Zimmer, um ans Telefon zu gehen.

»Wo hat Sheila ihn her?« fragte Wexford finster.

Mrs. Wexford war eine Frau, die nie viele Worte machte. »Sebastian.«

»Und wer um alles in der Welt ist Sebastian?«

»Irgendein Junge«, erwiderte Mrs. Wexford, »ist gerade erst weggegangen.«

Ihr Mann war drauf und dran, den Hund auf den Boden zu schubsen, aber dann besann er sich und ging schmollend hinaus, ins Bett.

Die Schönheit seiner Tochter war etwas, das nie aufgehört hatte, ihn zu verwundern. Sylvia, die ältere, verheiratete, war wohlgestalt und gesund, aber das war auch das

Schmeichelhafteste, was man von ihr sagen konnte. Mrs. Wexford hatte eine großartige Figur und ein feines Profil, obwohl sie nie von dem Schlag gewesen war, der Schönheitskonkurrenzen gewann. Während er selbst... Alles, was ihm fehlte, dachte er manchmal, war eigentlich ein Rüssel, damit er vollends wie ein Elefant aussähe. Sein Körper war mächtig und schwergewichtig, seine Haut die eines Dickhäuters, faltig und grau, und seine dreieckigen Ohren standen auf absurde Weise unter dem spärlichen Kranz farbloser Haare hervor. Wenn er in den Zoo ging, drückte er sich immer rasch am Elefantenhaus vorbei, damit nicht respektlose Betrachter womöglich Vergleiche anstellten.

Ihre Mutter und ihre Schwester waren gutaussehende Frauen, das Merkwürdige bei Sheila aber war, daß ihre Schönheit nicht etwa einfach eine Steigerung, eine stärkere Ausprägung von deren Beinahe-Hübschheit war. Sie sah aus wie ihr Vater! Als Wexford das zum erstenmal bemerkte – sie war damals etwa sechs Jahre alt –, da hätte er beinahe losgebrüllt vor Lachen, so grotesk war die Ähnlichkeit zwischen diesem aparten Persönchen und ihrem plumpen Erzeuger. Und doch war diese hohe, breite Stirn seine Stirn, die kleine, schräge Nase war seine Nase, die spitzen – wenn auch in ihrem Falle anliegenden – Ohren waren seine Ohren, und in ihren riesigen grauen Augen fand er seine eigenen kleinen wieder. Als er jung war, hatte sein Haar auch diesen goldenen Flachston gehabt, war genauso weich und genauso fein gewesen. Blieb bloß zu hoffen, daß sie nicht eines Tages wie ihr Vater aussah, dachte er manchmal, nicht ohne sich innerlich ins Fäustchen zu lachen.

Am nächsten Morgen jedoch waren seine Gefühle gegenüber seiner jüngsten Tochter weder zärtlich noch von humorvoller Nachsicht. Der Hund hatte ihn zehn vor sieben durch langgezogenes Heulen geweckt, und jetzt, eine Viertelstunde später, stand er wutschnaubend auf der Schwelle zu Sheilas Zimmer.

»Dies hier ist keine Hundepension, verstehst du? Hörst du den Köter eigentlich nicht?«

»Den Acryl-Flokati-Hund, Paps? Armer Liebling, sie will doch Gassi gehen.«

»Wie nennst du den?«

»Acryl-Flokati-Hund. Sie ist natürlich eine Promenadenmischung, aber so nennt Sebastian sie. Weil sie so aussieht, als sei sie aus synthetischem Garn gemacht, weißt du? Findest du das nicht komisch?«

»Nicht besonders. Und warum kann sich dieser Sebastian nicht selbst um seinen Hund kümmern?«

»Er ist in die Schweiz gefahren. Sein Flugzeug muß inzwischen schon weg sein.« Sie tauchte unter den Laken auf, und ihr Vater sah, daß ihr Haar auf riesige, elektrisch aufgeheizte Lockenwickler gedreht war. »Es war mir peinlich, ihn gestern abend den ganzen Weg zum Bahnhof zu Fuß gehen zu lassen.« Und anklagend setzte sie hinzu: »Aber du hattest ja den Wagen.«

»Es ist mein Wagen!« Wexford schrie es beinahe. Dieses Argument, das wußte er seit langem, war hoffnungslos. Er hörte seiner eigenen Stimme zu und bemerkte mit einer Art Horror, daß sich ein fast schmeichelnder Ton hineinschlich: »Wenn der Hund raus muß, wär's dann nicht besser, wenn du aufstehst und ihn ausführst?«

»Kann ich nicht. Ich hab gerade mein Haar aufgedreht.« Unten ließ Klytämnestra ein gedehntes Heulen ertönen, das in dringliches Bellen überging. Sheila warf die Bettdecke zurück und setzte sich auf, eine Vision in pinkfarbenem Shorty.

»Allmächtiger Himmel!« explodierte Wexford. »Den Hund deines Freundes ausführen kannst du nicht, aber bei Tagesgrauen aufstehen und deine Haare aufdrehen, das kannst du!«

»Daddy...« Der schmeichelnde Ton und die mittlerweile selten gebrauchte väterliche Koseform ließen Wexford ahnen, daß ein monströses Ansinnen an ihn gestellt werden sollte. Er funkelte und zog seine Augenbrauen auf die Art zusammen, vor der die Kingsmarkhamer Kleinkriminellen erzitterten. »Daddy, Paps, es ist solch herrlicher Morgen, und du weißt, was Dr. Crocker über dein Gewicht gesagt hat, und ich hab mir doch nun mal gerade die Haare aufgedreht…«

»Ich geh jetzt unter die Dusche«, antwortete Wexford kalt.

Und das tat er. Als er aus dem Badezimmer wieder herauskam, heulte der Hund noch immer, und hinter Sheilas Tür dröhnte Popmusik. Eine degenerierte Männerstimme beschwor ihre Zuhörer, ihn, den Sänger, zu lieben oder ihn in Ruhe sterben zu lassen.

»Scheint 'ne Menge Lärm im Haus zu sein, Liebling«, meinte Mrs. Wexford schläfrig.

»Du machst mir Spaß!«

Er öffnete Sheilas Tür. Sie legte gerade eine Gesichtsmaske auf.

»Also, dies eine Mal«, sagte der Chief Inspektor. »Ich tu es bloß, weil ich deiner Mutter noch ein bißchen Ruhe verschaffen will. Folglich kannst du als erstes mal dieses Ding da abstellen.«

»Du bist ein Engel, Daddy«, sagte Sheila, und träumerisch setzte sie hinzu: »Wahrscheinlich hat Klytämnestra sich jetzt schon verewigt.«

Klytämnestra. Von allen dämlichen, prätentiösen Namen für einen Hund ausgerechnet diesen! Aber was konnte man von einem, der Sebastian hieß, schon anderes erwarten? Immerhin hatte sie sich jedoch noch nicht »verewigt«. Sie sprang an Wexford in die Höhe, bellte frenetisch, und als er sie wegschubste, rannte sie im Kreis um ihn herum, wedelte wild mit dem Schwanz und flatterte mit den gestrickten Ohren.

Wexford fand die Leine, die Sheila entgegenkommenderweise an weithin sichtbarer Stelle, nämlich auf dem Kühlschrank, liegengelassen hatte. Ohne Zweifel, es würde ein wunderschöner Tag werden, ein Sommertag, wie es ihn nirgends in der Welt so gibt wie im Süden Englands, ein Tag, der mit Dunst beginnt, zu tropischer Herrlichkeit erblüht und in Blau und Gold und Sternen verglüht.

»Gar manch einen glorreichen Morgen«, deklamierte er vor Klytämnestra, »hab ich gesehen, schmeichelnd der Berge Spitzen mit königlichem Aug.«

Klytämnestra stimmte lautstark zu, sprang auf einen Hocker und jaulte hysterisch beim Anblick ihrer Leine.

»Trag deinen Leib nur schicklicher«, sagte Wexford kalt, indem er von Sonett auf Komödie umschaltete, ohne seinen Dichter zu wechseln. Er blickte aus dem Fenster. Dort war es, das ›königliche Aug‹, hell, geschmolzen und weißgolden. Statt der Berge Spitzen schmeichelte es den Wiesen am Kingsbrook und verwandelte den kleinen Fluß in ein Band schimmernden Metalls. Nein, es schadete ihm bestimmt nichts, diese ungezähmte Kreatur auf einen kurzen Ausflug in die Wiesen mitzunehmen, und das Erlebnis würde ihm eine prächtige Überlegenheit gegenüber Inspector Burden verschaffen, wenn er um halb zehn ins Polizeipräsidium ginge.

»Herrlicher Morgen, was?«

»Es war ein herrlicher Morgen, Mike. Das Schönste ist ja jetzt schon vorbei. Als ich so um halb sieben unten am Fluß war...«

Er schmunzelte. Klytämnestra wimmerte. Wexford ging zur Tür, und der Hund quiekte vor Freude. Er machte die Leine fest und trat hinaus in den süßen Frieden eines Sommersamstages in Sussex.

Im nachhinein mit einem Spaziergang vor dem Frühstück zu prahlen, das war eine Sache, sich jedoch allen Ernstes sehen zu lassen, wie man diese Laune der Natur, diese Mißgeburt durch öffentliche Straßen führte, das war eine ganz andere. Im unbestechlichen Hochsommerlicht betrachtet, sah Klytämnestra aus wie etwas, das lange vergessen tief unten im Strickkorb einer alten Frau gelegen hat und zu guter Letzt zum Stopfen hervorgeholt worden ist.

Mehr noch, nachdem sie sich ihren Herzenswunsch erfüllt hatte, um den sie ein so schamloses, neurotisches Theater aufgeführt hatte, war sie völlig lustlos geworden und trottete lammfromm einher, mit hängendem Kopf und hängendem Schwanz. Genau wie eine Frau, dachte Wexford bissig. Sheila war bestimmt genauso. Das Haar runter von den Wicklern, das Gesicht gereinigt... Höchstwahrscheinlich war sie jetzt in aller Ruhe unten, um ihrer Mutter eine Tasse Tee zu machen. Wenn man bekommt, was man will, dann will man nicht mehr, was man bekommt... *On a fait le monde ainsi.*

Immerhin, er würde die öffentlichen Straßen meiden.

Von dieser Seite der Stadt aus führte der Fußweg über die Wiesen zum Ufer des Flusses, wo er sich teilte. Der eine Weg führte zu der neuen Gemeindesiedlung und nach Sewingbury, der andere zum Zentrum der Kingsmarkhamer High Street bei der Kingsbrook-Brücke. Wexford hatte durchaus nicht die Absicht, sich auf den sogenannten Sabbatweg, das Pflichtmaß von zweitausend Ellen, zu begeben, und jetzt, da sie die Kingsbrook Road mit diesen Mietkästen zugebaut hatten, bestand auch kein Anreiz mehr, dort hinzugehen. Statt dessen würde er zum Fluß hinunterspazieren, den Weg zur Brücke einschlagen und auf dem Heimweg bei Braddan gleich seine *Police Revue* mitnehmen. Immer vergaßen sie, sie ihm zusammen mit der Zeitung zu schicken.

Ländliche Weidegebiete sind gewöhnlich eingezäunt. Diese Wiesen dagegen waren mit Hecken und Stacheldraht voneinander getrennt. Große rotbraune Kühe grasten darauf. Dunst lag in dünnen Schleiern über den Senken, und wo

Felder brachlagen, stand das Gras hoch, hoch genug für den Heuschnitt. Wexford, im tiefsten Herzen ein Landmensch, wunderte sich immer darüber, daß Stadtmenschen Gras als grün bezeichneten, wo es in Wirklichkeit doch vielfarbig war wie Josephs Mantel. Die Spitzen der Gräser neigten sich schwer von Samen, ockerfarben, kastanienbraun und pudergrau, und der ganze dicke Teppich der Weide war bestickt mit dem purpurnen Faden des Sauerklees, dem Giftgelb der Butterblumen und überzogen von der flaumigen, cremezarten Spitze der Spiräen. Und über alles das breiteten die schwankenden, wispernden Samenstände und der hauchzarte Dunst einen silbernen Schimmer.

Die Eichen hatten das lebhafte Gelbgrün des Spätfrühlings noch nicht verloren, eine Farbe, so hell, so frisch und überall sonst in Natur und Kunst so unerreicht, daß es noch keinem gelungen war, es ihm gleichzutun, daß man es nirgends sonst fand, weder auf Gemälden noch in Geweben noch an den Kleidern der Frauen. An solchen Dingen würde die Farbe auch grob wirken, wenn man sie nachahmte, aber hier, gegen diesen blaßblauen, weit und breit wolkenlosen Himmel, war sie nicht grob. Sie war zauberhaft. Wexford sog in tiefen Atemzügen die würzige, pollengeladene Luft ein. Er hatte noch nie Heufieber gehabt und fühlte sich prächtig.

Die Hündin, die vielleicht einen Straßenpflasterspaziergang befürchtet hatte, schnupperte ebenfalls in die Luft und wurde sichtlich lebhafter. Sie schnüffelte im Gestrüpp herum und wedelte mit dem Schwanz. Wexford löste den Karabinerhaken der Leine und ließ sie frei laufen.

Mit einer gewissen Bedächtigkeit begann er, über die Aufgaben des vor ihm liegenden Tages nachzudenken. Heute morgen war die schlimme Sache mit der Körperverletzung beim Sondergericht anhängig, aber das mußte eigentlich alles in einer halben Stunde abgewickelt sein. Dann bestand die Möglichkeit, daß das zum Verkauf stehende Silber auf dem Samstagmorgen-Markt womöglich gestohlenes Gut war. Da sollte wohl besser jemand hingehen und nach dem Rechten sehen... Und ganz gewiß gab es auch noch die übliche Liste von Freitagabend-Einbrüchen.

Mrs. Fanshawe hatte im Royal Hospital von Stowerton nach sechswöchigem Koma das Bewußtsein wiedererlangt. Man würde heute mit ihr sprechen müssen. Aber das war Sache der Uniformierten, nicht seine. Gott sei Dank mußte er nicht der Frau beibringen, daß ihr Mann und ihre Tochter bei dem Verkehrsunfall, bei dem sie sich einen Schädelbruch zugezogen hatte, ums Leben gekommen waren.

Vermutlich würde man die vertagte gerichtliche Untersuchung über dieses Unglückspaar wiederaufnehmen. Burden bezweifelte, daß die Frau sich vielleicht doch erinnern könnte, warum der Jaguar ihres Mannes auf der leeren Überholspur der zweibahnigen Straße ins Schleudern geraten war und sich überschlagen hatte. Meist stellte sich mit solchem Koma ein barmherziger Gedächtnisausfall ein, und wer wollte bestreiten, daß es ein Segen war? Es war geradezu unmoralisch, die arme Frau jetzt mit Fragen zu quälen, bloß um des Nachweises willen, daß die Bremsen des Jaguars versagt hatten oder daß Fanshawe die Geschwindigkeitsgrenze überschritten hatte. Und es war ja auch nicht so, daß ein weiteres Fahrzeug in Mitleidenschaft gezogen worden wäre. Aber natürlich war es eine Frage der Versicherung. Wie auch immer, das war nicht seine Sorge.

Die Sonne schien auf die sanften Wellen des Flusses, und die langen Weidenblätter berührten eben seine goldene, gekräuselte Wasserfläche. Eine Forelle schoß in blitzend schillerndem Sprung empor. Klytämnestra lief ans Wasser und trank gierig. In dieser Welt des reinen, rasch fließenden Wassers, der unnachahmlichen Eichen und Wiesen, neben denen sich Bayeux-Teppiche wie Wischlappen ausnähmen, da war kein Platz für sich überschlagende Wagen und Blutvergießen und zerschmetterte Körper, die auf blutigem, schlüpfrigem Asphalt herumlagen.

Der Hund planschte im Wasser; dann schwamm er. Im Sonnenschein war sogar die graue, handgestrickte Klytämnestra schön. Die großen, flachen Steine unter ihrem schmalen Körper mit dem angeklatschten, krausen Fell wiesen die marmorne Maserung des Achats auf. Über dem Wasser hing ein goldener Dunstschleier, flirrend vom Tanz der Myriaden winziger Fliegen. Und Wexford, der Atheist, der profane Mann, dachte, Herr, wie vielgestaltig sind deine Werke auf Erden.

Auf der anderen Seite des Flusses war ein Mann. Er ging langsam, knappe fünfzig Meter vom gegenüberliegenden Ufer entfernt und parallel dazu, spazierte von Sewingbury in Richtung Kingsmarkham. Er hielt ein Kind an der Hand, und auch er hatte einen Hund bei sich, einen großen, streitlustig aussehenden schwarzen Hund. Wexford hatte die Vorstellung – die zum Teil auf den Beobachtungen aus seinem Bürofenster beruhte –, daß zwei Hunde, wenn sie einander begegneten, unweigerlich miteinander rauften. Klytämnestra würde aus einem Kampf mit diesem großen schwarzen Teufel jammervoll hervorgehen. Wexford brachte es nicht über sich, seinen Schützling beim Namen zu rufen. Er pfiff. Klytämnestra nahm keine Notiz davon. Sie hatte das gegenüberliegende Ufer erreicht und schnoberte in einer im Wasser treibenden Masse aus Buschwerk und entwurzeltem Gras herum. Weiter flußaufwärts war eine Insel aus Unrat gegen das Ufer getrieben worden. Wexford, der eben noch so romantisch gewesen war, fühlte sich geradezu gepeinigt bei diesem Indiz menschlicher Gleichgültigkeit gegenüber den Schönheiten der Natur. Er konnte ein Bündel karierten Stoffes erkennen, eine alte Decke vielleicht, einen Ölkanister und, ein Stück entfernt davon, einen im Wasser treibenden Schuh. Klytämnestra bestärkte seine geringe

Meinung von allem, was hündisch war, indem sie sich mit wedelndem Schwanz und aufgestellten Ohren an diese vom Wasser durchtränkte Unratmasse heranmachte. Ekelhafte Kreaturen, Hunde, dachte Wexford, Straßenschnüffler und Müllschlucker. Er pfiff noch einmal. Die Hündin blieb stehen, und er wollte sich schon gratulieren zu seiner Autorität und der wirksamen Methode, sie herbeizuzitieren, als das Vieh sich mit einem Satz vorwärts stürzte und das Stoffknäuel mit dem Maul packte.

Das Bündel bewegte sich schwer und ließ das Wasser schwappen. Der Hund ließ es fahren, und seine Nackenhaare sträubten sich. Dieses langsame und irgendwie urweltliche Aufrichten der grauen Haarmatte löste in Wexford einen merkwürdigen Kälteschauer aus. Die Sonne schien sich zu verdunkeln. Er vergaß den schwarzen Hund, der immer näher kam, und seine Freude an dem schönen Morgen war dahin. Klytämnestra gab ein unirdisches, schneidendes Heulen von sich, die Lefzen zurückgezogen, der Schwanz eine starre Verlängerung des Rückgrats.

Das Bündel, das sie aufgestöbert hatte, trieb ein wenig ab ins tiefere Wasser, und als Wexford hinschaute, hob sich aus dem durchtränkten Stoff langsam eine bleiche, dünne Hand, leblos wie die marmorierten Steine. Die Finger hingen schlaff herab, und doch schienen sie auf ihn zu zeigen.

Er zog seine Schuhe und Socken aus und krempelte die Hosenbeine bis zu den Knien hoch. Der Mann und das Kind auf der anderen Seite sahen ihm interessiert zu. Er glaubte nicht, daß sie die Hand schon gesehen hatten. Mit den Schuhen in der Hand, trat er auf die Steine und watete vorsichtig durch den seichten Fluß. Klytämnestra kam zu ihm gerannt und drückte ihre Nase an seine nackten Beine. Wexford schob die Weidenzweige beiseite, die wie eine Schabracke davorhingen, und gelangte zu der kleinen Bucht mit dem Schwemmgut, wo er sich hinkniete. Ein Schuh trieb leer im

Wasser, der andere saß noch an einem Fuß. Der tote Mann lag mit dem Gesicht nach unten. Jemand hatte ihm einen schweren, stumpfen Gegenstand gegen den Hinterkopf geschmettert. Einen von diesen Steinen hier, vermutete Wexford.

Das Brombeergestrüpp hinter ihm raschelte, und Schritte knirschten.

»Bleiben Sie weg«, sagte Wexford, »halten Sie das Kind zurück.«

Er wandte sich um und verdeckte, was im Wasser lag, mit seinem eigenen mächtigen Körper. Ein Stückchen flußabwärts spielte das Kind mit den beiden Hunden und warf ihnen Steine ins Wasser.

»Himmel!« sagte der Mann leise.

»Er ist tot«, sagte Wexford. »Ich bin Polizeibeamter, und ich...«

»Ich kenne Sie. Chief Inspector Wexford.« Der Mann kam näher, ohne daß Wexford es verhindern konnte. Er blickte hinunter und rang nach Luft. »Mein Gott, ich...«

»Ja, ein schöner Anblick ist das nicht.« Wexford beschlich der Gedanke, daß hier etwas ganz und gar Ungewöhnliches passiert war. Nicht so sehr, daß hier an einem schönen Junimorgen ein Mann ermordet lag, aber daß ausgerechnet er, Wexford, ihn gefunden hatte. Polizisten finden keine Leichen, es sei denn, sie werden geschickt, um sie zu suchen, oder jemand anders hat sie zuvor entdeckt. »Würden Sie mir einen Gefallen tun?« fragte er. Der Neuankömmling war grün im Gesicht und sah aus, als müsse er sich übergeben. »Würden Sie zur Stadt runtergehen, zur nächsten Telefonzelle, und das Präsidium anrufen? Sagen Sie ihnen einfach, was Sie gesehen haben. Den Rest besorgen die dann schon. Na los, Mann, reißen Sie sich zusammen!«

»Okay. Es ist bloß, daß...«

»Vielleicht sagen Sie mir besser erst mal Ihren Namen.«

»Cullam, Maurice Cullam. Ich geh schon, ich geh ja

gleich. Es ist bloß, daß... also, gestern abend, da hab ich mit ihm zusammen im *Dragon* einen getrunken.«

»Sie wissen also, wer das ist? Sie können sein Gesicht doch gar nicht sehen.«

»Brauch ich auch nicht. Ich weiß auch so, daß es Charlie Hatton ist.«

3

Er sah wirklich aus wie ein echter Charlie Chaplin, mit diesen Rockschößen und den gestreiften Hosen.

»Du und ich, wir sehen wirklich wie zwei echte Charlies aus, Charlie Hatton«, konnte er seinem Trauzeugen zur Begrüßung sagen.

Wirklich, sehr witzig. Jack fand oft, daß er nicht so schlagfertig wie Charlie war, aber jetzt war ihm etwas eingefallen, worüber sein Freund schmunzeln würde.

Lieber alter Charlie. Der beste Freund, den ein Mann je hatte. Unwahrscheinlich großzügig, und wenn bei ihm vielleicht auch nicht immer alles ganz koscher war – na schön, der Mensch mußte schließlich leben. Und Charlie, der wußte zu leben. Immer von allem das Beste. Jack war bereit, all die knisternden Pfundnoten für die Flitterwochen, die er in der Brieftasche hatte, zu wetten, daß Charlie einer der wenigen Gäste sein würde, die keinen geliehenen Cut trugen. Der hatte seinen eigenen, und zwar keinen von der Stange.

Dabei sah er selbst auch nicht schlecht aus, dachte er und bewunderte sein Spiegelbild. In seinem Alter hinterließ das Saufen noch keine sichtbaren Spuren, und ein rotes Gesicht hatte er sowieso schon immer gehabt. Er sah umwerfend aus, stellte er mit verlegenem Stolz fest, so gut wie Prinz Charles allemal. Wahrscheinlich benutzte der Prinz allerdings einen elektrischen Rasierapparat. Jack drückte einen neuen kleinen Wattebausch auf den Schnitt an seinem Kinn und fragte sich, ob Marilyn wohl schon fertig war.

Dank Charlie-Boy war er imstande gewesen, einiges springen zu lassen für die Hochzeit, und Marilyn hatte ihr weißes Satinkleid und ihre vier Brautjungfern kriegen können, an die sie ihr Herz so gehängt hatte. Wenn sie die Abstandssumme für die Wohnung selbst hätten aufbringen müssen, dann hätte das ganz anders ausgesehen. Typisch Charlie, ihm ein zinsfreies Darlehen anzubieten! Auf diese Weise konnten sie ihre eigenen Ersparnisse darauf verwenden, die Wohnung tipptopp herrichten zu lassen. Wie gut das alles geklappt hatte! Zwei Wochen an die See, und wenn sie wiederkamen, wartete die Wohnung fix und fertig auf sie. Und das alles hatten sie Charlie zu verdanken.

Jack wandte sich vom Spiegel ab und blickte statt dessen in die Zukunft – zwanzig, dreißig Jahre weiter. Dann würde Charlie ein sehr reicher Mann sein. Es sollte Jack sehr wundern, wenn sein Freund dann nicht in einem dieser Häuser im Ploughman's Lane wohnte, wo er manchmal Elektroarbeiten zu machen hatte, mit richtigen alten französischen Möbeln und richtigen Ölgemälden und der Sorte Porzellan, das man ansieht, von dem man aber nicht ißt. Er und Charlie hatten sich schiefgelacht über dieses Haus, aber in Charlies Lachen war doch ein gewisser Ernst gewesen, und Jack hatte sich schon gedacht, daß er einmal hoch hinauswollte.

Und natürlich würden sie dann immer noch Freunde sein, denn Charlie Hatton ließ seine alten Freunde nicht fallen. Es würde dann nicht mehr Bier und Skat sein, sondern Dinnerparties und Bridge, mit ihren Frauen in Cocktailkleidern und echtem Schmuck. Jack wurde ganz schwindlig, wenn er daran dachte; er sah es förmlich, wie sie alle zusammen auf einer schattigen Terrasse saßen, langstielige Gläser vor sich – und seltsam, er sah sie genauso, wie sie jetzt waren, unberührt vom Zahn der Zeit.

Abrupt kehrte er wieder in die Gegenwart zurück. Charlie ließ sich wirklich verdammt viel Zeit mit dem Kommen. Vielleicht gab es irgendwie Schwierigkeiten mit Lilians Kleid, oder er wartete, daß sie vom Friseur wiederkam? Charlie war mächtig darauf erpicht, daß Lilian ihm Ehre machte, und das tat sie auch immer. Stets war sie wie aus dem Ei gepellt. Nach Marilyn würde sie bestimmt die bestangezogenste Frau auf der Hochzeit sein, blond, gut gewachsen, in dem grünen Kleid, wegen dem Marilyn sich so abergläubisch angestellt hatte.

Jack tupfte sein Kinn noch mal ab und trat ans Fenster, um nach Charlie Ausschau zu halten.

Es war zehn Uhr dreißig, und die Hochzeit war für halb zwölf angesetzt.

Sie war blond, gut gewachsen, hübsch in der Art von Sheila Wexford, aber ohne Sheilas durchscheinende Schönheit. Ihr Gesicht war ziemlich derb, die Züge unfertig, teigig, und jetzt war es vom Weinen verquollen. Nachdem sie es ihr gesagt hatten, saßen Wexford und Burden hilflos da, während sie sich mit dem Gesicht nach unten aufs Sofa warf und in die Kissen schluchzte.

Schließlich ging Wexford zu ihr hinüber und berührte sie an der Schulter. Sie griff nach seiner Hand, klammerte sich daran und grub ihre langen Nägel hinein. Dann richtete sie sich mühsam auf und vergrub das Gesicht in seiner und ihrer Hand. Die kostbaren Samtkissen waren naß von ihren Tränen.

Wexford blickte sich rasch in dem elegant, ja sogar luxuriös möblierten Raum um. Über der Lehne eines Sessels hing ein blau-grün geblümtes Kleid, ein grüner Mantel und lange Knöpfhandschuhe. Mitten auf dem langen Eßtisch aus Teakholz lag Lilian Hattons Hochzeitshut, ein kunstvolles Gebilde aus Satinblättern und Tüll, genauso grün und frisch wie die echten Blätter, die er durch das Panoramafenster draußen in den Kingsbrook-Wiesen sehen konnte.

»Mrs. Hatton«, sagte er gütig, und sie hob gehorsam das Gesicht, »Mrs. Hatton, waren Sie nicht beunruhigt, als Ihr Mann gestern abend nicht nach Hause kam?«

Sie sagte nichts. Er wiederholte die Frage, und da antwortete sie mit von Schluchzern erstickter Stimme: »Ich hab nicht fest damit gerechnet; nur so halb ...« Sie ließ Wexfords Hand los und fuhr förmlich zurück, als hätte sie etwas Unanständiges getan.

»Als er nicht kam, da dachte ich, er hat's nicht geschafft zu Jacks Party. Er hält irgendwo unterwegs und kommt morgen früh, ich ...« Das Schluchzen wurde unkontrollierbar, und sie gab einen herzzerreißenden Klagelaut von sich.

»Ich möchte Sie jetzt nicht länger belästigen, Mrs. Hatton. Sie sagen, Ihre Mutter kommt gleich? Wenn ich nur noch Mr. Pertwees Adresse haben könnte ...«

»Jack, ja«, sagte sie. »Jack wird das sehr mitnehmen.« Sie holte tief Atem und rang die Hände. »Sie waren enge Freunde, schon seit ihrer Schulzeit.« Plötzlich stand sie auf, die Augen wild aufgerissen. »O Gott, Jack weiß es noch gar nicht! Heute ist seine Hochzeit, und Charlie sollte sein Trauzeuge sein. Oh, Jack, Jack, armer Jack!«

»Überlassen Sie das uns, Mrs. Hatton«, sagte Inspector Burden. »Wir werden es Mr. Pertwee sagen. Bailey Street, nicht wahr? Gut, wir sagen es ihm. Da, es klingelt an Ihrer Tür. Ich nehme an, das ist Ihre Mutter.«

»Mama«, sagte Lilian Hatton, »was soll ich bloß tun, Mama?« Die ältere Frau blickte an ihr vorbei, dann legte sie ihre Arme um die bebenden Schultern. »Marilyn hat gesagt, ich soll kein Grün tragen zur Hochzeit, sie sagte, das bringt Unglück.« Ihre Stimme war leise, ein undeutliches Wimmern. »Und ich hab trotzdem den grünen Mantel gekauft. Und nun bin ich nicht mal bis auf die Hochzeit gekommen. Mama, aber es war einfach bloß ein Unglück, nicht wahr?« Plötzlich brach ein schriller Wahnsinnsschrei aus ihr hervor. »Charlie, Charlie, was soll ich tun, Charlie?« Sie klammerte sich an ihre Mutter, krallte sich in die Aufschläge ihres Mantels. »Oh mein Gott, Charlie!« schrie sie.

»Daran gewöhn ich mich nie«, sagte Burden leise.

»Glauben Sie vielleicht, ich?« Wexford hegte freundschaftliche, manchmal sogar ausgesprochen herzliche Gefühle für seinen Untergebenen, aber gelegentlich machte Burden ihn ungeduldig, besonders, wenn er sich zum Gewissenshüter des Chief Inspector aufschwang. Ein eingebildetes Pfaffengesicht hat er, dachte Wexford unfreundlich, und jetzt zeigte sein schmaler Mund auch noch diesen frömmelnden Zug. »Das Schlimmste ist ja vorbei«, sagte er schroff. »Der Bräutigam wird nicht in lautes Wehklagen ausbrechen, und schließlich sagt man nicht seine Hochzeit ab, weil einem der Trauzeuge umgelegt worden ist.«

Du abgestumpfter Teufel, sagte Burdens Blick. Dann wandte der Inspector seinen gepflegten, gut modellierten Kopf wieder zur Seite und versank erneut in seine stummen Betrachtungen.

Es dauerte nur zehn Minuten, um von Hattons Wohnung zur Bailey Street zu gelangen, wo in Nummer zehn Jack Pertwee mit seinem verwitweten Vater lebte. Der Polizeiwagen hielt vor dem winzigen Reihenhaus ohne Vorgarten. Mr. Pertwee senior öffnete auf ihr Klopfen. Er wirkte unbehaglich in seinem viel zu großen Cut.

»Ich dachte, Sie wären unser Trauzeuge, auf den wir noch immer warten.«

»Ich fürchte, Mr. Hatton wird nicht kommen können, Sir.« Wexford und Burden schoben sich höflich, aber bestimmt an ihm vorbei in die enge Diele. »Es tut mir sehr leid, Ihnen sagen zu müssen, daß wir schlechte Nachrichten haben.«

»Schlechte Nachrichten?«

»Ja, Sir, Mr. Hatton ist letzte Nacht gestorben. Er wurde heute morgen unten beim Fluß gefunden, und er war schon seit Mitternacht tot oder auch schon länger.«

Pertwee wurde kreidebleich. »Mein Gott«, sagte er, »das wird Jack aber treffen.« Sein Mund zitterte, als er die beiden anblickte, um dann auf die messerscharfen Bügelfalten seiner Hose hinabzusehen. »Wollen Sie, daß ich raufgehe und es ihm sage?« Wexford nickte. »Also gut, wenn Sie es so wollen. Er heiratet um elf Uhr dreißig. Aber wenn ich es ihm sagen soll – tja, ich nehme an, dann muß ich's ihm eben sagen.«

Sie kannten Jack Pertwee beide vom Sehen. Die meisten Kingsmarkhamer Gesichter waren Wexford bekannt, und Burden erinnerte sich, ihn gestern abend Arm in Arm mit dem toten Mann gesehen zu haben, wie sie laut singend anständige Bürger störten. Er war selbst ein glücklich verheirateter Mann, und er hatte tiefstes Mitgefühl mit der Witwe, aber Jack Pertwee hielt er im Grunde seines Herzens für einen ziemlichen Rabauken. Mit Leuten wie ihm brauchte man nicht zartfühlend umzugehen, und beinahe wütend fragte er sich, weshalb das Gesicht dieses Burschen eine Farbe hatte wie fetter Speck.

Ungeduldig beobachtete er, wie er die enge, steile Treppe hinuntertaumelte, und als der Bräutigam unten angekommen war, sagte Burden kurz angebunden:

»Hat Ihr Vater es Ihnen gesagt? Hatton ist letzte Nacht ermordet worden. Wir möchten alles wissen – wo Sie gewesen sind und um welche Zeit Sie ihn verlassen haben.«

»Also, nun mal sachte«, sagte der Vater. »Es ist ein Schock für ihn. Sie waren alte Freunde, mein Junge und Charlie.«

Jack drängte sich an ihnen vorbei in das enge, nach vorn gelegene Wohnzimmer, und die anderen folgten ihm. Die Hochzeitsblumen waren gekommen. Jack hatte eine weiße Rose im Knopfloch, und da lagen noch zwei weitere, die Stiele in Silberpapier eingewickelt, auf dem Buffet aus geflammter Eiche. Eine war für den Vater des Bräutigams, und die andere würde nie getragen werden. Jack zog die Blume aus seinem Gehrock, schloß langsam die Faust darüber und zerdrückte sie.

»Ich hol dir mal einen Tropfen Whisky, Sohn.«

»Ich will keinen.« Jack hatte ihnen den Rücken zugewandt. »Wir haben gestern abend Whisky getrunken. Ich will nie wieder welchen anrühren.« Er fuhr sich mit dem makellosen schwarzen Ärmel über die Augen. »Wer hat es getan?« brüllte er.

»Wir hofften, das könnten Sie uns sagen«, erwiderte Burden.

»Ich? Sind Sie denn ganz und gar verrückt geworden? Zeigen Sie mir den Schweinehund, der Charlie Hatton umgebracht hat, und ich werde ihn...« Er setzte sich schwer auf einen Stuhl, breitete die Arme auf den Tisch und ließ den Kopf darauf fallen.

»Charlie«, sagte er.

Wexford verfolgte das Thema nicht weiter. Er wandte sich an den Vater. »Was war das gestern abend? Ein Polterabend? Eine Junggesellenparty?« Pertwee nickte. »Wissen Sie, wer alles dabei war?«

»Jack natürlich, und der arme alte Charlie. Dann waren da noch all die Darts-Club Leute, George Carter, ein Bursche namens Bayles, Maurice Cullam aus Sewingbury und ein paar andere. Stimmt's, Jack?«

Jack nickte benommen.

»Charlie ist erst spät gekommen, sagt Jack. Gegangen sind sie, als Feierabend war, und getrennt haben sie sich draußen, nehme ich an. Charlie und Cullam sind durch die Wiesen nach Hause gegangen. Stimmt's, Jack?«

Diesmal hob Jack den Kopf. Burden fand, er war ein weichlicher, weibischer Trottel, ihn widerten diese roten Augen an und dieser Muskel, der an seiner Backe zuckte. Aber Wexford sagte freundlich:

»Ich sehe, das war ein Schlag für Sie, Mr. Pertwee. Wir werden Sie auch nicht länger belästigen. Sind Mr. Cullam und Mr. Hatton gemeinsam nach Hause gegangen?«

»Maurice ist zuerst gegangen«, stammelte Jack. »So um zwanzig vor elf war das. Charlie... Charlie blieb noch auf einen kleinen Schwatz bei mir stehen.« Ein Schluchzer fuhr ihm in die Kehle, und er hüstelte, um ihn zu überspielen. »Er sagte, er wünsche mir Glück, für den Fall, daß er heute keine Gelegenheit dazu hätte. O Gott, er wußte nicht, daß er nie wieder Gelegenheit dazu haben würde!«

»Komm, mein Sohn, reiß dich zusammen. Ich geb dir doch mal einen kleinen Tropfen Scotch. Du mußt dich zusammennehmen, das bist du Marilyn schuldig. Besinn dich, heute ist deine Hochzeit.«

Jack schüttelte die Hand seines Vaters ab und fuhr in die Höhe.

»Die Hochzeit findet nicht statt«, sagte er.

»Das meinst du doch nicht ernst, Jack. Denk mal an dein Mädchen und an all die Leute, die kommen. Die sind doch schon unterwegs zur Kirche. Charlie hätte das nicht gewollt.«

Störrisch sagte Jack: »Ich heirate heute nicht. Denkst du, ich weiß nicht, was sich gehört, was anständig ist?« Er zerrte seine Krawatte ab und warf den Cut über eine Stuhllehne.

Mit der Ehrfurcht eines Arbeiters für fremdes Eigentum nahm sein Vater ihn auf, glättete ihn, legte ihn sich gefaltet über den Arm und stand da wie der Gehilfe eines Herrenausstatters. Verwirrt durch die Sturzflut der Ereignisse, durch den Tod, der plötzlich die Welt verändert hatte, begann er, sich zu entschuldigen, zuerst bei den Polizisten: »Ich weiß gar nicht, was ich sagen soll... sein Trauzeuge einfach tot, und dann noch so...« Und dann zu seinem Sohn: »Ich würd meine rechte Hand geben, wenn ich's ändern könnte, Jack. Was kann ich für dich tun, mein Sohn? Ich tu alles, was du sagst.«

Jack ließ die Handvoll zerdrückter Blütenblätter fallen. Mit plötzlicher Würde straffte er den Rücken und reckte den Kopf. »Dann geh in die Kirche«, sagte er, »und sag ihnen, die Hochzeit ist abgesagt.« Er blickte Wexford an. »Ich beantworte jetzt keine Fragen mehr. Ich bin in Trauer. Sie sollten meine Trauer respektieren.« Der alte Mann zögerte noch, er biß sich auf die Lippen. »Mach schon, Vater«, fuhr Jack ihn an, »sag ihnen, es fällt alles aus, und auch, warum.« Er rang nach Luft, als ob er es plötzlich, in diesem Augenblick, begriffen hätte: »Sag ihnen, Charlie Hatton ist tot!«

Oh, Jonathan, du wardst erschlagen auf deines Lebens Höhe. – Die Mächtigen sind gefallen und verdorben des Krieges Waffen.

»Sein bester Freund! So ein Getue«, sagte Burden. »Jedermanns bester Freund.«

Du abgestumpfter Teufel, dachte Wexford. »Natürlich ist es Pertwee an die Nieren gegangen. Was haben Sie denn erwartet?«

Burden schnaufte angewidert. »Die Sorte Trauer ist doch wohl das Vorrecht der Witwe. Ein Mann sollte mehr Selbstbeherrschung haben.« Sein blasses Gesicht wurde plötzlich unangenehm rot. »Sie glauben doch nicht, daß zwischen den beiden...?«

»Nein, glaub ich nicht«, versetzte Wexford. »Warum können Sie die Dinge nicht beim Namen nennen? Sie waren Freunde. Haben Sie keine Freunde, Mike? Sind wir schon so weit gekommen, daß ein Mann nicht einen Freund haben kann, ohne gleich als schwul etikettiert zu werden?« Er sah Burden aggressiv an und deklamierte laut und bedeutsam: »O schöne neue Welt, die solche Menschen hat!«

Burden reagierte mit einem unterdrückten Hüsteln und hüllte sich in Schweigen, bis sie in die York Street kamen. Dort sagte er kühl: »Da unten wohnt George Carter, sagt der alte Pertwee.«

»Das ist der Morris Dancer, was? Den hab ich manchmal gesehen, wenn er an Sommerabenden vor dem *Olive and Dove* herumhüpft.«

»Affektierter Quatsch.«

Aber heute morgen trug George Carter nicht seine Narrenkappe und seine Schellen. Aus dem mit Brillantine geschniegelten Haar und dem flotten Anzug schloß Wexford, daß sie es hier mit einem Hochzeitsgast zu tun hatten.

Er deutete an, daß Jack Pertwee aller Wahrscheinlichkeit nach heute nicht heiraten würde und war innerlich amüsiert zu beobachten, daß dieser Teil der Information – nämlich daß Carter nun um sein kaltes Huhn und seinen Champagner kommen werde – den Mann viel mehr erschütterte als Hattons Tod. Dieser Hochzeitsgast schlug sich zwar nicht gerade wehklagend an die Brust, sah aber doch niedergeschlagen aus.

»All das Geld zum Fenster rausgeworfen«, sagte er. »Ich weiß Bescheid, ich hatte schon Pläne für meine eigene Hochzeit gemacht. Aber das wollen Sie wohl nicht wissen. Ein Jammer, daß man es Jack sagen mußte, wirklich. Mir will das überhaupt nicht in den Kopf. Charlie Hatton tot! Er war immer so voller Leben, wenn Sie verstehen, was ich meine.«

»Und überall sehr beliebt, vermute ich.«

George Carters Augenbrauen gingen in die Höhe. »Charlie? Also – na ja, wir wollen nichts Schlechtes sagen über die Toten.«

»Besser wär's, Sie sagten die Wahrheit, Mr. Carter«, erwiderte Burden, »ohne Rücksicht darauf, ob es schlecht ist oder nicht. Wir möchten alles wissen über diese Party gestern abend. Mit allen Details, bitte. Sie können sich Zeit lassen.«

Genau wie Jack Pertwee, und doch völlig anders als der, zog Carter sein Jackett aus und lockerte seinen Schlips. »Ich weiß nicht, was Sie mit ›allen Details‹ meinen«, fing er an. »Das war doch bloß eine Clique von Freunden, die zusammen einen gehoben haben.«

»Was ist dabei passiert? Worüber haben Sie geredet?«

»Also gut.« Er blickte sie ungläubig an und meinte sarkastisch: »Unterbrechen Sie mich, wenn ich Sie langweile. Also, Charlie kommt so gegen halb zehn in den *Dragon*, vielleicht auch Viertel vor zehn. Wir tranken alle Bier, und natürlich sorgt Charlie gleich dafür, daß wir uns schäbig vorkommen, indem er eine Runde Whisky spendiert. War ganz schön großkotzig, der Charlie Hatton. Ich machte 'ne Bemerkung darüber, und er fuhr mir gleich über den Mund. Sind das die Sachen, die Sie hören wollen?«

»Genau die Sachen, Mr. Carter.«

»Kommt mir ja ein bißchen gemein vor, das alles, jetzt, wo der arme alte Kerl tot ist. Und dann hat irgend jemand einen Witz erzählt, und er, er hat den... er hat den glatt blamiert, wenn Sie verstehen, was ich meine. So war er eben, mußte immer der Größte sein. Er trank mein Glas aus, weil ich was gesagt hatte über all das viele Geld, das er immer herumzeigt, und dann machte er 'ne dreckige Bemerkung über... Na gut, darauf kommt's nicht an. Das war was Persönliches. Dann machte er auch unsern Vorsitzenden an, und der ging einfach weg, mit noch ein paar anderen. Geoff war schon vorher abgehauen. Es waren bloß noch ich und Charlie und Maurice und Jack übrig, und wir gingen, als geschlossen wurde. Und das waren ›alle Details‹.«

»Sind Sie sicher?«

»Ich sag Ihnen doch schon, da war nicht viel los. Mehr fällt mir einfach nicht ein... Oh, warten Sie mal. Aber das war nichts weiter.«

»Wir möchten es trotzdem hören, Mr. Carter.«

George Carter zuckte ungeduldig die Achseln. »Ich weiß noch nicht mal, was es eigentlich bedeutete. Gar nichts wahrscheinlich. Maurice sagte – das war, nachdem die anderen gegangen waren –, also da sagte Maurice, ›kürzlich mal wieder was von McCloy gesehen, Charlie?‹ Ich glaub, das waren seine Worte. Ich weiß, der Name war McCloy, aber er sagte mir überhaupt nichts. Jack gefiel das nicht, der war ein bißchen wütend auf Maurice. Und Charlie, der war, glaub ich, stocksauer. Gott, es war alles so... also, es war eigentlich nichts. Aber Charlie explodierte eben immer gleich. Ich erwartete auch jetzt, daß er explodieren würde; weiß nicht, warum. Aber er tat es nicht. Er machte 'n Witz, von wegen, daß Maurice es auch nötig hätte, ruhig in seinem Bett zu schlafen. Mit anderen Worten, es würde Zeit, daß er's mal täte, das sollte heißen, weil Maurice so viele Kinder hat und... na, Sie verstehen schon.«

»Nicht so ganz«, sagte Wexford. »Hatte Cullam denn angedeutet, Hatton könne nicht ruhig schlafen?«

»Das ist richtig. Daran hab ich gar nicht mehr gedacht. Ich wollte, ich könnte mich an seine Worte erinnern. Das war so was wie, ›ich hab mit McCloy nichts zu tun, ich schlaf gern ruhig in meinem Bett‹.«

Sehr interessant, dachte Wexford. Also hatte Hatton, weit davon entfernt, allgemein beliebt zu sein, anscheinend sogar eine Menge Feinde gehabt. Weniger als eine Stunde hatte er sich im *Dragon* aufgehalten und es in der Zeit geschafft, wenigstens vier Leute vor den Kopf zu stoßen.

»Sie erwähnten all das viele Geld, das Hatton immer herumzeigte«, sagte er. »Was für Geld?«

»Er hatte immer haufenweise Geld bei sich«, erzählte Carter. »Ich kannte ihn drei Jahre lang, und immer war er flüssig. Aber gestern hatte er noch mehr dabei als sonst. Er spendierte vier Runden doppelte Whiskys gestern abend, und das hat nicht mal 'n Loch in seine Brieftasche gemacht.«

»Wieviel hatte er bei sich, Mr. Carter?«

»Ich hab's nicht gezählt, wissen Sie«, sagte Carter mit herablassender Schroffheit und schnaubte sich die Nase mit seinem sauberen weißen Hochzeitstaschentuch. »Er hatte seine Lohntüte dabei, und die hat er nicht angerührt. Und dann hatte er noch dieses Päckchen Banknoten. Ich sag Ihnen ja, ich hab sie nicht gezählt. Wie hätte ich auch?«

»Zwanzig Pfund, dreißig, mehr?«

Carter legte die Stirn in Falten vor Anstrengung, sich zu konzentrieren. »Die erste Runde hat er mit einem Fünfer bezahlt und die dritte Runde auch noch mal mit einem Fünfer. Dann hatte er noch zwei Fünfer übrig. Und außerdem war da noch so ein Bündel Einpfundnoten.« Er zeigte zwischen zwei Fingern einen knappen Zentimeter. »Ich schätze, der hatte so an die hundert Pfund bei sich, außer seinem Lohn.«

4

Bis zum Mittag hatten Wexford und Burden alle Mitglieder des Darts-Clubs verhört, die bei Jack Pertwees Junggesellen-Abschiedsfeier dabei gewesen waren, mit Ausnahme von Maurice Cullam, aber keiner von ihnen hatte mehr tun können, als zu bestätigen, daß Hatton aggressiv, eitel und boshaft gewesen sei und daß er eine Menge Geld bei sich gehabt hätte.

Sie fuhren ins Polizeipräsidium zurück und kamen dabei an der Gemeindekirche vorüber, auf deren Stufen soeben eine Braut mit der Hochzeitsgesellschaft fotografiert wurde. Der Bräutigam wand sich durch die Menge, und es versetzte Wexford einen schmerzlichen Stich, weil es nicht Jack Pertwee war. Dann aber riß er sich zusammen, und als sie unter dem Betonvordach die Stufen zum Präsidium hinaufstiegen, sagte er:

»Also, wenn wir Polizisten in einem Kriminalroman wären, Mike, dann wüßten wir jetzt mit Bestimmtheit, daß Hatton ermordet wurde, um Pertwee daran zu hindern, heute zu heiraten.«

Burden lächelte säuerlich. »Dann wäre es einfacher gewesen, Pertwee selbst umzubringen.«

»Na ja, das ist eben die Subtilität des Autors. Aber was soll's, weder trifft auf uns das eine noch auf ihn das andere zu. Wahrscheinlich ist Hatton wegen des Geldes ermordet worden, das er bei sich hatte. In seiner Brieftasche war nichts mehr drin, als ich ihn fand.«

Sie standen in der Halle des Polizeipräsidiums. Hinter dem langen, geschwungenen schwarzen Tresen saß Sergeant Camb und fächelte sich mit einer Zeitung, weil ihm der Schweiß von der Stirn rann. Wexford ging auf die Treppe zu.

»Warum benutzen wir nicht den Lift, Sir?« spöttelte Burden.

Das Polizeipräsidium war noch keine sechs Jahre alt, aber seit seiner Fertigstellung hatten die zuständigen Behörden ständig irgend etwas verändert, erneuert, wie unzufriedene Hausfrauen, die nie fertig werden. Zuerst waren es die großen Beton-Blumenkästen auf dem Vorplatz gewesen, eine ständige Versuchung für Rowdies, denen es ein besonderes Vergnügen bereitete, ausgerechnet diese Blumen zu malträtieren. Dann wurden den einzelnen Büros Zimmerpflanzen verordnet. Gummibäume, Sansevierien und Tradeskantien, die alle von Anfang an zum Vertrocknen verdammt waren und deren Töpfe schließlich als Sammelbecken für Zigarettenasche dienten.

Letztes Jahr dann waren es Glasskulpturen gewesen, ein merkwürdiger grüner Baum, eine wahrhafte Weltesche Yggdrasil, für Burdens Allerheiligstes und für Wexford eine tintenblaue amorphe Säule, die bei bestimmter Beleuchtung entfernt an eine menschliche Gestalt erinnerte. Auch diese hatte das Schicksal ereilt. Wexfords Kunstgegenstand war von einer schönen jungen Frau zertrümmert worden, die ihm bei seinen Ermittlungen geholfen hatte, und Burdens Baum war eines Tages versehentlich mit dem Müll hinausbefördert worden.

Damit hätte es nun doch genug sein können. Aber dann, gerade, als die Halle anfing, ein bißchen schäbig und damit behaglich auszusehen, war der Lift gekommen, ein eleganter, schwarzer und goldener Kasten mit automatischen Schiebetüren.

»Der funktioniert noch nicht«, sagte Wexford, eine Spur nervös.

»Da irren Sie sich. Seit heute morgen ist er in Betrieb. Sollen wir ihn versuchen?«

»Ich möchte bloß mal wissen, was ihr gegen die Treppe habt«, explodierte Wexford. »Es ist wirklich eine Schande, das Geld der Steuerzahler auf diese Weise zu verschwenden.« Er schob die Unterlippe vor. »Außerdem, Crocker sagt, Treppensteigen ist für mich bei meinem Blutdruck das beste Training der Welt.«

»Wie Sie wollen«, sagte Burden und wandte das Gesicht ab, damit Wexford nicht sah, daß er lächelte.

Als sie das dritte Stockwerk erreicht hatten, waren sie beide außer Atem. Der gebrechliche gelbe Stuhl hinter Wexfords Mahagoni-Schreibtisch ächzte, als er seinen schweren Körper darauf niederließ.

»Um Gottes willen, machen Sie bloß mal ein Fenster auf, Mike.«

Burden brummte etwas in sich hinein, daß das Öffnen der Fenster die Aircondition durcheinanderbrächte, aber er fügte sich, zog die gelbe Jalousie in die Höhe und ließ die pralle Mittagssonne herein.

»Also, Sir«, meinte er, »wollen wir mal rekapitulieren, was wir über Charlie Hatton wissen?«

»Dreißig Jahre alt, geboren und aufgewachsen in Kingsmarkham. Hat vor zwei Jahren Miss Lilian Bardsley geheiratet, die Schwester des Mannes, mit dem er geschäftlich zusammenarbeitet. Bardsley hat eine eigene Firma, transportiert kleinere Elektrogeräte.«

»War Hatton voller Geschäftspartner?«

»Das müssen wir noch rausfinden. Aber selbst wenn er es gewesen wäre, kann ich mir nicht erklären, wieso er derartig viel Geld mit sich herumschleppte, nur weil er ein paarmal die Woche Ladungen von Bügeleisen und Heizlüftern nach Leeds und nach Schottland hinauffuhr. Carter sagt, er hätte an die hundert Pfund bei sich gehabt, Mike. Wo hatte er das Geld her?«

»Vielleicht von diesem McCloy.«

»Kennen wir irgendwelche McCloys?«

»Nicht, daß ich wüßte, Sir. Wir werden Maurice Cullam fragen müssen.«

Wexford wischte sich die Stirn mit dem Taschentuch und fächelte sich wie Sergeant Camb mit der Morgenzeitung Luft zu. »Der fruchtbare Cullam«, meinte er. »Eins aus seiner Kinderschar hatte er bei sich, als ich Hatton heute morgen fand. Er ist auch Lastwagenfahrer, Mike. Ich möchte doch wissen... Hattons Laster ist in diesem Jahr zweimal überfallen worden.«

Burden riß seine blaßblauen Augen auf. »Wirklich?«

»Mir fiel es gleich wieder ein, als Cullam mir sagte, wessen Leiche das sei. Beide Male passierte es auf der Great North Road, und niemand ist je dafür belangt worden. Das erste Mal kriegte Hatton einen Schlag über den Schädel, aber beim zweitenmal wurde er nicht verletzt, bloß gefesselt.«

»Einmal«, meinte Burden nachdenklich, »das ist okay – Berufsrisiko. Aber zweimal – das stinkt. Ich möchte doch mal hören, was der Doktor zu sagen hat. Und wenn mich nicht alles täuscht, ist er das da draußen schon.«

Dr. Crocker und Wexford waren zusammen zur Schule gegangen. Wie Jack Pertwee und Charlie Hatton waren sie lebenslange Freunde, aber ihre Freundschaft war eine eher beiläufige Angelegenheit und ihr Umgang miteinander trocken, respektlos, oftmals sarkastisch. Crocker, etwa sechs Jahre jünger als der Chief Inspector, war der einzige Mann, den Burden kannte, der mit Wexford fertig wurde und es mit dessen scharfer Zunge aufnehmen konnte. Eine hohe, hagere Gestalt, das braune Gesicht mit tiefen Furchen, die vertikal in seine Wangen gegraben waren, trat er ins Büro und sah genauso kühl aus wie an einem Wintertag. »Ich hab euren Lift benutzt«, sagte der Doktor, »sehr schick. Was sie sich wohl als nächstes ausdenken?«

»Bilder hat man uns angedroht«, erklärte Wexford. »Der

Inspector hier kriegt ein passendes Blumenstück und ich eine Constable-Landschaft.«

»Ich versteh nicht viel von Kunst«, meinte Crocker, setzte sich und schlug ein elegantes Hosenbein über das andere, »aber *ein* Gemälde gibt es, das würde ich gern haben. Rembrandt, die ›*Anatomiestunde*‹. Ein herrliches Bild. Da liegt der arme Teufel, diese Leiche, auf dem Tisch, die Eingeweide freigelegt, und all die Studenten...«

»Komm, hör auf«, unterbrach Wexford ihn, »ich gehe gleich zu Tisch! Daß ihr Ärzte nie an etwas anderes denken könnt. Wir können uns deine Ideen über Innendekoration ein andermal anhören. Jetzt möchte ich was über Charlie Hatton wissen.«

»Kerngesunder Typ«, sagte der Doktor, »abgesehen von der Tatsache, daß er tot ist.« Er ignorierte Burdens mißbilligenden Blick. »Irgendwer hat ihm einen schweren, stumpfen Gegenstand gegen den Hinterkopf geschmettert. Ich würde sagen, er war so gegen elf tot, aber es ist unmöglich, in diesen Dingen präzise zu sein. Was hast du gesagt, womit er seinen Lebensunterhalt verdiente?«

»Er war Lastwagenfahrer«, erklärte Wexford.

»Stimmt, das hattest du gesagt. Er hatte phantastische Zähne.«

»Na und?« meinte Wexford. »Der mußte doch gute Zähne haben.« Wehmütig fuhr er mit der Zunge über die beiden Stümpfe, die seine Brücke im Oberkiefer in Position hielten. »Der war doch erst dreißig.«

»Sicher«, sagte Crocker, »eigentlich hätte er noch seine eigenen haben müssen, als Kriegsbaby und als Patient im Wohlfahrtsstaat. Die Sache ist nur die, er hatte sie nicht mehr. Was ich sagen wollte, ist, er hatte so ziemlich die bestgemachten Zahnprothesen, die ich je gesehen habe. Die reinsten Elfenbeinkunstwerke. Wahrhaft kunstvolle Mahlwerkzeuge hatte Charlie Hatton, unglaublich gut gemacht, sahen echter aus als echte. Es sollte mich wundern, wenn die weniger gekostet hätten als zweihundert Pfund.«

»Reicher Mann«, sagte Wexford nachdenklich. »Hundert Pfund in der Brieftasche und zweihundert im Mund. Ich wollte, ich könnte glauben, daß er auf ehrliche Weise dazu gekommen ist, nur durch die Fahrerei mit dem Lastwagen, die Great North Road immer rauf und runter.«

»Das ist euer Problem«, sagte der Doktor. »Also gut, ich geh jetzt zum Essen. Hast du den Lift schon ausprobiert?«

»In deiner Eigenschaft als mein medizinischer Ratgeber hast du mir empfohlen, die Treppe zu benutzen. Medizinmann, heile dich selbst! Das einzige Körpertraining, das *du* betreibst, ist doch wohl, den Knopf deiner automatischen Gangschaltung zu drücken. Du solltest lieber auch auf *deinen* Blutdruck aufpassen.«

»Sollte ich wohl«, sagte Crocker. Er ging zur Tür, wo das Sonnenlicht seine elegante Figur und das Fehlen jeglichen Bauches aufs vorteilhafteste zur Geltung brachte. »Alles eine Frage des Stoffwechsels«, meinte er heiter. »Bei manchen ist er schnell«, er sah sich nach Wexford um, »und bei manchen ist er langsam. Reine Glückssache.«

Wexford schnaubte verächtlich. Als der Arzt fort war, zog er die oberste Schublade seines Schreibtisches auf und holte den gesamten Inhalt von Charlie Hattons Taschen hervor. Da war die Brieftasche, aber Geld war nicht darin. Sie war noch immer klatschnaß. Wexford zog vorsichtig aus ihren ledernen Innenfächern eine Fotografie von Lilian Hatton heraus, einen Führerschein, eine Mitgliedskarte des Darts-Clubs, und breitete alles in der Sonne zum Trocknen aus.

In der Tasche war außerdem ein sauberes Taschentuch gewesen, in dessen Falten eine kleine Karte steckte. Man sah die Karte nicht, bevor man das Taschentuch auseinanderfaltete, und Wexford sah sie jetzt zum erstenmal. Sie war ebenfalls naß und die Tintenschrift darauf nicht mehr zu entziffern, aber sie war immer noch als eins jener Kärtchen zu erkennen, die Zahnärzte benutzen, um ihre Patienten an den nächsten Termin zu erinnern. Am Kopf war ein Aufdruck: Jolyon Vigo, B.D.S., L.D.S., R.C.S., Eng., Dent. Surg., 19 Ploughman's Lane, Kingsmarkham, Sussex. Tel.: Kingsmarkham 384.

Wexford hielt sie in das breit hereinflutende Sonnenlicht.

»Die Quelle seines kostbaren Zahnersatzes, meinen Sie nicht?«

»Vielleicht kann Vigo uns erzählen, woher das Geld stammt, wenn Cullam es nicht kann«, sagte Burden. »Meine Frau geht zu Vigo. Ist ein guter Zahnarzt.«

»Und ein pfiffiger obendrein, wenn Sie mich fragen, wenn er einen gerissenen kleinen Kunden wie Charlie Hatton dazu bringt, sich für zweiunddreißig Zähne von zweihundert Pfund zu trennen. Kein Wunder, daß er sich erlauben kann, im Ploughman's Lane zu wohnen. Wir haben den falschen Beruf, Mike, das ist mal sicher. So, ich geh jetzt zum Mittagessen. Kommen Sie mit? Dann scheuchen wir anschließend Cullam aus seiner häuslichen Idylle auf.«

»Eigentlich können wir doch den Lift nehmen«, meinte Burden mit einem Anflug von Selbstbewußtsein.

Nicht um sein Leben hätte Wexford seine jämmerliche Angst vor dem Lift eingestanden. Obgleich ein Schild innen klar und deutlich dessen Kapazität, drei Personen zu befördern, auswies, befürchtete er insgeheim, das Ding könne seinen gewaltigen Ausmaßen nicht gerecht werden. Aber er zauderte höchstens eine Sekunde, ehe er eintrat, und als die Tür sich geschlossen hatte, flüchtete er sich in den Witz.

»Auslegeware, Tischwäsche, Eßbestecke«, leierte er herunter und drückte auf den Knopf. Der Lift seufzte und begann zu sinken. »Erster Stock, Damenunterwäsche, Strümpfe… Warum hält der an, Mike?«

»Vielleicht haben Sie den falschen Knopf gedrückt.«

Oder er hält mein Gewicht nicht aus, dachte Wexford beunruhigt. Der Lift kam im ersten Stock zum Stehen, und die

Tür glitt auseinander. Sergeant Camb stand davor und zögerte verlegen, einzusteigen.

»Entschuldigung, Sir, ich wußte nicht, daß Sie es sind. Ich kann zu Fuß nach unten gehen.«

»*Drei* Personen sind erlaubt, Sergeant«, sagte Wexford und hoffte bloß, daß man ihm seine nunmehr nackte Angst nicht anmerkte, »also kommen Sie.«

»Vielen Dank, Sir.«

»Nicht schlecht, was? Der Tribut einer dankbaren Regierung.« Nun mach schon, mach schon, dachte er und malte sich aus, wie sie alle drei die letzten zehn Meter bis in den Keller hinunterbrachen.

»Unterwegs zu Mrs. Fanshawe, nehme ich an?« sagte er leichthin. Der Lift schlingerte kaum spürbar, und die Tür ging auf. Muß solide gebaut sein, dachte Wexford. »Ich hab gehört, sie hat das Bewußtsein wiedererlangt.«

»Ich hoffe, die Ärzte haben ihr die Mitteilung über ihren Mann und ihre Tochter schon beigebracht, Sir«, meinte Camb, als sie über den schwarz-weißen Schachbrettboden der Eingangshalle gingen. »Das ist kein Job, um den ich mich reiße. Die beiden waren alles, was sie an Familie hatte. Sie hat keine Menschenseele mehr auf der Welt, abgesehen von ihrer Schwester, die damals herkam, um die Leichen zu identifizieren.«

»Wie alt ist sie?«

»Mrs. Fanshawe, Sir? Fünfzig, schätz ich. Die Schwester ist ein gut Teil älter. Entsetzliche Aufgabe für sie, Miss Fanshawe identifizieren zu müssen. Sie war entsetzlich zugerichtet, kann ich Ihnen sagen. All das ansehen...«

»Ich geh jetzt zum Essen«, sagte Wexford entschlossen. Er ging vor den andern her durch die Schwingtüren, und Camb stieg in seinen Wagen. Die steinernen Blumenkübel auf dem Vorplatz prangten in hellrosa Pelargonienpracht, und die von dunklerem Rot durchsetzten Blütenköpfe wandten sich dankbar der Mittagssonne zu.

»Worum ging es da?« fragte Burden.

»Mrs. Fanshawe? Das ist nicht unser Bier. Sie und ihr Mann fuhren in Fanshawes Jaguar von Eastbourne herunter nach Hause. Der Wagen überschlug sich auf der Überholspur der zweispurigen Straße, drüben an der anderen Seite von Stowerton. Sie sind in London zu Hause, und Fanshawe muß in Eile gewesen sein. Gott weiß, wie das passiert ist; sonst war da weit und breit nichts auf der Straße, aber der Jaguar überschlug sich und fing Feuer. Mrs. Fanshawe wurde rausgeschleudert und überlebte, die beiden anderen kamen ums Leben, waren außerdem praktisch verkohlt.«

»Und diese Mrs. Fanshawe weiß das nicht?«

»Sie hat im Koma gelegen, seit es vor sechs Wochen passiert ist.«

»Jetzt fällt's mir wieder ein«, sagte Burden und schob den Vorhang aus Plastikstreifen auseinander, den das *Carousel-Café* bei heißem Wetter anbrachte, um die Wespen draußenzuhalten. »Die gerichtliche Untersuchung wurde vertagt.«

»Bis Mrs. F. das Bewußtsein wiedererlangt hätte. Vermutlich versucht Camb einfach mal, aus ihr herauszubringen, wieso ein routinierter Autofahrer wie Fanshawe seinen Wagen auf einer leeren Straße zum Überschlagen bringt. Immerhin eine Hoffnung. Was nehmen Sie zum Lunch, Mike? Ich halt mich an den Salat.«

»Zweimal Schinkensalat«, sagte Burden zu der Kellnerin. Er goß sich aus der gekühlten Karaffe ein bißchen Wasser ein.

»Wird ja geradezu transatlantisch, das alte *Carousel*«, meinte Wexford. »Und das wurde auch Zeit. Ist noch gar nicht so lange her, da dampfte bei warmem Wetter das Wasser hier auf den Tischen wie ein überhitzter Motor. Wollen wir wetten, daß dieser McCloy ein Gangsterunternehmen im großen betreibt und Charlie Hatton dafür bezahlte, daß er seinen Lastwagen unbewacht ließ, und außerdem dafür, daß er andere Fahrer ablenkte, wann immer sich eine Chance bot? Fernlaster werden doch immer überfallen. Die stellen sie irgendwo auf einem einsamen Parkplatz ab, während sie ein bißchen pennen oder 'ne Tasse Tee trinken. Hatton könnte dabei einen netten kleinen Ablenkungsjob gehabt haben. Fünfzig oder hundert Lappen pro Laster, je nach der Ladung.«

»Aber in dem Falle... Warum tötet McCloy die Gans, die ihm goldene Eier legt?«

»Weil Hatton Angst gekriegt oder die Nase voll hatte und drohte, ihn zu verpfeifen. Vielleicht hat er sogar versucht, ihn zu erpressen.«

»Das würde mich nicht überraschen«, sagte Burden und strich Butter auf sein Brötchen. Die Butter war beinahe flüssig. Wie der Rest der Menschheit, dachte er innerlich seufzend, war auch das Personal des *Carousel* beklagenswert inkonsequent.

5

»Aber meine Tochter war nicht im Wagen.«

Selten hatte jemand Sergeant Camb so leid getan wie diese Frau, die halb aufrecht gegen die übereinandergeschichteten Kopfkissen lehnte. Sein Herz zog sich förmlich zusammen. Dabei lag sie in einem der schönsten Privatzimmer des Krankenhauses. Sie hatte Telefon und Fernsehen. Ihr Nachthemd war ein albernes Gewand aus Rüschen und Spitzenvolants, und an ihren dünnen Fingern klapperten die Ringe – Diamanten und Saphire, in Platin gefaßt –, wenn sie fahrig in die Laken griff und sie wieder losließ.

Es stimmte, wenn die Leute sagten, mit Geld könne man kein Glück kaufen, dachte der schlichte Sergeant. Ihm war aufgefallen, daß keine Blumen im Zimmer waren, und nur eine einzige Gute-Besserung-Karte lag auf dem Tisch neben dem Stuhl, auf dem die Polizistin saß. Von ihrer Schwester, nahm er an. Sie hatte jetzt ja auch sonst niemanden mehr, keine Seele auf der ganzen Welt. Ihr Mann war tot, und ihre Tochter...

»Es tut mir sehr, sehr leid, Mrs. Fanshawe«, sagte er, »aber ihre Tochter *war* im Wagen. Sie fuhr mit Ihnen und Ihrem Mann nach London zurück.«

»Sie haben nicht gelitten«, fiel die junge Polizistin rasch ein. »Sie können nicht das geringste gespürt haben.«

Mrs. Fanshawe berührte ihre Stirn, wo das gefärbte Haar an den Wurzeln einen reichlichen Zentimeter weiß war. »Mein Kopf«, sagte sie, »mein Kopf tut so weh. Ich kann mich an nichts erinnern, nicht an Details. Alles ist so vage.«

»Machen Sie sich deshalb keine Sorgen«, sagte Camb aufmunternd. »Sie werden sehen, mit der Zeit kriegen Sie Ihr

Gedächtnis wieder. Sie werden wieder ganz gesund, wissen Sie.« Und wofür? Für ein Leben als kinderlose Witwe?

»Ihre Schwester hat uns bereits über die meisten Details informieren können, die wir brauchten.«

Sie hatten sich wohl immer nahegestanden, Mrs. Fanshawe und Mrs. Browne, es hatte wenig gegeben, was Mrs. Browne über die Fanshawes nicht wußte. Von ihr hatten sie erfahren, daß Jerome Fanshawe in Eastover, zwischen Eastbourne und Seaford, einen Bungalow besaß und daß er mit Frau und Tochter am 17. Mai für eine Ferienwoche dort hingefahren war. Die Tochter Nora hatte vor Ostern ihre Stellung als Englischlehrerin an einer deutschen Schule aufgegeben, saß also zwischen zwei Jobs, war wohl auch ohne rechte Perspektiven, vermutete Camb, sonst hätte sie wohl nichts bewogen, ihre Eltern zu begleiten. Aber sie hatte sie begleitet. Mrs. Browne war in der Wohnung der Fanshawes in Mayfair gewesen und hatte die drei gemeinsam verabschiedet.

Sie hatten Eastover dann etliche Tage früher verlassen als geplant. Mrs. Browne konnte sich das nicht erklären, es sei denn, sie hätten es wegen des Wetters getan. Vielleicht würde man den Grund nie erfahren, denn Jerome Fanshawes Jaguar war ins Schleudern geraten und in Flammen aufgegangen, kilometerweit von dem Krankenhaus entfernt, in welchem die einzige Überlebende jetzt lag.

»Ich will Sie nicht lange belästigen«, sagte Camb einfühlsam. »Vielleicht erinnern Sie sich kaum noch an den Unfall. Meinen Sie, Sie könnten mal versuchen, mir zu erzählen, an was Sie sich erinnern?«

Dorothy Fanshawe hatte vergessen, wer diese freundlichen, aber doch ermüdenden Leute waren, genauso wie sie wieder vergessen hatte, wo sie war. Ihre Schwester hatte sie besucht und hatte sie sehr müde gemacht, und verschiedene Fremde hatten sie bewegt und sie gehätschelt – auf eine plump vertrauliche Weise, die sie ganz ärgerlich gemacht hatte. Dann hatte irgend jemand ihr erzählt, daß Jerome tot sei, und darauf gewartet, daß sie weinen würde. Mrs. Fanshawe hatte bloß an ihren Ringen herumgedreht – sie waren ihr eine große Beruhigung, diese Ringe – und gesagt:

»Dann gehört jetzt alles mir; mir und Nora.«

Die hatten gedacht, sie sei nicht ganz bei sich, und waren fortgegangen. Und sie war froh, diese Leute von hinten zu sehen, mit ihrer aufdringlichen Art und ihrem Mangel an Respekt. Es gab nur einen Menschen, den sie sehen wollte, und das war der Grund, weshalb sie so aufmerksam das junge, hübsche Gesicht der Polizistin betrachtete. Sie war im Koma gewesen, aber sie war nicht verrückt. Sie wußte sehr genau, dies war nicht das richtige Gesicht. »Bin ich in London?« fragte sie knapp und klar.

»Nein, Mrs. Fanshawe«, sagte der Sergeant und dachte, wie verwaschen und schwach ihre Stimme doch war, »Sie sind im Royal Hospital von Stowerton, Stowerton in Sussex.«

»Sie scheinen ja sehr gut informiert«, sagte Mrs. Fanshawe, zufrieden, weil es ihr so gut gelungen war, sich zusammenzunehmen. »Vielleicht können Sie mir erklären, warum meine Tochter nicht kommt, um mich zu besuchen? Hat man ihr nicht gesagt, daß ich hier bin? Nora würde das doch wissen wollen. Und sie würde kommen ...«

»Oh, Mrs. Fanshawe ...« Die Polizistin klang jämmerlich, beinahe verzweifelt, und Sergeant Camb gab ihr durch einen scharfen Blick sein Mißfallen zu verstehen. Lassen Sie das jetzt, sagte der Blick. Vielleicht ist es barmherziger auf diese Weise. Lassen wir es sie nach und nach begreifen. Der menschliche Geist hat seine eigene Weise, Schläge zu mildern, dachte er ein wenig hochtrabend.

»Noch einmal zurück zu dem – äh, Unfall«, sagte er. »Versuchen Sie einfach mal, ob Sie mir erzählen können, was passierte, als Sie Eastover verließen. Es wurde dunkel, und es herrschte nicht viel Verkehr auf der Straße, denn es war ein Montag. Es hatte geregnet, und die Straße war feucht. Nun, Mrs. Fanshawe?«

»Mein Mann ist gefahren«, fing sie an und wunderte sich, weshalb dieser junge Bursche solchen sentimentalen Gesichtsausdruck hatte. Vielleicht hatte er ihre Ringe bemerkt. Sie schob sie an ihren Fingern herauf und herunter, und auf einmal fiel ihr ein, daß die fünf zusammen nahezu zwanzigtausend Pfund wert waren. »Jerome fuhr...« Was für ein lächerlicher Name das war! Wie in ›*Drei Mann in einem Boot*‹. Darüber mußte sie kichern, obwohl es eher wie ein heiseres Krächzen herauskam. »Ich saß neben ihm, natürlich, und ich habe gestrickt. Ich muß gestrickt haben. Das tue ich immer, wenn Jerome fährt. Er fährt so schnell«, sagte sie nörgelnd, »viel zu schnell, und er nimmt es überhaupt nicht zur Kenntnis, wenn ich ihm sage, er soll langsamer fahren. Also halte ich mich an mein Strickzeug. Um mich abzulenken, verstehen Sie?«

Gemein und selbstsüchtig war Jerome. Ein Mann von fünfundfünfzig hatte schließlich keinen Grund, wie ein verrückter Teenager zu fahren. Sie hatte es ihm auch gesagt, aber er hatte es ignoriert, so wie er immer alles ignorierte, was sie sagte. Aber sie war ja dran gewöhnt, ignoriert zu werden. Auch Nora nahm nie zur Kenntnis, was sie sagte. Wenn sie jetzt so drüber nachdachte, dann war das einzige, worin sie und Jerome einer Meinung gewesen waren, daß Nora eine schwierige, anstrengende Person war, die einen zum Wahnsinn treiben konnte. Es war wieder mal typisch für sie, einfach zu verschwinden und sich nicht bei ihren Eltern zu melden. Na, da hatte Jerome noch ein Wörtchen mitzureden... An dieser Stelle tauchte in ihrem verschleierten Gehirn die angenehme Erinnerung auf, daß Jerome nie wieder bei irgend etwas ein Wörtchen mitzureden hatte, daß er nie wieder im Wahnsinnstempo fahren, nie wieder auf Nora herumhacken und all die anderen schrecklichen, demütigenden Dinge tun konnte. Heute abend, wenn es ihr besser ginge, würde sie an Nora schreiben und ihr erzählen, daß ihr Vater tot sei. Sie hatte das Gefühl, nachdem Jerome jetzt aus dem Weg war und sie all das viele Geld für sich hatten, würden sie eine viel glücklichere Beziehung zueinander haben...

»Ich habe einen Pullover für Nora gestrickt«, sagte sie. Was für eine erstaunliche Konstitution sie haben mußte, wenn sie sich daran erinnerte, nach allem, was sie durchgemacht hatte! »Verdient hatte sie ihn ja nicht, das aufsässige Mädchen.« Moment, weshalb hatte sie das jetzt gesagt? Nora war aufsässig gewesen, viel aufsässiger als je zuvor, aber Dorothy Fanshawe konnte sich um alles in der Welt nicht besinnen, worin diese Aufsässigkeit bestanden hatte. Sie wollte, der Polizist, oder was er sonst war, würde diesen triefäugig schafsdummen Ausdruck aus seinem Gesicht wischen! Kein Mensch brauchte sie zu bemitleiden, sie, Dorothy Fanshawe, aus dem ehemaligen königlichen Marstall von Astbury, Upper Grosvenor Street, W. 1. Sie war jetzt eine lustige Witwe, reich, auf eigenen Füßen, bald wieder ganz gesund, Mutter einer gutaussehenden, begabten einzigen Tochter. »Ich weiß nicht mehr, was wir geredet haben«, sagte sie, »mein verstorbener Mann und ich. Wahrscheinlich gar nichts. Die Straße war naß und ich hab ihm immer wieder gesagt, er soll langsamer fahren.«

»Und Ihre Tochter saß auf dem Rücksitz, Mrs. Fanshawe?«

Oh! Nein wirklich, wie absurd dieser Mann war! »Nora war *nicht* im Wagen. Das sage ich Ihnen doch die ganze Zeit. Nora ist nach Deutschland zurückgefahren. Sie ist jetzt in Deutschland, da gibt's gar keinen Zweifel.«

Für den Sergeant klang diese aufgebrachte Rechthaberei wie das Delirium einer Wahnsinnigen. Egal, was die Ärzte sagten, ihm schien es sehr wahrscheinlich, daß der Unfall ihr Hirn irreversibel geschädigt hatte. Jedenfalls konnte er es nicht länger verantworten, sie noch weiter aufzuklären. Wußte Gott, was er dadurch für Schaden anrichten konnte! Früher oder später, wenn sie überhaupt je wieder zu Verstand kam, würde sie begreifen, daß ihre Tochter sechs Wochen vor dem Unfall diesen Job in Deutschland aufgegeben und daß sie weder ihrer Tante noch ihren Freunden gegenüber ein Wort über die Möglichkeit hatte fallenlassen, daß sie auf den Kontinent zurückkehrte. Die Leiche des Mädchens war von ihrer Tante, Mrs. Browne, identifiziert worden. Sie war tot und begraben.

»Gut, da wird sie wohl sein«, meinte er beruhigend. »Bestimmt ist sie dort. Weshalb kam ihr Mann ins Schleudern, Mrs. Fanshawe?«

»Ich habe gestrickt.«

»Sind Sie mit irgendwas zusammengestoßen, ist ein Reifen geplatzt?«

»Ich sag Ihnen doch, ich habe nicht hingeschaut. Ich habe gestrickt.«

»Hat Ihr Mann plötzlich geschrien, hat er etwas gesagt?«

»Ich glaube, er sagte: ›Mein Gott!‹«, fiel Mrs. Fanshawe ein. Sie konnte sich eigentlich an nichts erinnern, nur daran, daß sie gestrickt hatte, und dann war sie hier in diesem Bett aufgewacht, und ihre Schwester, die überall ihre Nase reinstecken und immer das Sagen haben mußte, hatte neben ihr gesessen. Aber Jerome sagte ja dauernd ›Mein Gott‹ oder sogar ›Jesus Christus‹. Er hatte nun mal einen begrenzten Wortschatz, und sie hatte schon vor zwanzig Jahren aufgehört, ihm zu sagen, er solle nicht so blasphemisch sein. »Sonst erinnere ich mich an gar nichts«, erklärte sie. Das war alles, was die aus ihr rauskriegen würden. Sie würde doch ihre Kräfte nicht vergeuden! Die brauchte sie für den Brief, den sie gleich an Nora schreiben würde.

Camb betrachtete voller Mitleid den erregt zitternden Mund und die langen, ungeschnittenen Fingernägel, die an jenen Ringen herumspielten. Mrs. Fanshawe hatte ihm praktisch nichts erzählt. Vielleicht hätte er wissen müssen, daß es zu früh war, oder seine Vorgesetzten hätten es wissen müssen. Sie mußten jetzt ohnehin gehen. Zehn Minuten, hatte die junge Ärztin gesagt, aber sie waren bestimmt an die zwanzig Minuten hiergewesen. Und hier kam auch schon die Krankenschwester. Komische Uniformen trugen die heutzutage, dachte er und beäugte den marineblauen Nylonoverall des Mädchens und das weiße Käppi, das sie statt einer Haube trug. Die arme Mrs. Fanshawe starrte sie ganz verzweifelt an. Kein Wunder, erschöpft und elend, wie sie war.

Nein, das war nicht Nora. Für den Bruchteil einer Sekunde hatte Mrs. Fanshawe gedacht, sie sei es. Aber Nora trug nie einen Overall, sie verabscheute Hausarbeit – und dieses Mädchen hier trug tatsächlich einen Overall und nicht das ziemlich fesche Kleid, für das Mrs. Fanshawe ihn anfangs gehalten hatte. Und dann hatte sie auch so eine Mütze auf dem Kopf. War es möglich, daß ihre Schwester für die Fanshawesche Wohnung ein neues Mädchen eingestellt hatte, ohne einen Ton darüber zu sagen? Es war sehr gut möglich, wenn man bedachte, wie sich ihre Schwester immer überall einmischte. Einmischen ja, aber Verantwortung tragen – nein! Eine verantwortungsvolle Person hätte mittlerweile nach Nora geschickt.

»Wie heißen Sie?« fragte Mrs. Fanshawe schroff.

»Rose, Mrs. Fanshawe, Schwester Rose. Ich komme, um's Ihnen ein bißchen behaglicher zu machen und Ihnen Ihren Tee zu bringen. Sie könnten doch mal eine schöne Tasse Tee trinken, nicht wahr? Ich fürchte, Sie müssen jetzt gehen, Sergeant. Wir dürfen bei unserer Patientin keinen Rückschlag riskieren, wissen Sie.«

Sehr geschwätzig, dachte Mrs. Fanshawe. Und nimmt sich ziemlich viel heraus. Sie versuchte, sich aufzusetzen.

»Rose«, sagte sie, »ich will einen Brief an meine Tochter

schreiben, meine Tochter in Deutschland. Würden Sie mir bitte Papier und einen Füller bringen?«

Die weiß es nicht, dachte Camb, sie ist neu. Niemand hat es ihr gesagt. Aber das ist vielleicht ganz gut so. Er fing den Blick der Polizistin auf und brachte sie durch ein Stirnrunzeln zum Schweigen.

»Na, uns geht's aber schon viel besser, was?« fragte die Schwester neckisch. »Briefe schreiben! Also, ich weiß nicht so recht. Ich weiß ja, Sie haben kein eigenes Briefpapier hier. Soll ich Ihnen was sagen? Ich spring mal eben den Korridor runter und leihe etwas aus bei Mrs. Goodwin in Nummer vier. Und wenn ich heute abend Dienstschluß habe, dann steck ich Ihren Brief gleich ein, ja?«

»Das wäre sehr freundlich von Ihnen«, sagte Mrs. Fanshawe hoheitsvoll. »Dann können Sie jetzt den Tee bringen.«

Ein naseweises Ding und wahrscheinlich unerziehbar, dachte sie. Na, die Zeit würde es zeigen. Wenigstens würde Jerome nicht dasein und auch diese hier in Verlegenheit bringen, sie in dunklen Ecken abfangen und ihr den Hintern tätscheln, wie er es bei dem dänischen Au-pair-Mädchen getan hatte. Jerome war tot. Sie hatte ja immer gesagt, er würde sich noch umbringen, so wie er fuhr, und nun hatte er es wirklich getan. Warum hatte er sie nicht auch umgebracht? Welches gütige Geschick hatte verfügt, daß sie verschont würde und nun hier in ihrer eigenen Wohnung in ihrem eigenen Bett saß?

Aber es war gar nicht ihr eigenes Bett und ihre eigene Wohnung. Sehr vorsichtig zügelte Mrs. Fanshawe ihre Gedanken und ihre Erinnerungen. Jerome war tot, Nora war in Deutschland, und sie war im Royal Hospital von sowieso. Ein Krankenhaus also. Sehr aufmerksam von irgendwem, ihr im Krankenhaus ein Mädchen zu engagieren.

Außer, diese Rose war eine Krankenschwester. Natürlich, sie mußte eine Krankenschwester sein. Was für eine

Närrin ich bin, dachte Mrs. Fanshawe. Mir ist zumute, als ob ich einen unendlich langen Traum geträumt habe, aber jedesmal, wenn ich daraus aufwache, bin ich so müde, daß ich gleich wieder in ihn zurücktauche.

Die unpräzisen Informationen, die sie von all diesen Wichtigtuern bekommen hatte, halfen ihr überhaupt nichts. Die Leute waren so ineffizient heutzutage. Erst hatte ihre Schwester vergessen, Nora zu benachrichtigen, und dann behauptete dieser Polizist, Nora hätte mit ihr und Jerome im Jaguar gesessen! Die dachten wohl alle, sie sei übergeschnappt. Als ob eine Mutter nicht wüßte, wo ihre eigene Tochter war! Bitte, sie erinnerte sich ja sogar an Noras Adresse:

Goethestraße 14, Köln, Westdeutschland. Mrs. Fanshawe war sehr stolz darauf, daß sie immer richtig ›Köln‹ schrieb statt ›Cologne‹. Was für Reserven an Kraft und Intellekt sie doch haben mußte, wenn sie sich an solche Details erinnerte! Und das nach allem, was sie durchgemacht hatte. Jetzt endlich kam die Schwester mit dem Papier wieder.

»Danke, Schwester«, sagte Mrs. Fanshawe, um zu zeigen, daß sie die Dinge im Griff hatte. Sie bemühte sich, den Füller zu halten, aber er fuhr im Zickzack über das Papier wie jene Planchette, die ihr Vater einstmals benutzt hatte.

»Warum lassen Sie mich nicht für sich schreiben?« fragte Schwester Rose.

»Ja, vielleicht wäre das besser. Ich werde Ihnen diktieren. Soll ich anfangen?«

Schwester Rose mußte ihre ganze Konzentration aufbieten, um aus dem Gestammel und den Abschweifungen herauszusortieren, was Mrs. Fanshawe sagen wollte. Aber sie war ein gutherziges Mädchen, und außerdem machte es sich immer bezahlt, zu den Patienten im Privatflügel freundlich zu sein. Letztes Jahr, als eine schon nach vierzehn Tagen wieder entlassen worden war, hatte sie Schwester Rose einen Reisewecker geschenkt und eine noch fast volle Flasche *Femme* von Rochas.

»Liebste Nora«, las sie laut, »ich bin schon fast wieder gesund, und ich meine, Du solltest mich mal besuchen kommen. Daddy hätte das bestimmt gewünscht. Ich nehme an, Tantchen hat Dir alles erzählt, und Du warst bloß zu beschäftigt, um herzukommen, aber bitte komm jetzt. Wir wollen Vergangenes vergangen sein lassen. Alles Liebe, Mami. – Ist das so richtig, Mrs. Fanshawe? Briefmarken habe ich, die reichen für einen Auslandsbrief. Ich stecke den Brief jetzt gleich in den Postkasten, wenn ich zur Teepause gehe.«

Als Schwester Rose vom Briefkasten am Ende der Charteris Road zurückkam, begegnete sie der Oberschwester der Privatstation.

»Ich hab eben einen Brief für die arme Mrs. Fanshawe eingesteckt, Oberschwester«, sagte sie tugendhaft. »Ich tue eben gern, was ich kann, wissen Sie, alles, womit man sie aufheitern kann. Ihr lag so viel daran, noch heute einen Brief an ihre Tochter aufzugeben.«

»Ihre Tochter ist tot.«

»Oh, Schwester, das meinen Sie doch nicht ernst? O Gott, wie entsetzlich! Ich hab mir doch nicht träumen lassen, ich wär doch nie darauf gekommen... Ooh, Schwester!«

»Jetzt gehen Sie mal lieber zu Ihrem Dienst zurück, und seien Sie nächstes Mal nicht so impulsiv.«

6

Das Kind, das zusammen mit seinem Vater draußen in den Wiesen gewesen war, machte ihm die Tür auf. Es war ein Junge von etwa sieben Jahren, ziemlich groß für sein Alter. Er blickte aggressiv drein, in seinem Gesicht klebten schmierige rote und braune Essensreste.

»Wer ist da, Dominic?« kam eine Stimme aus dem Innern der kleinen, primitiv gebauten Gemeindewohnung.

»Ein Mann«, sagte Dominic schlicht.

»Was will er?«

Um diesem sinnlosen Dialog ein Ende zu machen, trat Wexford in die Diele und dann ins Wohnzimmer. Drei weitere Kinder saßen vorm Fernseher und sahen eine Leichtathletikschau. Die Überreste des Mittagessens standen noch auf dem fleckigen, von Krümeln übersäten Tischtuch, und am Tisch saß eine Frau und fütterte ein Baby mit der Flasche. Sie konnte jeden Alters zwischen dreißig und sechzig sein, wobei Wexford die untere Grenze dieser Schätzung bloß wegen ihrer kleinen Kinder so tief ansetzte. Ihr Haar war dünn und blond und lang, mit einem Gummiband zusammengehalten, und auch ihr Gesicht war dünn und lang, verdrossen und faltig. Das Dominierendste an ihr war eine Müdigkeit, die gleichermaßen aus chronischer Langeweile und aus körperlicher Erschöpfung herrührte. Es war die banale Erschöpfung der Armut, der Überlastung, des ständigen Eingesperrtseins, der ewig quengelnden Forderungen, und der einzige Wunsch, den sie noch hatte, war, in Ruhe gelassen zu werden, mal fünf Minuten lang in gedankenloser Apathie dazusitzen. Dies war auch der Grund, weshalb sie nie ein Wort oder eine Bewegung vergeudete, und als sie

Wexford sah, begrüßte sie ihn weder mit Worten, noch hob sie auch nur den Kopf, sondern sagte lediglich zu einem ihrer kleinen Mädchen:

»Geh und hol deinen Vater, Samantha.«

Samantha warf eine dicke schwarze Katze von ihrem Schoß und trödelte lustlos durch die Küche in den Hintergarten. Eine Frau der Mittelklasse, eine Frau mit mehr Geld und weniger Kindern hätte sich vielleicht entschuldigt für die Unordnung und den Mief von unzähligen abgestandenen Mahlzeiten. Mrs. Cullam dagegen blickte ihn nicht mal an, und als er sie fragte, um welche Zeit ihr Mann am Freitagabend nach Hause gekommen sei, antwortete sie lakonisch: »Viertel nach elf.«

»Wieso wissen Sie die Zeit so genau?«

»Es war Viertel nach elf.« Mrs. Cullam legte das Baby auf den Tisch zwischen die Krümel, zog ihm die Windel aus, die sie auf den Boden fallen ließ und sagte in demselben flachen, ökonomischen Ton: »Hol mir 'ne neue Windel, Georgina.« Ein stechender Ammoniakgeruch kämpfte mit dem Kohldunst. Das Baby – ein Mädchen – begann zu schreien. Mrs. Cullam zündete sich eine Zigarette an. Sie stand mit herabhängenden Händen gegen den Tisch gelehnt, und die Zigarette klebte ihr an den Lippen. Georgina kam mit einem grauen Lappen zurück, setzte sich wieder hin und sah zu, wie ihr Bruder der Katze mit dem Finger im Ohr herumbohrte. »Laß die Katze in Ruhe, Barnabas«, sagte Mrs. Cullam.

Ihr Mann kam herein, trocknete seine Hände an einem Geschirrhandtuch ab, und der schwarze Hund folgte ihm auf den Fersen. Er nickte Wexford zu, und dann stellte er den Fernseher ab.

»Steh auf, Samantha, und laß den Herrn mal sitzen.« Das Kind nahm keine Notiz, gab keinen Ton von sich, als ihr Vater ihr einen Klaps auf den einen Arm gab und sie am anderen in die Höhe riß. Er sah sich hilflos im Zimmer um, und sein Blick blieb an der weggeworfenen Windel hängen, aber es malte sich kein Abscheu auf seinem Gesicht, bloß vage bedauernde Resignation.

Wexford setzte sich nicht auf den freien Stuhl und irgend etwas in seinem Ausdruck mußte Cullam verraten haben, daß er mit ihm alleine reden wollte, denn er sagte zu seiner Frau: »Kannst du die Kinder hier nicht mal rausschmeißen?«

Mrs. Cullam zuckte die Achseln, und die Asche ihrer Zigarette fiel auf einen Teller mit geronnenen, fettigen Saucenresten. Sie lud sich das Baby auf die Hüfte, zog sich einen Stuhl dicht vor den Fernseher, setzte sich hin und starrte den leeren Bildschirm an. »Laß die Katze in Ruhe, hab ich gesagt«, wiederholte sie ohne Nachdruck.

»Was wollten Sie denn?« fragte Cullam.

»Wir gehen mal in Ihre Küche, wenn's Ihnen nichts ausmacht, Mr. Cullam.«

»Da ist ein ziemliches Durcheinander.«

»Macht nichts.«

Mrs. Cullam äußerte sich dazu nicht. Sie knipste den Fernseher an, ohne aufzublicken. Zwei der Kinder begannen sich in einem Sessel zu balgen. Wexford folgte dem Vater in die Küche. Platz zum Sitzen gab es nirgends, also schob er die Griffe von vier verkrusteten Kochtöpfen zur Seite und lehnte sich gegen den Gasherd.

»Ich will bloß wissen, wer McCloy ist«, sagte er freundlich.

Cullam blickte ihn verschlagen, aber auch etwas beunruhigt an. »Wieso wissen Sie denn überhaupt von McCloy?«

»Nun machen Sie schon, Sie wissen ja, daß ich Ihnen das nicht sagen kann.« Das Geschrei der Kinder übertönte jetzt den feurigen Kommentator der Leichtathleten. Wexford machte die Tür zu und hörte Mrs. Cullam sagen: »Laß die verdammte Katze in Ruhe, Barnabas.« Sie hatte doch ein Wort vergeudet. »Sie wissen, wer es ist«, sagte Wexford, »jetzt können Sie's mir auch sagen.«

»Ich weiß es nicht. Ehrlich, ich weiß es nicht.«

»Sie wissen nicht, wer es ist? Aber gestern abend in der Kneipe, da haben Sie Mr. Hatton gefragt, ob er kürzlich McCloy gesehen hätte? Und Sie wollten mit McCloy nichts zu tun haben, weil Sie ruhig in Ihrem Bett schlafen wollten.«

»Ich sag Ihnen doch, ich weiß nicht, wer das ist, und ich hab ihn nie gesehen.«

Wexford entfernte seinen Ellbogen aus der gefährlichen Nachbarschaft eines halbvollen Tellers mit kalten Pommes frites. »Sie mochten Mr. Hatton nicht besonders, was? Sie wollten nicht mit ihm zusammen nach Hause gehen, obwohl er denselben Weg hatte. Sie gingen also voraus, und vielleicht haben Sie sich ja unter den Bäumen dort ein bißchen aufgehalten?« Er ließ Cullams großes rotes Gesicht nicht aus den Augen, und tatsächlich verlor es sichtlich Farbe. »Ich glaube, Sie müssen das getan haben, Cullam. Ein kräftiger junger Mann wie Sie braucht doch nicht fünfunddreißig Minuten, um von der Kingsbrook-Brücke hierherzukommen.«

Mit leiser, gekränkter Stimme sagte Cullam: »Ich hab mich übergeben. Ich war schon fast zu Hause, da wurde mir ganz übel. Ich bin nicht an Scotch gewöhnt, und da bin ich unten an der Station auf die Toilette gegangen und hab mich übergeben.«

»Da kann ich Ihnen nur gratulieren zu Ihrer Fähigkeit, sich schnell zu erholen. Heute morgen um halb acht jedenfalls waren Sie schon wieder fit für einen Spaziergang durch die Wiesen. Oder wollten Sie bloß schnell mal zurückgehen und nachsehen, ob Sie Hatton auch fein und ordentlich zurückgelassen hatten? Ich möchte die Sachen sehen, die Sie gestern abend angehabt haben.«

»Die sind draußen auf der Leine.«

Wexford sah ihn an, und seine Augenbrauen verschwanden nahezu in den spärlichen Resten seiner Haare, und die unausgesprochene Folgerung in seinem Blick war unmißverständlich. Cullam machte fahrige Gesten, trat an den mit Geschirr vollgestellten Ausguß, lehnte sich dagegen und kniff die Lippen zusammen.

»Ich hab sie gewaschen«, sagte er. »Pullover und Hose und Hemd. Die waren … also, die waren in ziemlich üblem Zustand.« Er trat von einem Fuß auf den anderen.

»Reizend«, sagte Wexford unfreundlich. »Und *Sie* haben das Zeug gewaschen? Wozu haben Sie eigentlich eine Frau?« Da sah er zum erstenmal die Waschmaschine, ein großes, glänzendes, automatisches Ding, und das einzige Objekt in dieser Küche, das nicht fleckig oder angestoßen oder mit Essen bekleckert oder verschmiert war. Er machte die Hintertür auf und betrachtete die durchhängende Wäscheleine, an der zwischen einer Reihe Windeln die drei Kleidungsstücke hingen, die Cullam erwähnt hatte. »Die Segnungen moderner Mechanisierung«, meinte er. »Und sehr nett ist es auch. Ich bemerke heutzutage oft, wie die Rollen der Geschlechter sich vertauscht haben.« Seine Stimme wurde verräterisch freundlich, und Cullam leckte sich die dicken Lippen. »Ein Mann kann todmüde sein nach der Arbeit einer Woche, aber seiner Frau ein bißchen helfen kann er immer noch. Ein Druck auf den Knopf, und die Wäsche der ganzen Familie wird weißer als weiß. Tatsächlich, ein Gerät wie das macht aus Plackerei ein Vergnügen, könnte man sagen. Männer sind im Grunde ihres Herzens alle kleine Jungen, wenn alles gesagt und getan ist, und es sind gar nicht bloß die Frauen, die gern diese kleinen Spielzeuge um sich haben, um das tägliche Einerlei ein bißchen zu durchbrechen. Außerdem kosten die ja auch so viel, daß man ebensogut ein bißchen Spaß dabei haben kann. Sagen Sie mir bloß nicht, daß dieses kleine Spielzeug Sie weniger als hundertzwanzig gekostet hat, Cullam.«

»Hundertfünfundzwanzig«, sagte Cullam mit bescheidenem Stolz. Er war völlig arglos, öffnete eifrig das glänzende Bullauge und erläuterte die Maschine: »Man stellt das Programm ein...« Ein letzter unsicherer Blick auf den Chief Inspector sagte ihm, daß sein Gast zutiefst interessiert und daß dies lediglich ein Routinebesuch war. »...schüttet das Waschpulver rein«, sagte er, »und ab geht die Post!«

»Ich kannte mal einen Burschen«, schwindelte Wexford bedächtig drauflos, »einen Lastwagenfahrer, genau wie Sie. Auch 'ne große Familie, und wir wissen ja alle, was für Ausgaben eine große Familie verschlingt. Der geriet in schlechte Gesellschaft, wie ich leider sagen muß. Seine Frau setzte ihm zu, verstehen Sie, wollte mehr Geräte und Maschinen fürs Haus. Einmal hatte er ja schon beide Augen zugemacht, als zwei von seinen Wagen nacheinander geklaut wurden. Na ja, man kann das nicht als Verbrechen bezeichnen, nicht wahr, wenn man im Café in 'ne andere Richtung sieht, während einem einer den Wagen aus der Parkbucht klaut?« Cullam schloß das Bullauge, ließ aber den Kopf abgewandt. »Und die zahlten gut, diese schlechten Gesellschafter. Klar, der Junge zierte sich zuerst ein bißchen, als sie ihm zweihundert boten dafür, daß er einen Kerl fertigmachte, der nicht mitspielen wollte, aber nicht lange. Er fand nämlich, er hätte genauso ein Recht auf gute Sachen wie diese Leute, an die er geraten war. Und warum auch nicht? Wir sind schließlich alle gleich heutzutage. Leben und leben lassen, sagte sich dieser Junge. Also lungerte er eines Abends an einem einsamen Ort herum, genau da, wo der andere Bursche vorbeikommen mußte, und dann, na ja, ab geht die Post, wie Sie es so kurz und bündig ausgedrückt haben. Und jetzt sitzt er für zwölf Jahre, kurz und bündig ausgedrückt.«

Cullam blickte ihn an, total desillusioniert.

»Ich hab meinen Überstundenlohn zusammengespart für diese Waschmaschine.«

»Sind Sie sicher, daß es nicht McCloys kleiner Bakschisch für geleistete Dienste war? Ist das Leben eines Menschen nicht hundertzwanzig Lappen wert, Cullam? Dort in Ihrer Maschine ist ein Laugenfilter, wissen Sie. Ich frage mich doch ernsthaft, ob sich in diesem Filter nicht Blut, Haare und Gehirnpartikel befinden, verstehen Sie? Oh, Sie brauchen gar nicht so zu gucken. Wir könnten das herausfinden. Wir könnten heute nachmittag die Maschine auseinandernehmen und Ihre Abwasserleitung ebenfalls. Das hier ist 'ne sehr eigene Gemeinde, Sewingbury. Ich kannte mal eine Familie – sechs Kinder waren es in dem Falle –, die flog Hals über Kopf raus, bloß weil sie die Abwasserleitung beschädigt hatten. Vandalismus nannte es die Gemeinde. Wir werden Ihre Abwasserleitung aufreißen, Cullam, aber im Moment sind wir stark beschäftigt. Ich glaube nicht, daß wir Leute frei haben, sie auch wieder in Ordnung zu bringen.«

»Sie Schweinehund«, sagte Cullam.

»Das habe ich nicht gehört. Mein Gehör ist nicht mehr das, was es mal war, immerhin steh ich aber auch noch nicht mit einem Fuß im Grabe. Aber hinsetzen würde ich mich jetzt trotzdem gern. Können Sie mal dieses Zeug da von dem Stuhl nehmen und ihn abwischen, ja?«

Cullam saß auf seiner Waschmaschine, und seine langen Beine baumelten. Hinter der geschlossenen Tür war das Programm von Leichtathletik zum Ringkampf übergewechselt, und das Baby hatte wieder angefangen zu brüllen.

»Ich hab Ihnen doch gesagt«, beteuerte Cullam, »ich weiß nicht, wer McCloy ist, ich weiß es nicht. Ich hab das bloß zu Charlie gesagt, um ihn zu ärgern. Der mit seiner ewigen Prahlerei – der ging mir auf den Keks.«

Wexford hatte genug gesehen und gehört von der Dürftigkeit, um zu begreifen, was Cullam meinte. Dieses Haus war ein wahres Paradebeispiel für eine leichtgebaute, hellhörige Sozialwohnung, ein Muster der Unbehaglichkeit, Lärm und

Schmutz reichten vom Dach bis zum tiefsten Keller und erfuhren nur kurze Unterbrechungen, wenn die Bewohner schliefen. Dieser Mann und seine Frau waren niedergedrückt von nahezu allen Belastungen, wie sie der fruchtbare, schlechtbezahlte Künstler kennt: die Kinder waren verwahrlost, vielleicht sogar mißhandelt, die Behausung hoffnungslos überfüllt, Apathie und Aggression gegen alles und jeden. Die Eltern hatten weder den Charakter noch die Liebe, auf Dauer ein organisiertes Auskommen zu bewerkstelligen. Er mußte an Charlie Hattons brandneue Wohnung und die hübsche junge Frau mit ihren schicken Kleidern denken. Diese beiden Männer hatten doch ein und dieselbe Tätigkeit. Aber hatten sie das wirklich?

»Wenn ich Ihnen sage, wie es gewesen ist«, sagte Cullam, »dann glauben Sie mir bestimmt kein Wort.«

»Möglich. Versuchen Sie es doch.«

Cullam stützte die Ellbogen auf die Knie und beugte sich vor.

»Das war in einem Café«, fing er an, »eins dieser Dinger, wo es Zimmer für Fernfahrer gibt, zum Pennen über Nacht. Oben an der A 1, zwischen Stamford und Grantham. Ich hatte beinahe meine elf Stunden voll – länger als elf Stunden dürfen wir nicht fahren – und ging da rein. Und da saß Charlie Hatton. Ich hatte seinen Laster schon auf dem Parkplatz gesehen. Wir aßen zusammen einen Happen und kamen ins Reden.«

»Was hatten Sie für eine Ladung?«

»Reifen, Gummireifen. Während wir also essen, guck ich so aus dem Fenster, und da ist da so ein Kerl – im Parkhafen –, der sitzt in einem schwarzen Wagen. Ich weiß nicht, warum, aber dessen Gesicht gefiel mir nicht. Ich sag's Charlie, aber der meinte bloß, ich sei wie ein altes Weib. Das sagte der immer zu den Leuten. Dann hat er mich und noch zwei andere Fahrer dazu gebracht, auf 'ne Runde Poker mit in sein Zimmer zu gehen. Er sagte, es sei ruhiger dort, aber von dem Zimmer aus konnte man den Parkplatz nicht sehen, und nach 'ner Weile bin ich dann raus. Der Kerl in seinem Wagen war immer noch da.«

»Haben Sie sich die Nummer notiert? Können Sie ihn beschreiben?«

»Weiß nicht.« Cullam blickte ihn verschlagen an. »Die Nummer? Nee, hab ich nicht notiert. Ich setz mich also für 'ne halbe Stunde in meine Fahrerkabine, und da ist der Kerl dann abgehauen. Charlie hatte gesagt, er wolle mal Lilian anrufen, und als ich zurückgehe über die Straße, da steht er in einer Telefonzelle. Ich wollte Feuer für meine Zigarette – meine Streichhölzer waren alle –, also mach ich die Tür von der Zelle auf und bitte Charlie um Feuer. Ich nehme an, er hat mich nicht kommen hören. Ich krieg gerade noch mit, wie er sagt: ›Sag Mr. McCloy, da ist keine Chance.‹ Und danach hab ich ihn dann gefragt, ob er 'n Streichholz hat. Da fährt der aus der Haut, wie von der Tarantel gestochen. ›Was fällt dir eigentlich ein?‹ brüllt er mich an. ›Mischst dich hier in meine privaten Telefongespräche?‹ Er war weiß wie 'n Laken.«

»Und Sie haben dieses Telefongespräch mit dem Mann in dem Wagen in Verbindung gebracht?«

»Ja, hab ich«, sagte Cullam, »jedenfalls später, als ich drüber nachgedacht hab. Da ist mir nämlich eingefallen, daß Charlie mich vor ein paar Monaten gefragt hat, ob ich gern 'n bißchen was nebenher verdienen würde. Aber ich war nicht interessiert, und dabei blieb es dann. Bloß, den Namen McCloy hab ich nie vergessen, und als Charlie in der Kneipe so großkotzig wurde, da hab ich gedacht, den ärgere ich mal 'n bißchen. Das ist alles.«

»Wann war der Zwischenfall in dem Café, Cullam?«

»Wie bitte?«

»Wann haben Sie Hattons Telefongespräch mit angehört?«

»Irgendwann letzten Winter, im Januar, glaub ich. Nicht

lange, nachdem Charlie sein Laster geklaut wurde und er eins über den Schädel kriegte.«

»Na gut, das genügt fürs erste, aber vielleicht möchte ich mich noch mal mit Ihnen unterhalten.«

Wexford ging wieder durch das Wohnzimmer der Cullams. Die Kinder waren verschwunden. Mrs. Cullam saß noch immer vor dem Fernseher, das Baby schlief jetzt auf ihrem Schoß, und der Hund lag quer über ihren Füßen, die in Pantoffeln steckten. Sie bewegte den Kopf, als er durchs Zimmer ging, und einen Augenblick lang dachte er, sie wolle mit ihm sprechen. Aber dann begriff er, daß diese Bewegung nur ein Recken des Halses war, weil er ihr für einen Moment den Blick auf den Bildschirm verstellt hatte.

Dominic, Barnabas, Samantha und Georgina saßen am Rinnstein und schoben Stöcke durch den Gitterrost des Gullys. Wexford neigte in bezug auf die Cullams nicht zur Sentimentalität, aber wider Willen berührte es ihn doch, daß sie in ihrer bitteren Armut geradezu extravagant und phantasievoll gewesen waren. Wenn sie auch sonst ihren Kindern nie etwas zu bieten haben würden, so hatten sie sie doch wenigstens mit Namen bedacht, die sonst den höheren Schichten vorbehalten waren.

Dominic, dessen Gesicht immer noch verschmiert war, blickte feindselig zu ihm auf, als er vorüberging, und Wexford konnte sich nicht verkneifen zu fragen:

»Wie heißt denn das Baby?«

»Jane«, antwortete Dominic schlicht und ohne überrascht zu sein.

Als Wexford zum Tee nach Hause kam, wedelte Klytämnestra zur Begrüßung zwar heftig mit dem Schwanz, aber sie rührte sich nicht aus seinem Sessel. Wexford sah sie grollend an.

»Wo ist Sheila?« fragte er seine Frau.

»Zum Zahnarzt.«

»Sie hat gar nichts von Zahnschmerzen gesagt.«

»Heutzutage geht man nicht mehr zum Zahnarzt, weil man Zahnschmerzen hat. Man geht zum Nachsehen. Sie läßt sich eine Krone auf diesen Backenzahn machen.«

»Also nehme ich an, daß ihr morgen früh wieder nicht danach zumute ist, mit dem Hund rauszugehen. Aber sie braucht das gar nicht auf mich abzuschieben. Ich hab genug zu tun.«

Aber um sechs Uhr tanzte Sheila fröhlich herein und lächelte ihren Vater an, um den jüngsten Triumph der Zahnheilkunde vorzuweisen.

»Da, schau mal, ist das nicht großartig?« Um sie zufriedenzustellen, blickte Wexford ihr in den makellosen Mund. »Diese Füllung wurde allmählich ein bißchen schäbig«, erklärte sie. »Sehr frustrierend bei Nahaufnahmen. Eine Schauspielerin muß an solche Dinge denken.«

»Ich wette, die Bernhardt hat sich nie um ihre Zähne Gedanken gemacht.«

Sheila riß ihre Augen weit auf und sah ihren Vater mit einem perfekt einstudierten Ausdruck schmachtender Bewunderung an. »Hast du die Bernhardt oft gesehen, als du ein junger Mann warst, Paps?« fragte sie.

Wexfords Antwort war ein ärgerliches Schnauben. Er schob seiner Tochter eine Tasse Tee hin. Aber sie verschmähte sie und zog ein Glas kalter Milch vor, die sie schlückchenweise trank, wobei sie sich ihres Eindrucks sehr wohl bewußt war, in dem cremefarbenen Leinenkleid, das blonde Haar ein klein wenig – aber höchst attraktiv – zerzaust, mit römischen Sandalen, deren Riemen die langen Beine bis zum Knie umschnürten. Wexford fragte sich, was das Leben wohl für sie bereithielt. Würde sie sich durchsetzen, würde die Zukunft eine Kette von Triumphen sein, von Starrollen, von Welttourneen und dem wachsenden Grauen vorm Altwerden? Oder würde sie irgendeinen Idioten wie diesen Sebastian heiraten und mit dem Besitz einer Doppelhaushälfte und zweier Kinder all ihre Ambitionen vergessen? Weil er ein Vater und auch nicht mehr jung war, gestand er sich ein, daß er das letztere vorziehen würde. Er wollte sie in Sicherheit wissen. Aber keine Macht der Erde hätte ihn dazu gebracht, es ihr zu sagen.

Solche Gedanken bewegten sie sicher nicht. Sie lebte ganz dem Augenblick, sie trank ihre Milch und fing an, von ihrem Besuch beim Zahnarzt zu plaudern.

»Sollte ich je seßhaft werden...« Sheila sagte das mit dem gleichen ungläubigen Ton, in dem sie auch gesagt hätte: ›Sollte ich je sterben.‹ »Wenn ich je seßhaft werde, dann hätte ich nichts gegen ein Haus wie das. Natürlich nicht in Kingsmarkham. Stratford wäre ganz nett, oder die Cotswolds bei Stratford.«

»In Pendelverkehr-Distanz«, warf Wexford pfiffig ein.

Seine Tochter ignorierte es. »Das ist eins von diesen schwarzweißen Häusern, irre alt und voller Atmosphäre. Das heißt, der Praxistrakt ist natürlich ganz modern. Im Wartezimmer lagen die neuesten Nummern von *Nova* und *Elle.* Echt progressiv.«

»Und scharfsinnig«, meinte Wexford, »wo doch in Kingsmarkham jedermann zweisprachig ist.«

»Deine Generation ist eben nicht gebildet, Paps. Ich kann dir sagen, ich kenne kaum jemanden, der nicht französisch liest. Und die alten Miesepeter können sich ja die Antiquitäten ansehen.« Sheila setzte ihr Glas ab und warf den Kopf nach hinten. »Phantastische Malerei an den Wänden und ein paar wundervolle Glasskulpturen.«

Klingt wie das Polizeipräsidium, dachte Wexford. »Und wo befindet sich dieser Schrein der Kultur?« fragte er laut.

»Ploughman's Lane.«

»Der heißt wohl nicht zufällig Vigo, was?«

»Hm, zufällig ja.« Sheila saß auf dem Sofa und malte sich schimmernde schwarze Striche auf die Augenlider. »Es wird wirklich Zeit, daß du und Ma aufhört, zu dem traurigen ollen Richardson in der High Street zu gehen, und zu Mr. Vigo überwechselt.« Nachdem der schwierigste Part ihrer künstlerischen Betätigung vollendet war, bestrich sie jetzt ihre Augenwimpern mit einem Mascarastift. »Mr. Vigo ist der absolute Traum. So einer von den hellhaarigen Typen mit markant gefurchtem Gesicht. Irre sexy.« Wexford verzog schmerzhaft das Gesicht und hoffte, sie hatte es nicht gesehen. Für ihn waren seine Töchter noch immer kleine Mädchen. Was, zum Teufel, glaubte dieser zerfurchte blonde Typ eigentlich, wer er war, sein traumhaftes männliches Fluidum derart auf sein kleines Mädchen abzustrahlen? »Natürlich – *jung* ist er nicht«, meinte Sheila gelassen.

»Mindestens fünfunddreißig, schätze ich. Also mit einem Fuß im Grabe und dem anderen auf einem Stück Seife.«

»Ja, so um fünfunddreißig«, sagte Sheila ernst. Sie hielt ihre Augenwimpern zwischen zwei Fingern, um sie nach oben zu biegen. »Er hat ein Baby von sechs Monaten und... ach, etwas sehr Tragisches: Sein älteres Kind ist mongoloid. Entsetzlich, nicht wahr? Es ist jetzt acht, und Mr. Vigo hat es seit Jahren nicht mehr gesehen. Er und seine Frau haben sich alle Mühe gegeben, noch eins zu bekommen, und jetzt haben sie es ja auch, aber sie haben doch all die Jahre dazu gebraucht. Klar, daß er das Kind vergöttert.«

»Woher weißt du das alles?« fragte Wexford. Typisch die Tochter eines Detektivs! »Ich dachte, du wärst dort gewesen, um dir deinen Zahn richten zu lassen und nicht, um seine Privatsphäre zu erforschen?«

»Oh, wir hatten eine lange Unterhaltung«, sagte Sheila ein wenig selbstgefällig. »Ihr werdet das kaum verstehen, aber ich bin nun mal interessiert an der menschlichen Natur. Wenn ich eine richtige Schauspielerin werden will, dann muß ich wissen, was in den Leuten vorgeht. Ich bin mittlerweile schon richtig gut darin, Leute auszuholen.«

»Alle Achtung«, meinte Wexford bissig, »ich bemühe mich schon seit vierzig Jahren darum, und die Irrtumsquote liegt immer noch bei achtzig Prozent.«

Sheila betrachtete sich in ihrem Taschenspiegel. »Mr. Vigo hat eine sehr glatte, weltmännische Art. Cool, wenn ihr versteht, was ich meine. Ich denke manchmal, Zahnärzte haben doch eine sehr interessante Beziehung zu ihren Patienten. Sie müssen nett zu ihnen sein und psychologisch richtig auf sie zugehen, sonst würden die doch nicht wiederkommen, nicht wahr? Das ist doch immerhin eine ziemlich intime Angelegenheit. Ich meine, fällt dir irgendeine andere Situation ein, Pa, wo ein Mann einer Frau derartig nahekommt, außer er umarmt und liebt sie?«

»Ich kann bloß hoffen, daß nichts dergleichen passiert ist.«

»Ach Pa... Ich habe doch bloß gesagt, daß es *ähnlich* ist. Ich hab einen Vergleich angestellt.« Sheila kicherte und wickelte sich eine Haarsträhne um den Finger. »Obwohl, als ich ging, da hat er mich so 'n bißchen gedrückt und gemeint, ich hätte den entzückendsten Mund, den er je gesehen hätte.«

»Mein Gott!« sagte Wexford und stand auf. »Wenn es dir schon wurscht ist, was du deinem Vater alles erzählst, dann erinnere dich tunlichst daran, daß er außerdem Chief Inspector ist.« Er zögerte und meinte dann, ohne sich der Wirkung seiner Worte bewußt zu sein: »Ich werde doch mal hingehen zu diesem Mr. Vigo.«

»Oh, Pa!« jammerte Sheila entsetzt.

»Nicht wegen deines entzückenden Mundes, meine Liebe, sondern in Verfolgung einer eigenen Angelegenheit.«

»Wehe, wenn du...«

Die ganze Zeit über hatte Mrs. Wexford friedlich ihre Ingwerkekse geknabbert, jetzt aber blickte sie auf und sagte ruhig:

»Was bist du bloß für ein albernes Mädchen, Sheila. Ich

denke oft, es ist doch ein Segen, daß Intelligenz für die Schauspielkunst nicht zwingend notwendig ist. Wenn du mit deinem Gesicht fertig bist, dann geh mal lieber mit dem Hund raus.«

Bei dem Wort ›Hund‹ rollte Klytämnestra sich auseinander.

»Na schön«, sagte Sheila kleinlaut.

7

Sie standen unter den Weiden und blickten auf den Fluß. Wer sie nicht kannte, hätte sie für zwei Geschäftsleute halten können, die gemeinsam einen Sonntagnachmittag-Spaziergang machten.

Aber fast jeder in Kingsmarkham kannte sie und wußte außerdem, daß dies die Stelle war, an der Charlie Hatton ermordet worden war.

»Ich hab ja gesagt, wir müssen mit jedem einzelnen vom Darts-Club reden«, sagte Burden und blieb am Flußufer stehen, »schätze, wir haben sie jetzt *alle* durch. Merkwürdig nur, daß Pertwee im Augenblick der einzige ist, der mit Hatton auskam, aber kein Mensch ist bereit, das zuzugeben. Immer waren es die anderen, die mit ihm im Clinch lagen. Man selbst war ausgesprochen tolerant und langmütig. Höchstens, daß man mal etwas gekränkt war. Aber bringt man denn gleich einen um, nur weil ein Kumpel einen in der Kneipe anmacht oder weil der mehr Geld hat als man selbst?«

»Könnte schon sein, nämlich wenn man dadurch etwas von dem vielen Geld in die Finger bekäme«, sagte Wexford. »Hundert Pfund sind für einen Mann wie Cullam eine ganze Menge. Wir werden Cullam beobachten lassen; mal sehen, ob er in den nächsten paar Tagen irgendwelche großen Ausgaben macht. Daß der seine Sachen gewaschen hat, die er am Freitagabend getragen hat, macht mich auch nicht besonders froh.«

Burden balancierte geschickt über die Steine am Fluß, um keine nassen Füße zu bekommen. Plötzlich beugte er sich vor und sagte: »Da haben Sie Ihre Mordwaffe.«

Vom Ufer aus folgte Wexford der Richtung des ausgestreckten Fingers. Alle Steine, bis auf einen, waren entweder ganz und gar oder bis zur Wasserlinie mit grünem Kraut bewachsen. Burden zeigte auf den einzigen, dessen Oberseite blank gescheuert aussah, so als habe er bis vor kurzem eingebettet im Kieselgrund des Flusses gelegen. Er hockte sich vorsichtig hin und hob den Stein mit beiden Händen hoch. Dann richtete er sich wieder auf und kletterte zu Wexford zurück.

Es war ein großer länglicher Stein, annähernd geformt wie eine Mandoline. Auf der anderen Seite war er grün und moosüberwachsen. Er hatte nichts Besonderes an sich, lediglich seine Gestalt und seine anomale Lage im Wasser deuteten daraufhin, daß er möglicherweise als Mordwaffe benutzt worden war. Wexford packte ihn mit beiden Händen, hob ihn in die Höhe und ließ ihn kräftig niedersausen durch die leere Luft. Als Hatton durch die Dunkelheit herangekommen war, hatte irgend jemand zwischen den Weiden und dem Gestrüpp auf ihn gewartet, den Stein in den Händen. Betrunken, mit eingenebeltem Gehirn, hatte Hatton sich schon von weitem bemerkbar gemacht. Vermutlich hatte er gepfiffen und sich bestimmt nicht bemüht, leise zu gehen. Der Stein war wie bei Wexford durch die Luft gesaust, aber in jener Nacht hatte er Hattons Schädel getroffen. Einmal, zweimal, noch öfter? So lange, bis das Opfer tot war. Hatton war ins Wasser gerollt. Sein Mörder hatte den Stein in den kleinen Fluß zurückgeworfen und ihm die Brieftasche gestohlen.

Während Wexford sich den Tathergang vorstellte, wußte er, daß Burdens Gedanken ganz ähnlich waren. Deshalb machte er sich nicht die Mühe, seine Überlegungen zu äußern. Er ließ den Stein fallen, der die Böschung hinabrollte, ehe er ins Wasser plumpste.

Jenseits der Wiesen sah er die Häuser der Gemeindesiedlung. Die Sonne spiegelte sich in ihren Fensterscheiben und ließ sie auflodern, als stünden die Häuser in Flammen.

»Wo wir nun schon mal hier sind«, meinte Wexford, »könnten wir uns eigentlich noch einmal mit Mrs. Hatton unterhalten.«

Ihre Mutter war bei ihr und noch drei weitere Leute. Jack Pertwee saß auf einem karierten Sofa und hielt die Hand eines Mädchens, dessen Turmfrisur und künstliche Wimpern aufsehenerregend waren. Mrs. Hatton und ihre Mutter waren beide in Schwarz, aufgehellt durch üppigen Modeschmuck. Das elegante Kostüm der Witwe sah nagelneu aus, und Wexford konnte nicht umhin, sich zu fragen, ob sie wohl tatsächlich noch gestern nachmittag losgezogen war, um es zu kaufen. Sie trug eine weiße Bluse mit auffallendem Rüschenjabot und eine große Straßbrosche an einem Aufschlag. Ihre Strümpfe waren dunkel, und ihre schwarzen, glänzenden Lackpumps, obwohl offensichtlich neu erstanden, waren im Stil der Fünfziger: spitze Form mit hohen Pfennigabsätzen. Sie sah aus wie eine aufgedonnerte Landpomeranze auf dem Weg zur Cocktailparty.

Zuerst fühlte sich Wexford abgestoßen, aber dann mußte er an den Toten denken und an das, was er über ihn wußte. Genau so hätte Charlie Hatton sich seine Witwe gewünscht, tapfer, herausfordernd, aufgedonnert! Eine Sati, eine Witwe, die sich mit der Leiche ihres Mannes verbrennen ließ, wäre das letzte gewesen, was ein eingebildeter kleiner Gockel wie Hatton sich vorgestellt hätte.

Er sah sich die übrige Gesellschaft an. Es war eindeutig, daß sie in eine Trauer-Tee-Party hineingeplatzt waren. Das Mädchen auf dem Sofa mußte die Braut sein, deren Hochzeit durch Hattons Tod geplatzt war. Und der andere Mann?

»Mein Bruder, Mr. Bardsley«, sagte Mrs. Hatton. »Er und Ma sind gekommen, mir Gesellschaft zu leisten. Und dieser Gentleman hier ist Mr. Pertwee.«

»Wir kennen uns bereits«, sagte Wexford zuvorkommend.

»Und Miss Thompson«, fuhr Mrs. Hatton fort. Sie sprach mit leiser, ehrerbietiger Stimme. Ihre Augen waren unter dem blauen und grünen Make-up dick geschwollen. »Sie haben Charlie alle sehr gern gehabt. Darf ich Ihnen eine Tasse Tee anbieten? Sie können gern eine haben. Wirklich.«

»Nein, danke, wir möchten nicht, Mrs. Hatton.«

»Gut, aber bitte setzen Sie sich doch, es ist genügend Platz da.« Sie sagte es stolz und wies auf die diversen leeren Sessel. Es waren schöne gepflegte Sessel, nicht die unbequemen Eßzimmerstühle mit harten Lehnen, die eine weniger wohlhabende Hausfrau später kommenden Gästen wohl hätte anbieten müssen. Wenn Wexford sich so diese vielarmige Hängelampe aus Teakholz und Rauchglas ansah, die Samtvorhänge und den großen Farbfernseher, dann konnte er nur feststellen, daß Hatton es seiner Frau an nichts hatte fehlen lassen. Cullam und er waren beide Lastwagenfahrer, wohnten beide in Gemeindewohnungen, aber das war auch alles, was sie gemeinsam hatten. Er blickte verstohlen auf Bardsley, den Bruder, ein blonder Mensch mit Kaninchengesicht, seiner Schwester zwar ähnlich, aber weniger gut aussehend. Es war höchstwahrscheinlich sein bester Anzug, aber es war billigste Konfektion.

»Bitte entschuldigen Sie, Mrs. Hatton, wenn ich hier jetzt ein paar Routinefragen stelle«, sagte er.

Sie nickte ernsthaft. »Ich habe gehört, daß Sie, Mr. Bardsley, und Mr. Hatton beruflich zusammenarbeiteten, stimmt das?«

»Das ist richtig.«

»War das eine volle Partnerschaft?«

Bardsley stellte seine Teetasse ab und sagte mit melancholischer Stimme: »Ich hatte daran gedacht, ihn als Partner aufzunehmen, aber das Geschäft ging in letzter Zeit nicht so gut. Er hat einfach für mich gearbeitet.«

»Würde es Ihnen was ausmachen, mir zu sagen, wieviel Sie ihm an Lohn zahlten?«

»Also, ich weiß nicht... eigentlich nicht so gern.«

»Natürlich tut er das nicht gern«, mischte sich Jack Pertwee plötzlich feindselig ein. »Was hat das auch mit dem zu tun, was am Freitagabend passiert ist?«

»Recht hast du, Jack«, murmelte das Mädchen, und sie drückte seine Hand.

»Sie sehen doch, Charlie kam sehr gut zurecht. Sie brauchen sich ja bloß umzusehen.«

»Mach keinen Ärger, Jack. Die Herren tun schließlich nur, was sie tun müssen.« Mrs. Hatton fingerte nervös an ihrer Brosche herum. »Charlie brachte gewöhnlich etwas über zwanzig Pfund die Woche nach Hause. Das stimmt doch, Jim, oder?«

Jim Bardsley schien wenig erbaut darüber, und seine Stimme wurde aggressiv. »Ich konnte von Glück sagen, wenn ich selbst so viel übrigbehielt in der letzten Zeit«, sagte er. »Charlie gehörte eben zu der Sorte Menschen, die auch mit wenig sehr weit kommen. Ich nehme an, er war sehr umsichtig.«

Marilyn Thompson warf den Kopf zurück, und eine Haarlocke rutschte aus dem kunstvollen Aufbau. »Aber knickerig war er nicht«, brauste sie auf, »falls du das meinst mit ›umsichtig‹. Es gibt bestimmt nicht viele Leute, die noch nicht mal mit einem verwandt sind und einem einen Plattenspieler zur Hochzeit schenken.«

»Ich hab doch nie gesagt, daß er knickerig war, Marilyn.«

»Mich kotzt das an! Finden Sie doch lieber raus, wer ihn umgebracht hat!« Die Hände des Mädchens zitterten, und sie krallte sie ineinander. »Gib uns 'ne Zigarette, Jack.« Ihre Hände umschlossen Pertwees Handgelenk, als er ihr das Feuerzeug hinhielt, und seine waren auch nicht ruhiger als ihre. »Ihr Spießer«, quetschte sie durch die Zähne hervor, »ihr traut einem Arbeiter natürlich nichts zu! Wenn er keine schöne Wohnung hat, dann nennt ihr ihn einen Faulenzer.« Sie sah Wexford mit flammenden Augen an und strich ihre Locke zurück. »Und wenn er Sachen hat, die eure Klasse für selbstverständlich hält, dann fallt ihr über ihn her und sagt, das muß er geklaut haben. Klasse, Klasse, Klasse«, fauchte sie, und Tränen zitterten an den schwarzgetuschten Wimpern. »Das ist alles, woran ihr denken könnt!«

»Warte nur, bis die Revolution kommt«, sagte Bardsley hämisch.

»Oh, haltet den Mund, ihr beiden!« sagte Mrs. Hatton schrill. Sie wandte sich an Wexford, und ihre kontrollierte Haltung stellte sich wieder ein. »Mein Mann machte Überstunden«, sagte sie, »und er hatte seine Nebenverdienste.«

Nebenverdienste, dachte Wexford. Klar machte er ein paar Überstunden! Der Mann hatte einen Farbfernseher, falsche Zähne im Wert von zweihundert Pfund, und er schenkte seinem Freund einen Plattenspieler zur Hochzeit. Diese Lampe aus Teakholz und Rauchglas hatte Wexford in einem Kingsmarkhamer Geschäft gesehen und beiläufig festgestellt, daß sie fünfundzwanzig Pfund kostete, ein- und einviertelmal Hattons Wochenlohn. Und als er ermordet wurde, hatte er an die hundert Pfund bei sich.

»Wenn er Sachen hat, die eure Klasse für selbstverständlich hält«, hatte das Mädchen gesagt, »dann sagt ihr, das muß er geklaut haben.« Merkwürdig, überlegte Wexford und betrachtete sie, wie sie sich jetzt in Pertwees Arm schmiegte. Natürlich war sie sehr jung, und ihr Vater war wahrscheinlich ein kommunistischer Vertrauensmann der Gewerkschaft. Sie gehörte jenem aggressiven Typ an, der sogar bis nach Kingsmarkham gekommen war, jener Typ, der ständig von Pazifismus, Menschenrechten und brüderlicher Liebe redete, ohne die Energie oder den Mut aufzubringen, etwas zu tun, was diese erstrebenswerten Dinge näherbrachte.

Dabei hatte er doch nichts gesagt, was ihren Ausbruch

provoziert haben konnte. Auch Bardsley nicht, außer seiner Andeutung, daß Hatton ›umsichtig‹ gewesen sei. Hatte sie sich an dieser Bemerkung festgehalten, weil sie wußte, daß Hattons Wohlstand unehrlich erworben war? Wenn sie es wußte, grün und unerfahren, wie sie war, dann wußte Pertwee es auch. Möglich, daß alle in diesem Zimmer es wußten, bloß er und Burden nicht. Nicht zum erstenmal reflektierte er über die Macht der Trauer. Sie war die perfekte, unanfechtbare Verteidigung. Pertwee hatte sich ihrer bereits gestern morgen höchst effektvoll bedient, um das Verhör abzubrechen. Mrs. Hatton, noch viel kunstgerechter, legte dabei mitleidheischende Selbstdisziplin an den Tag, und nur ein Unmensch besäße die Roheit, dieselbe nicht zu respektieren. Sie lief jetzt geschäftig im Zimmer umher, schmerzhaft, aber stoisch auf ihren hohen Absätzen balancierend, räumte bei jedem Gast einzeln die leeren Tassen und Teller ab und hatte für jeden eine höflich gemurmelte Floskel. Wexford beobachtete die Blicke, mit denen jeder ihrer Besucher sie bedachte: der ihrer Mutter einfach bloß kummervoll, Pertwees voll tiefempfundener Zuneigung, Bardsleys unstet und zwiespältig, während die verhinderte Braut sich vorbeugte und mit vorgeschobenem Kinn kopfnickend ihre entschlossene Parteinahme kundtat.

»Hatte Ihr Mann ein Bankkonto, Mrs. Hatton?« fragte Burden, als sie an seinem Sessel vorbeikam.

Die Sonne schien ihr voll ins Gesicht, zeigte jeden Pinselstrich, jedes Körnchen ihres Make-ups, vertrieb aber zugleich jeglichen Ausdruck daraus. Sie nickte. »Bei der Midland-Bank«, sagte sie.

»Ich würde gern seine Einzahlungsnachweise sehen.«

»Warum das denn?«

Die giftig aufgebrachte Stimme gehörte Pertwee. Wexford ignorierte ihn und folgte der Witwe zur Anrichte hinüber, wo sie aus einer der Schubladen ein längliches cremefarbenes Heft zog. Er reichte es an Burden weiter und fragte scheinbar zusammenhangslos:

»Wann hat Ihr Mann seine falschen Zähne bekommen, Mrs. Hatton?«

Pertwees kaum unterdrücktes: »Scheißschnüffler!« ließ sie zusammenzucken, und sie warf einen verzweifelten Blick über die Schulter zurück. »Die hatte er schon immer. Schon seit er zwanzig war«, sagte sie.

»Diese jetzigen Prothesen?«

»Oh, nein. Die waren neu. Er war deswegen bei Mr. Vigo, etwa vor einem Monat.«

Wexford nickte und warf einen Blick über Burdens Schulter in das Einzahlungsheft. Und was er dort sah, verblüffte ihn mehr als Hattons gesamte Verschwendungssucht. Etwa drei Viertel der Blätter des Heftes waren herausgerissen worden und bis auf drei auch sämtliche Kontrollabschnitte.

Das Datum auf dem letzten der übriggebliebenen Kontrollabschnitte war April, und bei dieser Gelegenheit hatte Hatton die bescheidene Summe von fünf Pfund und vier Pence auf sein Bankkonto eingezahlt.

»Das war der vierte Rang im Toto«, sagte Mrs. Hatton mit einem unterdrückten Schluchzer.

Auf den beiden anderen Abschnitten war jeweils die Summe von zwei Pfund eingetragen.

»Mrs. Hatton«, sagte er und winkte sie in eine Ecke des Zimmers, »der Sinn dieser Kontrollabschnitte in einem Einzahlungsheft besteht darin, daß der Kontoinhaber einen ständigen Überblick hat über die Geldbeträge, die er bei der Bank eingezahlt hat. Können Sie mir erklären, weshalb Mr. Hatton sie herausgerissen hat? Sie müssen doch in der Bank entweder von Mr. Hatton selbst ausgefüllt worden sein oder von dem Kassierer, der ihn bedient hat.«

»Es ist mir ein Rätsel. Charlie hat mit mir nie über Geld gesprochen. Er hat immer gesagt...« Sie schluchzte erneut, und eine Träne rann durch das Make-up. »Er hat immer gesagt: ›Zerbrich du dir nicht den Kopf darüber. Als wir geheiratet haben, da hab ich dir versprochen, ich würde dir alles geben, was du willst, und das werde ich auch tun. Sag mir, was du willst, und du kriegst es.‹« Sie neigte den Kopf und begann zu schluchzen. »So was wie Charlie gibt's nur einmal unter Millionen. Er hätte mir den Mond vom Himmel geholt, wenn ich's verlangt hätte.« Das Mädchen Marilyn stand auf und legte die Arme um ihre Freundin. »Oh, Charlie, Charlie...!«

Die Schublade stand offen, und sichtbar obenauf lag Hattons Scheckbuch. Wexford blätterte es durch und stellte fest, daß Hatton am 22. Mai fünfundzwanzig Pfund für die Lampe bezahlt hatte. Dreißig Pfund waren an die Firma Lucrece Ltd., High Street, Kingsmarkham, gezahlt worden (die Ausstattung seiner Frau für Pertwees Hochzeit?) und weitere dreißig in derselben Woche, der letzten Maiwoche, an Excelsior Electrics, Stowerton (Pertwees Plattenspieler?).

Dann kamen drei leere Abschnitte und schließlich einer über eine Barauszahlung von fünfzig Pfund. Einen Abschnitt für Vigo, den Zahnarzt, gab es nicht. Hatton mußte seine Zähne bar bezahlt haben.

Er legte die Hefte in die Schublade zurück und wartete ab, bis Mrs. Hatton sich wieder gefangen hatte. Ihre Mutter und ihr Bruder hatten sich in die Küche verzogen, von wo Wexford ihr gedämpftes Flüstern und ein ebenso gedämpftes, dem Trauerfall angemessenes Tassenklappern hören konnte.

Das Augen-make-up der Witwe war in Marilyn Thompsons Taschentuch hängengeblieben. »Ich klappe immer wieder zusammen«, sagte sie, »ich kann einfach nicht aufhören.«

»Na ja, aber bedenke mal, was du auch durchgemacht hast, Liebes.«

»Ich weiß gar nicht, was ich ohne euch beide machen würde.«

Pertwee sagte nichts, aber sein kläglicher und zugleich kämpferischer Gesichtsausdruck war so absurd in seiner Intensität, daß es Wexford fast rührte. Er fragte ganz nebenbei: »Sagt Ihnen der Name McCloy etwas, Mr. Pertwee?«

Daß der Name Mrs. Hatton nichts, aber auch gar nichts sagte, das war ihm sofort klar. Bei Pertwee und dem Mädchen war er nicht so sicher. Letztere schob die Unterlippe vor, und ihre Lider flatterten. Sekundenlang war sie nichts als ein kleines, ängstliches Tier, das nach einer Höhle suchte, um sich verkriechen zu können. Pertwee war rot geworden, möglicherweise aber nur aus Ärger über Wexfords Hartnäckigkeit.

»Kommt mir irisch vor«, war alles, was er sagte.

»Kommt er Ihnen nicht auch bekannt vor?«

»Mir nicht, ich kenne keinen McCloy. Nie von ihm gehört.«

»Merkwürdig immerhin, daß Sie am Freitag im *Dragon* mit Ihren Freunden über diesen Mr. McCloy gesprochen haben. Ist er ein Einheimischer?«

»Ich sag Ihnen doch, ich hab nie von ihm gehört.« Pertwee biß sich auf die Lippen und blickte auf seine Knie hinunter. Wexford beobachtete, wie er nach der Hand des Mädchens tastete, aber sie war mit Mrs. Hatton beschäftigt, tupfte ihr das Gesicht ab und strich ihr übers Haar. Im Stich gelassen, fuhr die Hand über Pertwees Stirn und grub sich in die fettige schwarze Haartolle. »Können Sie uns nicht endlich in Ruhe lassen?« bat er seufzend, und wieder mußte Wexford machtlos mit ansehen, wie sich der Mann hinter dem undurchdringlichen Schutzschild der Trauer versteckte. »Ich habe nie gewußt, was bei Lastern vor sich ging«, sagte er. »Ich war nicht Charlies einziger Freund. Er hatte Hunderte von Freunden. Fragen Sie Jim Bardsley, fragen Sie Cullam.« Pertwees Augen waren trübe und leblos. »Soll doch jemand anders sein Andenken mit Dreck besudeln.«

Jim Bardsley hatte sich eine Schürze um den Bauch gebunden. Er stellte das Geschirr fort und bewegte sich dabei übertrieben vorsichtig in der Küche umher, so als fürchte er, allein seine Berührungen könnten den strahlenden Glanz des Neuen zerstören oder beflecken, der über der gesamten Ausstattung lag. Die Hattonsche Wohnung und die Cullamsche hatten eines gemeinsam, nämlich eine automatische Waschmaschine. Mrs. Hatton aber besaß noch eine Menge anderer Sachen außer Mixern, elektrischem Büchsenöffner, Dampfbügeleisen sowie dem riesigen dunkelroten Kühlschrank und einem in Augenhöhe eingebauten kombinierten Koch-, Back- und Grillgerät.

»Sie transportieren all solche Geräte, nicht wahr, Mr. Bardsley?« fragte Burden. »Ich nehme an, Mr. Hatton hat die Sachen hier zum Einkaufspreis bekommen.«

»Allerdings«, meinte Bardsley reserviert.

»Bügeleisen, Elektroöfen und so weiter, war das die Ladung, die Sie eingebüßt haben, als Mr. Hattons Lastwagen überfallen wurden?« Bardsley nickte unglücklich. »Sie waren aber doch bestimmt versichert?«

»Nicht beim zweitenmal, nicht im März, als sie bei Stamford zuschlugen. Da mußte ich den ganzen Verlust selbst tragen.« Bardsley nahm die Schürze ab und hängte das Geschirrhandtuch auf, welches – sehr beziehungsreich in dieser Wohnung – die Abbildung einer großen Pfundnote zeigte. »Hat mich ganz schön zurückgeworfen, das kann ich Ihnen sagen. Ich glaube, der arme alte Charlie war bloß froh, daß ich ihn nicht als Partner aufgenommen hatte. Stellen Sie sich mal vor, beide Male hat man den Lastwagen gefunden. War kein bißchen beschädigt, bloß die Ladung weg, das war alles. Beim zweitenmal war Charlie auf einen Abstellplatz gefahren und überm Lenkrad eingeschlafen. Die Schufte haben ihm nichts getan, Gott sei Dank, bloß gefesselt und 'n Knebel in den Mund, weiter nichts.«

»Aber bei dem Mal davor ist er verletzt worden?«

»Kleine Gehirnerschütterung«, meinte Bardsley. »Zu sehen war kaum was, außer einer kleinen Platzwunde.«

»Haben Sie je den Namen McCloy gehört, Mr. Bardsley?«

»Nee, da klingelt bei mir nichts«, sagte Bardsley, und Burden glaubte ihm. »Stellen Sie sich mal vor«, fuhr er fort, »ich hab dann mein eigenes Zeug hier auf dem Wochenmarkt wiederentdeckt. Ich wußte, daß es meins war, aber beweisen konnte ich's doch nicht. Sie wissen ja, wie diese Marktbudenmieter sind, die kennen sämtliche Tricks.« Er kratzte sich am Kopf. »Aber ich war wohl 'n bißchen zu neugierig damals, jedenfalls hab ich diesen Stand seitdem hier nicht mehr gesehen.«

»Wenn Sie ihn wiedersehen, Mr. Bardsley, dann kommen Sie sofort zu uns. Lassen Sie sich auf keinen Streit ein, kommen Sie direkt zu uns.«

»Okay«, sagte Bardsley, wenn auch ohne Hoffnung. Er betrachtete nachdenklich das bedruckte Geschirrhandtuch, als Burden ihn verließ. Gäbe es die Möglichkeit, es in Papier zu verwandeln, seine Größe zu reduzieren und es vielfältig zu reproduzieren, ja, dann wäre er ein glücklicher Mann.

»Vor allem möchte ich erst mal wissen, wieviel genau sich auf diesem Konto befindet«, sagte Wexford.

Der Filialleiter der Bank wurde pedantisch exakt. »Ganz genau sechshundertundneun Pfund, vier Shilling und sieben Pence.«

»Ich nehme an, das ist ein Girokonto? Er hatte kein Sparkonto, oder?«

»Leider nein. Als Mr. Hatton anfing, große Summen einzuzahlen, da habe ich natürlich versucht, ihn zu überreden, ein Festgeldkonto zu eröffnen, wo der Zinssatz doch so günstig war, Sie verstehen. Fünf Prozent, wie Sie sicherlich wissen. Aber Mr. Hatton wollte nicht. ›Immer flexibel, Mr. Fünfprozent, das ist meine Devise!‹ sagte er in seiner witzigen Art zu mir.«

Der Filialleiter seufzte. »Ein sehr liebenswerter, amüsanter Mann, der arme Mr. Hatton. Einer der Besten.«

Nun ja, Ansichtssache, fand Wexford. »Was waren denn das für große Summen?«

»Also... es ist zwar sehr unorthodox, aber wenn Sie darauf bestehen...« Ein mächtiges Hauptbuch wurde geöffnet, und auf der Nase des Filialleiters erschien eine dicke Hornbrille. »Mr. Hatton eröffnete dieses Konto im November letzten Jahres«, fing er an, »und zwar mit einem Betrag von einhundert Pfund.« Die Zahlung für den ersten Raubüberfall auf den Lastwagen, dachte Wexford. Hübsche kleine Entschädigung für seine Gehirnerschütterung. »Danach kam bis zum Januar nichts weiter dazu, und dann erfolgten zwei separate Einzahlungen von je fünfzig Pfund.« Zwei weitere Raubüberfälle, von Hatton inszeniert, der die Fahrer in einem Rasthaus durch Poker abgelenkt hatte? Wexford war sehr zufrieden. Sämtliche Teilchen seines Puzzles fügten sich nahtlos ineinander. »Dann wurde wieder im März, am 15. März, ein weiterer Hunderter eingezahlt und danach dann wieder nichts mehr bis zum 22. Mai.«

Der Filialleiter hielt inne, und Wexford nahm sich vor festzustellen, ob während der vorletzten Maiwoche auf Hattons Fahrtroute auf der A 1 irgendwelche Lastwagen überfallen worden waren. Anscheinend kriegte Hatton einen Hunderter, wenn er persönlich beteiligt war, und einen Fünfziger, wenn ein anderer eins über den Schädel kriegte und im Straßengraben landete. So ein liebenswerter, amüsanter Mann!

»Wieviel?« fragte er kalt.

Der Filialleiter rückte die Brille zurecht.

»Äh... lassen Sie mal sehen... Allmächtiger. Nein, das ist kein Irrtum. Also wirklich, darauf war ich nicht gefaßt. Mr. Hatton hat tatsächlich am 22. Mai fünfhundert Pfund auf sein Girokonto eingezahlt.«

Wexford war sprachlos. Was um alles in der Welt war in Hattons Besitz oder Wissen, was fünfhundert Pfund wert war? Welche Ladung war für einen Dieb so wertvoll, daß eine derartige Belohnung für Hatton dabei heraussprang? Außerdem mußten mehrere Leute bei diesen Unternehmungen beteiligt sein: McCloy selbst, zwei oder drei Männer, um den Lastwagen zu kapern und den Fahrer außer Gefecht zu setzen, und dann noch Hatton. McCloy würde den Löwenanteil dessen, was die Ladung erbrachte, für sich beanspruchen, und wenn Hatton für sein Ablenkungsmanöver allein schon fünfhundert kriegte, dann waren die drei aktiven Ganoven doch mindestens fünfhundert pro Person wert. Viermal fünfhundert also, und wieviel für McCloy? Tausend? Zweitausend? Das deutete auf eine Fracht im Wert von vier- oder fünftausend Pfund hin. Mindestens. Denn McCloy würde auf dem Hehlermarkt nicht annähernd den wahren Wert der Ladung herausschlagen.

Es würde nicht schwer sein, das herauszufinden. Ein Raubüberfall dieses Kalibers würde bei der Polizei, in deren Distrikt er sich ereignet hatte, nicht so schnell vergessen sein. Er verstand gar nicht, weshalb er sich nicht selbst daran erinnerte. Das mußte doch Schlagzeilen gemacht haben. Die vorletzte Woche im Mai, überlegte er... Vermutlich hatte man nie jemanden drangekriegt für diese Sache. Ganz bestimmt jedenfalls nicht Hatton.

»Und danach?« fragte er ruhig.

»Regelmäßige Einzahlungen von fünfzig Pfund wöchentlich während der letzten sechs Wochen.«

Wexford hatte Mühe, seine Verblüffung zu verbergen. »Aber keine großen Beträge mehr?«

»Nein, keine großen Summen mehr«, bestätigte der Filialleiter.

Es lag auf der Hand, was passiert war. Hatton hatte seine Jobs für McCloy erledigt, und der letzte war spektakulär gewesen, äußerst spektakulär – womöglich mit schwerer Körperverletzung und Tod verquickt? Warum, zum Teufel, konnte *er* sich nicht drauf besinnen? Und dabei hatte Hatton dann einen schwachen Punkt in McCloys Absicherungssystem entdeckt und angefangen, ihn zu erpressen. Eine einmalige Summe am 22. Mai und dann fünfzig Pfund pro Woche.

Mußte recht angenehm gewesen sein, solange es dauerte, dachte Wexford ziemlich moralwidrig. Was erweckte bei einem armen Mann auch größere Begeisterung als ein plötzlicher Zufluß unverdienten Geldes aus einer scheinbar unerschöpflich sprudelnden Quelle? Warum sollte Hatton es sich verkneifen, darin herumzuplätschern? Wexford fiel auf, daß Metaphern, die das Geld betrafen, häufig mit Wasser zu tun hatten – Finanzstrom, Pegel – und daß Geschäftsleute von Liquidität und flüssigem Geld redeten.

Er kam an die Kingsbrook-Brücke, blieb einen Augenblick am Geländer stehen und horchte auf das sanfte Glucksen und Schwatzen des Flusses. Wie immer plätscherte der Kingsbrook über seine Steine, aufgehalten hie und da durch Baumwurzeln oder wucherndes Kraut, letztlich aber ungehindert, immer in Bewegung, in der Sonne glitzernd, als funkelten Goldstücke unter seinen krausen kleinen Wellen.

Am Ufer dieses Wassers war Hatton seinem Tod begegnet. Weil eine Quelle, nicht so überströmend freigebig wie dieser Fluß, ausgetrocknet war?

8

»In diesem Bezirk gibt es bloß drei McCloys«, sagte Burden am nächsten Morgen. »Ich habe mit allen dreien gesprochen – durch und durch ehrliche, unauffällige Bürgersleute. In Pomfret waren es zwei Brüder, einer ist Lehrer an der Gesamtschule, der andere Laborassistent. James McCloy, hier in der Stadt ansässig, betreibt eine kleine, wenig erfolgreiche Dekorationsfirma.«

»Kleine Fische also?« fragte Wexford, der noch immer an seine Wasser-Metaphern denken mußte.

»Sehr kleine. Und nichts deutete drauf hin, daß da auch nur ein Penny unrechtmäßig verdient war. Aber ich habe das Firmenregister durchgesehen und bin auf etwas gestoßen, daß immerhin ein bißchen hoffen läßt. Es gibt in London, in Deptford, eine Firma McCloy & Sons Ltd., und was glauben Sie, in welcher Branche die tätig sind?«

»*Étonnez-moi*«, meinte Wexford, wie einst Diaghilew zu Cocteau. Burden sah ihn mißtrauisch an, also drängte er mit amüsierter Ungeduld: »Ich weiß es nicht, Mike, machen Sie's nicht so spannend.«

»Sie beschichten die Oberfläche elektrischer Hausgeräte.«

»Ach, wirklich?«

»Ich hab eine Anfrage nach London durchgegeben und warte darauf, daß sie zurückrufen. Wenn das auch nur irgendwie erfolgversprechend ist, dann fahr ich rüber nach Deptford.«

»Während Sie warten«, sagte Wexford, »könnten Sie sich mal mit der Polizei in Stamford in Verbindung setzen, Stamford in Lincolnshire. Ich möchte bloß wissen, was tatsächlich passiert ist, als Hattons Lastwagen am 15. März überfallen wurde, und ob die irgendwelche McCloys in ihrem Bezirk haben.«

»Stamford, Sir? Gibt es da nicht 'ne Brücke, wo der arme alte Harold einen Sieg erfochten hat, bevor er bei Hastings auf dic Nase fiel?«

»Das ist das falsche«, sagte Wexford, »dieses Stamford ist eine reizende, kleine, altertümliche Stadt aus grauem Stein, um die die A 1 inzwischen zum Glück einen Bogen macht. Bereits Shakespeare erwähnt sie: ...ein gutes Ochsengespann auf Stamfords Markt? – Sie können sie auch gleich mal fragen, ob sie Ende Mai einen schweren Raubüberfall hatten. Möglich, daß er nicht direkt in ihrer Nähe stattfand, aber das war so eine kapitale Sache, daß sie sehr wahrscheinlich davon gehört haben.«

Der Lift, das schöne, neue Spielzeug, hatte mittlerweile sein Gewicht viermal untadelig befördert, und Wexford zitterte jetzt kaum noch, wenn er ihn betrat. Während sich der Kasten gehorsam zum Erdgeschoß hinabsenkte, dachte er wieder über McCloys geheimnisvolles Bravourstück moderner Straßenräuberei nach. Er hatte alle Unterlagen über jenen Zeitraum durchgesehen und nichts gefunden. Jetzt wartete auch er auf den Anruf aus London, der für den Nachmittag angekündigt war. Scotland Yard würde ihn also erleuchten, nachdem sie dort ihre Archive befragt hatten. Aber wieso war die Sache weder ihm noch auch den Zeitungen zur Kenntnis gekommen?

Die Sergeants Camb und Martin unterhielten sich angeregt in der Halle, als er aus dem Lift trat. Er hüstelte hörbar.

»Wir sprechen gerade über die Ermittlungen im Fall Fanshawe, Sir«, beeilte sich Camb zu sagen.

»Ich dachte, die sind vertagt worden?«

»Der Untersuchungsrichter möchte die Sache jetzt wiederaufnehmen, aber ich habe ihm schon gesagt, daß wir nichts in der Hand haben. Ich bin dafür, auf jeden Fall abzuwarten, bis Mrs. Fanshawe sich weiter erholt hat.«

»Die ist schlimm dran, was?« sagte Martin. Wie eine alte Frau in der Schlange im Supermarkt, dachte Wexford.

»Durch den Unfall ist sie nicht mehr richtig im Kopf, finde ich. Die ist jetzt ebensowenig imstande, vor Gericht zu erscheinen, wie vor sechs Wochen. Weiß Gott, ich kann's ihr nachfühlen. Ihr Mann tot und ihr einziges Kind auch. Es ist kein Spaß, kann ich Ihnen sagen, einer kranken Frau beibringen zu sollen, daß ihre Tochter tot ist, wenn sie hartnäckig drauf beharrt, die sei in Deutschland und sie lebte.«

»Vielleicht lebt sie ja wirklich«, meinte Wexford, mehr in der boshaften Absicht, den beiden einen Knüppel zwischen die Beine zu werfen, als aus Überzeugung. Er hatte den Namen Fanshawe bis obenhin satt. Schließlich halste er der uniformierten Abteilung ja auch nicht seine Probleme auf, und er sah nicht ein, weshalb er sich Cambs Gewäsch anhören sollte. »Vielleicht war das im Wagen ja jemand anders.«

»O nein, Sir, die Tante hat das Mädchen identifiziert.«

»Na schön, das ist *Ihr* Problem, Sergeant. *Sie* sind schließlich der Officer des Untersuchungsrichters.« Verdrießlich setzte er hinzu: »Wir haben alle unsere Probleme, und wir müssen so gut damit fertig werden, wie wir können.« Er schob die Tür auf und sagte über die Schulter: »Was glauben Sie eigentlich, was Sie da machen, Martin, Sie halten den Officer des Untersuchungsrichters von der Erfüllung seiner Pflichten ab! Wenn Sie Arbeit suchen, dann laufen Sie mal nach oben und sagen Sie Mr. Burden das Stichwort McCloy und daß ich jetzt unterwegs bin zum Zahnarzt.«

»Hoffentlich haben Sie nicht zu große Schmerzen, Sir?«

»Sie leben hinterm Mond, mein Lieber«, schmunzelte Wexford, »heutzutage geht man nicht mehr zum Zahnarzt, weil man Zahnschmerzen hat, man geht zum Nachschauen, sozusagen zur Inspektion.«

Es war ein zu schöner Tag, um mit dem Wagen zu fahren.

Wexford ging bei Grovers Zeitungsladen über die Straße und bog in die York Street ein. Im Schaufenster von Joy Jewels ließ die Sonne die Straßketten und die kleinen Doublécolliers aufblitzen, und die Blätter der Platanen malten Schattenmuster aufs Straßenpflaster wie von Damasttüchern. Wenn man die Tankstelle und die kleinen Häuser, in denen auch George Carter wohnte, hinter sich gelassen hatte, dann lief die Straße nach und nach in einen ländlichen Fahrweg aus. Die sanft ansteigenden Hügel und die lockere Gruppierung der Bäume wirkten wie eine Schäferidylle. Ein Fremder würde wahrscheinlich verblüfft stehenbleiben, wenn er über die Hügelkuppe kam und unter sich den Ploughman's Lane liegen sah.

Im Laufe der Jahrhunderte waren im Ploughman's Lane gut zwei Dutzend Häuser erbaut worden, zuerst für den niederen Adel, für Witwen und Verwandtschaft der Gutsherren zum Beispiel; in jüngerer Zeit waren dann ähnlich herrschaftliche und großzügig gelegene Wohnsitze für die höheren Berufsstände entstanden. Von seinem Standort aus konnte Wexford die Dächer überblicken: der gelbe Fleck eines neuen Strohdaches ganz links, gute fünfzig Meter daneben rote Ziegel, dann mit Giebeln und Türmchen der graue Schiefer, der der viktorianischen Bourgeoisie so teuer gewesen war, und als nächstes, halb versteckt zwischen den ausgebreiteten Armen einer schwarzen Zeder, das tief herabgezogene Teerdach eines zweigeschossigen Landhauses.

Wexford ging rasch bergab, froh über den Schatten, den die dichter werdenden Bäume spendeten. Aus der Tamariskenhecke des Landhauses kam ein Bentley angerauscht, beschleunigte herausfordernd und drängte ihn im Vorbeifahren platt gegen die Hecke.

»Und wenn ich durch Zufall 'nen Wicht überfahr«, zitierte Wexford,

»ich zahl für den Schaden, zahl alles in bar.
Denn Geld zu haben, ist köstlich, fürwahr...«

Allmächtiger Gott, er wurde schon genauso schlimm wie Maurice Cullam! Er hatte sich die Nummer des Bentley gemerkt. Hübsche Autos besaßen die Leute hier in der Gegend. Vor der gotischen grauen Schiefervilla stand ebenfalls ein Bentley, daneben ein schicker gelber Cortina.

Eheliche Eintracht, dachte Wexford und grinste in sich hinein. Sogar die Autos der Ehefrauen hatten hier Format. Keine Minis und keine Klapperkisten aus zweiter oder dritter Hand. Aber Frauen würden nie gleichberechtigt sein, überlegte er und war glücklich über diese neu entdeckte profunde Theorie, solange nicht der Tag kam, an dem die Männer es nicht mehr für naturgegeben hielten, daß ihre Frauen jeweils den kleineren Wagen hatten. Und das taten sie immer, egal, wie reich sie waren; egal übrigens auch, ob die Frauen reicher oder größer waren als ihre Männer. Er suchte in Gedanken nach einer Ehefrau, die einen größeren Wagen fuhr als ihr Mann, aber ihm fiel keine ein. Nicht, daß ihm sonderlich daran gelegen war, daß die Frauen gleichberechtigt wären. Was das betraf, so war er ganz zufrieden mit dem Status quo.

Aber daß ihm eine neue und obendrein universale Wahrheit aufgegangen war, amüsierte ihn doch, und er grübelte weiter darüber nach, bis er vor dem Haus von Jolyon Vigo anlangte.

Das hochgewachsene dunkelhaarige Mädchen stieg aus dem Londoner Zug, und als sie im Bahnhof Stowerton durch die Sperre ging, fragte sie die Frau, die dort die Fahrkarten einsammelte, wo sie ein Taxi finden könne.

»Es gibt hier nur eins. Aber um diese Tageszeit ist es wohl kaum unterwegs. Vielleicht haben Sie Glück. Oja, da seh ich es, dort am Stand.«

Sie blickte dem Mädchen nach, wie es forsch die Treppe hinunterlief. Sehr selten kamen hier in Stowerton so schicke und so herausfordernd selbstsichere Frauen an, nicht mal aus London und auch nicht im Hochsommer. Die Kontrolleurin, die selbst gerade eine neue Dauerwelle hatte machen lassen, fand das extrem kurze, geometrisch geschnittene Haar des Mädchens scheußlich. Sie sah damit aus wie ein Junge oder wenigstens wie Jungen früher auszusehen pflegten, als die Männer noch ein bißchen Selbstrespekt besaßen und zum Friseur gingen. Außerdem war sie flachbrüstig und nichts als Haut und Knochen, eine Stange von oben bis unten. Aber zugegeben, dieser Typ gab einen guten Kleiderständer ab. Sie trug ein Kostüm, das von der Farbe und Gewebeart eines Sackes war, ein irgendwie fremdartig wirkendes Kostüm mit diesen geknöpften Taschen, aber die Kontrolleurin hätte wetten können, daß es mindestens vierzig Pfund gekostet hatte. Irgendwie war es nicht gerecht, daß ein junges Ding von – na, wie alt konnte sie sein, dreiundzwanzig, vierundzwanzig? – vierzig Pfund rauswerfen konnte für so ein bißchen Sackstoff. Geld macht's halt, dachte sie. Geld machte auch dieses hochnäsig aufgereckte Kinn, die untadelige Haltung, den Gang, und diese arrogante Stimme.

Das Mädchen ging auf das Taxi zu und sagte zu dem Fahrer:

»Würden Sie mich bitte zum Royal Hospital fahren?«

Als sie beim Krankenhaus angekommen waren, öffnete sie ihre braune Nappaledertasche, um ihn zu bezahlen, und er sah, daß sie außer englischem Geld ein paar merkwürdig aussehende ausländische Scheine in ihrer Brieftasche hatte. Halbwegs hoffte er, sie würde ihm versehentlich einen davon geben, so daß er eine Szene machen konnte, aber sie tat es nicht. Er schätzte sie als knallhartes junges Ding ein, das genau wußte, was es wollte. Obgleich sie hier fremd war, ging sie schnurstracks auf die Pförtnerloge zu, wie er beim Wenden sehen konnte.

»Können Sie mir sagen, wo es zur Privatstation geht?«

»Immer geradeaus, Madam, und dann sehen Sie ein Schild mit einem Pfeil.« Der Pförtner nannte sie Madam, weil sie nach dem Weg zur Privatstation gefragt hatte. Hätte sie etwa nach der Station V gefragt, dann hätte er ihr erklärt, Besuche am Vormittag seien auf den allgemeinen Stationen verboten, und weil er sich gern wohlwollend gab, hätte er sie vielleicht ›meine Liebe‹ genannt. Andererseits konnte man sich bei einer wie der nicht vorstellen, daß sie nach einer allgemeinen Station gefragt hätte. Sie war eine Dame, jawohl, eine richtige kleine Dame.

Schwester Rose war spät dran mit Bettenmachen am Dienstagmorgen. Gegen neun hatte sie Mrs. Goodwin versorgt und war noch auf einen kleinen Schwatz geblieben. Bei diesen Privatpatientinnen war man halbwegs Kammerzofe, und wenn sie wollten, daß man ihnen die Fingernägel lackierte, dann blieb einem nichts übrig, als zu gehorchen. Trotzdem, sie wäre schon ein gutes Stück weiter gewesen, wenn nicht diese Polizisten wieder aufgetaucht wären, um der armen Mrs. Fanshawe noch mehr Fragen zu stellen. Und natürlich konnte sie Mrs. Fanshawes Bett nicht machen, während die da herumlungerten. Es wurde beinahe zwölf, bis sie die arme verwirrte Kreatur in einen Sessel bugsieren und die Bettwäsche abziehen konnte.

»Es kann doch eine Woche dauern, bis ein Brief in Deutschland ankommt, nicht wahr?« fragte Mrs. Fanshawe. Sie nahm ihre Ringe ab und machte sich einen Spaß daraus, das reflektierende Sonnenlicht direkt in Schwester Roses Augen blitzen zu lassen.

»Na, mindestens«, sagte Schwester Rose und blinzelte. »Da machen Sie sich mal keine Sorgen.«

»Ich hätte lieber ein Telegramm schicken sollen. Ja, ich glaube, Sie sollten eins für mich aufgeben.«

Gebranntes Kind scheut das Feuer, dachte Schwester Rose. Sie würde Mrs. Fanshawe diesen Gefallen nicht tun.

Man brauchte der nur den kleinen Finger zu reichen, und schon war man den ganzen Tag nichts anderes als Laufbursche für Mrs. Fanshawe. In der Stadt herumzurennen und blödsinnige Telegramme abzuschicken an ein Mädchen, das gar nicht existierte!

»Soll ich Ihnen die Haare bürsten?« fragte sie und schüttelte die Kissen auf.

»Vielen Dank, meine Liebe. Sie sind ein gutes Mädchen.«

»Also, dann ab ins Bett! Oh! Sie sind ja leicht wie eine Feder. Aber lassen Sie nicht Ihre wunderschönen Ringe auf dem Tisch liegen.«

Schwester Rose ist wirklich sehr hilfsbereit gewesen, dachte Mrs. Fanshawe. Sie machte keinen besonders intelligenten Eindruck, war aber die einzige, die nicht auf diesem Unsinn beharrte, Nora sei tot. Und wie sie sie um diese Ringe beneidete! Merkwürdiges kleines Ding... Wenn Nora käme, würde sie sie mal in die Wohnung schicken und sie dieses Straßdings rauskramen lassen, das sie mal aus einer Laune heraus bei Selfridge gekauft hatte. Es war nicht mehr wert als dreißig Shilling, aber das wußte Schwester Rose ja nicht. Ja, sie nahm sich fest vor, es Schwester Rose zu schenken.

Sie lehnte sich behaglich zurück und ließ sich das Haar bürsten.

»Während Sie mir mein Mittagessen holen«, sagte sie, »werde ich mir überlegen, wie ich das Telegramm abfasse. Ach, und Sie können mal die Karte meiner Schwester wegtun. Die geht mir auf die Nerven.«

Froh, wegzukommen, schoß Schwester Rose aus dem Zimmer, den Beutel mit schmutziger Bettwäsche hinter sich herzerrend, und prallte auf dem Gang fast mit einem großen, dunkelhaarigen Mädchen zusammen.

»Können Sie mir sagen, wo ich Mrs. Dorothy Fanshawe finde?«

»Die ist hier drinnen«, sagte Schwester Rose. Solche

Schuhe, wie das Mädchen sie trug, hatte sie noch nie gesehen. Sie waren aus braunem Kalbsleder mit einem kupfernen Birkenblatt über dem Spann, und ihre Form war so ungewöhnlich und exotisch, daß Schwester Rose glaubte, es müsse der letzte Modeschrei sein. In Stowerton hatte sie solche Schuhe noch nie gesehen, und übrigens, so glaubte Schwester Rose, würde es sie selbst in London nicht geben. »Aber Mrs. Fanshawe bekommt jetzt gleich ihr Mittagessen«, sagte sie.

»Ich nehme an, es macht keine Schwierigkeiten, damit noch zehn Minuten zu warten.«

Dir bestimmt nicht, dachte Schwester Rose entrüstet, wer immer du auch bist. Aber sie konnte diese Traumschuhe doch nicht ohne Kommentar entschwinden lassen, und so sagte sie impulsiv: »Ich hoffe, Sie nehmen mir meine Frage nicht übel, aber ich finde Ihre Schuhe einfach toll. Wo haben Sie die her?«

»Ein Kompliment tut niemandem weh«, erwiderte das Mädchen kühl. »Es sind italienische, aus Florenz, aber gekauft habe ich sie in Bonn.«

»Bonn? Bonn ist in Deutschland, ja? Ooh... Sie sind doch nicht etwa... Sie können doch nicht Nora sein?! Sie sind *tot!*«

Am Morgen hatte Wexford Justice Shallow zitiert, und jetzt, da er Jolyon Vigos Haus betrachtete, fand er, dies sei genau das Ambiente, in dem auch Shallow gelebt haben konnte. Schon zu Shakespeares Zeiten mußte das hier ein älterer Bau gewesen sein, ein solides schwarz-weißes Fachwerkhaus, ein Wohnsitz von zeitloser Schönheit, dessen Stil und Eleganz sich auch auf seinen jeweiligen Besitzer zu übertragen schienen. Eine Kletterrose mit seidigen gelben Blüten rankte sich über die schwarzgestreifte Giebelwand und schmiegte sich an die üppigen Tudorrosen, die vor langer Zeit von einem Künstler in das Eichenholz geschnitzt worden waren. Zu beiden Seiten des Plattenweges waren kunstvolle Beete angelegt, mit niedrigen Hecken und winzigen Blumenbüschen. Das Ganze wirkte so akkurat, so unnatürlich, daß Wexford fast den Eindruck hatte, die Blumen seien auf die Erde gestickt worden.

Eine Wagenremise aus einer etwas späteren Epoche diente als Doppelgarage. Unter ihrem Giebel war eine Sonnenuhr und seitlich ein kleiner Aussichtspavillon. Die Garagentür stand offen – die einzige Spur von Unordnung weit und breit –, und drinnen sah Wexford zwei Wagen. Wieder amüsierte es ihn, seine Beobachtung bestätigt zu sehen, die er allmählich als ›Lex Wexford‹ betrachtete. Eine Frau öffnete soeben die Tür eines blaßblauen Minor. Sie schlug sie geräuschvoll zu, und mit einem Kind auf dem Arm quetschte sie sich zwischen dem kleinen und dem großen Wagen hindurch, einem riesigen blaugrünen Plymouth mit Heckflossen.

Der Ausdruck ›Frau mit Kind‹ suggerierte irgendwie eine Bäuerin und ein in Tücher gehülltes Kind. Als Wexford sie näher in Augenschein nahm, fand er ›Dame mit Baby‹ passender.

»Was wünschen Sie?« fragte sie in dem spitzen Tonfall der einheimischen *upper class*. Bevor sie hinzufügen konnte, was sie offenbar im Sinn hatte, nämlich daß sie nie etwas an der Tür kaufe, stellte er sich eilig vor und fragte nach ihrem Mann.

»Der ist in der Praxis. Gehen Sie dort durch die Pergola nach hinten.«

Verwundert, wie jemand so etwas ohne eine Spur von Beklommenheit oder wenigstens Humor sagen konnte, betrachtete Wexford sie von oben bis unten. Sie war eine nichtssagende junge Frau, dünn und dunkelhaarig, mit einem abgezehrten Gesicht. Sie legte das Baby in einen Kinderwagen und schob es den Plattenweg entlang. Der kleine Junge war kräftig und hübsch, hatte blaue Augen und blondes Haar. Er sah aus, als habe er durch seine Geburt alle Kraft seiner Mutter erschöpft und sie wie eine verbrauchte Hülse übriggelassen. Wexford mußte an einen Schmetterling denken, frisch und lebendig, der aus einem vertrockneten Kokon geschlüpft war.

Er wußte nicht ganz genau, was eine Pergola war, aber als er darauf zuging, gab es keinen Zweifel mehr, und innerlich schmunzelnd stieg er eine Steinstufe hinab und tauchte in einen grünen Tunnel ein. Die Bäume, deren Zweige über seinem Kopf zusammentrafen und sich ineinander verwoben, waren Apfel- und Birnbäume, und überreich hingen bereits die kleinen grünen Früchte herab. Der Laubengang führte zu ein paar Gewächshäusern und zu einem ehemaligen Stallgebäude, das in eine Praxis umgewandelt worden war. Inmitten dieser grünen Zauberwelt wirkte das Schild mit den Sprechzeiten des Zahnarztes geradezu wie ein Stilbruch. Wexford hob den Riegel der zweigeteilten Pferdestalltür und trat ins Wartezimmer.

Ein hübsches Mädchen in weißem Kittel kam zu ihm heraus, und er sagte ihr, daß er angemeldet sei. Dann setzte er sich hin, und da er für *Elle* oder *Nova* nichts übrig hatte, sah er sich ein bißchen um. Merkwürdig, sich Charlie Hatton in diesem Raum vorzustellen, und Wexford fragte sich, warum er wohl nicht zu dem Zahnarzt in der Stadt gegangen war. An diesen Wänden hier hingen nicht die üblichen Plakate, die den jungen Müttern nahelegten, während der Schwangerschaft Milch zu trinken und ihre Kleinen zweimal jährlich zur Vorsorgeuntersuchung zu bringen. Ebensowenig gab es Hinweise über eine Behandlung auf Kassenschein. Und sich hier einen Patienten mit dicker Backe vorzustellen, erschien ihm geradezu absurd.

Die Tapete an den Wänden hatte ein altmodisches Streifenmuster, und die wenigen Polstermöbel sahen aus wie echte Antiquitäten. Die Vorhänge waren aus dunklem Chintz mit einem Medaillon-Dessin. Ein kleiner Kronleuchter fing die Sonnenstrahlen ein und warf ein Muster aus regenbogenfarbenen Punkten an die Decke. Wexford fand, das hier sei eingerichtet wie das Wohnzimmer eines Menschen mit sicherem Geschmack. So etwas gab es in Kingsmarkham dutzendweise. Aber dies war ja nur das Wartezimmer eines Zahnarztes, und er überlegte, wie dann wohl der Rest des Hauses aussähe. Er würde sich überraschen lassen. Er bewunderte eben ein kunstvolles Blumenarrangement, staunte, wie raffiniert ein Jasminzweig so gesteckt war, daß er anmutig aus der Vase heraus über den Konsolentisch hing, als das Mädchen wieder erschien und meldete, Mr. Vigo ließe jetzt bitten.

Wexford folgte ihr ins Sprechzimmer.

Hier gab es nichts Außergewöhnliches, bloß die übliche Einrichtung eines Behandlungszimmers mit hydraulischem Stuhl und diese modernen Apparate mit Schläuchen und Kabeln. Eisblaue Fensterblenden waren herabgelassen, um die Mittagssonne auszusperren.

Vigo stand neben einem der Fenster und hantierte mit ein paar Instrumenten in einer Metallschale, und als Wexford eintrat, blickte er nicht mal auf. Wexford lächelte spöttisch in sich hinein. Diese Pose ständiger Überraschung und voller Inanspruchnahme kannte er, es war typisch für manche Ärzte und Zahnärzte und gehörte zu ihrem Persönlichkeitskult. Gleich würde Vigo über die Schulter blicken, Überraschung heucheln und sich hastig dafür entschuldigen, daß er mit Dingen beschäftigt sei, die über den Verstand eines Polizisten hinausgingen.

Der Zahnarzt hatte einen wohlgeformten Löwenkopf mit blonder Mähne. Sein Kinn war ausgeprägt und ein wenig vorstehend, der Mund schmal.

Eines Tages, wenn er alt war, würde er ein Nußknackergesicht haben, aber das war noch lange hin. Er schien zu rechnen, und als er damit fertig war, reagierte er genauso, wie Wexford es erwartet hatte.

»Bitte entschuldigen Sie, Chief Inspector. Eine kleine Sache, die keinen Aufschub duldete. Ich höre, Sie möchten mit mir über den verstorbenen Mr. Hatton sprechen? Ich habe vor dem Mittagessen keine Patienten mehr, wollen wir da nicht ins Haus hinübergehen?«

Er zog seinen weißen Kittel aus. Darunter trug er einen schieferblauen Anzug aus Tussahseide, dessen Schnitt, Material und Farbe für seine Größe und seine breite, muskulöse Brust nicht maskulin genug waren. Er hatte die Figur eines internationalen Rugbystars, und Wexford, der immerhin einsfünfundachtzig maß, kam sich neben ihm klein vor.

Wexford ging hinter ihm her durch den Laubengang, und sie betraten das Haus durch eine Glastür vom Garten her. Es war, als beträte man ein Museum. Wexford blieb ganz benommen stehen. Er hatte schon von chinesischen Salons gehört, von chinesischem Chippendale, aber gesehen hatte er noch nie ein Zimmer, das völlig in diesem Stil eingerichtet war. Die Leuchtkraft seiner Farben ließ den bunten Garten draußen fahl erscheinen. Seine Füße versanken in einem Teppich, dessen Blau- und Beigetöne einen Sommerhimmel heraufbeschworen, und auf Vigos Geheiß ließ er sich vorsichtig in einen Sessel mit gelbem Satinpolster und gespreizten Drachenfüßen sinken. Der Zahnarzt bewegte sich selbstsicher und gelassen zwischen Vitrinen und Tischchen, die mit Porzellan und Jade vollgestellt waren, und blieb mit einem angedeuteten Lächeln auf den dünnen Lippen unter einem Rollbild mit roten Fischen stehen.

»Ich weiß nicht recht, was Sie mich bezüglich Mr. Hattons Zähne fragen wollen«, sagte er. »Er hatte gar keine eigenen Zähne mehr.«

Wexford war hergekommen, um seine Ermittlungen zu führen, aber einen Augenblick lang brachte er das nicht fertig. In dieser Umgebung über falsche Zähne reden? Sein Blick fiel auf ein Schachspiel, das in einer Ecke des Zimmers aufgestellt war. Auf dem Tischchen standen zwei Armeen, eine aus Elfenbein, eine aus roter Jade, und die Bauern waren zu Pferde, die weißen mit Speeren bewaffnet, die roten mit Pfeil und Bogen. Eine der roten Springerfiguren, ein Ritter auf schabrackengeschmücktem Roß, hatte ein geradezu zeitgenössisches westliches Gesicht, ein grobes, scharfes Gesicht, das auf absurde Weise an Charlie Hatton erinnerte. Und es grinste Wexford an, schien ihn zu drängen, zur Sache zu kommen.

»Das wissen wir, Mr. Vigo«, sagte er und mußte sich zwingen, den Blick von der Figur abzuwenden und ihn auf ein eierschalendünnes Porzellanservice für Jasmintee zu heften. »Was uns verwundert, ist, daß ein Mann mit seinem Einkommen sich ein derartig kostspieliges Gebiß geleistet hat.«

Vigos Lachen war jungenhaft und anziehend, aber er verstummte abrupt und schüttelte den Kopf. »Eine Tragödie, nicht wahr? Haben Sie schon eine Ahnung, wer das...? Aber nein, so was darf ich wohl nicht fragen.«

»Ich habe nichts dagegen, daß Sie das fragen. Nein, wir haben noch keine Ahnung. Ich komme zu Ihnen, weil ich Sie bitten möchte, mir alles über Mr. Hatton zu erzählen, was Sie wissen, ganz besonders, was Sie vielleicht über die Quellen seiner Einkünfte wissen.«

»Ich weiß nur, daß er einen Lastwagen fuhr.« Sichtlich stolz genoß Vigo noch immer die staunenden Blicke seines Gastes. »Nun ja, ich verstehe, was Sie meinen. Es hat mich auch verwundert. Viel weiß ich nicht, aber ich werde Ihnen erzählen, was ich kann.« Er trat an eine Vitrine, deren Türgriffe zu langen, geschwungenen Drachenschwänzen geformt waren. »Leisten Sie mir Gesellschaft bei einem Sherry als Aperitif?«

»Nein danke, lieber nicht.«

»Schade.« Vigo drängte nicht weiter, goß sich selbst aber ein Glas Manzanilla ein und setzte sich ans Fenster. Es ging auf einen schattigen Innenhof hinaus, in dessen Mitte sich ein Planetarium auf einem Steinsockel befand. »Mr. Hatton kam Ende Mai zu mir in die Sprechstunde. Vorher war er noch nie Patient bei mir gewesen.«

Ende Mai. Am 22. Mai hatte Hatton fünfhundert Pfund auf sein Bankkonto eingezahlt, zweifellos sein Anteil an der Beute des mysteriösen Raubüberfalls.

»Ich kann Ihnen das genaue Datum sagen, da ich nachgesehen habe, ehe Sie kamen. Es war Dienstag, der 21. Mai. An dem Tag rief er mich um die Mittagszeit an, und zufällig hatte ich gerade eine Absage und konnte ihn beinahe sofort kommen lassen. Er hatte schon Zahnprothesen, seit er zwanzig war, sehr schlecht sitzende Dinger übrigens. Er fühlte sich gehemmt deswegen und wollte neue haben. Ich fragte ihn, wodurch er seine eigenen Zähne verloren hätte, und er gab als Grund Paradentose an. Mittlerweile kannte ich seine Lebensumstände ein wenig – mindestens wußte ich, was sein Beruf war –, und ich fragte ihn, ob er sich bewußt sei, daß das für ihn beträchtliche Ausgaben bedeuten würde. Er sagte, Geld spiele dabei keine Rolle – genau das waren seine Worte – und er wolle die teuersten Zähne, die ich beschaffen könne. Wir kamen schließlich auf eine Summe von zweihundertfünfzig Pfund, und er war damit vollkommen einverstanden.«

»Das muß Sie doch überrascht haben.«

Vigo nippte nachdenklich an seinem Sherry. Er berührte eine der Schachfiguren, einen zinnenbewehrten Turm, und streichelte sie voller Stolz. »Ich war auch erstaunt. Und ich sage Ihnen ganz ehrlich, daß mir sogar ein bißchen mulmig dabei war.« Er ließ sich nicht weiter aus über dieses mulmige Gefühl, und Wexford dachte, er hatte wahrscheinlich befürchtet, die zweihundertfünfzig Pfund würden nicht gezahlt werden. »Wie auch immer, Anfang Juni wurden die Prothesen angefertigt und angepaßt. Vor etwa einem Monat ist das gewesen.«

»Wie hat Mr. Hatton Sie bezahlt?«

»Oh, er zahlte in bar, er bezahlte mich am gleichen Tag, bestand darauf, es zu tun. Das Geld bestand aus Fünfpfundnoten, die ich sofort bei meiner Bank eingezahlt habe. Chief Inspector, ich verstehe, worauf Sie hinauswollen, aber ich konnte den Mann ja schließlich nicht fragen, woher er sein Geld hatte, nicht wahr? Bloß, weil er in seiner Arbeitskleidung hier ankam und weil ich wußte, daß er Lastwagenfahrer war? Das konnte ich doch nicht machen.«

»Haben Sie ihn danach noch wiedergesehen?«

»Er kam noch einmal zur Kontrolle. Ach ja, und ein zweites Mal, um mir zu sagen, wie zufrieden er sei.«

Wieder wurde Wexford förmlich benebelt von all den Farben, von dem verführerischen Dekor, das seine Blicke anzog und bannte, wo immer er hinsah. Er beugte den Kopf und konzentrierte sich auf seine großen, häßlichen Hände. »Hat er bei irgendeinem seiner Besuche einen McCloy erwähnt?«

»Ich glaube nicht. Er sprach von seiner Frau und von seinem Schwager, mit dem er beruflich zusammenarbeitete.« Vigo hielt inne und kramte in seiner Erinnerung. »Oh, und er erwähnte einen Freund, der heiraten wollte. Er nahm an, das interessiere mich, weil der Mann öfters hier gewesen ist wegen elektrischer Reparaturarbeiten. Hatton redete auch davon, daß er ihm einen Plattenspieler als Hochzeitsgeschenk kaufen wolle. Na ja, der arme Kerl ist tot, und ich weiß nicht, ob ich das sagen sollte.«

»Sagen Sie es, Mr. Vigo.«

»Also, er gab ziemlich an damit, was für eine Menge Geld er ausgäbe. Ich möchte nicht wie ein Snob klingen, aber ich fand das reichlich vulgär. Auch seine Frau hatte er bloß erwähnt, um mir zu erzählen, daß er ihr gerade was Neues zum Anziehen gekauft habe, und er versuchte mir klarzumachen, sein Schwager, das sei eben ein armer Teufel, der nie auf einen grünen Zweig käme.«

»Aber der Schwager ist im gleichen Beruf tätig.«

»Ich weiß. Das hat mich auch einigermaßen verblüfft.

Mr. Hatton sagte, er habe immer verschiedene Eisen im Feuer und manchmal mache er dabei ein verdammt gutes Geschäft. Aber offen gestanden, wenn ich mir überhaupt was dabei gedacht habe, dann dachte ich höchstens, er hätte irgendwelche kleinen Nebenverdienste, malte den Leuten die Häuser an oder putzte ihnen vielleicht die Fenster.«

»Fensterputzer sprechen nicht von verdammt guten Geschäften, Mr. Vigo.«

»Nein, wahrscheinlich nicht. Tatsache ist, daß ich nicht viel zu tun habe mit Leuten von Mr. Hattons...« Vigo stockte. Wexford war überzeugt, er hatte ›Klasse‹ sagen wollen. »... äh, Herkommen«, sagte der Zahnarzt. »Sicher, Sie deuten jetzt an, diese Nebenverdienste seien nicht ganz legitim gewesen, und rückblickend betrachtet, könnte das wohl so sein. Wenn ich jetzt so nachdenke, dann hatte Mr. Hatton wirklich manchmal ein bißchen was Verschlagenes an sich, wenn er davon redete. Aber das war höchstens eine Nuance.«

»Gut, ich will Sie jetzt nicht weiter belästigen.« Wexford stand auf. Es mußte wohl an seiner überempfindlich mißtrauischen Wachsamkeit liegen, daß er meinte, ein erleichtertes Entspannen jener muskulösen Schultern wahrzunehmen. Vigo öffnete ihm die geschnitzte Eichentür.

»Ich darf Sie hinausbegleiten, Chief Inspector.« Die Diele war ein großer rechteckiger Raum, der Fliesenboden hier und da mit feingewebten Brücken belegt und jeder Zentimeter ihres geschwärzten alten Holzwerks glühte förmlich auf in der Sonne. An den Wänden hingen Drucke von Blake, die Infernoszenen, Nebukadnezar mit seinen Adlerklauen, der nackte Newton mit seinen goldenen Locken. Ohne seinen blauen Seidenanzug sähe Vigo vielleicht ganz ähnlich aus, mußte Wexford denken. »Ich hatte neulich das Vergnügen, Ihre Tochter bei mir zu sehen«, hörte er den Zahnarzt sagen. »Was ist sie doch für ein entzückendes Mädchen!«

»Ja, ich höre, sie wird viel bewundert«, erwiderte Wexford

trocken. Das Kompliment ging ihm irgendwie gegen den Strich. Er empfand es als bewußte Schmeichelei. Außerdem hatte in Vigos Stimme ein Ton der Verblüffung mitgeklungen, als ob er staunte, daß so ein alter Gänserich einen Schwan zeugen könne.

Die Haustür ging auf, und Mrs. Vigo mit dem Kind auf dem Arm kam herein. Jetzt erst fiel Wexford wieder ein, daß es da noch ein anderes Kind gab, ein mongoloides, das irgendwo in einem Heim untergebracht war.

Das Baby, das Vigo jetzt auf den Arm nahm, war vielleicht sechs oder sieben Monate alt. Niemand hätte an seiner Vaterschaft zweifeln können. Schon jetzt hatte der Kleine seines Vaters Kinn und seine athletischen Gliedmaßen. Vigo hob den Jungen in die Höhe, lachte, als der kicherte, und ein Ausdruck völlig vernarrter Bewunderung trat auf sein Gesicht.

»Darf ich Ihnen meinen Sohn vorstellen, Mr. Wexford? Ist er nicht prächtig?«

»Er ist Ihnen sehr ähnlich.«

»Ja, das sagen alle. Sieht älter aus als sieben Monate, was?«

»Hm, wird ein großer Bengel werden«, meinte der Chief Inspector. »Und nachdem wir uns nun gegenseitig Komplimente über unseren hübschen Nachwuchs gemacht haben, werde ich mich jetzt verabschieden, Mr. Vigo.«

»Gesellschaft zur gegenseitigen Bewunderung, was?« Vigo lachte herzhaft, seine Frau verzog keine Miene. Sie nahm ihm den Jungen fast grob weg, als kränke sie soviel übertriebene Bewunderung. Wieder mußte Wexford an das mongoloide Kind denken, dessen Schicksal auch durch noch so viel Geld nicht geändert werden konnte. Gram füllt den Raum, Gram um mein fernes Kind, es liegt in seinem Bettchen, geht auf und ab mit mir.

Wexford trat in den Sonnenschein und den akkuraten Garten hinaus.

9

Wexford war kaum eine halbe Stunde wieder im Polizeipräsidium, da kam der Anruf von Scotland Yard. Im ganzen Land hatte es in der letzten Maihälfte nur zwei Raubüberfälle auf Lastwagen gegeben, und keiner von beiden hatte auf Hattons regulärer Route stattgefunden. Der eine war in Cornwall, der andere in Monmouthshire gewesen, und die Laster waren mit Margarine beziehungsweise mit Pfirsichkonserven beladen gewesen.

Wexford las die Notiz, die Burden ihm hinterlassen hatte, bevor er nach Deptford abgefahren war:

Stamford meldet: keine aktenkundigen Diebstähle aus Lastwagen in ihrem Distrikt während der Monate April und Mai.

Unwahrscheinlich, daß Hatton seine Finger in den Überfällen von Cornwall oder Monmouthshire gehabt hatte. Margarine und Früchtekonserven! Selbst wenn es in jedem Falle Tonnen gewesen wären, hätte ein Viertel- oder Fünftelanteil sich nicht auf fünfhundert Pfund belaufen können. Aber vielleicht unterschätzte er Hattons Fischzüge? Er hatte am 22. Mai fünfhundert auf sein Konto eingezahlt, nicht gerechnet die fünfundzwanzig Pfund für die Lampe. Weitere sechzig waren für Kleidung und für den Plattenspieler draufgegangen. Und während der ganzen Zeit, nahm Wexford an, hatte Hatton gelebt wie ein König. Gewiß, die erste und vielleicht auch die zweite Erpressungszahlung waren gekommen, bevor er Anfang Juni seine Zähne bezahlen mußte, aber als es dann soweit war, da hatte er die zweihundertfünfzig Pfund dafür bar auf den Tisch gelegt.

Das hieß doch wohl, daß Hatton zwar am 22. Mai fünfhundert eingezahlt, in Wirklichkeit aber viel mehr bekommen hatte, möglicherweise sogar zweimal soviel. Bei einer Gelegenheit jedenfalls hatte er in seiner Brieftasche Geldscheine im Wert von etwa hundert Pfund bei sich gehabt.

Und wenn es nun Ende Mai gar keinen Raubüberfall gegeben hatte? Das würde bedeuten, daß Hattons gesamtes dubioses Vermögen durch Erpressung erworben war, und zwar durch Erpressung nicht in Verbindung mit einem Raubüberfall, sondern mit irgend etwas anderem.

Da steckt weit mehr dahinter, als ich ursprünglich angenommen habe, dachte Wexford frustriert.

»Da scheint weit mehr dahinterzustecken, als man zunächst annehmen konnte«, sagte Sergeant Camb entrüstet. »Mrs. Fanshawes eigene Schwester hat doch die tote junge Dame als Miss Nora Fanshawe identifiziert.«

»Und nichtsdestoweniger«, sagte die junge Frau, »bin ich Nora Fanshawe.« Sie setzte sich auf einen der schalenförmigen roten Stühle in der Eingangshalle des Polizeipräsidiums, stellte die Füße sittsam eng nebeneinander auf den schwarz-weißen Fliesenboden und starrte auf die Schuhe hinunter, die bei Schwester Rose helles Entzücken erregt hatten. »Meine Tante war sicherlich furchtbar durcheinander, und Sie sagen ja, das Mädchen war entsetzlich verbrannt. Sie war ziemlich entstellt, oder?«

»Ja, sehr«, sagte Camb gequält. Sein nächster Vorgesetzter und der Superintendent waren vor zehn Minuten zu einer Besprechung in Lewes aufgebrochen, und er war ausgesprochen ratlos. Ihm graute allein bei dem Gedanken, was der Untersuchungsrichter zu alledem sagen würde.

»Mrs. Fanshawes Schwester schien völlig sicher.« Aber stimmte das? Er erinnerte sich lebhaft an die Szene, wie er die Frau in die Leichenhalle geführt und die Gesichter aufgedeckt hatte, Jerome Fanshawes zuerst und dann das des Mädchens. Fanshawe hatte auf dem Gesicht gelegen, und das Feuer hatte ihm kaum etwas angetan. Außerdem hatte die Frau den silbernen Schreibstift in seiner Brusttasche wiedererkannt, ebenso seine Armbanduhr und die Narbe der kleinen Schnittwunde am Handgelenk, Relikt irgendeines Schuljungen-Rituals. Das Mädchen zu identifizieren war so grauenhaft abstoßend gewesen. Alles Haar weggebrannt bis auf die schwarzen Wurzeln, und die Gesichtszüge so grotesk zerstört. Er schauderte noch jetzt, wenn er daran dachte, abgehärtet, wie er doch war.

»Ja, das ist meine Nichte«, hatte Mrs. Browne gesagt. Dann hatte sie sich abgewandt und das eigene Gesicht mit den Händen bedeckt. Natürlich hatte er sie gefragt, ob sie auch ganz sicher sei, und sie hatte gesagt, ja, ganz sicher, aber jetzt überlegte er, ob es nicht lediglich Assoziation, logische Folgerung gewesen war, die sie zu dieser Erklärung gebracht hatte, Assoziation und Grauen. Sie hatte gesagt, es sei ihre Nichte, weil das Mädchen jung war und schwarze Haare hatte, und wer sonst als Nora Fanshawe hätte denn auch mit ihren Eltern in dem Wagen gewesen sein können? Und doch war es jemand anders gewesen... Was, zum Teufel, würde bloß der Untersuchungsrichter dazu sagen!

Noch immer jenes zerstörte, entsetzliche Gesicht vor Augen, wandte er den Blick in das junge, harte, unversehrte Gesicht vor ihm und sagte:

»Können Sie beweisen, daß Sie Nora Fanshawe sind, Miss?«

Sie machte die große lederne Handtasche auf, die sie bei sich trug, und holte einen Paß heraus. Wortlos reichte sie ihn Camb. Das Foto war dem Mädchen, das dort an der anderen Seite des Schreibtisches saß, nicht sehr ähnlich, aber Paßfotos waren den Originalen selten sehr ähnlich. Beklommen blickte er zwischen ihr und dem Dokument hin und her, und er las, daß Nora Elizabeth Fanshawe, von Beruf Lehrerin, 1945 in London geboren war, daß sie schwarzes Haar und braune Augen hatte, daß sie einen Meter fünfundsiebzig groß war und keine unveränderlichen Merkmale besaß. Das Mädchen in der Leichenhalle war bestimmt keine einsfünfundsiebzig groß gewesen, aber man konnte von einer Tante schließlich nicht verlangen, daß sie die Größe einer ausgestreckten Leiche richtig abschätzte.

»Warum sind Sie nicht eher zurückgekommen?« fragte er.

»Wie hätte ich denn? Ich wußte doch nicht, daß mein Vater tot und meine Mutter im Krankenhaus ist.«

»Haben Sie denn nicht mal geschrieben? Haben Sie nicht gewartet, daß sie Ihnen schrieben?«

»Unsere Beziehung war sehr schlecht«, sagte die junge Frau ruhig. »Außerdem, meine Mutter hat ja geschrieben. Ich bekam den Brief gestern und habe das nächste Flugzeug genommen. Hören Sie mal, meine Mutter kennt mich doch, und das sollte Ihnen genügen.«

»Ihre Mutter...« Camb korrigierte sich. »Mrs. Fanshawe ist eine sehr kranke Frau...«

»Sie ist nicht verrückt, falls Sie das meinen. Das beste wird sein, ich rufe meine Tante an, dann werden Sie mich wohl gehen lassen, damit ich etwas essen kann. Sie wissen es vielleicht nicht, aber ich habe seit acht Uhr nichts mehr gegessen, und jetzt ist es halb drei.«

»Oh, ich werde sofort Mrs. Browne anrufen«, sagte Camb hastig. »Es wäre bestimmt nicht gut für sie, einfach so Ihre Stimme zu hören. O Gott, nein.« Er war beinahe überzeugt.

»Warum denn ich?« fragte Wexford. »Warum soll ich mit ihr sprechen? Das hat doch mit mir nichts zu tun.«

»Verstehen Sie, Sir, der Superintendent und Inspector Letts sind nach Lewes...«

»Hat die Tante ihre Stimme wiedererkannt?«

»Anscheinend ja. Sie war ganz durcheinander, kann ich Ihnen sagen. Ehrlich, ich hab nicht viel Zutrauen zu dieser Tante.«

»Na schön, bringen Sie sie rauf«, sagte Wexford ungeduldig. »Wenigstens mal 'ne Abwechslung zu den Lastwagen. Und Camb… nehmen Sie den Lift.«

Er hatte weder ihre Mutter noch ihre Tante je gesehen, also konnte er nicht nach Familienähnlichkeiten suchen. Aber sie war die Tochter eines reichen Mannes. Er betrachtete ihre Handtasche, die Schuhe, die Platinuhr, vor allem aber spürte er an ihr geradezu handgreiflich ein Fluidum von Arroganz. Parfum benutzte sie nicht. Schweigend nahm er ihren Paß entgegen, ihren internationalen Führerschein und den Brief von Mrs. Fanshawe. Als er sie durchblätterte, fiel ihm ein, daß Nora Fanshawe – wenn sie Nora Fanshawe war – wahrscheinlich ein beträchtliches Vermögen erben würde. Jerome Fanshawe war ein wohlhabender Börsenmakler gewesen. Es konnte sein, daß dieses Mädchen hier eine Schwindlerin war und er und Camb die ersten Opfer eines kolossalen Betrugs.

»Ich glaube, wir müßten noch ein paar Beweise mehr haben«, sagte er langsam.

»Bitte sehr. Ich weiß zwar nicht recht, was Sie damit meinen…«

»Augenblick mal.« Wexford nahm Camb beiseite. »Gab es denn nichts als die Erklärung dieser Mrs. Browne bei der Identifizierung des toten Mädchens?« fragte er ziemlich erbost.

Camb blickte niedergeschlagen drein. »In dem Wagen war noch ein Koffer mit Kleidung«, sagte er. »Und wir haben den Inhalt zweier Handtaschen durchsucht, die wir auf der Straße fanden. Eine gehörte Mrs. Fanshawe. In der anderen war nichts als ein bißchen Make-up, ein Portemonnaie mit zwei Pfund und etwas Kleingeld drin und ein Päckchen Zigaretten.« Und wie zur Rechtfertigung fügte er hinzu: »Es war eine ganz schön teure Handtasche von Mappin and Webb.«

»Mein Gott«, sagte Wexford angewidert, »ich hoffe bloß,

ihr habt uns hier keinen weiblichen Tichborne-Prätendenten aufgehalst.« Er ging zu dem Mädchen zurück, setzte sich ihr gegenüber an den Schreibtisch und nickte kurz angebunden. »Sie fuhren also mit Mr. und Mrs. Fanshawe auf Urlaub nach Eastover?« fragte er. »An welchem Tag war das?«

»Am 17. Mai«, antwortete die junge Frau prompt. »Ich bin Lehrerin für Englisch an einer Schule in Köln. Ende März gab ich meine Stellung dort auf und kehrte nach England zurück.«

»Und seitdem lebten Sie mit Mr. und Mrs. Fanshawe zusammen?«

Falls es der jungen Frau auffiel, daß er von den beiden nicht als von ihren Eltern sprach, so ließ sie sich das nicht anmerken. Steif und angespannt saß sie da, den feingeformten Kopf hoch erhoben. »Zuerst nicht«, sagte sie, und er spürte einen Anflug von Unsicherheit in ihrer Stimme. »Meine Eltern und ich hatten eine Zeitlang kein gutes Verhältnis miteinander. Erst seit Mitte Mai lebte ich wieder mit ihnen zusammen, oder besser gesagt, ich wohnte bei ihnen. Meine Mutter wollte unbedingt, daß ich mit ihnen käme in unser Ferienhaus, und weil ich das auch wollte – ich wollte, daß unsere Beziehung sich besserte –, na ja, da stimmte ich zu, mitzufahren.« Wexford nickte unverbindlich, und sie fuhr fort: »Wir fuhren dann gemeinsam am 17. Mai runter nach Eastover…« Ihre Schultern zogen sich zusammen, und sie blickte auf ihre gefalteten Hände. »An jenem Abend hatte ich eine Auseinandersetzung mit meinen Eltern. Es ist wohl nicht nötig, daß ich ins Detail gehe?« Ohne Wexfords Einverständnis mit ihrer Zurückhaltung abzuwarten, übersprang sie den Streit und sagte: »Ich hatte das Gefühl, es war sinnlos zu versuchen, unser Verhältnis zu kitten. Uns trennten Welten, wir… Das Ergebnis war, daß ich meiner Mutter am Samstag morgen erklärte, ich sähe keinen Sinn darin, in England zu bleiben und ich würde nach Deutschland zurückgehen und versuchen, dort meinen alten Job wiederzubekommen. Ich nahm einen der Koffer mit Kleidung, die ich mitgebracht hatte, und fuhr nach Newhaven, um das Schiff nach Dieppe zu nehmen.«

»Und haben Sie Ihre alte Stellung wiederbekommen?«

»Glücklicherweise ja. In Deutschland herrscht Lehrermangel, genau wie hier, und sie waren geradezu glücklich, als ich wieder auftauchte. Ich konnte sogar mein altes Zimmer in der Goethestraße wiederbekommen.«

»Ich verstehe. Jetzt hätte ich gern noch Namen und Adresse der Behörde, die Sie beschäftigt, den Namen Ihrer Zimmerwirtin und den der Schule, an der Sie unterrichten.«

Während die junge Frau die verlangten Angaben niederschrieb, meinte Wexford:

»Waren Sie nicht verwundert, während der letzten sechs Wochen nichts von Mr. oder Mrs. Fanshawe zu hören?«

Sie blickte auf und hob ihre dichten schwarzen Augenbrauen. »Ich sagte Ihnen doch, wir hatten Streit. Ich hätte meinen Vater erst auf Knien um Entschuldigung bitten müssen, das kann ich Ihnen sagen, ehe er sich herabgelassen hätte, mir zu schreiben.« Zum erstenmal gab sie Emotionen preis, und das trug viel mehr dazu bei, Wexford an ihre Geschichte glauben zu lassen, als alle faktischen Beweise, die sie ihm bisher gegeben hatte. »Dieses beiderseitige Schweigen war bei uns gang und gäbe«, sagte sie, »besonders nach solchen Auseinandersetzungen wie an jenem Abend. Sechs Monate konnten da glatt verstreichen. Wie hätte ich auch darauf kommen sollen, daß ihnen was zugestoßen ist? Ich bin ja keine Hellseherin.«

»Aber als Mrs. Fanshawe schrieb, da kamen Sie sofort.«

»Sie ist schließlich meine Mutter. Was halten Sie davon, wenn Sie mich jetzt gehen ließen, damit ich was zum Lunch bekomme?«

»Augenblick noch«, sagte Wexford. »Wo werden Sie jetzt wohnen?«

»Ich wollte gerade Sie bitten, mir hier irgend etwas zu empfehlen«, erwiderte das Mädchen eine Spur ironisch.

»Das *Olive and Dove* ist das beste Hotel. Ich würde Ihnen vorschlagen, sich sofort mit dem Anwalt Ihres verstorbenen Vaters in Verbindung zu setzen.«

Die junge Frau stand auf, und nicht eine Knitterfalte verunzierte den Rock ihres Kostüms. Ihre Selbstsicherheit war umwerfend. Camb hielt ihr die Tür auf, und mit einem knappen »Guten Tag« verabschiedete sie sich. Als ihre Schritte verklungen waren, platzte Camb verzweifelt heraus: »Wenn die nun wirklich Nora Fanshawe ist, wer um Gottes willen war dann das Mädchen auf der Straße?«

»Das ist Ihr Problem, Camb«, sagte Wexford unfreundlich.

»Oder Ihres.«

»Ja, das fürchte ich auch. Als ob ich nicht mit einem Mord schon genug am Hals hätte!«

Lilian Hatton war eine leichtere Nuß zum Knacken als die junge Dame, die sich Nora Fanshawe nannte. Sie brach zusammen und weinte bitterlich, als Wexford ihr erzählte, aus welchen Quellen das zusätzliche Einkommen ihres Mannes geflossen war. Er war fast sicher, daß ihr erst jetzt die Schuppen von den Augen fielen, und stumm und traurig beobachtete er, wie sie das Gesicht in den Händen vergrub und schluchzend den Kopf schüttelte.

»Ihr Bruder hat mir das Fahrtenbuch Ihres Mannes gegeben, Mrs. Hatton«, sagte er sanft, als sie sich ein wenig gefangen hatte, »jetzt möchte ich gern noch wissen, ob Sie selbst vielleicht eine Art Tagebuch oder Terminkalender führen?«

»Bloß einen Notizkalender neben dem Telefon«, schluchzte sie, »wo ich mir manchmal Notizen mache.«

»Könnten Sie mir die bitte freundlicherweise ausleihen?«

»Glauben Sie«, fragte sie und betupfte ihre Augen, als sie

mit dem Kalender zurückkam, »glauben Sie, jemand... jemand hat meinen Charlie getötet, weil er nicht weitermachen wollte mit diesen... diesen Jobs?«

»Irgend so was vielleicht.« Es war wohl nicht der Zeitpunkt, dieser Frau auseinanderzusetzen, daß ihr Mann sowohl ein Erpresser als auch ein Dieb gewesen war. »Wer wußte Bescheid, daß Mr. Hatton an diesem Abend den Weg am Kingsbrook entlanggehen würde?«

Sie knüllte ihr feuchtes Taschentuch zwischen Händen, deren Nägel noch immer genauso lackiert waren, wie Charlie Hatton es gern gehabt hätte, rot und glänzend und auffällig. »Der ganze Darts-Club«, überlegte sie, »und ich – ich wußte das. Und meine Mutter wußte es und mein Bruder auch, Jim. Charlie ging immer diesen Weg, wenn er aus der Kneipe kam.«

»Mrs. Hatton, hat Ihr Mann in dieser Wohnung jemals Besucher empfangen, die Sie nicht kannten? Fremde, meine ich, mit denen er allein reden wollte?«

»Nein, das hat er nie getan.«

»Vielleicht, wenn Sie nicht da waren? Können Sie sich erinnern, daß Ihr Mann Sie je gebeten hat, wegzugehen und ihn mit irgend jemandem allein zu lassen?«

Das Taschentuch war jetzt zerrissen, triefend naß und zum Tränentrocknen nicht mehr zu gebrauchen. Sie drückte es trotzdem gegen die Augen, und als sie es fortnahm, war es schwarz und grün verschmiert. »Wenn er zu Hause war«, sagte sie, »dann bin ich nie weggegangen. Wir sind immer zusammen weggegangen. Wir waren... unzertrennlich. Mr. Wexford...« Sie umklammerte die Armlehnen ihres Sessels, und zwei feuerrote Flecken brannten auf ihren Wangen. »Mr. Wexford, ich habe alles gehört, was Sie mir gesagt haben, und ich muß es wohl glauben. Aber was immer mein Charlie auch getan hat, er hat es für mich getan. Er war ein Ehemann wie einer unter Millionen, ein guter, liebevoller Mann, ein wundervoller Mensch seinen

Freunden gegenüber. Fragen Sie, wen Sie wollen, fragen Sie Jack... Er war einer unter Millionen.«

Ach! Welk sind des Kriegs Girlanden, des Kriegers Ruhm gesunken... Merkwürdig, fand Wexford, wenn es um Charlie Hatton ging, dann dachte man sofort an Krieg und Soldaten und Schlachten. War es, weil das Leben selbst eine Schlacht war und Hatton sich daran mit skrupellosen Waffen beteiligt und reiche Beute gemacht hatte? Weil er gefallen war, als er mit einem Lied auf den Lippen heimwärts marschierte?

Wie sentimental er wurde! Der Mann war ein Erpresser und ein Dieb. Wenn das Leben eine Schlacht war und Charlie Hatton ein Soldat, dann befand er, Wexford, sich in der Position einer Patrouille der Vereinten Nationen, deren Job es ist, Übergriffe auf das Territorium der Schutzlosen zu verhindern.

»Ich möchte Sie jetzt nichts weiter fragen, Mrs. Hatton«, sagte er zu der Witwe, als er sie weinend zwischen den unrechtmäßig erworbenen Reichtümern des toten Mannes zurückließ.

In der High Street stieß er auf Dr. Crocker, der mit dem *British Medical Journal* unter dem Arm aus Grovers Laden trat.

»Na, 'n paar nette Verhaftungen getätigt?« fragte der Arzt gutgelaunt. »Na, na, denk an deine Hypertonie! Soll ich mal deinen Blutdruck messen? Ich hab das Blutdruckmeßgerät im Wagen.«

»Du kannst mich mal mit deinem Meßgerät«, knurrte Wexford, durchaus bereit, das genauer zu erläutern. »Anscheinend hat die gesamte Bevölkerung von Kingsmarkham gewußt, daß Charlie Hatton an dem Abend über den Uferweg nach Hause gehen würde.«

»Kein Grund, daß es deshalb ein Einheimischer gewesen sein müßte, oder?«

»Ich bin vielleicht kein Weiser mit einem Blutdruckmesser«, sagte Wexford gereizt, »aber ich bin nicht blöd. Wer immer Charlie Hatton umgebracht hat, der kannte sich aus in der Gegend.«

»Wieso? Er hätte doch bloß von Charlie Hatton zu hören brauchen, daß er an der Brücke von der High Street abbiegt und am Fluß entlanggeht.«

»So, glaubst du? Du meinst wohl, Hatton hat ihm ebenfalls erzählt, daß das Flußbett voller Steine ist, von denen einer eine brauchbare Waffe abgäbe, seinen Informanten aus der Welt zu schaffen?«

»Ich versteh schon, was du meinst. Es könnten zwar mehrere Köpfe hinter dem Mord stecken, aber der Komplize, der die Sache ausführte, müßte ein gestandener Kingsmarkhamer gewesen sein?«

»Ganz recht, Watson. Du machst dich, mein alter Freund«, spöttelte Wexford, »allerhand für einen Knochensäger.« Er verstummte plötzlich, und sein Gesicht wurde hart. Er tippte dem Freund auf den Arm und sagte: »Ich sehe was, was du nicht siehst... da drüben bei dem Ausstellungsraum der Elektrizitätsgesellschaft!«

Crocker folgte seinem Blick. Aus der Tabard Road kam eine Frau mit einem Kinderwagen und bog in die High Street ein. Vor dem Schaufenster der Beratungs- und Verkaufsstelle der Southern Electricity Board blieb sie stehen. Jetzt gesellten sich noch zwei weitere Kinder zu ihr und danach ein Mann, der ein drittes Kind an der Hand und ein viertes auf dem Arm hatte. Dicht aneinandergedrängt blieben sie auf dem Bürgersteig stehen und starrten wie hypnotisiert auf das überwältigende Angebot von elektrischen Küchengeräten.

»Mr. und Mrs. Cullam und ihre Nachkommenschaft«, sagte Wexford.

Die Familie war zu weit entfernt, als daß man ihre Unterhaltung hätte hören können, allem Anschein nach eine hitzige und sogar ziemlich aggressive Diskussion. Offensichtlich herrschte völlige Uneinigkeit darüber, ob ein Kühlschrank oder Heizofen nötiger sei. Die Kinder ergriffen erbittert Partei. Cullam schüttelte eine seiner Töchter, knuffte dem ältesten Sohn auf den Kopf, und dann stürmten sie alle in den Ausstellungsraum.

»Tust du mir einen Gefallen?« fragte Wexford den Arzt. »Geh mal da rein und kauf eine Glühbirne oder sonstwas. Ich will wissen, worauf die reizende Familie aus ist.«

»Du meinst, ich soll denen nachspionieren und dann petzen?«

»Du hast eine charmante Art, dich auszudrücken. Ich hab mein ganzes Leben auf diese Weise zugebracht. Ich setz mich in deinen Wagen. Kann ich die Schlüssel haben?«

»Ist gar nicht abgeschlossen«, meinte Crocker verlegen.

»Ach so? Dann komm mir bloß nicht wieder zeternd an, wenn dir das nächste Mal einer der einheimischen Hippies 'ne Ladung Stoff klaut. Also, mach zu, eine Vierzig-Watt-Birne. Kriegst es aus der Portokasse vergütet.«

Der Doktor zog widerstrebend ab. Wexford saß im Wagen und lachte sich ins Fäustchen. Wie Crocker sich dort unter hastigen Seitenblicken an das Schaufenster heranpirschte, das rief ihm längst vergangene Tage wieder ins Gedächtnis, als Wexford, damals Schüler der sechsten Klasse, eben diesen Mann als zehnjähriges Kind beobachtet hatte, wie es Treppenhäuser hinaufwetzte und an den Wohnungstüren Klingelstreiche verübte. Damals war der kleine Crocker leichtfüßig und vergnügt die Gartenwege entlanggerannt, um einen Türklopfer oder eine Klingel in stürmische Bewegung zu setzen, und hatte sich dann noch, als Gipfel der Unverfrorenheit, hinter einer Hecke versteckt, um den wilden Flüchen der verärgerten Hausbewohner zuzuhören. Hier gab es keine Hecke, und Crocker war fünfzig. Ob ihm vielleicht gleichfalls wehmütige Kindheitserinnerungen aufgeblitzt waren, als er drüben in den Verkaufsraum trat?

Wieder mußte Wexford an Justice Shallow denken. Jesus,

die verrückten Tage, die ich durchlebt! Und nun zu sehen, wie viele meiner alten Kumpel tot sind... Schluß damit! Andererseits erinnerte ihn das an Stamford, und er überlegte, wie Burden wohl vorankam. Irgendwie stimmte eine kleine Firma in Deptford nicht so ganz mit den Vorstellungen überein, die er persönlich von McCloys Herkommen hatte.

Samantha Cullam stolperte auf den Bürgersteig hinaus. Als nächstes erschien ihre Mutter und wuchtete den Kinderwagen heraus. Als die ganze Brut beisammen war, scheuchte der Vater sie mit schlechtgezielten Püffen voran, und sie alle verschwanden auf dem gleichen Weg, den sie gekommen waren. Dann tauchte Crocker auf, der sprichwörtliche Wolf im Schafspelz.

»Na?«

»Fauch mich nicht so an, alter Mistkerl«, sagte der Doktor, ungeheuer zufrieden mit sich. »Ich stelle Fallen, wie der Psalmist so schön sagt, ich fange Menschen.«

»Was hat Cullam gekauft?«

»Er hat nicht direkt was gekauft, aber er hat's auf einen Kühlschrank abgesehen.«

»Den kriegt er mit Prozenten?«

»Über Geld wurde nicht gesprochen. Sie haben sich ein bißchen gekabbelt, Monsieur und Madame, und eins der Kinder riß eine Pyrexschüssel von einem Herd runter. Cullam, das brutale Schwein, hat dem armen kleinen Kerl vielleicht eine Backpfeife verpaßt! Die sind alle ganz versessen auf diesen Kühlschrank, das kann ich dir sagen.«

»Schön, und was ist mit den Fallen, die du gestellt hast?«

»Das war bloß so 'ne bildliche Floskel«, sagte der Arzt. »Hab ich's vielleicht nicht gut gemacht? Und die Glühbirne hab ich auch gekauft, wie du gesagt hast. Einsneun, wenn ich bitten darf. Ich tu das schließlich nicht zu meinem Vergnügen.«

10

»Die Firma nennt sich McCloy Ltd.«, sagte Burden müde, »aber das letzte Firmenmitglied dieses Namens starb vor zwanzig Jahren. Das ist ein alteingesessener Laden, aber ich glaube, der liegt jetzt in den letzten Zügen. In unserer sogenannten Überflußgesellschaft kaufen die Leute neue Sachen, die wollen doch diesen wiederaufbereiteten Schrott nicht.«

»Das können Sie noch mal sagen«, bekräftigte Wexford und mußte an Cullam denken.

»Der Yard hat mich noch auf die Spur von sechs weiteren McCloys gesetzt, alle mehr oder weniger in der Eisenwarenbranche oder deren Randgebieten tätig. Alles ordentliche Leute. Aus Stamford hab ich eine weitere Liste einheimischer McCloys, und auch von denen hat keiner Dreck am Stecken, soweit sie wissen. Aber ich fahre morgen selbst nach Stamford rüber und seh mich mal ein bißchen um. Man hat mir dort alle erforderliche Hilfe zugesagt.«

Wexford lehnte sich in seinen Drehsessel zurück, und die sinkende Sonne schien ihm ins Gesicht. »Mike«, sagte er, »ich frag mich, ob wir nicht das Pferd am Schwanz aufzäumen. Wir suchen die ganze Zeit nach McCloy, damit er uns zu dem Mörder führt. Vielleicht sollten wir lieber erst den Mörder finden, damit der uns dann zu McCloy führt.«

»Cullam?«

»Möglich. Ich möchte, daß Martin ihn beschattet, und wenn Cullam hingeht und den Kühlschrank bar bezahlt, dann sind wir wirklich ein Stück weitergekommen. Inzwischen nehme ich mir mal Hattons Fahrtenbuch und Mrs. Hattons Telefonkalender als Hausaufgabe für heute abend mit. Aber als erstes – wie wär's denn mit einem schnellen Drink im *Olive and Dove*?«

»Nicht für mich, danke, Sir. Ich war seit einer Woche keinen Abend mehr zu Hause. Meine Frau hat zwar prinzipiell was gegen Scheidung, aber womöglich kommt sie noch auf die Idee einer legalen Trennung.«

Wexford lachte, und sie fuhren gemeinsam mit dem Lift nach unten. Der Abend war warm und klar, und diese Beleuchtung mit ihren langen, sanften Schatten schmeichelte der Hauptstraße eines kleinen Marktfleckens weit mehr als die helle Mittagssonne. Die alten Häuser sahen dann besonders hübsch aus, weil ihre Schäbigkeit, die Risse im Putz verwischt wurden, so wie ein alterndes Gesicht vom Kerzenlicht verklärt und geglättet wird. Bei Tageslicht waren die schmalen Seitenstraßen, die in ein reizloses Hinterland führten, Dreck- und Rattenlöcher, jetzt aber wirkten sie wie romantische Gäßchen, in denen sich unter den Straßenlaternen Liebespaare trafen, um nach Sonnenuntergang den Mond aufgehen zu sehen über den dicht aneinandergedrängten Dächern mit ihren Zinnen und Schornsteinen. Wie in einem Grimmschen Märchen.

Aber es war erst acht Uhr, und die Sonne weigerte sich zu verschwinden, ohne zuvor ihre Anbeter mit einem Feuerwerk aus rosenroten und goldenen Flammen erfreut zu haben, das den ganzen westlichen Horizont auflodern ließ. Wexford stand an der Südseite der Brücke und hörte dem Plätschern des Flusses zu. Ein unschuldiger Fluß, außer daß er ein Geheimnis hütete und einer seiner Steine einen Mann für immer um den Anblick dieses Sonnenunterganges gebracht hatte.

Alle Fenster an der Straßenseite des *Olive and Dove* standen offen, Gardinen blähten sich über Blumenkästen und Fuchsien, deren rote Blüten sanft hin und her schaukelten. Auf dem Vorplatz hatte sich eine Gruppe von Morris Dancers versammelt. Sie trugen kunterbunte Narrenkostüme, und einer von ihnen hüpfte auf einem Steckenpferd umher. Zu seinem größten Vergnügen entdeckte Wexford George Carter unter der Gesellschaft.

»Schöner Abend, was, Mr. Carter?« meinte er jovial. Ziemlich verlegen winkte ihm Carter mit seinem Narrenstab zu, an dem Bänder und Schellen befestigt waren. Wexford ging in die Bar.

In einer Nische an der Wand des Speisesaals saß an einem Tisch die junge Frau, die Camb am Spätvormittag zu ihm gebracht hatte, und neben ihr eine ältere Frau und ein Mann. Wexford holte sich sein Bier, und als er an ihnen vorüberging, stand der Mann gerade auf, als ob er sich verabschieden wolle.

»Guten Abend«, sagte Wexford, »haben Sie sich entschlossen, hier im *Olive* zu wohnen?«

Die junge Frau lächelte sparsam. Sie nickte kurz angebunden und sagte förmlich: »Darf ich Sie mit dem Anwalt meines Vaters bekannt machen, Mr. Updike. Onkel John, dies ist Chief Inspector Wexford.«

»Guten Abend.«

»Und meine Tante haben Sie, glaube ich, schon kennengelernt? Mrs. Browne.«

Wexford blickte von einem zum anderen. Phantastisch, daß er dauernd Cambs Arbeit erledigen mußte! Die Tante sah blaß und aufgeregt aus, der Anwalt zufrieden und entgegenkommend. »Ich bin inzwischen davon überzeugt, Miss Fanshawe, daß Sie Miss Fanshawe sind«, sagte Wexford.

»Ich kenne Nora schon seit ihrer Kindheit«, sagte Updike. »Sie brauchen wirklich keinen Zweifel zu hegen, daß dies Nora ist.« Und er überreichte Wexford eine Karte mit dem Namen einer Londoner Kanzlei, Updike, Updike and Sanger, Ava Maria Lane. Der Chief Inspector las es flüchtig, dann blickte er die Tante an. Das war Nora Fanshawe als alte Frau. »Ich bin völlig überzeugt.« Damit ging er an einen freien Tisch hinüber.

Der Anwalt verabschiedete sich, um seinen Zug zu erreichen, und gleich darauf hörte er die Tante sagen:

»Ich hab einen langen Tag gehabt, Nora. Ich ruf noch mal im Krankenhaus an, und dann geh ich nach oben ins Bett.«

Wexford saß am Fenster und sah den Morris Dancers zu. Die Musik war dilettantisch und die Tänzer ungelenk, aber der Abend war schön, und wenn man die Augen schloß vor den Autos und den modernen Schaufensterzeilen, dann fühlte man sich in das England der Shakespeare-Zeit versetzt. Ein Kellner trug den neun Männern ein Tablett mit Bierflaschen hinaus, und der Zauber war gebrochen.

»Bitte kommen Sie in die Lounge«, sagte eine Stimme hinter ihm. Nora Fanshawe hatte die Jacke ihres Kostüms ausgezogen, und in der dünnen kaffeebraunen Bluse sah sie zwar etwas weiblicher aus, aber die harten Linien und Flächen ihres Körpers wurden kaum gemildert. Sie lächelte noch immer nicht.

»Darf ich Sie zu einem Drink einladen, Miß Fanshawe?« fragte Wexford beim Aufstehen.

»Lieber nicht.« Ihre Stimme war schroff, und sie bedankte sich nicht für das Anerbieten. »Ich hab heute schon zu viel getrunken.« Und mit einem freudlosen Lachen setzte sie hinzu: »Wir haben gefeiert, wie meine Tante es ausdrückte. Die Wiederauferstehung von den Toten, verstehen Sie?«

Sie gingen in die Halle, setzten sich in tiefe Sessel, die mit einem geblümten Baumwollstoff bezogen waren.

»Mr. Updike wollte mir die Details des Unfalls nicht erzählen. Er wollte mich damit verschonen.« Nora Fanshawe nickte einem Kellner zu und sagte, ohne Wexford zu fragen: »Bringen Sie zwei Kaffee.« Dann zündete sie eine lange Zigarette an und steckte sie in eine Bernsteinspitze. »Sie werden es mir erzählen.«

»Sie wollen also nicht verschont werden?«

»Natürlich nicht. Ich bin kein Kind mehr, und ich mochte meinen Vater nicht.«

Wexford hüstelte, und dann begann er: »Am 20. Mai gegen zehn Uhr sah ein Mann, der mit seinem Tankwagen in nordsüdlicher Richtung die Fernstraße hinunterfuhr, im Abschnitt Stowerton auf der Überholspur der Gegenfahrbahn einen Wagen liegen, der sich überschlagen hatte und in Flammen stand. Er meldete es umgehend, und als Polizei und Krankenwagen an der Unfallstelle ankamen, fanden sie die Leichen eines Mannes und einer jungen Frau – teilweise verbrannt – auf der Straße liegend. Eine weitere Frau, Ihre Mutter, war auf die weiche Böschung der Fahrbahntrasse geschleudert worden. Sie hatte schwere Verletzungen und einen Schädelbruch.«

»Weiter.«

»Was von dem Wagen noch übrig war, wurde untersucht, aber soweit man das sagen konnte, waren weder Bremsen noch Lenkung defekt, und die Reifen waren nahezu neu.«

Nora Fanshawe nickte.

»Die gerichtliche Untersuchung wurde verschoben, bis Ihre Mutter das Bewußtsein wiedererlangte. Die Straße war feucht, und Ihre Mutter hat ausgesagt, daß Ihr Vater möglicherweise außergewöhnlich schnell gefahren sei.«

»Er fuhr immer zu schnell.« Sie nahm den Kaffee, den der Kellner gebracht hatte, und reichte Wexford eine Tasse. Mit seiner Ahnung, sie werde ihn schwarz und ohne Zucker trinken, hatte er recht. »Nachdem das tote Mädchen nun erwiesenermaßen nicht ich war«, sagte sie kühl, »wer war es dann?«

»Ich hatte gehofft, das werden *Sie* uns sagen können.«

Sie zuckte die Achseln. »Woher soll ich das wissen?«

Wexford betrachtete die zusammengepreßten Lippen, die harten Augen. »Miss Fanshawe«, sagte er scharf, »ich habe Ihre Frage beantwortet, aber Sie sind mir noch kein bißchen entgegengekommen. Heute nachmittag sind Sie in mein Büro gekommen und haben sich benommen, als täten Sie mir einen Gefallen. Meinen Sie nicht, es ist an der Zeit, ein bißchen entgegenkommender zu werden?«

Sie errötete und stammelte: »Ich bin nie sehr entgegenkommend.«

»Nein, das sieht man. Sie sind dreiundzwanzig, nicht wahr? Finden Sie nicht, daß diese theatralische Reserviertheit ziemlich lächerlich ist?«

Ihre Hände waren klein, aber ohne Ringe und mit den kurzen Nägeln sahen sie aus wie Männerhände. Als sie nach der Kaffeetasse griffen, dachte er einen Moment lang, sie werde jetzt ihren Kaffee nehmen und gehen. Sie runzelte die Stirn ein wenig, und ihr Mund wurde noch härter.

»Ich werde Ihnen was erzählen über meinen Vater«, sagte sie schließlich. »Vielleicht hilft Ihnen das weiter. Ich war zwölf, als ich erstmals was von seinen Seitensprüngen merkte«, fing sie an, »oder sagen wir besser, als ich merkte, daß er sich nicht wie die Väter anderer Kinder benahm. Er brachte ein Mädchen mit nach Hause und erklärte meiner Mutter, die würde jetzt bei uns wohnen. Sie hatten einen Riesenkrach in meiner Gegenwart, und zu guter Letzt gab er meiner Mutter fünfhundert Pfund.« Sie nahm die Zigarettenkippe aus der Spitze und steckte eine neue hinein. Dieses plötzliche Kettenrauchen war das einzige sichtbare Anzeichen einer Emotion. »Er bestach sie, verstehen Sie? Ganz direkt, ganz offen. ›Laß sie hierbleiben, und du kriegst dieses Geld.‹ So war das. Das Mädchen blieb sechs Monate. Zwei Jahre später kaufte er meiner Mutter einen neuen Wagen, und genau um diese Zeit ertappte ich ihn in seinem Büro mit seiner Sekretärin.« Sie inhalierte tief. »Auf dem Fußboden«, sagte sie kalt. »Von da an war es abgemachte Sache, daß mein Vater, wenn er ein neues Verhältnis wollte, meine Mutter angemessen bezahlte. Damit meine ich, gemessen daran, was das Mädchen ihm wert war. Er wollte, daß meine Mutter blieb, weil sie eine gute Gastgeberin war und das Haus gut führte. Als ich achtzehn war, ging ich nach Oxford.

Nach meinem Abschlußexamen erklärte ich meiner Mutter, jetzt könne ich sie unterhalten und sie solle meinen Vater verlassen. Ihre Reaktion war, daß sie alles abstritt und erklärte, sie werde dafür sorgen, daß mein Vater mir meinen Monatswechsel sperrte. Er weigerte sich aber, das zu tun – vor allem wohl deshalb, weil meine Mutter es von ihm verlangte, nehme ich an. Ich habe das Geld jetzt seit zwei Jahren nicht mehr abgehoben, aber...« Sie blickte flüchtig auf ihre Tasche, auf ihre Armbanduhr, »man kann sich nicht mehr weigern, Geschenke anzunehmen«, sagte sie schroff, »nicht, wenn es die eigene Mutter ist, nicht, wenn man das einzige Kind ist.«

»Deshalb nahmen Sie eine Stellung in Deutschland an?« fragte Wexford.

»Ja, ich dachte, es wäre ganz gut wegzugehen.« Eine unschöne, fleckige Röte stieg ihr ins Gesicht. »Im Januar«, fuhr sie zögernd fort, »lernte ich einen Mann kennen, einen Vertreter, der von England aus häufig Geschäftsreisen nach Köln unternahm.« Wexford dachte, sie werde jetzt von Liebe sprechen, und es versetzte ihm einen merkwürdigen Schock, als er sie sagen hörte: »Ich gab meine Stellung auf, wie ich Ihnen schon erzählte, und ging nach London zurück, um dort mit ihm zusammenzuleben. Als ich ihm erklärte, daß ich nach unserer Heirat meinen Vater nicht um einen einzigen Penny bitten würde, da... na ja, da warf er mich raus.«

»Und Sie kehrten zu Ihren Eltern zurück.«

Nora Fanshawe hob den Kopf und zum erstenmal sah er sie lächeln, ein häßliches, hartes Lächeln voller Selbstironie. »Sie sind ein ganz schön kalter Fisch, was?«

»Ich habe nur den Eindruck, Sie verabscheuen Mitleid, Miss Fanshawe.«

»Vielleicht tue ich das. Möchten Sie noch mehr Kaffee? Nein, ich auch nicht. Ja, ich bin zu meinen Eltern zurückgekehrt. Meine Mutter tat mir immer noch leid, wissen Sie.

Ich dachte, mein Vater wäre jetzt älter und ich selbst auch. Ich wußte, ich könnte nie mehr mit ihnen zusammenleben, aber ich dachte... Familienstreitigkeiten sind so unzivilisiert, meinen Sie nicht? Meine Mutter war ziemlich gerührt und sagte, sie hätte sich schon immer gewünscht, eine erwachsene Tochter als richtige Freundin zu haben.« Nora Fanshawe zog verächtlich die Nase kraus. »Selbst theatralisch reservierte Leute haben ihre weichen Stellen, Chief Inspector. Ich fuhr mit ihnen nach Eastover.«

»Und der Streit dort, Miss Fanshawe?«

»Darauf komme ich gleich. Bis dahin nämlich kamen wir überraschend gut miteinander aus. Mein Vater nannte meine Mutter ein- oder zweimal sogar Liebling. Sie wollten wissen, was ich tun würde, ob ich schon eine neue Stellung in Aussicht hätte, und es herrschte eitel Frieden. Es war so friedlich, daß meine Mutter, nachdem wir in unserm Ferienhaus gemeinsam Abendbrot gegessen und ein paar Drinks genommen hatten, etwas tat, was sie noch nie getan hatte. Mein Vater war schon nach oben ins Bett gegangen, und auf einmal fing sie an, mir zu erzählen, wie ihr Leben mit ihm gewesen war, all die Bestechungen, die Demütigungen und alles das. Sie redete wirklich, als ob ich eine gleichaltrige Freundin sei, eine Vertraute. Na ja, das ging etwa eine Stunde lang so, da fragte sie mich, ob ich selbst auch irgendwelche romantischen Pläne hätte. Genau das waren ihre Worte. Und ich Idiotin erzählte ihr von dem Mann, mit dem ich zusammengelebt hatte. Aber wenn ich keine solche Idiotin gewesen wäre, dann wäre ich vielleicht das tote Mädchen auf der Straße gewesen.«

»Ihre Mutter reagierte verständnislos?«

»Sie *glotzte* mich einfach bloß an«, sagte Nora Fanshawe betont. »Und dann, bevor ich es verhindern konnte, holte sie meinen Vater aus dem Bett und erzählte ihm alles. Gemeinsam fielen sie über mich her. Meine Mutter wurde hysterisch, und mein Vater warf mir eine Menge unschöner

Bezeichnungen an den Kopf. Ich ließ es eine Weile über mich ergehen, aber dann hab ich ihm gesagt, der Apfel falle nicht weit vom Baum und *ich* sei wenigstens nicht verheiratet.« Sie seufzte und hob die eckigen Schultern. »Was glauben Sie, was er mir geantwortet hat?«

»Daß es bei Männern was anderes ist.«

»Woher wissen Sie das? Jedenfalls bildeten meine Eltern erstmals eine geschlossene Front. Nachdem meine Mutter vor meinen Ohren ihm gehorsam alles ausgeplaudert hatte, was ich ihr anvertraut hatte, sagte er, *den* Mann werde er finden – er heißt Michael – und ihn zwingen, mich zu heiraten. Ich konnte es nicht länger ertragen, also habe ich mich in meinem Zimmer eingeschlossen, und am nächsten Morgen fuhr ich nach Newhaven und ging aufs Schiff. Von meiner Mutter hab ich mich so eben noch mit ein paar knappen Worten verabschiedet. Mein Vater war weggegangen.«

»Danke für Ihr Entgegenkommen, Miss Fanshawe. Wollten Sie damit andeuten, daß das tote Mädchen die Geliebte Ihres Vaters gewesen sein könnte?«

»Halten Sie es für unmöglich, daß mein Vater gemeinsam mit seiner Frau *und* seiner Geliebten nach London zurückgefahren ist? Ich versichere Ihnen, das ist durchaus nicht unwahrscheinlich. Für ihn hätte das lediglich bedeutet, das Mädchen kurzerhand mitzubringen, meiner Mutter zu erklären, sie käme mit, und ihr für diese Unannehmlichkeiten eine ansehnliche Entschädigung zu zahlen.«

Wexford vermied es, Nora Fanshawe ins Gesicht zu blikken. Sie war so ein vollkommener Gegensatz zu Sheila. Gemeinsam hatten die beiden lediglich ihre Jugend, ihre Gesundheit und die Tatsache, daß sie wie alle Frauen irgend jemandes Tochter waren. Der Vater des Mädchens hier war tot. In einem Anflug ungewohnter Sentimentalität dachte Wexford, er wolle lieber tot sein als ein Mann, über den eine Tochter derartige Dinge sagen konnte.

Mit ruhiger Stimme meinte er: »Wenn ich Sie richtig verstanden habe, gab es bei ihm zur Zeit keine andere Frau außer Ihrer Mutter. Sie haben keine Idee, wer dieses Mädchen gewesen sein könnte?«

»Ja, diesen Eindruck hatte ich. Aber offenbar habe ich mich geirrt.«

»Miss Fanshawe, dieses Mädchen kann nicht einfach eine Bekannte oder eine Nachbarin aus Eastover gewesen sein, die Ihre Eltern zufällig nach London mitnahmen. In dem Falle hätten doch Verwandte nach ihr gesucht, hätten sich sofort nach dem Unfall gemeldet.«

»Aber das müßte doch in jedem Fall geschehen sein, egal, wer sie war?«

»Nicht unbedingt. Es könnte ein Mädchen ohne feste Adresse gewesen sein oder eine, deren Vermieterin oder Freunde damit rechneten, daß sie an genau diesem Wochenende ausziehen würde. Sie kann sogar irgendwo als vermißt gemeldet sein, und man hat noch keine Nachforschungen angestellt, weil bei ihrem Lebenswandel gelegentliches Verschwinden nichts Ungewöhnliches war. Mit anderen Worten, es könnte sich um ein Mädchen handeln, das ein etwas unstetes Leben führte, die mal hier, mal dort einen Job annahm oder überall im Lande herumzog, um mit verschiedenen Männern zusammenzuleben. Nehmen Sie zum Beispiel mal an, sie hätte das Wochenende in irgendeinem Badeort an der Südküste verbracht und hätte versucht, sich als Anhalterin von Ihrem Vater mitnehmen zu lassen?«

»Mein Vater hätte nie im Leben einen Anhalter mitgenommen. Beide, meine Mutter und mein Vater, verabscheuten das Trampen. Chief Inspector, Sie reden, als ob alle Insassen des Wagens jetzt tot seien. Vergessen Sie dabei nicht, daß meine Mutter sehr wohl lebendig ist? Sie befindet sich auf dem Wege der Besserung, und ihr Gehirn ist nicht beschädigt. Und sie besteht mit Nachdruck darauf, daß niemand im Wagen war außer meinem Vater und ihr.« Nora Fanshawe hob den Blick, und ihre Stimme verlor ein wenig von ihrer Sicherheit. »Es wäre natürlich denkbar, daß sie so etwas wie einen psychologischen Block hat. Sie *will* glauben, daß mein Vater sich verändert hat und daß kein Mädchen bei ihnen im Wagen gesessen hat, also versteift sie sich darauf, sie sei mit ihm allein gewesen. Das könnte natürlich sein.«

»Ich bin überzeugt, daß es so gewesen ist.« Wexford stand auf. »Gute Nacht, Miss Fanshawe. Vielen Dank für den Kaffee. Ich nehme an, Sie bleiben ein paar Tage hier?«

»Wir bleiben in Verbindung. Gute Nacht, Chief Inspector.«

Als nächstes, so überlegte er beim Heimgehen, würden sie die Listen der vermißten Personen in den Ferienorten überprüfen und, wenn das ergebnislos bliebe, auch die aus London. Das waren Routinearbeiten und nicht seine Angelegenheit. Warum verfolgte er eigentlich überhaupt diesen Verkehrsunfall, der doch nicht einmal direkt in seine Zuständigkeit fiel, und ließ sich dadurch von dem Mordfall Hatton ablenken? Wegen Begleitumständen, die so dubios und unerklärlich waren, daß niemand sie einfach ›weginterpretieren‹ konnte?

Natürlich würde sich am Ende herausstellen, daß das tote Mädchen einfach von Jerome Fanshawe an jenem Wochenende irgendwo aufgegabelt worden war, weil sie ihn reizte. Es mußte nicht gleich so dramatisch zugegangen sein, wie Nora Fanshawe meinte. Warum sollte Fanshawe nicht einfach zu seiner Frau gesagt haben: »Dieses junge Mädchen hier hat den letzten Zug verpaßt und da sie in London wohnt, habe ich ihr angeboten, wir würden sie mitnehmen.« Aber in dem Falle hätte Mrs. Fanshawe die Gegenwart des Mädchens wohl kaum bestritten.

Nein, da steckte mehr dahinter. Da gab es zum Beispiel diese Handtasche. Camb hatte die Tasche untersucht und darin nichts gefunden außer Make-up und ein bißchen Kleingeld. Das war ungewöhnlich. Wexford überlegte. Wo waren ihre Schlüssel? Wo waren all die anderen Sachen und kleinen Dinge, die Frauen gewöhnlich in ihre Handtaschen stopften, Kassenzettel aus Modegeschäften, Rezepte, Fahrscheine, Füller, Briefe? Die Sachen, die sich in der Handtasche befunden hatten, waren völlig anonym, die fehlenden Sachen hätten wahrscheinlich eine Identifizierung ermöglicht.

Wexford schloß die Tür seines Hauses auf und Klytämnestra kam angestürzt, um ihn zu begrüßen.

»Was würdest du machen«, fragte er seine Frau, »wenn ich ein junges Mädchen mit nach Hause brächte und dir dafür tausend Pfund anbieten würde, daß du sie dableiben läßt?«

»Du hast keine tausend Pfund«, sagte Mrs. Wexford.

»Stimmt. Immer ist irgendwo 'ne Fliege in der Suppe.«

»Da wir gerade von jungen Mädchen und von Geld reden: Mr. Vigo hat eine Rechnung für die Zähne deiner Tochter geschickt, die haut dich glatt um.«

Wexford warf einen Blick darauf und stöhnte. »Pergolas! Laubengänge!« fluchte er. »Chinesisches Chippendale! Ich wünsch mir bloß, daß einer meiner Klienten ihm sein Planetarium klaut, das ist alles! Gibt's hier vielleicht ein Bier im Haus?«

Seine Frau verbiß sich ein Lächeln, stieg über den zusammengerollten Wuschelhund hinweg, ging in die Küche und machte eine Bierdose auf.

Einen Bierkrug neben sich, verbrachte Wexford die nächsten zwei Stunden damit, Hattons Fahrtenbuch und Mrs. Hattons Notizkalender zu studieren. Es war die Woche unmittelbar vor dem 21. Mai, die ihn interessierte. Am 22. hatte Hatton fünfhundert Pfund auf sein Bankkonto eingezahlt, und zwei Tage vorher war er entweder schon im Besitz eines größeren Geldbetrages gewesen oder doch zumindest überzeugt, ihn demnächst zu bekommen, denn am 21., einem Dienstag, hatte er seine Zahnprothesen in Auftrag gegeben.

Mrs. Hattons Notizkalender war in Buchform gebunden. Jeweils auf der linken Seite waren Fotos mit englischen Landschaftsidyllen und Versen, die sowohl zu den Bildern als auch zu der entsprechenden Jahreszeit paßten, während die rechten Seiten in jeweils sieben Abschnitte unterteilt waren, in denen links der Wochentag stand und daneben ein Kästchen von etwa drei mal zwölf Zentimetern frei blieb für kurze Eintragungen.

Wexford schlug es bei Sonntag, dem 12. Mai, auf.

Die Fotografie zeigte eine Obstplantage in Kent, und der Spruch darunter stammte aus ›*Wie es euch gefällt*‹: ›Männer sind Mai, wenn sie freien, und Dezember in der Ehe. Mädchen sind Frühling, solange sie Mädchen sind, aber der Himmel verändert sich, wenn sie Frauen sind.‹ Bei den Hattons stimmte das nicht, dachte er. Wollen doch mal sehen, womit sich Mrs. Hatton während dieser speziellen Woche beschäftigt hat.

Unter Sonntag – nichts. Montag, 13. Mai: *C. fährt nach Leeds. Mutter zum Tee*, Dienstag, 14. Mai: *Gaswerk angerufen. C. 15 Uhr zurück. Kino.* Und hier in Hattons Fahrtenbuch fand sich die Bestätigung dieser Fahrt nach Leeds. Auf dem Hinweg hatte er zweimal angehalten, zum Lunch in Norman Cross im *Merrie England Café* und später noch einmal zum Teetrinken im *Dave's Diner* in der Nähe von Retford. Sein Zimmer in Leeds hatte er bei einer Mrs. Hubble in der Ladysmith Road 21, und auf der Rückfahrt hatte er nur einmal gehalten, wiederum im *Merrie England Café.* Bis zu diesem Punkt gab es in dem Fahrtenbuch nichts, was Wexford stutzig gemacht hätte. Hatton hatte die Fahrt in der kürzestmöglichen Zeit zurückgelegt, so daß ihm keine Minute für verborgene Aktivitäten geblieben sein konnte. Er wandte sich wieder dem Kalender zu.

Mittwoch, 15. Mai: *C. nicht zur Arbeit. Arzt angerufen;*

auf Krankenschein, nicht privat. Interessant: Hatton war krank gewesen und zu diesem Zeitpunkt anscheinend nicht gut bei Kasse. Donnerstag, 16. Mai: *C. Sommergrippe. Jack und Marilyn anrufen, Essen absagen.* Für Freitag, den 17. Mai, gab es keine Eintragung.

Sonnabend, 18. Mai: *C. besser. Arzt noch mal da. Besuch von Jim und Mutter.*

Damit war die Woche zu Ende. Wexford blätterte um auf Sonntag, 19. Mai: *C. nach Leeds. Will mich 20 Uhr anrufen. J. und M. abends zu Drinks und Karten.* Gegenüber war das Foto eines großen Landhauses und darunter die Zeilen: Es ist eine allgemein anerkannte Tatsache, daß ein Mann mit Vermögen zwangsläufig eine Frau braucht. Wexford schmunzelte grimmig. Montag, 20. Mai: *C. geht's wieder schlecht. Spät aus Leeds abgefahren. 22 Uhr zu Hause.*

Schnell verglich Wexford das mit dem Fahrtenbuch. Richtig, hier war Hattons Eintragung, daß er zu krank gewesen sei, die Rückfahrt vor Mittag anzutreten. Er war langsam nach Hause gefahren und hatte auf dem Weg zweimal gehalten, am *Hollybush* bei Newark und beim *Merrie England.* Aber war er wirklich krank gewesen oder hatte er simuliert, um in Leeds Zeit herauszuschlagen? Denn wie immer er auch zu dem Geld gekommen war, er mußte es sich, davon war Wexford überzeugt, zwischen dem 19. und 20. Mai verschafft haben.

Dienstag, 21. Mai: *C. wieder fit. Freier Tag. Jack und Marilyn besucht. 14 Uhr Termin beim Zahnarzt.*

Eine präzise kleine Frau, diese Lilian Hatton. Unmöglich zu sagen, ob sie etwas gewußt hatte. Auf jeden Fall wäre dieser Terminkalender das letzte gewesen, dem sie ihre Geheimnisse anvertraut hätte.

Es hatte nicht den Anschein, als ob Hatton an diesem Montagvormittag in Leeds viel unternommen hätte, aber wissen konnte man das nicht. Blieb noch die Nacht zwischen Sonntag und Montag, die man unter die Lupe nehmen mußte. Nach allem, was Wexford jetzt wußte, konnte es vielleicht in Leeds zu dieser Zeit einen Bankraub gegeben haben? Das mußte alles überprüft werden. Er fragte sich bloß, weshalb die Fanshawe-Geschichte ihm dauernd im Kopf herumspukte und seine Konzentration störte. Und auf einmal wußte er es:

Fanshawe hatte seinen Wagen am Montag, dem 20. Mai, zu Bruch gefahren. Ein nicht identifiziertes Mädchen war am 20. Mai gestorben, und ebenfalls am 20. Mai hatte sich für Charlie Hatton eine Goldgrube aufgetan.

Aber da konnte es doch keinen Zusammenhang geben. Fanshawe war ein wohlhabender Börsenmakler mit einer Wohnung in Mayfair und hatte, abgesehen von seinen anrüchigen Moralvorstellungen, keinen Flecken auf der Weste. Und Charlie Hatton war ein schlitzohriger kleiner Fernfahrer, der wahrscheinlich sein Lebtag nicht in Mayfair gewesen war.

Es war wohl nur eine eigenartige Koinzidenz, daß Hatton genau einen Tag später ermordet wurde, nachdem Mrs. Fanshawe das Bewußtsein wiedererlangt hatte.

Wexford schloß die beiden Bücher und trank sein Bier aus. Er war müde und ein bißchen benebelt, weil er zuviel getrunken hatte. Er gähnte ausgiebig, ließ Klytämnestra zur Hintertür hinaus, blieb auf der Schwelle stehen, während er auf sie wartete, und starrte blicklos zum wolkenlosen, sternenübersäten Himmel empor.

11

»Guten Morgen, Miss Thompson«, sagte Wexford mit einer Herzlichkeit, die er nicht empfand.

»Mrs. Pertwee, wenn's Ihnen nichts ausmacht.« Sie griff sich einen der Drahtkörbe, die draußen vor dem Supermarkt aufgestapelt standen, und blickte ihn herausfordernd und feindselig an. »Jack und ich haben gestern nachmittag in aller Stille geheiratet.«

»Dann darf ich als einer der ersten dazu gratulieren?«

»Vielen Dank. Ja, stimmt, wir haben keinem was davon erzählt. Jack war so fertig wegen Charlie. Wann werden Sie denn endlich seinen Mörder fassen, das möcht ich mal wissen? Aber ich nehme an, Sie reißen sich kein Bein aus – war ja bloß ein kleiner Arbeiter. Wenn's einer von den Großkopferten gewesen wär – das wäre was anderes gewesen! Diese kapitalistische Gesellschaft, in der wir leben, ist zum Kotzen. Wirklich, kotzen könnte man!«

Wexford trat einen Schritt zurück aus Angst, sie könnte ihr Wort in die Tat umsetzen. Die Frischvermählte blitzte ihn unter ihren Zahnbürstenwimpern an. »Nun machen Sie sich mal auf die Socken«, sagte sie erbarmungslos. »Für den Mörder von Charlie ist Hängen noch viel zu gut!«

»Na, na, meine Liebe«, meinte Wexford besänftigend, »und ich dachte immer, ihr Progressiven wärt total gegen die Todesstrafe?«

Sie stürmte in den Supermarkt, und Wexford setzte mit kaum verhohlenem Lächeln seinen Weg fort. Camb blickte ihn skeptisch an, als er das Polizeipräsidium betrat.

»Der Fall Fanshawe scheint Sie zu interessieren, Sir? Ich traf Miss Fanshawe, als ich ankam.«

»Richtig«, meinte Wexford, »ich bin so daran interessiert, daß ich Detective Constable Loring in die Ferienorte runterschicke, um festzustellen, wer dort vermißt wird, und vielleicht täten wir gut daran, das gleiche auch in London zu tun.«

Burden war schon weg, nach Stamford. Wexford trat in den Lift und beschloß, die Londoner Überprüfung selbst vorzunehmen. Allmählich gingen ihm diese jungen Frauen auf die Nerven. Es liefen so viele von ihnen herum, und er hatte den Eindruck, sie machten der Polizei genausoviel Ärger wie Einbrecher. Wenn man sich allein ansah, wie viele von ihnen in London als vermißt galten! Diese Tätigkeit war ein bißchen unter seiner Würde, aber ehe nicht Burden und Sergeant Martin ihm neue Informationen lieferten, hatte er wenig anderes zu tun, und auf diese Weise konnte er sicher sein, daß es anständig gemacht wurde!

Bis zum Mittag hatte er seine Suchaktion von zwölf vermißten jungen Frauen im Bezirk London auf drei Fälle konzentriert. Die erste war Carol Pearson aus Muswell Hill. Sie interessierte ihn, weil sie als Volontärin in einem Friseurgeschäft in Eastcheap gearbeitet hatte. Jerome Fanshawes Büro war in Eastcheap, und das Friseurgeschäft hatte auch einen Herrensalon. Außerdem war sie von Bedeutung, weil sie schwarzes Haar hatte und die Vermißtenmeldung seit dem 17. Mai bestand.

Das zweite Mädchen, Doreen Dacres, war genau wie Carol Pearson schwarzhaarig und zwanzig Jahre alt, und sein Interesse war durch die Tatsache geweckt worden, daß sie am 15. Mai ihr Zimmer in Finchley aufgegeben hatte, um einen Job in Eastbourne anzutreten. Seither hatte man nichts mehr von ihr gehört, weder in Finchley noch in dem Club in Eastbourne.

Bridget Culross war der letzte Name, mit dem er meinte sich befassen zu sollen. Sie war zweiundzwanzig Jahre alt und Krankenschwester an der Princess Louise Clinic in der

New Cavendish Street gewesen. Am Sonnabend, dem 18. Mai, war sie weggefahren, um das Wochenende mit einem unbekannten Freund in Brighton zu verbringen, aber sie war nicht in die Klinik zurückgekehrt. Es wurde unterstellt, daß sie mit ihrem Freund durchgebrannt sei. Ihr Haar war gleichfalls dunkel, ihre Lebensführung chaotisch, und ihre einzige Verwandte war eine Tante in County Leix.

Junge Frauen! dachte Wexford irritiert, und er mußte dabei auch an seine eigene Tochter denken, die ihn seelenruhig den letzten Penny aus seinen Taschen kratzen ließ, damit sie irgendwann in nebelhafter Zukunft in die Kamera würde lächeln können.

Der lange Tag verging träge, und es wurde sehr heiß. Über den dichtgedrängten Dächern der Stadt ballten sich schwere Gewitterwolken zusammen. Aber sie milderten nicht die Hitze, im Gegenteil, sie bildeten eine bleierne Dunstglocke mit einer erstickenden Hitze. Die Sonne war verschwunden.

Wexford saß weit zurückgelehnt mit geschlossenen Augen am offenen Fenster, und die warme, atemlose Luft umgab ihn wie sonst nur die Heizungsluft im Winter aus dem Gitterrost unten in der Wand. Niemand störte ihn, und er war glücklich. Er dachte nach.

In Stamford regnete es, als Burden zu einem Landhaus fuhr, das angeblich von einem Mann namens McCloy bewohnt wurde, fand es jedoch verlassen, die Türen verschlossen und den Garten verwildert. Nachbarn gab es nicht, niemanden, der ihm sagen konnte, wohin McCloy verschwunden war.

Inspector Loring fuhr die Promenaden der südlichen Küstenstädte entlang, fragte in Polizeirevieren nach und klapperte vor allem jene Clubs und Cafés und Unterhaltungs-Etablissements ab, in denen Mädchen kamen und gingen und sich nur flüchtig kennenlernten. Er fand auch wirklich einen Club, wo eine Doreen Dacres engagiert worden, jedoch nie angekommen war, und das befriedigte ihn aufs höchste. Er rief umgehend bei Wexford an, um es ihm zu erzählen, aber seine gehobene Stimmung bekam einen Dämpfer, als er hörte, daß der Chief Inspector genau dasselbe drei Stunden zuvor ebenfalls herausgefunden hatte.

Das Gewitter brach um fünf Uhr los.

In der Zeit davor hatte sich ein Wolkengebirge aufgetürmt, und der westliche Himmel leuchtete purpurn und schwärzlich. Die Umrisse der Gebäude hoben sich in gestochener Klarheit ab, und dazwischen die Bäume mit bleigrauem Schimmer. Trotz der lastenden Hitze begannen die Leute bei ihren Einkäufen zu hasten, aber der Regen, der nach feuchten Tagen so bereitwillig fiel, ließ jetzt, nach vierzehntägiger Trockenheit, beharrlich auf sich warten.

Die erste flüsternde Brise kam wie ein heißer Atem, und Wexford schloß das Fenster. Anfangs kaum wahrnehmbar, begannen sich die Blätter der Straßenbäume in der High Street zu bewegen. Den größten Teil der Auslagen vor den Gemüse- und Blumengeschäften hatte man schon hereingeholt, jetzt waren die Sonnensegel und -schirme dran, und wasserdichte Persennings erschienen an ihrer Stelle. Wexford lehnte den Kopf gegen die Scheibe und beobachtete, wie am westlichen Himmel die aschblauen Kumuluswolken grellweiße Ränder bekamen.

Es war ein gegabelter Blitz, sich urplötzlich ausbreitend wie ein Feuerwerk, und bildete die Äste eines lodernden Baumes. Als die äußersten Zweige feurig aufflammten und in die tintenschwarzen Wolken schnitten, da rollte der Donner aus dem Westen heran.

Wexford liebte Gewitter sehr. Er mochte die verästelten Blitze lieber als die zickzackförmigen, und sogleich wurde er mit einem zweiten vielarmigen Blitzbaum belohnt, der direkt aus dem Fluß aufzusprießen schien und im Himmel über den Kingsbrook-Wiesen erblühte. Dieses Mal krachte der Donner wie ein Pistolenschuß, und unvermittelt begann der Regen zu fallen.

Die ersten schweren Tropfen schlugen unten wie Münzen auf das Trottoir, und die rosa Blumen in ihren Kübeln auf dem Vorplatz schaukelten und duckten sich. Einen kurzen Moment schien es, als zaudere der Regen noch, als tröpfele er nur lustlos ein wenig in die staubigen Gossen, wo seine Tropfen wie Quecksilberkügelchen umherrollten. Aber dann, nach einer Serie zuckender Blitze, ergoß sich das Wasser in mächtigen Bächen. Es schwappte gegen die Scheiben, schwemmte in großen, reinigenden Strömen den Staub herunter, und Wexford trat vom Fenster weg. Die plötzliche Sturzflut war wie eine Woge, und sie verdunkelte die Scheiben genau wie die Dämmerung.

Er hörte einen Wagen durch die Pfützen spritzen und anhalten, dann Türenschlagen – Burden vielleicht. Das Haustelefon läutete, und Wexford nahm den Hörer ab.

»Ich habe Cullam hier, Sir.« Es war Sergeant Martins Stimme. »Soll ich ihn raufbringen? Ich dachte, Sie würden sich gern mal mit ihm unterhalten.«

Maurice Cullam hatte Angst vor dem Gewitter, und das kam Wexford nicht ungelegen. Verächtlich betrachtete er das bleiche Gesicht, die knochigen, zitternden Hände.

»Na, Cullam, Angst? Keine Sorge, wir sterben gemeinsam.«

»Haha, sehr komisch«, sagte Cullam und zuckte zusammen, als ein Donnerschlag über ihren Köpfen krachte. »Ich glaube nicht, daß es hier sehr sicher ist, so weit oben. Ich war mal als Kind in einem Haus, wo es eingeschlagen hat.«

»Aber Sie sind ungeschoren davongekommen, was? Na ja, es heißt ja, der Teufel sorgt für die Seinen. Weshalb bringen Sie ihn her, Sergeant?«

»Er hat den Kühlschrank gekauft«, erwiderte Sergeant Martin. »*Und* einen elektrischen Heizofen *und* noch einen Haufen elektrischen Krimskrams. Und bar bezahlt hat er, fast hundertzwanzig Pfund.«

Wexford knipste das Licht an, denn hinter den strömenden Scheiben war der Himmel dunkel wie an einem Winterabend. »Also los, Cullam, woher haben Sie das Geld?«

»Hab's gespart.«

»Ich verstehe. Wann hatten Sie doch noch Ihre Waschmaschine gekauft, in der Sie Ihre Klamotten gewaschen haben, nachdem Hatton tot war?«

»Im April.« Das Gewitter ließ nach, und der Donner wurde zu einem fernen Grollen. Cullams Schultern sanken herab, und er hob verdrossen den Blick. »Ja, das war im April.«

»Dann haben Sie also in zwei Monaten hundertzwanzig Pfund gespart. Was kriegen Sie in der Woche? Zwanzig? Zweiundzwanzig? *Sie*, mit fünf Kindern und den Mietzahlungen für eine Gemeindewohnung, Sie wollen das in zwei Monaten gespart haben? Das glauben Sie doch selbst nicht, Cullam. Ich könnte das nicht in sechs Monaten zusammensparen, und meine Kinder sind erwachsen.«

»Sie können nicht beweisen, daß ich's nicht gespart hab.« Cullam zuckte zusammen, als die Deckenbeleuchtung plötzlich flackernd verlosch und gleich darauf wieder anging. Ein rollendes Dröhnen wie von vielen Trommeln, weit entfernt zuerst, ging in ein krachendes Stakkato über, welches anzeigte, daß das Gewitter nach Kingsmarkham zurückkehrte. Unruhig rutschte Cullam auf seinem Stuhl herum und biß sich auf die Lippen.

Wexford lächelte, als ein Zickzackblitz die sanfte Beleuchtung des Büros schlagartig in gleißende Helligkeit verwandelte. »Hundert Pfund«, sagte er, »das ist 'ne klägliche Bezahlung für das Leben eines Menschen. Was meinen Sie, Sergeant?«

»Ich bin mit fünftausend versichert, Sir.«

»Das ist nicht ganz das, was ich wissen wollte, aber lassen wir das. Man sieht, ein Mörder wird immer entsprechend seiner Selbsteinschätzung bezahlt. Egal, was das Leben des Opfers wert ist. Wenn ein Strauchdieb den König umbringt, kann er nicht den gleichen Lohn erwarten wie ein General. Er würde ihn auch gar nicht erwarten. Seine Maßstäbe sind niedrig. Wenn also jemand einen Mörder anheuern will und er ist ein Geizkragen, dann sucht er sich das Mieseste vom Miesen aus, um seine dreckige Arbeit zu machen. Natürlich, die wird dann auch nicht gerade optimal erledigt.«

Wexfords letzte Worte gingen im Donnergetöse unter. »Was meinen Sie damit, das Mieseste vom Miesen?« Cullam blickte ihn unterwürfig und hinterhältig zugleich an.

»Na, das stimmt doch wohl, oder? Mieser als Sie geht's doch gar nicht mehr, Cullam, was? Erst mit einem Mann trinken – den Whisky, den *er* bezahlt hat – und ihm dann auflauern, um ihn umzubringen?«

»Ich hab doch Charlie Hatton nicht umgebracht!« Cullam kam zitternd auf die Füße. Der Blitz flammte auf, er legte eine Hand über die Augen und sagte verzweifelt: »Um Gottes willen, können wir nicht runtergehen?«

»Ich glaube, Hatton hatte recht, als er Sie ein altes Weib nannte, Cullam«, sagte Wexford angewidert. »Wir gehen runter, wenn ich hier mit Ihnen fertig bin. Jetzt reden Sie, und wenn Sie mir gesagt haben, wo McCloy ist und wieviel er Ihnen bezahlt hat, dann können Sie runtergehen und Ihren Kopf in den Sand stecken.«

Cullam stand noch immer, stützte sich auf den Schreibtisch und ließ den Kopf hängen. »Das ist eine Lüge«, flüsterte er. »Ich kenne McCloy nicht, und ich habe Hatton nicht angerührt.«

»Woher haben Sie dann das Geld? Mensch, setzen Sie sich hin, Cullam. Was für ein Mann sind Sie eigentlich, daß Sie vor so 'nem bißchen Gewitter Angst haben? Ist doch lächerlich – Angst vor Gewitter, aber tapfer genug, im Dunkeln unten am Fluß zu lauern und Ihrem Freund eins über den Schädel zu hauen! Also, nun mal los, Sie können es uns doch ebensogut gleich erzählen. Früher oder später müssen Sie es ja doch tun, und ich nehme an, dieses Gewitter dauert noch Stunden. Also – Hatton war sauer geworden auf McCloy, was? Und da hat McCloy Ihnen ein bißchen Schmiergeld gegeben, damit Sie mit Hatton nach Hause gehen und ihn hinterrücks fertigmachen. Mordwaffe und -methode blieben Ihnen überlassen. Merkwürdig, Sie waren sogar so mies, daß Sie ihm nicht mal einen anständigen Knüppel gegönnt haben.«

Wieder stammelte Cullam: »Das ist alles Lüge.« Er ließ sich wieder auf den Stuhl fallen, vergrub den Kopf in den Händen und wandte ihn vorsichtshalber vom Fenster weg. »*Ich* und Charlie mit so 'nem Stein da auf den Kopf knallen? Da würd ich nicht mal im Traum dran denken, ich würde doch...«

»Und woher wissen Sie, daß es einer der Steine aus dem Fluß war, womit er erschlagen wurde?« nagelte Wexford ihn triumphierend fest. Sehr langsam hob Cullam den Kopf, und auf seiner Haut glänzte Schweiß. »*Ich* habe Ihnen das jedenfalls nicht gesagt.«

»Ich auch nicht, Sir«, warf der Sergeant ein.

»Oh, Gott«, sagte Cullam mit leiser, bebender Stimme.

Die schwarzen Wolken teilten sich, und in den Spalten zeigte sich ein grünlich bleicher Sommerhimmel. Unvermindert trommelte der Regen gegen die Scheiben.

Die Polizei in Stamford wußte nichts über Alexander James McCloy. Er stand auf der Wählerliste verzeichnet als wohnhaft in Moat Hall, jenem kleinen Landhaus, das Burden verlassen vorgefunden hatte. Aber ganz offensichtlich hatte er es schon vor Monaten verlassen. Burden trottete durch den Regen von Immobilienmakler zu Immobilienmakler, und schließlich fand er Moat Hall in den Listen einer kleinen Firma in den Außenbezirken der Stadt. Es war im Dezember von McCloy an eine amerikanische Witwe verkauft worden, die jedoch – ohne dort überhaupt gewohnt zu haben – ihre Meinung geändert und es wiederum diesem Makler an die Hand gegeben hatte, um dann abzureisen und den Sommer in Schweden zu verbringen.

Mr. McCloy hatte ihnen keine Adresse hinterlassen. Warum hätte er das auch tun sollen? Das Geschäft mit ihnen war zufriedenstellend abgewickelt worden, er hatte das Geld von der amerikanischen Lady genommen und war verschwunden.

Nein, in Mr. McCloys Verhalten habe es eigentlich nichts Auffälliges gegeben, nichts, was den Verdacht erregt hätte, er sei kein integrer Mann.

»Was meinen Sie mit ›eigentlich‹?« fragte Burden.

»Das Anwesen war sehr ungepflegt, nicht so, wie man es von einem Gentleman erwarten sollte. Es war wirklich eine Schande zuzusehen, wie das Grundstück verkam. Nun ja, er war Junggeselle und hatte, soweit ich weiß, keinerlei Personal.«

Moat Hall lag einen guten Kilometer von der A 1 entfernt in einer Mulde zwischen den Hügeln. »War er immer allein, wenn Sie wegen des Hauses mit ihm zu tun hatten?« wollte Burden wissen.

»Einmal hatte er zwei Männer bei sich. Nicht so ganz seine Klasse, fand ich.«

»Sagen Sie, hat er Sie überall im Haus und auf dem Grundstück herumgeführt, damit Sie Ihre Bestandsaufnahme machen konnten, oder wie Sie das nennen?«

»Ja, sicher. Und es war alles ganz in Ordnung – nicht allzu sauber, aber das nur nebenbei. Mr. McCloy ließ mir freie Hand, hinzugehen, wo ich wollte, ausgenommen die beiden großen Nebengebäude. Die würden als Lagerräume benutzt, sagte er, und insofern hatte ich da nichts zu besichtigen. Die

Türen waren ohnehin mit Vorhängeschlössern zugesperrt, und für meine Zwecke reichte es ja, daß ich sie von außen gesehen hatte.«

»Und da standen doch bestimmt auch diese oder jene Lastwagen rum?«

»Nicht daß ich welche gesehen hätte.«

»Aber in den Schuppen hätten welche gewesen sein können?«

»Möglich wär das schon gewesen«, meinte der Makler nachdenklich. »Der eine war beinahe so groß wie ein Hangar.«

»Ja, das habe ich auch gesehen«, antwortete Burden grimmig. Er war fast sicher, seinen Mann gefunden zu haben, um sagen zu können: *McCloy was here.* Aber was hatte er letzten Endes erreicht, außer ein winziges Segment aus dem Leben dieses Mannes aufgedeckt zu haben? McCloy war hiergewesen und war wieder verschwunden. Alles, was man tun konnte, war, in Moat Hall das Unterste zuoberst zu kehren, in der vagen Hoffnung, daß an diesem verlassenen Ort irgend etwas zurückgeblieben war, das Aufschluß gab über das derzeitige Versteck seines vormaligen Eigentümers.

»Wollen Sie mir eine Mordanklage anhängen?« fragte Cullam dumpf.

»Ihnen und McCloy und vielleicht noch ein paar anderen, wenn Sie uns endlich sagen, wer die sind. Gemeinschaftlicher Mord lautet die Anklage dann. Nicht daß der Unterschied sehr groß wäre.«

»Aber ich habe fünf Kinder!«

»Die Gefängnisse sind voll von Vätern, Cullam. Also nun mal raus mit der Sprache! Sie wollen doch nicht ganz allein in den Knast, oder? Sie wollen doch nicht, daß McCloy unbehelligt davonkommt und sich ins Fäustchen lacht, während Sie fünfzehn Jahre abbrummen? Für ihn läuft es auf das gleiche Urteil hinaus, müssen Sie wissen. Der kommt kein bißchen besser davon, bloß weil er Ihnen gesagt hat, Sie sollen Hatton umbringen.«

»Das hat er ja gar nicht!« versetzte Cullam aufgebracht. »Wie oft soll ich Ihnen denn noch sagen, ich kenne diesen McCloy nicht?«

»Verdammt oft, eh ich Ihnen das glaube, Cullam. Weshalb hätten Sie denn Hatton aus eigenem Antrieb töten sollen? Man muß doch einen Mann nicht gleich umbringen, bloß weil er mehr Geld und ein schöneres Zuhause hat als man selbst.«

»Ich habe ihn nicht umgebracht!« Cullams Stimme war dem Schluchzen bedenklich nahe.

Wexford schaltete das Licht aus, und einen Augenblick lang kam ihm der Raum sehr dunkel vor. Aber als die Augen sich daran gewöhnt hatten, merkte er, daß es nicht dunkler war als sonst auch an Sommerabenden nach einem schweren Regen. Die Beleuchtung draußen hatte einen Stich ins Blaue, und die Luft war viel frischer geworden. Er machte das Fenster auf, und eine kühle Brise fuhr herein und verfing sich in den Vorhängen. Unten auf dem Vorplatz lagen die rosa Blumen, erschlagen in der nassen Erde.

»Jetzt hören Sie mal zu, Cullam«, sagte er, »Sie sind doch dort gewesen. Sie sind doch zehn Minuten *vor* Hatton an der Brücke losgegangen. Es war zwanzig vor elf, als Sie sich von Hatton und Pertwee verabschiedeten, und selbst wenn Sie langsam gegangen wären, hätten Sie gegen elf zu Hause sein müssen. Aber da sind Sie erst Viertel nach elf angekommen. Und dann waschen Sie am nächsten Morgen das Hemd, das Sie angehabt haben, und den Pullover und die Hose. Und Sie wissen, daß Hatton mit einem Stein aus dem Fluß erschlagen worden ist. Und heute gehen Sie, der zwanzig Pfund in der Woche verdient und nie einen Penny übrig hat, hin und geben hundertzwanzig Pfund für teure Küchengeräte aus? Das müssen Sie mir erst mal erklären, Cullam, das müssen Sie mir wirklich mal erklären. Das Gewitter ist jetzt vorbei,

Sie brauchen keine Angst mehr zu haben, höchstens vor fünfzehn Jahren Knast.«

Cullam spreizte seine grobschlächtigen Hände, ballte sie und beugte sich vor. Der Schweiß auf seinem Gesicht war getrocknet. Er schien Schwierigkeiten zu haben, die Muskeln, die an seiner Stirn und in seinen Mundwinkeln arbeiteten, unter Kontrolle zu halten. Wexford wartete geduldig, denn er sah, daß der Mann im Augenblick außerstande war zu sprechen. Die Angst hatte seine Stimmbänder ausgedörrt und paralysiert. Er wartete geduldig, wenn auch ohne eine Spur von Mitleid.

»Die hundertzwanzig Pfund und seine Lohntüte…«, brachte Cullam schließlich hervor, »…die hab ich genommen. Von der Leiche.«

12

»Wozu brauchte er es denn noch, der saubere Charlie Hatton? Ich bin in seiner Wohnung gewesen, ich hab gesehen, was der alles hatte. Haben Sie mal seine Frau gesehen, ja? Aufgedonnert wie 'ne Nutte, mit ihren Kleidern und ihrem Schmuck und all dem Kleister auf dem Gesicht, und den ganzen Tag nichts zu tun, nichts, als vor der Farbglotze zu sitzen und ihre Freundinnen anzurufen. Die beiden haben keine Kinder, die sich auf einen stürzen und einem die Ohren volljaulen, sobald man zur Tür reinkommt, die die ganze Nacht auf einem rumkriechen, weil sie ihre verdammten Zähne kriegen. Wollen Sie wissen, wann meine Alte das letzte Mal ein neues Kleid gekriegt hat? Wollen Sie wissen, wann wir das letzte Mal abends ausgegangen sind? Die Antwort ist – nie, seit das erste Baby da war. Meine Frau muß die Sachen für die Kinder im Trödelladen kaufen, und wenn sie ein Paar neue Strümpfe braucht, dann sind die dritte Wahl. Große Klasse, finden Sie nicht? Lilian Hatton hat mehr Klamotten als ein Filmstar, aber sie muß natürlich losgehen und dreißig Pfund für einen neuen Fummel für Pertwees Hochzeit ausgeben. Hundert Pfund? Die würde sie noch nicht mal vermissen. Die kann sie als Fidibus benutzen, um ihre Zigarette anzuzünden!«

Die Schleusen waren geöffnet, und jetzt redete Cullam, der verstockte, mißtrauische Cullam, ungebremst von der Leber weg. Wexford hörte mit großer Konzentration zu, obgleich er aussah, als ob er überhaupt nicht hinhöre. Wäre Cullam in der Verfassung gewesen, das Verhalten seines Gegenübers zu beobachten, er hätte ihn für gelangweilt oder geistesabwesend halten müssen. Aber Cullam wollte nichts anderes als reden. Seine Zuhörer waren ihm dabei egal. Alles, was er brauchte, war der Luxus der Stille und eines nahezu leeren Raumes.

»Ich hätt das ja alles ertragen«, sagte er, »bloß diese ewige Prahlerei! ›Steck's weg, Maurice‹, sagte Charlie etwa, ›hast es nötiger als ich.‹ Und dann erzählte er mir von der Halskette, die er für seine Frau gekauft hat. ›Wo das herkommt, da ist noch viel mehr‹, sagte er dann auch noch. Menschenskind, und ich weiß nicht, woher ich das Geld nehmen soll, um meinen Kindern neue Schuhe zu kaufen! Als ich so lange verheiratet war wie Hatton, da hatte ich schon zwei Kinder. Ist das vielleicht gerecht? Ist das in Ordnung? Das müssen Sie mir mal sagen!«

»Parteipolitische Rundfunksendungen hab ich genug gehört«, unterbrach Wexford ihn. »Und Ihr Neid interessiert mich einen Dreck. Ihr Neid ist übrigens ein verdammt gutes Motiv für einen Mord.«

»So? Und was hätte ich davon, wenn ich ihn umgebracht hätte? *Ich* war in seinem Testament nicht bedacht. Ich hab Ihnen gesagt, was ich getan hab. Ich hab das Geld von seiner Leiche genommen. Fünf Kinder hab ich, und der Milchmann kommt nicht vor elf Uhr vormittags. Haben Sie mal versucht, Milch für fünf Kinder während einer Hitzewelle ohne Kühlschrank frisch zu halten?« Er hielt inne, und mit giftigem, unsteten Blick fuhr er fort: »Wissen Sie, was Hatton Sonnabend gemacht hätte, wenn er nicht umgebracht worden wäre? Erst mal die Hochzeit, Pertwees Hochzeit, und Hatton flott mit Zylinder neben seiner aufgetakelten Nutte. Und hinterher dann Geschäftebummel, nicht, um was einzukaufen, sondern bloß so, zum Zeitvertreib. Charlie hat mir doch selbst erzählt, so mal eben zwanzig Pfund auf den Kopf zu hauen, wenn sie in den Geschäften rumstöberten, das sei bei ihnen gar nichts. Hier 'ne Flasche Wein, da ein bißchen Zeug für ihr Gesicht. Und dann ins *Olive*, erst einen Schluck vorweg und dann Dinner. Danach dann ins Kino, natürlich auf den besten Plätzen. Ein ziemlicher Unterschied zu mir, was? Wenn ich mich erholen will, dann geh ich raus in den Garten oder sonstwohin, bloß weg von dem ewigen Geplärr der Gören.«

»Sind Sie Katholik, Cullam?«

Das überraschte den Mann. Er hatte wohl eine massivere Entgegnung erwartet. Er ließ die Schultern hängen und brummte: »Ich hab überhaupt keine Religion.«

»Dann verschonen Sie mich mit dem Klagelied wegen der Kinder. Kein Mensch zwingt sie, Kinder zu kriegen. Schon mal was von der Pille gehört? Mein Gott, von Familienplanung wußte man doch schon zwanzig, dreißig Jahre, bevor Sie geboren wurden.« Wexfords Stimme wurde hart, als er jetzt auf sein Lieblingsthema kam. »Kinder zu haben ist ein Privileg, eine Freude, oder sollte es wenigstens sein, und bei Gott, Cullam, ich hetz Ihnen die Gemeinde auf den Hals, wenn ich noch mal sehe, wie Sie Ihren Jungen auf den Kopf schlagen! Sie sind ein richtiges Tier, Cullam, bloß, ein Tier... Ach, was hat's für einen Sinn bei Ihnen! Was machen Sie hier eigentlich – reden mir die Hucke voll, stehlen mir die Zeit? Hören Sie auf, mir etwas vorzujammern, und erzählen Sie mir, was neulich abend passiert ist. Was ist passiert, nachdem Sie Hatton und Pertwee an der Brücke zurückgelassen haben?«

Das Stamforder Revier hatte Burden alle Hilfe zugesagt, die sie leisten konnten, und sie hielten Wort. Ein Sergeant und ein Wachtmeister fuhren noch einmal mit ihm zur Moat Hall hinaus, und die Schlösser der beiden Schuppen wurden aufgebrochen.

Drinnen fanden sie Ölflecken auf dem Betonboden und als Abdrücke darin die Muster von Autoreifen. Abgesehen davon aber gab es nichts, was auf eine verdächtige Nutzung hinwies, allenfalls zwei zerknautschte Pappkartons in einer Ecke. Beide hatten Pfirsichkonserven enthalten.

»Damit haben wir kein Glück«, meinte Burden zu dem Sergeant und warf die flachgedrückte Pappe angeekelt weg. »So was hab ich zu Hause in meiner Garage auch. Die stellt mir der Supermarkt zur Verfügung, wenn ich freitags die Einkäufe meiner Frau nach Hause befördere.«

Er trat aus dem Tor und ging langsam über den verlassenen Hof. Er sah sie förmlich vor sich, hier und jetzt, sah sie ankommen, die gestohlenen Lastwagen, wie sie hereinfuhren, wie die großen Türen sich öffneten und hinter ihnen schlossen. Und McCloy und die Männer, die ›nicht so ganz seine Klasse‹ waren, luden sie aus und verstauten die Ladung da drinnen. Dann schlugen sie sich gegenseitig auf den Rücken, lachten sich scheckig, und Charlie Hatton ging auf einen Drink und einen Happen zu essen mit ins Haus, ehe er den Laster wegfuhr und ihn irgendwo abstellte.

»Ich würde mir gern das Haus genauer ansehen«, sagte er, »aber gewaltsam einbrechen ist nicht mein Fall. Also werden wir die Erlaubnis der Amerikanerin aus Schweden abwarten müssen.«

Cullam stand auf und ging zum Fenster hinüber. Anscheinend erwartete er, daß Wexford ihn daran hinderte, aber der sagte nichts.

»Dauernd hat er all das Geld rumgezeigt im *Dragon*. Und um nichts anderes ging es bei ihm auch die ganze Zeit, während wir gemeinsam zur Brücke runtergingen.« Cullam stand am Fenster und starrte wie gebannt auf die Straße, die er mit Hatton und Pertwee entlanggegangen war. Das nasse Straßenpflaster warf spiegelnde Reflexe zurück. Der Kingsbrook mußte jetzt angeschwollen sein, vermutete Wexford, und die Steine überspült wie von einem reißenden Mühlbach. »Pertwee sagte noch, ich solle doch auf Hatton warten«, fuhr Cullam fort, »aber das wollte ich nicht. Mein Gott, ich hatte den und sein Geld so satt!« Langsam fuhr er sich mit der Hand durch sein aschfarbenes Haar. »Außerdem hab ich Ihnen ja erzählt, daß ich mich nicht wohl fühlte. Ich bin einfach so im Dunkeln den Weg entlanggegangen.«

Und hast wohl überlegt, was dich zu Hause erwartet und was dagegen Hatton zu Hause erwartete, dachte Wexford. Außer dem eintönigen Plätschern des Wassers war dort unten wahrscheinlich kein Geräusch zu hören gewesen. Und über Cullam, über den Zweigen der Bäume das schweigende Weltall und ein Netz von Sternen. Neid und Habgier konnten aus dem Herzen eines Menschen alles vertreiben, bis auf – nun ja, bis auf Neid und Habgier. Wenn Cullam überhaupt etwas bemerkt hatte, während er dort entlangging, dann höchstens den Unrat, das Schwemmgut, das der Fluß auf seiner Reise durch die Wiesen aufgenommen und mitgeführt hatte.

»Und haben Sie auf ihn gewartet?«

»Gewartet? Nein!« sagte Cullam heftig. »Warum denn? Ich konnte den doch nicht ausstehen.« Wexford überlegte, wie lange es her war, daß jemand in seinem Büro in so kurzer Zeit so viele verheerende Eingeständnisse von sich gegeben hatte. Cullam explodierte förmlich. »Mir war schlecht! Ich hab gekotzt – unter den Bäumen. Hundsmiserabel hab ich mich gefühlt, das kann ich Ihnen sagen!« Er schauderte ein bißchen, ob in der Erinnerung an die Übelkeit unten am Fluß oder an etwas noch Übleres, konnte Wexford nicht sagen. Er fixierte den Mann scharf, ungerührt durch die Unsicherheit in dessen Augen und das Zittern, das seine Hände befallen hatte. »Ich bin nicht an Whisky gewöhnt. Wenn, dann trinke ich ein halbes Bitterbier.«

»Da sind Sie nicht der einzige«, sagte Wexford scharf. »Was geschah dann? Haben Sie Hatton kommen hören?«

»Ja, 'ne Weile hab ich ihn gehört. Ich konnte ihn von fern pfeifen hören. Er pfiff sein dämliches kleines Lied von dem Mann, der sich fürchtet, im Finstern heimzugehen.« Wexford blickte auf und begegnete den unsteten Augen des anderen. Sie wandten sich verschlagen ab, und die rosa Lider bezwinkerten. War Cullam ein völlig tumber Klotz oder begriff er, wie makaber seine Worte waren? Ein Mensch mußte doch ohne einen Funken von Phantasie sein, um dabei nicht von Entsetzen oder Trauer gepackt zu werden.

Ach, liebste Mabel, hör mich an:
Im Park, da lauert ein Räubersmann…

Burden, der das Lied kannte, hatte sich den Text gemerkt und ihn seinem Chef wiederholt. »Im Park da lauert ein Räubersmann…« Wie ging es doch weiter? Irgendwie von wegen nirgends so schön wie zu Hause… aber heimgehen im Finstern…? Es war Wexford, dem jetzt ein Schaudern über den Rücken lief. Trotz seines Alters und seiner Erfahrung überlief es ihn kalt.

»Und dann ist es passiert«, sagte Cullam. Seine Stimme zitterte. »Aber das glauben Sie mir ja doch nicht, oder?«

Wexford hob die Schultern.

»Es ist aber die Wahrheit. Ich schwöre, es ist die Wahrheit!«

»Das Schwören heben Sie sich man für die Anklagebank auf, Cullam.«

»O Gott…« Die Worte brachen aus ihm hervor, stoßweise, gepreßt. »Das Pfeifen hörte auf. Ich hab so ein Geräusch gehört…« Die Fähigkeit des Beschreibens ging ihm ab, er verfügte nur über wenige Adjektive in seinem beschränkten Wortschatz. »So 'ne Art Würgen, so 'ne Art… also, oh Gott, es war so grauenhaft! Und mir war doch sowieso schon so schlecht. Ein bißchen später bin ich dann aufgestanden und… und ich bin zurückgegangen. Ich war halb verrückt vor Angst. War irgendwie unheimlich da unten… Sehen konnte ich nichts, und ich… ich bin über ihn gestolpert. Er lag auf dem Weg. – Kann ich einen Schluck Wasser haben?«

»Seien Sie nicht so 'n Waschlappen!« fauchte Wexford ihn an.

»Sie brauchen gar nicht so grob zu mir zu sein«, winselte Cullam, »schließlich erzähl ich's Ihnen ja. Ich muß es Ihnen ja nicht erzählen.«

»Doch, das müssen Sie, Cullam.«

»Ich hab ein Streichholz angezündet«, stammelte der Mann weiter. »Charlies Kopf war ganz kaputtgeschlagen. Ich hab ihn umgedreht, und dabei bin ich blutig geworden.« Seine Worte wurden immer kraftloser, aber dann redete er hastig drauflos: »Ich weiß nicht, was in mich gefahren ist. Ich hab meine Hand in sein Jackett gesteckt, und plötzlich hatte ich seine Brieftasche in den Fingern. Da waren hundert Pfund drin, ziemlich genau hundert. Und er war noch ganz warm...«

Wexford starrte ihn entsetzt an. »Aber er war doch tot?«

»Ich weiß nicht... ich weiß... o Gott, ja, er war tot! Er *muß* tot gewesen sein! – Was machen Sie jetzt mit mir?« Der Mann vergrub den Kopf in den Händen, und seine Schultern zuckten. Wexford packte ihn grob am Jackett und versetzte ihm einen Schubs, daß sein Kopf in die Höhe fuhr. Die Tränen auf Cullams Gesicht verursachten ihm Übelkeit und Zorn zugleich, so heftig, daß er sich nur mit Mühe zurückhalten konnte, ihn zu schlagen. »Das ist alles, wirklich alles«, flüsterte Cullam schlotternd. »Die Leiche ist die Böschung runtergerollt. Da bin ich nach Hause gerannt. Wie verrückt bin ich gerannt.« Er bohrte sich die Fäuste in die Augen wie ein Kind. »Das ist alles wahr«, sagte er.

»Der Stein, Cullam, was war mit dem Stein?«

»Der lag neben ihm. Bei seinen Beinen. Ich weiß nicht, warum, aber ich hab ihn wieder ins Wasser geschmissen. Da klebte Blut dran und Haare, so Strähnen von Haar, und noch was anderes...«

»War ein bißchen spät, um plötzlich zimperlich zu werden, was?«

Wexfords Ton war messerscharf und die Wirkung wie ein elektrischer Schock. Cullam sprang auf, stieß einen gellenden Schrei aus und trommelte mit den Fäusten auf den Schreibtisch.

»Ich hab ihn nicht getötet, nein, nein, nein... Sie *müssen* mir glauben!«

Burden war eben hereingekommen, durchnäßt und verstimmt, als Wexford wie ein wütender Stier aus dem Lift stürmte.

»Wo ist Martin?«

»Keine Ahnung. Ich bin gerade zweihundertfünfzig Kilometer gefahren, und ich...«

»Vergessen Sie es. Ich hab den Cullam oben, und der hat mir gerade eine feine Geschichte aufgetischt.« Er hatte Mühe, seine Stimme unter Kontrolle zu bringen, während er Burden kurz ins Bild setzte. »Sagt, er hat das Geld von Hattons Leiche genommen. Möglich, daß das wirklich alles war, was er getan hat. Ich weiß es einfach nicht.«

»Aber festhalten wollen Sie ihn? Ihn hierbehalten aufgrund des Diebstahls von hundert Pfund und einer Lohntüte?«

»Irgend so was. Darum soll Martin sich kümmern. Ich möchte, daß Sie und Loring, und wer sonst verfügbar ist, gleich mal mit rüberkommen nach Sewingbury, um Cullams Haus zu durchsuchen.«

»Für den Fall, daß er McCloys Blutgeld irgendwo versteckt hat?«

»Mike«, meinte Wexford gedehnt, »ich frage mich mittlerweile wirklich, ob dieser McCloy nicht ein Mythos ist, eine Fiktion. Cullam ist ein verdammter Lügner, und alles, was wir über McCloy wissen, basiert einzig auf seiner Aussage. Warum könnte er nicht McCloy einfach erfunden haben – als nettes kleines Ablenkungsmanöver?« Er seufzte. »Bloß, der hat nicht einen Funken Phantasie«, fügte er hinzu.

»McCloy? Oh, doch, der existiert tatsächlich«, sagte Burden mit Nachdruck, »das ist zwar ein scheuer Vogel, aber existieren tut er.«

Es war elf, als Wexford nach Hause kam. Sie hatten Cullams Haus durchsucht, hatten fleckige, ungemachte Betten durchwühlt, Schränke, vollgestopft mit Kleidungsstücken, die nach Essensresten rochen, Schubladen, vollgepfercht mit zerbrochenem Krempel. Sie hatten alles abgesucht, aber das einzige Geld, das sie fanden, waren zwei Pfund und acht Pence in Mrs. Cullams Handtasche, einer weißen Plastiktasche mit schwarzem Schmutz in den Falten. Und die einzige finstere Entdeckung, die sie gemacht hatten, waren Blutergüsse und Quetschungen an den Beinen eines der Kinder...

»Gib eine Unze Zibet mir, mein guter Arzt«, sagte Wexford zu Klytämnestra, »zu süßen meine Phantasie.« In dem Glauben, er habe zu ihr gesagt, sie sei ein guter Hund, wedelte Klytämnestra mit dem Zottelschwanz. Die Tür ging auf und Sheila kam herein. »Was machst du denn an einem Mittwoch zu Hause?« fragte Wexford unfreundlich.

»Das Ding von meinem Zahn ist abgegangen. Ich hab Milky Way gegessen, und da ist es abgebrochen. Also mußte ich herkommen und zu Mr. Vigo gehen.« Sie schenkte ihm ein entwaffnendes Lächeln und küßte ihn auf die Backe. Ihr Haar war zu einer Pyramide dicker Locken frisiert, und sie sah aus wie eine Kokotte aus der Restaurationszeit.

»Na und? Hat er's in Ordnung gebracht?«

»Hm, hm. Auf der Stelle. Und er hat gesagt, er würde es mir nicht berechnen.«

»*Dir* nicht berechnen? Du meinst wohl *mir*. Und das will ich auch hoffen!« Wexford grinste und streifte die Erinnerung an Cullams Widerwärtigkeit ab wie eine schmutzige Haut. »Jetzt, wo du falsche Zähne hast, darfst du eben keine Toffees mehr essen.«

»Ich hab keine falschen Zähne. Ich hab bloß eine Krone. Willst du was abhaben von meinem Schokokaffee? Nescafé mit Trinkschokolade gemixt. Schmeckt irre.«

»Lieber nicht. Trotzdem vielen Dank, Liebling.«

»War richtig nett mit Mr. Vigo«, erzählte Sheila. Sie ließ sich auf den Boden fallen, lag mit aufgestützten Ellbogen auf dem Bauch und blickte ihm von unten her ins Gesicht. »Er hat mich zum Tee eingeladen, in diesen chinesischen Salon. Hab kaum gewagt, mich darin zu rühren, man merkt richtig, wie versessen er ist auf all das Zeug. Seine Frau kam rein und knallte die Tür zu, und er wurde wütend, weil dadurch das Porzellan klapperte. Sie hätte eben keine Ahnung, sagte er.«

»Sehr gediegen. Ganz neue Masche, könnte man sagen.«

»Ach, Pa, *so* war das doch gar nicht. Beim Weggehen traf ich seine Sprechstundenhilfe, und wir gingen zusammen in die Stadt. Sie erzählte mir, Mr. Vigo hätte tatsächlich aus Geldgründen geheiratet. Sie ist eine reiche Erbin, so an die hunderttausend Pfund, und Mr. Vigo brauchte Geld, um diesen chinesischen Kram zu sammeln. Und jetzt bleibt er bloß noch wegen des Babys mit seiner Frau zusammen. Und meistens fährt er am Wochenende weg. Manchmal kommt er überhaupt erst spät am Montag abend zurück. Das Mädchen meinte, er hätte wohl eine Freundin in London. Und sie kam mir ein bißchen eifersüchtig vor. Weißt du, ich könnte wetten, mit der schläft er auch.«

Wexford verzog keine Miene. Er war nicht schockiert über das, was sie ihm erzählt hatte, er war bloß erstaunt, daß es ihm von seiner eigenen Tochter erzählt worden war. In gewisser Weise war er stolz und dankbar. Über dreißig Jahre waren vergangen, seit er so alt war wie Sheila jetzt. Hätte *er* seinem Vater solche Sachen sagen können? Er wäre doch lieber gestorben!

Sheila reckte sich und sprang leichtfüßig auf. »Wenn ich nun schon mal zu Hause bin«, meinte sie, »dann kann ich ja auch meine Pflichten erfüllen. Was hältst du von zehn Minuten unten am Fluß, Hund?«

Wexford sagte hastig: »Nein, nicht da runter, Liebling.« Wie konnte er seinem Kind erlauben, dort unten an diesem finsteren Gewässer allein spazierenzugehen! »Ich geh schon mit dem Hund raus.«

»Wirklich?«

»Ja. Mach, daß du zu Bett kommst. Bei der Frisur wirst du noch 'ne Menge Arbeit haben.«

Sheila kicherte. »Du wirst dich wundern!« Verblüfft und ein bißchen entsetzt sah er zu, wie sie die Perücke wie einen Hut abnahm und sie über eine Kristallvase stülpte.

»Mein Gott, weise ist der Vater, der sein eigenes Kind kennt!« Er fixierte mißtrauisch ihre Augenwimpern, die langen Fingernägel. Was würde sie jetzt noch alles ablegen? Wexford, der bei all seinen Erfahrungen mit Verbrechern kaum je aus dem Gleichgewicht zu bringen war, wurde von der eigenen Tochter immer aufs neue verblüfft. Mit schiefem Lächeln griff er nach der Hundeleine und scheuchte Klytämnestra von dem besten Sessel herunter.

Die Nachtluft war frisch, rein gewaschen durch das Gewitter. Es war kaum ein Stern zu sehen, denn der Himmel war von einem zarten Dunstschleier überzogen, schneeweiß gebleicht vom Mond, der eben in einem klaren, wolkenfreien Streifen aufging. Das Wiesengras, das er auf jenem früheren Spaziergang mit einem Teppich verglichen hatte, war inzwischen gemäht worden, und die Landschaft hatte sich in eine stoppelig blasse Wüste verwandelt. Es war kalt für die Jahreszeit. Als er an den Fluß kam, sah er, daß er stark angeschwollen war. Stellenweise waren die Steine völlig unter dem reißenden Wasser verschwunden.

Wexford pfiff dem Hund und schritt kräftig aus. Jetzt konnte er die Brücke sehen. Ihre Steine schimmerten silbrig, und der Hirschzungenfarn dazwischen flimmerte wie zarte Metallstreifen. Jemand stand oben auf dem Brückenbogen, lehnte sich über das Geländer und blickte hinunter. Wexford konnte noch nicht erkennen, ob es ein Mann oder eine Frau war, und als er merkte, daß es eine Frau war, sagte er laut und deutlich guten Abend, damit sie keine Angst zu haben brauchte.

»Guten Abend, Chief Inspector.« Die Stimme war tief und ironisch und unverkennbar. Wexford trat auf Nora Fanshawe zu, und sie wandte sich zu ihm um.

»Schöner Abend nach dem Gewitter«, sagte er. »Wie geht es Ihrer Mutter?«

»Sie wird's überleben«, sagte die junge Frau kühl. Eine Reserviertheit, die zum Teil aus persönlicher Abneigung bestand, machte ihr Gesicht undurchdringlich. Wexford kannte diesen Ausdruck. Er hatte ihn hundertfach gesehen auf den Gesichtern von Leuten, die sich einbildeten, sie hätten ihm gegenüber zuviel gesagt, hätten ihm zu sehr ihr Herz ausgeschüttet. Vermutlich bildeten sie sich ein, ihre Bekenntnisse führten dazu, daß er fortan abschätzig oder mitleidig oder argwöhnisch auf sie herabblickte. Wenn sie doch bloß begriffen, daß ihre Enthüllungen nichts weiter waren als Ziegelsteine für das Haus, das er zu bauen versuchte, Sprossen auf der Leiter der Ermittlung, gewundene, vertrackte Teilchen seines jeweiligen Puzzles!

»Nichts Neues, das ihr eingefallen wäre?«

»Falls Sie damit das Mädchen im Wagen meinen, so sagt sie immer noch, da sei kein Mädchen gewesen. Und ich weiß, wann sie die Wahrheit sagt.«

»Leute, die einen Schlag über den Schädel bekommen haben, erinnern sich nie an das, was unmittelbar vorher passiert ist«, wandte Wexford unbekümmert ein. »Besonders nicht, wenn sie einen Schädelbruch kriegen. Das ist eine medizinische Tatsache.«

»Ach ja? Ich will Sie nicht länger aufhalten, Chief Inspector. Wissen Sie, daß Ihr Hund auf der Straße rumläuft?«

Wexford scheuchte Klytämnestra aus der Spur eines einsamen herankommenden Wagens. Der Fahrer kurbelte das Fenster herunter und beschimpfte ihn, eigentlich solle er das der Polizei melden.

»Du bist die Plage meiner alten Tage!« sagte Wexford zu dem Hund, als er die Leine am Halsband befestigte, »eine ständige Quelle der Erniedrigung.« Er sah dem Mädchen nach, wie sie aufs *Olive and Dove* zuging, und der Mond malte ihren Schatten schwarz, aufrecht und dürr aufs Pflaster.

13

Detective Constable Loring war entzückt bei der Aussicht auf einen Tag in London. Er hatte richtiggehend Angst vor Wexford, der ihn, wie er fand, mit zwar gerechter, aber doch unbarmherziger Strenge behandelte. Jemand hatte Loring von der nahezu väterlichen Zuneigung des Chief Inspectors für seinen Vorgänger Mark Drayton erzählt und von seiner Enttäuschung, als Drayton zu Fall gekommen war. Er war über eine Mädchengeschichte und eine Bestechung gestolpert. Drayton, so hatte man ihm erzählt, hatte sein Haar lang getragen, war forsch, sarkastisch und scharfsinnig gewesen und wie der Teufel hinter den Frauen her. Darum hatte sich Loring das Haar geradezu exzentrisch kurz schneiden lassen und war so eifrig und aufmerksam und zuvorkommend, wie er nur konnte. So würde auch er es zu Scharfsinn bringen. Zur Zeit konnte er es darin mit Wexford und Burden noch nicht aufnehmen, die ständig ringsum mit ihrem Scharfsinn brillierten. Und was die Frauen betraf... Nun, da war Loring rechtschaffen kühn. Es bereitete ihm jedenfalls beträchtliches Vergnügen, auf der Suche nach drei vermißten Mädchen nach London zu fahren. Sehnsüchtig dachte er daran, wie verdienstvoll es wäre, wenn er die Richtige fände und womöglich von einem wohlmeinenden Wexford anerkennend beim Vornamen genannt würde. Drayton war öfters diese Würdigung zuteil geworden.

Denn trotz all seiner Träume und seiner Naivität war Loring ein durchaus kompetenter Polizeibeamter. Er machte seine Fehler, aber er machte kein Hehl daraus. Mit seinen einundzwanzig Jahren war er fast einsneunzig groß, noch genauso dünn, wie er mit vierzehn gewesen war, und er wartete mit verzweifelter Ungeduld auf den Tag, an dem endlich seine Akne verschwinden würde. Trotz alledem – die Pickel waren längst nicht so sichtbar, wie er glaubte – nahmen die Mädchen, die er zum Ausgehen einlud, seine Einladungen gewöhnlich an, und ältere Frauen strichen sich das Haar zurecht und lächelten, wenn er mit seiner Befragung begann. Er war überrascht und ein bißchen verärgert über seinen Empfang bei dem Friseur in Eastcheap.

Er ermittelte im Fall der vermißten Carol Pearson und hatte bereits die Mutter des Mädchens in Muswell Hill aufgesucht. Sie war eine exaltierte Dame von vierzig Jahren mit der Mentalität und dem Geschmack einer Achtzehnjährigen. Affektiert hatte sie ihn angelächelt und ihm Gin angeboten. Ach Gott, man war halt nur einmal jung – Mrs. Pearson sah aus, als beabsichtige sie, noch etliche Male von neuem jung zu sein –, und wenn Carol nun mal beschlossen habe, mit ihrem Freund für ein paar Monate zu verschwinden, dann würde *sie* ihr doch nicht im Wege stehen. Der Freund war verheiratet, was konnte die arme Carol denn sonst auch machen? Tatsache war eben, daß ihr der Job total zum Halse raushing und daß sie schon immer drauf und dran gewesen war, ihn hinzuschmeißen. Ob Loring wisse, was für miserable Löhne die zahlten und daß die Mädchen praktisch von ihren Trinkgeldern leben mußten? Der Freund hatte Geld, das war ein Vertreter, ein Reisender, erklärte Mrs. Pearson vage. Aber an seinen Namen konnte sie sich nicht erinnern, den hatte sie auch der Polizei nicht sagen können, als die neulich danach fragten. Jack, so hatte Carol ihn genannt. Briefe schreiben tat sie nie. Leben und leben lassen, da war sie wie ihre Mutter. Und Mrs. Pearson bedachte ihn mit einem neckischen Lächeln. Sie würde schon eines schönen Tages wieder auftauchen.

Also hatte Loring die U-Bahn nach Tower Hill genommen und sich dann ein paarmal verlaufen. Er ging die Eastcheap hinunter und fand anhand des Messingschildes an dem marmornen Eingang des Gebäudes das Büro des verstorbenen Jerome Fanshawe. Der Frisiersalon *Roma*, wo Carol gearbeitet hatte, war schräg gegenüber. Loring ging hinein.

Nie in seinem Leben hatte er so etwas gesehen wie die Frau am Empfang. Sie gehörte nicht zu der Sorte Mädchen, die man zu küssen wagte – falls man das wollte. Ihr Haar war eine kunstvoll zerzauste rote Lockenmähne, das Gesicht darunter ein Gemälde aus Creme- und Bernsteintönen in allen Schattierungen mit samtschwarzen Augen und bleich erloschenem Mund. Sie trug ein fast knöchellanges schwarzes Kleid, rote Stiefeletten, die hinten offen waren, und eine kurze, rote, goldbestickte Weste.

Als Loring eintrat, klingelten die beiden weißen Telefonapparate gleichzeitig. Sie hob einen Hörer nach dem anderen ab und sagte jedesmal: »Hier Salon *Roma*. Guten Morgen. Würden Sie bitte einen Moment warten?« Dann legte sie beide nebeneinander auf ihren riesigen Terminkalender. »Was kann ich für Sie tun?«

Loring erklärte, er sei Kriminalbeamter, und wies seine Karte vor. Sie ließ sich keine Überraschung anmerken. »Einen Moment bitte.« Die Telefongespräche wurden eins nach dem anderen abgewickelt, Termine im Buch notiert. Loring blickte sich in dem Salon um. So was wie dies hatte man in Kingsmarkham noch nicht gesehen, wo die Kundinnen noch immer jede für sich in kleinen Kabinen saßen. Hier waren die Wände mit einer Tapete beklebt, die wie Pumpernickel aussah. Die Deckenleuchten waren schwarze und silberne Mobiles, und der Fußboden wirkte wie ein gefrorener See aus Scharlachrot. Die meisten Angestellten waren Männer, müde und erschöpft aussehende junge Männer in Anzügen aus dünnem Stoff, an denen Haare aller Farbtöne hafteten.

»Wenn Sie wegen Carol Pearson kommen«, sagte die Empfangsdame verächtlich, »dann müssen Sie mit Mr.

Ponti sprechen. Einen Augenblick bitte.« Das linke Telefon hatte schon wieder geklingelt. »Hier Salon *Roma.* Guten Morgen. Würden Sie bitte einen Moment warten? – Er ist im Herrensalon, und er ist gerade beschäftigt, Sie können ihn jetzt nicht... Augenblick bitte.« Sie hob den zweiten Telefonhörer ab. »Salon *Roma.* Guten Morgen. Würden Sie bitte...«

»Vielen Dank für all Ihre Hilfe«, sagte Loring. Er ging wieder auf die Straße und öffnete die nächste Tür. Diesmal betrat er offensichtlich einen ganz normalen Herrenfriseurladen, der sich kaum von seinem Gegenstück in Kingsmarkham unterschied.

Mr. Ponti glich eher einem Volksschullehrer als einem Friseur. Er war groß und hager und trug einen schmucklos strengen, fast asketischen dunklen Anzug. Das einzige Anzeichen für seinen Beruf waren die Griffe einer Schere, die aus der Brusttasche ragten, und der ›pädagogische‹ Eindruck auf Loring war so überwältigend, daß er sie zuerst für ein Brillengestell gehalten hatte.

Die anderen Friseure wichen zur Seite, als er sich seinen Weg zwischen den Stühlen hindurchbahnte. Das Tageslicht von der Tür ließ den braunen Puder auf seinen Wangen sichtbar werden, und jetzt, da er nahe genug war, sah Loring in ihm einen Schauspieler, sorgfältig zurechtgemacht, um in eine ›akademische‹ Rolle zu schlüpfen. Die leicht vornübergeneigte Haltung, der zugleich abwesende wie scharfe Ausdruck, die kurzsichtigen Augen, alles war da.

Ponti sprach mit kaum wahrnehmbarem italienischen Akzent. »Carol?« sagte er. »Die Polizei war bereits hier, und ich habe schon gesagt, daß wir nicht helfen können.« Er nahm die schwarze lederne Handtasche, die Loring ihm entgegenhielt, und befühlte sie anerkennend. »Sehr gute Qualität, wirklich sehr gut.« Mit einem Stirnrunzeln zog er eine Falttür zu, die einen Teil des Ladens abtrennte. »Hören Sie, so was hat die bestimmt nicht gehabt. Ich möchte nicht zu hart sein, aber sie war ein billiges kleines Mädchen. Kein Stil, keine Eleganz. Ha!« Aus dem Innern der Tasche zog er den Kompaktpuder von Woolworth und den Lippenstift mit seiner zerkratzten Metallhülse hervor. »Das könnte sie schon eher gehabt haben, diesen billigen Schund.« Seine lange Nase vibrierte angeekelt.

Loring fand ihn widerlich. »Hatten Sie einen Mr. Jerome Fanshawe unter Ihren Kunden?«

Der Name war ihm offensichtlich bekannt. »Den Börsenmakler von gegenüber? Ich habe gehört, er ist bei einem Autounfall ums Leben gekommen.« Loring nickte. »Der ist nie hiergewesen.«

»Sind Sie sicher?«

»Ich vergesse nie den Namen eines Kunden. All meine Kunden sind mir persönlich bekannt.« Ponti ließ die Tasche zuschnappen, lehnte sich mit gelangweilter Miene gegen den Tresen.

»Wäre es möglich, daß Miss Pearson ihn vielleicht gekannt hat«, fragte Loring und versuchte, dem Rasierwasserduft des Mannes auszuweichen. »Hat sie ihn mal erwähnt, oder haben Sie sie in sein Büro gehen sehen?«

»Davon weiß ich nichts.« Ponti schob die Tür einen Spaltbreit auf und schnippte mit den Fingern. »Die Fotos von Carol«, rief er herrisch, und zu Loring gewandt, sagte er: »Ich hab sie auch den anderen Polizisten gezeigt. Vielleicht wollen Sie sie ebenfalls gern sehen.« Er fixierte Lorings Haarschnitt mit seinen fahlbraunen Augen, begutachtete ihn nachdenklich und mit leisem Mißfallen.

Die Fotos wurden durch den Türspalt gereicht, und Loring nahm sie entgegen. »Ich hab sie mal als Modell benutzt«, erklärte Ponti. »Aber sie war nicht gut, ach, überhaupt nicht gut.«

Loring erschien sie durchaus gut. Er hatte einen simplen Geschmack, was Frauenschönheit betraf, er erwartete lediglich, daß ein Mädchen hübsch und natürlich war und viel lächelte. Für dieses Foto war Carols Haar zu einer phantastischen Pyramide von Stocklocken frisiert worden, von denen einige sich bis auf ihre Schultern ringelten. Sie blickte ziemlich unglücklich drein, als trüge sie statt ihres eigenen Haars einen Britannia-Helm, unter dessen Gewicht sie förmlich zusammenschrumpfte. Ihr Lächeln war verkrampft und die Augen lächerlich bemalt mit schrägen Lidstrichen, die vom unteren Lid bis in die Schläfen ragten. Die Ohrläppchen wurden von bombastischen Ohrgehängen in die Länge gezogen. Unter dieser ganzen Aufmachung aber war sie ein hübsches Mädchen, eine klassische Schönheit vom Lande, und Loring erinnerte sich schmerzlich daran, daß sie womöglich die Tote war, grauenhaft entstellt durch Blut, Feuer und Wasser.

»Nein, überhaupt nicht gut«, sagte der Friseur noch einmal.

Doreen Dacres war wieder aufgetaucht.

Es war eine merkwürdige Geschichte, die Loring von ihrer verheirateten Schwester in Finchley hörte. Doreen war losgefahren, um ihren Job in dem Nachtclub in Eastbourne anzutreten. Sie war zu früh angekommen, und man ließ sie im verlassenen Foyer warten. Dort hatte eine wohlinformierte Reinmachefrau sie über ihre zukünftigen Pflichten aufgeklärt. Da hatte sie es mit der Angst bekommen und war davongelaufen.

Sie hatte lediglich fünf Pfund in der Tasche, und ihre Situation war eindeutig: Zimmer und Job in London hatte sie aufgegeben, ihre verheiratete Schwester hatte ihr klargemacht, daß sie bei ihr und ihrem Mann als Logiergast nicht willkommen war, und ihre Eltern wohnten in Glasgow, einer Stadt, von der Doreen sich geschworen hatte, nie mehr dorthin zurückzukehren. Zu guter Letzt hatte sie ihr Gepäck in eine Pension gebracht, und weil sie fürchtete, der Clubbesitzer würde sie dort womöglich ausfindig machen, hatte sie sich als Doreen Day eingetragen und unter demselben Namen auch eine Stelle als Verkäuferin angenommen. Erst als sie ein paar Kleidungsstücke nachgeschickt haben wollte, hatte sie sich sechs Wochen später bei ihrer Schwester gemeldet. Dankbar strich Loring sie von seiner Liste.

Seine letzte Ermittlungsadresse war die Princess Louise Clinic in der New Cavendish Street. Dort wurde er vom Pförtner zum Schwesternwohnheim verwiesen. Das war ein schönes vierstöckiges Regency-Gebäude, dessen leuchtendblaue, mit blinkendem Messing reichverzierte Haustür von zwei weißen Säulen flankiert war. Eine Schwester, die sich Heimschwester nannte, kam herunter, und ehe Loring noch ein Wort sagen konnte, legte sie einen rosa Finger auf ihre Lippen.

»Still wie ein Mäuschen, bitte. Wir dürfen nicht vergessen, daß die Nachtschwestern ihren Schönheitsschlaf brauchen, nicht wahr?«

Tiefe Stille herrschte in der Diele und ein zarter Duft, himmelweit entfernt von dem strengen antiseptischen Geruch im Krankenhaus selbst. Loring mußte an junge Mädchen denken, ganze Schwärme von jungen Mädchen, deren frischgebadete Körper beim Durchqueren dieser Diele vielfältige Duftspuren von Jasmin und Russisch Leder und Fougère und Frischem Heu zurückließen. Auf Zehenspitzen ging er hinter der stämmigen dunkelblauen Frau her, die ihm halb wie eine Wärterin, halb wie die Mutter Oberin vorkam. Sie traten in einen kleinen Gemeinschaftsraum mit chintzbezogenen Sesseln und Blumen und einem alten Fernsehapparat.

»Das Mädchen, das das Zimmer neben Schwester Culross hatte, wird Ihnen wohl am besten helfen können«, sagte die Heimschwester. »Sie heißt Schwester Lewis, aber es kommt natürlich gar nicht in Frage, daß sie gestört wird, falls sie noch schläft.« Sie blickte ihn streng an. »Kommt gar nicht in Frage«, sagte sie nochmals. »Und wenn Sie der Innenminister persönlich wären, ich würde es nicht dulden.« Anscheinend erwartete sie irgendeinen Widerspruch, und als Loring lediglich eingeschüchtert ihren Blick erwiderte, verlor sie ein wenig von ihrer Unnahbarkeit und sagte: »Ich werde mich mal erkundigen, aber versprechen kann ich nichts. Vielleicht wollen Sie sich unterdessen ein paar Bücher ansehen?«

Damit meinte sie die Illustrierten und Hefte. Das Princess-Louise-Schwesternheim war weniger anspruchsvoll als Vigos Wartezimmer, und statt *Nova* und *Elle* bot es den *Nursing Mirror* und zwei Ausgaben der *Nursery World*, die, wie Loring feststellte, fünfzehn Jahre alt waren. Als er allein war, blickte er auf die Straße hinaus.

Angeschlossen an das Krankenhaus war eine Entbindungsstation; sie war zwar ein Teil davon, jedoch deutlich abgegrenzt gegen das größere Gebäude. Während er wartete, sah Loring einen Bentley heranfahren. Eine junge Frau stieg aus und lehnte sich schwer auf den Arm ihres Mannes. Ihr Leib war dick und unbeholfen, und offensichtlich hatte sie bereits Wehen. Zehn Minuten verstrichen, und ein Jaguar erschien. Eine ähnliche kleine Szene spielte sich ab, bloß in diesem Fall war die potentielle Mutter älter, und ihr Umstandskleid verriet deutlicher den Couturier, von dem es stammte. Die Princess Louise Clinic war wohl eine gutbesuchte Entbindungsklinik der gehobenen Klassen.

Es war fast fünf Uhr, als sich die Tür langsam öffnete und Schwester Lewis zu ihm kam. Ihre Augenlider waren schwer, als sei sie gerade erst aufgewacht. Sie trug kein Make-up und sah untadelig sauber aus, die Bluse frisch gestärkt aus der Wäscherei, das blasse, fast sahnefarbene Haar noch feucht und streifig dort, wo ein Kamm mit kräftigen Zinken soeben hindurchgefahren war.

»Es tut mir leid, daß ich Sie habe warten lassen. Sie sehen, ich habe Nachtdienst.«

»Ist schon gut«, sagte Loring. »Ich muß selbst manchmal nachts arbeiten und weiß, wie das ist.«

Schwester Lewis setzte sich, und ihre nackten Beine glänzten. Ihre rosigen Zehen waren wie die eines kleinen Mädchens und lugten aus den Klein-Mädchen-Sandalen.

»Was möchten Sie wissen? Ich hab doch schon neulich mit der Polizei gesprochen.« Sie lächelte ernst. »Ich hab denen alles gesagt, was ich über Bridie Culross wußte, aber viel war das nicht, verstehen Sie? Bridie schloß keine engen Freundschaften mit Mädchen, sie war nur für Männer.«

»Ich würde gern alles hören, was Sie mir erzählen können, Miss Lewis.« Man muß sie einfach reden lassen, das hatte er von Wexford gelernt. »Zum Beispiel, was für ein Typ Mädchen sie war. Sie hatte wohl viele Männerfreundschaften?«

»Nun, dies ist kein Lehrkrankenhaus, Medizinstudenten gibt es also hier nicht. In dem einen Jahr nach ihrem Abschlußexamen ist sie mit sämtlichen Männern, die hier arbeiten, aus gewesen.«

Loring notierte sich das.

»Der Mann, auf den sie am meisten scharf war – also den habe ich nicht kennengelernt. Sie nannte ihn Jay.«

»Als ob das ein Anfangsbuchstabe wäre, meinen Sie nicht? Wie eine Abkürzung für John oder James oder – Jerome?«

»Ja, wahrscheinlich. Ich hab das alles schon den Polizisten erzählt, wissen Sie. Die schienen aber nicht sonderlich interessiert daran.«

»Sie müssen verstehen, für gewöhnlich machen wir nicht viel Aufhebens von vermißten Mädchen.«

»Und warum tun Sie es jetzt?«

»Lassen wir das mal zunächst beiseite, ja, Miss Lewis? Erzählen Sie mir mehr über diesen Jay.«

Sie schlug ihre langen, nackten Beine übereinander. »Ich habe ihn nie gesehen«, sagte sie. »Ich schätze, er war verheiratet. Bridie störte sich an solchen Dingen nicht besonders.

Oh, und ich erinnere mich, daß sie mal gesagt hat, seine Frau sei hier Patientin gewesen.«

Reizend, dachte Loring. Er besucht seine Frau im Krankenhaus und gabelt sich dabei eine von den Schwestern auf.

»Ich weiß, was Sie jetzt denken«, sagte Schwester Lewis, »und es war auch nicht sehr anständig. Er besaß haufenweise Geld und einen schönen Wagen und alles. Bridie...« Sie zauderte und wurde rot. »Also Bridie hat regelrecht mit ihm zusammengelebt.«

»Mit ihm zusammengelebt? In diesem Haus?«

»So hab ich es nicht gemeint.«

»Ah, ich verstehe.« Schwestern, die an die Tatsachen des Lebens eigentlich gewöhnt sein sollten, waren oft erstaunlich prüde, fand er. »Äh – sie fuhr also weg, um mit diesem Mann das Wochenende zu verbringen? Am Samstag, dem 18. Mai? Und nach Brighton?«

»Ja, richtig, mit Jay.« Schwester Lewis war noch immer rot im Gedanken an dieses Wochenende. »Sie ist nicht wiedergekommen. Und ich hörte, wie die Heimschwester sagte, diesmal wolle sie sie auch nicht wiederhaben, wenn sie zurückkäme.«

»Sie meinen, sie hat also so was auch schon früher gemacht?«

»Na ja, sie ist ziemlich oft zu spät gekommen, und manchmal kehrte sie nachts überhaupt nicht mehr zurück. Sie sagte, sie dächte nicht dran, für den Rest ihres Lebens Operierte zu verbinden und Bettpfannen zu schieben. Sie mache es lieber auf die bequeme Tour. Genau das sagte sie. Ich dachte, sie wäre mit Jay auf und davon gegangen, um richtig mit ihm zusammenzuleben. Na ja, nicht richtig, aber Sie wissen schon, was ich meine.«

»Erzählen Sie mir, hat er ihr Geschenke gemacht? Hatte sie vielleicht eine sehr schöne schwarze Handtasche mit einem Etikett von Mappin and Webb? Diese hier?«

»O ja! Er hat sie ihr zum Geburtstag geschenkt. Sie wurde

zweiundzwanzig. Aber...« Sie runzelte die Stirn und beugte sich vor. »Was soll das heißen? Sie haben ihre Handtasche gefunden, aber sie selbst nicht?«

»Wir sind noch nicht sicher«, sagte Loring, aber er war sicher.

Wexford würde unzufrieden sein, wenn er mit nichts weiter als diesem nach Hause käme. Loring wäre gern noch einen weiteren Tag in London geblieben, aber es lohnte wohl kaum, sich deshalb Wexfords Zorn auszusetzen. Er ging in das Hauptgebäude der Klinik und drückte auf den Klingelknopf am Informationstresen. Während er wartete, blickte er sich um, und ihm fiel auf, daß er noch nie in einem Krankenhaus wie diesem gewesen war. Er hatte den Eindruck, daß er seit langer Zeit der erste Mensch mit weniger als fünftausend im Jahr war, der hier hereinkam, und er mußte an das Krankenhaus in Stowerton denken, wo die ambulanten Patienten auf harten Stühlen saßen, wo die Farbe von den Wänden blätterte und wo jeder abgehetzt und in Eile war.

Hier dagegen herrschte eine Atmosphäre heiterer Gemächlichkeit wie in einem großzügigen Privathaus. Ein verschwindender Hauch von Desinfektionsmitteln wurde nahezu vollständig übertönt durch Blumenduft – Wickensträuße in Kupferkrügen und auf dem Empfangstresen eine einzelne Rose in langstieliger Vase. Der Fußboden war mit dunkelrotem Velour ausgelegt.

Loring blickte die geschwungene Doppeltreppe hinauf und sah dort das Mädchen von der Anmeldung herabkommen. Er bat sie um eine Liste sämtlicher Patienten, die während des letzten Jahres in der Klinik gewesen waren, und sein Ansinnen wurde mit einem Blick zorniger Fassungslosigkeit quittiert.

Es kostete ihn fast eine halbe Stunde, während der er von einer Instanz zur anderen gereicht wurde, bis er die Liste hatte.

Sie war lang und eindrucksvoll. Loring hatte nie den *Debrett* gesehen, aber er hatte das Gefühl, dieser Katalog hier könne ein Teil davon sein. Nahezu der Hälfte der Namen ging ein Titel voran, und unter den bloßen ›Misters‹ erkannte er einen berühmten Industriellen, einen ehemaligen Kabinettsminister und einen Fernsehstar, dessen Name in aller Munde war. Unter den Frauen war eine Herzogin, eine Primaballerina und ein berühmtes Fotomodell. Dorothy Fanshawe konnte Loring darunter nicht finden. Er suchte die ganze Liste noch einmal durch, denn er war so überzeugt gewesen, ihren Namen darauf zu finden. Aber er war nicht darauf.

J. für Jerome, aber J. ebenso für John, James, Jeremy, Jonathan, Joseph. War Bridget Culross' Liebhaber der Ehemann der Ehrenwerten Mrs. John Frazer-Bennet aus Wilton Crescent gewesen oder der Ehemann Lady James Fynes aus The Boltons? Nein, Loring kam zu der Schlußfolgerung – und er nahm an, Wexford werde das gleiche tun –, daß es der verstorbene Ehemann der Dorothy Fanshawe gewesen war.

14

Die jungen Pertwees verlebten ihre Flitterwochen im Haus von Jacks Vater. Ihre eigene Wohnung würde erst in vierzehn Tagen fertig sein, und die Hotelbuchung hatte Jack rückgängig gemacht. Es gab sonst nichts, wo sie hätten hingehen können, und viel zu tun gab es auch nicht. Jack hatte seinen Jahresurlaub genommen, also blieb er ständig zu Hause. Wo hätte er auch hingehen sollen? Schließlich waren es die einzigen Flitterwochen, die er je haben würde. Gewöhnlich hatte er in seiner freien Zeit nebenher ein bißchen Maler- oder Dekorationsarbeit übernommen, oder er war zum Hunderennen oder in den *Dragon* hinuntergegangen. Marilyn hatte Kleider genäht und sich mit ihren Freundinnen amüsiert, oder sie war zu Versammlungen gegangen, um den Klassenkampf anzuheizen. Aber das alles waren keine Tätigkeiten für die Flitterwochen, und die jungen Pertwees fanden, es sei eine Art Entweihung, ihren gewohnten Hobbies nachzugehen während dieser Zeit, die doch festlichem Müßiggang und den Gefühlen der Liebe vorbehalten sein sollte.

Aber wie Jack so richtig sagte, man konnte nicht den ganzen Tag im Bett bleiben. Also brachten sie den größten Teil des Tages damit zu, Hand in Hand in dem wenig benutzten Wohnzimmer zu sitzen. Marilyn wußte lediglich zu politischen Themen etwas zu sagen, und Jack war ohnehin nicht gesprächig. Keiner von ihnen las jemals ein Buch, und so langweilten sie sich abgrundtief. Aber jeder wäre lieber gestorben, als es dem anderen einzugestehen, und tief in ihren Herzen wußten sie auch, daß dieses Schweigen kein Vorbote künftiger Entfremdung war. Alles würde gut sein, wenn Jack wieder zur Arbeit ginge und wenn sie erst in ihrer eigenen Wohnung wohnten. Dann konnten sie über seine Arbeitskollegen und über die Einrichtung reden, und ihre Mutter käme zum Tee. Jetzt füllten sie ihr Schweigen mit traurigem Gedenken an Charlie Hatton aus, und auch das war kein richtiges Thema für die Flitterwochen. Ihre gemeinsame Erinnerung an ihn, ausgedrückt in unbeholfenen und sentimentalen Sätzen, ließ die Zeit verstreichen, und weil sie selbstlos und tiefernst war, verstärkte sie ihre Liebe.

So traf Wexford sie an.

Marilyn machte ihm auf, und ihre Begrüßung bestand in einem mürrischen Achselzucken. Aber auch er konnte lakonisch und schroff sein, und als Jack sich umständlich erhob, sagte Wexford knapp: »Ich komme, um mit Ihnen über McCloy zu reden.«

»Na, dann reden Sie mal. Das müssen *Sie* mir nämlich erzählen.«

Darüber lächelte das Mädchen zufrieden. »Gib uns 'ne Zigarette, Jack«, sagte sie und warf ihrem Mann einen stolzen, liebevollen Blick zu. »Ja«, sagte sie und trat dicht an Wexford heran, »halten Sie uns mal einen Vortrag. Wir würden das sehr gern wissen, nicht wahr, Jack? Es macht uns nichts aus, zuzuhören, wir haben sonst nichts zu tun.«

»Klingt nicht besonders gut für die Flitterwochen.«

»Schöne Flitterwochen«, meinte Jack bitter, »glauben Sie vielleicht, ich hatte mir das so vorgestellt?«

Wexford setzte sich und blickte die beiden an. »Ich habe Charlie Hatton nicht umgebracht«, sagte er, »ich habe ihn nicht mal gekannt. Aber Sie haben ihn gekannt. Es heißt, Sie seien sein Freund gewesen. Merkwürdige Art haben Sie, das zu zeigen.«

Ein Schmerz durchzuckte Jack, und sein rotes Gesicht wurde blaß. Er griff nach der Hand seiner Frau und atmete tief. »Er ist tot. Man kann nicht mit einem Toten befreundet sein. Alles, was man noch hat, sind die Erinnerungen.«

»Geben Sie mir ein Stückchen Ihrer Erinnerungen, Mr. Pertwee.«

Jack blickte ihm voll ins Gesicht, und jetzt strömte das Blut zurück und pochte unter der Haut. »Sie spielen immer so großartig mit Worten rum, verdrehen sie, tun wer weiß wie klug...«

Seine Frau fuhr dazwischen: »Bloß um Ihre Scheißbildung zu zeigen!«

»Laß das, Liebling, ich denk zwar genauso, aber das bringt nichts. Das ist... Sie haben sich in den Kopf gesetzt, daß Charlie ein Gauner war, stimmt's? Es würde also nichts bringen, wenn ich Ihnen erzählte, wie er in Wirklichkeit war, großzügig, gutherzig, ließ einen nie im Stich. Aber das würde wirklich nichts bringen, hab ich recht?«

»Ich bezweifle bloß, daß es mir hilft, rauszufinden, wer ihn umgebracht hat.«

»Er hat uns unsere Wohnung verschafft«, erzählte Jack. »Wissen Sie, was er gemacht hat? Der Typ, der drin wohnte, der wollte 'ne Abstandszahlung. Zweihundert hat er gewollt, und Charlie hat die ausgelegt. Geliehen natürlich, aber Zinsen wollte er keine haben. Am 21. Mai war das. Das Datum vergeß ich nie, solange ich lebe. Charlie war den ganzen Tag davor gefahren, ganz vom Norden runter. Aber am Morgen kommt der doch hier an und sagt, er hat 'ne Wohnung für uns gefunden! Ich war auf Arbeit, aber Marilyn konnte sich ein paar Stunden freinehmen im Geschäft, und die ist mit ihm da hingegangen. Hat Charlie dem Typen doch glatt das Geld versprochen, eher so, als wär er ihr Vater, als... als einfach bloß ein Freund.«

Der 21. Mai. Der Tag, an dem Hatton sein Gebiß in Auftrag gegeben hatte. Direkt nach dem Überfall war das bestimmt nicht gewesen. Hier hatten sie also wieder einen Beweis, was Hatton mit dem kleinen Vermögen angestellt hatte, das er irgendwie aus McCloy herausgequetscht hatte.

»Kannst es kriegen, wann immer du willst, hat Charlie

gesagt. Brauchst bloß einen Ton zu sagen. Und Sie hätten ihn mal sehen sollen, als wir dann wirklich was sagten! Ich glaub, es machte ihn richtig glücklich, wenn er was verschenken konnte.«

»Diese Wohnung«, sagte Marilyn ungewöhnlich sanft, »die ist natürlich längst nicht mehr so schön ohne Charlie Hatton, das können Sie uns glauben.«

Sentimentales Gewäsch, dachte Wexford grimmig. »Woher hatte er all das Geld, Mrs. Pertwee?«

»Hätt ich ihn das vielleicht fragen sollen? Einfach so, ja? Ich gehöre zwar zur Arbeiterklasse, aber ich bin anständig erzogen, Sie, ich weiß, was sich gehört. Also lassen Sie mich um Gottes willen aus dem Spiel.«

»Mr. Pertwee?«

Der würde ihm antworten müssen, dachte Wexford. Er hatte bereits zuviel gesagt und war auch viel zu ruhig und sicher gewesen, um sich jetzt hinter seiner Trauer zu verschanzen. Jack preßte die Faust gegen die Stirn und stützte sich auf den Ellbogen.

»Woher hatte er das? Zweihundertfünfzig Pfund für seine Zähne, zweihundert für Sie...« Wie sich das summierte! »Geld für seine Wohnungseinrichtung, Geld für die Kleider seiner Frau, Geld für Ihr Hochzeitsgeschenk, Geld, das Woche für Woche auf die Bank eingezahlt wurde. Er verdiente zwanzig Pfund die Woche, Mr. Pertwee. Was verdienen Sie?«

»Kümmern Sie sich um Ihren eigenen Dreck!«

»Komm, laß das, Liebling«, sagte Pertwee unglücklich. Er biß sich auf die Lippen, als er Wexford anblickte. »Bißchen mehr als das«, sagte er. »In 'ner guten Woche bißchen mehr.«

»Könnten Sie Ihrem besten Freund zweihundert Pfund leihen?«

»Mein bester Freund ist tot!«

»Keine Ausflüchte, bitte«, sagte Wexford scharf. »Sie

wußten, was Hatton für ein Leben führte, Pertwee. Erzählen Sie mir nicht, Sie hätten sich nie gefragt, wo all das viele Geld herkam. Sie haben sich gefragt, und Sie haben auch ihn gefragt. Wie kam es, daß Hatton am 21. Mai eine Goldgrube auftat?«

Und jetzt glättete sich Pertwees Stirn. Er atmete tief, und in seinen Augen lag ein Schimmer von Triumph. »Ich weiß es nicht. Und da können Sie mich fragen, bis Sie schwarz werden, ich kann es Ihnen nicht sagen, weil ich es nicht weiß.« Er stockte. »Sie haben mich nach McCloy gefragt«, sagte er dann. »Charlie hat am 21. Mai kein Geld von McCloy gekriegt. Konnte er gar nicht.«

Und nun quetschte Wexford ihn aus, verhörte ihn nach allen Regeln der Kunst, die ihm durch jahrelange Erfahrung zu Gebote stand. Pertwee hielt die Hand seiner Frau, schüttelte den Kopf, antwortete einsilbig und verstummte schließlich ganz.

In der Vorverhandlung bekannte sich Cullam schuldig, von der Leiche Charlie Hattons einhundertzwanzig Pfund gestohlen zu haben, und er blieb bis auf weiteres in Haft. Burden bedeutete ihm, es könnten noch weitere Beschuldigungen gegen ihn erhoben werden.

Er glaubte nicht, daß Cullam ein Mörder war. Man hatte sein Haus von oben bis unten auf den Kopf gestellt und kein Geld gefunden. Cullam besaß kein Bankkonto und hatte lediglich ein paar Shilling bei der Post. Das einzige Ergebnis der Durchsuchung war die zufällige Entdeckung der brutalen Blutergüsse an Samantha Cullams Beinen, so daß ihre Unterbringung in einer Einrichtung der Gemeindefürsorge verfügt werden mußte. Er würde noch mit einer Anklage wegen Kindesmißhandlung rechnen müssen, aber keine, die in den Bereich Mord und Diebstahl fiel.

»Was wird nun Ihr nächster Schritt sein?« fragte Dr. Crocker beiläufig, nachdem er die Verletzungen des kleinen

Mädchens untersucht hatte. »Ein Schwein, das ein Kind derartig mißhandelt, schreckt auch vor einem Mord nicht zurück, wenn Sie mich fragen.«

»Das ist nicht zwingend.«

»Das Dumme bei euch ist, ihr sucht immer geradezu nach komplizierten Lösungen. Ah, da ist ja der Boß. Ich hab hier gerade schon Mike gefragt, ob ihr in eurem Team nicht einen Posten für mich frei habt, jetzt, wo ihr seht, wie ich euch bei euren Ermittlungen geholfen habe.«

Wexford warf ihm einen mürrischen Blick zu. »Cullam ist kein Mörder.«

»Vielleicht nicht. Sucht sich seine Opfer lieber unter den Wehrlosen, Kleinen – weiblich möglichst.« Er ließ eine hitzige Tirade gegen Cullam vom Stapel.

»O Mann, ich hab die Nase voll von der Sache!« schrie Wexford plötzlich. »Den ganzen Vormittag hab ich damit verbracht, aus Pertwee irgendwas rauszuholen. Sentimentaler Waschlappen, der! Jeder weiß, daß Hatton ein Dieb und ein Lügner war, aber Pertwee will nicht reden, weil er das Andenken seines Freundes nicht verunglimpfen will.«

»Gar kein so schlechtes Prinzip«, meinte Burden.

»Jedes Prinzip ist schlecht, Mike, das in der Praxis dazu führt, daß ein Mörder ungeschoren davonkommt. Hatton hat krumme Dinger für McCloy gedreht, und eines schönen Wochenendes im Mai fing er an, seinen alten Auftraggeber zu erpressen. Und ganz ordentlich hat er ihn ausgequetscht, das kann ich euch sagen. Zweihundert Pfund für Pertwee, zweihundertfünfzig für Vigo... Ach, ich kann das einfach nicht alles noch mal wiederkäuen.«

»Also gibst du auf?« fragte der Arzt.

Burden blickte ihn schockiert an und schnalzte altjüngferlich mit der Zunge. Wexford sagte ruhig: »Ich versuche zunächst mal, eine andere Linie zu verfolgen, und ich vertraue darauf, daß du mir die Wege ebnest. Wozu bist du schließlich Arzt.«

Mrs. Fanshawe war allein, als sie das nächste Mal im Krankenhaus erschienen, aber sie war nicht im Bett. Eingehüllt in ein schwarzes Nylon-Negligé – später nannte Crocker es ein Peignoir –, saß sie in einem Lehnsessel und las *›Fanny Hill‹*.

»Der Chief Inspector, ein Arzt und noch ein Inspector wollen Sie besuchen«, verkündete Schwester Rose. Mrs. Fanshawe schob *›Fanny Hill‹* hastig unter die neue Ausgabe von *Homes and Gardens.* Sie wußte inzwischen, daß Schwester Rose eine Krankenschwester und kein Dienstmädchen war und daß sie sich im Krankenhaus befand. Aber das war kein Grund, daß diese Person so tat, als werde ihrer Patientin durch diesen Besuch eine Ehre erwiesen. Mrs. Fanshawe wußte, was ihr gebührte. Außerdem glühte sie förmlich in dem Bewußtsein, daß man ihr tagelang nicht geglaubt hatte und daß sie jetzt recht behalten hatte. Nora war am Leben; Nora war hier oder doch nur wenige Kilometer entfernt in Kingsmarkham. Vermutlich war diese Delegation hier, um sich zu entschuldigen, geschickt von jenen Instanzen, die so stumpfsinnig beteuert hatten, Nora sei begraben worden.

Hastig griff sich Mrs. Fanshawe eine Handvoll Ringe aus der Schmuckkassette, die ihre Schwester ihr gebracht hatte, und so streckte sie Wexford eine pompös geschmückte Hand huldvoll entgegen.

Wexford blickte in ein mißmutiges Gesicht mit erschlafften Kinnmuskeln und tiefen Furchen, die die Mundwinkel nach unten zogen. Mrs. Fanshawes Augen waren hart und hell und ihre Stimme schneidend, als sie sagte:

»Sie sehen, ich bin nicht verrückt. Jeder dachte, ich sei geistesgestört, als ich sagte, meine Tochter sei am Leben. Ich nehme an, jetzt möchte man sich bei mir entschuldigen.«

»Gewiß, Mrs. Fanshawe, wir entschuldigen uns alle.« Entschuldigungen kosteten nichts. Er lächelte das verdrossene Gesicht liebenswürdig an, und ihm fiel wieder ein, was die Tochter dieser Frau ihm erzählt hatte: daß ihr Vater die Mutter bezahlt hatte, damit sie seine Mätressen im Hause duldete. »Niemand dachte, Sie seien geistesgestört«, sagte er, »aber Sie hatten einen sehr schweren Unfall.« Sie nickte selbstgefällig, und Wexford dachte, die ist nicht verrückter, als sie schon immer war. Aber was konnte dabei schon herauskommen? Sehr gescheit, fürchtete er, war sie wohl nie gewesen.

Schwester Rose kam mit zwei zusätzlichen Stühlen hereingepoltert, und sie strahlte verschämt kichernd, als alle drei Männer ihr überschwenglich dankten.

»Sie können mir noch ein Kissen bringen«, sagte Mrs. Fanshawe. »Nein, kein Kopfkissen, ein richtiges festes Kissen. Und dann können Sie meine Tochter anrufen.«

»In zehn Minuten, Mrs. Fanshawe«, sagte Schwester Rose, müde, aber zuvorkommend wie immer.

»Wie Sie wollen.« Mrs. Fanshawe wartete, bis sie gegangen war, dann beschwerte sie sich: »Dies hier soll angeblich ein Privatzimmer sein, aber darauf würde kein Mensch kommen bei der noblen Behandlung, die man hier erfährt. Die meiste Zeit drückt man die Klingel, aber es kommt keiner.«

Wexford fragte trocken: »Sie finden es hier nicht so komfortabel wie in der Princess Louise Clinic?«

»Was soll denn das nun bedeuten?«

»Ich habe gehört, Sie waren letztes Jahr in der Princess Louise Clinic in London?«

»Da haben Sie falsch gehört. Das einzige Mal, daß ich überhaupt in einem Krankenhaus gelegen habe, war, als meine Tochter geboren wurde.« Sie seufzte ungeduldig, als sich die Tür auftat und Schwester Rose mit Tee für vier Personen eintrat. »Ich denke, Sie haben Personalmangel? Diese Herren sind beruflich hier, sie machen keinen Privatbesuch.«

Aber Dr. Crocker sagte schnell: »Vielen Dank, meine Liebe«, und lächelte Schwester Rose charmant an. »Mrs. Fanshawe, tun Sie uns den Gefallen und spielen Sie die Gastgeberin?«

Die Ringe klimperten, als sie den Tee einschenkte. Mißtrauisch blickte sie ihn an. »Also, meine Tochter ist am Leben«, sagte sie, »und in der Princess Louise Clinic bin ich nie gewesen. Was wollen Sie noch?«

Wexford warf Burden einen verstohlenen Blick zu, und Burden sagte: »Ihre Tochter ist am Leben, aber neben den Trümmern Ihres Wagens lag ein totes Mädchen. Haben Sie eine Idee, wer sie sein könnte? Sagt Ihnen der Name Bridget Culross irgend etwas?«

»Überhaupt nichts.«

»Sie war Krankenschwester.« Mrs. Fanshawes verächtliches Schnaufen machte ihm deutlich, was sie von Krankenschwestern hielt. »Sie war zweiundzwanzig Jahre alt und ein Mädchen, das möglicherweise mit Ihrem Mann zusammen dort auf der Straße starb.«

»Zusammen gelebt hat sie jedenfalls mit meinem Mann in unserem Wagen nicht.«

»Mrs. Fanshawe«, mischte sich Wexford vorsichtig ein, »sind Sie ganz sicher, daß sie niemanden mitgenommen haben von Eastbourne oder von Eastover?«

»Jetzt reicht mir's aber«, sagte Dorothy Fanshawe, »ich weiß wirklich nicht, wie oft ich es Ihnen schon gesagt habe: Es war niemand sonst im Wagen!«

Er sah sie an. Und wenn – *würdest* du es mir dann erzählen? Schämst du dich, weil dein Mann vor deinen Augen mit seinen Mätressen turtelte, weil er dich dafür bezahlte? Oder ist dir das schon alles egal, seit Jahren schon, und es war wirklich sonst niemand im Wagen?

Dorothy Fanshawe betrachtete ihre Ringe, die in der Sonne funkelten. Sie vermied es, den Augen dieser lästigen Männer zu begegnen. Die hielten sie für dumm oder für eine

Lügnerin. Sie wußte sehr wohl, worauf sie hinauswollten. Nora hatte geredet. Nora besaß eben nicht den Anstand und die Diskretion, über Jeromes unerquickliche Gewohnheiten zu schweigen.

Wie dämlich diese Männer waren! Diese Gesichter – so verlegen und geniert! Glaubten die wirklich, sie grämte sich über das, was Jerome getan hatte? Jerome war tot und begraben, basta. Den war sie los. All das viele Geld gehörte jetzt ihr und Nora, mehr Geld, als all diese blöde dreinschauenden Männer samt und sonders in ihrem ganzen Leben verdienen würden. Nein, solange Nora nicht irgend etwas Dummes anstellte, wie zum Beispiel diesen Michael zu heiraten, gab es nichts auf der Welt, über das sie sich grämte.

Dorothy Fanshawe trank ihren Tee aus und setzte die Tasse geräuschvoll ab. Dann drückte sie auf die Klingel, und als die Tür sich öffnete, sagte sie:

»Wir brauchen noch mehr heißes Wasser.«

Sie hatte ›bitte‹ sagen wollen, aber sie verkniff es sich und schluckte es hinunter. Denn auf einmal hatte Schwester Rose, pummelig und rosa und jung, genauso ausgesehen wie jenes Dienstmädchen, das Jerome zu befummeln pflegte, wenn es die Betten machte. Und dennoch lächelte sie ein bißchen, denn Jerome war tot, und dort, wo er jetzt war, gab es keine Dienstmädchen oder Krankenschwestern oder sonstwelches junges Fleisch.

»Exhumieren?« rief Burden. »Damit kämen Sie nicht durch!«

»Doch, Mike«, erwiderte Wexford sanft, »ich glaub schon, daß ich eine Genehmigung dazu kriegen würde. Bloß, sie ist schon so lange tot, und das Gesicht war völlig unkenntlich und... o Gott, ich könnte diesem dummen Camb den Hals umdrehen!«

»Die Tante war so sicher«, meinte Burden zögernd.

»Am besten, wir holen uns dieses Mädchen, die Lewis,

aus der Princess Louise Clinic und zeigen ihr die Kleider. Aber wenn die Tote nun Bridget Culross war, was hatte sie dann im Wagen der Fanshawes zu tun?«

»Ich glaube Mrs. Fanshawe, Sir.«

»Ich auch, Mike, ich auch.« Wexford wiederholte, um sich selbst zu überzeugen. »Ich kann mir durchaus vorstellen, daß Fanshawe fähig gewesen wäre, das Mädchen in sein Ferienhaus mitzunehmen und da mit ihr zu schlafen, während auch seine Frau dort war. Und ich glaube, Mrs. Fanshawe hätte das verkraftet. Was das Mädchen betrifft – nun, wir wissen nicht genug über sie, um das zu beurteilen. Aber Nora Fanshawe wußte nichts davon, und Nora Fanshawe war bis zum Samstag mit ihnen zusammen. Und sie dachten doch, sie werde auch weiterhin bleiben. Wie paßt da die Culross ins Bild? Und wo hat er sie am Freitagabend versteckt?«

»Das ist so widerlich«, sagte Burden und machte ein angeekeltes Gesicht.

»Kommen Sie, vergessen Sie die moralische Seite und konzentrieren Sie sich auf die Beweise. Je mehr ich darüber nachdenke, desto mehr kehre ich zu meinen anfänglichen Ideen zurück.«

»Und die wären?«

»Nach unserem neuesten Erkenntnisstand hat Bridget Culross Fanshawe gar nicht gekannt. Seine Frau war nie Patientin in der Princess Louise Clinic, und darum ist er nicht Jay. Wahrscheinlich fuhr sie mit diesem Jay nach Eastbourne oder Brighton, kriegte Streit mit ihm und versuchte auf eigene Faust nach London zurückzukommen. Vielleicht ist sie getrampt. Ein Lastwagenfahrer setzt sie am Zubringer Stowerton raus, sie hält den Daumen hoch, um sich von Fanshawe mitnehmen zu lassen – tritt vielleicht sogar auf die Fahrbahn raus, er kann nicht mehr bremsen, erwischt sie am Kopf und überschlägt sich. Wie klingt das?«

Burden blickte zweifelnd drein. »Das bedeutet, sie hätte,

um jemanden zum Anhalten zu bewegen, auf dem Grünstreifen zwischen den beiden Fahrbahnen stehen müssen.«

»Und jeder normale Anhalter steht auf der anderen Seite, nicht an der Überholspur, und wartet, daß jemand auf der Normalspur ankommt?«

»Hm – andererseits wissen wir, daß Mrs. Fanshawe gehört hat, wie ihr Mann direkt vor dem Unfall ›Mein Gott!‹ geschrien hat. Und das war auch das letzte, was er überhaupt gesagt hat.«

»Ich hoffe bloß, dieser Schrei ist von der Vorsehung gehört und als Bitte um Vergebung interpretiert worden.« Er lachte grimmig. »Er sieht also das Mädchen auf der Straße, schreit, gerät ins Schleudern, erwischt sie. Und warum hatte sie lediglich ein bißchen Kleingeld in der Handtasche, keine Schlüssel, nichts, um sie zu identifizieren? Und warum setzt ein Lastwagenfahrer sie am Zubringer ab und nicht in der Stadt?«

»Das ist Ihre Theorie, Sir.«

»Weiß ich ja, verdammt noch mal!«

Aber er dachte weiter über den Lastwagenfahrer nach. Charlie Hatton war eine Viertelstunde vor dem Unfall an dieser Stelle vorbeigekommen. Er konnte also den Unfall nicht gesehen haben. Konnte er ein Mädchen mit ausgestrecktem Daumen gesehen haben? Oder konnte er der Fahrer gewesen sein, der sie dort abgesetzt hatte? Das Dumme war bloß, Charlie Hatton war in entgegengesetzter Richtung gefahren.

Das war am 20. Mai gewesen, und am 21. Mai war Charlie Hatton ein reicher Mann. Da mußte es eine Verbindung geben. Aber wie paßte McCloy in diese ganze Angelegenheit?

Sämtliche Polizeikräfte in England und Wales suchten jetzt nach Alexander James McCloy, hellbraunes Haar, mittelgroß, zweiundvierzig Jahre alt, früher wohnhaft in

Moat Hall bei Stamford in Lincolnshire. Aufgrund Burdens jüngster Entdeckungen suchte man ihn jetzt auch in Schottland.

Diesmal war es Mr. Pertwee senior, der ihn ins Haus ließ. Die Flitterwöchner saßen vorm Fernseher, noch immer Hand in Hand.

»Mein Gott, *muß* das sein?« sagte Marilyn unwirsch, als ihr Mann aufstand und die politische Sendung ausschaltete. »Was wollen Sie denn schon wieder?«

»Im November letzten Jahres richtete Ihr Freund Hatton es so ein, daß der Lastwagen, den er für seinen Arbeitgeber, Mr. Bardsley, fuhr, überfallen wurde. Wenn ich sage, er richtete es so ein, dann meine ich damit, er handelte dabei nach den Instruktionen seines anderen Arbeitgebers, Alexander James McCloy. Hatton kriegte einen leichten Schlag über den Schädel, und man fesselte ihn, damit die Sache realistischer aussähe. Glücklicherweise war Mr. Bardsley versichert. Nicht jedoch beim zweiten Überfall im März. Dieses Mal mußte er den Verlust selber tragen, nicht ahnend natürlich, daß ein guter Prozentsatz davon direkt in Hattons Tasche landete.«

Er hielt inne und sah in Jack Pertwees fahles Gesicht. Jack erwiderte den Blick einen Moment, und dann vergrub er das Gesicht in den Händen.

»Bloß nichts zugeben, Jack!« sagte Marilyn aufgebracht.

»Am 19. Mai«, fuhr Wexford weiter fort, »befand sich Hatton auf dem Weg nach Leeds. Er war krank geworden und ließ sich Zeit, als er am nächsten Tag, Montag, den 20., zurückfuhr. Während er in Leeds war, oder auch unterwegs, hatte er eine Auseinandersetzung mit McCloy. Ob er einen Streit mit ihm hatte oder etwas über ihn erfahren hatte, ist im Moment unwesentlich, es versetzte ihn jedenfalls in die Lage, McCloy um mehrere tausend Pfund erpressen zu können.«

»Das ist eine gemeine Lüge«, sagte Jack mit erstickter Stimme.

»Nun gut, Mr. Pertwee. Ich möchte Sie bitten, mit mir zum Polizeipräsidium zu kommen, wenn's recht ist...«

»Aber er ist doch frisch verheiratet!« fuhr sein Vater dazwischen.

»Mrs. Pertwee kann ihn begleiten, wenn sie möchte. Es wurden hier bei der Aufklärung eines Mordfalles Informationen vorsätzlich zurückgehalten. Sind Sie soweit, Mr. Pertwee?«

Jack rührte sich nicht. Seine Hände, die die Stirn umschlossen, begannen zu zittern. Marilyn warf schützend die Arme um ihn und machte einen Mund, als ob sie Wexford am liebsten ins Gesicht gespuckt hätte.

»Erpressung?« stammelte Jack. »Charlie?« Er nahm die Hände fort, und Wexford sah, daß er weinte. »Das ist doch Irrsinn!«

»Das glaube ich nicht, Mr. Pertwee.«

»Das konnte er doch gar nicht«, sagte Jack und murmelte etwas, das Wexford nicht ganz verstand.

»Was haben Sie gesagt?«

»Ich sagte, das konnte er gar nicht. McCloy sitzt. Sie sind doch ein Bulle, nicht wahr? Sie wissen doch, was das heißt. McCloy ist im Gefängnis.«

15

Die Benachrichtigung aus Schottland erfolgte fast zur selben Zeit wie Jack Pertwees Enthüllung. Alexander James McCloy war am 23. April zu zwei Jahren Gefängnis verurteilt worden, nachdem er für schuldig befunden war, zusammen mit zwei anderen Männern an einem Tag mit frühem Ladenschluß den Einbruch in einen Supermarkt in Dundee organisiert und Waren im Wert von zwölfhundert Pfund gestohlen zu haben. Ein Wachmann war bei dem Überfall leicht verletzt worden, und McCloy hätte mit einem härteren Urteil rechnen müssen, wäre er nicht ohne Vorstrafen gewesen.

»Während Hatton also an diesem Wochenende im Mai in Leeds war«, erklärte Wexford am nächsten Morgen, »saß McCloy bereits seit einem Monat oben in Schottland hinter Schloß und Riegel.«

»Scheint so«, sagte Burden.

»Und das bedeutet nicht bloß, daß er für Erpressung nicht in Frage kam, sondern auch, daß für Hatton die Quelle seiner – ich hätte fast gesagt ›legitimen‹ Einkünfte verstopft war. Und tatsächlich, im Mai war Hatton knapper bei Kasse als vermutlich zu irgendeinem anderen Zeitpunkt, seit er geheiratet hatte.«

»Mrs. Hatton erzählte, er habe gezögert, den Arzt privat kommen zu lassen, als er in der vorangegangenen Woche krank war. Damals hatte er wahrscheinlich bereits alles ausgegeben, was er ergaunert hatte, als er im März Bardsleys Wagen klaute.«

»So, wie er mit dem Geld umging, bestimmt«, warf Wexford ein. »Und das muß ihm verdammt unangenehm gewesen sein. Können Sie sich vorstellen, Mike, wie der in die Zukunft gesehen hat? Keine Spendierrunden mehr im *Dragon*, keine großkotzigen Einkaufsbummel mehr mit seiner Frau. Aus mit dem spendablen Gönner bei der Hochzeit seines Freundes.«

»Ich nehme an, er hat sich schleunigst nach einer anderen Geldquelle umgesehen.«

»Fahren wir gleich zum Stowerton-Zubringer raus und gehen der Sache auf den Grund.« Wexford stand auf. »Unsere beiden Fälle bewegen sich aufeinander zu, Mike, und wenn mich nicht alles täuscht, stoßen sie demnächst zusammen.«

»Ein Koffer war da nicht«, sagte Sergeant Martin, »aber ich möchte, daß Sie sich mal die Sachen ansehen, die sie angehabt hat. Es ist kein schöner Anblick, Miss Lewis. Versuchen Sie, ruhig zu bleiben.«

Sie war Krankenschwester und daran gewöhnt, sich zusammenzunehmen. Martin ging mit ihr in einen anderen Raum, wo die verbrannten, zerrissenen Kleidungsstücke wie Abfallhaufen auf dem Tisch lagen. Jedes Teil lag für sich, und das ganze Arrangement hatte etwas von der Parodie einer Schaufensterauslage eines Stoffgeschäftes an sich. Die Oberteile von Mantel und Kleid waren zerschlissene Fetzen, die Rockteile dagegen nahezu intakt, und zwischen den Brandflecken schimmerten gelbe und orangene Farbinseln hervor. Der Büstenhalter des toten Mädchens war nur noch eine Ellipse aus Draht, von der jeder Faden von Stoff und Spitze weggebrannt war. Margaret Lewis schauderte, sie hielt die Hände auf dem Rücken verkrampft. Dann berührte sie die orangefarbenen Schuhe, die weißen Spitzenstrümpfe, weitmaschig und fein wie ein Haarnetz, und sie fing an zu weinen.

»Die Strümpfe hab ich ihr geschenkt«, flüsterte sie, »zum Geburtstag.«

Die oberen Ränder waren lediglich zerlöchert, aber eine lange braune Spur zog sich bis zum Knie hinunter, dort, wo eine Flamme entlanggezüngelt war. Martin legte seinen Arm unter den Ellbogen des Mädchens und führte sie weg.

»Ich erzähl Ihnen alles, was ich weiß über Bridie«, sagte sie und schluckte gierig den Tee, den Loring ihr gebracht hatte. »Und alles, was sie mir über diesen Jay erzählt hat. Sie hat ihn im Oktober kennengelernt, während sie seine Frau pflegte. Die Frau war lange im Krankenhaus, weil Gefahr einer Toxikämie bestand, und Bridie ging immer mit ihm aus, nachdem er sie besucht hatte. Sie hatte um halb neun Dienstschluß, verstehen Sie, und um die Zeit ging er dann auch.

Na ja, als seine Frau aus der Klinik entlassen wurde, ließ er Bridie fallen, und ich dachte, damit wäre es zu Ende. Aber das war es nicht. Im Mai tauchte er wieder auf, und die ganze Sache begann von vorne. Bridie fing schon an, davon zu reden, sie würde ihn heiraten. Oh, es war scheußlich, wirklich, und ich hab immer gar nicht richtig hingehört. Jetzt wollte ich, ich hätte es.«

»Haben Sie ihn je gesehen, Miss Lewis?« fragte Martin.

Margaret Lewis schüttelte den Kopf. Die Farbe war in ihre Wangen zurückgekehrt, und sie trug kein Make-up, das ihr makelloses Taschentuch hätte verschmieren können, als sie sich die Augen abtupfte. »Wir haben nicht auf derselben Station gearbeitet, wissen Sie. Aber es müssen ihn viele Leute gesehen haben. Fragen Sie doch mal die anderen Schwestern. Bridie sagte, er sei ziemlich alt, viel, viel älter als sie, und das war auch der einzige Punkt, weshalb sie – na ja, weshalb sie zögerte, wenn Sie verstehen, was ich meine.«

»Dann wissen Sie also nicht, ob er dies hier ist?« Martin zeigte ihr ein Foto von Jerome Fanshawe. Es war eine Blitzlichtaufnahme bei einem Gesellschaftsdinner, und das Gesicht war hart, selbstbewußt, mit schwerem, erschlafftem

Kinn, aber durch die Arroganz und Kraft trotz seines Alters nicht unattraktiv für Frauen.

Sie betrachtete das Bild mit dem Abscheu des unerfahrenen Mädchens, und ohne seine Frage zu beantworten, sagte sie: »Ich hab Ihnen doch erzählt, daß sie am 18. Mai nach Brighton gefahren sind?« Loring nickte. »Bridie wollte sich am Marble Arch mit ihm treffen. Sie hat sich noch von mir verabschiedet in diesem gelben Mantel und dem Kleid. Und sie sagte, sie müsse sich tagsüber allein amüsieren, weil Jay dann in seiner Konferenz sei. Deshalb fuhr er nämlich hin, wissen Sie, er hatte dort eine Konferenz.«

Loring lächelte sie ermutigend an. Genau dies waren die Sachen, die Wexford brauchte. Dann fiel ihm seine vergebliche Suche auf der Patientenliste der Klinik wieder ein.

»Den Namen des Mannes, den wir im Auge hatten«, sagte er vorsichtig, »konnten wir unter den Klinikpatienten nicht finden, und seine Frau bestreitet, je dort gewesen zu sein.«

Das Mädchen griff nach dem Foto, und plötzlich blickte sie verwirrt auf. »Um Himmels willen, wie alt ist die eigentlich?«

»Die Frau? Fünfzig, fünfundfünfzig.«

»Tut mir leid«, Margaret Lewis errötete, »ich glaube, das war mein Fehler. Jays Frau lag in der Entbindungsstation. Die sind in Krankenhäusern immer getrennt, wissen Sie, die allgemeinen und die Entbindungsstationen. Bridie hatte ihr Hebammenexamen, und sie pflegte Jays Frau, als sie vor der Geburt krank war und dann auch während des Wochenbettes.«

Burden saß am Steuer. Wexford hatte die Unfallskizze, die Camb ihm gegeben hatte, auf den Knien. Er blickte auf und sagte:

»Halten Sie bei der nächsten Parkbucht, Mike, den Rest laufen wir zu Fuß.« Ein alter Meilenstein, der schon immer auf der Anhöhe gestanden hatte, seit diese Straße die Hauptverkehrsader nach London war, markierte zufällig die Unfallstelle. Von hier aus wand die Straße sich sanft abfallend ins Tal.

Die nach Norden und nach Süden führenden Fahrbahnen dieses Abschnittes, der vor einem Jahr eröffnet worden war, wurden durch einen Grünstreifen getrennt, auf dem vereinzelt schlanke Birken wuchsen. Fanshawes Jaguar hatte eine dieser Birken erfaßt, sich überschlagen und Feuer gefangen. Wexford und Burden warteten ab, bis zwei Pkw und ein Laster vorbeigefahren waren, und gingen dann über die Fahrbahn auf den Mittelstreifen. Eine große Fläche des Grünstreifens war damals verbrannt, aber inzwischen war neues Gras nachgewachsen, und nichts außer einem zersplitterten schwarzen Stumpf zeigte noch, wo der Unfallbaum gestanden hatte.

»Gehen wir mal davon aus«, begann Wexford, »daß das Mädchen mit den Fanshawes im Wagen gesessen hat, daß sie Jerome Fanshawes Betthäschen war und daß er sie nach London zurückbrachte. Wer sitzt wo? Mrs. Fanshawe im Fond und ihre Nebenbuhlerin neben dem Don Juan oder umgekehrt?«

»Also, bis zu einem gewissen Grad wurde wohl der Schein gewahrt«, meinte Burden und zog befremdet die Nase kraus. »Das kann sich doch nicht so in aller Öffentlichkeit abgespielt haben. Bestimmt hat das Mädchen hinten gesessen.«

»Aber der Sitz *neben* dem Fahrer, Mike, ist der Selbstmordsitz, und während das Mädchen tot ist, hat Mrs. Fanshawe überlebt. Wenn das Mädchen überhaupt dabeigewesen ist, dann hat sie vorn gesessen.« Wexford machte eine weit ausholende Geste mit der rechten Hand. »Hier kommt also Fanshawe an, fährt wie ein Wahnsinniger. Aber es gibt keinen Hinweis, daß etwa ein Reifen geplatzt ist oder zuvor die Windschutzscheibe zu Bruch ging. Was hat Fanshawe gesehen, das ihn ›Mein Gott!‹ schreien und das Steuer herumreißen ließ?«

»Ein Hindernis auf der Straße?«

»Ja, aber was? Ein großes Metallstück oder eine Holzkiste? Über einen Pappkarton wäre er glatt rübergefahren. Egal, man hat ja hinterher auf der Straße nichts dergleichen gefunden.«

»Ein Hund vielleicht?«

»Fanshawe hätte nicht wegen eines Hundes einen Unfall gebaut. Und er hat auch keinen überfahren, weil man keinen Kadaver fand.«

»Dann hat er vielleicht das Mädchen gesehen«, meinte Burden tastend, »wie es vom Grünstreifen heruntertrat und winkte, damit er anhielt.«

»Aber wir unterstellen doch, das Mädchen sei *im* Wagen gewesen. Stimmen Sie mir jetzt zu, daß sie *nicht* drin gewesen sein kann?«

Burden ging ein Stückchen von ihm weg und hielt bei dem schwarzen Birkenstumpf. »Wenn das Mädchen hier vom Mittelstreifen runtergegangen ist«, sagte er und trat ein paar Schritte auf die Überholspur hinaus, »und Fanshawe fürchtete, sie zu überfahren, warum ist er dann nicht nach *links* ausgewichen auf die Normalspur, statt nach rechts? Die Straße muß völlig frei gewesen sein, denn Unfallzeugen gab es nicht. Er schlingerte nach rechts, geriet auf den Mittelstreifen und rammte den Baum.«

Wexford zuckte die Achseln. Ein Wagen raste auf der Überholspur mit hoher Geschwindigkeit an ihnen vorüber. »Wollen Sie's nicht mal ausprobieren, Mike?« meinte er grinsend. »Springen Sie doch mal einfach auf die Straße, wedeln mit den Armen und warten ab, was passiert.«

»Das können Sie selber machen, wenn Sie so scharf darauf sind«, sagte Burden und trat unwillkürlich ein paar Schritte zurück. »Ich möchte gern noch ein bißchen weiterleben.«

»Komisch, und das Mädchen, Mike? Das kann doch nicht glatter Selbstmord gewesen sein, oder?«

Burden meinte nachdenklich: »Könnte es schon. Nehmen wir mal an, sie hatte keinerlei Verbindung mit Fanshawe, sie ist mit einem anderen Freund an die Südküste runtergefahren, der läßt sie sitzen, so daß sie zurücktrampen muß, bis hierher. Der Fahrer, der sie mitgenommen hat, könnte sie auf ihren eigenen Wunsch hier abgesetzt haben. Sie geht auf den Mittelstreifen, wartet ab, bis ein schneller Wagen ankommt, und stellt sich ihm plötzlich mitten in den Weg. Aber das erklärt natürlich immer noch nicht, weshalb Fanshawe nach rechts auswich statt nach links.«

»Und es erklärt auch nicht, weshalb alles, wodurch man sie hätte identifizieren können, aus ihrer Handtasche entfernt wurde. Wenn es ein Selbstmord war, dann bestand kein Grund, weshalb sie es selbst hätte tun sollen. Aber egal, Sie vergessen den Hauptgrund, weshalb wir hergekommen sind. Der Unfall ereignete sich um zehn Minuten vor zehn, und Hatton fuhr um ungefähr zwanzig vor auf der anderen Fahrbahn in die entgegengesetzte Richtung. Der verarmte Hatton, darauf versessen, seine leeren Truhen aufzufüllen. Mal angenommen, er wäre ein bißchen später hier vorbeigekommen, hätte das Mädchen gesehen, wie es auf die Fahrbahn trat? Ja, wenn Fanshawe noch am Leben wäre, wenn er, sagen wir mal, das Mädchen überfahren hätte, ohne dabei seinen Wagen zu beschädigen, und einfach abgehauen wäre, dann hätte Hatton ihn erpressen können. Aber Fanshawe ist tot, Mike.«

Jetzt war Burden an der Reihe, die Achseln zu zucken und ratlos dreinzublicken. Er betrachtete die andere, nach Süden führende Fahrbahn, die Hecke, die daran entlangführte, die Wiesen hinter der Hecke. Etwa fünfzig Meter nördlich der Stelle, an der sie standen, erreichte die Straße ihren höchsten Punkt, und jenseits dieser Kuppe war nichts zu sehen als ein milchig blasser Himmel.

»An der Sache ist was faul«, überlegte er laut, »wenn zum Beispiel das Mädchen auf die Straße *gestoßen* worden wäre... Oh, ich weiß, das klingt weit hergeholt, aber Sie spekulieren ja auch. Wenn sie gestoßen wurde, und Hatton, der da gerade über die Hügelkuppe fuhr, wäre Zeuge geworden – wieso hat dann derjenige, der sie gestoßen hat, ihn nicht zuerst gesehen? Sein Laster war ein außergewöhnlich hohes Fahrzeug, und jeder, der hier stand, hätte das Wagendach auftauchen sehen müssen, Sekunden, bevor der Lastwagenfahrer *ihn* sehen konnte. Sehen Sie mal, da kommt gerade ein Lastwagen.«

Wexford wandte seinen Blick zur Hügelkuppe hinüber. Das Dach des Lasters tauchte darüber auf, und es hatte den Anschein, als vergingen etliche Sekunden, ehe der ganze Wagen in Sicht kam.

»Es war damals dunkel«, sagte er.

»Jeder, der hier stand, konnte die Scheinwerfer genau im selben Moment sehen, wie der Fahrer ihn sah.«

Unabhängig voneinander kam den beiden der Gedanke, und sie gingen zur Kuppe hinauf. Unter ihnen lag halb Sussex ausgebreitet, Wiesen und Felder, Grün und Gold, die dichten bläulichen Schatten der Waldzonen und in den Falten dazwischen Bauerngehöfte und gelegentlich ein aufragender Kirchturm. Durch diese pastorale Landschaft wand die Straße ihr weißes Zwillingsband, hier über Hügel springend, dort talwärts abfallend und manchmal vollends verborgen von dem grünen, schwellenden Land.

Keine zwanzig Meter hinter der Kuppe erweiterte sich die nach Süden laufende Fahrbahn zu einem Bogen, und in dieser Parkbucht saßen die Insassen zweier Wagen und picknickten.

»Möglich, daß er hier eine Weile geparkt hat«, sagte Burden, »daß er hier den Weg raufgegangen ist, um – na ja, wegen eines natürlichen Bedürfnisses oder vielleicht bloß, weil er Luft schnappen wollte. Er war schließlich krank gewesen.«

Aber Wexford betrachtete die Aussicht und meinte gedankenvoll: »Wo rings beglückt die Aussicht, der Mensch allein ist bös.«

Neben dem riesigen amerikanischen Wagen mit den gespreizten Flossen wirkte jedes andere Auto auf dem Parkplatz des *Olive* winzig. Wexford, der mit Burden über den Vorplatz ging, bemerkte bei genauerem Hinsehen, daß er weder neu noch sonderlich gepflegt war. Einer der Scheinwerfer war kaputt, und der Rost an seinem Chromrand zeigte, daß er schon lange kaputt war. Kratzer verunzierten den blaugrünen Lack an den Kotflügeln. Hier auf dem winzigen Parkplatz in einer ländlichen Kleinstadt wirkte der Wagen wie ein Berg Schrott, dessen Benzinverbrauch im umgekehrten Verhältnis zur Leistung stand.

»Erinnert mich an ein prähistorisches Ungeheuer«, sagte Wexford, »alles Muskel, kein Hirn.«

»Trotzdem, der muß mal ganz imposant gewesen sein.«

»Das sagt man von den Dinosauriern auch.«

Sie setzten sich in die Hotelbar. An der gegenüberliegenden Seite saß Nora Fanshawe auf einem Ledersofa neben einem blonden Hünen mit einem kleinen Kopf. Sein Gesichtsausdruck war leer, seine Schultern hatten Catcherformat. Noch ein Dinosaurier, dachte Wexford, und plötzlich war ihm klar, daß dies der Besitzer des Wagens draußen sein mußte.

»Na, unsere Wege kreuzen sich ja wohl dauernd, Miss Fanshawe?«

»Sie kreuzen *meinen* Weg dauernd«, sagte die junge Frau spitz. Sie trug wieder eins ihrer teuren Schneiderkostüme, diesmal marineblau und so untadelig und geschäftsmäßig wie eine Uniform. »Darf ich Ihnen Michael Jameson vorstellen. Vielleicht erinnern Sie sich, daß ich ihn Ihnen gegenüber erwähnt habe.«

Wexford drückte eine feuchte Hand. »Netter kleiner Ort hier, bloß bißchen weitab von der Landkarte.«

»Kommt drauf an, wo Sie Ihre Landkarte aufschlagen.«

»Bitte? – Oh, ich verstehe. Ha ha!«

»Wir wollten gerade gehen«, sagte Nora Fanshawe. Ihre kräftige, maskuline Stimme schwankte ein wenig, als sie fragte: »Fertig, Michael?« Auf einmal war sie verletzlich. Wexford kannte diesen verschämt flehenden Blick. Er hatte ihn so oft gesehen in den Augen unattraktiver Frauen, diese nackte Angst vorm Abblitzen, die sie nur noch häßlicher machte, weil sie ihr letztes bißchen Selbstvertrauen verloren.

Jameson räkelte sich zögernd in die Höhe. Er blinzelte Wexford zu, und dieses Blinzeln war beredter als Worte.

»Sie gehen Ihre Mutter besuchen, Miss Fanshawe?«

Das Mädchen nickte, und Jameson sagte: »Das alte Mädchen hält sie ganz schön auf Trab.«

»Komm, gehen wir, Michael.« Sie hakte sich bei ihm ein und hielt seinen Arm fest. Wexford sah ihnen nach, und er sagte sich, er sei ein Narr, wenn er sich über diese Szene erboste. Sie war eckig, schroff, unweiblich. Aber sie war auch außergewöhnlich ehrlich, und ihr fehlte jedes Talent zum Selbstbetrug. Wexford zweifelte keinen Moment daran, sie wußte selbst sehr wohl, daß dieser Mann ihrer ganz und gar nicht würdig war, weder an Intelligenz noch an Redlichkeit, noch an Charakter. Aber er sah gut aus, und sie hatte Geld.

»Ziemlicher Flegel«, meinte Burden.

Wexford hob den Vorhang, und durch die Fuchsien hindurch sah er Jameson in den amerikanischen Schlitten einsteigen und den Motor anlassen. Nora Fanshawe gehörte nicht zu den Frauen, die Höflichkeit von seiten eines Mannes als ihr gutes Recht betrachten. Der Wagen setzte sich schon in Bewegung, ehe sie auf den Beifahrersitz gerutscht war. Jameson hatte ihr nicht einmal von innen die Tür aufgemacht.

16

»Bitte denken Sie jetzt alle genau nach«, sagte Wexford. »Und erzählen Sie mir nicht, das sei zu lange her und Sie könnten sich nicht mehr erinnern. Es ist bloß sieben Wochen her, und Sie werden sich wundern, wie gut man sich erinnern kann, wenn man sich Mühe gibt.«

Sie saßen in Lilian Hattons Wohnung, Wexford den drei Leuten auf dem Sofa gegenüber. Mrs. Hatton trug ein schwarzes Baumwollkleid und sämtlichen Schmuck, den Hatton ihr je geschenkt hatte. Ihr Gesicht war weiß und angespannt und noch immer verschmiert von den Tränen, die sie vergossen hatte, als Wexford ihr enthüllt hatte, aus welcher Quelle die Einkünfte ihres Gatten stammten. War es eine Enthüllung gewesen, oder hatte sie es schon immer gewußt? Wexford war sich nicht sicher. Trotz ihrer Miniröcke, ihres Make-ups und ihrer modernen Küche war sie im Grunde ihres Herzens eine altmodische Ehefrau, hilflos, unselbständig, die mit widerspruchsloser Passivität sämtliche Machenschaften ihres Mannes gläubig hinnahm. Ob die Brosche, die sie trug, mit unehrlich erworbenem Geld gekauft war, das hätte sie ihren Mann ebensowenig gefragt, wie eine Geschlechtsgenossin aus dem neunzehnten Jahrhundert ihren Herrn und Meister zu dem Geständnis bewogen hätte, daß seine Geschenke durch Falschspielerei am Kartentisch erworben wären. Sie fragte nicht nach Gründen, sie akzeptierte, lobte und bewunderte. Und als er sie jetzt so betrachtete, da fragte Wexford sich, wie diese anachronistische Frau sich allein in einer Welt durchschlagen sollte, die Charlie ein Schlachtfeld genannt hatte.

»Er hat immer davon geredet, man müßte kämpfen für

das, was man haben wollte«, hatte sie fassungslos erzählt, »und daß man den andern immer um 'ne Nasenlänge voraus sein müßte. Und genau planen müßte man seine... seine Stra... seine Stra...«

»Strategie?«

»Ja, das war's. So, als ob er ein General wär.«

Ein Soldat Fortunas, dachte Wexford, ein Söldner des Glücks.

Die anderen beiden, die jungen Pertwees, wußten sehr wohl Bescheid. Sie hatten das schließlich zugegeben, und jetzt murrte Marilyn finster: »Na und? Er hat sich nur an den fetten Geldsäcken schadlos gehalten. Was bedeutet es für die schon, mal eine Wagenladung einzubüßen? Sind doch sowieso allesamt Ausbeuter, die. Der Kapitalismus ist nichts als organisierte Ausbeuterei der Arbeiterklasse. Charlie hat sich bloß zurückgeholt, was ihm zustand.«

»Um sich an der Gesellschaft zu rächen, was, Mrs. Pertwee?«

»Jawohl, und warum auch nicht? Wenn wir in diesem Land erst eine wahre Volksregierung haben, dann kriegen Leute wie Charlie ihren gerechten Anteil, und dann gibt es keine Kriminalität mehr – oder was Sie Kriminalität nennen. Dann haben wir den wahren Sozialismus.«

»Charlie hat immer die Konservativen gewählt«, sagte Lilian Hatton hilflos, »ich weiß nicht recht, Marilyn, ich glaub nicht...«

Wexford unterbrach sie. Es gab in diesem Trauerhaus keinen Grund zum Lachen, und doch hätte er am liebsten losgelacht. »Stellen wir die politische Diskussion vorerst zurück, ja? Mrs. Hatton, Sie haben jetzt Zeit zum Nachdenken gehabt, und ich bitte Sie, mir alles zu erzählen, was Sie noch wissen über die Abreise Ihres Mannes nach Leeds am Sonntag, dem 19. Mai, und über seine Rückkehr am 20. Mai.«

Sie räusperte sich und blickte Jack Pertwee zaudernd an;

vielleicht weil sie männliche Anweisung, männliche Unterstützung erwartete.

»Hab keine Angst, Lily«, sagte Marilyn, »ich bin ja hier.«

»Ja, ehrlich, ich wüßte nicht, was ich ohne euch machen sollte. – Also... also Charlie war krank gewesen, und ich wollte nicht, daß er fährt, aber er hat stur drauf bestanden.«

»Hatte er Geldsorgen, Mrs. Hatton?«

»Mit solchen Sachen hat Charlie mich nie belästigt. Aber warten Sie mal... Er hat gesagt, der Arzt müßte 'n bißchen warten auf die Bezahlung. Ich weiß noch, das hat er gesagt. Soll ich noch mehr erzählen von dem Sonntag?« Wexford nickte. »Jack und Marilyn sind abends gekommen, zum Kartenspielen.«

»Stimmt«, sagte Marilyn, »und Charlie hat dich von Leeds aus angerufen, während wir da waren.«

Mrs. Hatton sah sie bewundernd an. »Ja, das hat er getan.«

»Was hat er zu Ihnen gesagt?«

»Nicht viel. Es war meistens nur – na ja, wie es mir so geht und daß er mich vermißt.« Sie schluchzte und biß sich auf die Lippen. »Wir mochten das nicht – getrennt sein. Wir konnten immer nicht schlafen – so ohne den anderen.«

»Die beiden waren wie ein Liebespaar«, sagte Jack und legte den Arm um ihre Schultern.

»Hat er gesagt, daß er sich immer noch schlecht fühlte?«

»Na ja, nicht besonders gut. Sonst wär er denselben Abend noch zurückgefahren.«

»Klang er zufrieden? Aufgeregt?«

»Im Gegenteil, er war sehr niedergeschlagen.«

»Jetzt überlegen Sie bitte ganz scharf: Um welche Zeit genau ist Ihr Mann am nächsten Abend nach Hause gekommen, am Montag abend?«

»Punkt zehn«, sagte sie, ohne zu zögern. »Zehn Uhr, hatte er den Abend davor gesagt, und ich hab ihm ein Hühnerfrikassee gemacht. Charlie hatte mir nämlich im März eine Küchenuhr mit Zeitschaltuhr gekauft, aber die ging falsch, und ich mußte sie noch mal ins Geschäft zurückbringen, und an dem Abend hab ich sie zum erstenmal benutzt. Ich hab sie genau auf zehn Uhr eingestellt, und sie fing gerade an zu klingeln, als Charlie seinen Schlüssel ins Türschloß steckte.«

»Und wie war er, als er reinkam?«

»Sie meinen, wie's ihm ging? Er hat gesagt, die Übelkeit sei noch mal wiedergekommen und er mußte ein paarmal anhalten unterwegs. Er wär sonst früher gekommen, wenn er nicht angehalten hätte. Er wollte nämlich gern früher kommen, verstehen Sie, um mich zu überraschen.« Das Gefühl überwältigte sie, und sie atmete heftig, um die Tränen zurückzudrängen. »Ich... er... er hat gesagt, es war so stikkig im Wagen und er hätte einfach mal Luft schnappen müssen, am Stowerton-Zubringer. Da ist er ein bißchen durch die Wiesen gegangen, wo es kühler war.«

»Denken Sie mal genau nach, Mrs. Hatton. Hat er gesagt, daß er was Interessantes gesehen hätte, während er dort in den Wiesen war?«

Sie blickte ihn verwirrt an. »Nein, er hat bloß gesagt, es hat ihm gutgetan. Jetzt ginge es ihm wieder richtig gut, sagte er, und das sah ich ja auch. Der fühlte sich pudelwohl, war völlig verändert. Er hat tüchtig gegessen, und wir haben über Jacks Hochzeit geredet.« Ihre Stimme war heiser geworden, und sie lehnte sich schwer in Jacks Arm. »Charlie wollte mir dafür alles neu kaufen, Kleid, Mantel, Hut, einfach alles. Er sagte... er sagte, schließlich wär ich seine Frau und müßte ihm alle Ehre machen.«

»Und das hast du auch immer, Liebling. Charlie war stolz auf dich.«

»Was geschah am nächsten Tag?« fragte Wexford.

»Da sind wir ziemlich spät aufgestanden.« Sie biß sich auf die Lippe. »Charlie ist um neun aufgestanden, und dann hat er einen Typen angerufen, den er kannte, der seine Wohnung aufgeben wollte. Dem sagte Charlie, er würde mal vorbeikommen und sie sich ansehen, wenn er gefrühstückt hätte, und das tat er dann auch. Erzähl du das, Jack, jetzt bist du dran.«

Jack zog seinen Arm zurück und tätschelte ihr die Hand.

»Charlie kam zu meiner Arbeitsstelle, aber ich konnte nicht weg. Ich verlegte gerade die Leitungen in den neuen Häusern drüben in Pomfret. Er sagte, er hätte vielleicht 'ne Wohnung für uns gefunden, und ich sagte, nimm Marilyn mit. Ich seh ihn noch vor mir, den alten Charlie. Freute sich wie ein Schneekönig und grinste, wie er es immer tat, wenn er einem was Gutes antun wollte. Hüpfte richtig auf und ab wie 'n Affe auf dem Leierkasten.« Er seufzte und schüttelte den Kopf. »Alter Charlie«, brummelte er.

Ungeduldig wandte sich Wexford an die Frau. »Und Sie gingen mit ihm?«

»Klar. Er kam runter zu Moran.« Moran war Kingsmarkhams größtes Dekorationsgeschäft. »Die alte Zicke, die Geschäftsführerin, wollte mich zuerst nicht weglassen. Nicht daß am Montag morgen besonders viel Betrieb wäre. Ich geh doch in einem Monat sowieso, hab ich gesagt, und wenn es Ihnen nicht paßt, dann können Sie mir meine Papiere geben, und ich hau gleich ab. Das hab ich ihr glattweg gesagt. Hab sie richtig zusammengestaucht vor Charlie, und die sagte auch kein Wort mehr. Na ja, und dann gingen Charlie und ich hin und guckten uns die Wohnung an, und da war diese Knalltype, die sie aufgab, 'n richtiger Schwuler, wenn Sie mich fragen. Wollte zweihundert Pfund Abstand, ehe wir sie kriegten. Ich hätt ihm in die Fresse schlagen können. Im Morgenmantel war der. Für die Sorte gibt's eines schönen Tages Zwangsarbeit, und ich wollte dem das auch gerade klarmachen, da sagt doch Charlie, das wär in Ordnung und wir würden das Geld schon irgendwie aufbringen. Er sah ja, daß ich verrückt war nach der Wohnung.«

»Und er zahlte das Geld?«

»Sie haben wohl 'ne Meise. Er sagte so was von wegen mit

Jack besprechen, obgleich, wenn ich die Wohnung wollte, dann wollte Jack sie natürlich auch, und dann sind wir gegangen. Ich kochte, kann ich Ihnen sagen. Und als wir draußen waren, sagte Charlie, wir könnten's ihm zurückzahlen, wenn wir finanziell erst mal flott wären. Na, wie finden Sie das?«

»Ja«, sagte Jack, »wie finden Sie das?«

»Hat Hatton Sie ins Geschäft zurückgebracht?«

»Natürlich nicht, er war doch nicht mein Kindermädchen. Wir gingen zusammen bis zum *Olive* runter, und da sagte er, er müßte mal telefonieren. Er ging in eine der Telefonzellen draußen vorm *Olive*, und danach hab ich ihn ein paar Tage lang nicht mehr gesehen.«

»Warum wollte er von einer Telefonzelle aus telefonieren, wo er doch zu Hause sein eigenes Telefon hatte?«

Das junge Ehepaar dachte, was er unter anderen Umständen vielleicht auch gedacht hätte. Ein verheirateter Mann mit einem eigenen Telefon ruft von einer Telefonzelle höchstens seine Freundin an. Mrs. Hatton blickte unschuldig drein, ergeben, gewappnet durch ihre Erinnerungen. Da lachte Marilyn schrill auf. »Ich weiß, was Sie denken! Charlie Hatton? Sie sind ja verrückt!«

»Was meinst du denn, Marilyn?« fragte die Witwe.

»Ich denke überhaupt nichts«, sagte Wexford. »Ist Ihr Mann zum Mittagessen nach Hause gekommen?«

»Ja, gegen halb eins. Ich hab ihn gefragt, was er am Nachmittag vorhätte, und da rückte er dann damit raus, daß er sich mal um seine Zähne kümmern wollte. Er kriegte immer Essensreste unter seine Gaumenplatte, wissen Sie. Er hat sich immer furchtbar geschämt, daß er falsche Zähne hatte, wo er doch so jung war, und überhaupt. Und auch wegen mir... Er dachte, es macht mir was aus. *Mir* was ausmachen? Ach Gott! Mir hätte es nichts ausgemacht, wenn... Aber was soll's. Ich hab Ihnen ja schon erzählt, daß er sich seine Zähne hat machen lassen. Immer wieder hat er gesagt, er wollte doch mal sehen, daß er endlich seine Zähne in Ordnung gebracht kriegte. Wie oft hat er gesagt, er wollte mal sehen, daß er wirklich gute neue Zähne kriegte, wenn er es sich leisten könnte, und dann hat er gesagt, er dächte, er ginge damit zu Mr. Vigo.«

»Den hab sozusagen ich ihm empfohlen«, warf Jack ein.

»Sie?« fragte Wexford beinahe höhnisch.

Jack hob den Kopf, und sein Gesicht lief dunkelrot an. »Ich meine ja nicht, daß *ich* wegen meiner Zähne zu ihm ging«, stammelte er. »Ich bin ein-, zweimal in seinem Haus gewesen wegen Elektroarbeiten, und ich hab Charlie so 'n bißchen geschildert, wie es da aussieht. Diesen Garten da und all die alten Sachen, die er hat, und das Zimmer mit all dem chinesischen Kram drin.«

Mrs. Hatton weinte. Jetzt wischte sie sich die Augen und erinnerte sich, unter Tränen lächelnd: »Charlie und Jack haben sich dabei halb schiefgelacht. Und Charlie hat gesagt, das würde er gern mal sehen, bloß mal so 'n Blick reinwerfen. Und Jack sagte, Mr. Vigo, der schwämme im Geld und der müßte wohl ein guter Zahnarzt sein, wenn er so viel verdiente. Da dachte Charlie, daß sei der richtige Mann für ihn, und hat ihn auf der Stelle angerufen. Du kriegst doch bestimmt keinen Termin mehr für heute, hab ich gesagt, aber er hat einen gekriegt. Mr. Vigo hatte gerade eine Absage und sagte, er solle um zwei kommen.«

»Und dann?«

»Charlie kam um vier zurück und sagte, Mr. Vigo würde ihm ein ganz neues Gebiß anpassen. Und Mr. Vigo sei ein Pfundskerl, gegen den sei nichts einzuwenden. Zu einem Drink hätte er ihn eingeladen, in diesem besagten chinesischen Zimmer, und Charlie hat gesagt, wenn er mal reich wäre, dann wollte er auch solch Zeugs haben, ganze Zimmer voll davon, und Vasen und Nippes und 'ne kleine Armee von Schachfiguren und... O Gott, wo er jetzt ist, da kriegt er nie was von alledem!«

»Komm, Lily, nicht doch, Liebes.«

»Wann hat Mr. Hatton Ihnen die Abstandssumme für Ihre Wohnung geschenkt?«

»Die war bloß geliehen«, sagte Marilyn Pertwee beleidigt.

»Also gut, geliehen. Und wann?«

»Am Mittwoch ist er damit angekommen, im Haus von Jacks Vater.«

»Das war dann der 22., stimmt's?«

»Ich nehme an, ja. Und am nächsten Tag haben wir es diesem Typen, der die Wohnung hatte, ausgehändigt.« Jack Pertwee blickte Wexford starr an, die trüben Augen verhangen, das Gesicht bleich mit hektischen Flecken. Wexford unterdrückte mühsam ein Schaudern, gnade Gott dem Mann, der Charlie Hatton ermordet hatte, dachte er, wenn Pertwee ihn erwischt, ehe wir ihn gefaßt haben.

»Wird es nicht langsam Zeit, daß wir den Köter wieder loswerden?«

Sheila scheuchte Klytämnestra vom Sessel ihres Vaters und betrachtete die Haarschicht, die der Hund auf dem Kissen hinterlassen hatte. »Ich hab sie schon selbst ein bißchen satt«, gab sie zu. »Sebastian kommt übrigens heute abend her und holt sie wieder ab.«

»Na, Gott sei Dank.«

»Kann ich den Wagen haben, um ihn zum Bahnhof zu bringen?«

»Wieso, hat der etwa Angst, allein durch die Wiesen zu gehen?« Ach, liebste Mabel, hör mich an: Im Park, da lauert ein Räubersmann... »Vielleicht brauch ich den Wagen selbst. Der ist doch jung und gesund, den laß mal ruhig laufen.«

»Er hat 'ne Warze«, sagte Sheila. »Und er mußte schon beide Male die ganze Strecke laufen, als er sie vor vierzehn Tagen hergebracht hat. Ich würde ihn ja gerne abholen –«

sie warf ihrem Vater einen tief gekränkten Blick zu – »aber immer hast *du* den Wagen.«

»Es ist *mein* Wagen«, erwiderte Wexford mit törichter Miene, und weil es ein Spiel mit verteilten Rollen war, das er mit Sheila spielte, fuhr er fort: »Mein Türkis war's, den Lea mir gegeben, da ich ein Jüngling war. Ich gäb ihn nicht um alle...«

»...um alle Warzen auf der Welt! Oh, Paps, du bist ein richtiger Schatz. Ach, da ist ja Sebastian.«

Mrs. Wexford fing in aller Ruhe an, den Tisch zu decken. »Sag nichts über sein Haar«, instruierte sie ihren Mann. »Er hat ziemlich merkwürdiges Haar, und du weißt ja, wie du reagierst.«

Sebastians Haar glich dem von Klytämnestra, und es hing in krausen Locken bis auf seine Schultern.

»Ich hoffe, der Wuschelhund hat Sie nicht zu sehr gestört, Mr. Wexford.«

Wexford machte schon den Mund auf, um das höflich abzuleugnen, aber Klytämnestras Temperamentsausbruch beim Anblick ihres Herrn machte für eine Weile jegliches Gespräch unmöglich. Sie kringelte sich begeistert um seine langen Beine, warf ihren Körper mit voller Wucht gegen sein Jackett, ein Kleidungsstück, das Wexford ungläubig als einen Teil der Galauniform eines Kommandeurs der Königlich Norwegischen Marine identifizierte.

»Wollen Sie bleiben und mit uns essen?« fragte Mrs. Wexford.

»Wenn es nicht zuviel Mühe macht.«

»Wie war es in der Schweiz?«

»Ganz schön. Und teuer.« In Wexford keimte der unfreundliche Gedanke auf, daß dieser Urlaub noch bei weitem teurer geworden wäre, wenn er für seinen Hund hätte Pension bezahlen müssen, da entwaffnete ihn Sebastian, indem er aus seinem Umhängebeutel einen großen Kasten Pralinen für Mrs. Wexford hervorkramte.

»Suchard«, sagte Mrs. Wexford. »Wie nett von Ihnen.«

Dergestalt ermutigt, machte Sebastian kurzen Prozeß mit Roastbeef und Yorkshirepudding. Zwischendurch langte er gelegentlich unter den Tisch, um Klytämnestras Ohren zu kraulen.

»Ich fahr dich zum Bahnhof«, sagte Sheila und bedachte ihren Vater mit einem ermunternden Lächeln.

»Das wäre prima. Wir könnten Klytämnestra mitnehmen in dies *Olive*-Dingsda. Sie mag gern Bier, das wär eine tolle Abwechslung für sie.«

»Nicht in meinem Wagen, klar?« sagte Wexford bestimmt.

»Ach, Pa!«

»Tut mir leid, Liebling, aber wenn du trinkst, kommst du nicht ans Steuer.«

In Sebastians Ausdruck mischte sich die Bewunderung für die Tochter mit dem Wunsch, es aber auch dem Vater recht zu machen. »Wir gehen zu Fuß.« Er hob die Schultern. »Obwohl... Ist ja 'n verdammter Weg bis zum Bahnhof.« Er betrachtete die Bananencreme. »Ja, danke, ich nehm gern noch was. Das Dumme ist bloß, dann müßte ich Sheila zurückbegleiten. Es sei denn, sie ginge auf der Straße nach Hause«, fügte er wenig kavaliersmäßig hinzu. »Wir haben sogar in der Schweiz von Ihrem Mord hier gehört. Da hinten in den Wiesen irgendwo war das, stimmt's?«

Wexford sprach zu Hause selten über berufliche Dinge. Sicherlich wollte dieser junge Mann ihn nicht aushorchen, aber dennoch... Er nickte nur kurz angebunden.

»Merkwürdig«, sagte Sebastian. »Ich bin vor vierzehn Tagen genau den Weg durch die Wiesen zum Bahnhof gegangen.«

Wexford fing den Blick seiner Frau auf, ignorierte ihn aber und sagte nichts. Dafür fragte Sheila:

»Um wieviel Uhr war das, Seb? Gegen zehn?«

»Bißchen später. Ich bin keiner Menschenseele begegnet,

und ich muß sagen, ich war auch ganz froh darüber.« Er kraulte das struppige Fell des Hundes. »Aber wenn ich nicht gerade noch zur Seite gesprungen wär, Klytämnestra, dann hättst du deinen Papi womöglich nie wiedergesehen. So 'n dicker amerikanischer Wagen hat mich beinahe über den Haufen gefahren.«

»Die rasen immer so in die Bahnhofseinfahrt«, meinte Sheila.

»Von wegen Bahnhofseinfahrt! Mitten zwischen den Wiesen war das. Auf dem Fahrweg, der zu dieser Fußgängerschranke führt. So ein großer grüner Wagen, der kam da mit irrem Tempo angerast. Ich mußte mich quasi mit einem Hechtsprung in die Hecke retten. Ich hab mir sogar die Nummer aufgeschrieben, aber bei all dem Heckmeck mit meinem Urlaub hab ich das Stück Papier verloren, auf das ich sie geschrieben hatte.«

»Ein Liebespärchen?« fragte Wexford beiläufig.

»Könnte sein. Ich war zu beschäftigt, mir die Nummer zu merken, um richtig hinzugucken. Und ich hatte auch Angst, meinen Zug zu versäumen.«

»Na gut, wir gehen diesmal nicht durch die Wiesen, und zurück geh ich brav die Straße entlang, wenn es dich glücklich macht, Pa.«

»Kannst den Wagen haben«, brummte Wexford. »Halt dich an Bitterlemon im *Olive*, ja?«

17

»Meine Theorie ist folgende«, sagte Burden, »auch wenn sie nicht hieb- und stichfest ist. Aber ich hab lange drüber nachgedacht, und es ist die einzig mögliche Lösung. Wir haben viel über gedungene Mörder geredet, aber der einzige gedungene Mörder in diesem Fall war Charlie Hatton, geheuert von Bridget Culross' Freund.«

»Klingt nicht schlecht«, meinte Wexford, »aber ich möchte es genauer erklärt haben.«

Burden rückte mit seinem Stuhl näher an Wexford und den Arzt heran. Wind und Sonne erfüllten das Büro mit einem Muster tanzender Blätter. »Dieser Jay ist ein reicher Mann. Das muß er schon sein, wenn er es sich leisten kann, drei Monate in dieser teuren Klinik zu bezahlen, bloß weil seine Frau eine schwierige Schwangerschaft hat.«

»Das Geld ist zum Fenster rausgeschmissen«, meinte Crocker, »das machen die allgemeinen Krankenhäuser genausogut.«

»Er ist reich genug, um jemanden dafür zu bezahlen, daß er den Mord für ihn erledigt. Und ich möchte wetten, er gehört zu den ehemaligen Freunden von McCloy. Er macht also mit Hatton aus, daß der dort am Zubringer wartet, an dem Punkt, wo er auf dem Rückweg von seiner Konferenz das Mädchen absetzen wird.«

»Aber was für eine Konferenz, Mike? Haben wir Auskünfte über Konferenzen oder Kongresse in Brighton eingeholt, dieses bestimmte Wochenende betreffend?«

»Die Nationale Union der Journalisten, die Blake-Gesellschaft und die Gibboniten, sie alle haben dort getagt«, erwiderte Burden prompt.

»Was sind denn die letzten?« fragte der Doktor dazwischen, »Affenliebhaber?«

»Keine Gibbons«, erklärte Burden, ohne zu lächeln. »Gibbon. Der Autor von ›*Niedergang und Fall des Römischen Reiches*‹, ein Historiker. Ich nehme an, auch irgend solche Versammlung von Spinnern.«

»Und Jay nimmt ein Mädchen mit nach Brighton und läßt sie den ganzen Tag allein, um über Gibbon zu quatschen?« meinte Wexford zweifelnd. »Na ja, es hat schon merkwürdigere Dinge gegeben. Weiter.«

»Auf der Rückfahrt nach London bricht er im Wagen einen Streit vom Zaun und schmeißt sie wütend aus dem Wagen. Hatton wartet bereits auf sie, haut ihr eins über den Schädel, leert ihre Handtasche aus und rennt dann zu seinem Lastwagen zurück. Und am nächsten Tag zahlt Jay ihm seinen blutigen Lohn. Ihr könnt sicher sein, dieser Anruf, den Hatton von der Telefonzelle aus tätigte, galt Jay, um ihm zu melden, daß die Tat vollbracht sei. Und kein Mensch wäre je dahintergekommen, aber Hatton konnte den Hals nicht voll genug kriegen und fing an, Jay zu erpressen.«

Der Doktor machte ein spöttisches Gesicht. »Vergebt einem armseligen Laien, aber das ist doch ein Haufen Quatsch. Ich bestreite ja nicht, daß das Mädchen bereits tot gewesen sein könnte, als der Wagen sie überfuhr. Wäre immerhin möglich. Aber warum sollte Hatton sie mitten auf die Straße gelegt haben? Er konnte doch nicht sicher sein, daß ein Wagen sie überrollen würde. Außerdem, wie leicht hätte er gesehen werden können. Und dann war er ein kleiner Mann. Er hätte kaum die Kraft gehabt, sie über die nach Süden gehende Fahrbahn zu schleppen. Und weshalb hätte er sich überhaupt die Mühe machen sollen? Wenn es so aussehen sollte, als sei sie das Opfer eines vagabundierenden Wahnsinnigen, warum bringt er sie dann nicht einfach hinter einer Hecke um und läßt sie dort liegen?«

»Was ist denn Ihre Theorie?« fragte Burden gekränkt.

Crocker blickte hochnäsig drein. »Ich brauche keine Theorie aufzustellen. Für diese Art Diagnose werd ich ja nicht bezahlt.«

»Nun komm schon runter von deinem Podest, Paracelsus«, sagte Wexford, »und bleib mal einen Moment auf dem Teppich und streng deinen Grips an.«

»Das Schlimme bei euch ist, daß ihr alles glaubt, was man euch erzählt. Ich tue das nicht. Ich weiß aus Erfahrung, die Leute entstellen die Wahrheit, weil sie Angst haben oder weil sie einen psychologischen Block haben oder weil sie übereifrig sind. Sie lassen Dinge aus, weil sie keine Ahnung haben, und wenn man ihnen sagt, man will *alles* wissen, dann sortieren sie das aus, was *sie* für alles halten. Und das ist für den Fachmann, der fragt, eben nicht immer alles.«

»Das weiß ich doch selbst«, sagte Wexford ungeduldig.

»Weiter: Mrs. Fanshawe sagt, das Mädchen sei nicht im Wagen gewesen, und zwar nicht, weil sie sich schämt, es zuzugeben, sondern weil sie es buchstäblich vergessen hat. Natürlich ist das Mädchen im Wagen gewesen. Sie hat sich ein paar Kilometer vor der Unfallstelle von Fanshawe mitnehmen lassen, und dieser ganze Zeitabschnitt ist bei Mrs. Fanshawe eine Gedächtnislücke, ein Blackout. Und natürlich versucht sie auch gar nicht, sie aufzuhellen, denn allein das Wort ›Mädchen‹ ist für sie ein rotes Tuch. Ihr zerbrecht euch den Kopf, warum in dieser teuren Handtasche keine Schlüssel und keine Ausweispapiere waren. Die hatte sie in ihrem Koffer, und den Koffer hat sie in Jays Wagen zurückgelassen.«

»Und warum?«

»Damit Jay ihretwegen umkehren müßte. Der Koffer lag auf dem Rücksitz, und nach ein paar Kilometern würde er es merken und umkehren. Jedenfalls glaubte sie das. Und wenn er es nicht tat, dann hatte sie die Möglichkeit, ihn zu einem späteren Zeitpunkt zurückzukriegen. Vermutlich wußte sie doch, wo Jay wohnte. Und im äußersten Falle wäre es ein guter Vorwand gewesen, ihn auflaufen zu lassen, indem sie sich an seine Frau wandte.«

»Aber Jay kam nicht zurück, und sie kriegte das Warten satt und ließ sich von Fanshawe mitnehmen?«

»Das ist doch die einfachste und natürlichste Erklärung, oder etwa nicht?«

»Was du sagst, führt zu dem Schluß, Jay sei lediglich ein mehr oder weniger harmloser Schürzenjäger. Warum hat er sich dann nicht gemeldet, als wir das Mädchen gefunden haben?«

Der Arzt lachte anzüglich und meinte von oben herab: »Dank einer gewissen Fehlleistung von eurer Seite habt ihr der Presse mitgeteilt, das tote Mädchen sei Nora Fanshawe. Weshalb also sollte Jay in Erscheinung treten? Wenn er das Mädchen in den Außenbezirken von Stowerton absetzte, dann tat er das, weil er sie nie wiedersehen wollte. Wenig wahrscheinlich also, daß er auftaucht, um euch bei euren Ermittlungen zu helfen.«

Wexford fragte ruhig: »Und wie paßt Charlie Hatton da hinein?«

»Wenn du nichts dagegen hast, möchte ich diese Frage mit einer Frage beantworten. Weshalb hältst du es für ausgeschlossen, daß Hatton seine Geldquellen ganz woanders hatte, ohne Verbindung zu McCloy oder Fanshawe oder Jay?«

Wexford blickte Burden an und sah, wie sich Unsicherheit auf dessen Gesicht breitmachte. Derartige Zweifel durfte er nicht aufkommen lassen. Es war undenkbar. »Er war hinter der Hecke dort«, sagte er hartnäckig. »Er sah, wie das Mädchen auf die Straße gestoßen wurde.«

»Also weißt du...«

»Oh, nicht vom Mittelstreifen aus.« Wexford legte eine effektvolle Pause ein. Die zitternden Schatten der Blätter tanzten, spielten und erstarben, als die Sonne verschwand.

»Von einem Wagen aus«, sagte er, »sie wurde aus einem Wagen gestoßen.«

Der Sonnenschein kam und ging. Wexford war wieder allein und sah zu, wie die Wolkenmassen über die Dächer der Hauptstraße zogen und ihre Schatten bald auf eine Hausfront, bald über die Straße warfen. Gelegentlich blitzte die Sonne grell auf, eingebettet in ein goldenes Nest. Er nahm den Zugfahrplan aus der Schreibtischschublade und suchte die Nachmittagszüge nach London heraus. Es gab einen Schnellzug um zwei Uhr fünfzehn.

Der Lift wartete förmlich auf ihn mit einladend geöffneter Tür. Inzwischen hatte Wexford seine Hemmungen bezüglich des Fahrstuhls überwunden. Er trat ein und drückte auf den Parterreknopf. Die Tür schloß sich mit einem Flüstern, und mit einem Seufzen sank er in die Tiefe.

Jemand mußte im ersten Stock auf den Knopf gedrückt haben, denn die Kabine vibrierte, und ihr Boden schien sich eine Spur zu heben. Dann zitterte sie und blieb stehen. Wexford wartete, daß die Tür sich öffnete, aber nichts geschah.

Es war eine Stahltür ohne Glasscheiben oder Gitter. Ungeduldig tappte Wexford mit dem Fuß. Er blickte auf die Bedienungstafel und wunderte sich, daß die mit 1 markierte Lampe nicht aufleuchtete. Wahrscheinlich war es demjenigen, der den Lift gerufen hatte, langweilig geworden, und er war die Treppe hinuntergegangen. Aber warum ging in diesem Falle das Licht nicht trotzdem an? Er setzte seinen Daumen auf den Parterreknopf. Nichts geschah.

Vielmehr – und viel schlimmer –, es war genau das geschehen, was er immer gefürchtet hatte. Das verdammte Ding war kaputtgegangen! Es war steckengeblieben. Sehr wahrscheinlich hing er zwischen zwei Stockwerken. Ein Anflug von Panik berührte eine Ecke seines Hirns, und er verscheuchte ihn mit einem deftigen Fluch. Er klopfte verhalten an die Tür.

War das Ding schalldicht? Wexford hatte nie viel Zutrauen zu schalldämpfenden Methoden gehabt, nachdem er während der frühen Jahre seiner Karriere in etlichen Mietwohnungen gelebt hatte, die ihm von den Maklern angepriesen worden waren wegen der Seegrasmatten, die angeblich in Wände und Decken eingezogen waren. Sie hatten ihn nicht davor bewahrt, durch das Klavierspiel von oben und das unaufhörliche Trommeln von Kinderfüßen nahezu in den Wahnsinn getrieben zu werden. Ein Wohnhaus schalldicht zu machen, das schafften die nicht, dachte er wütend, aber es sähe ihnen ähnlich, mit einer so völlig überflüssigen Errungenschaft wie einem schalldichten Lift aufzuwarten! Wieder klopfte er gegen die Tür. Und dann drückte er das Notsignal. Wenn es überhaupt etwas bewirkte, so höchstens, daß der schwarzgoldene Kasten in noch tiefere Bewegungslosigkeit versank.

Es gab einen kleinen, in die Wand eingelassenen ledernen Klappsitz, ähnlich den zusätzlichen Sitzen in einem Taxi. Wexford klappte ihn herunter. Er knarrte, als er sich daraufsetzte. Wexford blickte um sich, simulierte Gelassenheit und taxierte den Rauminhalt der Fahrstuhlkabine. Einsdreißig mal einsdreißig mal zweivierzig. Soweit er sehen konnte, gab es keine Vorrichtung, um Luft herein- oder Kohlendioxyd hinauszulassen. Er lauschte. Er hätte stocktaub sein können, so tief war die Stille.

Wie lange konnte jemand, der so groß war wie er, in einem Raum von einsdreißig mal einsdreißig mal zweivierzig eingeschlossen bleiben? Er hatte keine Ahnung. Es war zehn Minuten vor zwei. Er stand auf, und der Sitz knallte zurück an die Wand. Das Geräusch ließ ihn zusammenfahren. Er hämmerte mit beiden Fäusten gegen die Wandverkleidung. Der Lift erzitterte, und das beunruhigte ihn. Nach allem, was er wußte, hing er an einem Faden.

Es war wohl besser zu schreien. Aber was schreien?

»Hilfe! Laßt mich raus!« war zu lächerlich und kam überhaupt nicht in Betracht.

»Ist da jemand?« rief er. Und weil das klang wie ein Medium in einer Séance: »Heh, der Lift ist steckengeblieben!«

Unter den gegebenen Umständen war es wohl weiser, seinen Atem zu sparen. Es war gut möglich, daß zur Zeit die meisten Räume verlassen waren. Burden, Martin und Loring waren alle unterwegs. Bloß Camb, der saß vielleicht unten (unten!) an seinem Schreibtisch. Irgend jemand saß dort sicher. Und ebenso sicher war es, daß seine Schreie nicht gehört wurden.

Mit wachsendem Unbehagen sah Wexford der Tatsache ins Auge, daß so bald niemand versuchen würde, den Lift zu benutzen, es sei denn, Burden käme zwei Stunden früher zurück, als er gesagt hatte. Camb war auf seinem Posten, Martin in Sewingbury. Und es war Wexfords Aufmerksamkeit nicht entgangen, daß die meisten Leute der uniformierten Abteilung die Treppe bevorzugten. Womöglich saß er hier bis zur Teezeit fest, und wenn – würde er zur Teezeit noch lebendig sein?

Zwei Uhr. Wenn er nicht innerhalb der nächsten fünf Minuten hier rauskäme, würde er den Zug verpassen. Das wäre nicht allzu schlimm. Auch ohne in der Princess Louise Clinic noch einmal nachzuhaken, war er fast sicher, daß er die richtige Antwort wußte. Nur Mutmaßungen vielleicht, aber geniale Mutmaßungen! Wenn er hier drinnen starb, würden sie sie nie erfahren…

Es reichte ihm jetzt mit den Hilferufen, deshalb klappte er den Sitz wieder herunter. Vermutlich war es bloß Einbildung, daß die Luft in dem winzigen Kasten anfing, stickig zu werden. Panik half nun überhaupt nichts und lag strikt jenseits der Zugeständnisse, die er sich machte. Strikt jenseits davon lag auch die Schlinge der Angst, die ihm sagte, er sei eine Ratte im Loch, ein Fuchs in der Falle. Flüchtig dachte er an Sheila. Nicht weiter so, das ist der Weg zum Wahnsinn…

Zwei Uhr fünfzehn. Wexford zog sein Notizbuch und einen Stift heraus. Er konnte ja alles aufschreiben, für alle Fälle.

»Ich weiß nicht, woher der seine verrückten Ideen nimmt«, sagte der Doktor taktlos. Burden lächelte unverbindlich. »Wenn ich an Ihrer Stelle wäre, dann würde es mich reizen, das auszuprobieren. Haben Sie heute nachmittag irgendwas anderes zu tun?«

»Nichts, was Martin und Loring nicht auch ohne mich erledigen können.«

»Gut. Sollen wir meinen Wagen nehmen?«

»Haben Sie denn keine Sprechstunde?« fragte Burden, der den Plan ein bißchen unorthodox fand.

»Dies ist mein freier Nachmittag. Macht mir Spaß, mich mal ein bißchen in forensischer Medizin zu üben.«

Burden machte es keinen Spaß. Er überlegte, was Crocker wohl sagen würde, wenn er vorschlüge, ihn an das Bett eines Patienten zu begleiten. »Also schön, aber um Gottes willen nicht auf der Fernstraße an der Unfallstelle.«

»Auf dem Cheriton Flugplatz«, beruhigte ihn der Doktor.

Der Flugplatz wurde seit Jahren nicht mehr benutzt. Er lag jenseits von Pomfret am Rande des Cheriton Forest und war Tummelplatz für Fahrschüler. Teenager beknieten ihre Eltern, bis sie mit ihnen zu den unbenutzten Rollbahnen hinausfuhren, wo sie in relativer Sicherheit ihre schlingernden Fahrversuche vollführen konnten.

Heute lag der Platz verlassen. Die Grünstreifen zwischen den Rollbahnen waren umgepflügt und mit Zuckerrüben bepflanzt worden. Jenseits der schnurgeraden Reihen Zuckerrüben kletterte der Wald sanft die welligen Hügel hinan.

»Sie können fahren«, sagte Crocker, »ich übernehme die Rolle des Opfers.«

»Besser Sie als ich«, brummte Burden, der seinen neuen Anzug trug.

Er schob sich auf den Fahrersitz. Die Start- und Landebahn war genauso breit wie die nach Norden führende Fahrbahn der Fernstraße bei Stowerton.

»Vermutlich war sie ein gesundes, kräftiges Mädchen«, sagte Crocker. »So jemanden kann man nicht einfach aus einem fahrenden Wagen stoßen, solange er im Vollbesitz seiner Kräfte ist. Er muß ihr zuerst eins auf den Kopf gegeben haben.«

»Damit unterstellen Sie, er hätte ein bewußtloses Mädchen neben sich gehabt?«

»Sie hatten Streit gehabt, und da machte er sie fertig«, erklärte der Doktor lakonisch. »Also, ich bin jetzt sie, und ich bin bewußtlos. Die Straße ist frei. Aber man würde es doch nicht auf der Überholspur machen, oder? Da könnte jemand von hinten angerast kommen, und das wäre peinlich. Also auf die mittlere Fahrspur. Los, fahren Sie rüber.«

Burden schwenkte in die Mitte der Rollbahn. »Dieses Rübenbeet da rechts entspricht dem Mittelstreifen«, erklärte er. »Fanshawe bog nach rechts aus, um dem Körper auszuweichen.«

»Das sagt *er*.«

»Was soll ich jetzt machen? Die Beifahrertür nur leicht einklinken?«

»Ich denke, ja. Jetzt fahren Sie langsam und stoßen mich raus!«

Crocker rollte sich zu einem Ball zusammen, die Arme um die Knie geschlungen. Burden wagte nicht schneller zu fahren als im Schneckentempo. Er fuhr keine zehn Stundenkilometer. Dann beugte er sich zur Beifahrerseite, schwang die Tür weit auf und gab dem Doktor einen leichten Stoß. Crocker fiel auf die Straße, rollte ein wenig, blieb liegen und stand leicht torkelnd wieder auf. Burden stoppte.

»Sehen Sie?« Crocker klopfte sich den Staub ab und schnitt eine Grimasse. »Ich hab's Ihnen ja gesagt, der ist verrückt. Haben Sie gesehen, wo ich gelandet bin? Mitten in der Normalspur. Und Sie sind im Schleichtempo gefahren. Unser geheimnisvoller Unbekannter aber hat einen ordentlichen Zahn draufgehabt, da hätte das Mädchen gewaltig nach links kullern müssen, fast bis auf den Grasstreifen.«

»Wollen Sie es auf der Überholspur noch mal versuchen, um sicherzugehen?«

»Einmal reicht«, sagte der Arzt bestimmt. »Man sieht ja auch so schon, was passieren würde. Möglich, daß das Mädchen nicht bis in die Normalspur geschleudert worden wäre, bestimmt aber wäre sie in der Mitte der Straße gelandet. Auf keinen Fall kann man jemanden aus einem fahrenden Wagen in die Überholspur selbst kippen.«

»Da haben Sie recht. Ganz klar, wenn sie nach links rausgeworfen wurde, mußte sie nach links rollen, und in diesem Falle wäre Fanshawe auf der Überholspur ohne weiteres rechts an ihr vorbeigekommen.«

»Falls aber unser Unbekannter doch auf der Überholspur gefahren ist und falls der Körper des Mädchens doch irgendwie in derselben Spur gelandet ist, dann wäre Fanshawe doch nach links ausgewichen, um sie nicht zu überfahren, und auf gar keinen Fall hätte er den Baum auf dem Mittelstreifen rammen können! Wir haben bewiesen, daß das nicht haltbar ist. Es gibt nur diese eine Möglichkeit.«

Burden hatte es satt, in seinem eigenen Fach belehrt zu werden. »Stimmt genau«, warf er hastig ein. »Nur, wenn das Mädchen nach rechts herausgestoßen wurde und wenn sie mit dem Kopf zur Normalspur und mit den Füßen zum Mittelstreifen gelegen hätte, dann könnte Fanshawe womöglich nach rechts ausgewichen sein, nämlich instinktiv, um nicht den Kopf zu erwischen.«

»Aber das ist, wie wir jetzt wissen, unmöglich. Wenn Sie einen Wagen steuern, dann können Sie nur jemanden vom Beifahrersitz aus rauswerfen, nicht von einem der Rücksitze aus, und das bedeutet, das Opfer muß immer zwangsläufig irgendwo auf der linken Seite landen.«

»Ich geh gleich zu ihm und sag's ihm«, meinte Burden nachdenklich, und er überließ dem Arzt das Steuer, um sie zwischen den grünen Rübenblättern über die Rollbahn zurückzufahren.

»Ist der Chief Inspector weggegangen?« fragte Burden, als er aus Wexfords Büro kam und im Korridor auf Loring stieß.

»Weiß nicht, Sir. Ist er nicht in seinem Büro?«

»Glauben Sie vielleicht, er hat sich unter seinem Schreibtisch versteckt oder sich in seiner Aktenablage weggeheftet?«

»Verzeihung, Sir.« Loring hob die gelbe Sonnenblende. »Sein Wagen ist da.«

»Das weiß ich.« Burden war die Treppe heraufgekommen. Er ging zum Fahrstuhl und drückte auf den Knopf. Nachdem er eine Minute gewartet hatte und er nicht gekommen war, zuckte er die Achseln und ging zu Fuß ins Erdgeschoß hinunter. Sergeant Camb ließ die Frau, die eine Siamkatze verloren hatte, warten und verkündete: »Mr. Wexford? Weggegangen ist er nicht.«

»Ja, wo, zum Teufel, ist er dann?« Burden fluchte sonst nie, nicht einmal so gelinde wie jetzt. Camb runzelte die Stirn. »Er wollte doch nach London. Ich dachte, er würde den Zug um zwei Uhr fünfzehn nehmen.«

Es war halb vier.

»Möglich, daß er hinten rausgegangen ist.«

»Warum sollte er? Das macht er nie, außer, wenn er ins Gericht geht.«

»Blaue Augen«, jammerte die Frau, »und einen kaffeebraunen Fleck am Hals.«

Der Sergeant seufzte. »Alle siamesischen Katzen haben blaue Augen und braune Flecken am Rücken, Madam.« Er nahm seinen Kugelschreiber wieder auf und sagte zu Burden: »Ich kann Ihnen bloß sagen, ich bin den ganzen Nachmittag damit beschäftigt gewesen, einen Mechaniker herzukriegen, damit er sich mal um den Fahrstuhl kümmert. Inspector Letts sagte, der sei nicht gekommen, als er auf den Knopf gedrückt hätte. Ich vermute, der steckt zwischen zwei Stockwerken fest.«

»Und *ich* vermute«, sagte Burden, »Mr. Wexford steckt mit ihm fest.«

»Mein Gott, das meinen Sie doch nicht im Ernst, Sir?«

»Geben Sie mir das Telefon. Ist Ihnen klar, daß er beinahe zwei Stunden da drinnen ist? Los, das Telefon!«

Es war nachmittägliche Besuchszeit im Krankenhaus Stowerton. Und außerdem war Ärztesprechtag. Das bedeutete, daß Hunderte von Wagen vom Gelände strömten, welche von der Verkehrspolizistin gewöhnlich sehr effizient dirigiert wurden. Heute aber blockierte ein riesiger blaugrüner Wagen mit verbeulten Flossen, der halb über den Fahrweg geparkt stand, die Ausfahrt. Er war abgeschlossen, kein Schlüssel steckte, absolut unbeweglich, und hinter ihm erstreckte sich, Stoßstange an Stoßstange, ein Autostau bis zum Parkplatz.

Vergeblich hatten sich vier Ambulanzmänner bemüht, ihn anzuheben und vor den Zugang zum Pförtnerhäuschen zu wuchten. Soeben stieg Vigo, der Zahnarzt, aus seinem Wagen, um mit zuzupacken. Er war größer und stärker als die Leute von der Ambulanz, aber auch ihre vereinten Anstrengungen brachten ihn nicht von der Stelle.

»Gehört bestimmt jemandem, der einen Privatpatienten besucht«, meinte Vigo zu dem konsultierenden Gynäkologen, dessen Wagen hinter seinem im Stau steckte.

»Dann soll mal ein Pförtner auf der Privatstation anrufen.«

»Und ein bißchen plötzlich«, sagte Vigo. »Solche Leute sollte man erschießen. Ich hab um vier einen Termin.«

Es war fünf Minuten vor vier, als Schwester Rose an Mrs. Fanshawes Tür klopfte. »Entschuldigen Sie, Mr. Jameson, aber Ihr Wagen blockiert die Ausfahrt. Könnten Sie ihn bitte wegfahren? Es sind nicht bloß Besucher, die raus möchten.« Ihre Stimme nahm einen ehrfürchtigen Ton an. Ein Frevel war verübt worden. »Persönliche Aufforderung von Mr. Vigo und Mr. Delauney. Also bitte, wenn Sie so gut sein wollen…«

Michael Jameson stand träge auf. »Ich kenne die Kerle zwar nicht«, er begutachtete Schwester Rose mit einem ausgiebigen, bewundernden Blick, »aber ich möchte ja nicht, daß Sie es sich mit denen verderben, Sweetheart. Ich geh schon.«

Nora Fanshawe berührte ihn am Ärmel. »Aber du kommst wieder und holst mich ab, ja, Michael?«

»Klar. Reg dich nicht auf.« Schwester Rose hielt ihm die Tür auf, und er ging vor ihr hinaus. »Todlangweilig, diese Krankenhausbesuche«, hörten die beiden Frauen im Zimmer ihn sagen.

Zum erstenmal, seit sie wieder bei Bewußtsein war, hatte sich Mrs. Fanshawe das Gesicht geschminkt. Jetzt betupfte sie ihre dünnen Lippen mit Rot und wischte an dem Lidschatten herum, der sich in fettigen Strichen in den Runzeln ihrer Lider abgesetzt hatte. »Also?« fragte sie.

»Was also, Mutter?«

»Ich nehme an, du wirst diesen Taugenichts heiraten?«

»Werd ich, Mutter, und du wirst dich dran gewöhnen müssen.«

»Dein Vater hätte das nie erlaubt, wenn er noch am Leben wäre«, sagte Mrs. Fanshawe und drehte an ihren Ringen herum.

»Wenn mein Vater noch lebte, dann würde Michael mich nicht heiraten wollen. Dann würde ich nämlich kein Geld haben, verstehst du? Ich bin völlig ehrlich mit dir, ich denke, das ist es doch, was Eltern immer wollen, völlige Offenheit ihrer Kinder.« Sie zuckte die Achseln und schnippte ein helles Haar von der Schulter ihres blauen Kostüms. Ihre

Stimme war voller Verachtung und Haß. »Ich hab ihm geschrieben und ihm mitgeteilt, daß mein Vater tot ist.« Sie lachte. »Er kam an wie ein geölter Blitz. Ich hab ihn gekauft«, sagte sie, »ich habe das Produkt ausprobiert, es hat mir gefallen, und jetzt werde ich es behalten. Reines Geschäftsprinzip.«

Mrs. Fanshawe war nicht schockiert. Sie hatte weder die Augen abgewandt vom Gesicht ihrer Tochter noch mit der Wimper gezuckt. »Also gut«, sagte sie, »ich kann dich nicht daran hindern. Ich will keinen Streit mit dir, Nora.« Ihre Stimme schwankte nicht. »Du bist alles, was ich habe, alles, was ich je gehabt habe.«

»Dann gibt es ja keinen Grund, weshalb wir nicht eine glückliche kleine Familie sein sollten, oder?«

»Glückliche Familie! Aufrichtig bist du vielleicht, aber dich selbst betrügst du doch. Der hat doch jetzt schon ein Auge auf diese Krankenschwester geworfen.«

»Ich weiß.«

»Und du denkst, du hättest ihn gekauft!« Mrs. Fanshawes ganze Selbstdisziplin konnte nicht verhindern, daß ihre Bitterkeit hervorbrach. »Leute kaufen! Du weißt, von wem du das hast, ja? Von deinem Vater. Du bist durch und durch wie dein Vater, Nora. Weiß Gott, ich hab versucht, dich davor zu bewahren, aber er hat es dir beigebracht, er hat dir beigebracht, daß man Leute kaufen kann.«

»Oh, nein, Mutter«, erwiderte Nora Fanshawe gleichmütig, »das hast *du* mir beigebracht. Wollen wir noch ein bißchen Tee kommen lassen?« Und sie drückte auf die Klingel.

Um vier Uhr fünfzehn glitt der Fahrstuhl zum Erdgeschoß hinunter. Die Tür begann sich zu öffnen, und Burden wurde übel, seine Eingeweide revoltierten. Er konnte gar nicht hinsehen. Die beiden Mechaniker kamen die Treppe heruntergerannt.

Die Halle war voller Menschen. Grinswold, der Chief

Constable, Inspector Lewis und Letts, Martin, Loring und Camb, und direkt am Lift Dr. Crocker.

Jetzt war die Tür offen. Burden mußte hinsehen. Er trat vorwärts und schob die Leute zur Seite.

»Platz da!« rief der Arzt.

Wexford kam heraus, grau im Gesicht, den Arm des Doktors um die Schultern. Schwerfällig machte er zwei Schritte vorwärts.

»Eingekerkert«, fluchte er, »wie eine sündige Nonne!«

»O Gott, Sir. Alles in Ordnung?«

»Es steht alles in dem Buch«, japste Wexford. »Ich hab alles aufgeschrieben, im Notizbuch. Nichts... nichts ist so günstig für Gehirnarbeit wie verdünnte Atmosphäre. Und viel billiger, als auf den Mount Everest zu fahren, dieser Lift.«

Und dann kollabierte er und sackte in die Arme von Crokker und Letts.

»Ich hab gerade Dienstschluß«, sagte Schwester Rose, »und die Nachtschwestern sind in der Küche. Macht's Ihnen was aus, wenn ich Sie allein gehen lasse?« Sie blickte ihn scharf an in dem dämmerigen Licht des Korridors. »Haben Sie nicht neulich Mrs. Fanshawe besucht? Ich glaube ja, stimmt's? Dann wissen Sie ja Bescheid, wie Sie gehen müssen. Er liegt in Nummer fünf, zwei Zimmer vor ihrem.«

Burden bedankte sich bei ihr. Als er um die Ecke bog, stieß er auf Mrs. Wexford und Sheila.

»Wie geht es ihm?«

»Gut geht's ihm. Keinerlei Nachwirkungen. Sie behalten ihn bloß zur Sicherheit über Nacht hier.«

»Gott sei Dank!«

»Sie machen sich echt Sorgen um den armen alten Paps, was?« Wenn sie lächelte, hätte er sie küssen mögen, so sehr sah sie ihrem Vater ähnlich. Idiotisch geradezu, daß dieses bezaubernde, perfekte Antlitz der Abklatsch und die Essenz jenes schweren, zerfurchten Gesichtes war, das ihn die ganze Zeit verfolgt hatte, seit er sein groteskes Gefängnis entdeckt hatte. Aber er wollte nicht sentimental erscheinen und brachte ein fröhliches Grinsen zustande. »Er brennt darauf, Sie zu sehen«, sagte sie. »Wir waren bloß Lückenbüßer.«

Wexfords Zimmer sah genauso aus wie Mrs. Fanshawes. Er hatte einen alten rotkarierten Morgenmantel um die Schultern, und eine krause Matte grauer Haare guckte zwischen den Aufschlägen seiner Pyjamajacke hervor. Ein Grinsen zog seine Mundwinkel nach oben, und seine Augen blitzten.

Auf Zehenspitzen trat Burden ans Bett. Im Krankenhaus ging jeder auf Zehenspitzen, abgesehen vom Personal, also tat auch er es, und er sah sich dabei nervös um.

Die Küchendünste und der Geruch nach Desinfektionsmitteln, die im Korridor vorgeherrscht hatten, waren hier drinnen übertönt vom Duft der Nelken, die Mrs. Wexford ihrem Mann gebracht hatte.

»Wie fühlen Sie sich?«

»Vollkommen okay natürlich«, erwiderte Wexford ungeduldig. »All diese blöden Blumen. Sieht ja aus hier wie eine Beerdigungskapelle. Ich könnte glatt raus hier, bloß der dämliche Crocker und seine Handlanger setzen mir dauernd zu; die können einen weichmachen!« Er setzte sich mit einem Ruck auf und meinte grimmig: »Machen Sie das Bier auf, ja? Sheila hat mir die Dosen mitgebracht. Ist 'n gutes Mädchen – junger Span vom alten Stamm!«

Burden spülte das Glas von Wexfords Abendbrottablett ab und nahm vom Waschbecken ein Zahnputzglas für sich selbst mit. »Ein Privatzimmer, was? Sehr nobel.«

Wexford schmunzelte. »War nicht meine Idee, Mike. Sie wollten mich schon auf die allgemeine Station legen, da fiel Crocker ein, daß Monkey Matthews dort liegt, der kriegt seine Venen operiert. Wir kamen zu dem Schluß, es könnte ihm unangenehm sein, nachdem ich ihn vor ein paar Jahren wegen Diebstahls drangekriegt hab. Aber keine Angst, ich setz alles dran, daß er erfährt, was es mich gekostet hat, sein Gesicht zu wahren.« Er blickte sich selbstgefällig um. »Acht Pfund pro Tag, dies Zimmer. Gut, daß ich nicht länger in dem Lift gewesen bin.« Er trank sein Bier und wischte sich den Mund mit einem riesigen Papiertaschentuch. »Also – haben Sie die Tat vollbracht?«

»Um halb sechs.«

»Ein Jammer, daß ich nicht dabei war.« Plötzlich schauderte er. »Mit Heulen und Zähneklappern...« Dann lachte er. »Zähne!« sagte er. »Das ist gut.«

Draußen ertönten Schritte, die nicht auf Zehenspitzen daherkamen, und Crocker marschierte herein. »Wer hat dir erlaubt, dich zu besaufen?«

»Los, setz dich, aber nicht aufs Bett. Schwester Rose mag das nicht. Wir wollten gerade Manöverkritik halten. Interessiert dich das?«

Der Doktor holte sich einen Stuhl aus dem leeren Nebenzimmer und ließ sich darauf nieder. »Ich hab durch Flüsterpropaganda gehört, wer es war. Mann Gottes, du hättst mich mit dem kleinen Finger umschmeißen können!«

»Das überlasse ich anderen«, sagte Wexford. »Unbeherrschten Kerlen zum Beispiel, die sich nicht mit dem kleinen Finger zufriedengeben. Die benutzen dann Steine.« Er begegnete dem Blick des Doktors und sah darin das Erstaunen und vor allem jene Wißbegierde, die er so gerne sah. »Mörder unter dem Ärztestand sind ja nichts Unbekanntes«, meinte er. »Denk an Crippen, an Buck Ruxton. Diesmal war es nun zufällig ein Zahnarzt.«

18

»Das Problem ist immer, wo man anfangen soll«, meinte Wexford. »Wo ist der Anfang? Ich denke oft, Romanschriftsteller müssen dieselben Probleme haben. Das heißt, ich weiß sogar, daß sie sie haben. Ich kannte mal einen Burschen, der Bücher schrieb. Der sagte, das Ende sei einfach und die Mitte ergäbe sich von selbst, aber er wüßte nie, wie er anfangen solle. Wie weit muß man zurückgehen im Leben eines Menschen, um den Grund zu finden, weshalb er dies oder jenes tut? Bis zu seiner Kindheit, bis zu seinen Eltern, bis zu Adam?«

»Gehen Sie bitte nicht *so* weit zurück«, warf Burden ein, »dann sitzen wir hier die ganze Nacht.«

Wexford grinste ihn an. Er boxte seine Kissen zurecht und zog sich die Ecken um die Schultern. »Ich glaube, ich beginne mal vor zehn Jahren«, sagte er. »Aber keine Angst, ihr wißt ja, wie die Zeit rast.«

»Vor zehn Jahren war Vigo noch gar nicht hier.«

»Nein, da hat er geheiratet. Er heiratete ein reiches Mädchen, wahrscheinlich nicht bloß wegen des Geldes. Aber das Geld ermöglichte es ihm, hier eine Praxis zu eröffnen und sich ein Haus zu kaufen. Sie bekamen ein Kind.«

»Das war mongoloid«, ergänzte der Arzt. »Es lebt in einem Heim, seit es sechs Monate alt war. Das hat Vigo schwer getroffen.«

»Wen wohl nicht?« meinte Wexford. »Seht euch Vigo doch an. Genau das, was Hitler einen perfekten arischen Menschentypus genannt hätte, und gescheit obendrein. Und wenn man schon Menschenzucht betriebe, würde

man dann nicht Vigo als idealen Deckhengst auswählen?«
Der Doktor nickte grimmig.

»Und wenn du Vigo wärst, würdest du dann nicht selbstverständlich erwarten, erstklassige Nachkommenschaft gezeugt zu haben?«

»Das tut doch jeder.«

»Vielleicht. Sagen wir, jeder hofft es. Und manchmal haben die unwahrscheinlichsten Leute dabei Glück.« Er lächelte in sich hinein und trank den letzten Tropfen von dem Bier, das Sheila ihm gebracht hatte. »Ich vermute, Vigo gab seiner Frau die Schuld. Daß das unfair war, braucht ihr mir nicht zu sagen. Das Leben ist unfair. Weitere Kinder bekamen sie nicht, acht Jahre lang.«

Der Doktor beugte sich vor. »Jetzt haben sie einen Sohn bekommen.« Er seufzte. »Armes Kerlchen.«

»Wenn er arm ist, dann ist es die Schuld seines Vaters«, fauchte Wexford, »komm mir bloß nicht mit solchen Sentimentalitäten. Und hier ist der genaue Anfang: Mrs. Vigos zweite Schwangerschaft. Sie hatte zu hohen Blutdruck und bekam Toxikämie.«

»Eine bösartige Toxikämie bestimmt«, verbesserte der Doktor ihn pedantisch.

»Egal was, jedenfalls wurde sie zwei Monate vor der Geburt des Kindes in die Princess Louise Clinic in der New Cavendish Street eingeliefert. Man kann sich Vigos Gefühle vorstellen: Würde es ein zweites Mal schiefgehen?«

»Toxikämie führt nicht zu mongoloiden Kindern.«

»Oh, Mensch, halt die Klappe!« fuhr Wexford ihn nervös an. »In solchen Fällen denken die Leute nicht logisch. Er hatte einfach Angst und war deprimiert, und er bändelte mit einer der Krankenschwestern an, die er kennenlernte, als er seine Frau besuchte. Vielleicht war er schon immer ein Schürzenjäger. Ich jedenfalls habe meine eigenen Gründe zu dieser Annahme.«

»In Ihren Notizen«, unterbrach ihn Burden, der das Notizbuch offen auf dem Schoß liegen hatte, »schreiben Sie, er hätte Bridget Culross fallengelassen, nachdem das Kind normal und gesund geboren war.«

»Das ist eine Mutmaßung. Sagen wir, er war zu fixiert auf das Kind – er ist ganz verrückt mit diesem Kind –, um noch für irgendwelche außerhäuslichen Interessen etwas übrig zu haben. Haben Sie die Klinik überprüft?«

»Hab ich. Mrs. Vigo wurde im Oktober eingewiesen und blieb in der Klinik bis zwei Wochen nach der Entbindung Ende Dezember. Bridget Culross tat von November bis 1. Januar auf dieser Station Dienst.«

Wexford lehnte sich zurück. »Es mußte jemand sein, dessen Vor- oder Nachname mit einem Jay beginnt. Jerome Fanshawe, dachten wir zuerst, aber das konnte nicht stimmen, weil Mrs. Fanshawe über das Alter des Kinderkriegens hinaus ist. Ich habe auch Michael Jameson ernsthaft in Betracht gezogen. Es würde mich nicht im geringsten überraschen, wenn sich herausstellte, daß der irgendwo eine Ehefrau sitzen hat.« Er dämpfte seine Stimme. Mrs. Fanshawe war schließlich nur zwei Türen weiter den Korridor hinunter. »Ein Michael Jameson hätte sich aus diesen Gründen vielleicht lieber einfach Jay genannt statt Mike. Und einen einschlägigen Wagen hatte er auch. Aber dazu kommen wir später. Jedenfalls war es keiner von beiden. Es war Jolyon Vigo. Bei einem solchen Namen ist man wahrscheinlich mitunter ganz froh über eine passende Abkürzung.«

»Du sagst, er hat das Mädchen fallengelassen. Warum hat er sich denn aber erneut mit ihr eingelassen?«

»Ein Mann bekommt einen Sohn«, erklärte Wexford. »Wenn er in das Kind vernarrt ist, dann kann ihn das – für eine Weile – seiner Frau wieder näherbringen. Aber so was ist nicht von Dauer. Kann ein Leopard seine Flecken ändern? Das Mädchen dachte, sie hätte vielleicht eine Chance, könnte ihn zu einer Heirat bewegen. Bestimmt hätte er das sogar erwogen, solange er glauben mußte, seine Frau würde ihm nie mehr ein Kind gebären. Jetzt wollte er bloß seinen kleinen Spaß nebenbei haben, aber er dachte nicht daran, dafür seinen Sohn zu verlieren. Nicht für sein Leben. Und das war der Haken.«

Der Doktor schlug die Beine übereinander und rückte seinen Stuhl ein bißchen näher. »Und was hat Charlie Hatton bei alledem zu suchen?«

Wexford antwortete ihm nicht direkt. Statt dessen fuhr er fort: »Vigos Verhältnis mit der Culross schleppte sich so hin. Wenn das keine regelmäßige Angelegenheit war, so lag es sicherlich daran, daß das Mädchen ihn mit ihren Heiratswünschen nervte und er das abblockte.«

»Das kann man doch alles nicht wissen«, wandte Burden ein.

»Ich kenne mich aus mit der menschlichen Natur«, meinte Wexford hintergründig. »Am 18. Mai hatte Bridget Culross ein langes Wochenende frei, und zufällig hielt auch die Blake-Gesellschaft an diesem Wochenende eine dreitägige Konferenz in Brighton ab. Vigo holte die Culross am Marble Arch ab und nahm sie in seinem Wagen – einer großen Plymouth-Limousine – mit nach Brighton.«

»Wieso wissen Sie, daß es die Blake-Gesellschaft war? Warum nicht die Gibboniten?«

»Vigo hat in seiner Diele die Wände voller Zeichnungen von Blake hängen. Haben Sie ihre Zimmerreservierung überprüft?«

»Sie haben im *Majestic* gewohnt, und zwar unter ihren eigenen Namen. Zwei nebeneinanderliegende Zimmer. Am Montag nachmittag sind sie dort ausgezogen; Montag, den 20. Mai.«

Wexford nickte. »Vielleicht war es ihr erstes gemeinsames Wochenende. Vielleicht benutzte Bridget Culross es dazu, Vigo das Versprechen abzupressen, daß er sich von seiner Frau scheiden ließe oder mindestens versuchte sie es. Ich weiß nicht, was passiert ist. Wie könnte ich auch? Ich will mal unterstellen, sie wußte, daß sie auf dem Rückweg nach London durch Kingsmarkham oder doch dicht daran vorbeikommen würden, und sie drängte Vigo, sie mit nach Hause in den Ploughman's Lane zu nehmen und mit seiner Frau zu konfrontieren.« Er räusperte sich. »Aber Männer mögen so was nicht«, sagte er. »Sie bekamen Streit. Wollt ihr wissen, wo? Ungefähr drei Meilen südlich der Stelle, wo ihre Leiche gefunden wurde. Zweifellos hielten sie an und stiegen aus, und meine Vermutung ist, daß das Mädchen drohte, sie werde dann eben allein in den Ploughman's Lane kommen, wenn er nicht mit ihr hinführe. Vigo ist ein großer, sehr kräftiger Mann. Sie kriegen sich also in die Wolle, kämpfen miteinander, sie fällt hin und schlägt mit dem Kopf auf. Er hat auf einmal ein bewußtloses, vielleicht sogar totes Mädchen auf dem Hals. Begreift ihr sein Dilemma?«

»Was immer er jetzt auch machte, seine Frau würde es herauskriegen, würde sich von ihm scheiden lassen und das Sorgerecht für das Kind bekommen«, erläuterte Burden.

»Genau. Also arbeitete sein Hirn auf Hochtouren. Als erstes – alles, was zur Identifizierung ihrer Person führen konnte, raus aus der teuren Handtasche, die er ihr selbst geschenkt hatte. Bestimmt wußten ziemlich viele Leute, wohin sie gefahren war, aber sie hatte ihm beteuert, kein Mensch wisse seinen Namen. Vigo ist ein intelligenter Mann, ein Mediziner, der sich ein bißchen auskennt mit Polizeimethoden. Nach einem Mädchen mit dem Ruf einer Bridget Culross würde man nicht fahnden, und Verwandte, die sich darum scherten, gab es auch nicht. Angenommen also, man fände sie tot auf der Straße, überfahren von einem vorüberkommenden Wagen? Man würde mutmaßen, sie hätte Streit mit ihrem Freund bekommen, hätte als Anhalterin nach Stowerton fahren wollen und sei von einem Wagen erfaßt worden, als sie die Fahrbahn überquerte oder bei dem Versuch, jemanden anzuhalten. Also verfrachtet er sie auf den Beifahrersitz, legt sie flach hin, mit dem Kopf auf seinen Schoß, damit er den Sitz nicht mit Blut beschmiert. Wahrscheinlich hatte er sich eine Zeitung oder einen alten Lappen über die Knie gelegt, irgendwas, das er verbrennen konnte, wenn er nach Hause kam. Er kommt in den Bereich des Stowerton-Zubringers, wo abends um diese Zeit, und noch dazu Anfang der Woche, wenig Verkehr herrscht. Aber er traut sich nicht, schnell zu fahren – kein Mensch kann bei zügigem Tempo eine Autotür öffnen und einen Körper hinauswerfen –, und hält sich deshalb ganz links auf der Fahrspur.«

»Und dann?«

»Alles klappt genau nach Plan. Er fährt mit dreißig oder auch vierzig Stundenkilometern die Straße entlang, und als keine anderen Wagen in Sicht sind, stößt er das Mädchen raus, und sie landet, genau wie er es erwartet hat, mit dem Kopf mitten in der Überholspur.«

»Moment mal«, fuhr der Doktor dazwischen, »das ist nicht möglich. Das geht auf keinen Fall. Wir haben das ausprobiert, und...«

»Nun warte doch mal, Menschenskind«, sagte Wexford, und in holperigem Französisch setzte er hinzu: *»Pas devant les infirmières.«*

»Tee, Kaffee, Ovomaltine?« fragte eine helle Stimme, deren Besitzerin an die Glasscheibe in der Tür geklopft hatte.

»Ovomaltine ist bestimmt sehr bekömmlich«, sagte Wexford abwesend, »besten Dank.«

»Ein heimlich Späher ist bei euch, der merket auf«, zitierte Wexford. »Mit anderen Worten – Charlie Hatton.« Er schlürfte seine Ovomaltine mit unergründlichem Gesichtsausdruck. »Der hatte seinen Laster in der Parkbucht gleich hinter der Kuppe geparkt und war zum Luftschnappen in das Feld auf der anderen Seite der Hecke gegangen.«

»Du meinst, der hat gesehen, wie Vigo das Mädchen aus dem Auto schmiß, und er hat nichts unternommen?«

»Kommt drauf an, was du unter nichts verstehst. Nach meiner Erfahrung sind die Charlie Hattons dieser Welt nicht sonderlich erpicht darauf, mit der Polizei in Berührung zu kommen, nicht mal als empörte Beobachter. Aber Hatton tat etwas. Er erpreßte Vigo.«

»Kann ich ein paar von deinen Weintrauben haben?« fragte Crocker. »Danke. Die einzigen Weintrauben, die ich esse, sind die, die ich bei meinen Patienten stibitze.« Er steckte sich eine in den Mund und kaute sie mitsamt den Kernen. »Kannte er Vigo?«

»Vom Sehen, würde ich sagen, oder vielleicht kannte er seinen Wagen. Du kriegst noch Blinddarmentzündung.«

»Blödsinn, Altweibergewäsch. Übrigens hatte ich die schon. Was passierte dann?«

Wexford griff nach einem neuen Papiertuch und wischte sich den Mund ab.

»Hatton fährt nach Hause zu seiner Frau. Fünf Minuten später kommt Jerome Fanshawe die Straße entlang, fährt wie eine gesengte Sau, sieht das Mädchen auf der Straße zu spät und schreit ›Mein Gott!‹ Denn erinnert euch, sie lag mit dem Körper und den Beinen auf der mittleren Fahrspur und mit dem Kopf in der Überholspur. Fanshawe reißt das Steuer herum. Und versucht man in solchen Momenten nicht instinktiv, unter allen Umständen den Kopf zu verschonen? Also schwenkt er nach rechts, gerät auf die Böschung des Mittelstreifens und kracht gegen einen Baum. Damit, glaube ich, erschöpft sich die Beteiligung der Fanshawes an diesem Fall. Dieses eine Mal war Fanshawe das unschuldige Opfer.«

Burden nickte zustimmend und spann die Geschichte weiter: »Am nächsten Morgen jedoch taucht Hatton auf. Er führt sein Telefongespräch wegen der Wohnung für Pertwee und geht dann mit Marilyn Pertwee hin, sie zu besichtigen. Und schon hat er plötzlich Geld nötig. Der Mieter der Wohnung verlangte doch zweihundert Pfund Abstand.«

»Und da hatte es bei ihm geklickt«, sagte Wexford. »Als er sich auf dem Rückweg beim *Olive and Dove* von Marilyn trennt, sieht sie ihn in eine Telefonzelle gehen. Wir können sicher sein, daß er Vigo anrief und eine Unterredung für den Nachmittag vereinbarte.«

»Ich dachte, du hättest gesagt, er hat die Verabredung später von seiner Wohnung aus getroffen?« wandte der Doktor ein.

»Er rief noch einmal von seiner Wohnung aus an, um seine Frau zu täuschen. Du kannst überzeugt sein, der hatte Vigo bereits unmißverständlich klargemacht, was er wollte und daß er noch einmal anrufen und offiziell um einen Termin bitten werde. Und so geschah es dann auch. Wenn es sich nicht so abgespielt hätte, glaubst du vielleicht, Vigo hätte sich auf einen Termin noch am selben Tag eingelassen, gleich eine Stunde später? Der ist ein vielbeschäftigter Mann, auf Wochen im voraus ausgebucht. Und Charlie Hatton war noch nie bei ihm Patient gewesen. Nein, ich habe keinerlei Zweifel, daß Charlie ihm morgens gesagt hat, er wolle Schweigegeld von ihm und außerdem wolle er das beste künstliche Gebiß, das Vigo ihm verschaffen könne. Und natürlich umsonst.«

»Das muß ein ziemlicher Schock für Vigo gewesen sein«, meinte Crocker nachdenklich. »Am Abend zuvor war er das Risiko eingegangen, aus dem Moment heraus zu handeln, und die Gefahr, daß alles herauskommen würde, war groß, würde ich meinen. Aber Fanshawes Unfall war dann ein unverhofftes Glück für ihn. Und als er in der Morgenzeitung las, daß das Mädchen als Nora Fanshawe identifiziert worden war, da wähnte er sich praktisch in Sicherheit. Denn bis die richtige Nora auf der Bildfläche erschiene, würde alles so konfus und unübersichtlich geworden sein, daß die Wahrheit sehr wahrscheinlich nie an den Tag käme. Wer hätte denn auch gedacht, daß er bei seinen Machenschaften beobachtet worden war?«

»Und natürlich zahlte er«, fuhr Wexford fort. »Er zahlte und zahlte. Meine Vermutung ist, daß Hatton ihn beim ersten Telefonanruf aufforderte, unverzüglich tausend Pfund von seiner Bank abzuheben, eine Summe, die er Hatton aushändigen sollte, was er auch wirklich tat, nämlich während Hattons Besuch im Ploughman's Lane am Nachmittag, dem Nachmittag des 21. Mai. Muß ganz schön absurd gewesen sein, was, dieser Zahnarzttermin von Hatton? Da sträuben sich einem die Haare. Man muß sich das mal vorstellen – der Erpresser liegt zurückgelehnt mit offenem Mund im Behandlungsstuhl, und sein Opfer, verzweifelt, in die Enge getrieben, fummelt ihm im Mund herum, nimmt Maß für die neuen Zähne.

Am nächsten Tag, am 22. Mai, zahlte Hatton, wie wir wissen, fünfhundert Pfund auf sein eigenes Konto ein, behielt die zweihundert für Pertwees Abstandszahlung in bar und weitere dreihundert für alle möglichen Ausgaben, für Möbel, Kleidung und anderen Firlefanz. Außerdem setzten ja auch unverzüglich die wöchentlichen Zahlungen von jeweils fünfzig Pfund ein. Ich nehme an, Hatton zwang Vigo, das Geld jeden Freitagabend in einem ausgemachten Versteck unten am Fluß zu hinterlegen, irgendwo an der Route, die Hatton nahm, wenn er vom Darts-Club nach Hause ging. Und eines Freitagabends...«

»Ja, aber warum gerade dieser spezielle Freitag?«

»Wer kann schon sagen, wann das Opfer einer Erpressung mit seinen Nerven am Ende ist?«

»Apropos, Mrs. Fanshawe«, warf Burden unvermittelt ein, »wissen Sie, es stimmt nicht, daß die Rolle der Fanshawes mit dem Unfall zu Ende war. Mrs. Fanshawe kam genau einen Tag, bevor Hatton ermordet wurde, wieder zu Bewußtsein. Und das stand in der Morgenzeitung. Als kurzer Hinweis zwar nur, aber es stand drin.«

»Sie haben vollkommen recht, Mike. Nora war zwar noch nicht aufgetaucht, aber sobald Mrs. Fanshawe wieder reden konnte, mußte Vigo fürchten, sie würde uns erzählen, daß die Leiche des Mädchens nicht die ihrer Tochter sein könne. Hatton war ein wichtiger Zeuge, und jetzt gab es noch jemanden, der seine Version hätte bekräftigen können. Und wenn er erst mal aus Vigo alles herausgepreßt hatte, was er wollte…«

Der Doktor stand auf, starrte eine Weile gedankenverloren Wexfords Blumen an und sagte dann: »Das ist eine gute Story, bloß sie stimmt nicht. Sie kann so nicht passiert sein.« Wexford lächelte ihn breit an, und Crocker schnaubte irritiert: »Was gibt's da zu grinsen? Ich sag dir, da steckt ein grundlegender Fehler drin. Wenn jemand eine Leiche aus einem Wagen schmeißt, selbst mit den Füßen voran, dann fliegt sie wohl oder übel nach links rüber. Vigo hätte ja regelrecht auf dem Grasstreifen am Rand fahren müssen, wenn der Kopf des Mädchens auf der Überholspur landen sollte. Und was deine Theorie betrifft, er hätte sich ihren Kopf auf den Schoß gelegt, damit der Beifahrersitz keine Blutflecken kriegte, so ist das blanker Unsinn. Auf die Weise wären nämlich ihre *Füße* auf der Überholspur gelandet, und Fanshawe wäre nach *links* ausgewichen, um nicht den Kopf zu erwischen.«

Er brach ab und schnaubte verächtlich, als die Nachtschwester mit einer Schlaftablette hereinkam.

»Ich will das Zeug nicht«, sagte Wexford. Er rutschte im Bett herunter und zog sich die Decke über. »Ich schlaf auch so, ich bin müde.« Und über den Rand der Decke hinweg meinte er:

»Nett von euch, daß ihr gekommen seid. Ach ja, und übrigens – es war ein ausländischer Wagen. Links gesteuert. Gute Nacht.«

19

»Der Elektriker«, sagte Jack Pertwee an der Haustür. »Sie haben einen Schalter, der repariert werden soll?«

»Ich nicht«, erwiderte das Mädchen, »ich arbeite hier bloß. Warten Sie mal...« Sie kramte auf dem Tisch unter dem Sprossenfenster zwischen losen Papierblättern herum, und ihr Gesicht wurde rot vor Ärger. »Sie sollten doch letzte Woche schon kommen.«

»Letzte Woche hatte ich frei. Heute ist mein erster Arbeitstag nach dem Urlaub. Regen Sie sich nicht auf. Ich bin hier schon öfter gewesen, ich kenn mich aus.«

Sein erster Tag. Sein erster Auftrag an seinem ersten Tag, erste Rückkehr zur normalen Routine nach der Katastrophe. Jack wußte selbst nicht, weshalb er ausgerechnet hierherkam – auf seiner Liste hatte noch ein Dutzend anderer Namen gestanden, die auf ihn warteten. Vielleicht, weil ihn ein unerkanntes, unergründliches Verlangen getrieben hatte? Vielleicht, weil dieser Ort mit seinen Kostbarkeiten einzig dastand in seiner Erinnerung, unbelastet, jenseits all der Plätze, an denen er mit Charlie gewesen war?

Aber wie immer, wenn er sich in dem Haus im Ploughman's Lane befand, kam er sich unbeholfen und töricht vor, und seine geübten Finger wurden zittrig und ungeschickt. Er war wie ein Barbar, der in eine verlassene römische Villa eingedrungen war und der nun tumb und überwältigt dastand. Er durchquerte die Halle, und indem er sich einredete, er wisse nicht genau, wo der kaputte Schalter sei – was gar nicht nötig gewesen wäre, denn er war jetzt allein –, öffnete er eine Tür nach der anderen und betrachtete verstohlen und voll stummer Ehrfurcht die dahinter liegenden Schätze.

»Oh Verzeihung, Madam«, hätte er gestammelt, falls er jemanden im Zimmer angetroffen hätte, aber weit und breit war niemand, und Jack konnte sich ungestört satt sehen an Samt und Seide, an dunklen Tischen mit Elfenbeinintarsien, an Bildern in goldenen Rahmen, an geblümtem Porzellan, in dem echte Blumen standen, an einer Bronzebüste, einem Pomander, dessen würziger Orangenduft ihm mit dem warmen Sonnenlicht zugetragen wurde.

Hinterher hätte er nicht mehr sagen können, was ihm auf einmal Charlie so lebhaft ins Gedächtnis gerufen hatte, außer vielleicht, daß die Erinnerung an seinen toten Freund ihm immer zum Greifen nahe war. Vielleicht hatte sich dieser geballte Schmerz, heftiger und realer als alle Trauer, die er bislang verspürt hatte, in dem Augenblick eingestellt, als er die Tür zu dem chinesischen Zimmer öffnete. Hier drinnen, direkt neben der Tür, saß der Schalter, dem sein Auftrag galt. Einen Augenblick lang verharrte er auf der Schwelle, überwältigt von dem fremdartigen Farbenreichtum. Es war noch zu früh, die Sonne hatte die Rückseite des Hauses noch nicht erreicht, aber auch so im Schatten flammten die Rot- und Goldtöne, strahlte das unirdische Seegrün und das Zitrusgelb. Jack setzte seinen Werkzeugkasten ab und sah sich benommen um. Er war hier ja früher schon gewesen, und doch schien ihm, als habe er den Raum bis zu diesem Moment noch nie richtig gesehen. Es war, als lägen seine wundgescheuerten Nerven entblößt da, schutzlos preisgegeben der Wirkung dieser hinreißenden, fast unwirklichen Farben, einer Sequenz von Vibrationen wie Elektroschocks.

Halb in Trance trat er an die Schachfiguren heran, die Charlie eine Armee genannt hatte. Und er blickte in eines der Gesichter, in das des Reiters einer roten Springerfigur: ein perfektes Faksimile von seines toten Freundes Gesicht – scharf, verschmitzt, listig und freundlich. Heftiges Verlangen, es zu besitzen, es zu behalten, packte ihn, aber er traute sich nicht einmal, die feingeschnitzte Jade zu berühren, und er hörte sich leise schluchzen.

Wahrscheinlich war es seine ehrfürchtige und womöglich kindische Schilderung dieses Hauses gewesen, die Charlie hergeführt hatte. So wie er, Jack, vielleicht in ein Lebensmittelgeschäft ging, um das Beste zu kaufen, so war Charlie Hatton hierhergekommen! Jacks Kummer löste sich auf in Bewunderung für solche Kühnheit. Auch sein Freund war in dieses Museum eingedrungen, und das nicht als ein Diener oder ein Arbeiter, sondern als Kunde! Vigo hatte ihn in dieses Zimmer eingeladen und mit ihm getrunken. Jack konnte sich Charlies hochnäsige Pose richtig vorstellen – wie seine harten, braunen Hände sich erdreisteten, einfach eine Tasse hochzuheben oder ein Seidengemälde zu befingern, während er mit unglaublicher Frechheit deren Qualität kommentierte oder sein Interesse bekundete. Hatte er sich selbst erkannt an der Spitze jener scharlachroten Armee? Und die Philister erschlugen Jonathan… Die Mächtigen sind gefallen und des Krieges Waffen verdorben!

Jack wandte sich ab von den scharfen kleinen Gesichtern, die ihn durchdringend anzublicken schienen. Er öffnete seinen Werkzeugkasten und hockte sich davor nieder. Er fühlte sich total erschöpft, fix und fertig schon um zehn Uhr morgens, und die Stimme des Mädchens hinter ihm ließ ihn zusammenfahren.

»Ich dachte, Sie mögen vielleicht eine Tasse Tee?«

Er ahnte, was für ein Gesicht er machte, und um es sie nicht sehen zu lassen, fragte er abgewandten Kopfes: »Ist Mr. oder Mrs. Vigo da? Ich würde gern einen von ihnen sprechen.«

»Ja, haben Sie's denn nicht gehört? Sie ist weg und hat den Jungen mitgenommen. Und ihn hat die Polizei gestern festgenommen, weil er diesen Lastwagenfahrer ermordet hat.«

In Jacks Augen hatten Tränen gestanden, und jetzt brannten seine Augen, wie sie es manchmal getan hatten nach einem Abend mit Charlie in der rauchgeschwängerten Bar des *Dragon*. Er starrte auf seinen Haufen Werkzeuge, ohne etwas zu sehen. Sein Hirn war zu einer leeren roten Hülse geworden. Er kam schwerfällig auf die Füße, in seiner Hand einen Hammer, obgleich er sich nicht erinnern konnte, ihn aus dem Haufen ausgewählt zu haben.

Der rote Schein vor seinen Augen spaltete sich zu einem Spektrum aus fiebrigem Rot und Gold und Seegrün, das aufheulte, während es sich um ihn drehte und kreiselte, so, als könne ein Kaleidoskop Töne von sich geben, genauso vielfältig und phantastisch wie seine wechselnden Bilder. Und hinter ihm das Echo eines schrilleren Tons. Das Mädchen schrie.

»Ein Elefant im Porzellanladen«, meinte Wexford.

Er bahnte sich seinen Weg durch die Bruchstücke, mit denen der Teppich übersät war, blieb gelegentlich stehen, um zwischen Daumen und Zeigefinger eine Scherbe durchschimmernden Porzellans aufzuheben. Sein Gesicht war ungerührt und kalt, aber eine leise Hitze überzog es, als er an den Tisch kam, auf dem die Schachfiguren gestanden hatten. Kein Stück war intakt geblieben, bloß hier und da zwischen den roten und weißen Splittern fand er einen zarten Speer mit einer amputierten Hand, die ihn noch immer umschlossen hielt, ein Fragment elfenbeinernen Spitzenwerks, den Huf eines Pferdes.

Burden hatte sich hingekniet und glättete die Reste der Seidenmalerei. Ein großer, klobiger Fußabdruck verunzierte die Schuppen des gemalten Fisches, der Abdruck desselben Fußes, der zarte Reisweinschalen zu Staub zermahlen hatte.

»Zum Angstkriegen, was?« meinte Wexford. »Vandalismus ist zum Fürchten. Ich bin bloß froh, daß ich nicht weiß…«

»Was all dies Zeugs wert war?« ergänzte Burden aufs Geratewohl.

»Nicht mal so sehr das. Ich meine, ich bin froh, daß ich die wahre Qualität der Sachen nicht kenne, ihr Alter, ihre Unersetzbarkeit. So müssen Plünderungen sein, stelle ich mir vor, zügellos, voller Rachgier.«

»Sie haben mal gesagt, Charlie Hatton sei ein Soldat Fortunas gewesen.«

»Stimmt. Meinen Sie, es hat Sinn, wenn wir jetzt hingehen und uns mal mit seinem Waffenbruder unterhalten? Ich glaube, das sollten wir tun.«

Jack Pertwee war mit Sergeant Martin in der Küche. Er saß auf einem Stuhl, die ausgebreiteten Arme und den Oberkörper schlaff über den Tisch geworfen. Wexford schüttelte ihn derb und riß seinen Kopf in die Höhe. Ihre Augen begegneten sich, und Wexford ließ den Jackenkragen des Elektrikers nicht los, sondern schüttelte ihn weiter wie ein Mann, der einen unfolgsamen Hund zur Raison bringt. Jacks Kinnlade zitterte, und seine Zähne schlugen aufeinander.

»Sie sind ein Narr, Pertwee«, sagte Wexford wütend. »Sie verlieren doch Ihre Stellung durch so was. Und wofür? Für einen Freund, der tot ist und es Ihnen nicht danken kann?«

Mit kaum vernehmbarer Stimme sagte Jack: »Den besten... den besten Freund, den je einer hatte. Und *ich*, ich hab ihn hergeschickt!« Er ballte die Faust und schlug sie hart auf den Tisch.

»Oh, Mann, bringen Sie ihn weg, Sergeant.«

Jack stand schwerfällig auf. Seine Faust öffnete sich, und etwas fiel auf den Boden, rollte ein Stück und blieb vor Wexfords Füßen liegen. Der Chief Inspector starrte darauf hinunter. Es war der abgeschlagene Kopf des roten Reiters. Das böse, scharfe Gesicht, spukhaft belebt durch einen Streifen Sonnenlichts, grinste breit und zeigte seine Zähne.

»Charlie«, flüsterte Jack. Er wollte den Namen wiederholen, aber ein übermächtiges Schluchzen erstickte das Wort.

Der Liebe böser Engel

Aus dem Englischen
von Denis Scheck

Die Originalausgabe erschien unter dem Titel
»*A Guilty Thing Surprised*« bei Hutchinson, London

Für meinen Cousin Michael Richard,
in Liebe

Die Zitate aus den lyrischen Werken William Wordsworth' wurden den Übersetzungen von Ludwig Goldscheider und Wolfgang Breitwieser entnommen.

Ahnung, die unsre sterbliche Natur
Staunend erzittern ließ als sündig Ding;
    Den ersten Leidenschaften
    Und jenen schattenhaften
Erinnerungen: die, was immer sonst, sind doch
Das Quellenlicht all unsrer Tage noch…

William Wordsworth

1

Wenn Quentin Nightingale morgens aus dem Haus ging, um nach London zu fahren, schlief seine Frau in der Regel noch. Die Haushälterin bereitete ihm das Frühstück, öffnete die Haustür für ihn und reichte ihm Hut und Regenschirm, während das Au-pair-Mädchen die Zeitung für ihn holte. Als nächstes begegnete er – wie immer – den beiden Gärtnern, die ihn mit einem ehrerbietigen »Guten Morgen, Sir« zu grüßen pflegten, dann vielleicht seinem Schwager, der eilig die friedliche Abgeschiedenheit des ›Old House‹, dem Stammhaus, aufsuchte, wo er sich in Ruhe seiner schriftstellerischen Arbeit widmen konnte. Nur Elizabeth fehlte, doch falls Quentin daran Anstoß nahm, ließ er sich nie etwas anmerken. Selbstsicher ging er wie ein glücklicher Mensch zu seinem Auto.

An diesem besonderen Morgen Anfang September war alles so wie immer, nur daß Quentin keinen Regenschirm mitnehmen mußte. Der Garten von Myfleet Manor lag fast ganz unter goldenen Nebelschleiern verborgen, die auf einen wunderschönen Tag hoffen ließen. Quentin schritt über die Steinstufen vor der Haustür und blieb einen Moment an der Hecke stehen, um Will Palmer daran zu erinnern, daß die Matricarien, die sie für die Kingsmarkhamer Blumenausstellung hegten und pflegten, heute ihren Flüssigdünger bekommen sollten. Daraufhin ging er zwischen den alten Remisen den Weg zum

Hof entlang, wo ihn sein Auto erwartete, dessen Windschutzscheibe Sean Lovell soeben gereinigt hatte.

Quentin war heute ein wenig zu früh dran. Statt in den Wagen einzusteigen, schlenderte er zu der niedrigen Mauer und ließ den Blick über das Kingsbrooktal schweifen. Die Aussicht bereitete ihm stets aufs neue Vergnügen. Fast kein anderes Haus war zu sehen, nur grüne Wiesen, durchsetzt mit dem Goldgelb der frischgemähten; durch das Tal schlängelte sich der Bach, zu beiden Seiten von Weiden gesäumt; Baumgruppen krönten die Kuppen der niedrigen runden Hügel, und dort, zu Quentins Linken auf der anderen Straßenseite, stand der große Tannenwald. Er erstreckte sich über eine ganze Hügelkette, im morgendlichen Nebel sah er wie ein dunkles Samttuch aus, das man achtlos über die Landschaft geworfen hatte. Quentin dachte sich immer Metaphern für den Wald aus, verglich ihn mit anderen Dingen und sah ihn in romantischem Licht. Manchmal stellte er ihn sich nicht als Wald oder Samttuch vor, sondern als ruhendes Tier, das im Schlaf die Felder bewachte, und jene sich speichenförmig ausbreitenden Pflanzungen als ausgestreckte, mächtige und schutzgewährende Tatzen.

Nun wandte er den Blick dem eigenen Anwesen zu, richtete ihn auf die näher gelegenen Gartenanlagen, den gepflegten nebelverhüllten Rasen und die Rosenbeete, die im Morgendunst ganz fahl aussahen, und gerade überlegte er, ob er eine Rose abschneiden sollte, eine Iceberg oder vielleicht eine Superstar, als ihn ein Finger an der Schulter stupste und eine ruhige Stimme sagte:

»Der Schönheit nahe hat gebracht
Natur den Geist, der mich beseelt;
Was Mensch aus Menschen hat gemacht,
Das sann ich tief gequält.«

»Guten Morgen, Denys«, begrüßte ihn Quentin herzlich. »Kein sonderlich fröhliches Zitat für einen heiteren Morgen wie heute. Wordsworth, oder?«

Denys Villiers nickte. »Falls ich nicht fröhlich bin, muß das daran liegen, daß in zwei Tagen die Schule beginnt, dann werde ich bis Weihnachten nicht mehr zum Arbeiten kommen. Ich habe übrigens etwas für dich.« Er klappte seinen Aktenkoffer auf und zog ein Buch hervor, neu und druckfrisch, offenbar direkt aus der Binderei. »Ein Vorausexemplar«, sagte er. »Ich dachte, du hättest es vielleicht gerne.«

Quentins Gesicht strahlte vor Freude. Er las den Titel: *Der verliebte Wordsworth*, von Denys Villiers, dann schlug er mit kaum verhohlener Erregung die Widmung auf, die er laut vorlas. »›*Für meinen Schwager Quentin Nightingale, ein wahrer Freund und Gönner.*‹ Also Denys, das ist wunderbar! Ich komme mir vor wie Southampton.«

Auf Villiers Miene tauchte eines seiner seltenen Lächeln auf. »Dem einzigen Erzeuger dieser nachfolgenden Essays, Mr. Q. N. ...« Er runzelte die Stirn, wie über die eigene Schwäche. »Hauptsache, es gefällt dir. Aber auf mich wartet Arbeit, und du hast sicherlich auch zu tun...«

»Ja, ich muß los. Paß auf dich auf, Denys. Ich kann es kaum erwarten, nach Hause zu kommen und damit anzufangen.« Er tippte auf das Buch, klopfte Villiers auf die Schulter und ging. Villiers drückte die Tür in der Mauer des Stammhauses auf und trat in den dämmrigen Innenhof, der nie Sonne hatte und in dem Linden und Zypressen wuchsen. Immer noch lächelnd, das Geschenk neben sich auf dem Beifahrersitz, fuhr Quentin nach London.

Elizabeth Nightingale verbrachte eine Stunde damit, sich für die Blicke der Welt zurechtzumachen. Der angestrebte Eindruck sollte ein Bild schlichter Jugend vermitteln, rein und frisch, leicht geschminkt, Kleidung von lässiger Korrektheit oder korrekter Lässigkeit. Die Leute meinten, sie sähe nicht älter aus als fünfundzwanzig. Ach, sagte Elizabeth zu ihrem Spiegelbild, mit fünfundzwanzig kannten die mich eben nicht! Manchmal sagte sie auch, heutzutage brauche sie doppelt so lange, um halb so gut auszusehen.

Umgänglich wie immer nahm sie den morgendlichen Kaffee mit dem Personal in der Küche. Am oberen und unteren Ende des Tisches saßen die beiden Gärtner, Elizabeth hatte den Platz gegenüber Nelleke Doorn. Mrs. Cantrip trank ihren Kaffee im Stehen und erteilte dabei Anweisungen.

»Falls dir Alf Tawney über den Weg läuft, Will, dann denk daran, ihm zu sagen, daß ich für heute abend ein Hähnchen bestellt habe, und das will ich vormittags haben, nicht fünf Minuten vor Essenszeit der gnädigen Frau. Und du, Sean, nimm gefälligst die Ellbogen vom Tisch. Das sage ich dir jetzt schon mindestens zum fünfzigstenmal. Sobald du ausgetrunken hast, Nelke, kannst du Mr. Villiers seinen Kaffee bringen. Der glaubt bestimmt schon, uns hätte alle der Schlag getroffen. Und mach um Himmels willen das Radio aus. Die gnädige Frau will dieses Gedudel bestimmt nicht hören.«

»Oh, Popmusik gefällt mir aber, Mrs. Cantrip«, sagte Elizabeth.

Sean hob den Kopf. »Man sieht schon auf den ersten Blick, daß Sie nicht zu diesen Spießern gehören.«

»So spricht man doch nicht mit der gnädigen Frau!« erwiderte Mrs. Cantrip schockiert.

»Ich fasse es als großes Kompliment auf«, sagte Elizabeth.

Sean errötete erfreut und lächelte sein Honigkuchenpferdlächeln, wobei ebenmäßige weiße Zähne zwischen den roten Lippen zum Vorschein kamen. Durch die Ermutigung seiner Arbeitgeberin beflügelt, musterte er erst Mrs. Cantrip, dann Will Palmer. Nelleke kicherte, doch ihr schenkte er keine Beachtung. »Ihr alten Knacker seid doch alle gleich«, sagte er. »Bewegt euch immer im selben Trott.«

»Dein Trott ist die Gartenarbeit, merk dir das. Aus dir wird nie ein Sänger.«

»Und weshalb bitte nicht?« Doch Seans aggressive Stimmung war in Hoffnungslosigkeit umgeschlagen. »Ich muß die Sache jetzt in die Hand nehmen, ich darf es nicht mehr länger aufschieben. Die Zeit vergeht, habe ich neulich zu meiner Alten gesagt, nächsten April werde ich dreiundzwanzig. Was wäre denn, wenn die Beatles erst mit dreiundzwanzig angefangen hätten?«

»Was dann wäre?« sagte Mrs. Cantrip. »Ein wenig mehr Ruhe und Frieden gäbe es auf der Welt, weiter nichts.«

»Laß dich davon nicht aus dem Konzept bringen, Sean«, tröstete ihn Elizabeth und lächelte freundlich. »Du weißt, was ich versprochen habe. Ich werde es nicht vergessen.« Sean nickte eifrig und warf Elizabeth einen hingerissenen Blick zu. »Was ich sagen wollte, Will, Mr. Nightingale hat da einen Anzug, den er nicht mehr braucht und der dir passen könnte. Und weil ich gerade in Spendierlaune bin, habe ich ein Päckchen für deine Mutter gepackt, Nelleke. Ein paar von den Keksen, die sie in Holland nicht kaufen kann. Es liegt auf dem Garderobentisch neben einem Päckchen von mir. Könntest du sie vielleicht zur Post bringen?«

»Die gnädige Frau«, sagte Mrs. Cantrip, als Elizabeth gegangen war, »ist ein Engel. Ein Jammer, daß es nicht mehr von ihrer Sorte gibt.«

Nelleke kicherte.

Der Nebel hatte sich gehoben, und Licht strömte in die Zimmer von Myfleet Manor – heller spätsommerlicher Sonnenschein, der die kleinste Spur von Staub sichtbar macht. Doch da war kein Staub; Mrs. Cantrip und Nelleke hatten ganze Arbeit geleistet. Elizabeth ging über die dicken, weichen sonnenüberfluteten Teppiche von Zimmer zu Zimmer, sah nach, ob die Blumen in den Kupferkannen und chinesischen Porzellanvasen noch nicht verblüht waren, und zog in manchen Räumen die Vorhänge vor, um den alten empfindlichen Satin vor der Sonne zu schützen. Vom Fenster ihres Schlafzimmers aus beobachtete sie, wie Nelleke mit den beiden Päckchen in den plumpen rosa Händen, dem nach Holland und dem nach London, die Dorfstraße Myfleets überquerte. Elizabeth seufzte. Fast alle ihre Freunde oder Bediensteten hätten angenommen, sie seufze, weil Nelleke beide Gartentore – schmiedeeiserne Tore, deren Muster geflügelte Drachen mit nach oben gereckten Schnauzen zeigte, die sich am Schloß hätten berühren müssen – sperrangelweit offen gelassen hatte. Auf dem gleißend weißen Straßenbelag zuckte Nellekes schwarzer Schatten lebhaft hin und her, von den Ausbuchtungen der beiden Päckchen leicht entstellt.

Elizabeth ging nach unten und schloß die Gartentore. Sie stieg in den Lotus, mit dem sie zunächst nach Queens Waterford fuhr, um mit Lady Larkin-Smith die Vorbereitungen zum Tanzabend des Country Clubs zu besprechen, dann nach Pomfret, wo sie sich von Mrs. Rogers den Erlös der Sammlung für die Krebshilfe aushändigen ließ, und schließlich nach Kingsmarkham zum Friseur. Die Wagenfenster hatte sie ganz heruntergekurbelt, das Verdeck zurückgeschlagen, und ihr blondes Haar wehte im Fahrtwind wie das weiche Haar eines jungen Mädchens.

Um dreizehn Uhr dreißig servierte Mrs. Cantrip im Eßzimmer das Mittagessen. Nellekes Stellung berechtigte sie, die Mahlzeiten im Kreis der Familie einzunehmen, doch in Abwesenheit Quentin Nightingales sprach sie nur wenig. Die Frau und das Mädchen verzehrten den Spargel mit Schinken und die Brombeertörtchen wortlos, nur Elizabeth brach von Zeit zu Zeit das Schweigen, um genüßlich das Essen zu loben. Als sie beim Nachtisch angelangt waren, sagte Nelleke, Dampfnudeln wären ihr lieber gewesen.

»Da mußt du Mrs. Cantrip zeigen, wie man die macht.«

»Vielleicht würde ich es ihr heute nachmittag zeigen«, sagte Nelleke, die Schwierigkeiten mit dem Futur hatte.

»Prima Idee!«

»Wenn Sie sie probieren, würden Sie vielleicht nie wieder Brombeeren mögen.« Nelleke stocherte Samenkerne zwischen den Zähnen hervor.

»Das wollen wir abwarten. Ich gehe jetzt nach oben und lege mich hin. Falls jemand vorbeikommt oder anruft, vergiß nicht, daß ich nicht gestört werden will.«

»Ich würde es nicht vergessen«, sagte Nelleke.

»Hast du vor, heute abend auszugehen?«

»Ich bin mit einem Jungen in Kingsmarkham verabredet. Vielleicht würden wir ins Kino gehen.«

»*Werden* wir ins Kino gehen«, korrigierte Elizabeth sie sanft. »Würden ist Konjunktiv, das Futur bildet man mit werden. Wenn du möchtest, kannst du ein Auto nehmen, aber den Lotus lieber nicht. Deiner Mutter wäre es bestimmt nicht recht, wenn du einen schnellen Sportwagen fährst.«

»Dann würde ich den Mini nehmen, ja?«

Elizabeth zuckte resignierend die Schultern. »Aber gern.«

Nelleke räumte den Tisch ab und stellte das Geschirr zusammen mit dem Glas und den Tellern von Denys Villiers' Servierbrett in die Spülmaschine. »Jetzt zeige ich Ihnen, wie man Dampfnudeln macht«, erklärte sie Mrs. Cantrip, die sich mit einer Tasse Tee und dem *Daily Sketch* gerade zehn Minuten Pause gegönnt hatte.

»Dürfte ich vielleicht mal erfahren, was das sein soll? Du weißt doch, daß es auf Wunsch der gnädigen Frau keine Nudeln in diesem Haus gibt.«

»Sind keine Nudeln. Macht man aus Mehl, Hefe, Milch und Butter. Wir haben Mehl, ja? Wir haben Hefe? Kommen schon, Mrs. Cantrip, sind kein Frosch.«

»Es kann der Frömmste nicht in Frieden leben...«, seufzte Mrs. Cantrip und wuchtete sich aus dem Schaukelstuhl. »Trotzdem wird es mir ewig ein Rätsel bleiben, was es eigentlich an einem guten englischen Nachtisch auszusetzen gibt. Mr. Villiers hat nicht einen Krümel auf dem Teller gelassen. Kein Wunder, diese Bücherschreiberei macht einem kräftigen Appetit.«

Nelleke holte Milch und Butter aus dem Kühlschrank. »Ich fragen mich oft«, sagte sie nachdenklich, »weshalb er nicht arbeitet bei sich zu Hause. Wo er doch auch eine Frau hat, ist merkwürdig, sehr komisch.«

»Darf ich mal fragen, was dich das eigentlich angeht, Nelke? Mr. Villiers hat schon immer dort oben gearbeitet, da ist überhaupt nichts Komisches dabei. Es muß schon vierzehn oder fünfzehn Jahre her sein, seit Mr. Nightingale das ›Old House‹ für Mr. Villiers zum Arbeiten hat herrichten lassen. Es ist ruhig dort, verstehst du? Außerdem hat Mr. Nightingale schon immer einen Narren an Mr. Villiers gefressen.«

»Er hat einen Narren gefressen?«

»O diese Ausländer! Er kann ihn gut leiden, wollte ich sagen, er hat eine Schwäche für ihn. Vermutlich ist er stolz darauf, einen Schriftsteller in der Familie zu haben. Jetzt kannst du den Quirl einschalten.«

Während sie die Hefe mit der Milch verrührte und nach und nach das Mehl zugab, sagte Nelleke: »Mrs. Nightingale mag ihn überhaupt nicht. Während der Ferien arbeitet er jeden Tag dort oben, und nie, kein einziges Mal nicht, kommt Mrs. Nightingale ihn besuchen. Ist komisch, den eigenen Bruder nicht zu mögen.«

»Vielleicht ist es nicht so leicht, ihn zu mögen«, gab Mrs. Cantrip zu bedenken. »Falls die beiden Krach haben – und das will ich wohlgemerkt nicht behaupten –, dann liegt es jedenfalls nicht an der gnädigen Frau, soviel steht fest. Mr. Villiers hat eine komische Art an sich, eine sehr komische Art. Mit ihm ist nicht gut Kirschen essen, er hat so eine sarkastische Ader. Unter uns gesagt, Nelke, mir wäre nicht wohl dabei, wenn ich einen Sohn in der Schule hätte, an der er unterrichtet. Und jetzt schalte den Quirl aus, sonst können wir mit dem Teig Mauerrisse flicken.«

Elizabeth erschien nicht zum Tee.

Der Himmel war wolkenlos wie ein Mittelmeerhimmel, und die Sonne schien um fünf noch so heiß wie am Mittag. Draußen im Park zündete Will Palmer an dem Tor zur Straße nach Kingsmarkham ein Unkrautfeuer an und verpestete die warme, wohlriechende Luft mit beißendem Qualm. Von Zeit zu Zeit warf er frischgemähtes Gras darauf und half mit einem Spritzer Paraffin den Flammen nach. Schwitzend und murrend schob Sean den Rasenmäher über die Grasterrassen.

Mrs. Cantrip deckte den Tisch und stellte ein kaltes Abendessen auf dem Servierwagen bereit. Ob Regen oder Sonnenschein, ohne Hut setzte sie nie einen Fuß vor die Tür. So auch heute, als sie sich auf den Heimweg zu ihrem Häuschen am anderen Ende des Dorfes begab.

Im ›Old House‹ tippte Denys Villiers noch drei weitere Sätze über Wordsworth und das Hervortreten der Natur als Quelle künstlerischer Inspiration, dann ging auch er nach Hause. Langsam und vorsichtig fuhr er zu seinem Bungalow nach Clusterwell. Eine halbe Stunde später fuhr Nelleke Doorn, die den Mini mit überdrehtem Motor und quietschenden Reifen über die Dörfer nach Kingsmarkham jagte, in die gleiche Richtung.

Elizabeth lag mit lotiongetränkten Eyepads auf den Augen im Bett und pflegte ihre Schönheit. Als sie den Jaguar in der Einfahrt hörte, begann sie, sich zum Abendessen umzuziehen.

Sie trug einen hellgrünen Kaftan mit einem Besatz von Halbedelsteinen am Ausschnitt und an den Bündchen.

»Wie geht's meiner schönen Frau?«

»Ausgezeichnet, Liebling. Hast du einen angenehmen Tag gehabt?«

»So lala. Die Luft in London ist zum Schneiden. Möchtest du einen Drink?«

»Nur einen kleinen Tomatensaft«, sagte Elizabeth. Quentin schenkte ihr den Saft ein, für sich nahm er einen doppelten Whisky. »Danke, Liebling. Wirklich heiß heute, nicht?«

»Nicht so heiß wie in London.«

»Nein, so heiß wohl nicht.«

»Nicht annähernd so heiß«, bestätigte Quentin. Er lächelte; sie lächelte. Schweigen machte sich breit.

Quentin brach es. »Ist Nelleke nicht da?«

»Sie ist mit dem Mini nach Kingsmarkham gefahren.«

»Dann sind wir also ganz unter uns. Oder kommt jemand zum Cocktail?«

»Heute abend nicht. Wie du gesagt hast, wir sind ganz unter uns.«

Quentin seufzte und lächelte. »Eigentlich eine angenehme Abwechslung, einmal ganz unter uns zu sein.«

Elizabeth gab keine Antwort. Diesmal war das Schweigen lastend und von längerer Dauer. Quentin stand am Fenster und schaute in den Garten.

»Wir können ruhig schon essen«, sagte Elizabeth schließlich.

Im Eßzimmer entkorkte er eine Flasche *Pouilly Fuissé*. Elizabeth trank nur ein Glas.

»Endlich kühlt es ein wenig ab«, sagte Quentin, während sie die Vichyssoise löffelten. »Bald werden die Nächte wohl länger werden.«

»Vermutlich.«

»Ja, ganz gleich, wie heiß es um diese Jahreszeit auch ist, man spürt doch immer einen Hauch von Frost in der Luft.« Elizabeth verzehrte schweigend das kalte Hähnchen. »Aber im großen und ganzen war es ein guter Sommer«, fügte Quentin verzagt hinzu.

»Im großen und ganzen.«

Schließlich gingen sie wieder in den Salon.

»Wieviel Uhr ist es?« fragte Quentin von der Terrassentür her.

»Kurz vor acht.«

»Wirklich? Ich hätte gedacht, es sei viel später.« Er ging auf die Terrasse hinaus, um nach seinen Matricarien zu sehen. Elizabeth nahm das *Queen Magazine* zur Hand und blätterte die Illustrierte gleichgültig durch. Quentin kam zurück und setzte sich ihr gegenüber. »Ob Denys und Georgina wohl noch auf einen Sprung vorbeikommen?«

»Ich glaube kaum.«

»Ich überlege mir, ob ich mal bei Denys anrufe und frage, ob sie Lust auf eine Partie Bridge haben. Was meinst du dazu?«

»Wenn du möchtest, Liebling.«
»Nein, nein, es liegt ganz bei dir.«
»Mir ist es wirklich so oder so recht.«
»In dem Fall rufe ich einfach mal bei ihm an«, sagte Quentin und machte seinem aufgestauten Atem in einem langen Seufzer Luft.

Die Villiers kamen, und sie spielten Bridge bis um zehn. »Es sollte nicht zu spät werden, Georgina«, sagte Villiers mit einem Blick auf seine Uhr. »Ich muß noch ein oder zwei Stunden in der Schulbibliothek arbeiten, ehe ich zu Bett gehe.«
»Was, schon wieder?« fragte Georgina.
»Ich habe dir doch schon gesagt, daß ich noch etwas nachschlagen muß.«
Seine Frau warf ihm einen aufsässigen Blick zu.
»Denys widmet sich eben ganz seiner Arbeit«, sagte Quentin, der Friedensstifter. Er lächelte Georgina freundlich an, als die Frauen aus dem Zimmer gingen. »Apropos widmen«, fuhr er an seinen Schwager gewandt fort. »Würdest du mir etwas in das Buch schreiben?«
Mit einem kaputten alten Kugelschreiber schrieb Denys Villiers auf das Vorsatzblatt:

Gedenken unsrer vergangnen Jahre nährt
Mein unablässig Preisen …

Quentin las, und freudige Röte überzog seine Wangen. Er legte Villiers die Hand auf die Schulter. »Jetzt noch signieren« bat er.
Und so schrieb Villiers unter das Zitat: *In brüderlicher Zuneigung, Denys Villiers.*
»Eigentlich müßte es ›schwägerliche‹ Zuneigung heißen – wo doch Ungenauigkeit sonst gar nicht deine Art ist.«

»Man muß nicht immer alles so verdammt genau nehmen«, fuhr ihn Villiers an und schüttelte die Hand ab.

Als die Frauen zurückkamen, nestelte Georgina am Verschluß ihrer unförmigen Handtasche herum.

»Vielen Dank für das Geschenk, Elizabeth«, sagte Georgina. »Das ist riesig nett von dir.«

»Keine Ursache, Liebes. Ich habe keine Verwendung mehr dafür.« Zum Abschied küßte Elizabeth sie herzlich auf die Wange.

Villiers zeigte sich unwirsch. »Wenn ihr endlich ausgeturtelt habt, kommen wir vielleicht heute noch weg.«

»Ich glaube, ich gehe gleich zu Bett«, sagte Quentin. »Ich kann es kaum erwarten, mit dem neuen Buch anzufangen. Möchtest du noch ein Weilchen aufbleiben?«

»Der Abend ist so wunderschön«, sagte Elizabeth. »Ich glaube, ich mache noch einen Spaziergang im Park, ehe ich schlafen gehe.«

»Zieh dir aber etwas Warmes über, Liebes. Also dann, gute Nacht.«

»Gute Nacht, Liebling.«

Elizabeth holte sich eine Jacke, dunkelgrün und aus weicher, leichter Angorawolle. Im Mondschein nahm sie den gleichen Farbton an wie die Zypressen in dem italienischen Garten. Die spätblühenden Rosen, eigentlich rosa, aprikosenfarbig und zitronengelb, sahen an diesem Abend alle weiß aus. Über den Rasen zwischen den Rosenbeeten in Sechseck-, Halbkreis- und Rautenform ging sie zu dem gepflasterten Weg, über den sie zwischen Eibenhecken hindurch zu einem Tor in der Ziegelsteinmauer gelangte. Der Rauch von Wills Feuer stieg in einer dünnen grauen Säule empor.

Elizabeth schloß das Tor auf und trat auf den Grasstreifen hinaus, der unter den überhängenden Zweigen der zum Herrenhaus gehörenden Buchen zwischen der Mauer und der Straße nach Pomfret lag. Als Autoscheinwerfer aufleuchteten und an ihr vorüberglitten, zog sie sich für einen Augenblick in den Schatten des Gartens zurück. Nelleke in dem Mini, auf dem Nachhauseweg von Kingsmarkham. Dann war die Straße wieder leer, nur vom Mond erleuchtet. Elizabeth schloß das Tor hinter sich, überquerte die Straße und schlug einen abzweigenden sandigen Weg ein, der in den Cheriton Forest führte.

Sobald sie von der Straße aus nicht mehr zu sehen war, setzte sie sich auf einen Baumstamm und wartete. Schließlich steckte sie sich eine Zigarette an, die dritte von den fünfen, die sie an diesem Tag rauchen sollte.

Die Nightingales schliefen in getrennten, zur Auffahrt liegenden Zimmern im ersten Stock von Myfleet Manor. Quentin zog sich aus und schlüpfte rasch ins Bett. Er knipste die Nachttischlampe an und schlug das neue Buch seines Schwagers auf: *Der verliebte Wordsworth*.

Wie es seine Gewohnheit bei Villiers' Büchern war, nahm er sich zuerst voller Stolz und Vergnügen die Lobpreisung des Verlags auf den Verfasser und seine Werke vor, um dann kritisch die Porträtaufnahme seines Schwagers auf der Rückseite des Schutzumschlags zu betrachten. Als nächstes sah er sich der Reihe nach alle Illustrationen an, die Abbildungen der Gemälde von Wordsworth, seiner Schwester Dorothy und das von Stirling Castle aus aufgenommene Foto des ›verschlungnen Forth‹, dem von Wordsworth so geliebten Fluß. Erst dann begann er mit der eigentlichen Lektüre.

Quentin las wie ein Wissenschaftler, schlug gewissenhaft sämtliche Quellenangaben nach und las jede Fußnote. Gerade war er bei der Begegnung des Dichters mit seiner französischen Geliebten angelangt, als er Schritte auf der Treppe hörte. Kam Elizabeth von ihrem Spaziergang zurück? Doch nein...

Die Schritte hörten nicht auf, sondern setzten sich immer weiter nach oben fort, bis sie von direkt über ihm kamen. Demnach war es nicht Elizabeth, sondern Nelleke, die im obersten Stock schlief.

Es war halb zwölf und wurde kühl. Er hatte früher am Abend schon gesagt, ein Hauch von Frost läge in der Luft. Elizabeth würde draußen im Garten frieren. Die Schiebefenster klirrten in den Rahmen, als Wind aufkam. Quentin legte sein Buch beiseite, stand auf und schaute zum Fenster hinaus.

Der Mond war hinter einer Wolkenbank verschwunden. Er streifte sich seinen Morgenmantel über, öffnete die Schlafzimmertür und blieb verwirrt einen Augenblick stehen, ehe er sich zur Treppe wandte.

2

Detective Inspector Burden hatte seinen freien Tag. Er lag im Bett bis um neun. Dann stand er auf, badete und machte sich an die Arbeit, die er sich für diesen freien Tag vorgenommen hatte: seinem Bungalow einen neuen Außenanstrich zu geben.

In der Nacht war ein heftiger Sturm aufgekommen, der Ausläufer eines karibischen Hurrikans, dem die Amerikaner den Namen Caroline gaben. Leitern brauchte Burden keine; die Dachtraufe seines Bungalows lag dafür zu niedrig, doch heute wäre er die Sprossen auch nicht gern hinaufgeklettert. Natürlich dachte er auch nicht daran, dies seinem elfjährigen Sohn John zu erlauben, der über die Schulferien zu Hause war und sich als begeisterter Helfer andiente.

»Du kannst dir die Haustür vornehmen, John«, sagte er, wobei er sich im klaren war, daß er ihm damit eine besondere Gunst erwies. Alle Anstreicher, insbesondere Heimwerker, sehnen den Moment herbei, wenn die letzte Lackschicht, ein aufregend kontrastierender Farbton, auf die Haustür aufgetragen wird.

»Verdammt, echt?« fragte John.

»Sag nicht immer ›verdammt‹. Du weißt, ich höre es nicht gern, wenn du fluchst.«

John, der normalerweise heftig widersprochen hätte, zog los, um einen jungfräulich unberührten Topf ›Flamingorosa‹ aus der Garage zu holen. Dort begegnete er seiner Schwester Pat, die vor einem Schuhkarton kauerte, in dem sie eine Schwärmerraupe gefangenhielt und mit Lindenblättern fütterte. John lag schon eine provokante Bemerkung auf den Lippen, irgend etwas Abschätziges über die Dummheit derjenigen, die Pflanzenschädlinge heranziehen, als seine Mutter an der Hintertür nach ihm rief.

»John, sag bitte Daddy, er wird am Telefon verlangt.«

»Wer ist dran?«

Mrs. Burden antwortete im Ton resignierter Verzweiflung: »Dreimal darfst du raten.«

John benötigte nur einen Versuch. Mit der Farbdose in der Hand ging er zu seinem Vater zurück, der gerade den ersten Pinselstrich des Decklacks auf den Rahmen des Panoramafensters aufgetragen hatte.

»Dein Typ wird am Telefon verlangt – das Revier«, sagte er.

Burden fluchte nie, weder vor seinen Kindern noch sonst. Sorgfältig stellte er den Pinsel in ein Marmeladenglas mit Terpentinersatz und ging ins Haus.

Sein Bungalow hatte selten so behaglich auf ihn gewirkt wie an diesem Morgen. Mit roten Dahlien gefüllte Keramikvasen schmückten Diele und Wohnzimmer; die neuen Gardinen hingen vor den Fenstern; aus der Küche kam der köstliche Duft einer Steak-and-kidney-Pastete, die es zu Mittag geben sollte. Burden seufzte, dann nahm er den fleckenlos saubergeriebenen Hörer des weißen Telefons zur Hand.

Detective Chief Inspector Wexford klang sauer. »Sie haben sich verdammt lange Zeit gelassen.«

»Tut mir leid. Ich war am Malen.«

»Künstlerpech, Picasso. Sie werden Ihr Meisterwerk ein anderes Mal fertigstellen müssen. Die Pflicht ruft.«

Burden war nicht so dumm, seinen Chef an seinen freien Tag zu erinnern. »Was gibt's, Sir?«

»Kennen Sie eine Mrs. Elizabeth Nightingale?«

»Vom Sehen. Jeder kennt sie. Ihr Mann ist Versicherer bei Lloyds. Hat Geld wie Heu. Was hat sie denn getan?«

»Sich ermorden lassen, das hat sie getan.«

Burden verstieß gegen seine Regel, nie zu fluchen. »Allmächtiger!«

»Ich bin in Myfleet Manor. Kommen Sie so schnell wie möglich, Mike.«

»Und ich stehe jetzt mit dieser riesengroßen Pastete da«, sagte Jean Burden. »Versuch doch, zum Mittagessen wieder hier zu sein.«

»Ausgeschlossen.« Burden zog sich um und schnappte sich den Autoschlüssel. John saß auf der Gartenmauer und wartete auf letzte Anweisungen. »Lassen wir das mit der Haustür lieber noch ein paar Tage, John. Tut mir wirklich leid.«

»Ich käme auch allein zurecht.«

»Sei lieb und widersprich nicht.« Er kramte in seinen Taschen nach einem Fünfzigpencestück. »Hast du nicht etwas von einer neuen Batterie für das Radio gesagt? Und kauf dir auch ein paar Süßigkeiten.« Er stieg in das Auto. »Hör mal, John – unterrichtet an eurer Schule nicht ein Mr. Villiers, der Bruder von Mrs. Nightingale?«

»Der alte Ablabs?« fragte John. »Ich weiß nicht, wessen Bruder er ist. Er gibt Latein und Griechisch. Weshalb fragst du?«

»Nur so«, sagte Burden.

Das Haus war ein Ziegelsteinbau, stammte aus der Zeit der Queen Anne und sah aus, als lauere es sprungbereit dicht über der Straße; die Fenster starrten mit Argusaugen auf das Dorf hinunter. Die Fundamente überwucherte dichtes grünes Gesträuch, das im Wind raschelte. Burden parkte sein Auto hinter dem größeren Dienstwagen, in dem Wexford vorgefahren war, drückte die schmiedeeisernen Tore mit den geflügelten Drachen auf und ging über die Stufen zur Haustür. Detective Sergeant Martin öffnete, ehe er noch Gelegenheit zum Klingeln hatte.

»Der Chief Inspector ist im – äh, im Damenzimmer, Sir. So heißt das hier.«

Das Haus war voller Leute, dennoch schien ein dumpfes, atemloses Schweigen über ihm zu liegen, die Stille des Unglaublichen, die Stille des Schocks. Burden klopfte an die Tür zum Damenzimmer und trat ein.

Das kleine, geschmackvoll eingerichtete Zimmer war mit einer in Creme- und Blautönen gehaltenen Täfelung ausgestattet. Auf einem breiten Sims, der parallel mit der Bilderleiste lief, standen blaue Delfter Teller mit Blumenmotiven. Zwischen Sims und Bilderleiste hingen Aquarelle, zarte Gemälde mit ländlichen Sujets – die Myfleeter Mühle, die Kirche von Forby, die Flußbrücke bei Flagford.

Eingezwängt in ein mit cremefarbenem Satin bezogenes Sesselchen, wirkte Wexford noch hünenhafter als sonst. Sein grobschlächtiges Gesicht zeigte eine würdevoll ernste Miene, doch seine Augen waren hellwach und aufmerksam auf die Frau gerichtet, die gegenüber dem Kamin saß. Mit einem Blick auf das gepflegte weiße Haar, das rötliche, von Tränen zerfurchte freundliche Gesicht und die saubere blaue Nylonschürze ordnete sie Burden als ergebene Dienerin ein, ein altes und treues Faktotum.

»Nur herein«, sagte Wexford. »Setzen Sie sich. Das ist Mrs. Cantrip. Sie hat Mr. und Mrs. Nightingale den Haushalt geführt, seit sie vor sechzehn Jahren geheiratet haben.«

»Stimmt, Sir«, bestätigte Mrs. Cantrip und fuhr sich mit einem Taschentuch über die zugeschwollenen Augen. »Und einen liebenswerteren Menschen als Mrs. Nightingale werden Sie hier auf Erden nicht finden. Sie hatte ein Herz aus Gold, für jemand Gütigeren habe ich noch nie gearbeitet. Wenn das auch nicht sehr respektvoll klingen mag, habe ich doch oft bei mir gedacht, wie schade es ist, daß ich und nicht sie irgendwann einmal vielleicht eine Empfehlung braucht. Ich hätte sie in den höchsten Tönen gelobt, das können Sie mir glauben.«

Burden ließ sich behutsam auf einem der anderen satinbespannten Sessel nieder. Sämtliche Möbel waren blitzblank und von erlesenem Geschmack, angefangen bei dem schimmernden Porzellan bis hin zu dem Kaminschirm der gnädigen Frau, bemalte ovale Scheiben auf langen Stützen.

»Ich weiß gar nicht, was Sie von uns halten müssen, Sir«, sagte Mrs. Cantrip, die seine Miene falsch auslegte. »Wo's hier noch so unordentlich aussieht, weil heute morgen noch nicht saubergemacht wurde. Aber ich und

Nelke haben uns nicht in der Lage gefühlt, auch nur den Staubwedel in die Hand zu nehmen. Es war ein solcher Schlag für mich, als man es mir sagte, da kann ich mich nur wundern, daß ich nicht gleich in Ohnmacht fiel.« Sie wandte sich an Wexford und kämpfte mit den Tränen. »Wie Sie gesagt haben, Sir, möchten Sie mit jedem im Haus sprechen, da will ich Sie nicht länger aufhalten, jetzt, wo der andere Herr gekommen ist.« Sie zählte die anderen an ihren abgearbeiteten Fingern ab. »Zunächst wäre da der alte Will Palmer, er hat auch die arme Tote gefunden, dann Sean Lovell und Nelke...«

»Wer ist Nelke?«

»Die junge Ausländerin, Sir. Sie arbeitet hier als Au-pair-Mädchen. Nelke finden Sie in ihrem Zimmer im obersten Stock. Und dann ist da natürlich auch noch der arme Mr. Nightingale, der sich in seinem Arbeitszimmer eingeschlossen hat und niemandem aufmacht.«

»Zuerst möchte ich mit Mr. Palmer sprechen«, sagte Wexford.

»Wie lange sind Sie schon hier?« fragte Burden. Wegen der Grabesstille in dem Haus flüsterte er.

»Seit halb acht«, antwortete Wexford ebenso leise, während sie Mrs. Cantrip einen langen Flur entlang und durch die Küche in den Garten folgten. »Vielen Dank, Mrs. Cantrip. Ich glaube, Mr. Palmer kommt uns schon entgegen.«

Polizisten in Uniform und in Zivil durchsuchten die Gartenanlagen. Will Palmer trat hinter einer Wacholderhecke hervor, blieb in der Mitte des Rasens stehen und beobachtete mit griesgrämiger Miene, wie Constable Gates in den Blumentöpfen eines der Gewächshäuser herumstocherte und Constable Bryant mit aufgewickelten Hemdsärmeln beide Arme in die grünen Tiefen des Wasserlinsenteichs steckte.

»Die Leiche wurde fotografiert und weggebracht«, sagte Wexford. »Jemand hat Mrs. Nightingale einen Schlag auf den Kopf versetzt. Weiß der Himmel, mit was. Nach der Waffe wird noch gesucht. Es war alles voller Blut.« Er sprach lauter. »Mr. Palmer! Könnten Sie bitte einmal zu uns herüberkommen?«

Palmer war ein großer, hagerer alter Mann mit einem ernsten, ausgemergelten Gesicht, das durch Wind und Wetter die Farbe von Rosenholz angenommen hatte. Dunkelrot leuchtete auch die Halbglatze auf seinem Kopf hervor.

»Ich habe mir schon gedacht, daß Sie mit mir reden wollen«, sagte er bekümmert. »Wozu soll dieses Herumgestocher in meinem Garten gut sein?«

»Wir suchen nach der Waffe, mit der Mrs. Nightingale getötet wurde«, sagte Wexford aufrichtig.

»Die werden sie wohl kaum in meinen Fuchsien finden.«

»Das bleibt abzuwarten.« Wexford deutete mit dem Finger auf eine Rauchsäule. »Wie lange brennt dieses Unkrautfeuer schon?«

»Seit gestern nachmittag, Sir.«

»Verstehe. Können wir irgendwo allein mit Ihnen sprechen, Mr. Palmer? Vielleicht in der Küche, oder ist dort Mrs. Cantrip?«

»Höchstwahrscheinlich, Sir, und wenn's drauf ankommt, hat sie gewaltig große Lauscher. Wir könnten aber in den italienischen Garten gehen, der ist schön geschützt vorm Wind.«

Sie setzten sich auf eine lange Metallbank mit Schnekkenverzierungen, die neben einem künstlich angelegten Teich stand, dessen Wasser von der Untersuchung des Grunds durch Wexfords Leute noch immer trübe war. Am anderen Ende des Teichs befand sich ein in kunstvollem Barockstil gestaltetes Monument mit einer Nische, in der ein bronzener Junge stand und Wasser aus einem Krug in eine Schale goß. Dieser Gartenteil maß ungefähr zehn mal sieben Meter und war von im Wind zitternden Zypressen umsäumt.

»Also, das war so«, setzte Palmer an. »Während der Nacht ist dieser Wind aufgekommen, und der hat so einen Radau gemacht, daß ich aufgewacht bin. So gegen halb fünf ist das gewesen. Mein erster Gedanke waren Mr. Nightingales Matricarien, wo wir die doch für die Blumenausstellung züchten. Die standen nämlich eingetopft im Freien, und da hab ich mir gedacht: Bei dem Sturm kippen die garantiert um. Deshalb hab ich mich aufs Rad geschwungen und bin so schnell wie möglich hierhergefahren, zum Haus.«

»Um welche Zeit sind Sie hier angekommen, Mr. Palmer?«

»Gegen fünf.« Palmer sprach langsam und mit sichtlichem Vergnügen. Offenbar begann ihm die Sache Spaß zu machen. »Die Matricarien haben sich alle prächtig gegen den Wind behauptet, aber ich hab sie trotzdem ins Gewächshaus gestellt, um auf Nummer Sicher zu gehen. Dann fiel mir auf, daß etwas nicht stimmte. Ich hab meinen Augen nicht getraut. Eine der Terrassentüren stand sperrangelweit offen. Einbrecher, hab ich mir gedacht. Hier ist schon mal eingebrochen worden. Ich wußte nicht, was ich jetzt am besten tun sollte. Vielleicht war's der Sturm, hab ich mir gedacht, und sie haben bloß vergessen, die Tür zuzumachen. Trotzdem hab ich es für meine Pflicht gehalten, Mr. Nightingale zu wecken, deshalb bin ich ins Haus und nach oben gegangen, wo ich mir an seiner Schlafzimmertür dann fast die Finger wundgeklopft hab. Der muß einen verdammt tiefen Schlaf haben, hab ich zu mir gesagt, und so hab ich mir die Freiheit genommen, in das Zimmer zu gehen und nachzusehen.«

»War er dort?«

»Nein, war er nicht. Sein Bett war leer. ›Mr. Nightingale‹, hab ich gerufen. ›Sind Sie da, Sir?‹ Ich hab mir nämlich gedacht, er sei im Bad, weil doch die Tür zu war...«

»Aber nachgesehen haben Sie nicht?« unterbrach ihn Wexford, als er innehielt, um Luft zu holen.

»Ich will doch hoffen, daß ich weiß, was mir zukommt, Sir. Außerdem...« Palmer richtete den Blick auf seine gestopften und abgewetzten Hosenknie. »Außerdem waren sie verheiratet, auch wenn sie getrennt geschlafen haben, und...«

»Da haben Sie ganz logisch angenommen, daß er während der Nacht vielleicht in Mrs. Nightingales Zimmer geschlafen hat, war es so?«

»Na ja, Sir, annehmen hab ich gar nichts wollen. Ich hab schon immer gesagt, daß die Herrschaften komische Eigenheiten haben, die unsereiner nie begreifen wird.« Ohne sich angesichts dieser möglicherweise unabsichtlichen Einordnung von Wexford und Burden unters gemeine Volk irgendeine Spur von Verlegenheit anmerken zu lassen, fuhr Palmer fort. »Weil ich also von Mr. Nightingale keine Antwort bekam, hab ich mir erlaubt, bei der gnädigen Frau anzuklopfen. Als niemand aufmachte, kriegte ich richtig Bammel, das kann ich Ihnen sagen. Ganz aus dem Häuschen war ich. Keine zehn Pferde hätten mich sonst dazu gebracht, mir nichts, dir nichts in das Schlafzimmer einer Dame hereinzuplatzen, so als einfacher Gärtner und noch dazu in meinem Arbeitszeug. Wie auch immer, sie war ebenfalls nicht da, und das Bett war unberührt.«

»Daran gedacht, das Au-pair-Mädchen zu rufen, haben Sie nicht?«

»Ist mir nie in den Sinn gekommen, Sir. Was hätte Nelke schon tun können, das ich nicht selbst erledigen konnte? Ich habe dann die Runde durch den Park gemacht und das Tor in der Mauer offenstehen sehen. Das beste wird sein, wenn du selber die Polizei rufst, Will, hab ich mir gedacht, aber als ich wieder ins Haus kam, war Mr. Nightingale auf den Beinen. Im Bad ist er gewesen, hat er gesagt, und als er sich abgetrocknet hat und herausgekommen ist, sei ich schon weg gewesen.«

»Was geschah dann?« fragte Burden.

Palmer kratzte sich am Kopf. »Mr. Nightingale sagte, der gnädigen Frau müsse draußen im Park was passiert sein, aber ich erklärte, daß ich den Park durchsucht hätte. Doch dann«, fuhr er fort und steigerte die Spannung wie ein routinierter Erzähler, »als mir wieder das offene Tor und der düstere alte Wald einfielen, krampfte sich mir das Herz im Leib zusammen. ›Ich glaube, sie ist in den Wald gegangen, und dort ist ihr was zugestoßen‹, hab ich zu dem armen Mr. Nightingale gesagt. Deshalb sind wir in den Wald, das Herz schlug uns beiden bis zum Hals. Ich bin vorausgegangen und hab sie dann gefunden. Mit dem Gesicht nach unten lag sie auf dem Boden, und ihr wunderschönes goldenes Haar war ganz voller Blut. Aber Sie haben sie ja selbst gesehen, Sir. Das wissen Sie bereits.«

»Vielen Dank, Mr. Palmer. Sie haben uns sehr geholfen.«

»Ich bin stets bemüht, meine Pflicht zu tun, Sir. Mr. Nightingale war wirklich gut zu mir, und die gnädige Frau auch. Ich könnte da einige nennen, die das ausnutzen würden, aber so einer bin ich nicht. Ich gehöre eben noch zur alten Schule, wenn ich mal so sagen darf.«

Wexford blickte auf und sah zwischen den Zypressen die Silhouette eines Mannes, der sich auf einen Spaten lehnte. »Hat Sean Dingsda das ausgenutzt?« fragte er leise.

»Lovell, Sir, Sean Lovell. Na ja, das hat er sozusagen schon. Die Leute wissen eben nicht mehr, wo sie hingehören, wie noch in meiner Jugend, und dieser Lovell – das ist ein ganz ordinärer Kerl. Von seiner Mutter kann man auch nicht mehr erwarten, und einen Vater er nie gehabt, glaube ich. Wenn Sie sehen könnten, wie's in ihrem Haus aussieht, würde es Ihnen glatt den Magen umdrehen. Aber er kam sich als ebenbürtig mit der gnädigen Frau vor, falls Sie so was schon mal gehört haben. Elizabeth hier und Elizabeth da, hat er zu mir hinter ihrem Rücken gesagt. Aber dem hab ich Bescheid gestoßen! Freundchen, hab ich gesagt, laß mich bloß nicht mehr hören, daß du so von der gnädigen Frau sprichst.«

»Wie hat er sie denn nun ausgenutzt?« fragte Burden ungeduldig.

»Er bildet sich ein, in so einer Popgruppe singen zu können. Wissen Sie, die gnädige Frau war sehr höflich, und wenn er mit seiner Singerei anfing, hat sie immer gelächelt und mit Engelsgeduld zugehört. Er hat ihr tatsächlich vorgesungen...« Palmer verzog den Mund zu einer angewiderten Grimasse, wobei braune Zahnstummel zum Vorschein kamen. »Immer wenn sie ein Fenster offenstehen hatte, stellte er sich darunter und sang eines dieser Schundlieder, die er aus dem Fernsehen hatte. Und das mit einer plumpen Vertraulichkeit, einfach unglaublich! Eines Tages hab ich ihn überrascht, wie er mit der gnädigen Frau hier am Teich stand, in einem fort auf sie einredete und dabei seine dreckige Pfote auf ihren Arm gelegt hatte. Ich sah gleich, daß die gnädige Frau es nicht mochte. Sie ist richtig zusammengefahren und wurde ganz rot, als ich ihn anschrie. ›Eine teuflische Freiheit nimmst du dir da heraus‹, hab ich zu ihm gesagt, als wir allein waren. ›Elizabeth und ich verstehen uns eben‹, antwortet der mir doch ins Gesicht. So eine Frechheit!« Palmers alte Knochen knackten, als er sich erhob und einen finsteren Blick in Lovells Richtung warf. »Da kann ich nur sagen, hoffentlich muß ich es nicht mehr erleben, daß diese Gleichmacherei noch schlimmer wird, als sie schon ist.«

Durch einen fachmännischen Umbau und die Verwendung von Raumteilern war die größte Dachstube in ein Einzimmerapartment für das Au-pair-Mädchen umgewandelt worden. Freistehende Regale aus poliertem Buchenholz, auf denen Bücher und Zimmerpflanzen standen, trennten das Wohnzimmer vom Schlafbereich. Alle Möbel waren modern. Das Sofa und die beiden Sessel waren mit zinnoberrotem Tweed bezogen; der Teppich war apfelgrün und die Vorhänge aus rotem Kordsamt.

»Sie beherrschen unsere Sprache recht gut, nicht wahr, Miss Doorn?« fragte Wexford, als sie ihnen die Tür öffnete.

»O nein, ich bin sehr schlecht«, antwortete die junge Holländerin kichernd. »Alle sagen mir, wie sehr, sehr schlecht ich bin.« Sie lächelte ihn strahlend an.

Sie gehörte zu dem klassischen Typ Holländerin, überlegte Wexford mit Bewunderung, jenem Typ, der in Holzschuhen und Bauerntracht zwischen Windmühlen und Tulpen auf Werbeplakaten posiert, die Hollands Vorzüge als Urlaubsland anpreisen. Sie hatte goldblondes langes Haar, hellblaue Augen und eine Haut, die es an Elfenbeinglanz mit jeder Tulpe im Blumenpark des Keukenhofs aufnehmen konnte. Wenn sie lachte – und sie schien ständig zu lachen –, breitete sich strahlende Röte auf ihrem Gesicht aus. Ihrem Aussehen nach war sie um die Zwanzig, schätzte Wexford.

»Wie lange wohnen Sie schon hier bei Mr. und Mrs. Nightingale?« fragte er.

»Ein Jahr. Fast ein Jahr und ein halbes.«

»Demnach kannten Sie sie gut? Sie gehörten zur Familie?«

»Es gibt hier keine Familie«, antwortete Nelleke und verzog die vollen rosa Lippen zu einer empörten Grimasse. »Bloß ihn und sie.« Sie zuckte mit den Achseln. »Und jetzt ist sie tot.«

»Allerdings. Deshalb bin ich hier. Sicher hatten Sie zu Mrs. Nightingale einen guten Kontakt, so wie eine erwachsene Tochter vielleicht?«

Nelleke lachte. Sie schlug die Beine übereinander und wippte hin und her. Schließlich legte sie sich die Hand auf den Mund und unterdrückte ihr Gekicher. »Ach, ich darf nicht lachen, wo doch alles so traurig ist! Aber was Sie sagen, ist so komisch. Eine Tochter! Ich glaube, Mrs. Nightingale würden das gar nicht gern hören. Nein, sie denken, sie sein junges Mädchen, sehr jung und hübsch in kurzen Miniröcken und mit getuschten Wimpern, so!«

Burden bedachte sie mit einem mißbilligenden Blick, dem sie mit großen unschuldigen Augen standhielt. Wexford bohrte hartnäckig weiter. »Sie haben aber dennoch ihr Vertrauen genossen?«

»Wie bitte?«

Burden kam ihm zur Hilfe. »Hat Sie mit Ihnen über ihr Leben gesprochen?« fragte er.

»Mit mir? Nein, nie, nichts. Beim Mittagessen sitzen wir so, sie dort, ich hier. Wie geht es deiner Mutter, Nelleke? Ob es heute noch regnet? Jetzt lege ich mich hin und ruhe mich ein bißchen aus. Aber sprechen? Nein, miteinander *sprechen* tun wir nicht.«

»Sie müssen einsam gewesen sein.«

»Ich?« Ein weiterer Lachanfall war die Folge. »Vielleicht sollten ich einsam sein...« Sie hielt inne und quälte sich mit dem Konditionalsatz ab. »Wenn ich den ganzen Tag bei ihm und ihr zu Hause bleibe, und den ganzen Abend auch, dann würde ich vielleicht sein einsam. Nein, ich habe meine Freunde in Kingsmarkham, viele, viele Freunde, und auch Freundinnen. Warum soll ich bleiben hier mit alten Leuten?«

»Sie waren doch beide erst in den Vierzigern«, widersprach der sechsunddreißigjährige Burden heftig.

»Jetzt sagen ich Ihnen mal was«, erwiderte Nelleke ungerührt. »Ich bin jung, sie alt. Mr. Nightingale, der bringt mich zum Lachen. Er ist ein netter Mann und erzählen Sachen, die mich zum Lachen bringen, aber er ist alt, alt, älter als mein Vater in Gouda.«

Sich selbstgefällig im unbestreitbaren Besitz ihrer strahlenden Jugend sonnend, lächelte sie Wexford an, dann fiel ihr Blick auf Burden und blieb an ihm heften. Nelleke musterte ihn, als überlege sie, ob er wohl noch zu haben sei. Sie kicherte.

Burden wurde rot und fragte schneidend: »Was haben Sie gesehen, als Sie gestern abend nach Hause kamen?«

»Ich bin ins Kino gegangen mit meine Freund, der ist Kellner im *Olive and Dove.* Erst sehen wir Film an, schwedische Film, sehr sexy, hat mich ganz scharf gemacht, Sie verstehen?«

»Äh, ja«, sagte Burden und blickte zu Boden.

»Das ist natürlich, wenn man jung ist«, meinte Nelleke schlicht. Sie streckte die langen unbestrumpften Beine aus und ließ in den weißen Sandalen die Zehen wackeln. »Danach möchte ich mit meinem Freund auf sein Zimmer, aber es gehen nicht, weil in dem Hotel ein Direktor ist, ein sehr herzloser Mensch, der nicht erlaubt, daß er Mädchen mit nach oben nimmt. Deshalb sind wir traurig, und mein Freund führt mich statt dessen ins *Carousel Café*. Dort wir trinken Kaffee und essen ein oder zwei Kuchen.«

»Um wieviel Uhr war das?«

»Viertel vor zehn sind wir aus Kino gegangen. Wir trinken Kaffee und sitzen dann im Auto, aber Küssen und Schmusen sein sehr traurig, weil können nicht gehen auf sein Zimmer. Mein Freund muß sehr früh aufstehen am Morgen, deshalb gehen er zurück ins Hotel und ich nach Hause. Ich glaube, jetzt ist es elf.«

»Haben Sie Mrs. Nightingale den Park verlassen sehen?«

Nelleke schob sich eine Locke in den Mundwinkel. »Ich sehen sie im Licht von Scheinwerfer, wie sie aus Tor kommt, in der Nähe der Stelle, wo Unkrautfeuer brennen. Und sie sehen auch mich. Das weiß ich, weil sie rasch das Tor zumacht und sich versteckt, bis ich weg bin. Sehr komisch, denke ich bei mir. Deshalb fahre ich die Straße ein Stück weiter, mache das Auto aus und gehe sehr leise, sehr heimlich zurück, um zu sehen, ob sie wieder herauskommen.« Plötzlich richtete sich Nelleke kerzengerade auf, ließ die Beine hervorschnellen und streckte dem verlegenen Burden ihre Oberschenkel entgegen. »Und sie kommen tatsächlich wieder heraus!« erklärte sie frohlockend. »Ich sehe, wie sie die Straße überquert und in den Wald geht. Und sie gehen sehr leise und sieht sich immer wieder um, ungefähr so.« Nelleke vollführte eine geschickte, merkwürdig tierhafte Pantomine. »Da weiß ich, was sie vorhat. Häufig, sehr viele Male bin ich auch so gegangen, wenn ich verabredet sein in Wald mit meine Freund, weil der herzlose Mann uns nicht erlaubt, auf sein Zimmer zu gehen. Sehen mich immer um, weil ich sichergehen will, daß mir niemand folgt und uns dabei beobachtet, wie wir...«

»Schon gut«, unterbrach sie Wexford barsch. »Das habe ich alles verstanden.« Er wagte es nicht, einen Blick auf Burden zu werfen. Es hätte ihn gar nicht weiter überrascht, wenn der Inspector so wie der Mann in *Bleakhaus* sich durch einen Selbstverbrennungsvorgang in Luft aufgelöst hätte. In mehr als ironischem Ton sagte er: »Sie waren bemerkenswert offen mit uns, Miss Doorn.«

»Bin ich gut, ja?« sagte Nelleke mit beträchtlicher Genugtuung. Sie kaute begeistert auf ihrem Haar herum. »Ich erzählen Sachen, die helfen? Ich weiß alles über Vernehmung durch Polizei. Als ich in Amsterdam bei den Provos war, stellen mir die Polizei viele Fragen, deshalb weiß ich alles über Polizei und habe gar keine Angst.« Sie schenkte ihnen ein strahlendes Lächeln, das Burden gegenüber ganz besonders herzlich ausfiel. »Ich glaube, ich jetzt machen Kaffee und erzählen Ihnen, wie wir in Amsterdam Rauchbomben werfen, während dieser alte Polizeichef sich mit dem armen Mr. Nightingale unterhält.«

Burden hatte nun gänzlich die Fassung verloren, und während er noch stotternd zu erklären versuchte, daß er bereits Kaffee getrunken habe, ergriff Wexford gewandt das Wort: »Danke, vielleicht ein andermal.« Als Polizeichef tituliert zu werden störte ihn nicht, aber das Adjektiv schmerzte. »Wir werden Sie noch einmal sprechen wollen, Miss Doorn.«

»Ja, das glaube ich auch«, sagte Nelleke kichernd. Selbstgefällig nahm sie es als gegeben, daß die meisten Männer, die sie einmal kennengelernt hatten, noch einmal mit ihr sprechen wollten. Sie machte es sich in dem Sessel bequem und sah ihnen mit funkelnden Augen nach.

»Und jetzt zu Nightingale«, sagte Wexford auf der Treppe. »Ich habe bereits kurz mit ihm gesprochen, aber da habe ich noch nichts von seinen morgendlichen Waschungen gewußt. Er muß aus dem Arbeitszimmer herauskommen, Mike. Martin besorgt auf meine Anweisung hin gerade einen Durchsuchungsbefehl für das Haus.«

3

Er besaß das, was Frauen ein »distinguiertes Aussehen« nennen. Sein Haar war silberweiß ohne eine einzige schwarze Strähne, und er trug einen kleinen silbergrauen Schnurrbart, der ihn wie einen Diplomaten oder hochrangigen Militär aussehen ließ. Obwohl er groß und von ebenso schlanker Gestalt wie Sean Lovell war, straffe Kinnmuskeln und eine faltenlose Haut besaß, wirkte er wegen dieses frühzeitigen Ergrauens nicht jünger als die fünfzig Jahre, die er zählte.

Von einer hübschen Frau erwarten die Leute, daß sie entweder mit einem gutaussehenden oder mit einem reichen Mann verheiratet ist. Andernfalls erscheint ihnen die Ehe unerklärlich, und sie glauben, die Frau habe sich weggeworfen. Elizabeth Nightingale war ungewöhnlich hübsch gewesen, und ihr Witwer war ungewöhnlich reich und zudem noch gutaussehend genug, um ihrer Schönheit etwas entgegensetzen zu können. An diesem Morgen sah er mit seinem verhärmten und sorgenvollen Gesicht jedoch beinah häßlich aus.

Es hatte einer gehörigen Portion Überredungskunst und schließlich entschiedener Beharrlichkeit bedurft, um Nightingale zu veranlassen, ihnen die Tür zum Arbeitszimmer zu öffnen, doch als Wexford nun drinnen war, löste sich sein Zorn in ungeduldiges Mitleid auf. Quentin Nightingale hatte geweint.

»Bedaure, Sir, aber ich muß auch Sie wie alle anderen befragen.«

»Das sehe ich ein.« Seine Stimme klang leise, kultiviert und rauh. »Es war kindisch von mir, mich hier einzuschließen. Was möchten Sie von mir wissen?«

»Dürfen wir uns vielleicht setzen?«

»Oh, aber natürlich ... Entschuldigen Sie, ich hätte ...«

»Dafür habe ich volles Verständnis, Mr. Nightingale.« Wexford nahm in einem Ledersessel Platz, der seinem eigenen Sessel auf dem Polizeirevier ähnelte, und Burden setzte sich auf den hohen Holzschemel, der neben dem Bücherregal stand. »Zunächst sollten Sie mir etwas über den gestrigen Abend erzählen. Haben Sie und Mrs. Nightingale ihn allein verbracht?«

»Nein. Mein Schwager und seine Frau sind auf eine Partie Bridge vorbeigekommen.« Ein bewundernder Ton schlich sich in seine Stimme, als er fortfuhr: »Wissen Sie, er ist der renommierte Verfasser der Werke über Wordsworth.«

»Tatsächlich?« erwiderte Wexford höflich.

»Sie kamen gegen halb neun und gingen um halb elf. Mein Schwager meinte, er wolle noch etwas in der Schulbibliothek recherchieren, ehe er zu Bett gehe.«

»Verstehe. Welchen Eindruck machte Ihre Frau gestern abend auf Sie?«

»Meine Frau ...« Quentin zuckte bei dem Wort zusammen, und es fiel ihm sichtlich schwer, es selbst aussprechen zu müssen. »Meine Frau war ganz normal, lieb und lustig wie immer.« Seine Stimme versagte, doch er brachte sie wieder unter Kontrolle. »Sie war eine überaus freundliche Gastgeberin. Ich weiß noch, daß sie meiner Schwägerin gegenüber besonders nett war. Sie machte ihr irgendein Geschenk, das Georgina hellauf begeisterte. Eine großzügigere Frau als Elizabeth gab es nicht.«

»Was war das für ein Geschenk, Sir?«

»Ich weiß nicht«, antwortete Quentin, der mit einemmal wieder sehr matt wirkte. »Ich habe nur gehört, wie Georgina sich dafür bei ihr bedankte.«

Burden rutschte unruhig auf dem Schemel hin und her. »Weshalb ist Ihre Frau in den Wald gegangen, Mr. Nightingale?«

»Das weiß ich auch nicht. Bei Gott, ich wollte, ich wüßte es. Sie ging häufig im Park spazieren. Am späten Abend, meine ich. Es wäre mir nicht im Traum eingefallen, daß sie in den Wald gehen könnte.«

»Führten Sie eine glückliche Ehe, Sir?«

»Gewiß doch. Wunschlos glücklich. Da können Sie alle unsere Bekannten fragen. Lieber Himmel, würde ich denn jetzt so vor Ihnen stehen, wenn wir nicht glücklich gewesen wären?«

»Bitte regen Sie sich nicht auf, Mr. Nightingale«, sagte Wexford beruhigend. »Ich möchte, daß Sie sich die Antwort auf meine nächste Frage sehr sorgfältig überlegen. Sie wissen, daß Palmer kurz nach fünf Uhr heute morgen in Ihr Schlafzimmer kam, Sie dort aber nicht finden konnte? Würden Sie so freundlich sein, mir zu erklären, wo Sie waren?«

Dunkle Schamröte stieg Quentin ins Gesicht. Er legte sich die Hände auf die Wangen, als hoffe er, durch die kalte Berührung das Blut vertreiben zu können. »Ich war im Bad«, antwortete er gepreßt.

»Eine ungewöhnliche Zeit für ein Bad.«

»Hin und wieder tun wir alle etwas Ungewöhnliches, Chief Inspector. Wegen des Sturms bin ich sehr früh aufgewacht. Ich konnte nicht mehr einschlafen, deshalb habe ich ein Bad genommen.«

»Na schön, Mr. Nightingale. Ich würde dieses Haus jetzt gern durchsuchen, wenn es Ihnen recht ist.«

»Wie Sie möchten«, sagte Quentin. Er sah aus wie ein zum Tode Verurteilter, der Vollstreckungsaufschub erhalten hat, sich jedoch darüber im klaren ist, daß damit die Hinrichtung nur zeitweilig ausgesetzt ist. Nervös drehte er einen Briefbeschwerer in den Händen, einen mit Silber eingefaßten dunkelblauen Stein, dann sagte er: »Sie werden doch vorsichtig sein?«

»Wir sind keine Vandalen«, erklärte Wexford barsch, doch etwas rücksichtsvoller setzte er hinzu: »Hinterher werden Sie gar nicht merken, daß wir hier waren.«

Im Vergleich mit anderen Landsitzen war Myfleet Manor nicht sonderlich groß, doch um mit Burden zu sprechen, konnte man es auch nicht gerade eine Sozialwohnung nennen. Insgesamt waren es fünfzehn Zimmer, jedes geschmackvoll und mit Liebe eingerichtet, fast wie Museumsräume voller Kunstgegenstände. Nichts wirkte fehl am Platz, nicht ein Fleck auf den Teppichen, nicht eine Knitterfalte in den Kissen. Zweifellos hatte hier niemals ein Kind und schon gar kein Hund herumtoben dürfen. Nur die von den Blumenarrangements abgefallenen Blätter zeugten von der halbtägigen Vernachlässigung.

Doch trotz der mit Dahlien gefüllten Vasen und der hellen Sonnenstrahlen, die der Wind über Satin und poliertes Holz flimmern ließ, ging von dem Haus eine kühle Grabesstimmung aus. Man kam sich fast wie in einer Kirche vor, meinte Wexford, als sie die Treppe hinaufgingen.

Die Seele von Myfleet Manor, sein Herz und einziger Quell seines Lachens, befand sich über ihnen in dem Apartment des Au-pair-Mädchens. Mit einem ausgesprochen sehnsüchtigen Blick auf die nach oben führende Treppe trat Wexford in Quentins Schlafzimmer, dicht gefolgt von Burden.

Das Bett war gemacht. Auf dem niedrigen Nachttisch daneben lag ein Buch, auf das Wexford kommentarlos einen Blick warf. Er zog Schubladen auf und begutachtete den wohlversehenen Kleiderschrank, während sich der Detective Inspector das Bad vornahm.

»Das Badetuch ist noch feucht, Sir«, rief Burden. »Es hängt aber über einem beheizten Handtuchhalter, und...« Wexford stapfte ins Bad und fand Burden dabei vor, wie er nachdenklich auf seine Uhr sah. »Sieben Stunden braucht es wohl kaum zum Trocknen, oder?«

Wexford schüttelte den Kopf. »Entweder hat er zweimal gebadet, oder nur einmal, und zwar um neun oder zehn Uhr heute morgen.«

»Wollen Sie damit sagen, daß er sich beim erstenmal in Wirklichkeit nur die Spuren abwaschen wollte? In diesem Fall müßte am Handtuch oder sonstwo Blut zu sehen sein, aber da ist nichts.«

»Wir werden Mrs. Cantrip nach der schmutzigen Wäsche fragen. Gehen wir mal nach nebenan.«

Das Schlafzimmer der Toten war in Lila und Silber gehalten; das Tapetenmuster aus Rosenblüten und -knospen wiederholte sich genau gleich auf dem Satin der Vorhänge. Zwischen den beiden Fenstern stand eine Frisierkommode mit einem dreiteiligem Spiegelaufsatz. Weißer Tüll umhüllte die Beine der Kommode. Auch das riesige weiche Bett war weiß und wurde zu beiden Seiten von weißen Bettvorlegern aus Fell flankiert, die wie Schneeflecken auf der smaragdgrünen Teppichfläche lagen.

Während Burden die Frisierkommode durchsuchte und die Schreibplatte eines Sekretärs umklappte, sah Wexford den Kleiderschrank durch. Mrs. Nightingale hatte genug Kleider besessen, um eine Boutique damit auszustatten, ja, der einzige Unterschied zwischen diesem Kleiderständer und dem in einer Boutique war der, daß alle diese Kleider dieselbe Größe hatten, Damengröße 36, und sie alle derselben Frau gehört hatten.

»Kein Tagebuch«, sagte Burden, der sich mit dem Schreibtisch befaßte. »Ein paar quittierte Schneiderrechnungen von einem Laden in der Bruton Street, London, *Tanya Tye* heißt das Geschäft. Die bezahlten Rechnungen belaufen sich auf etwas über einhundertfünfzig und zweihundert Pfund, die dritte ist über fünfundneunzig Pfund und steht noch offen. Für uns ohne Belang, würde ich sagen.«

Wexford nahm sich die Frisierkommode vor. Von der Tischplatte hob er nacheinander Cremetöpfchen, Lotiontuben und schließlich einen Flakon mit Flüssigkeit hoch, deren erklärter Zweck es war, Gesichtsmuskeln zu straffen und ihnen neuen Halt zu geben. »Wird aus den Verdauungssäften von Kühen gewonnen«, meinte er mit starrem Gesicht. »So heißt es zumindest.« Seine Miene kam in Bewegung, und Trauer wurde erkennbar. »Warum auf deines Hauses mürbe Scherben«, zitierte er, »o kurzer Pächter, wendest du so viel?«

»Wie bitte?«

»Nichts, bloß ein Sonett, das mir gerade in den Sinn kam.«

»Ach?« sagte Burden. »Ich persönlich dachte mir auch gerade, was für eine Geldverschwendung das doch ist, wo man doch ohnehin alt wird. Für ihren Mann hat sie sich meiner Meinung bestimmt nicht soviel Mühe gemacht, was meinen Sie?«

»Nein, da muß es noch einen anderen Mann gegeben haben.«

Burden nickte. »Vermutlich der Mann, mit dem sie gestern nacht verabredet war. Wie lautet Ihre Theorie, Sir? Daß Nightingale Verdacht schöpfte, ihr in den Wald folgte und sie umbrachte? Und seine Kleider dann in Palmers Feuer verbrannte?«

»Ich habe keine Theorie«, sagte Wexford.

Gemächlich gingen sie nach unten. Die Treppe war lang, nicht sehr steil und hatte einen breiten Absatz in der Mitte. Ein Fenster, dessen karmesinrote Samtvorhänge zu den in einer Kupferschale auf dem Sims stehenden Etoile-de-Hollande-Rosen paßten, ging von dort in den Garten. Der Wind, nach wie vor heftig und wechselhaft, ließ ein Kräuseln durch die Hecken gehen, so daß sie wie grüne Bäche wirkten.

»Da hätten wir schon einen Kandidaten für die dritte Seite unseres Dreiecks«, sagte Wexford und deutete hinüber zum Gewächshaus.

»Sean Lovell?« Burdens entschiedene Ablehnung dieser Vermutung und ihrer sämtlichen Folgerungen schlug sich in einem aufgebrachten Stirnrunzeln nieder. »Der Gärtnergehilfe? Der ist doch höchstens zwanzig, und sie... Also, so was wäre mir in meinem ganzen Leben noch nie untergekommen!«

»Quatsch mit Soße«, fuhr ihn Wexford an. »Selbstverständlich ist Ihnen so was schon mal untergekommen. Selbst Sie müssen mal von Lady Chatterley gehört haben, falls Sie es nicht sogar gelesen haben.«

»Ach so, ein Buch«, meinte Burden sichtlich erleichtert, daß der Chief Inspector für das, was seiner Ansicht nach eine abscheuliche Perversion darstellte, statt eines Beispiels aus dem wirklichen Leben eines aus der Literatur gewählt hatte. »Wirklich kühl hier drin, finden Sie nicht? Muß wohl am Wind liegen.«

»Gehen wir uns im Gewächshaus ein wenig aufwärmen.«

Sean Lovell öffnete ihnen die Tür, und dampfende tropische Hitze schlug ihnen entgegen. Vom Dach hingen fahle, grüne und zitronengelbe Orchideen in mit Moos ausgeschlagenen Körbchen, und auf den Regalen standen Kakteen mit fleischigen, lilienförmigen Blüten. Auf dem kalten Glas hatte sich duftender Wasserdampf niedergeschlagen, und ständig war ein leises Tröpfeln zu hören.

Die duftgeschwängerte Luft, die Hitze und die Farben paßten zu Seans fast exotischem Aussehen. Das pechschwarze Haar und die goldbraune Haut ließen auf italienische oder griechische Abstammung schließen, wenn es sich wahrscheinlich auch um das Erbgut von Zigeunervorfahren handelte. Statt Jeans und Sweater hätte er ein Korsarenhemd tragen müssen, dachte Wexford, dazu ein rotes Stirnband und goldene Ohrringe.

»Sie war eine nette Frau, eine echte Dame«, erklärte Sean mürrisch. Gereizt riß er ein dickes Blatt von einer Pereskie ab. »Stets darauf bedacht, einem zu helfen. Und ausgerechnet die wird nun einfach umgebracht. Meine Alte hat schon recht, wenn sie sagt, daß immer die Besten jung sterben.«

»So jung war Mrs. Nightingale nicht, Lovell.«

Glühende Röte flog über die olivbraunen Wangen. »Sie war um die dreißig, allerhöchstens.« Er biß sich auf die Lippe. »Das kann man doch nicht alt nennen.«

Wexford ließ es darauf beruhen. Elizabeth Nightingale hatte sich mit ihren Cremes und Hautstraffern so viel Mühe gegeben, daß es kleinlich schien, ihre Bewunderer nun nach ihrem Tod zu desillusionieren.

»Ich möchte gern wissen, was Sie gestern abend alles gemacht haben. Um wieviel Uhr haben Sie hier Feierabend, und wo sind Sie dann hingegangen?«

»Feierabend hab ich um fünf«, antwortete Sean verdrossen. »Ich bin zum Tee nach Hause gegangen. Ich lebe bei meiner Alten im Dorf. Da habe ich meinen Tee getrunken und den ganzen Abend vor der Glotze gesessen.«

»Haben Sie keine Freundin?«

An Stelle einer Antwort fragte Sean zurück: »Haben Sie die Mädchen hier in der Gegend schon mal gesehen?« Er sah Wexford so verschlagen an, daß er wie ein griechischer Pirat aussah. »Manchmal sitze ich vor der Glotze, manchmal geh ich in die Stadt und laß die Musikbox im *Carousel* laufen. Was kann man sonst schon in so einem Drecknest tun?«

»Fragen Sie mich nicht, Lovell. Ich stelle hier die Fragen. Sie haben also die ganze Zeit ferngesehen, bis Sie ins Bett gingen?«

»Genau. Ich habe keinen Fuß mehr vor die Tür gestellt. Da können Sie meine Alte fragen.«

»Sagen Sie mir, welche Sendungen Sie gesehen haben.«

»Erst die Hitparade, dann das Hollywoodmusical bis um zehn.«

»Um zehn Uhr sind Sie ins Bett gegangen?«

»Kann mich nicht mehr erinnern. Ich kann nicht mehr genau sagen, was ich gesehen habe und wann ich ins Bett gegangen bin. Wie sollte ich auch? Ich glaube, wir haben uns auch danach noch was angesehen. Klar, was mit Sammy Davis Junior, jetzt weiß ich's wieder.« Auf seinem gebräunten Gesicht breitete sich plötzlich fast andächtige Ehrfurcht aus. »Mein Gott, so wie der wär ich gern. Ich würde jederzeit mit ihm tauschen.« Als Wexfords frostiger Blick auf ihn fiel, sah er zur Seite und sagte rasch: »Ich muß jetzt gehen. Muß weitermachen. Sonst krieg ich Ärger mit dem alten Will.«

Er schlängelte sich an Wexford vorbei und bog im Bemühen, sich aus dem Staub zu machen, unachtsam einige Kaktusstacheln um. Plötzlich tauchte Mrs. Cantrip in der Tür auf.

»Dein Essen wartet fix und fertig in der Küche auf dich,

Sean. Ich habe überall nach dir gesucht. Los jetzt, sonst wird's eiskalt.« Dankbar marschierte Sean aus dem Gewächshaus und steuerte, als ihn niemand zurückrief, im Laufschritt die Küche an.

»Merkwürdig«, sagte Wexford. »Sammy Davis war für gestern im Fernsehprogramm angekündigt, aber die Sendung wurde im letzten Moment verschoben. Statt dessen kam ein alter Spielfilm.« Er klopfte Burden auf die Schulter. »Sie machen jetzt erst einmal Mittag, Mike. Sobald es geht, komme ich nach.«

Er sah Burden einen Augenblick nach, dann verfiel er beinahe selbst in Laufschritt, um Mrs. Cantrip einzuholen. »Wohnt oder arbeitet sonst noch jemand in diesem Haus, mit dem ich noch nicht gesprochen habe?«

»Nein, Sir.« Ihre Miene verriet ihm, daß sie immer noch ein wenig unter Schock stand und die Zügel des Haushalts noch nicht wieder fest in der Hand hielt. »Möchten Sie vielleicht einen kleinen Imbiß?« fragte sie mit bebender Stimme. »Sie und der andere Herr von der Polizei?«

»Nein, vielen Dank.« Wexford faßte sie mit fester Hand am Ellbogen, als sie auf der Terrassentreppe stolperte. »Sie können mir aber vielleicht noch eine Auskunft geben. Mit wem war Mrs. Nightingale befreundet? Wer kam sie hier besuchen?«

Diese Anerkennung ihrer Stellung als geschätzte Hausangestellte, die das Vertrauen der gnädigen Frau genoß, schien sie zu freuen. »Mrs. Nightingale war nie eine von diesen Klatschbasen, Sir, und sie hing auch nicht den ganzen Tag an der Strippe. Die Damen kamen sie sozusagen geschäftlich besuchen, da ging es um die Organisation von Wohltätigkeitsbasaren und Reitturnieren, wenn Sie wissen, was ich meine. Daneben ...« Ein traurig bedeutungsvoller Ton schlich sich in ihre Stimme. »Daneben hatten sie nur *gemeinsame* Freunde, Sir George und Lady Larkin Smith, das Ehepaar Primero und der übrige Landadel eben, Sir.«

»Irgendwelche Freunde? Bitte fühlen Sie sich durch meine Frage nicht beleidigt, Mrs. Cantrip. Heutzutage kann eine Dame Freunde haben, ohne daß daran etwas... ah, unrecht wäre.«

Mrs. Cantrip schüttelte energisch den Kopf. »Ihre Freunde waren auch seine Freunde, Sir«, sagte sie und fügte mit einem Anflug von Sarkasmus hinzu: »Kann ich Ihnen vielleicht sonst noch mit einer Auskunft dienen?«

»Bloß noch eine Frage wegen der Wäsche. Wer hat die Aufgabe, die Wäsche im Haus zu wechseln, die – äh, Laken und Handtücher?«

»Ich, Sir«, antwortete Mrs. Cantrip verblüfft.

»Haben Sie zufällig heute morgen feuchte Handtücher aus Mr. Nightingales Schlafzimmer entfernt?«

»Nein, Sir, bestimmt nicht. Ich war heute morgen nicht sonderlich erpicht auf Arbeit, das können Sie mir glauben.« Mrs. Cantrip reckte tugendhaft das Kinn in die Höhe. »Außerdem ist heute nicht der richtige Tag dafür. Ich wechsle die Laken Montag morgens und die Handtücher montags und donnerstags. So halte ich das immer schon, seit ich hier bin, jahraus, jahrein.«

»Angenommen, jemand anders hätte...?« setzte Wexford vorsichtig an.

»Ausgeschlossen«, widersprach Mrs. Cantrip. »Die schmutzige Wäsche wird in einem Korb im hinteren Teil der Küche aufbewahrt, und da war heute niemand auch nur in der Nähe. Dafür verbürge ich mich. Wenn Sie mich jetzt bitte entschuldigen würden, Sir, ich muß das Mittagessen servieren. Ob Mr. Nightingale der Sinn nach einem Imbiß steht, wage ich zwar nicht zu beurteilen, aber dann ist da noch das Tablett für Mr. Villiers drüben... Ach du lieber Gott! Mr. Villiers! Den habe ich ganz vergessen.«

Wexford starrte sie an. »Wollen Sie damit sagen, daß Mr. Nightingales Schwager hier im Haus wohnt?«

»Nein, ›wohnen‹ kann man nicht sagen, Sir«, erklärte Mrs. Cantrip, die sich mit einer roten Hand an ihre Wange gefaßt hatte und in dieser Pose wie vor den Kopf geschlagen erstarrt war. »Er kommt jeden Tag, um im ›Old House‹ zu schreiben. Und... ach, Sir, ich glaube, es hat ihm noch gar niemand gesagt!«

»Mr. Villiers muß uns doch bemerkt haben.«

»Wohl kaum, Sir. Wegen der vielen Bäume kann man vom ›Old House‹ aus praktisch nichts sehen, das Haus selbst sieht man von außerhalb ja auch nicht. Ich muß rüber und es ihm sagen. Da kann ich nur Gott dafür danken, daß sie sich nicht sehr nahegestanden haben. Für ihn wird es kein schwerer Schlag sein, wenigstens ein Segen.«

Im Laufschritt trabte sie davon. Wexford sah ihr nach, wie sie unter einem Bogen in der Hecke verschwand, über dem goldgelb verfärbte Lindenblätter hingen. Ein Flachdach vor dem Hintergrund des weißgefleckten blauen Himmels war alles, was über den Bäumen vom ›Old House‹ zu sehen war.

Er gab ihr fünf Minuten, dann schlug er den gleichen Weg ein, den sie genommen hatte. Er führte ihn auf einen kleinen gepflasterten Innenhof, dessen Mitte ein viereckiger künstlicher Teich einnahm. Unter den leuchtenden Flößen der Lilienblätter schwammen Karpfen in dem dunklen klaren Wasser.

Die den Hof säumenden Bäume spendeten viel Schatten. Ihre Wurzeln hatten den Rabatten die Nährstoffe entzogen, denn außer ein paar kränklichen, blütenlosen Pflanzen, die sich verzweifelt einem Platz an der Sonne entgegenreckten, wuchs dort nichts. Mrs. Cantrip mußte durch die angelehnte Eichentür in das uralte Haus gegangen sein, das auf Wexford den Eindruck machte, als zähle es mindestens vierhundert Jahre. Neben der Stufe stand ein Fußabstreifer, ein Hahn mit ausgebreiteten Flügeln aus schwarzem Metall. Wexford ließ den Blick über die mit Kletterpflanzen überwucherten Gitterfenster nach oben schweifen und entdeckte dabei sein Gegenstück, einen krähenden Hahn auf der Wetterfahne.

Als er ins Haus trat, fiel ihm auf, daß der Wind sich gelegt hatte.

4

Der Raum, in dem sich Wexford wiederfand, wurde offenbar als Lager genutzt. An den Wänden waren Birkenklötze zu Pyramiden aufgeschichtet; die darüber angebrachten Regale erwarteten die Apfel- und Birnenernte des Guts. Alles machte einen sehr sauberen und ordentlichen Eindruck.

Da es hier unten kein anderes Zimmer und auch sonst keinen Anhaltspunkt gab, der auf Denys Villiers' Gewerbe hätte schließen lassen, ging Wexford die Treppe hinauf. Auch sie war aus Eiche und führte in einer Art steil ansteigenden Gang in der dicken Mauer nach oben. Hinter der Tür am Treppenaustritt drang leises Stimmengemurmel zu ihm hervor. Er klopfte. Mrs. Cantrip öffnete die Tür einen Spalt breit und flüsterte:

»Ich hab's ihm beigebracht. Brauchen Sie mich noch?«

»Nein, danke, Mrs. Cantrip.«

Sie kam mit hochrotem Gesicht heraus. Ein Sonnenstrahl bohrte sich in das Düster des unteren Raums, als sie die Tür öffnete und hinausging. Wexford zögerte kurz, dann ging er in Villiers' Schreibzimmer.

Der Lehrer für klassische Philologie blieb an seinem Schreibtisch sitzen, doch er wandte Wexford das Gesicht zu, auf dem sich nüchterner Ernst abzeichnete, und sagte: »Guten Morgen, Chief Inspector. Was kann ich für Sie tun?«

»Das ist eine böse Geschichte, Mr. Villiers. Ich werde Sie nicht lange aufhalten. Nur ein paar Fragen, wenn es Ihnen recht ist.«

»Gewiß. Möchten Sie nicht Platz nehmen?«

Ein großes, ein wenig kühles Zimmer mit dunklen Holzpaneelen. Die Fenster waren klein, und wegen der Blattbüschel drang nur wenig Licht nach innen. Auf dem Boden lag ein quadratischer Teppich. Das Mobiliar, ein mit Haartuch bezogenes Sofa, zwei viktorianische Lehnstühle mit ledernen Sitzflächen und ein Klapptisch, war offenbar aus dem eigentlichen Herrenhaus verbannt worden. Auf Villiers' Schreibtisch breitete sich ein wüstes Durcheinander aus Papieren, aufgeschlagenen Lexika, Schachteln mit Heftklammern, Kugelschreibern und leeren Zigarettenschachteln aus. An einem Ende lag ein Stapel Bücher, alle identisch mit dem, das Wexford auf Nightingales Nachttisch gesehen hatte: *Der verliebte Wordsworth*, von Denys Villiers, Verfasser von *Wordsworth in Grasmere* und *Zu zeigen Schönres nicht*.

Ehe er sich setzte, nahm Wexford das oberste dieser Bücher zur Hand, so wie er auch schon das Exemplar in dem Schlafzimmer kurz angesehen hatte, doch statt rasch den Text auf dem Schutzumschlag zu überfliegen, drehte er es um und betrachtete Villiers' Porträt auf der Rückseite. Das Foto war entweder sehr schmeichelhaft oder vor langer Zeit entstanden.

Sein Gegenüber, der diese Musterung ungerührt über

sich ergehen ließ, schien Ende Vierzig zu sein. Früher, dachte Wexford, mußte er attraktiv und gutaussehend gewirkt haben und seiner toten Schwester verblüffend ähnlich gewesen sein, doch Zeit oder Krankheit vielleicht hatten dies fast spurlos getilgt. Ja, wahrscheinlich eine Krankheit. Krebskranke Männer sahen aus wie Villiers. In ihren Gesichtern hatte Wexford den gleichen faden, ausgedörrten Ausdruck gesehen, gelblich graue, abgehärmte Gesichter, blaue Augen, die zu einem öden Grau ausgebleicht waren. Villiers war spindeldürr und hatte blutleere Lippen.

»Ich bin mir darüber im klaren, daß dies ein schwerer Schlag für Sie sein muß«, begann Wexford. »Es ist bedauerlich, daß Sie nicht früher davon erfahren haben.«

Villiers zog die dünnen, farblosen Augenbrauen ein wenig hoch. Der Ausdruck auf seinem Gesicht war unfreundlich und herablassend. »Offen gestanden«, sagte er, »spielt das keine große Rolle. Meine Schwester und ich hingen nicht sonderlich aneinander.«

»Darf ich fragen, warum?«

»Sie dürfen, und es macht mir nichts aus, Ihnen darauf zu antworten. Der Grund war, daß wir nichts gemeinsam hatten. Meine Schwester war eine hohlköpfige frivole Frau, und ich – nun, ich bin kein hohlköpfiger frivoler Mann.« Villiers richtete den Blick nach unten auf seine Schreibmaschine. »Dennoch wäre es wohl nicht sehr taktvoll, wenn ich heute noch weiterarbeiten würde, oder?«

»Soweit ich weiß, haben Sie und Ihre Frau den gestrigen Abend im Herrenhaus verbracht, Mr. Villiers?«

»Das ist richtig. Wir haben Bridge gespielt. Um halb elf haben wir uns verabschiedet, sind nach Hause gefahren und zu Bett gegangen.« Villiers sprach in schneidendem Ton, in dem eine nervöse Gereiztheit lag, die leicht in

Wut umschlagen konnte. Er hustete und drückte sich die Hand auf die Brust. »Ich habe einen Bungalow in der Nähe von Clusterwell. Die Fahrt vom Herrenhaus dorthin hat gestern abend ungefähr zehn Minuten gedauert. Meine Frau und ich gingen gleich zu Bett.«

Sehr präzis und ordentlich, dachte Wexford. Als ob er zuvor einstudiert hätte, was er sagen wollte. »Wie hat Ihre Schwester gestern abend auf sie gewirkt? Normal? Oder machte sie einen aufgeregten Eindruck?«

Villiers seufzte. Mehr aus Langeweile denn aus Kummer, fand Wexford. »Sie war genau so wie immer, Chief Inspector, die allseits geliebte, gütige Gutsherrin. Sie spielte schon immer entsetzlich schlechtes Bridge, und gestern abend war es weder schlechter noch besser als sonst.«

»Wußten Sie, daß sie nächtliche Spaziergänge im Wald unternahm?«

»Ich wußte, daß sie nächtliche Spaziergänge im *Park* unternahm. Wahrscheinlich hat es deshalb dieses Ende mit ihr genommen, weil sie so dumm war, sich weiter zu wagen.«

»Es hat Sie also nicht gewundert, von ihrem Tod zu erfahren?« fragte Wexford.

»Ganz im Gegenteil, es hat mich sehr gewundert. Selbstverständlich war ich bestürzt. Aber nun, wo ich darüber nachgedacht habe, nein, da wundere ich mich nicht mehr so sehr. Frauen, die sich allein an abgelegenen Orten aufhalten, sind potentielle Mordopfer. Zumindest nach dem, was man so hört. Ich lese keine Zeitungen. Derlei Dinge interessieren mich nicht.«

»Jedenfalls haben Sie keinen Zweifel daran aufkommen lassen, daß Sie Ihre Schwester nicht mochten.« Wexford ließ den Blick in dem großen, ruhigen Zimmer schweifen. »Unter diesen Umständen ist es doch merkwürdig, daß ausgerechnet Sie sich von ihr so großzügig unterstützen ließen.«

»Ich lasse mich von meinem Schwager unterstützen, Chief Inspector.« Kreidebleich vor Wut oder einer anderen Regung, die Wexford nicht deuten konnte, sprang Villiers aus dem Stuhl auf. »Guten Morgen, Sir.« Er öffnete die Tür, und der düstere Treppenschacht tat sich gähnend vor ihm auf.

Wexford stand auf und wandte sich zum Gehen. Auf halbem Weg zur Tür blieb er plötzlich stehen und warf Villiers einen verwirrten Blick zu. Die Vorstellung, der Mann könne noch kränker, noch leichenhafter aussehen als zu Beginn ihrer Unterredung, schien unmöglich. Doch als er jetzt auf der Schwelle stand und sein dünnes Ärmchen ausstreckte, war aus dem graugelben Teint auch noch der letzte Rest von Farbe verschwunden.

Beunruhigt stürzte Wexford auf ihn zu. Villiers stieß ein seltsames leises Keuchen aus und verlor in seinen Armen das Bewußtsein.

»Dann wollen wir mal«, sagte Crocker, der Polizeiarzt und mit Wexford befreundet war. »Elizabeth Nightingale war eine guternährte und für ihr Alter ungewöhnlich gutaussehende Frau um die Vierzig.«

»Einundvierzig«, sagte Wexford, zog seinen Regenmantel aus und hängte ihn an den Haken hinter seiner Bürotür. Auf der Ecke seines Schreibtisches warteten einige Sandwiches mit kaltem Braten und eine Thermoskanne Kaffee auf ihn, die man ihm aus der Kantine ins Büro geschickt hatte. Er setzte sich in den großen Drehstuhl, und nachdem er eine Weile voller Widerwillen auf das oberste Sandwich gestarrt hatte, das sich an den Rändern schon einzubiegen begann, machte er sich seufzend darüber her.

»Der Tod«, sagte der Arzt, »trat infolge eines Schädelbruchs und zahlreicher Gehirnverletzungen ein. Es wurden mindestens ein Dutzend Schläge mit einem nicht sonderlich stumpfen Gegenstand aus Metall geführt. Ein Beil oder ein Messer scheidet aus, würde ich sagen, aber es muß etwas mit schärferen Kanten gewesen sein als zum Beispiel ein Bleirohr. Die Todeszeit – du weißt ja, wie schwer sich das abschätzen läßt – würde ich irgendwann nach dreiundzwanzig und vor ein Uhr ansiedeln.«

Burden saß an der Wand. Über seinem Kopf hing die amtliche Karte des Landkreises von Kingsmarkham, auf der die dunkle Fläche des Cheriton Forest wie der Umriß einer lauernden Katze aussah. »Die Durchsuchung von Park und Wald verlief bislang ohne Ergebnis«, sagte er. »An was für eine Waffe dachtest du?«

»Tut mir leid, Mike, aber das ist deine Aufgabe, alter Junge«, sagte Crocker, ging ans Fenster und schaute auf die High Street hinunter. Vielleicht fand er die vertraute Aussicht langweilig, denn er hauchte die Scheibe kräftig an und begann, in die von seinem Atem beschlagene Fläche ein Muster zu malen, das eine Topfpflanze oder das Schaubild des menschlichen Atmungssystems darstellen mochte. »Ich habe nicht den geringsten Anhaltspunkt. Könnte eine Blumenvase aus Metall oder sogar ein Küchengerät sein. Vielleicht auch ein ausgefallener Aschenbecher, eine Feuerzange oder ein Bierkrug.«

»Glaubst du?« fragte Wexford spöttisch, während er auf beiden Backen kaute. »Ein Kerl geht in den Wald, und weil er dort eine Frau umbringen will, bewaffnet er sich mit einem Schneebesen, ja, oder vielleicht mit einem Kochtopf? Da merkt einer, daß ihm seine Frau Hörner aufsetzt, deshalb zückt er die silberne Blumenvase, die er zufälligerweise in der Tasche mit sich herumträgt, und zieht ihr damit eins über den Schädel?«

»Willst du damit etwa sagen, daß du dir Quentin Nightingale, diese Stütze der Gesellschaft, als Verdächtigen ausgeguckt hast?« fragte der Arzt entsetzt.

»Er ist doch wohl auch nur ein Mensch, oder? Auch er kann einmal in Wut geraten. Ehrlich gesagt, ich würde mich lieber an ihren Bruder halten, diesen Villiers. Aber so wie der aussieht, ist er zu schwach, um auch nur Messer und Gabel zu halten, geschweige denn, um auf jemanden mit der Bratpfanne loszugehen.« Wexford aß sein Sandwich auf und schraubte den Deckel auf die Thermoskanne. Dann drehte er sich auf dem Stuhl um und blickte den Arzt unverwandt und nachdenklich an. »Ich habe mit Villiers gesprochen«, sagte er. »Unter anderem machte er auf mich den Eindruck eines schwerkranken Mannes. Gelbliche Haut, zitternde Hände, das Übliche eben. Als ich mich eben von ihm verabschieden wollte, fiel er glatt in Ohnmacht. Eine Weile glaubte ich schon, er sei tot, aber er kam wieder zu sich, und ich verfrachtete ihn ins Herrenhaus.«

»Er ist Patient bei mir«, sagte Crocker, wischte seine Zeichnung mit der Handkante aus und gab Wexford den Blick auf seine Lieblingsaussicht mit den alten Hausgiebeln und den mächtigen Sussexbäumen frei. »Die Nightingales sind Privatpatienten bei irgendeinem feinen Snobiety-Arzt, aber Villiers kommt schon seit Jahren zu mir in die Praxis.«

»Und als wahrer Priester der medizinischen Konfession«, wandte sich Wexford ironisch an ihn, »hast du natürlich vor, was immer ihm fehlen mag, in deinem hippokratischen Herzen zu verschließen.«

»Das würde ich schon, nur müßte es dazu auch etwas geben, das ich dort verschließen könnte. Rein zufällig ist er aber mindestens so gesund wie du.« Crocker musterte den schwergewichtigen Wexford und faßte dabei die vorstehenden purpurnen Adern auf seiner Stirn ins Auge. »Wenn nicht gesünder«, fügte er kritisch hinzu.

Mühsam zog Wexford die Bauchmuskeln ein und drückte das Kreuz durch. »Wenn das keine Überraschung ist!« meinte er. »Ich dachte, es sei Krebs, aber offenbar handelt es sich um eine seelische Qual, die an seinen rosaroten Wangen zehrt. Schuldgefühle zum Beispiel. Wie alt ist er?«

»Na hör mal...«, sagte der Arzt und rutschte unbehaglich auf dem Stuhl hin und her.

»Nun hab dich mal nicht so. Das Alter eines Mannes gehört wohl kaum zu den Dingen, die er seinem Quacksalber nur hinter dem sterilen grünen Schirm des Sprechzimmers anvertraut...«

»Er ist achtunddreißig.«

»*Achtunddreißig!* Er sieht zehn Jahre älter aus, und selbst dann noch ziemlich krank. Lieber Himmel, im Vergleich zu ihm ist Mike der reinste Pennäler.«

Zwei alternde Augenpaare richteten sich forschend auf Burden, der bescheiden den Blick abwandte, dabei aber eine selbstgefällige Miene aufsetzte. Ziemlich reizbar hakte der Arzt nach: »Es ist mir ein Rätsel, weshalb du darauf herumreitest, daß er einen so kränklichen Eindruck macht. Er verlangt sich zuviel ab, das ist alles. Und so krank oder so alt sieht er gar nicht aus.«

»Heute schon«, sagte Wexford.

»Das liegt am Schock«, erklärte der Arzt. »Was erwartest du denn, wenn ein Mann erfährt, daß seine Schwester ermordet wurde?«

»Genau das, bloß hat er sie offenbar auf den Tod nicht ausstehen können. Du hättest hören sollen, was für hochherzig brüderliche Dinge er über sie zu sagen hatte. Ein üblerer Kunde als dieser Mr. Villiers ist mir schon lange nicht mehr über den Weg gelaufen. Auf geht's,

Mike, wir besuchen jetzt einige Damen, die unter dem Eindruck Ihres aufreizenden und – wenn ich so sagen darf – jungenhaften Charmes auftauen und uns ihr Herz ausschütten werden.«

Gemeinsam fuhren sie mit dem Aufzug nach unten, wo sich der Arzt auf der Treppe des Reviers von ihnen verabschiedete. Der Wind hatte sich inzwischen völlig gelegt, doch auf der High Street lagen immer noch die Überbleibsel verstreut, die der Sturm hinter sich zurückgelassen hatte: abgeknickte Zweige, ein winziges leeres Buchfinkennest, das aus einer hohen Baumkrone geweht worden war, und da und dort ein Ziegel von einem alten Dach.

Mit Bryant hinterm Steuer verließen sie die Stadt auf der Straße nach Pomfret, auf der sie kurz danach links nach Myfleet abbogen. Der Weg führte sie an der Kingsmarkhamer Jungenschule vorbei, einer Grammar School, die offiziell unter dem Namen »King-Edward-the-Sixth-Stiftung für die Söhne von Freisassen, Bürgern und besseren Leuten« firmierte. Gegenwärtig waren die Söhne über die Sommerferien zu Hause, und das im Tudorstil erbaute Gebäude aus braunem Ziegelstein bot ein verlasseneres und ordentlicheres Bild als während der Schulzeit. Da die Zahl der Freisassen und Bürger – wenn vielleicht auch nicht die der besseren Leute – in letzter Zeit besorgniserregend angewachsen war, hatte man vor fünf Jahren hinten an der linken Seite der alten Schule einen großen neuen Flügel hinzugebaut, der von Reaktionären damals als Monstrosität bezeichnet worden war.

Die Schule strahlte eine gewisse Würde und Erhabenheit aus, die vielen Großbauten aus dieser Zeit eigen ist, und voller Verachtung für die pädagogischen und standortbedingten Vorzüge der Gesamtschule in Stowerton setzten die meisten Eltern aus Kingsmarkham ihren Ehrgeiz darein, ihre Sprößlinge dort unterzubringen. Was waren auch schon ein hochmoderner naturwissenschaftlicher Labortrakt, eine zum Trampolinspringen geeignete Sporthalle oder ein Schwimmbecken von olympischen Abmessungen im Vergleich mit der Gelegenheit, vor ihren Bekannten mit historischen Portalen und ausgetretenen Steinstufen prahlen zu können, die schon die Füße des Sohnes von Heinrich dem Achten (wenngleich nur ein einziges Mal) abgewetzt hatten? Überdies ließ sich, falls der Sohn ins ›King's‹ ging, wie man die Schule allgemein nannte, gegenüber Uneingeweihten überzeugend vorheucheln, er besuche eine Privatschule, und somit verbergen, daß in Wahrheit der Staat für die Ausbildung aufkam.

Burden, dessen Sohn vor einem Jahr dort aufgenommen worden war, nachdem er eine mehrteilige und schwierige Aufnahmeprüfung bestanden hatte, sagte nun:

»Dort unterrichtet Villiers.«

»Seine Fächer sind Latein und Griechisch, nicht?«

Burden nickte. »Er hat John in Latein. Griechisch unterrichtet er wohl bei den Älteren. John sagt, daß er oft noch nach Schulschluß in der Bibliothek arbeitet. Die Bibliothek ist da hinten im Anbau untergebracht.«

»Recherchen für seine Bücher?«

»Die Bibliothek ist jedenfalls phantastisch. Ich kenne mich in diesen Dingen zwar nicht sonderlich aus, aber am Tag der offenen Tür habe ich sie mir mal angesehen und war schwer beeindruckt.«

»Kann ihn John leiden?«

»Sie wissen ja, wie Jungs so sind, Sir«, antwortete Burden. »Die Rowdies in Johns Klasse nennen ihn den ›alten Ablabs‹. Einer, der tüchtig durchgreift, würde ich meinen.« Und der Vater, der am Morgen noch seinen Sohn mittels einer unverdienten Gabe von fünfzig Pence besänftigt hatte, fügte im Brustton der Überzeugung hinzu: »Wenn Sie mich fragen, muß man schon strenge Saiten aufziehen, damit diese Bengel nicht einfach Schlitten mit einem fahren.«

Innerlich grinsend, wechselte Wexford das Thema. »Es gibt drei zentrale Fragen, auf die ich gern eine Antwort hätte: Warum hat Quentin Nightingale um fünf Uhr früh gebadet? Oder umgekehrt, warum gibt er das vor? Warum hat Sean Lovell behauptet, er habe sich gestern abend eine Sendung im Fernsehen angesehen, die im letzten Moment ausgefallen ist? Und warum ist Elizabeth Nightingale mit jedermann gut ausgekommen, nur nicht mit ihrem Bruder?«

»Nun, was das betrifft, Sir, weshalb hatte sie keine engen Freunde?«

»Vielleicht hatte sie welche. Das müssen wir erst noch herausfinden. Wir sind jetzt gleich in Clusterwell, Mike. Wissen Sie zufällig, welches Haus Villiers gehört?«

Burden richtete sich auf und wandte den Blick zum Fenster. »Es steht außerhalb des Dorfs, Richtung Myfleet. Wir sind noch nicht da, dauert noch einen Moment... Fahren Sie bitte mal etwas langsamer, Bryant. Da ist es, Sir, das freistehende Haus dort.«

Mit leichtem Stirnrunzeln betrachtete Wexford den für sich stehenden Bungalow. Es war ein niedriges Haus mit zwei traufseitigen Giebeln, unter denen Erkerfenster hervorragten.

»Bräuchte mal wieder einen neuen Anstrich«, sagte Burden und verglich es mit seinem behaglichen, demnächst völlig neugestrichenen Heim, wobei Villiers' Bungalow schlecht abschnitt. »Die Bruchbude sieht ziemlich schäbig aus. Man sollte doch meinen, er könnte sich wenigstens eine ordentliche Garage leisten.«

Der Vorgarten war mit einer Unmenge Maßliebchen bewachsen, alle von der gleichen Farbe. Auf einer Seite führte eine lange, rissige und aufgeplatzte Betonauffahrt zu einer Fertiggarage mit einem Dach aus geteerter Asbestpappe.

In der Einfahrt vor dem Asbesttor stand ein schwarzer Morris, der erst vor kurzem gewaschen worden sein mußte, denn auf der Karosserie waren noch feuchte Stellen zu sehen, und in dem Schlagloch unter seiner hinteren Stoßstange stand eine kleine Pfütze.

»Das ist doch merkwürdig«, sagte Wexford. »Stellen Sie sich vor, Ihre Schwester wird ermordet, und Sie fallen in Ohnmacht, als Sie davon erfahren, aber ein paar Stunden später sind Sie schon wieder auf den Beinen, um Ihr Auto zu waschen und kräftig zu polieren.«

»Das ist nicht sein Wagen«, wandte Burden ein. »Er fährt einen Anglia. Der hier gehört seiner Frau.«

»Wo steht dann seiner?«

»Noch beim Herrenhaus, nehme ich an, oder in dieser armseligen Notgarage.«

»Direkt schlammig war es gestern im Wald wohl kaum, was meinen Sie?«

»Morastig«, sagte Burden. »Am Wochenende hat es geregnet, falls Sie sich noch erinnern.«

»Fahren Sie weiter, Bryant. Wollen wir die Villiers noch eine Weile ungestört ihren häuslichen Frieden genießen lassen.«

Der erste Mensch, dem sie in Myfleet begegneten, als sie im Dorf parkten, war Nelleke Doorn, die gerade mit einer Tüte Obst und einer Shampooflasche aus dem Gemischtwarenladen kam. Sie kicherte erfreut bei ihrem Anblick.

»Wissen Sie zufällig, in welchem Haus die Lovells wohnen, Miss Doorn?« fragte Burden sie linkisch.

»Ja, Sie schauen, es ist das da drüben.« Sie zeigte mit dem Finger darauf, wobei sie sich an den Arm des Inspectors klammerte und ihn, wie Wexford es später ausdrückte, mit ihren entzückenden Rundungen fast auffraß. »Das schmutzigste in ganze Dorf.« Als Vertreterin der vielleicht ordnungsliebendsten Nation auf Erden schauderte sie, und zum erstenmal während ihrer kurzen Bekanntschaft verschwand der freundliche Ausdruck auf ihrem Gesicht. »Sie leben dort wie Schweine, glaube ich. Seine Mutter ist eine sehr eklige dreckige Frau, ganz fett.« Keine zwanzig Zentimeter von ihrer üppigen Figur entfernt, malte sie den Umriß eines riesigen Cellos in die Luft.

Wexford lächelte sie an. »Haben Sie eine Ahnung, ob die dicke Dame zu Hause ist?«

Nelleke schenkte seinem Lächeln keine Beachtung. Ihr Blick galt Burden. »Möglich«, sagte sie und zuckte mit den Achseln. »Was diese Schweineleute alles treiben, wissen ich nicht. Könnten Sie Lust haben auf eine gemütliche Tasse Tee? Ich glaube, Sie arbeite sehr hart und würde gern eine Tasse Tee mit mir trinken, während Ihr Chef in die dreckige Hütte geht.«

»O nein – nein, danke«, lehnte Burden entsetzt ab.

»Dann vielleicht morgen«, sagte Nelleke und nahm eine Haarsträhne in den Mund. »Jeden Abend bin ich frei, und morgen muß meine Freund Überstunden machen beim Getränkeservieren – ist Tanz im Hotel. Ja nicht vergessen!« Sie drohte ihm mit dem Finger. »Jetzt sage ich auf Wiedersehen. Holen Sie nichts Schlimmes sich in diese sehr dreckige Haus.«

In gerader Haltung und mit hin und her wippendem blonden Haar tänzelte sie über die Straße auf das Tor zu, das zum Herrenhaus führte. Dort blieb sie stehen und winkte ihnen, wobei sich unter dem bauschigen rosa

Sweater ihre aufgerichteten runden Brüste deutlich abzeichneten.

Wexford winkte zurück und wandte sich dann lachend ab. »Jede Wette, die will Ihnen auch den Kopf verdrehen!«

»Eine gräßliche junge Person«, meinte Burden kühl.

»Ich finde sie reizend.«

»Lieber Himmel, wenn ich denke, meine Tochter...«

»Um Gottes willen, Mike. Auch ich bin ein verheirateter Mann und ein treuliebender Gatte.« Sein Grinsen verschwand, als Wexford sich über den stattlichen Bauch strich. »Viel anderes bleibt mir ja auch nicht übrig. Aber manchmal...« Er seufzte. »Mein Gott, was würde ich nicht darum geben, noch einmal dreißig zu sein! Sehen Sie mich nicht so an, Sie kaltherziges Monstrum. Da ist ja schon die dreckige Hütte, hoffen wir bloß, daß wir uns bei unserer nachmittäglichen Arbeit nichts Schlimmeres holen als eine *nostalgie de boue.*«

»Eine was?« fragte Burden, während er versuchte, das Gartentor zu öffnen, ohne mit den Brennesseln in Berührung zu kommen, die es überwuchert hatten.

»Das ist nur ein langer Name für eine Art chronische Seuche«, erklärte Wexford mit einem wehmütigen Lächeln. Beim Anblick von Burdens ungläubig mißtrauischer Miene lachte er hellauf. »Keine Sorge, Mike, sie ist nicht ansteckend und befällt nur die Alten.«

5

Nicht nur das Gartentor, sondern auch die Haustür überwucherten Nesseln und ihr Gegengift, der Ampfer. Ehe sie noch die Möglichkeit hatten, den Türklopfer zu betätigen, hob sich ein grauer Spitzenvorhang, in den man größere Löcher hineingeschnitten hatte, und ein Gesicht kam zum Vorschein.

»Ich weiß nicht, was Sie wollen, aber Sie müssen an die Hintertür kommen.«

Das seitliche Gartentor fiel um, als sie es aufdrückten. Mit einem Achselzucken legte Wexford es auf ein üppig sprießendes Unkrautbeet. Der hinter dem Haus gelegene Garten war ein verwahrlostes Stück Land inmitten einer idyllischen Landschaft; vor dem Hintergrund des prächtigen Walds hob sich das Fleckchen Erde mit hüfthohem Gras, Löwenzahn, umgestürzten Wellblechen und kaputten Hühnerställen wie ein Loch im schwarzen Samt ab. Ein einigermaßen ordentlicher Schuppen nahm eine der hinteren Ecken des Grundstücks ein; Lumpenbündel, grüne Glasflaschen und eine Matratze, die aussah, als hätte man sie als Zielscheibe für Bajonettübungen benutzt, verbargen seinen Sockel. Zwischen dem Unkraut entdeckten sie einen Emailnachttopf und mehrere zerbeulte Kochtöpfe. Wexford fiel auf, daß ein Tor im hinteren Zaun direkt in den Wald führte.

Die Hintertür ging plötzlich auf, und die Frau, die am Fenster mit ihnen gesprochen hatte, steckte den Kopf heraus.

»Was wollen Sie?«

»Mrs. Lovell?«

»Höchstpersönlich. Was *wollen* Sie?«

»Kurz mit Ihnen reden, wenn's recht ist«, sagte Wexford gewandt. »Wir sind Polizeibeamte.«

Sie musterte die beiden mit argwöhnisch mißtrauischen Blicken. »Geht wohl um die Frau vom Herrenhaus drüben. Kommen Sie lieber rein. Seine Lordschaft hat gesagt, daß Polizei in der Gegend ist.«

»Seine Lordschaft?« fragte Burden nach. Gingen die

hohen Kreise, in die sie so unverhofft hineingeraten waren, in noch höhere Kreise über, zu denen sogar Adlige zählten?

»Mein Sohn, Sean«, erklärte Mrs. Lovell und holte den Inspector wieder auf den Teppich. »Kommen Sie schon. Sie können in den Salon gehen, wenn Sie möchten. Hier entlang.«

Dieses euphemistisch als Salon bezeichnete Zimmer war nicht ganz so schmutzig wie die Küche, doch auch hier roch es nach Gemüse, einer schon länger undichten Stelle in der Gasleitung und leicht nach Gin. Die Einrichtung bestand aus einer neuen und bereits verfleckten hellrosa Sitzgarnitur und einer bunten Ansammlung alter Möbelstücke und modernen Kitschs. Die Queen lächelte reserviert von einem Kalender herab, der zwischen Postern von den Rolling Stones und einem großen Ölschinken an der Wand hing, auf dem eine römische Dame zu sehen war, die sich erdolchte.

Vom Gesicht her sah sie Mrs. Lovell nicht unähnlich, doch was die Leibesfülle anging, konnte sie nicht mit ihr in Vergleich treten. Mrs. Lovells noch immer hübsches Gesicht erinnerte durch die Hakennase, die vollen, geschwungenen Lippen und die schwarzen Augen stark an eine Zigeunerin. Schwarzes, zottiges Medusenhaar fiel ihr bis auf die Schultern. Das Gesicht hatte ihre Beleibtheit nicht in Mitleidenschaft gezogen. Man hatte den Eindruck, das Fett sei bis zum Hals gekrochen, wo es zum Stillstand gekommen war, vielleicht eingeschüchtert von der in dem energischen glatten Kinn enthaltenen Drohung.

Ihr Körper war gewaltig, übte jedoch einen gewissen derben Reiz aus, da die ungeheuren Fettpolster an den richtigen Stellen saßen. Der Busen, einer archaischen Göttin würdig und einhundertfünfzig Zentimeter weit, doch mit einem erkennbaren Spalt in der Mitte, entsprach dem Umfang der riesigen Hüften. Wie Nelleke mangelte es auch Mrs. Lovell an Hemmungen, und als sie sich setzte, rutschte ihre ohnehin schon tief ausgeschnittene Bluse noch fünf Zentimeter tiefer, was mit dem Höherrutschen des knallengen schwarzen Rocks über ihre Knie einherging. In der Meinung, für diesen Nachmittag seinen Bedarf an femininer Fleischesfülle gedeckt zu haben – außerdem hätte dem Fleisch in diesem Fall ein Bad nichts geschadet –, sah Wexford zur Seite.

»Wir führen lediglich Routineermittlungen durch, Mrs. Lovell«, sagte er. »Würden Sie so freundlich sein, mir zu sagen, wie Ihr Sohn den gestrigen Abend verbracht hat?«

»Er hat seinen Tee getrunken«, erwiderte sie. »Dann saß er vorm Fernseher. Seine Lordschaft ist ganz wild aufs Fernsehen, und weshalb auch nicht, schließlich zahlt er die Gebühren.«

»Ja, weshalb auch nicht? Aber nach halb zehn hat er nicht mehr ferngesehen nicht wahr?«

Mrs. Lovell sah von Wexford zu Burden. Es war offensichtlich, daß sie überlegte, ob sie lügen oder die Wahrheit sagen solle, und wenn sie sich für letzteres entschied, so vielleicht nur, weil die Wahrheit zu sagen immer einfacher ist. Ihre ganze Erscheinung und der Zustand des Hauses ließen auf enorme Faulheit und äußerste Trägheit schließen. Auch mit Worten schien sie zu geizen. »Er ging aus«, sagte sie schließlich.

»Wohin ist er gegangen?«

»Ich hab ihn nicht gefragt. Ich mische mich nicht in seinen Kram...« Sie zupfte an einem abgekauten Daumennagel herum. »...und er mischt sich nicht in meinen. So halte ich's schon immer. Vielleicht ist er rüber zum Schuppen gegangen. Er verbringt ziemlich viel Zeit im Schuppen.«

»Und was tut er da, Mrs. Lovell?«

»Seine Lordschaft hat dort seine Platten.«

»Aber seine Schallplatten kann er doch bestimmt auch im Haus hören, oder?« fragte Burden.

»Wenn er will, kann er das.« Mrs. Lovell kaute an einem Niednagel. »Ist mir so oder so egal. Ich misch mich nicht bei ihm ein und er nicht bei mir.«

»Um wieviel Uhr kam er zurück?«

»Ich hab ihn nicht kommen hören. Gegen sieben kam mein Freund. Sean und er vertragen sich nicht sonderlich. Deshalb hat seine Lordschaft sich wohl auch zum Schuppen begeben, schätze ich. Als mein Freund aus dem Haus ging, war er noch nicht wieder da, das muß so um halb elf gewesen sein – aber wie ich schon sagte, ich misch mich nicht bei ihm ein, und er...«

»Ja, ja, verstehe. Ich glaube, Sean hatte Mrs. Nightingale sehr gern?«

»Sie können glauben, was Sie wollen.« Mrs. Lovell gähnte herzhaft, wobei kleine spitze Zähne zum Vorschein kamen. »Leben und leben lassen, das ist meine Devise. Die vom Herrenhaus mischte sich immer gern in fremder Leute Angelegenheiten und wollte helfen. Setzte seiner Lordschaft ein paar gewaltige Flöhe ins Ohr.« Sie streckte die Arme über den Kopf, gähnte noch einmal und legte die Beine aufs Sofa. Wexford mußte an eine dicke behäbige Katze denken, die sich schnurrend das Fell leckt und nichts merkt von dem Schmutz, in dem sie lebt.

»Was für Flöhe denn?« fragte er.

»Daß er ins Showgeschäft einsteigen könne, als Sänger und so was. Ich hab nie darauf geachtet. Vielleicht hatte sie ihn gern. Ich hab nie gefragt.«

»Hätten Sie etwas dagegen, wenn wir das Haus durchsuchten?«

Zum erstenmal lächelte sie und legte unvermutet ironischen Humor an den Tag. »Suchen Sie, soviel Sie wollen«, sagte sie. »Lieber Sie als ich.«

»Ein deprimierendes Erlebnis«, meinte Wexford, als sie zum Wagen zurückgingen. Ein ziemlich blasser Bryant folgte ihnen in einiger Entfernung.

»So etwas ist mir in meiner ganzen Dienstzeit noch nicht passiert«, ereiferte sich Burden. »Mich juckt's von oben bis unten.« Er zappelte in seinem Anzug herum und kratzte sich am Kopf.

»Ihre junge Freundin hat Sie jedenfalls gewarnt.«

Darauf ging Burden nicht ein. »Die Betten!« sagte er. »Und diese Küche!«

»Ich gebe zu, damit habe ich nicht gerechnet«, pflichtete ihm Wexford bei. »Einigermaßen sauber war nur der Schuppen. Ist doch seltsam, Mike. Ein Teppich auf dem Boden, ein paar ordentliche Sessel und ein Plattenspieler. Könnte ein Liebesnest sein.«

Burden schauderte. »Niemand wird mir je weismachen können, daß eine Dame wie Mrs. Nightingale sich dort heimlich mit ihrem Liebhaber traf.«

»Vielleicht haben Sie recht«, gab Wexford widerwillig zu. »Faktisch haben wir ja nicht viel gefunden. Ein Messingkerzenständer und eine metallene Wärmflasche. Blut war auf beiden nicht, und geputzt hat die in den letzten fünfzig Jahren weiß Gott niemand. Und die Kleidung, die ›seine Lordschaft‹ ihr zufolge gestern abend angehabt hat, war fast tipptopp. Aber was hat er dann getan, Mike? Bryant hat in der Dorfkneipe nachgefragt, und dort war er nicht. Der letzte Bus fährt zwanzig nach neun von Myfleet, den kann er folglich auch nicht genommen haben.

Ein Bursche wie dieser Sean Lovell zottelt doch nicht durch die Gegend, um die Schönheiten der Natur zu bewundern. Die hat er den ganzen lieben langen Tag vor Augen.«

»Niemand«, beharrte Burden hartnäckig, »kann mir weismachen, daß zwischen ihm und Mrs. Nightingale irgend etwas ablief. Seine Mutter ist doch nichts anderes als die Dorfschlampe, wenn Sie mich fragen. ›Ich misch mich nicht bei ihm ein‹ – daß ich nicht lache. Das ist doch nur eine andere Art zu sagen, daß man sein Kind schon immer vernachlässigt hat. Mir ist klar, daß Sie mich für einen altmodischen Puritaner halten, Sir, aber ich weiß wirklich nicht, wo das mit den Frauen heutzutage noch hinführen soll. Entweder sind sie schmutzig oder unzuverlässig oder unmoralisch – oder alles in einem. Erst ist da Mrs. Nightingale, die sich das Gesicht liften läßt und heimliche Verabredungen hat, dann kommt diese junge Holländerin, die auch noch stolz auf ihr wüstes Treiben ist, und was nun Mrs. Lovell betrifft...«

»Ich dachte mir schon, daß Sie so denken«, sagte Wexford und lächelte freundlich. »Aus diesem Grund habe ich speziell für Sie etwas Hochanständiges auf dem Programm stehen. Wir statten nun einer tugendhaften Ehefrau einen Besuch ab, Mrs. Georgina Villiers, die uns – hoffentlich ohne in Ohnmacht zu fallen oder uns ihrer untröstlichen Hingabe an das selige Angedenken der Verstorbenen zu versichern – sagen wird, wer Mrs. Nightingales Freunde waren und was ihr böser Bruder eigentlich verbrochen hat, daß sie sich nicht ausstehen konnten.«

»Mein Mann ist noch mal zum Herrenhaus gefahren«, sagte Georgina Villiers. »Er kommt gleich wieder.«

»Wir möchten gern mit Ihnen sprechen.«

»Ach?« Mrs. Villiers wirkte überrascht und ziemlich

bestürzt, als hätten nur wenige Leute je den Wunsch geäußert, speziell mit ihr zu sprechen. »Na schön.«

Sie führte sie durch eine rauhfasertapezierte Diele in ein rauhfasertapeziertes Wohnzimmer. Es war ebenso unordentlich und nichtssagend wie seine Bewohnerin, die verlegen dastand, ehe sie in dem schroffen Ton einer reizlosen Frau sagte: »Nehmen Sie Platz.«

»Wir wollen Sie nicht lange aufhalten, Mrs. Villiers. Wie hat Ihr Mann den Schock heute morgen überwunden?«

»Ach, deshalb. Es geht ihm jetzt wieder gut.« Mit einemmal merkte sie, daß ihre Besucher sich nicht setzen würden, ehe sie selbst Platz nahm, worauf sie nervös auflachend das Zimmer durchquerte und sich auf einer Sessellehne niederließ. »Du meine Güte! Die Haustür steht noch offen. Entschuldigen Sie mich, ich mache sie rasch zu.« Wexford entging nicht, daß sie für eine so dünne und schmächtige Frau sehr kraftvoll und athletisch ausschritt. Die Muskeln ihrer unbestrumpften, rötlich braunen Beine machten einen kräftigen Eindruck.

»Was möchten Sie mich also fragen?« Sie sprach in brüskem, barschem Tonfall, als sei sie zu befehlen gewohnt, jedoch nicht, daß ihren Befehlen immer Folge geleistet wurde. Hunderte von dunkelbraunen Sommersprossen sprenkelten ihre bleiche, empfindliche Haut. Sie wirkte wie Ende Zwanzig, eine Frau, die nicht wußte, wie sie sich hübsch machen sollte, sich aber dennoch Mühe gab. Die Edelweißbrosche an ihrem Blusenkragen und die Spange im Haar bewiesen, daß sie sich Mühe gab. »Mein Mann – Sie sollten wirklich lieber mit meinem Mann sprechen. Er kommt gleich wieder.« Sie warf einen hektischen Blick auf die Uhr.« Quen – mein Schwager, will ich sagen – wird ihn bestimmt nicht lange aufhalten. Wie auch immer, was wollten Sie mich denn fragen?«

»Zunächst einmal, Mrs. Villiers«, setzte Burden an, »sind Sie gestern abend nach Ihrem Besuch im Herrenhaus direkt hierher gefahren?«

»O ja.«

»Was haben Sie getan, als Sie nach Hause kamen?«

»Wir gingen zu Bett. Wir legten uns beide gleich schlafen.«

»Sind Sie in dem Wagen gefahren, der draußen steht?« warf Wexford ein.

Georgina Villiers schüttelte so heftig den Kopf, daß ihr Haar nach hinten fiel und unpassende lange Ohrringe zu sehen waren. »Wir sind mit Denys' Auto gefahren. Wir haben nämlich zwei. Als wir vor einem Jahr heirateten, hatte ich ein Auto, und er hatte auch eins. Es sind zwar ziemlich alte Kisten, aber wir fahren beide. Man bekommt nicht mehr viel für so ein Auto, wissen Sie.« Sie brachte ein strahlendes, fieberhaftes Lächeln zustande. »Er ist jetzt in seinem Wagen unterwegs.«

»Wie ich sehe, ist Ihrer gerade frisch gewaschen«, sagte Wexford in freundlichem, väterlichem Ton. »Waschen Sie Ihr Auto immer mittwochs, Mrs. Villiers? Da sind Sie wohl meiner Frau ähnlich, alles im Haushalt hat seine genau festgelegte Zeit, hm? Auf diese Weise wird nichts vergessen.«

»Nein, leider mache ich das nicht so. Ich gehe nicht sehr systematisch vor.« Verwirrt über die plötzliche Wendung des Gesprächs, blinzelte sie ihn an. »Ich sollte das eigentlich so machen, ich weiß. Denys würde es gern sehen, wenn... Weshalb fragen Sie?«

»Ich erkläre es Ihnen, Mrs. Villiers. Wenn Sie sehr systematisch vorgingen und den Haushalt immer nach Plan erledigten, hätten Sie sich daran gewöhnt, und in diesem Fall könnte ich verstehen, daß nicht einmal der gewaltsame Tod Ihrer Schwägerin Sie davon abbringen konnte, Ihrem Alltagstrott zu folgen. Aber da Sie nicht systematisch vorgehen und Ihr Auto nur dann waschen, wie ich vermute, wenn Sie Lust haben oder es dringend nötig ist, warum haben Sie sich dazu ausgerechnet den heutigen Tag ausgesucht?«

Sie wurde rot wie eine Tomate. In ihren Augen glomm Angst auf, die fast an Entsetzen grenzte, dann blinzelte sie noch einmal und krampfte die Hände zusammen. »Ich weiß nicht, was Sie meinen. Ich verstehe nicht ganz.«

»Bitte regen Sie sich nicht auf. Vielleicht haben Sie das Auto gewaschen, gerade weil Sie durcheinander waren. War es so?« Sie war sehr schwer von Begriff, dachte Wexford, entweder weil sie zu verängstigt oder zu beschränkt war, um das Hintertürchen zu sehen, das er ihr offengelassen hatte. Er wurde deutlicher. »Ich nehme an, Sie waren der durchaus vernünftigen Meinung, daß Arbeit die beste Medizin ist, um unglückliche oder besorgte Menschen von ihrem Kummer abzulenken?«

Mit sichtlicher Erleichterung nickte sie schließlich. »Ja, genau so war es.« Im nächsten Augenblick verspielte sie den leichten Vorteil wieder, den sie durch ihre Zustimmung gewonnen hatte. »Ich war nicht sehr durcheinander, nein, eigentlich nicht. Es handelte sich schließlich nicht um *meine* Schwester.«

»Das ist richtig«, sagte Wexford. Er rückte mit dem Stuhl näher an sie heran, und ihre Blicke trafen sich; wie ein vom Scheinwerferlicht gebannter Hase sah sie ihm in die Augen. Plötzlich existierte Burden nicht mehr, die beiden waren allein. »Sie war natürlich die Schwester Ihres Mannes, nur eine Schwägerin.« Ein mürrischer und verschlossener Ausdruck trat auf ihr Gesicht. »Sie mochten sich wohl nicht sonderlich?«

»Nein.« Einen kurzen Moment zögerte sie und

rutschte wie unwillkürlich von der Lehne in den Sessel, ohne dabei jedoch den Blick von Wexfords Gesicht abzuwenden. »Sie kamen gar nicht gut miteinander aus. Wenn Sie es unbedingt wissen wollen, Denys konnte sie nicht ausstehen.«

»Merkwürdig, Mrs. Nightingale schien doch sonst mit allen auszukommen.«

»Glauben Sie? Ach, Sie meinen mit den Leuten hier in der Gegend.« Sie seufzte tief und leise, dann fuhr sie rasch mit tonloser Stimme fort: »Wirkliche Freunde hatte Elizabeth keine. Mein Mann glaubt, sie sei von einem Verrückten umgebracht worden, so einem Triebtäter, der Frauen anfällt. So wird es wohl gewesen sein. Sie muß den Verstand verloren haben, nachts allein in den Wald zu gehen. Sie hat es ja förmlich herausgefordert.«

»Möglich«, sagte Wexford. Er lächelte jovial, um eine entspanntere Atmosphäre zu schaffen. Georgina Villiers war nun ruhiger. Sie ließ ihre Hände los, atmete flach und blickte nach unten. »Wissen Sie, weshalb Ihr Mann nicht mit seiner Schwester auskam?

»Sie hatten eben gar nichts gemeinsam.«

Und was, fragte sich Wexford, hat eine begriffsstutzige und spießige Frau wie du mit einem Intellektuellen wie Villiers gemeinsam, einem Lehrer für klassische Philologie, einer Kapazität als Wordsworth-Forscher?

»Ich glaube, er hielt sie für ziemlich dumm und verschwenderisch.«

»War sie das denn, Mrs. Villiers?«

»Jedenfalls hatte sie eine Menge Geld, nicht? Es gab keinen anderen Grund für ihn, sie nicht zu mögen, falls Sie das meinen. Sie und Quen waren im Grunde sehr unkomplizierte Menschen. Natürlich nicht die Art Menschen, mit denen ich früher Umgang pflegte. Vor meiner Heirat hatte ich mit solchen Leuten keinen Kontakt.«

»Sind Sie gut mit ihnen ausgekommen?«

»Quen ist immer sehr nett gewesen.« Georgina Villiers drehte an ihrem Ehering und schob ihn am Finger auf und ab. »Wissen Sie, er mochte mich meinem Mann zuliebe. Er und mein Mann sind wirklich gute Freunde.« Sie senkte den Blick und biß sich nervös auf die Unterlippe. »Ich glaube aber, daß er mich mit der Zeit um meiner selbst willen mochte. Aber egal«, fügte sie plötzlich in schrillem und ärgerlichem Ton hinzu. »Weshalb sollte ich mir daraus etwas machen? Für einen Mann sollte an erster Stelle seine Frau stehen. Er sollte mehr auf sie als auf Außenstehende geben und seiner Arbeit nicht in fremder Leute Häuser nachgehen.«

»Waren Sie der Meinung, daß Mr. Nightingale zuviel Einfluß auf Ihren Mann ausübte?«

»Ich mag nicht, wenn sich Fremde in anderer Leute Angelegenheit einmischen.« Georgina zog an ihren Ohrringen und lockerte an einem die Schraube. »Ich war Sportlehrerin«, sagte sie stolz, »bevor ich heiratete, dann habe ich meinen Beruf an den Nagel gehängt. Finden Sie nicht auch, daß eine Frau zu Hause bleiben und sich um ihren Mann kümmern sollte? Das ist das beste für Leute wie uns, ein schönes Heim und eine Familie haben ohne große anderweitige Interessen.«

Wexford warf Burden, der beifällig nickte, einen mißbilligenden Blick zu und sagte: »Hätten Sie etwas dagegen, wenn wir uns ein wenig umschauen?«

Georgina zögerte, dann schüttelte sie mit dem Kopf.

Der Bungalow verfügte über ein weiteres Wohnzimmer und zwei Schlafzimmer, von denen das kleinere unmöbliert war und keinen Teppichboden hatte.

»Ich frage mich, was er wohl mit seinem Geld anfängt«, flüsterte Wexford. »Er hat einen guten Job und schreibt diese Bücher.«

Burden zuckte die Achseln. »Vielleicht ist er verschwenderisch wie seine Schwester. Aber er wird sich ändern. Er hat eine gute Frau.«

»O mein Gott!«

Während er die spärlich gefüllten Schränke durchsuchte, erwiderte Burden zugeknöpft: »Jedenfalls habe ich es zur Abwechslung ganz angenehm gefunden, mal mit einer einfachen, anständigen Frau zu sprechen.«

»Einfach und anständig mag sie ja sein. Dumm genug ist sie weiß Gott dazu. Hier ist nichts, kein Blut, auch nichts, das als Waffe in Frage käme.« Als nächstes nahmen sie sich die Küche vor, wo Wexford den Deckel des altmodischen Kohleboilers hochhob. »Lodert fröhlich vor sich hin«, sagte er. »In so einem Ding läßt sich praktisch alles verbrennen, und sie hatte stundenlang Zeit dazu.«

Georgina wartete im Wohnzimmer auf sie, saß apathisch in einem Sessel und starrte die Wand an.

»Ich weiß einfach nicht, wo mein Mann so lang bleibt. Man sollte doch meinen, er würde hier bei mir sein wollen. Man sollte...« Sie erstarrte und horchte konzentriert. »Jetzt kommt er.«

Sie sprang aus dem Sessel auf, stürmte in die Diele und warf hinter sich die Tür zu. Während er mit halbem Ohr der geflüsterten Unterhaltung zwischem dem Ehepaar folgte, sagte Burden: »Sie ist das reinste Nervenbündel. Fast könnte man glauben, sie hätte damit gerechnet, daß wir etwas finden. Ich frage mich, ob...«

»Psst!« machte Wexford.

Denys Villiers trat in das Zimmer und sprach über die Schulter hinweg mit seiner Frau. »Ich kann mich nicht zerreißen, Georgina. Quen ist ziemlich elend dran. Als ich ging, war Lionel Marriott bei ihm.«

Burdens Blick begegnete Wexfords. Der Chief Inspector stand auf und zog angenehm überrascht die Augenbrauen hoch.

»Habe ich richtig gehört, Sie sprachen von Lionel Marriott?«

»Falls Sie zugehört haben, ja«, erwiderte Villiers schroff. Er sah immer noch wesentlich älter als achtunddreißig aus, jedoch nicht ganz so krank wie am Morgen. »Wieso, kennen Sie ihn?«

»Er ist Lehrer an der gleichen Schule wie Sie«, sagte Wexford. »Um die Wahrheit zu sagen, sein Neffe ist mit meiner ältesten Tochter verheiratet.«

Villiers maß ihn mit beleidigendem Blick. »Bemerkenswert«, sagte er, und sein Ton ließ keinen Zweifel daran, daß Marriott, ein gebildeter Mann und Kollege von ihm, sich in seinen Augen durch die Verbindung mit der Familie des Chief Inspectors entschieden verschlechtert hatte.

Wexford schluckte seinen Zorn hinunter. »Ist er ein Freund Ihres Schwagers?«

»Von Zeit zu Zeit läßt er sich im Herrenhaus blicken.« Gefühllos befreite Villiers seinen Arm aus dem Klammergriff seiner Frau und ließ sich in einen Sessel plumpsen. Aus Verzweiflung oder vielleicht nur aus schlichter Erschöpfung schloß er die Augen. »Ich will einen Drink«, sagte er, und als Georgina sich mit baumelnden Ohrringen über ihn lehnte, setzte er hinzu: »Irgendwo muß noch eine Flasche Gin sein. Geh und hol sie bitte.«

6

Ein Riesenglück, dachte Wexford bei sich, als er bei Sonnenuntergang die High Street von Kingsmarkham entlangschlenderte, daß er aus purem Zufall auf einen Busenfreund von Quentin Nightingale gestoßen und dieser Busenfreund ausgerechnet Lionel Marriott war. Falls er sich aus seinem riesigen Bekanntenkreis in der Stadt jemanden hätte aussuchen dürfen, um ihn über das Privatleben der Nightingales aufzuklären, wäre seine Wahl mit Sicherheit auf Marriott gefallen. Doch es war ihm nicht in den Sinn gekommen, Marriott mit dem Herrenhaus in Verbindung zu bringen, wenn dies vielleicht auch ein Versäumnis war, denn welches bedeutende Haus in der weiteren Umgebung blieb Marriott schon verschlossen? Wer auch nur den leisesten Anspruch auf Bildung und Geschmack erhob, war auf du und du mit ihm. Wer außer einem Einsiedler konnte die Bekanntschaft mit dem gastfreundlichsten und klatschsüchtigsten Einwohner Kingsmarkhams leugnen?

Wexford war ihm fünf- oder sechsmal begegnet, und für Marriott genügte das, um ihn unter seine intimen Freunde zu zählen und ein seltenes Vorrecht für sich in Anspruch zu nehmen. Nur wenige in Kingsmarkham kannten den Vornamen des Chief Inspectors, und noch weniger redeten ihn damit an. Marriott hatte dies seit ihrem ersten Kennenlernen getan und verlangte dafür von Wexford, daß dieser ihn Lionel nenne.

Marriotts Leben war ein offenes Buch. Man mochte vielleicht nicht darin blättern, doch falls man sich allzu diskret zeigte, blätterte er selbst darin, denn er war ebenso begierig, von seinem eigenen Privatleben zu berichten wie von dem seines enormen Freundeskreises.

Er war ungefähr in Wexfords Alter, aber flink und drahtig, und früher einmal mit einer faden kleinen Frau verheiratet, die bequemerweise gestorben war, als Marriotts Gelangweiltsein in ihrem Eheleben gerade den Zenit erreicht hatte. Marriott sprach von ihr stets als »meine arme Frau« und erzählte höchst geschmacklose Geschichten von ihr, über die man aber trotzdem einfach lachen mußte, weil seine arabeskenreiche Erzählkunst stets die komische Seite aller Mißlichkeiten des Menschseins hervorhob. Hinterher beschwichtigte man sein Gewissen mit der Überlegung, daß die Dame besser tot als mit Marriott verheiratet war, der sich nie lange an jemanden fesseln ließ und »alles übrige«, wie Shelley meint, »obgleich schön und gut, schnödem Vergessen anvertraut«.

Denn vor »schnödem Vergessen« oder wenigstens vor Einsamkeit schien Marriott sich am meisten zu fürchten. Weshalb lud er sich sonst jeden Abend Gäste ins Haus? Weshalb sollte er sonst tagsüber am King's englische Literatur unterrichten, obwohl er über private Einkünfte verfügte, die selbst für seine Bedürfnisse, seine Freigebigkeit und Gastfreundschaft ausreichten?

Seit dem Tod seiner Frau hatte er kein Einsiedlerleben geführt, und jedesmal, wenn Wexford ihm begegnete, hatte er eine neue Begleiterin, stets attraktive, elegant gekleidete Frauen in den Vierzigern. Höchstwahrscheinlich, dachte Wexford, als er in die von der High Street abzweigende Gasse einbog, die zu Marriotts Haus führte, war jetzt die derzeitige Favoritin dort, arrangierte Marriotts Blumen in den Vasen, hörte sich seine Anekdoten an und bereitete die Häppchen für die unweigerlich folgende Cocktailparty vor.

Sein Haus lag am Ende einer im georgianischen Stil erbauten Straßenzeile, deren Gebäude alle außer dem ersten in Geschäfte, Eigentumswohnungen oder Lagerhäuser umgewandelt worden waren. Im Kontrast zu deren baufälligem Aussehen war sein Haus mit dem strahlend weißen Außenanstrich, der alle zwei Jahre erneuert wurde, den hübschen kleinen Blumenkästen auf allen Fensterbänken und den sechs schmiedeeisernen Balkons an der Fassade herausgeputzt wie Bauernmädchen am Sonntag. Uneingeweihte hätten hinter dem Eigentümer dieses Hauses eine finanziell unabhängige alte Jungfer mit einem Gartentick vermutet. Innerlich lächelnd stieg Wexford die Stufen zur Haustür hinauf und zog den Kopf ein, um nicht an einen Hängekorb voller leuchtend bunter Lobelien und feuerwehrroter Geranien zu stoßen. Ausnahmsweise war die Gasse nicht mit den Autos von Marriotts Gästen vollgestopft. Doch es war noch früh und ging gerade erst auf sieben Uhr zu.

Marriott persönlich kam an die Tür, in roter Samtjacke und Ripsband, in der einen Hand ein Glas Spargelspitzen.

»Hallo, alter Junge, was für eine nette Überraschung! Noch vor kaum fünf Minuten habe ich gesagt, wie unglücklich ich bin, weil du mich so im Stich läßt, und schon stehst du auf der Matte. Die Antwort auf das Gebet eines armen Sünders. Wäre es nicht prima, sagte ich gerade, wenn der gute alte Reg Wexford heute abend aufkreuzen würde?«

Wexford gehörte der Generation und sozialen Schicht an, die immer fast in Ohnmacht fällt, wenn sie von flüchtigen Bekannten mit Vornamen angesprochen wird, und er zuckte innerlich zusammen, doch selbst er mußte zugeben, daß, ganz gleich, welche Fehler Marriott auch haben mochte, niemand einen so herzlich empfangen konnte wie er.

»Ich war gerade in der Gegend«, sagte er. »Außerdem wollte ich sowieso mit dir reden.«

»Und ich habe mich danach gesehnt, wieder mal mit dir zu reden, womit wir schon zu zweit wären. Herein mit dir, oder willst du zwischen Tür und Angel reden? Du bleibst doch zu meiner Party, nicht? Nur eine kleine Feier, ein paar alte Freunde, die nach den netten Sachen, die ich über dich erzählt habe, alle darauf brennen, den großen Chief Inspector persönlich kennenzulernen.«

Wexford sah sich in die Diele gezerrt und in Richtung von Marriotts Salon geschoben. »Was feiert ihr?« Er holte tief Luft und brachte den Vornamen über die Lippen. »Was gibt es denn zu feiern, Lionel?«

»Vielleicht war ›feiern‹ das falsche Wort, alter Junge. Es handelt sich eher um so etwas wie eine Die-Todgeweihten-grüßen-dich-Zusammenkunft, wenn du verstehst, was ich meine.« Er sah Wexford forschend ins Gesicht. »Offenbar nicht. Aber ein vielbeschäftigter Mann wie du kann auch kaum wissen, daß heute der letzte Ferientag ist und es morgen wieder zurück zu den pickligen Rackern geht.«

»Aber natürlich«, sagte Wexford. Er erinnerte sich nun wieder, daß Marriott am Ende der Ferien immer eine Party gab und seine Schüler an der King's-Schule stets als die »pickligen Racker« bezeichnete. »Bleiben kann ich aber nicht. Ich fürchte, ich komme ungelegen und störe dich bei den Vorbereitungen zu der Party.«

»Kein bißchen! Du weißt gar nicht, wie überglücklich ich bin, dich zu sehen, aber deine frostige Miene sagt mir, daß du an etwas Anstoß nimmst.« Marriott breitete in dramatischer Geste seine kurzen Arme aus. »Sage mir, was habe ich getan? Was habe ich gesagt?«

Als er in den Salon kam, sah Wexford in einer Ecke eine improvisierte Bar aufgebaut, und durch den Bogen, der zum Eßzimmer führte, fiel sein Blick auf eine überladene Tafel, auf der zwischen achtlos verstreuten weißen Rosen Brathühner, kalter Braten und ein ganzer Lachs angerichtet waren. »Wie ich sehe«, sagte er, »habe ich mich wohl geirrt in der Annahme, daß du mit Elizabeth Nightingale eng befreundet warst.«

Marriotts lebhafte Miene erstarrte und wurde plötzlich kummervoll, ob aufrichtig, wußte Wexford nicht zu sagen. »Ich weiß, ich weiß. Ich müßte in Trauer sein und geradezu in Sack und Asche gehen. Glaube mir, Reg, ich trage die Asche im Herzen. Aber mal angenommen, ich würde allen diesen lieben Leutchen absagen und das gebratene Fleisch den Schweinen der Mästerei in Pomfret vorwerfen, was hätte das für einen Wert? Würde sie dadurch wieder lebendig? Würde Quentin deshalb eine Träne weniger um sie weinen?«

»Wahrscheinlich nicht.«

»Lieber Reg, dein Tadel trifft mich schwer. Laß mich dir etwas zu trinken anbieten. Einen Whisky, einen Pernod oder einen Champagnercocktail? Und vielleicht ein Scheibchen gebratene Ente dazu?«

Wexford nahm Platz, wie stets überwältigt. »Dann eben einen kleinen Whisky, aber nichts zu essen.«

»Ich muß wohl ein Ausgestoßener sein. Du weigerst dich, mein Salz zu essen.« Marriott trottete kopfschüttelnd an die Bar, wo er zwei Riesengläser Vat 69 einschenkte. Wexford war sich im klaren, daß Widerspruch zwecklos war. Innerlich grinsend ließ er den Blick über das Zimmer schweifen. Obwohl er wußte, daß viele der Antiquitäten unglaublich kostbar und die Kronleuchter ohnegleichen waren und jeder in der Stadt, der Geschmack hatte, Marriott um die Raumausstattung beneidete, erinnerte Wexford sein Salon immer an eine Kreuzung zwischen der Wallace Collection und einem italienischen Restaurant in der Old Brompton Road. Die Wände bedeckte eine flaschengrüne Tapete, die ein smaragdgrünes Prägemuster zierte und auf der goldgerahmte Spiegel hingen. Auf sämtlichen Tischen standen Kollektionen von Stiluhren, Tabatieren und Crown-Derby-Porzellannippes. Ein Gast hätte Angst gehabt, sich überhaupt zu bewegen, wenn er nicht genau gewußt hätte, daß, ganz gleich, welchen Schaden er auch anrichtete, Marriott nur ein Lächeln dafür übrig haben und sagen würde, es spiele überhaupt keine Rolle, da die Anwesenheit des Gastes mitsamt seiner Ungeschicklichkeit so überaus viel wertvoller sei als irgendein unbelebter Gegenstand.

Das Geklapper von Absätzen aus dem Küchenbereich verriet ihm die Anwesenheit einer dritten Person im Haus, und als er seinen dreistöckigen Whisky entgegennahm, kam eine Frau mit einem Tablett zum Vorschein, auf dem noch mehr Essen aufgetürmt war. Sie war eine große Blonde, etwa Mitte Vierzig, und trug an beiden Handgelenken Armreife, die bei jeder ihrer Bewegungen wie Glöckchen gegeneinanderschlugen.

»Das ist Hypatia, mein Amanuensis«, sagte Marriott und ergriff ihren Arm. »Du machst dir keine Vorstellung, welch komische Blicke ich ernte, wenn ich sie so vorstelle. Die Leute sind eben schlicht ungebildet, nicht? Das ist Chief Inspector Wexford, Liebes, unser Friedenshüter.«

Von Marriotts Bemerkungen unbeeindruckt, streckte ihm Hypatia gelassen eine große Hand entgegen.

»Sie wird uns nicht stören«, sagte Marriott, als wäre sie gar nicht vorhanden. »Sie wird ein Bad nehmen und sich schöner machen denn je. Nur zu, Patty.«

»Bist du sicher, daß das Essen reicht?« fragte Hypatia.

»Ganz sicher. Gallenkoliken wie beim letztenmal wollen wir schließlich nicht noch einmal erleben. Also, Reg, jetzt kannst du den Großinquisitor spielen. Ich bin zwar untröstlich, daß du mich nicht nur zum Vergnügen besuchst, aber ich mache mir nichts vor.« Marriott hob sein Glas. »Trinken wir auf kleine Gefälligkeiten!«

»Äh – prost«, sagte Wexford. Er wartete, bis die Frau gegangen war und das Gluckern in den Wasserleitungen an sein Ohr drang. »Ich möchte etwas über die Nightingales erfahren, alles, was du mir sagen kannst.« Er grinste. »Ich weiß, von gutem Geschmack oder dummem Skrupel, wie daß man von Toten nur Gutes reden soll, wirst du dir keinen Zwang antun lassen.«

»Ich hatte Elizabeth sehr gern«, begann Marriott in leicht gekränktem Ton. »Wir kannten uns von Kindesbeinen an. Spielten sozusagen im gleichen Sandkasten.«

»Dann mußt du ein verdammt zurückgebliebenes Kind gewesen sein«, sagte Wexford spitz. »Sie war gute fünfzehn Jahre jünger als du, also mach dir nichts vor.«

Marriott rümpfte die Nase. »Offenbar bist du heute morgen mit dem linken Fuß zuerst aufgestanden.«

»Ob mit dem linken Fuß, weiß ich nicht. Jedenfalls viel zu früh für meinen Geschmack. Du kanntest sie also, seit *sie* geboren wurde? Wo war das?«

»Selbstverständlich hier. Hast du nicht gewußt, daß sie und Denys hier zur Welt kamen?«

»Ich weiß eigentlich noch gar nichts über sie.«

»Ah, das hab ich gern. Völlige Unwissenheit. Wie ich schon immer den pickligen Rackern erkläre, selig sind, die da hungert und dürstet nach Aufklärung, denn sie sollen satt werden, und wenn ich's ihnen mit der Querlatte einprügeln muß. Jedenfalls kamen sie tatsächlich hier zur Welt, in einer klammen Bruchbude unten an der Kingsbrookschleuse. Ihre Mutter kam aus London und stammte aus recht guter Familie, aber ihr Vater war ein waschechter Kingsmarkhamer. Er arbeitete als Schriftführer bei der Gemeinde.«

»Also waren sie nicht gerade wohlhabend?«

»Arm wie die Kirchenmäuse, mein Bester. Elizabeth und Denys besuchten die staatliche Schule, und zweifelsohne würde ihr Vater heute noch den lieben Gott einen guten Mann sein lassen, wenn nicht die Bombe dazwischengekommen wäre.«

»Was für eine Bombe?« fragte Wexford, als die Tür zum Bad zugeschlagen wurde und es im Wasserbehälter weit über ihnen rauschte.

»Eine von der Bombenserie, die ein deutsches Flugzeug hier auf dem Weg zur Küste abwarf. Es war ein Volltreffer, der Villiers *père* und *mère* auf einen Schlag ins Jenseits beförderte.«

»Wo waren die Kinder?«

»Denys war beim Fischen, und Elizabeth hatte man losgeschickt, um ihn nach Hause zu holen. Es geschah am frühen Abend, so gegen sieben. Die Kinder der Villiers', Elizabeth und Denys, waren vierzehn beziehungsweise elf.«

»Was ist aus ihnen geworden?«

»Es wurde eine ziemlich seltsame und höchst ungerechte Übereinkunft für sie getroffen«, sagte Marriott. »Denys kam zu dem Bruder seiner Mutter und schnitt dabei sehr gut ab. Dieser Onkel war ein nicht unvermögender Rechtsanwalt und schickte Denys zunächst auf eine Privatschule und dann nach Oxford. Die arme Elizabeth blieb aber bei ihrer Tante, der Schwester ihres Vaters, die sie mit fünfzehn aus der Schule nahm und bei Moran's anfangen ließ, dem Textilgeschäft.«

Auf Wexfords Miene spiegelte sich das Staunen, das Marriott erhofft hatte. »Mrs. Nightingale war Verkäuferin in einem Textilgeschäft?«

»Ich dachte mir schon, daß dich das vom Hocker reißt. Diese alte Hexe Priscilla Larkin-Smith tratscht bei ihren

Bekannten immer noch von den Zeiten, als Elizabeth Villiers ihr Korsetts anpaßte.«

»Wie hat sie Nightingale kennengelernt?«

»Oh, das kam erst viel später«, sagte Marriott. »Elizabeth blieb nicht lange bei Moran's. Sie riß nach London aus und suchte sich einen Job, das schlaue junge Ding. Möchtest du noch einen Scotch, Süßer?«

»Nein, wirklich nicht. Weißt du, Lionel, ohne diese Dingsda oben und ihre Vorgängerinnen könnte man bei dir fast – wie soll ich mich ausdrücken – gewisse absonderliche Neigungen vermuten. Du drückst dich manchmal reichlich zweideutig aus.«

Marriott lächelte affektiert, als er das hörte, schien jedoch keinen Anstoß daran zu nehmen. »Als Tunte bin ich gar nicht übel, was? Ich werde immer wieder darauf angesprochen. Reine Pose, das kann ich dir versichern. Komm, laß mich nachschenken.«

»Na, von mir aus.« Das Wasser wurde aus der Wanne gelassen, und das Tappen von Hypatias Füßen im oberen Stock war zu hören. »Haben sich die Geschwister in London getroffen?«

Marriott zündete sich eine russische Zigarette an und blies Rauchringe in die Luft. »Damit kann ich leider nicht dienen.« Er wirkte geknickt. Wexford wußte, wie er es haßte, wenn er zugeben mußte, daß ihm irgendeine Einzelheit aus dem Privatleben eines Freundes unbekannt war. »Ich habe keinen von ihnen wiedergesehen, bis ich erfuhr, daß Quentin das Herrenhaus gekauft hat.« Er schenkte ihnen noch einmal ein und ging zu seinem Sessel zurück. »Als wir hörten, es seien neue Leute in das Herrenhaus gezogen, habe ich meine Frau natürlich mal bei ihnen vorbeischauen lassen. Du kannst dir vorstellen, wie überglücklich ich war, als ich erfuhr, wer diese Mrs. Nightingale war.«

»Ich weiß nicht so recht, ob ich mir das vorstellen kann«, meinte Wexford. »Schließlich war sie ein fünfzehnjähriges Kind und du in den Dreißigern, als ihr euch das letzte Mal gesehen hattet.«

»Du legst aber auch jedes impulsive Wort von mir gleich auf die Goldwaage! Selbstverständlich wollte ich damit nur sagen, daß es nett war, jemand wiederzusehen, den ich von früher her kannte, außerdem war Elizabeth stets eine sehr amüsante Gesellschafterin. Eine echte Schönheit, verstehst du, und welchen Stil sie hatte! Ich liebe diese klassischen englischen Blondinen.«

»Du solltest wieder heiraten«, sagte Wexford.

Marriott sandte einen verschlagenen Blick gen Himmel und äußerte sich in Epigrammform: »Ein Mann, der wieder heiratet, verdient es nicht, daß er seine erste Frau verliert.«

»Zuweilen schockierst du mich«, sagte Wexford. »Apropos Ehe, wie klappte denn die der Nightingales?«

»Sie waren ein glückliches Paar. Wenn du und deine Frau nie über etwas anderes sprechen als über das Wetter, von vorn und hinten bedient werdet, kinderlos und sexuell gleichermaßen frigid seid, worüber kann man dann streiten?«

»So war das also mit ihnen? Und darf ich fragen, wie du darauf kommst, daß sie frigide waren?«

Marriott rückte unruhig in seinem Sessel hin und her. »Tja, dazu genügt ein Blick auf Quentin... Außerdem mußt du ein paar Vermutungen schon gelten lassen, Reg.«

»Die Vermutungen überlaß ruhig mir. Kommen wir noch mal auf früher zurück, vor fünfzehn oder sechzehn Jahren. Wohnte Villiers damals schon hier?«

»Nein, er tauchte erst ein paar Jahre später auf. Ich begegnete ihm am ersten Tag des Herbsttrimesters, das ist jetzt also fast auf den Tag genau vierzehn Jahre her. Im Lehrkörper gab es zwei Neulinge, einen Naturwissenschaftler und eine Hilfskraft für die Altphilologie. Das war Denys. Der Direktor machte sie mit uns alten Hasen bekannt, und ich war natürlich absolut begeistert, Denys wiederzusehen.«

»Selbstverständlich«, warf Wexford ein.

Marriott sah ihn gekränkt an. »Sein Verhalten kam mir sehr merkwürdig vor, höchst eigenartig. Denys ist ein sonderbarer Kauz, ein waschechter Misanthrop. ›Was für ein Glücksfall‹, habe ich zu ihm gesagt, ›daß du mich kennst. Ich kann dich einführen und mit allen bekannt machen, die hier wer sind.‹ Man hätte doch erwarten sollen, er sei außer sich vor Freude, aber von wegen. Er sah mich nur angewidert an, doch ich hielt es für das beste, ein wenig Nachsicht mit ihm zu haben.«

»Weswegen?«

»Schließlich ist er Lyriker, wie du weißt, und Lyriker sind ein komisches Völkchen. Das ist nun mal so. Aber wie ich sehe, ist dir das neu. Du meine Güte, ja. Mehrere ganz reizende Gedichtchen von ihm waren damals im *New Statesman* erschienen, und ich hatte gerade seinen Essayband über Wordsworth, Coleridge und Southey gelesen. Übrigens ein kluges Buch. Wie ich also schon sagte, war ich nachsichtig mit ihm. ›Sie bauen wohl auf Ihre Schwester, Ihnen hier ein Entree zu verschaffen‹, habe ich zu ihm gesagt. ›Vergessen Sie nicht, daß auch sie neu hier ist.‹ – ›Meine Schwester? Hier?‹ erwiderte er und wurde kreidebleich. ›Wollen Sie damit etwa sagen, Sie wußten nichts davon?‹ – ›Herrgott noch mal‹, fluchte er. ›Ich dachte, hier an diesem Ort würde sie sich zuallerletzt blicken lassen.‹«

»Aber du hast dafür gesorgt, daß sie sich begegneten?« fragte Wexford.

»Selbstverständlich, mein Bester. Ich hatte Denys und seine Frau noch am selben Abend hier zu Besuch.«

»Seine *Frau?*« rief Wexford erstaunt. »Aber er ist doch erst seit einem Jahr verheiratet.«

»Nun reg dich mal wieder ab, alter Junge. Seine erste Frau. Das war wohl dein voller Ernst, als du gesagt hast, daß du nichts über diese Leute weißt. Seine erste Frau, June, eine ungemein...«

»Hör mal, immer schön der Reihe nach«, stöhnte Wexford. »Warum war Villiers so aus dem Häuschen, als du ihm erzählt hast, daß seine Schwester hier sei?«

»Das habe ich nach damals auch gefragt, aber später waren wir noch oft alle zusammen, und es war offenkundig, daß sie sich nicht ausstehen konnten. Komisch, wenn man bedenkt, wie umgänglich Elizabeth mit anderen Leuten war. Offen gestanden, Reg, sie verhielt sich ihm gegenüber, als hätte er ihr etwas angetan, und was ihn betrifft... Es war unglaublich, wie unverschämt der Mann zu ihr war. Aber dem darfst nicht zuviel Bedeutung beimessen. Denys ist zu allen ekelhaft, mit Ausnahme von Quentin. Ihm gegenüber verhält er sich ganz anders, und Quen betet ihn förmlich an. Aber Elizabeth und Denys kamen noch nie gut miteinander aus. Schon als Kinder lagen sie sich ständig in den Haaren. Ich kann mich sogar noch entsinnen, daß Mrs. Villiers und meine arme Frau einmal darüber sprachen, wie unangenehm das sei, du weißt schon, und wie hilflos sich Mrs. Villiers dadurch vorkommen mußte. Aber falls du eine Antwort darauf möchtest, weshalb sie diesen Streit fortsetzten, kann ich dir nicht helfen. Elizabeth sprach nie über ihren Bruder, wenn es sich vermeiden ließ, und wenn sie sich mir nicht anvertraute, wem dann? Wir waren sehr eng befreundet, geradezu intim, könnte man sagen.«

»So?« sagte Wexford nachdenklich. »Könnte man

das?« Er sah Marriott forschend an und hätte in dieser Richtung nachgehakt, wenn in diesem Moment nicht Hypatia eingetreten wäre, gebadet, von einem Parfümschleier umgeben und mit Goldlaméhosen und einer schwarzgoldenen Jacke bekleidet.

Wexford begegnete sie mit zurückhaltendem, Marriott mit mütterlichem Lächeln. »Immer noch beim Schwatzen? Pam und Ian sind da, Leo. Ich habe gerade ihr Auto in die Gasse einbiegen sehen.« Zu Wexford gewandt, fragte sie spitz: »Müssen Sie schon gehen?«

Wexford stand auf und wehrte Marriotts Hand ab, die ihn zurückhalten wollte. »Gibst du morgen abend wieder eine Party, Lionel?«

»Also wirklich, Reg, ein solcher Genußmensch bin ich nun auch nicht. Morgen abend werde ich nach meinen Scharmützeln mit den Söhnen von Freisassen, Bürgern und besseren Leuten entkräftet daniederliegen – schwarz wird es mir vor Augen werden, darauf kannst du Gift nehmen.«

»In diesem Fall«, meinte Wexford grinsend, »werde ich dich von der Schule abholen und dich nach Hause fahren.«

»Prima«, sagte Marriott, ließ sich zum erstenmal jedoch ein leises Unbehagen anmerken. Er geleitete Wexford zur Tür, wo ihnen zwei ältliche Leute entgegenkamen. »Ist ja phantastisch, daß ihr kommen konntet, meine Lieben. Pam, du siehst einfach zum Anbeißen aus, Herzchen. Darf ich euch...«

Wexford stahl sich leise davon.

7

Die Kinder der Burdens gingen wieder in die Schule, und aus dem Badezimmer des Bungalows drangen Würgegeräusche. Am ersten Schultag mußte sich Pat immer erbrechen. Ihre Eltern standen in der Küche und hörten diese Geräusche mit dem hilflosen Elend derjenigen, denen allmählich klar wird, daß ihre Kinder nicht nur Kinder, sondern auch Menschen sind und es einen Punkt gibt, an dem sie ihnen nicht mehr weiterhelfen können. Dieses Kind würde sich an jedem ersten Schultag übergeben, vor jedem Einstellungsgespräch und wahrscheinlich auch am Morgen seiner Hochzeit.

»Ach, Mike«, sagte Jean Burden,« sollen wir Dr. Crokker kommen lassen? Manchmal spiele ich sogar mit dem Gedanken, sie zu einem Psychiater zu schicken.«

»Obwohl du genau weißt, daß sie quietschfidel sein wird, sobald sie einen Fuß über die Schwelle des Klassenzimmers setzt? Wir wollen doch aus einer Mücke keinen Elefanten machen, Liebes.«

»Ich wollte nur, ich könnte ihr helfen. Wir hatten es nie mit den Nerven. Ich hätte nie gedacht, mein Kind könnte ein Nervenbündel werden.«

»Ich hab's nicht mit den Nerven«, sagte John, als er mit dem Schulranzen und morgendlich strahlender Miene in die Küche kam. »Falls ich je Kinder habe und sie so ein Affentheater wie Pat aufführen, kriegen sie von mir eine ordentliche Tracht Prügel.«

Burden sah seinen Sohn angewidert an. Obwohl sie nur zwei Jahre auseinander waren und unter der Obhut liebevoller und glücklich verheirateter Eltern in einem intakten Umfeld der Mittelklasse aufwuchsen, hatten sich seine Kinder nie vertragen. Ihre anfänglichen Streitereien, als John noch ein Knirps war und Pat ihn nur aus dem Kinderwagen heraus anschreien konnte, waren über handgreifliche Auseinandersetzungen zu dem gegenwärtigen Zustand ständiger Frotzeleien eskaliert.

In strengem Ton sagte er: »Du sollst aufhören, so von deiner Schwester zu sprechen. Ich habe es satt, dir das dauernd sagen zu müssen. Mal angenommen«, begann er, da ihn der Fall, den er momentan bearbeitete, auf eine Idee gebracht hatte, »mal angenommen, du und Pat würdet heute getrennt werden und euch nicht mehr sehen, bis ihr erwachsen seid, wie würdest du dann wohl darüber denken? Du würdest sehr bedauern, daß du so gemein zu ihr warst. Du kannst dir gar nicht vorstellen, wie sehr du sie vermissen würdest.«

»Ich würde sie nicht vermissen«, erwiderte John. »Ich wünschte, ich wäre ein Einzelkind.«

»Diese Abneigung ist mir ein Rätsel«, sagte Burden ratlos. »Sie ist unnatürlich.« Er streckte die Hand aus, als seine Tochter unter dem schützenden Arm der Mutter mit bleichem Gesicht und hängendem Kopf hereinkam. »Ich fahre dich zur Schule, Schätzchen. Ich bringe dich bis vor die Tür.«

»Mich fährst du nie zur Schule«, beschwerte sich John. »Dabei hab ich's tierisch weit, fast zwei Kilometer zu Fuß.«

»›Tierisch‹ sagt man nicht«, wies ihn Burden automatisch zurecht. »Ich fahre euch beide, aber fangt um Himmels willen im Auto nicht zu streiten an.«

Im Pausenhof der King's-Schule wimmelte es von Jungen. Burden fuhr ruckweise in die Einfahrt und jagte die lauthals johlenden und grölenden Kleinsten, Johns Altersgenossen, vor dem Auto auseinander. Die Schüler der Abschlußklasse, die sich in losen Grüppchen lässig an der Mauer postierten und die verhaßten Mützen ihrer

Schuluniformen zusammengeknüllt in den Taschen trugen, starrten ihn mit hochmütiger Unverschämtheit an. Ehe der Wagen noch ganz zum Stillstand kam, sprang John heraus und wurde augenblicklich von der johlenden Menge verschluckt.

»Siehst du, John ist keine Spur von ängstlich«, ermutigte Burden seine Tochter. »Du weißt doch, daß euch beiden zu Hause inzwischen stinklangweilig war, deshalb ist er froh, wieder bei seinen Freunden zu sein.«

»Ich hasse ihn«, sagte Pat.

»So darfst du nicht von deinem Bruder sprechen.« Burden fuhr vorsichtig rückwärts, und gerade als er innerhalb des Schulhofs wendete, sah er sich Denys Villiers Auge in Auge gegenüber. Er nickte verbindlich und hob leicht die Hand. Villiers sah durch ihn hindurch, steckte die Hände in die Hosentaschen und steuerte den neuen Flügel an.

»Halt bitte an, Vati«, sagte Pat, kaum daß sie auf offener Straße waren. »Ich muß mich wieder übergeben.«

Nachdem er seine Kinder sicher abgeliefert hatte, quälte sich Burden durch das morgendliche Verkehrsgewühl zum Polizeirevier. Die Begegnung mit Villiers hatte ihn überrascht, denn seiner Meinung nach hätte der Lehrer zumindest diese Woche von der Arbeit fernbleiben müssen, wenn schon nicht vor Trauer, so doch aus Taktgefühl. Ein seltsamer Mann, dieser Villiers, ein Mann, dem es anscheinend völlig egal war, was die Leute dachten. Sein Verhalten Burden gegenüber, den er einfach ignoriert hatte, obwohl der Polizist am Tag zuvor in seinem Haus gewesen und zudem noch der Vater eines Schülers der King's-Schule war, konnte Burden nur als empörend bezeichnen.

Da er zwanzig Minuten Verspätung hatte und dies

auch wußte, stürzte er in den Aufzug und kam außer Atem in Wexfords Büro an. Der Chief Inspector saß in einem unsäglichen Anzug, der noch weit schäbiger als sonst wirkte, an seinem Schreibtisch aus Rosenholz und blätterte Aktenstapel durch. Hinter ihm am Fenster stand der Arzt, hauchte das Glas an und zeichnete mit dem Finger ein Gebilde, das beunruhigende Ähnlichkeit mit einem Verdauungstrakt aufwies. Burdens Bedarf an Verdauungstrakten war für diesen Morgen gedeckt.

»Ich bin spät dran, tut mir leid«, sagte er. »Meiner Tochter wird am ersten Schultag immer übel, deshalb habe ich gewartet und Pat zur Schule gefahren.« Er nickte dem Arzt zu. »Jean wollte dich schon kommen lassen.«

»Du wirst einen vielbeschäftigten Mann doch damit nicht belästigen?« fragte Crocker und grinste faul. »So etwas legt sich mit der Zeit, glaube mir. Das gehört alles zur Misere des Menschseins, die deinen Kindern nicht erspart bleiben wird, so hart das auch sein mag.«

Wexford sah auf und blickte sie finster an. »Verschone uns bitte mit Philosophie. Ich habe hier einige Laborberichte vor mir liegen, Mike. Die Asche des Unkrautfeuers beim Herrenhaus weist klar darauf hin, daß dort Wollstoff verbrannt wurde. Eine Waffe ist noch nicht aufgetaucht, obwohl unsere Leute den Wald gestern, bis es dunkel wurde, durchsucht haben und im Moment noch dabei sind.«

»Sie könnte überall sein«, sagte Burden ratlos. »Im Fluß, vielleicht liegt sie auch in irgendeinem Garten. Wir wissen nicht mal, wie sie aussieht.«

»Nein, aber darüber werden wir jetzt mal scharf nachdenken. Als erstes müssen wir uns darüber klarwerden, ob der Mord an Mrs. Nightingale geplant war oder ohne Vorsatz begangen wurde.«

Dr. Crocker wischte die Zeichnung mit der Handkante aus und ließ sich auf einem von Wexfords wackligen Stühlen nieder. Das einzige stabile Sitzmöbel war Wexfords Bürostuhl, ein Thron aus dunklem Holz und Leder, der breit genug war, um Wexfords Leibesfülle aufzunehmen. Er quietschte, als Wexford sich zurücklehnte und die Arme ausbreitete.

»Vorsätzlich«, erklärte der Arzt knapp. »Sonst wäre sie nicht auf diese Weise und an diesem Ort umgebracht worden. So ein Ding wie das, womit sie getötet wurde, nimmt man im allgemeinen nicht auf längere Spaziergänge mit. Stimmt's?«

»Du meinst, falls kein Vorsatz dahinterstand, käme nur eine Todesursache wie beispielsweise Erwürgen in Betracht?«

»Ja, so ungefähr. Bei einem vorsätzlichen Mord muß man die Waffe nicht unbedingt mitbringen, wenn man weiß, daß ein entsprechender Gegenstand zur Verfügung steht. Mal angenommen, A beabsichtigt, B in Bs Salon zu töten, dann wird er keine Waffe mitnehmen, weil er weiß, daß der Schürhaken dort steht, wo er immer steht, beim Kamin. Aber im offenen Gelände gibt es kein entsprechendes Werkzeug, deshalb bewaffnet er sich, ehe er aufbricht. Euer Mann hat es genauso gemacht.«

»Muß es denn ein Mann sein?« fragte Wexford.

»Ein Mann oder eine kräftige Frau.«

»Der Meinung bin ich auch. Meines Erachtens war der Mord geplant, aber das schließt eine Eifersuchtstat nicht aus. Der Mörder ist ihr gefolgt und rechnete damit, das zu sehen, was er dann auch wirklich zu Gesicht bekam. Die Waffe hat er mitgebracht, eben weil er schon einen Verdacht hatte, den er nur noch bestätigt sehen wollte. Was meinen Sie, Mike?«

»Ohne Vorsatz«, sagte Burden gelassen. »Unser Mörder trug etwas bei sich, das zwar als Mordwaffe dienen konnte, primär aber einen anderen Zweck erfüllte. So wie in dem Fall der Frau, die gerade Brot aufschneidet. Ihr Mann sagt irgendwas zu ihr, das sie um den Verstand bringt und blindwütig mit dem Brotmesser auf ihn losgehen läßt. Dennoch war der ursprüngliche Grund, weshalb sie das Messer eigentlich in der Hand hielt, das Brotaufschneiden.«

»Ich für meinen Teil bin deshalb auch für vorgeschnittenes Brot«, witzelte der Arzt.

Der einzige Hinweis, daß Wexford diese Bemerkung gehört hatte, waren die sich noch tiefer auf seiner Stirn einfurchenden Runzeln. »Wenn wir für den Augenblick mal bei Mikes Theorie bleiben, was könnte der Mann – oder die kräftige Frau – dann bei sich getragen haben? Was nimmt man im allgemeinen mit, wenn man nachts in den Wald geht?«

»Einen Spazierstock«, sagte Burden wie aus der Pistole geschossen. »Einen Stock mit einer Spitze aus Metall.«

Crocker schüttelte den Kopf. »Viel zu dünn. Die Waffe war überhaupt nichts in der Art. Höchstens ein *Eisstock*, aber das ist ziemlich weit hergeholt. Ein Golfschläger vielleicht?«

Wexford warf ihm einen spöttischen Blick zu. »Wollte wohl ein paar Bahnen zwischen den Bäumen spielen? Womöglich noch sein Handicap verbessern? Mein Gott, es ist doch nicht zu glauben.«

»Jedenfalls schien der Mond«, sagte der Arzt. »Zumindest, bis der Sturm aufkam. Ein metallener Schuhabsatz vielleicht?«

»Weshalb ist dann kein Schmutz in der Wunde?«

»Du hast recht. Die Wunde war völlig sauber.«

Wexford zuckte mit den Achseln und versank in brütendes Schweigen. Ebenso schweigsam zog Burden die

Akten unter Wexfords Hand hervor und vertiefte sich mit unbewegter Miene in die Lektüre. Plötzlich ruckte Wexford auf dem knarrenden Drehstuhl herum.

»Du hast doch gerade etwas gesagt, etwas über den Mond.«

»So?«

In pedantisch dienstlichem Ton erklärte Burden: »Dr. Crocker gab an, der Mond habe geschienen, bis der Sturm aufgekommen sei.« In der Art eines Rechtsanwalts wandte er dem Arzt sein klares Profil zu. Crocker zog die Augenbrauen hoch.

»Ah, ja. Ich erinnere mich noch daran, weil ich wegen einer Entbindung in Flagford war. Der Mond schien hell, aber um elf zogen sich die Wolken schon zusammen, und um halb zwölf war der Mond nicht mehr zu sehen.«

Ein Grinsen, weniger humorvoll als vielmehr triumphierend, breitete sich allmählich auf Wexfords Gesicht aus. »Und was nimmt man in einer solchen Nacht folglich mit in den Wald?«

»Einen Regenschirm«, sagte der Arzt; Burden aber, dessen Steifheit einer Art Jagdfieber wich, antwortete: »Eine Taschenlampe!«

»Eine Taschenlampe?« fragte Quentin Nightingale. »Unsere stehen im Geräteraum.« Die Haut unter seinen Augen sah braun und wie Kreppapier aus, vielleicht infolge der zweiten schlaflos verbrachten Nacht. Seine Hände zitterten nervös, als er sich an die Stirn faßte, an seiner Krawatte herumfummelte und sie schließlich hinter dem Rücken versteckte. »Wenn Sie glauben...«, murmelte er. »Falls Sie hoffen... Ihre Leute haben gestern das Haus von oben bis unten durchsucht. Was kann da noch...?« Er schien nicht fähig, seine Sätze zu beenden, sondern ließ sie in verzweifeltem Ton ausklingen.

»Ich verfolge eine neue Spur«, sagte Wexford energisch. »Wo ist dieser Geräteraum?«

»Ich führe Sie hin.«

Als sie wieder in die Diele traten, klingelte es an der Vordertür. Quentin starrte auf die Tür, als erwarte ihn Nemesis persönlich auf der anderen Seite, doch er machte keine Anstalten, selbst zu öffnen, sondern nickte nur kraftlos Mrs. Cantrip zu, die aus der Küche angetrottet kam.

»Wer kann das nun wieder sein?« fragte sie wütend. »Sind Sie für Besucher zu Hause, Sir?« Seine Apathie rief nicht Ungeduld bei ihr hervor, sondern weckte ihr Mitleid. »Ich hätte gute Lust, denen mal ordentlich heimzuleuchten!«

»Sehen Sie lieber mal nach, wer da ist«, sagte Quentin.

Es waren Georgina Villiers und Lionel Marriott. Die große, knochige junge Frau, die sich mit unpassendem Modeschmuck geschmacklos herausgeputzt hatte, und der kleine scharfsinnige Mann gaben ein seltsames Paar ab. Auf Georginas Gesicht spiegelten sich gemischte Gefühle wider, Hoffnung, Schüchternheit und unbändige Neugier. In der Hand hielt sie eine Leinentasche mit Tragbügeln aus Plastik, die eher zu einer Wanderin paßte als zu einer Frau, die einen morgendlichen Höflichkeitsbesuch abstattet, und als sie über die Schwelle trat, stieß sie einen zusammenhanglosen Schwall von Entschuldigungen und Erklärungen hervor.

»Ich mußte einfach kommen und sehen, wie du es aufnimmst, Quen. Das alles muß ja schrecklich für dich sein… Mein Mittagessen hab ich mir mitgebracht, damit Mrs. Cantrip wegen mir nicht extra kochen muß. Wie geht es dir? Du siehst gar nicht gut aus. Aber das liegt natürlich an den Strapazen und allem. Ach je, vielleicht hätte ich besser nicht kommen sollen.«

Quentins Miene war versteinert, um sich nichts von seiner Unruhe anmerken zu lassen, und machte deutlich, daß er einer Meinung mit ihr war, aus Höflichkeitsgründen dies aber nicht aussprechen konnte. »Nein, nein. Nett von dir, daß du dir die Mühe gemacht hast. Möchtet ihr nicht ins Damenzimmer kommen?« Er schluckte merklich und wandte sich an Wexford. »Vielleicht kann Sie Mrs. Cantrip zu dem Raum führen, in dem die Taschenlampen aufbewahrt werden?« Die Hand, die er ausstreckte und auf die Schulter seiner Schwägerin legen wollte, um sie in das richtige Zimmer zu bugsieren, zitterte nun so heftig, daß es schon peinlich wirkte. Unter Georginas gemurmelten Entschuldigungen steuerten sie langsam das Zimmer an, in dem Elizabeth Nightingale die Vormittage verbracht hatte.

»Einen Augenblick«, sagte Wexford und streckte den Arm aus, um Marriott davon abzuhalten, ihnen nachzugehen. Die Tür zum Damenzimmer schloß sich. »Was, zum Teufel, hast eigentlich du hier verloren?« fragte der Chief Inspector zornig. »Ich dachte, du müßtest in der Schule sein?«

»Ich hatte eine Freistunde, mein Bester, und wie hätte ich die besser nutzen können, als auf einen Sprung hierher zu flitzen und den armen Quen zu trösten?«

»Vielleicht kannst du mir mal erklären, wie jemand ohne Auto in vierzig Minuten von Kingsmarkham nach Myfleet und wieder zurück ›flitzt‹, wie du das ausdrückst?«

»Georgina hat mich im Auto mitgenommen«, antwortete Marriott, ohne sich dabei ein triumphierendes Grinsen verkneifen zu können. »Ich stand gerade am Schultor und war in Gedanken vertieft, die sich vornehmlich darauf richteten, wie um alles in der Welt ich das ohne Auto schaffen sollte, weil der Bus nach Myfleet mir doch praktisch vor der Nase weggefahren war, als plötzlich sie daherkam und auch zum Herrenhaus wollte. So ein glücklicher Zufall! Im Wagen haben wir nett miteinander geplaudert und uns überlegt, was wir Aufmunterndes zu Quen sagen wollen.«

»Dann geht jetzt lieber rein und sagt es.« Wexford schubste den kleinen Mann sanft auf die Tür zu. »Sagt es und geht wieder. Ich will dieses Haus noch einmal gründlich durchsuchen lassen und möchte nicht, daß meinen Leuten dabei scharenweise fröhliche Schnüffler in die Quere kommen. Aber vergiß nicht«, fügte er hinzu, »daß wir um sechzehn Uhr eine Verabredung haben.« Er seufzte und schüttelte den Kopf. »So, Mrs. Cantrip, jetzt gehen wir zum Geräteraum.«

»Bitte hier den Gang entlang, Sir, und geben Sie auf die Stufe acht. Sie werden bestimmt sagen, Lauschen gehöre sich nicht, aber es ließ sich nicht vermeiden, daß ich Ihr Gespräch mit Mr. Marriott gehört habe. Das mußte ihm mal gesagt werden, hab ich mir gedacht, wo er doch hier immer herumschnüffelt. Und was diese Mrs. Villiers angeht... Haben Sie auch gehört, daß sie ihr eigenes Mittagessen mitgebracht hat? Bestimmt bloß ein paar kümmerliche belegte Brote. Als ob sie von mir kein schönes Mittagessen bekommen würde. Sie hätte nur wie eine Dame darum bitten müssen.«

»Ist das der Raum, Mrs. Cantrip? Es ist so dunkel hier unten.«

»Das müssen Sie mir nicht sagen, Sir. Ich liege Mr. Nightingale schon dauernd in den Ohren, hier unten eine Lampe anbringen zu lassen. Vor fünf oder sechs Jahren ist hier ein schlimmes Unglück passiert, als dieser Twohey über die Stufe stolperte und dachte, er hätte sich das Bein gebrochen, aber es war dann bloß ein verstauchter Knöchel. Das kam aber nur, weil er sich ein bißchen zu ungeniert aus Mr. Nightingales Whiskyflasche bedient hatte, das ist so sicher wie das Amen in der Kirche.«

»Wer ist Twohey?« fragte Wexford und trat beiseite, um Mrs. Cantrip die Tür öffnen zu lassen. »Ein Freund der Familie?«

»O nein, Sir, bloß ein Hausangestellter. Er und seine Frau arbeiteten hier früher, falls man das arbeiten nennen kann. Sie haben mir das Leben nicht gerade leichter gemacht, das können Sie mir glauben. Es war wie eine Erlösung für mich, als Mr. Nightingale sie an die Luft setzte. Das ist der Geräteraum, Sir, und hier gibt's erfreulicherweise auch ein bißchen mehr Licht.«

Das Licht fiel durch eine Glastür, die in den Garten führte. Mit teilnahmsloser Miene ließ Wexford den Blick über den kleinen Raum ohne Teppich schweifen. Die Wände waren getüncht, an einer davon hingen zwei Schrotflinten, während Golfschläger und Spazierstöcke in einem langen Regal darunter lagen. Zwei Tennisschläger in Spannern, ein Netz mit Tennisbällen, ein Spankorb und eine Schere zum Blumenschneiden lagen ebenfalls auf dem Regal. Sein Blick fiel auf ein Brett über dem Regal, auf dem eine Reihe Taschenlampen standen: eine Leuchte mit einem roten Aufsatz an der Spitze, wie sie von Autofahrern zur Absicherung einer Pannenstelle benutzt wird, eine größere Sturmlaterne, eine Stablampe und eine Fahrradlampe.

»Komisch«, sagte Mrs. Cantrip. »Da müßte noch eine stehen, eine grobe silberfarbene.« Mit einemmal war sie ziemlich blaß. »Eine Taschenlampe mit großem Lampenkopf und so einem langen Gehäuse zum Halten. Ich schätze, sie ist ungefähr zwanzig Zentimeter lang.«

»Sie müßte also dort oben bei den anderen stehen?«
Mrs. Cantrip nickte und biß sich auf die Unterlippe.
»Wann haben Sie sie dort zuletzt gesehen?«

»Oh, das muß schon zwei oder drei Wochen her sein. In so einem Raum wird ja eigentlich nicht geputzt, wenn Sie verstehen, was ich meine, Sir. Abgestaubt oder gewischt wird hier nicht. Hin und wieder kehrt unser Sean mal durch.«

»So?« Wexford zog eine kleine Trittleiter unter dem Regal hervor, stieg hinauf und sah sich die Stellfläche des Bretts genau an. Auf dem nicht eingelassenen Holz lag eine ziemlich dicke Staubschicht. Vorn zwischen der Fahrradlampe und der Sturmlaterne war ein staubfreier Kreis von ungefähr zehn Zentimetern Durchmesser.

Er leckte sich über den Finger und legte ihn leicht auf den Mittelpunkt des sauberen Kreises. Mit Blick auf seine Fingerspitze sagte er: »Diese Taschenlampe ist gestern oder vorgestern hier weggenommen worden.« Er wischte den Finger an seinem Taschentuch ab, wobei er darauf achtete, daß keine Flecken im Stoff blieben. Sein vager Verdacht hatte sich als begründet erwiesen.

Das Haus war enorm groß, überlegte er sich, als er aus dem Gang trat und wieder in der Diele stand, ein großes Landhaus voller Schränke und Verstecke. Seine Leute hatten die Anweisung erhalten, nach einem Tatwerkzeug zu suchen, doch nach was genau sie suchen sollten, hatte man ihnen nicht gesagt. Angenommen, sie hatten die fehlende Taschenlampe in Nightingales Schlafzimmer gesehen, wo sie vielleicht ein Stück weit aus der Tasche eines Regenmantels hervorsah, wäre dann einer so intelligent und besonnen gewesen, es zu bemerken, zwei und zwei zusammenzuzählen und seine Vorgesetzten darauf aufmerksam zu machen? Wexford zweifelte daran. Sie würden sich das Haus noch einmal vornehmen müssen, diesmal mit einem konkreten fehlenden Gegenstand im Auge.

Er klopfte an die Tür des Damenzimmers und öffnete

sie dann. Das Zimmer war leer. Nur eine Zigarettenkippe, die in einem blauen Keramikaschenbecher noch glimmte, wies daraufhin, daß Marriott hier gewesen und Wexfords Anweisung gemäß gegangen war.

Wexford gab sich freie Hand bei der Erkundung des Hauses, schaute in den Salon und das Eßzimmer und fand beide verlassen. Er stieg die Treppe hinauf bis zum ersten Absatz, zertrat ein paar abgefallene Rosenblätter unter seinen Füßen und spähte zwischen den karmesinroten Samtvorhängen nach draußen. Auf dem Rasen stand Georgina Villiers, kaute belegte Brote und sprach mit Will Palmer. Von Quentin Nightingale keine Spur. Wexford ging wieder nach unten, trat in das leere Arbeitszimmer und rief Burden an, den er bat, mit Loring, Bryant, Gates und allen, die er auftreiben konnte, zum Herrenhaus zu kommen. Er legte den Hörer auf die Gabel und horchte in die Stille.

Anfangs wirkte die Stille vollkommen. Dann drang von weit über ihm schwach und leise schrille Radiomusik an sein Ohr, vielleicht aus Nellekes Zimmer, und aus der Küche, wo Mrs. Cantrip das Mittagessen zubereitete, das gedämpfte Klirren von Tellern. Schließlich hörte er Schritte; woher sie kamen, konnte er nicht feststellen, aber sie kündigten Quentin Nightingales Erscheinen an.

»Im Geräteraum fehlt eine Taschenlampe«, sagte Wexford in gelassenem, ruhigem Ton. »Eine große Taschenlampe, sieht ungefähr so aus.« Mit beiden Händen zeichnete er in der Luft die Umrisse nach. »Haben Sie die in letzter Zeit irgendwo gesehen?«

»Am Sonntag war sie noch da. Ich ging in den Geräteraum, um meine Golfschläger zu holen, und dabei ist sie mir aufgefallen.«

»Jetzt ist sie jedenfalls nicht mehr da. Mit dieser Taschenlampe wurde Ihre Frau getötet, Mr. Nightingale.«

Quentin lehnte sich an ein Bücherregal und stützte den Kopf in die Hände. »Ich glaube wirklich nicht«, flüstere er, »daß ich noch mehr ertragen kann. Gestern war der schrecklichste Tag meines Lebens.«

»Das kann ich verstehen. Leider kann ich Ihnen nicht versprechen, daß der heutige oder morgige Tag besser wird.«

Aber Quentin schien ihn nicht gehört zu haben. »Ich glaube, ich werde wahnsinnig«, sagte er. »Ich muß wahnsinnig gewesen sein, das getan zu haben. Ich würde alles darum geben, wenn es noch einmal Dienstag abend wäre und ich neu anfangen dürfte.«

»Soll das heißen, Sie wollen ein Geständnis ablegen?« fragte Wexford streng und stand auf.

»Nicht so ein Geständnis«, rief Quentin mit erstickter Stimme. »Es handelt sich um etwas Privates, etwas...« Er ballte die Hände zu Fäusten und warf den Kopf in den Nacken. »Zeigen Sie mir«, sagte er heiser, »zeigen Sie mir, wo Ihrer Meinung nach die Taschenlampe stehen müßte. Vielleicht kann ich... Zeigen Sie es mir einfach.«

»Na schön. Ich zeige es Ihnen, aber dann werden wir uns noch einmal ein bißchen unterhalten. Lassen Sie mich zuerst jedoch eines klarstellen. Niemand, der in einen Mordfall verwickelt ist, hat noch irgendein Privatleben. Bitte vergessen Sie das nicht.«

Quentin Nightingale gab keine Antwort, sondern zog die Schultern hoch und fuhr sich mit zitternder Hand an die Stirn. Wexford grübelte darüber nach, woher jene heftige Angst wohl rührte, die aus seinem Gegenüber ein Nervenbündel machte. Hatte er seine Frau getötet? Oder war diese Qual die Folge irgendeiner anderen Handlung, einer notwendigerweise läßlicheren Sünde, die dennoch nicht minder quälende Schuldgefühle hervorrief?

Mit Wexford an der Spitze gingen sie den düsteren

Gang entlang. Vor ihnen wies ein senkrechter Lichtschlitz daraufhin, daß die Tür des Geräteraums einen Spalt weit offenstand.

»Ich habe die Tür geschlossen«, erklärte Wexford bestimmt und stieß sie auf. Auf dem hohen Brett, wo vor einer halben Stunde nur ein sauberer kreisrunder Fleck in dem Staub gewesen war, stand eine große, hochkant gestellte, verchromte Stablampe.

8

Die Taschenlampe war abgerieben und wahrscheinlich in Wasser gespült worden. Wexford hielt sie behutsam in seinem Taschentuch und schraubte die Fassung auf. Die Batterien fehlten, das Glas und die Birne waren aber heil. Ihm fiel auf, daß noch ein paar Wassertropfen auf der Innenseite der Röhre hingen, die den Griff bildete.

Bedächtig sagte er: »Nur Sie, Mr. Nightingale, haben gewußt, daß ich eine Taschenlampe suchte, als ich heute morgen in dieses Haus kam. Haben Sie darüber mit jemand vom Personal oder mit Mrs. Villiers oder Mr. Marriott gesprochen?«

Bleich schüttelte Quentin Nightingale den Kopf.

»Ich glaube«, sagte Wexford, »daß diese Taschenlampe bei dem Mord an Ihrer Frau benutzt wurde. Die Lampe war nicht hier, als ich den Geräteraum zum erstenmal in Augenschein nahm; nun ist sie hier. Irgend jemand hat sie während der letzten halben Stunde zurückgestellt. Schön, gehen wir wieder in Ihr Arbeitszimmer.«

Dem Witwer schien es die Sprache verschlagen zu haben. Er ließ sich schwer in einen Sessel plumpsen und schlug die Hände vors Gesicht.

»Haben Sie diese Taschenlampe zurückgestellt, Mr. Nightingale? Kommen Sie, ich will eine Antwort. Ich werde hier sitzenbleiben, bis ich eine bekomme.« Es klopfte an der Tür; Wexford öffnete sie und ließ Burden ein. Sie wechselten einen raschen Blick, Burden zog angesichts der schweigsamen, in sich zusammengesunkenen Gestalt die Augenbrauen hoch und steuerte dann, ohne etwas zu sagen, die Wandregale an, als faszinierten ihn die dort stehenden Bücher. »Reißen Sie sich zusammen, Mr. Nightingale«, sagte Wexford. »Ich warte auf eine Antwort.« Er hätte den Mann am liebsten am Kragen gepackt und geschüttelt, um ihn dadurch zu irgendeiner Reaktion zu bewegen. »Na schön«, sagte er schließlich. »Da ich kein Freund von Zeitverschwendung bin und Inspector Burden über ein wenig Unterhaltung nicht abgeneigt scheint, werde ich Ihnen eine Geschichte erzählen. Möglicherweise stoßen Sie auf einige Parallelen zu Ihrem eigenen Verhalten während der letzten Tage. Wer weiß?

Es war einmal ein Gutsbesitzer«, begann er, »der mit seiner schönen Frau in einem Herrenhaus lebte. Sie waren glücklich verheiratet, auch wenn ihre Ehe im Lauf der Jahre vielleicht ein wenig langweilig geworden und eingerostet war.« Quentin zuckte ganz leicht zusammen und fuhr sich grob mit den Fingern durchs Haar. »Eines Tages«, fuhr Wexford im selben vergnüglichen Plauderton fort, »fand der Mann heraus, daß ihn seine Frau betrog und sich nachts im Wald mit einem anderen Mann traf. Eifersucht nagte an ihm, und daher folgte er ihr, wobei er eine Taschenlampe mitnahm, weil der Mond nicht mehr zu sehen und die Nacht sehr finster war. Er sah sie mit diesem Mann zusammen, sie küßten sich, und er hörte, wie sie Pläne schmiedeten und sich Versprechungen machten. Vielleicht beleidigten sie ihn sogar. Als der

Mann ging und sie allein war, stellte er die Frau zur Rede, sie widersetzte sich aber, und er schlug mit der Taschenlampe nach ihr, schlug in seiner rasenden Eifersucht immer wieder auf sie ein, bis er sie zu Tode geprügelt hatte. Sagten Sic etwas, Mr. Nightingale?«

Quentins Lippen bebten. Er feuchtete sie an, beugte sich mühsam in dem Sessel nach vorn und sagte mit erstickter Stimme: »Wie... wie es auch immer geschehen ist, so... so jedenfalls nicht.«

»Nein? Hat der Mann seinen blutbefleckten Pullover nicht auf dem noch schwelenden Unkrautfeuer verbrannt? Ist er in seiner Qual nicht stundenlang im Park hin und her gelaufen, bis er sich schließlich in seinem Badezimmer einschloß, wo er jede Spur vom Blut seiner Frau an sich entfernte? Merkwürdig. Wir wissen, daß er ein Bad nahm, und dies zu einer Zeit, die manche unchristlich nennen würden...«

»Aufhören!« rief Quentin und hielt sich krampfhaft an den Armlehnen des Sessels fest. »Kein Wort ist davon wahr. Alles ein ungeheuerlicher Schwindel.« Erst schluckte er, dann räusperte er ich. »Ich habe nicht gebadet.«

»Sie haben es mir selbst gesagt«, erwiderte Wexford.

»Zweimal«, sagte Burden, und das Wort wirkte wie eine kalte Dusche.

»Ich weiß. Es war gelogen.« Er wurde feuerrot und schloß die Augen. »Würden Sie mir bitte etwas zu trinken geben? Whisky. Er steht da unten.«

Burden blickte zu Wexford, und Wexford nickte. Der Whisky stand in einem kleinen Schränkchen unter dem Fenster. Burden schenkte ungefähr zwei Zentimeter ein, drückte ihm das Glas in die zitternde Hand. Als Quentin trank, schlug ihm das Glas klappernd gegen die Zähne.

»Ich werde Ihnen sagen, wo ich war«, erklärte er. Wexford bemerkte, daß er sich endlich bemühte, seine Stimme unter Kontrolle zu bringen. »Aber nur Ihnen. Es wäre mir recht, wenn der Inspector uns allein ließe.«

Und wenn er nun den Mord gestehen wollte...? Wexford gefiel die Sache gar nicht. Doch er mußte es herausbekommen. Er traf eine rasche Entscheidung. »Würden Sie bitte draußen warten, Inspector Burden?«

Gehorsam ging Burden ohne einen Blick zurück aus dem Zimmer. Quentin stieß einen tiefen Seufzer aus. »Ich weiß nicht, wo ich anfangen soll«, sagte er. »Ich könnte es Ihnen ganz unverblümt erzählen, aber ich muß mich rechtfertigen. Mein Gott, wenn ich geahnt hätte, welche Gewissensbisse, welche Scham... es tut mir leid. Ich versuche, mich zu beherrschen. Also, ich... irgendwo muß ich anfangen.« Er trank das Glas aus, dachte Wexford, weil er den schlimmen Moment so lange wie möglich hinauszögern wollte. Schließlich sagte Nightingale: »Ich möchte Ihnen klarmachen, daß es schon richtig war, was Sie über mich und meine Frau gesagt haben, daß wir glücklich waren, meine ich, unsere Ehe im Lauf der Jahre aber langweilig wurde. Das traf zu. Ich fand mich damit ab. Ich hielt es für unvermeidlich, wenn man so lange verheiratet ist und so wie wir keine Kinder hat. Wir haben uns nie gestritten. Ich halte es für das beste, wenn ich Ihnen nun sage, daß ich nicht zornig gewesen wäre, wenn meine Frau sich in einen anderen Mann verliebt hätte. Ich hätte ihr nicht mal Vorwürfe gemacht. Vermutlich wäre ich eifersüchtig gewesen, aber ich hätte meiner Eifersucht nicht durch Gewalt – Gott behüte! – oder sonst irgendwie Ausdruck verliehen. Das möchte ich hier klipp und klar feststellen.«

Wexford nickte unverbindlich. Die Worte des Mannes waren einfach und aufrichtig und klangen seiner Ansicht nach unverkennbar wahr.

»Sie haben gesagt«, fuhr Quentin fort, »niemand, der in einen Mordfall verwickelt sei, habe ein Recht auf ein Privatleben. Ich werde Ihnen mein Privatleben offenlegen müssen, damit Sie verstehen, weshalb ich so gehandelt habe.« Unvermittelt stand er auf, lief rasch zu den Bücherregalen und legte die Handflächen auf die mit Goldprägung versehenen Einbände aus Saffianleder. Er starrte auf die Titel der Bücher, ohne sie vielleicht wirklich wahrzunehmen, und sagte: »Alle zwei Wochen ging ich zu ihr aufs Zimmer, immer Samstag abends. Sie schlug dann die Bettdecke zurück und sagte jedesmal das gleiche: ›Das ist aber nett, Liebling‹, und hinterher, wenn ich sie verließ, um wieder in mein Zimmer zu gehen, sagte sie: ›Es war wunderschön, Liebling.‹ Nie hat sie mich mit Namen angesprochen. Manchmal dachte ich, sie hätte ihn vergessen.«

Er hielt inne. Auch Wexford schwieg und hörte mit ernster Miene zu.

»Es war so langweilig«, sagte Quentin zu den Büchern. »Ich war einsam. Manchmal kam ich mir vor, als wäre ich mit so etwas wie einer schönen lebendigen Statue verheiratet, einer Puppe, die lächelte, hübsche Kleider trug und sogar über einen eng begrenzten Wortschatz verfügte.«

»Und dennoch waren Sie glücklich?« warf Wexford behutsam ein.

»Habe ich das behauptet? Vielleicht habe ich mich daran gewöhnt, mir das einzureden, weil alle es sagten.«

Er löste sich von dem Bücherregal und begann, im Zimmer auf und ab zu gehen. Einen Augenblick lang schien es, als habe er das Thema gewechselt, denn er sagte: »Früher hatten wir mehr Personal, eine richtige Dienerschaft, aber Elizabeth hat allen gekündigt. Daraufhin hatten wir eine Reihe Au-pair-Mädchen, zwei Französinnen und eine Deutsche. Ich glaube, Elizabeth legte bei der Auswahl Wert darauf, daß die Mädchen unscheinbar waren.« Er drehte sich um zu Wexford und sah ihm direkt in die Augen. »Vielleicht hielt sie Nelleke für unscheinbar. Sie hat das Mädchen einmal als ›derbe Dicke‹ bezeichnet. Ich – ich fühlte mich wohl von Anfang an zu Nelleke hingezogen, aber ich habe nie irgend etwas in der Richtung unternommen. Sie war ein junges Mädchen, und ich – nun ja, ich vertrat sozusagen Elternstelle bei ihr. Ich redete mir ein, ich sähe in ihr so etwas wie eine Tochter. Wie wir uns doch selbst in die Tasche lügen!« Er wandte das Gesicht ab. »Ich kann einfach nicht die richtigen Worte finden, um Ihnen davon zu erzählen. Ich...«

»Sie haben mit ihr geschlafen?« fragte Wexford.

Quentin nickte.

»Vorgestern nacht?«

»Es war nicht das erste Mal, Chief Inspector. Während unserer sechzehn Ehejahre habe ich meine Frau nie betrogen. Möglichkeiten dazu boten sich mir genug. Welchem Mann nicht? Ich habe meine Frau geliebt. In all den Jahren hoffte ich auf ein Zeichen von Wärme, nur ein spontanes Zeichen, daß sie mich als Mensch anerkannte. Ich gab die Hoffnung nie auf, bis Nelleke kam. Damals sah ich zum erstenmal eine Frau, zu der ich mich hingezogen fühlte, eine Frau, die unter meinem Dach lebte und sich auch benahm wie eine Frau. Vielleicht nicht so, wie sich eine Frau benehmen sollte. Sie hatte überall Freunde und pflegte mir von ihnen zu erzählen. Manchmal ging Elizabeth abends aus, machte einen Spaziergang im Park oder legte sich früh schlafen, und wenn Nelleke dann von einer Verabredung nach Hause kam, erzählte sie mir davon, lachte sich halb tot dabei und redete, als gäbe es nichts Schöneres auf der Welt, als Lust zu spenden und zu empfangen.

Eines Abends, nach einem dieser Gespräche, lag ich im Bett und wartete darauf, daß Elizabeth nach Hause kam. Ich habe gesagt, ich hätte die Hoffnung aufgegeben, aber das ist nicht wahr. Ich habe immer gehofft. Ich kann mich nicht erinnern, mich jemals so sterbenseinsam gefühlt zu haben wie an jenem Abend. Ich würde alles darum geben, ging mir durch den Kopf, dieses Haus, das Vermögen, das ich angehäuft habe, wenn sie nur in mein Zimmer kommen, sich aufs Bett setzen und mit mir reden würde.«

Wieder verbarg er das Gesicht. Als er die Hände sinken ließ, erwartete Wexford, Tränen auf seinen Wangen zu sehen, denn seinen letzten Satz hatte ein Schluchzen begleitet, doch er war ganz ruhig, anscheinend sogar erleichtert, sich schon fast alles von der Seele geredet zu haben.

»Schließlich hörte ich sie auf der Treppe«, sagte er. »Ich sehnte sie mir förmlich ins Zimmer. Meine ganze Willenskraft bot ich dazu auf. Weiß Gott, wie ich mich dazu gebracht habe, nicht laut nach ihr zu rufen. Dann ging ihre Schlafzimmertür zu, und ich hörte, wie sie sich ein Bad einließ. In diesem Augenblick vergaß ich, wer ich war, mein Alter, meine Stellung, den Respekt gegenüber meiner Frau. Ich schlüpfte in meinen Morgenmantel und ging nach oben. Ich hatte mir zurechtgelegt, was ich zu Nelleke sagen wollte: daß ich Gas gerochen und mir gedacht hätte, es käme aus ihrem Zimmer. Selbstverständlich hatte ich kein Gas gerochen. Das einzige, was aus ihrem Zimmer kam, war die leise Musik aus dem Radio.

Ich klopfte an. ›Herein!‹ rief sie. Sie hatte sich im Bett aufgesetzt und las in einer Illustrierten. Das mit dem Gas brauchte ich gar nicht zu sagen. Es klingt unglaublich, aber ich habe kein Wort gesprochen. Sie lächelte mich an und streckte die Arme aus...«

Plötzlich verstummte er. Wie in einem altmodischen Roman, dachte Wexford. Hätte man es aufgeschrieben, wären an dieser Stelle drei Sternchen gefolgt. Quentin Nightingales Sternchen äußerten sich in Form eines jähen und heftigen Errötens, wodurch das Weiß von Haar und Schnurrbart stärker betont wurde und ihn älter wirken ließ. Er suchte nach Worten, und da ihm der Chief Inspector nicht zu Hilfe kam, sagte er:

»Es – nun, es blieb nicht bei diesem einen Mal. Oft kam es nicht vor. Aber eben auch vorgestern nacht. Ich bin um Viertel nach elf zu Nelleke hinaufgegangen. Ich wußte nicht, ob Elizabeth schon zurück war. Ich habe nicht an Elizabeth gedacht. Nelleke und ich – jedenfalls blieb ich die ganze Nacht bei ihr. Erst Palmers Schritte im unteren Stock weckten mich. Ich spürte, daß etwas nicht in Ordnung war, deshalb stand ich auf, zog mich an und traf ihn auf der Terrasse.«

»Schade, daß Sie uns das nicht schon früher erzählt haben«, sagte Wexford und runzelte die Stirn.

»Versetzen Sie sich einmal in meine Lage. Hätten Sie etwas davon gesagt?«

Wexford zuckte mit den Schultern. »Darum geht es nicht.« Er wußte nicht, wie er seine Gefühle erklären sollte. Ein Alibi war zerstört und durch ein glaubhafteres ersetzt worden. Wenn so etwas geschah, verspürte er normalerweise Zorn wegen der vergeudeten Zeit und Erleichterung über den erreichten Fortschritt. Sein augenblickliches Unbehagen war nicht normal, und kurz fragte er sich nach den Gründen dafür. Dann war es ihm klar. Er hatte sich einen unentschuldbaren Fehler erlaubt: persönliche Betroffenheit. Was er für Quentin Nightingale empfand, war schlicht und einfach Neid.

»Andere Zeugenaussagen werden dies bestätigen müssen, Mr. Nightingale«, sagte er kühl und ungerührt.

Quentin erblaßte erneut. »Mir ist klar, daß Sie Nelleke befragen werden. Es wird sie nicht in Verlegenheit bringen. Sie ist merkwürdig, einzigartig. Sie ist... Ach, ich verschwende Ihre Zeit. Entschuldigen Sie.«

Wexford ging nach oben. Im ersten Stock angelangt, blieb er einen Moment vor der Tür zu Quentins Schlafzimmer stehen, dann wandte er sich der weiterführenden Treppe zu, und als er die ersten Stufen erklomm, hörte er von oben Musik. Der verbotene Traum, den sein Neid auf Nightingale ausgelöst hatte, bekam dadurch so etwas wie Substanz und rückte ihn in den Bereich des Möglichen. Eine sanfte, kehlige Stimme sang den Hit Nummer eins, sang von Liebe. Heftige Sehnsucht, ein starkes und wildes Verlangen, nur für eine Stunde noch einmal die verlorene Jugend zu erlangen, überkam Wexford. Und mit einemmal schien das Altwerden die einzige Tragödie im Leben, der Schmerz, im Vergleich zu dem alle anderen Schmerzen nichtig und klein erschienen. Er war reif, weise und abgeklärt, aber dennoch hätte er am liebsten laut aufgeschrien: »Das ist ungerecht!«

Er kam zu der Tür und pochte vernehmlich. Die Musik hätte verstummen müssen. Statt dessen verharrte die Stimme auf einem langgezogenen lauten Ton, und Nelleke kam an die Tür und öffnete ihm.

Ihr rosa Kleid war wie ein Nachthemd mit weißen Rüschen besetzt, und auch der tiefe Ausschnitt, in dem milchweiße Halbmonde und Schultern zu sehen waren, an denen sogar die Knochen weich wirkten, erinnerte an ein Nachthemd. Sie lächelte ihn an, und in ihren meerblauen Augen blitzte Humor auf. Quentin Nightingale hatte dies alles besessen, mühelos, ohne langes Herumgerede. Auch der Kellner im *Olive and Dove.* Wie viele wohl sonst noch?

Zum erstenmal in seiner Laufbahn verstand er, was

jene Männer antrieb, die er verhörte und vor Gericht brachte, die Männer, die ritterliches Benehmen, gesellschaftliche Tabus und sexuelle Beherrschung eine Weile vergessen, die Vergewaltiger, die Schänder. Doch hier bedurfte es vielleicht gar keiner Gewalt, nur eines Lächelns, einer ausgestreckten Hand. *Ca me donne tant de plaisir et vous si peu de peine.* Oh, wieviel Vergnügen! Er folgte ihr in das Zimmer, und aus dem Spiegel des Toilettentischs marschierten ihnen ihre Doppelgänger entgegen.

Ein junges Mädchen mit ihrem Vater. Nein, ihrem Großvater. Sie gehörte zu den Menschen, die andere ungeschlacht und grobschrötig wirken lassen. In einem kurzen Moment bitterer Erkenntnis sah sich Wexford als zerfledderte Vogelscheuche. Nicht mal mehr in den besten Jahren. Alt, ein Opa.

»Bitte nehmen Sie Platz, Miss Doorn«, sagte er und war selbst überrascht, wie ruhig und normal seine Stimme klang. »Und würden Sie bitte das Radio ausschalten?«

Immer noch lächelnd, erfüllte sie seine Bitte.

Er empfand nach wie vor das gleiche für sie. Die Sehnsucht – vielleicht nur eine Sehnsucht nach Verjüngung – war noch vorhanden, doch als er sich von dem Spiegel abwandte, hatte er jenes Gefühl erlebt, das geistig Gesunde von Wahnsinnigen unterscheidet. Zwischen Traum und Wirklichkeit liegt eine tiefe Kluft. Und das, was möglich, vernünftig und glückverheißend erscheint, wenn es in Gedanken heraufbeschworen wird, löst sich wie Rauch in einer frischen Brise auf, sobald einem der Gegenstand dieser Begierden in Fleisch und Blut gegenübersteht. Er hatte sie einen flüchtigen Augenblick lang als hübsches Ding gesehen, aber eben nur als Ding, ohne Unterscheidungsvermögen, ohne Rechte, ohne Verstand. Nun sah er ein junges Mädchen vor sich, das ihn für das hielt, was er war: einen alten Mann. Innerlich schien sein ganzer Körper bitter über sich zu lachen.

»Ich habe einige Fragen an Sie«, sagte er. Er wollte, das Gelächter würde aufhören, damit er Fassung bewahren und so gut wie möglich in die von ihm angestrebte Rolle hineinschlüpfen konnte, einer Mischung zwischen dem lieben Gott und einem Roboter, gemildert durch onkelhafte Herzlichkeit. »Über Ihre Beziehung zu Mr. Nightingale.« Schade, daß sie über Sex reden mußten. Aber wäre es anders gewesen, hätte der Traum vielleicht nie Gestalt annehmen können. »Wie stehen Sie zu ihm?«

»Stehen?«

»Sie wissen sehr gut, was ich meine«, brummte er.

Sie zuckte die Achseln und breitete die Hände aus »Ich für ihn arbeite und wohne hier in seine Haus.« Sie zog an einer Haarsträhne, begutachtete sie und steckte sie dann in den Mund. »Er ist sehr nett und freundlich. Ich haben ihn gern.«

»Er ist Ihr Geliebter, nicht wahr?«

Vorsichtig, ohne Verlegenheit und keineswegs verängstigt, fragte sie: »Er hat das gesagt?«

»Ja.«

»Ach, der arme Kventin. Er will, daß niemand nicht davon erfahren, muß alles ganz geheim bleiben. Und jetzt haben Sie es herausgefunde.«

»Leider muß ich Sie bitten, mir davon zu erzählen.«

Sie schob trotzig die Unterlippe vor und schüttelte den Kopf.

»Kommen Sie. Er hat es mir schon erzählt. Oder wollen Sie, daß er ins Gefängnis wandert?«

Sie sperrte erschreckt den Mund auf. »Ist das wahr? In England kann man wandern ins Gefängnis, weil man jemand liebt?«

»Natürlich nicht!« rief Wexford halblaut. »Jetzt hören Sie mal zu. Mr. Nightingale wird nicht ins Gefängnis wandern, wenn Sie mir die Wahrheit sagen. Erzählen Sie mir einfach alles, was zwischen Ihnen vorgefallen ist... Nein, nein, nicht *alles.*« Ein ungläubiges Lächeln war in ihre Augen getreten. »Wie eben alles anfing und so weiter.«

»Na schön.« Sie kicherte quietschvergnügt. »Das ist immer schön, finde ich, über die Liebe sprechen. Ich sprechen darüber lieber als über alles andere.« Wexford spürte, wie die ungnädige Miene, die er bewußt hatte aufsetzen wollen, sich von ganz allein einstellte. »Es ist vier, fünf Wochen her. Ich liegen in Bett, es klopft, und es ist Kventin. Vielleicht will er sagen, das Radio ist zu laut, oder ich habe Wagen falsch abgestellt, aber er sagt nichts, weil ich sofort merken, daß er kommt, um zu lieben. Ich lese es in seine Gesicht. Immer kann ich es an den Gesichtern ablesen.«

Allmächtiger! dachte Wexford, und das Herz drehte sich ihm im Leib herum.

»Ich denke mir: wieso nicht? Ich denke, wie nett er ist, hat gute Manieren und schlanken straffen Körper, und ich vergessen, daß er ist älter als mein Vater in Holland. Außerdem weiß ich, er ist einsame Mann, verheiratet mit kalter Frau. Deshalb lieben wir uns sehr bald, und alles ist anders, denn wenn er ist in meine Bett, er ist nicht mehr alt.«

Sie sprach diesen letzten Satz triumphierend aus und zeigte auf ihr Bett. Ihr Lieblingsthema hatte ihr Gelächter gebremst, sie erzählte nun ernst und ganz konzentriert. »Viel besser als mein Freund, der Kellner«, sagte sie. »Weil Kventin viel Erfahrung hat und genau weiß, wie...«

»Ja, ja, das kann ich mir vorstellen«, unterbrach Wexford sie. Er holte tief Luft. »Miss Doorn, bitte verschonen Sie mich mit einem Vortrag über sexuelle Techniken. Halten wir uns an die Tatsachen. Dies wiederholte sich also?«

»Was?«

Zähneknirschend sagte Wexford. »Mr. Nightingale hat Sie – äh noch mehrmals geliebt?«

»*Natürlich.* Er mögen mich genauso sehr wie ich ihn. Die nächste Woche und die Woche darauf und dann vorgestern nacht.«

»Fahren Sie fort.«

»Aber ich habe es Ihnen doch schon gesagt. Ich gehe aus mit meine Freund, und der unfreundliche Mann will uns nicht lassen in das Hotel. Mein Freund will, daß wir ins Auto gehen, aber das möchte ich nicht. Das ist nicht schön. Kventin würde so was nicht tun. Ich komme nach Hause und denke, vielleicht kommt Kventin hoch, und wir lieben. Und ich wünsche und wünsche, bis es klopft an Tür, und dann bin ich glücklich. Wir sind beide sehr, sehr glücklich.«

»Wie lange ist er bei Ihnen geblieben?«

»Die ganze Nacht«, sagte Nelleke leichthin. »Ich erzählen ihm, daß gerade, wie ich nach Hause kommen, ich sehe Mrs. Nightingale in den Wald gehen, und er sagt sehr, sehr traurig: Sie will mich nicht, sie hat mich nie gewollt. Aber ich sagen, *ich* will dich, Kventin, und deshalb bleibt er ganze Nacht. Aber er geht sehr früh am Morgen weg, weil er den alten Gartenmenschen herumlaufen hört. Deshalb liege ich ganz allein in Bett und denke, vielleicht werde ich mich mit meine Freund, dem Kellner, nicht mehr treffen, sondern bloß noch mit Kventin gehen, und dann stehe auch ich auf, um nachzusehen, warum der alte Gartenmensch im Haus ist. So, jetzt habe ich alles erzählt!«

Wexford schwieg einen Moment. Dann sagte er: »Um wieviel Uhr haben Sie Mrs. Nightingale die Straße überqueren sehen?«

»Zwei Minuten nach elf«, erwiderte Nelleke sofort.

»Und um wieviel Uhr hat Ihnen Mr. Nightingale diesen nächtlichen Besuch abgestattet?« Sie sah ihn an, der Blick ihrer blauen Augen naiv und fragend. »Ich meine, wann ist er in Ihr Zimmer gekommen«

»Fünfzehn Minuten nach elf. Ich kommen heim, ich gehe gleich ins Bett.«

»Wie können Sie über die Zeit so sicher sein?«

»Ich habe eine neue Uhr und schaue ständig darauf.« Sie hielt ihm das linke Handgelenk unter die Nase. Das Zifferblatt der Armbanduhr maß fünf Zentimeter im Durchmesser und war an einem breiten, rosa und purpurnen Glanzlederband befestigt. »Das gibt mir mein Freund zum Geburtstag, und die ganze Zeit sehe ich drauf.« Sie sah unter langen mattgoldenen Wimpern zu ihm auf. »Sie sind böse mit mir?«

»Nein, nein, ich bin nicht böse, Miss Doorn.«

»Ich möchte, daß Sie bitte Nelleke zu mir sagen.«

»Gern, Nelleke«, sagte Wexford alles andere als verärgert.

Mit einemmal korrekt und sehr unenglisch, streckte sie ihm die Hand entgegen. Ihre Finger fühlten sich sanft und warm an. »Weil Sie nämlich meine alte Onkel in Friesland ähneln«, sagte sie, »der ist manchmal nett und manchmal brummig – wie Sie.« Sie drohte ihm mit dem Zeigefinger.

Mein Gott, dachte er, während er noch diesen letzten Seitenhieb verdaute, wie niedlich diese Geste heute wirkt, und wie gräßlich sie sein wird, wenn sie vierzig ist. Ob sie dann wohl immer noch an ihrem Haar kauen würde? In solchen Erwägungen liegt ein gewisser Trost.

»So«, sagte sie und neigte den Kopf zur Seite, »Ich glaube, ich jetzt gehe nach unten und staube Kventins Arbeitszimmer ab.«

9

Verächtlich und ungläubig hörte sich Burden den aufs Wesentliche beschränkten und bis zu einem gewissen Grad gereinigten Bericht über die beiden Gespräche des Chief Inspectors an. Er rief Ekel und kalten Zorn in ihm hervor. Jeder, der Wexford weniger gut kannte als er, hätte glauben können, der Chief Inspector sei von dem für Burden schleierhaften Charme dieser unmoralischen jungen Holländerin völlig hingerissen.

»Ich verstehe nicht«, sagte er vom Fenster in Wexfords Büro aus, wo er einen Knoten in der Schnur der Jalousie aufdröselte, »weshalb Sie annehmen, die beiden seien durch diese Geschichte aus dem Schneider.« Er entwirrte die Schnur und wickelte sie in Form einer Acht um die Haken. Burden hielt sehr auf Ordnung und Sauberkeit, selbst in anderer Leute Arbeitsbereich. »Im Gegegenteil, sie könnten doch beide unter einer Decke stecken. Sie haben nur das Wort dieses Mädchens, daß er – äh, sich um Viertel nach elf zu ihr gesellt hat. Es könnte auch später gewesen sein. Sie deckt ihn natürlich.«

»Ach? Und weshalb sollte sie das? Was hätte sie davon, sich zur Komplizin bei dem Mord an der Frau ihres Arbeitgebers zu machen?«

Burden stierte ihn an. Also manchmal war der Alte fast schon begriffsstutzig.

»Was sie davon hätte? Natürlich Nightingale heiraten zu können.«

»Sagen Sie nicht dauernd ›natürlich‹. Daran ist gar nichts natürlich. Und nehmen Sie die Finger von der Jalousie. Manchmal glaube ich, Sie leiden unter Zwangsneurosen, dauernd müssen Sie überall Ordnung machen. Hören Sie mir mal zu, Mike. Sie müssen Ihre Ansichten mal ein wenig überholen. Sie sind zwar erst sechsunddreißig, aber so verknöchert und altmodisch, daß es schon fast nicht mehr wahr ist. Als erstes möchte ich mal klarstellen, daß ich Nightingale glaube. Ich nehme ihm seine Geschichte ab, weil ich einen Instinkt habe, der mir sagt, ob ich die Wahrheit höre oder nicht. Ich glaube nicht, daß er zu Gewalttätigkeiten fähig ist. Falls er der Meinung wäre, daß seine Frau einen Geliebten hat – und falls ihm das überhaupt etwas ausmachen würde, was wichtiger ist –, würde er sich einfach scheiden lassen. Zweitens ist Nelleke Doorn keine neue Lady Macbeth. Sie ist eine moderne junge Frau, die das Leben in vollen Zügen genießt, und zu den Dingen, die ihr Spaß machen, gehört eben auch eine Menge angstfreier Sex.«

Bei diesen Worten errötete Burden leicht und blinzelte verblüfft. Er bemühte sich um einen abgeklärten Gesichtsausdruck, was ihm mißlang.

»Welchen Grund haben wir zu der Annahme, daß sie Nightingale heiraten will? Für sie ist er doch ein alter Mann«, fuhr Wexford weltmännisch fort. »Das hat sie praktisch selbst gesagt. Trotz ihres unmoralischen Lebenswandels, wie Sie das ausdrücken würden, ist sie ein nettes, normales Mädchen, das schaudernd vor dem Gedanken zurückschrecken würde, mit einem Mann ins Bett zu gehen, der gerade seine Frau ermordet hat. Mike, bei diesen Mordfällen in Privathaushalten müssen wir unsere Denkgewohnheiten radikal ändern. Die Zeiten haben sich gewandelt. Heutzutage halten junge Mädchen die Ehe nicht mehr für das A und O des Lebens.

Mädchen wie Nelleke helfen einem Mann nicht bei der Ermordung seiner Frau, damit er sie ehrbar machen kann. Sie halten sich nicht für entehrt, nur weil sie keine Jungfrauen mehr sind. Und falls Sie vermuten, Nelleke sei auf sein Geld scharf, so glaube ich kaum, daß sie sich über Geld schon viele Gedanken macht. Das kommt vielleicht noch. Im Moment ist sie darauf aus, sich ohne Reue zu amüsieren.«

»Manchmal frage ich mich«, sagte Burden wie ein alter Mann, »wo das noch hinführen soll mit dieser Welt.«

»Darüber mögen sich andere Leute den Kopf zerbrechen. Hier haben wir genug eigene Probleme. Wir haben eine Hypothese aufgestellt, die nun widerlegt wurde. Was nun? Mir scheint, wir können in zwei Richtungen weiterermitteln. Wer war Mrs. Nightingales Geliebter? Wer hatte Zugang zu der Taschenlampe?«

»Haben Sie schon den Laborbericht darüber?«

Wexford nickte. »Es fanden sich Blutspuren am unteren Gewinde, an der Lampenfassung und unter dem Schalter. Die Blutgruppe – eine seltene Blutgruppe übrigens, AB negativ – stimmt mit der von Mrs. Nightingale überein. Es besteht kein Zweifel, daß die Taschenlampe die Tatwaffe war.«

»Wer hatte also Zugang zu der? Wer hat sie heute morgen zurückstellen können?«

Wexford zählte die Betreffenden an den Fingern ab. »Nightingale, Nelleke, Mrs. Cantrip, Will Palmer, Sean Lovell, Georgina Villiers – oh, und Lionel Marriott. Ziemlich lange Liste. Auf die können wir auch Villiers setzen, da Georgina sie an seiner Stelle zurückgebracht haben könnte. Und wie steht es nun mit Sean? Er hat seine Bewunderung für Mrs. Nightingale eingestanden. Er ist jung und hitzköpfig, folglich auch eifersüchtig. Vielleicht hat sie sich nicht mit ihm getroffen, aber möglicherweise hat er sie mit dieser Person beobachtet. Sein Alibi ist miserabel. Er hatte Zugang zu der Taschenlampe; sein Garten grenzt direkt an den Wald.«

»Dem Alter nach hätte sie seine Mutter sein können«, gab Burden zu bedenken.

Wexford lachte, ein kehliges Wiehern. »Lieber Himmel, Mike, Sie haben aber auch gar keine Ahnung vom Leben. Wenn er ein Verhältnis mit ihr gehabt hat, dann gerade *weil* er zwanzig und sie vierzig war. Das ist wie...« Er hielt kurz inne und führte den Satz dann mit scheinbarer Gleichgültigkeit zu Ende. »...wie bei Männern mittleren Alters und jungen Mädchen. Das kommt immer wieder vor. Waren Sie nie in eine Freundin Ihrer Mutter verschossen?«

»Aber nein!« rief Burden empört. »Die Freundinnen meiner Mutter waren wie Tanten für mich. Ich redete sie auch mit Tante an. Sogar heute noch, was das betrifft. Was ist daran so komisch?«

»Sie«, sagte Wexford, »und wenn ich nicht lachen müßte, würde ich glatt den Verstand verlieren.«

Burden war an derlei Sprüche gewöhnt, fühlte sich aber dennoch tief beleidigt. Er hielt es für unanständig, ein betrübliches Zeichen der Zeit, daß man sich über jemanden lustig machte, weil er noch strenge Grundsätze und eine schickliche Lebensauffassung vertrat. Er hüstelte leise und trocken, dann sagte er:

»Ich werde mir noch mal Ihren Lieblingsverdächtigen vorknöpfen, den jungen Lovell.«

»Tun Sie das.« Wexford warf einen Blick auf seine Armbanduhr. »Um vier habe ich eine Verabredung.« Er grinste. »Eine Verabredung mit jemandem, der noch ein bißchen mehr Licht in die Vergangenheit gewisser Leute bringen wird.«

Wexford parkte hundert Meter vor den Schultoren in gehörigem Abstand zu den Autos der Eltern, die ihre Sprößlinge abholen wollten. Kricketspieler in mit Grasflecken verschmutztem Weiß trabten in Zweierreihen vom Spielfeld, als die Uhr im Schulturm vier schlug. Wenn die Schüler des King's vielleicht auch sonst nicht pünktlich waren, beim Verlassen der Schule konnte man die Uhr nach ihnen stellen. Der letzte Glockenschlag war noch nicht verklungen, als sich ein Strom von lachenden und sich herumschubsenden Schülern durch die Tore wälzte; an die Regeln der Verkehrserziehung, die ihnen, wie Wexford gedacht hatte, durch die Beamten vom Verkehrsdezernat gründlich eingebleut wurden, schien keiner der Jungen einen Gedanken zu verschwenden. Nur die hochnäsigen Schüler der Abschlußklassen gingen gelassenen Schrittes und zündeten sich Zigaretten an, sobald sie in den Schatten der ausladenden Bäume gelangten.

Denys Villiers fuhr in seinem dunkelblauen Anglia aus dem Schulhof. Er betätigte mehrmals die Hupe, um Jungen von der Straße zu vertreiben, streckte den Kopf aus dem Fenster und rief etwas, das Wexford nicht hören konnte. Sein Ton verriet alles. Hätte der Mann eine Peitsche gehabt, hätte er sicherlich Gebrauch von ihr gemachte, dachte Wexford. Er wandte den Kopf und sah Marriott durch das Haupttor schlendern. Als der kleine Mann an Wexfords Auto vorbeigegangen war, kurbelte der Chief Inspector das Fenster herunter und zischelte:

»›Ein Teufelsgeist verfolgt Euch, dicht auf den Fersen stets!‹«

Marriott zuckte zusammen, gab sich einen Ruck und lächelte.

»Ein äußerst überschätztes Gedicht – zumindest meiner Meinung nach«, sagte er.

»Allerdings. Aber ich bin nicht gekommen, um mit dir über Gedichte zu sprechen. Hast du mich sitzenlassen wollen?«

Marriott ging um die Motorhaube herum und stieg in den Wagen.

»Offen gestanden ja. Ich habe mir gedacht, du würdest mir eine Standpauke halten, weil ich heute vormittag ins Herrenhaus gegangen bin. Sei so lieb und fang also jetzt nicht damit an. Ich habe einen mehr als aufreibenden Nachmittag hinter mir, weil ich *Das verlorene Paradies* in der Untertertia einführen mußte, mehr halte ich jetzt einfach nicht aus.«

»›Der Geist‹«, zitierte Wexford, »›ist selbst sein eigner Ort und macht aus Himmel Hölle sich, aus Hölle Himmel.‹«

»Ja, alles schön und gut. Aber ich bin anders. Mein Geist macht sich eine Hölle aus der Hölle. Drück mal auf die Tube, Schätzelchen, damit wir möglichst schnell ein großes Glas in Händen halten. Ich nehme an, du willst unterwegs den nächsten Teil meiner ergötzlichen Erzählung hören.«

»Ich kann's kaum erwarten«, sagte Wexford, ließ das Auto an und fädelte sich in den Verkehr ein.

»Wo war ich stehengeblieben?«

»Bei Villiers' erster Frau.«

»June«, sagte Marriott. »Sie konnte mich nicht leiden. Meine Güte, nein, wirklich nicht. Sie meinte, ich könnte mich nützlicher machen, wenn ich in einem Jugendgefängnis unterrichtete. Weißt du, was sie zu Quentin gesagt hat, als sie zum erstenmal das Herrenhaus besuchte? ›Ich halte es für einen Skandal‹, hat sie gesagt, ›daß zwei Menschen ganz allein in diesem Riesenschuppen wohnen. Man sollte eine Nervenklinik daraus machen.‹ Den armen Quen hätte fast der Schlag getroffen. Sein geliebtes Haus! Aber das war typisch June. Sie hatte Soziologie studiert und als so eine Art Bewährungshelferin gearbeitet.

Sie und Denys hatten eine furchtbare Wohnung über der Tierhandlung in der Quen Street. Du weißt ja, wo ich meine. Ich war nur einmal dort, das reicht mir fürs Leben. Der Gestank von verwesendem Pferdefleisch, vielen Dank, und überall hockten Junes komische Freunde herum. Abends trafen die sich dort immer scharenweise, bierernst und fest entschlossen, die Welt in Ordnung zu bringen. Schluß mit dem Atomtod war damals das Neueste, du weißt schon, und June pflegte in ihrer Wohnung Versammlungen darüber abzuhalten, darüber und über die Hungerhilfe, bevor die Hungerhilfe überhaupt in Mode kam. June war so eine richtige Berufsdemonstrantin. Wenn es mal wieder Krawall auf dem Grosvenor Square gibt, sehe ich mir immer die Zeitungsfotos ganz genau an, denn irgendwann, da bin ich hundertprozentig sicher, werde ich auf ihr Gesicht stoßen.«

»Sie ist also nicht gestorben?« fragte Wexford, als sie auf die High Street einbogen.

»Lieber Himmel, nein. Denys hat sich von ihr scheiden lassen – oder sie sich von Denys. Wer von wem, weiß ich nicht mehr. Weshalb sie überhaupt geheiratet haben, ist mir ein Rätsel. Sie hatten weiß Gott nichts gemeinsam. Sie konnte Quen und Elizabeth nicht leiden und sah es gar nicht gern, daß Denys so oft ins Herrenhaus ging. Sich reaktionären Elementen anschloß, so nannte sie es.«

»Wenn er seine Schwester nicht mochte, warum ist er dann so oft hingegangen?«

»Ganz einfach deshalb, weil er und Quen von Anfang an hervorragend miteinander auskamen«, sagte Marriott, als Wexford die Straßenmitte ansteuerte, um rechts abzubiegen. »Quen war Feuer und Flamme, als er erfuhr, daß er einen vielversprechenden Schriftsteller zum Schwager hatte, und er betrachtete sich wohl als sein Mäzen.« Gemächlich rollte der Wagen die Gasse entlang, bis Wexford vor dem weißen, mit Blumen geschmückten Haus anhielt. »Jedenfalls muß sich Denys irgendwann einmal bei ihm beklagt haben, daß er in seiner häuslichen Umgebung unmöglich arbeiten könne, und Quen machte ihm den Vorschlag, im ›Old House‹ zu schreiben. Laß uns ins Haus gehen, Reg, ich komme um vor Durst.«

In den Zimmern, wo die Party stattgefunden hatte, roch es noch stark nach Zigarrenrauch. Jemand hatte aufgeräumt und den Abwasch erledigt. Vermutlich Hypatia, dachte Wexford, während Marriott sämtliche Fenster aufriß.

»Schön, Reg, die Cocktailstunde ist angebrochen, wie man so sagt. Es ist vielleicht noch ein bißchen früh, aber auf dem Land findet alles ein bißchen früher statt, nicht wahr? Was soll's denn sein? Whisky? Gin?«

»Eine Tasse Tee wäre mir lieber«, sagte Wexford.

»Ernsthaft? Wie merkwürdig. In Ordnung, ich setze den Kessel auf. Ich muß schon sagen, Hypatia hat hier sehr gewissenhaft aufgeräumt. Ich darf nicht vergessen, das zu erwähnen, wenn ich sie mal wieder sehe.«

Wexford ging hinter ihm in die Küche. »Sie wohnt also nicht hier?«

»O nein. Das wäre mir gar nicht recht.« Marriott rümpfte verächtlich die Nase. »Wenn sie einem erst mal auf der Pelle sitzen, ist man nicht mehr sein eigener Herr.« Er warf Wexford einen verschlagenen Seitenblick zu. »Vielfalt statt Einfalt ist meine Devise.«

Wexford lachte. »Du bist wohl ein richtiger Schürzenjäger, Lionel?«

»Man hat so seine Erfolge«, erwiderte Marriott bescheiden. Er gab drei Löffel Earl Grey in die Teekanne und schüttete behutsam das kochende Wasser darüber. »Soll ich mit der Geschichte fortfahren?«

»Bitte.«

»Wie ich schon sagte, war es June gar nicht recht, daß Denys im Herrenhaus arbeitete. Die meisten Abende verbrachte er nämlich ohnehin dort und schwatzte mit Quen, und in den Ferien ging er nun tagtäglich zum Arbeiten hin. Sie fand, er sollte mehr mit ihr unternehmen, also Transparente schwenken und Sprüche an Hausmauern pinseln. Deshalb hat sie ihm den Laufpaß gegeben.«

»Und ihn seiner ménage à trois überlassen?«

»Wenn man so sagen will. Ein Dreiecksverhältnis war zwar zweifellos vorhanden, aber es war kein gleichschenkliges Dreieck. Der armen Elizabeth fiel die Rolle des spitzen Winkels zu. Ich war stets aufs neue davon fasziniert, wenn ich dort zu Besuch war, wie Denys und Quen völlig ineinander aufgingen; Bücher, Bücher, Bücher, mein Lieber, Wordsworth-Zitate prasselten auf einen herab, daß es einem in den Ohren klang, und dann raunten die beiden sich noch zu, sie schöpften ihre Gedanken aus Tiefen, welche Tränen nicht betaun. Die ganze Zeit über saß die arme Elizabeth nur da, las die *Vogue* und konnte sich überhaupt nicht am Gespräch beteiligen.«

»Ich glaube, du hast bestimmt ein Thema gefunden, über das ihr plaudern konntet«, sagte Wexford und trank seinen Tee. »Mir ist noch nie jemand begegnet, der so gut über – wie soll ich es ausdrücken? – die alltäglichen Nichtigkeiten Bescheid wußte.«

»Reg, manchmal bist du hundsgemein. Eines möchte ich aber klarstellen: Elizabeth war keineswegs eine geistlose Frau. Auf ihre Art war sie nicht minder intelligent als Denys.«

»Da ist er zwar anderer Meinung, aber reden wir nicht mehr davon.«

»Warum sitzen wir eigentlich hier draußen? Ich habe Küchen noch nie leiden können, außerdem lechze ich nach meinem Gin. Prima, der Zigarrenqualm hat sich verzogen.«

Marriott holte sich ein Glas und schob zwei Stühle an die offene Terrassentür. In dem kleinen, von einer Mauer umgebenen Garten wimmelte es von Schmetterlingen, die den Nektar des Fliederspeers aufsaugten und sich mit ausgebreiteten Flügeln auf den Steinen sonnten. Wexford ließ sich an einer Stelle nieder, wo er die kostbare Septembersonne spüren konnte, die sich bald rar machen würde. Die Wärme rief eine gewisse Trägheit in ihm hervor, und er ermahnte sich streng, geistig auf dem Posten zu bleiben.

»Villiers verbrachte demnach ziemlich viel Zeit im Herrenhaus?« fragte er.

»Glaube mir, man konnte praktisch keinen Fuß in das Haus setzen, ohne über ihn zu stolpern. Und als wäre das noch nicht genug gewesen, damit er und Quen sich herzlich satt bekamen, ging er auch noch in Urlaub mit ihnen.«

»Das muß schlimm für Mrs. Nightingale gewesen sein, vor allem, weil die beiden sie von ihren Gesprächen ausschlossen. Für was hat sie sich eigentlich interessiert?«

Marriott biß sich auf die Unterlippe und schien nachzudenken. »Laß mich mal überlegen«, sagte er mit der Miene dessen, der die Tiefen seiner Erinnerung auslotet. »Nun, sie nahm aktiv am gesellschaftlichen Leben teil, organisierte Veranstaltungen, saß in Komitees und so was. Daneben wandte sie mehrere Stunden am Tag für ihre Schönheitspflege auf. Sie kümmerte sich um die Blumen, arbeitete ein bißchen im Garten…«

»Wirklich?« unterbrach ihn Wexford. »Vielleicht im Gewächshaus, zusammen mit Sean Lovell?«

»Auf was willst du damit nur hinaus, alter Junge?«

»Um es mit einem von Wordsworth' Zeitgenossen auszudrücken:

›Was Menschen Liebelei und Götter Sünde nennen
Gedeiht viel besser dort, wo schwüle Dämpfe
sengen.‹«

Marriott lächelte und machte große Augen. »Daher weht also der Wind?«

»Na, mit dem alten Sir George Larkin-Smith wird sie sich kaum heimlich im Wald getroffen haben. Auch der Pfarrer von Myfleet und Will Palmer dürften wohl ausscheiden. Es sei denn, du warst es, Lionel.«

»Ich war schon gespannt, wann du mich das fragen würdest.« Marriott rekelte sich wohlig im Sonnenschein und lachte. »Tut mir leid, aber ich war's nicht. Und falls es dir wirklich ernst damit ist, Reg, wird dir Hypatia gern erklären, wo ich war. Das heißt wohlgemerkt nicht, ich hätte etwas gegen die Gelegenheit einzuwenden gehabt...«

»Hast du es vielleicht sogar bei ihr probiert?«

»Vielleicht.«

Nun war Wexford mit Lachen an der Reihe. »Folglich landen wir wieder bei Sean Lovell, oder?«

»Sie mochte Sean«, sagte Marriott. »Ich habe sie einmal getroffen, als sie aus dem Plattenladen hier in der High Street kam. Sie hatte gerade eine Single mit der Nummer eins der Hitparade gekauft. ›Schließlich muß ich mit meinem kleinen Minnesänger Schritt halten‹, hat sie gesagt. ›Im Grunde ist er der einzige echte Nightingale in Myfleet – wir andern sind bloß komische Käuze.‹ Fand ich ziemlich witzig. Elizabeth war nicht auf den Kopf gefallen.«

»Eine ungewöhnliche Bemerkung«, sagte Wexford.

»Ah, ich weiß nicht. Du liest da zuviel hinein, mein Bester. Ihr Polizisten seid alle furchtbar lüstern. Sean stellte sich manchmal unter Elizabeths Fenster und brachte ihr ein Ständchen. Vermutlich fühlte sie sich dadurch geschmeichelt und kam sich jünger vor. Es war ein Fall von vergötternder Huldigung auf der einen und geschmeicheltem Gewährenlassen auf der anderen Seite.«

»Kommen wir noch mal auf Villiers zurück«, schlug Wexford vor. »Aber hättest du vielleicht erst noch eine Tasse Tee für einen armen, alten lüsternen Polizisten?«

Myfleet wirkte sogar im Winter hübsch. Wie das Dorf nun in seiner Senke unterhalb des Walds in mildes Sonnenlicht getaucht lag, schien es einen Dornröschenschlaf zu träumen. An diesem Nachmittag war es völlig entvölkert; nur die Blumen in den Vorgärten standen im Freien und genossen die Sonne.

Burden fuhr von Kingsmarkham bis zum Eingang des Dorfs und beschloß, den restlichen Weg zu Fuß zu gehen. Der Tag schien wie gemacht zum Spazierengehen, zum genüßlichen Einatmen des Geruchs reifender Früchte und zum Bewundern der großen, vielblütigen Dahlien, die für eine Blumenausstellung oder ein Erntedankfest gezüchtet wurden.

Doch er hatte sich geirrt, als er das Dorf für völlig ausgestorben hielt. Während er nun zum Herrenhaus ging, bemerkte er Mrs. Lovell, die sich im Gespräch mit einem dunkelhäutigen Mann mit einer Mütze, der zwei tote, blutige Hasen im Arm hielt, über das Gartentor ihres anrüchigen Hauses lehnte. Die verschlagenen Blicke, die er zum Herrenhaus sandte – obwohl vermutlich sehr naheliegend angesichts ihres Gesprächsstoffs, denn worüber konnten sie sich unterhalten, wenn nicht über das augenblickliche Thema Nummer eins in Myfleet? –, verliehen ihm das Aussehen eines Wilderers. Mrs. Lovells rückhaltloses schallendes Gelächter ermutigte ihn in seinen Ausführungen.

Burden traf Sean im Stammhaus an, wo er Äpfel aus einem Eimer in die alten Gestelle umsortierte. Sie stammten alle von der gleichen Sorte – Beauty of Bath – und hatten hellrote und goldgelbe gemaserte Schalen, die schimmerten wie alte Seide. Der Junge pfiff vor sich hin, hörte aber, als Burden eintrat, sofort damit auf.

»Sie kommen wohl oft hierher?« fragte Burden milde. »Haben Sie sich hier immer mit Mrs. Nightingale getroffen?«

»Ich?« Er warf Burden einen mürrischen Blick zu, ließ sich auf einem Stoß Weißbirkenholz nieder und drehte sich eine Zigarette. »Es wäre nützlich«, sagte er, »wenn ich wüßte, auf was Sie eigentlich hinauswollen. Nein, ich bin nicht oft hier. Tatsächlich hab ich seit April keinen Fuß mehr in das alte Gemäuer gesetzt.« Er deutete mit dem Daumen auf die Stiege. »Wegen *dem* da oben.« Mit finsterer Miene zündete er sich die Zigarette an. »Ich und der alte Palmer haben nämlich strikte Anweisung, ihn hier nicht zu stören.«

»In den Geräteraum kommen Sie aber, nicht? Sie fegen ihn aus. Haben Sie sich von dort mal eine Taschenlampe ausgeliehen? Vielleicht um sich auf dem Weg zu leuchten, wenn Sie zu Mrs. Nightingale in den Wald gingen?«

»Ich?« wiederholte er. »Aber sonst geht's Ihnen gut?« Die Zigarette war ausgegangen. Er zündete sie noch einmal an und blinzelte, als die Flamme das ausgefranste Papier erfaßte und aufflackerte. »Wollen Sie mir ein Verhältnis mit Mrs. Nightingale unterschieben? Sie sind echt bekloppt, Mann, und obendrein haben Sie eine drekkige Phantasie.«

»Jetzt reicht's aber«, sagte Burden tödlich beleidigt. Die Ungerechtigkeit des Vorwurfs verletzte ihn mehr als die Unverschämtheit. »Sie müssen doch zugeben«, sagte er ruhig, »daß Sie sehr vertraut mit ihr waren.«

»Wenn Sie es unbedingt wissen müssen, sie wollte mir beruflich ein wenig unter die Arme greifen.«

»Bei der *Gartenarbeit?*«

Der Junge wurde knallrot im Gesicht. Ohne es zu wissen, hatte Burden gleiches mit gleichem vergolten. »Die Gärtnerei ist nicht mein Beruf«, erklärte Sean verbittert. »Sie ist bloß eine Notlösung, um die Zeit zu überbrükken, bis ich mit meiner eigentlichen Arbeit vorankomme.«

»Und die wäre?«

»Musik«, sagte Sean. »Die Scene, oben in London.« Wieder deutete er mit dem Daumen, diesmal nach Norden. Auf seinem Gesicht hatte sich ein entrückter Ausdruck breitgemacht, und wie die spanischen Konquistadoren schien er eine Vision zu sehen, die Vision einer mit Gold gepflasterten Stadt. »Da muß ich hin.« Seine Stimme bebte. »Ich hab alles im Kopf, verstehen Sie, bis in die letzten Einzelheiten. Ich könnte ihnen die Charts der letzten Jahre haarklein herunterbeten, darin würde ich jede Prüfung spielend schaffen.« Er ballte die Hände zu Fäusten, und in seine Augen trat der Fanatismus religiöser Eiferer. »Von den Discjockeys weiß kein einziger auch nur halb soviel wie ich.« Plötzlich schrie er Burden an: »Hören Sie auf, so zu grinsen! Sie sind genauso beschränkt wie die anderen, wie meine Alte mit ihren Makkern und ihrer Sauferei. Die einzige, die mich verstanden hat, war Mrs. Nightingale, und die ist tot.« Er wischte sich mit einem schmutzigen Ärmel über die Augen, ein Möchtegernkünstler, den seine Umgebung hartnäckig als gewöhnlichen Gärtner behandelte.

»Was wollte Mrs. Nightingale denn für Sie tun?« fragte Burden nun etwas freundlicher.

»Sie kannte da so einen Typ in London«, murmelte Sean. »Er ist bei der BBC, und sie hat mir hoch und heilig versprochen, mal meinen Namen zu erwähnen. Vielleicht als Sänger, vielleicht als Discjockey. Anfangs natürlich erst mal im kleinen«, fügte er bescheiden hinzu. »Man kann nicht anfangen und gleich groß einsteigen wollen.« Er seufzte. »Ich weiß nicht, was jetzt aus mir werden soll.«

»Am besten, Sie halten sich an die Gärtnerei, werden endlich mal erwachsen und schlagen sich diese Rosinen aus dem Kopf«, sagte Burden. Seans haßerfüllter Blick ärgerte ihn. »Vergessen wir für den Augenblick mal Ihre Ambitionen. Warum haben Sie dem Chief Inspector gesagt, sie hätten sich im Fernsehen eine Sendung angesehen, die gar nicht im Programm war?«

Sean schien es eher zu ärgern als zu erschrecken, daß man ihn bei seiner Lüge ertappt hatte. »Ich hab ferngesehen, aber dann hatte ich die Nase voll davon. Alf Tawney, der Macker meiner Alten, war den Abend über da. Die beiden haben mich angegrinst und sich lustig über mich gemacht, weil ich mir doch die Hitparade angesehen hab.« Sean spreizte die Finger um einen Apfel, bis seine Knöchel weiß hervortraten. »Einen Kerl nach dem anderen schleppt meine Mutter an, schon seit ich klein war, und denen geht's nur darum, mich möglichst weit abzuschieben. Als ich ungefähr zehn war, hab ich gesehen, wie sich meine Mutter und einer dieser Männer küßten und abtatschten, da hab ich das Tranchiermesser genommen und ging auf sie los, das kann ich Ihnen sagen. Ich hätte sie umgebracht, ehrlich, bloß hat der Kerl mir das Messer weggenommen und mich geschlagen. Ich hätte sie umgebracht«, wiederholte er grimmig, dann brachte ihn der Ausdruck in Burdens Augen zum Schweigen. Verlegen sagte er: »Mir ist jetzt schnuppe, was sie macht, nur – nur daß es mir eben manchmal auf die Nerven geht.« Er löste seinen Griff und ließ den Apfel auf das Regal fallen. Burden bemerkte, daß er mit den Nägeln die Schale durchbohrt und tiefe saftige Wunden gerissen hatte.

»Anscheinend lassen Sie Ihren Gefühlen ziemlich freien Lauf.«

»Damals war ich zehn, das hab ich doch gesagt. Ich bin heute anders. Ich würde ihr kein Haar krümmen, ganz gleich, was sie macht.«

»Ich nehme an«, sagte Burden, während Sean sich die klebrige Hand an seiner Jeans abwischte, »ich nehme an, Sie sprechen von Ihrer Mutter?«

»Von wem denn sonst?«

Burden zuckte leicht mit den Achseln. »Ihre Mutter und Alf Tawney gingen Ihnen also auf die Nerven. Wohin sind Sie gegangen?«

»Runter in meine Hütte. Ich war ganz allein und habe nachgedacht.« Er seufzte tief, stand auf, wandte Burden den Rücken zu und fing wieder an, die Äpfel umzusortieren. »Bloß nachgedacht und – und zugehört.« Die von seinen Händen angestoßenen Früchte rollten in das Regal. Sehr leise begann er wieder zu pfeifen. Sein Gesicht war nicht minder leuchtend rot als die Äpfel. Als er sich zum Gehen wandte, fragte sich Burden, weshalb.

»Denys ist immer in Urlaub mit ihnen gefahren«, sagte Marriott. »Mit beiden, meine ich. Aber vor zwei Jahren mußte er mit Elizabeth allein fahren. Quen hatte die Masern, der Arme. Äußerst demütigend. Elizabeth hat mir erzählt, daß es ihr bei dem Gedanken graute, Denys in Dubrovnik am Hals zu haben, aber Quen meinte, er werde es ihnen nie verzeihen, wenn sie seinetwegen zu Hause blieben, deshalb blieb ihnen keine Wahl.

Jedenfalls müssen sie sich die ganze Zeit in den Haaren gelegen haben, denn sie sahen beide miserabel aus, als sie zurückkamen. Damals wurde das Verhältnis zwischen Denys und Quen merklich kühler, und Denys kam den ganzen Winter über nicht mehr ins Herrenhaus. Aber eines Tages – es muß im Juni vergangenen Jahres gewesen sein – war ich bei ihnen zu Besuch, als plötzlich Denys zur Tür hereinkam. ›Ein Wunder, daß du die Adresse noch weißt‹, hat Quen gesagt, aber ich sah gleich, daß er außer sich vor Freude war. ›Ich bin nur gekommen‹, antwortete Denys, ›um dir zu sagen, daß ich nächsten Monat nicht nach Rom mit euch fahren kann. Ich habe dem Direktor versprochen, mit auf die Klassenfahrt zu gehen.‹

›Du?‹ rief ich. ›Du mußt den Verstand verloren haben.‹ In der Schule machen wir nämlich schon Witze darüber, was die Kollegen sich alles einfallen lassen, nur damit dieser Krug an ihnen vorübergeht. ›Du willst allen Ernstes das schöne Rom gegen die lausige Costa Brava eintauschen?‹ fragte ich. ›Ich gehe‹, sagte er. ›Ist alles schon abgemacht.‹ Quentins Gesicht hättest du sehen sollen. Er versuchte nach besten Kräften, Denys zu überzeugen, aber er wollte nicht hören. Er blieb eisern.«

»Und wie war es in diesem Jahr, Lionel?«

»Inzwischen war er ja verheiratet. Georgina hat er an der Costa Brava kennengelernt, aber darauf komme ich später. Nein, dieses Jahr gingen sie allein auf die Bermudas, und ich glaube, insgeheim waren sie heilfroh, den alten Miesepeter vom Hals zu haben. Elizabeth hat das anklingen lassen, als ich bei ihr war, weil sie einen Zeugen für ihr Testament brauchte, und …«

»Ihr was?« fragte Wexford bedächtig. »Hast du gesagt, ihr *Testament*?«

10

»Weshalb ich Ihnen verschwiegen habe, daß meine Frau ein Testament gemacht hat? Offen gestanden, Chief Inspector, weil ich es völlig vergessen hatte.« Quentin Nightingale hatte anfangs einen bestürzten Eindruck gemacht, doch nun lächelte er ein wenig spöttisch, als mache man aus einer Mücke einen Elefanten. Er hatte seinen Gang nach Canossa hinter sich und mit leichten Blessuren überstanden. Weshalb ihn nun mit Bagatellen belästigen? »Ich glaube wirklich nicht, daß es rechtsgültig ist. Wissen Sie, das war nur so eine Schnapsidee, die sich meine Frau in den Kopf gesetzt hatte.«

»Nein, das weiß ich nicht«, sagte Wexford, lehnte die Aufforderung ab, in einem Ledersessel Platz zu nehmen, und blieb statt dessen vor dem Bücherschrank stehen. »Ich denke mir, Leute in Ihrer Position lassen ihre Testamente von Notaren aufsetzen. Wer ist Ihr Notar, Mr. Nightingale?«

»Aber es wurde kein Notar hinzugezogen. Ich habe Ihnen doch gesagt, daß es nur eine Schnapsidee war. Mir ist ein Rätsel, wie Sie überhaupt davon erfahren haben.« Er hielt erwartungsvoll inne, doch als er merkte, daß Wexford nicht die Absicht hatte, ihn darüber aufzuklären, fuhr er in verärgertem Ton fort: »Am besten, ich erzähle es Ihnen.«

»Das wäre schön«, sagte Wexford und lehnte sich mit dem Kopf gegen den harten glatten Einband von Motleys *Rise of the Dutch Republic.*

»Es war im Sommer letzten Jahres. Meine Frau und ich hatten uns die Bermudas als Urlaubsziel ausgesucht, und selbstverständlich hatten wir vor zu fliegen. Obwohl meine Frau schon früher geflogen war – als sie vor sieben

Jahren nach Amerika ging –, flog sie nicht gern, und normalerweise fuhren wir per Schiff und Auto in Urlaub.«

»Sie hatte Angst vorm Fliegen?«

»Na, hören Sie, ›Angst‹ ist doch wohl ein zu großes Wort dafür.«

»Wenn sie ihr Testament gemacht hat«, erwiderte Wexford, »so doch wohl deshalb, weil sie dachte, sie könnte sterben. ›Angst‹ ist keineswegs ein zu großes Wort für Todesahnungen.«

»Sie sehen das viel zu dramatisch«, sagte Quentin wütend. »Ich war ein bißchen bange, doch das hielt sie nicht davon ab, Witze darüber zu machen. Das Testament war auch so ein Witz. Ich habe Ihnen ja bereits gesagt, daß ich es nie ernst genommen habe.«

Er verstummte und lauschte einen Moment. Als er die Ohren spitzte, konnte auch Wexford ganz leise weit über ihnen die Musik aus Nellekes Radio hören. Ihre Blicke trafen sich, und Quentin errötete. Rasch fuhr er in ärgerlichem Ton fort. »Eines Tages sagte sie, daß sie ein Testament machen wolle, und ich sah, wie sie etwas auf ein Blatt kritzelte. Ich glaube fast, ich habe es mir nicht einmal angesehen. Ich hielt es für eine dieser romantischen Ideen, wie sie sehr feminine Frauen manchmal überkommen.« Unvermittelt schweifte er ab. »Ich entsinne mich noch, wie sich meine Mutter kurz vor der Geburt meiner jüngsten Schwester fotografieren ließ, damit mein Vater eine letzte Erinnerung an sie hätte, falls die bei der Entbindung sterben sollte, und Abschiedsbriefe an alle ihre anderen Kinder schrieb. Aber sie starb natürlich genausowenig wie Elizabeth...«

»Ihre Frau ist aber gestorben, Mr. Nightingale«, sagte Wexford leise.

Quentin senkte den Blick und rang mit den Händen.

»Ja... Die Sache mit dem Testament, ich hielt es für

eine Schnapsidee, wie ich schon sagte. Ich bezweifle, ob es überhaupt von Zeugen unterschrieben wurde.«

»Zumindest von einem Zeugen«, sagte Wexford. »Lionel Marriott.«

Quentin blickte auf, und in seinem Blick lag echte Überraschung.

»Mr. Nightingale, ich kann dies nicht einfach auf sich beruhen lassen. Was ist aus diesem Blatt geworden, auf das Ihre Frau etwas ›gekritzelt‹ hat?«

»Sie hat es mir gegeben und mich gebeten, es in meinen Safe zu schließen.«

»Und?«

»Na, das habe ich getan. Elizabeth hat in ihrer Gegenwart darauf bestanden. Ach, es war wirklich nur Unfug, aber ich wollte sie nicht aufregen.«

»Liegt es dort noch?«

»Ich nehme an«, erklärte Quentin erstaunt. »Ich sagte ja bereits, daß ich es ganz vergessen hatte, und vermutlich hat auch Elizabeth nicht mehr daran gedacht, als wir heil und gesund zurückkamen.«

»Ich muß Sie leider bitten, den Safe jetzt zu öffnen, wenn es Ihnen recht ist, Sir«, sagte Wexford in bedeutungsschwerem Ton.

Quentin nahm ein kleines Ölgemälde – einen Stubbs, auf dem eine zweispännige Phaeton-Kutsche dargestellt war – von der Wand des Arbeitszimmers und sah Wexford dabei an, als habe er es mit einem Verrückten zu tun, den es bei Laune zu halten galt. Hinter dem Bild befand sich eine in die Wand eingebaute Stahltür. Im Flüsterton murmelte Quentin die Kombination vor sich hin und öffnete die Tür, hinter der eine Öffnung vom Format einer großen Keksdose zum Vorschein kam. Der Safe enthielt einen ordentlich aufgeschichteten Stapel Papiere, die Wexford für Aktienzertifikate und persönliche Dokumente hielt, sowie mehrere lederne Schmuckschatullen. Quentin holte einen kleinen Stapel der Papiere hervor. Er blätterte sie durch und hielt Wexford dann mit immer noch belustigter und spöttischer Miene einen langen braunen Umschlag entgegen.

»Da ist es drin«, sagte er.

»Darf ich?« Wexfords Ton duldete keinen Widerspruch. Er schlitzte den Umschlag auf und zog ein Blatt teures blaues Briefpapier mit der aufgedruckten Adresse des Herrenhauses hervor. Das Papier bedeckte eine kühne, ziemlich männlich wirkende Handschrift. Wexford drehte das Blatt um, warf einen Blick auf den unteren Teil der Rückseite und sagte mit dienstlicher Stimme: »Das Testament ist vollkommen rechtskräftig, Sir, nicht weniger gültig und verbindlich, als wenn es auf einem Testamentsvordruck oder in Gegenwart eines Anwalts aufgesetzt worden wäre.«

»Du lieber Himmel!« Quentin ließ die Safetür offenstehen und setzte sich.

»Als Zeugen haben – Augenblick – Myrtle Annie Cantrip und Lionel Hepburn Marriott fungiert, und Ihre Frau hat korrekt unterzeichnet. Sollten Sie versuchen, es anzufechten, würden Sie sich eine Menge Ärger einhandeln.«

»Ich will es doch gar nicht anfechten.«

»Sie sollten es vielleicht lieber erst einmal lesen, ehe Sie sich festlegen, Mr. Nightingale.«

»Was steht drin?« Das Lächeln war von Quentins Gesicht verschwunden, er wirkte nun völlig verwirrt. »Würden Sie es mir bitte vorlesen, Mr. Wexford?«

»Wie Sie wollen.« Endlich nahm auch Wexford Platz. Er räusperte sich und las mit monoton ausdrucksloser Stimme:

»›*Ich, Elizabeth Frances Nightingale, geb. Villiers, setze hiermit im Vollbesitz meiner geistigen Kräfte nachfolgendes Testament auf. Dies ist mein letzter Wille und hebt alle früheren von mir getroffenen letztwilligen Verfügungen auf.*‹« An dieser Stelle hatten Mrs. Nightingale offenbar ihre Kenntnisse der Rechtssprache verlassen, denn sie schrieb in ungezwungenerem Stil weiter, der allerdings mit einigen Brocken Amtschinesisch durchsetzt war. »›*Mein gesamtes Vermögen, einschließlich der Gelder, die mein Gatte für mich angelegt hat, vermache ich Sean Arthur Lovell, wohnhaft in 2 Church Cottages, Myfleet, Grafschaft Sussex, in der Hoffnung, er möge es zur Förderung seiner beruflichen Pläne verwenden...*‹«

»Lieber Himmel!« sagte Quentin. »Lieber Himmel!«

»›*... und meiner Schwägerin, Georgina Villiers, wohnhaft in 55 Kingsmarkham Road, Clusterwell 1...*‹« An dieser Stelle hielt Wexford inne und zog die Augenbrauen hoch. »›*... meinen gesamten Besitz an persönlichem Schmuck, damit sie ihrer Lust am schönen Schein frönen kann, wenn ihr Wert als tugendhafte Frau auch mit Edelsteinen nicht aufzuwiegen ist.*‹«

»Das hat Elizabeth geschrieben?« fragte Quentin mit hohler Stimme.

»Ja, Sir.«

Sie waren zwar beide überrascht, dachte Wexford bei sich, aber wahrscheinlich jeder aus anderen Gründen. Was ihn betraf, so verblüffte ihn, daß die von ihrem Bruder als frivol und hohlköpfig eingestufte Frau den Verstand und die Findigkeit besessen hatte, dieses Testament aufzusetzen und ihm eine solch versteckte Boshaftigkeit zu verleihen. Quentins Verwunderung rührte vielleicht nur von dieser unvermuteten Boshaftigkeit her. Er war bleich geworden.

»Ist das alles?« fragte er.

»Ja, das ist alles. Wieviel Geld hinterläßt Ihre Frau, Sir?«

»Oh, das ist nicht der Rede wert.« Quentin rang sich ein Lachen ab. »Um die Wahrheit zu sagen, ihr Privatkonto war sogar überzogen. Es handelt sich praktisch um dreihundert Pfund, die ich vor Jahren für sie angelegt habe.«

»Hmhm. Die werden Sie dem jungen Lovell sicherlich nicht mißgönnen. Beunruhigt Sie etwas, Sir?«

»Eigentlich nicht, nur...«

»Mrs. Villiers«, sagte Wexford nachdenklich, »scheint eine Dame zu sein, die gern Schmuck trägt, wie Ihre Frau – äh, anklingen ließ. Wollen wir hoffen, daß ein paar schöne Stücke für sie dabei sind.«

»Ein paar schöne Stücke!« Quentin sprang unvermittelt auf. »Der Schmuck meiner Frau ist in diesen Schatullen.« Er streckte die Hände in den Safe. »Über den Daumen gepeilt, würde ich seinen Wert mit dreißigtausend Pfund veranschlagen.«

Wexford hatte schon zu viele Edelsteine gesehen, um von dieser kleinen, aber erlesenen Kollektion geblendet zu werden. Doch er war ohnehin nicht leicht aus der Fassung zu bringen, und so blieb seine Miene gelassen und eine Spur verschlossen, während er Quentin beim Öffnen der drei Schatullen zusah.

Eine Schatulle war aus weißem Leder, eine aus grünem und die dritte aus mit Onyx eingelegtem Teakholz. Quentin hatte sie auf den Schreibtisch gestellt, und als er die Deckel aufklappte, kamen noch weitere Kästchen zum Vorschein: winzige Schächtelchen für Ringe und Ohrgehänge, längliche Etuis für Armbänder und Halsketten.

Quentin nahm einen der Ringe heraus, einen in Platin gefaßten Brillanten, und hielt ihn ins Licht.

»Das war ihr Verlobungsring. Manchmal trug sie ihn, wenn...«, mit heiser werdender Stimme beendete er den Satz: »...ich sie ausdrücklich darum bat.« Er blickte zu Wexford. »Vielleicht kann ich ihn Georgina abkaufen.«

»Mochte Ihre Frau sie?«

»Ich weiß nicht«, sagte Quentin ratlos und steckte den Ring wieder in das Samtkissen. »Ich habe eigentlich nie darüber nachgedacht. Anscheinend schon... Andererseits aber auch wieder nicht, oder? Man kann nicht jemanden mögen und dann eine so gemeine Bemerkung über ihn machen. Ich begreife das nicht.«

»Wie wir wissen, empfand Mrs. Nightingale eine heftige Abneigung gegen ihren Bruder. Vielleicht schloß diese Abneigung auch seine Frau ein.«

Quentin klappte das Ringkästchen zu. Bedächtig sagte er: »Anscheinend kursiert das Gerücht, meine Frau und ihr Bruder hätten auf Kriegsfuß miteinander gestanden.«

Wexford zog die Augenbrauen nach oben. »Stimmt es denn nicht?«

»Es klingt für einen Ehemann sicher merkwürdig, wenn ich das sage, aber ich weiß es wirklich nicht. Denys hat mir gegenüber niemals ein schlechtes Wort über sie verlauten lassen, und was Elizabeth betrifft... Nun, sie hat ihn nie davon abzuhalten versucht, uns besuchen zu kommen, wenn es auch wahr ist, daß sie mir gegenüber manchmal ziemlich gehässig über ihn sprach. Dabei müssen Sie aber wissen, daß ich sie öfters dabei ertappte, wie sie ihm – nun, fast mitfühlende Blicke zuwarf, wenn wir zu dritt waren. Irgendwelche Anzeichen von echtem Haß sind mir nie aufgefallen.«

»Vielleicht sind Sie nicht der Typ, der sehr sensibel auf anderer Leute Beweggründe und Gefühle reagiert.«

»Nein, wohl kaum«, erwiderte Quentin traurig. »Sonst hätte ich gemerkt, daß Elizabeth nicht gern mit Georgina zusammen war, und mir... mir wäre aufgefallen, daß sie nachts heimlich in den Wald ging. Nein, ich schätze, zwischen Elizabeth und Denys bestand eine natürliche Abneigung, ich war nur zu blind, es zu sehen. Vielleicht wollte ich es gar nicht sehen.« Er sprach nun leise und ein wenig verlegen. »Wenn man mehrere Menschen sehr gern hat, will man, daß sie sich auch untereinander gut verstehen, und mit der Zeit redet man sich das eben ein. Mir ist die Vorstellung ein Greuel, irgendwelche Klatschmäuler könnten behaupten, es habe böses Blut zwischen ihnen gegeben.«

Ein kurzes Schweigen trat ein, dann sagte Wexford: »Kommen wir noch einmal auf das Testament zurück, Sir. Offensichtlich haben Sie von der Freundschaft Ihrer Frau mit Sean Lovell nichts geahnt?«

»Ich wußte, daß sie ein gewisses mütterliches Interesse an ihm hatte. Wir selbst hatten keine Kinder. Sie hat mich einmal gebeten, mich bei meinem Freund von der BBC zu verwenden, daß er ihn mal vorsingen läßt, wozu ich jedoch keine rechte Lust hatte – jetzt werde ich mich aber darum kümmern. Das ist das mindeste – und das letzte –, was ich für sie tun kann.«

»Entschuldigen Sie meine Frage – aber ist Ihnen nie der Verdacht gekommen, es könnte sich um mehr als ein nur mütterliches Interesse handeln?«

Quentin verzog angewidert das Gesicht und schüttelte heftig den Kopf. »Mein Gott«, sagte er, »das ist nicht möglich, aber wenn doch... Ich habe nicht das Recht, über sie zu richten, nicht während ich und Nelleke... Mr. Wexford, ich begreife nicht, was da alles unterschwellig mit hineinspielt. Ich begreife rein gar nichts davon.«

»Ich auch nicht«, erwiderte Wexford grimmig.

Burden machte in der Zwischenzeit eigene Entdeckungen.

Als er aus dem Stammhaus trat und durch das Tor in den Hof ging, begegnete er Mrs. Cantrip, die mit einem Bund Petersilie in der Hand aus dem Küchengarten kam.

»Ach, haben Sie mich erschreckt, Sir«, sagte sie. »Sie gehen so leise. Möchten Sie eine Tasse Tee?«

»Ist es dafür nicht schon ein wenig spät?« fragte Burden mit einem Blick auf die Uhr, auf der es halb sechs war. »Wann machen Sie hier denn Feierabend?«

»Eigentlich um vier, schön wär's ja, aber wir sind momentan alle ganz schön durcheinander und wissen nicht, wo uns der Kopf steht. Geben Sie Ihrem Herzen einen Stoß, Sir. Der Tee wird Ihnen guttun, und Will möchte mal kurz mit Ihnen sprechen.«

»Um was geht es denn?« fragte Burden, während er mit ihr zum Haus schlenderte.

»Mir wollte er es nicht sagen, Sir. Es hat was mit einem Schal zu tun, glaube ich.«

In der Küche saß Will Palmer am Tisch neben dem Mann, den Burden am Gartentor im Gespräch mit Mrs. Lovell bemerkt hatte. Sie tranken Tee aus dunkel lasierten Steingutbechern. Der andere Mann hatte offensichtlich zwei Hasen, vier Ringeltauben und eine Steige Eier gebracht, die eine karierte Arbeitsplatte zum Großteil bedeckten.

Kaum hatte er Burden erblickt, sprang Palmer auf.

»Ich hab da was, das Sie sehen sollten, Sir.«

»Und?« Burden nahm den von Mrs. Cantrip angebotenen Tee und entfernte sich damit so weit es ging von dem toten Wild.

»Das ist es.« Mit triumphierender Miene holte Palmer unter dem Tisch eine nasse Plastiktüte hervor, die oben mit Gartenschnur zugebunden war. Burden löste den Knoten und zog einen Stoffetzen heraus. Er war feucht, aber nicht durchnäßt und immer noch auf den ersten Blick als Seidenschal erkennbar. Das aufwendige Muster darauf war jugendstilähnlich, stilisierte goldene Blätter auf blaßgelbem Grund. Über die Mitte des Schals lief ein langer brauner Fleck. Burden runzelte die Stirn.

»Wo haben Sie ihn gefunden?«

»In einem Loch in einer Eiche unten in Cleever's Vale.«

»Und wo ist Cleever's Vale, bitte?«

Auf Palmers Gesicht trat verblüfftes Befremden. Offensichtlich war es unvorstellbar für ihn, daß irgend jemand – und schon gar ein Polizist – Cleever's Vale nicht kannte, das doch ebenso zur Gegend um Myfleet gehörte wie der Wald.

»Es gehört zum Anwesen, Sir«, erklärte Mrs. Cantrip ungehalten. »Wenn Sie von Kingsmarkham zum Herrenhaus fahren, ist es der erste Teil des Parks, an dem Sie vorbeikommen.«

»Ich war dort, weil ich die alten Pilze von der Eiche schnitt«, sagte Palmer, der sich von seiner Verwunderung inzwischen erholt hatte. »Dann bin ich aber auf dieses Loch gestoßen, wahrscheinlich stammt es von einer Eule...«

»Eichhörnchen«, warf der andere Mann lakonisch ein und wischte sich den Mund ab. Er war sehr dunkel im Gesicht und hatte dringend eine Rasur nötig.

»Oder von einem Eichhörnchen, was ich auch noch gesagt hätte, Alf«, erklärte Palmer ärgerlich. »Von einer Eule oder einem Eichhörnchen, für einen Specht war's nämlich viel zu groß.«

»Verschonen Sie mich mit Ihrer Tierkunde.«

»Schon gut, Sir, brauchen ja nicht gleich aus der Haut zu fahren.« Palmers Miene wurde noch bedeutsamer, als die Tür zum Garten aufging und Sean Lovell hereinkam, um sich ebenfalls an den Küchentisch zu setzen. »Das Loch war auf gleicher Höhe wie mein Kopf, etwa ein Meter achtzig über dem Boden.«

»Einsfünfundsiebzig«, verbesserte ihn der Dunkelhäutige.

Palmer starrte ihn wütend an, ließ sich aber auf keine Diskussion mit ihm ein, sondern fuhr fort: »Rund um das Loch wuchsen jedenfalls diese Pilze. Austernpilze heißen die, Sir, weil ihr Schirm wie eine Auster aussieht. Kein Armeleuteessen, gebraten schmecken die köstlich, das können Sie mir glauben.«

»Geschmort.«

»Geschmort auch, Alf«, sagte Palmer versöhnlicher. »Kurz und gut, ich hab die Hand in das Loch gesteckt und das da gefunden, was in der Tüte ist.«

»In der Tüte? Oder haben Sie den Schal dort hineingetan?«

»Er war in keiner Tüte, Sir. Bloß so zusammengelegt und in das Loch gestopft.«

»Haben Sie ihn schon mal gesehen?«

»Natürlich«, schaltete sich Mrs. Cantrip ein. »Er gehörte der armen Mrs. Nightingale. Sie trug ihn immer so als Kopftuch, wenn sie spazierenging.« Sie beugte sich über den Schal und wich erschreckt zurück. »Ist das ihr Blut, Sir?«

»Ich fürchte, ja.«

Sean Lovell sprang auf. »Mir wird schlecht!« rief er. Mrs. Cantrip bewegte sich schneller, als Burden bei einer Frau ihres Alters für möglich gehalten hätte, und riß die Tür zum Garten auf.

»O nein, nicht in meiner Küche!«

Mit der gleichmütigen Griesgrämigkeit des englischen Bauern verfolgten der alte Gärtner und der Wildbretlieferant, wie er hinaustorkelte, und lauschten dann mit angeregterem, aber immer noch teilnahmslosem Interesse auf die Würgegeräusche. Der bislang einsilbige Alf hob zu einer für seine Verhältnisse langen Rede an:

»Altes Familienleiden – keinen Mumm in den Knochen.« Er lachte. »Möchte so'n Popsänger werden. Übergeschnappt, wenn Sie mich fragen.«

Mrs. Cantrip räumte seine Tasse ab und stellte sie in die Spülmaschine. Als der Mann keine Anstalten zum Gehen machte, wurde sie deutlicher. »Schönen Abend auch noch, Alf. Eier brauchen wir übrigens erst wieder Montag.«

Nachdem sie das Herrenhaus durch die Vorder- beziehungsweise Hintertür verlassen hatten, begegneten sich Wexford und Burden auf der Dorfstraße. Sie tauschten ihre neuesten Erkenntnisse aus und wollten sich gerade auf eine ihrer üblichen erbitterten, aber nützlichen Diskussionen einlassen, als Mrs. Cantrip, ganz außer Atem vom Laufen, sie einholte.

»O Sir«, sagte sie zu Burden, »da bin ich aber froh, daß ich Sie noch erwischt habe. Ich muß mich fast dafür entschuldigen, wie die beiden sich aufgeführt haben, der alte Will und dieser Alf. Will ist so geschwätzig, und was Alf Tawney angelangt... Er hat schon von Haus aus keine Manieren. Stört es Sie, wenn ich Sie ein Stück begleite?«

»Aber gar nicht«, sagte Wexford freundlich. Bei dem Dienstwagen blieb er stehen und gab Bryant Anweisung, zurück zum Revier zu fahren. »Wer ist Alf Tawney?«

»Nur der Mensch, von dem wir Gemüse, Hühner und so was beziehen, Sir. Er haust in einem Wohnwagen auf seinen Feldern in Clusterwell.« Mrs. Cantrips Gesicht nahm einen verschlossenen, prüden Ausdruck an, so wie Burden manchmal aussah, wenn ein Thema angeschnitten wurde, das er für »anzüglich« hielt. »Ich kann mir nicht vorstellen, daß Alf von Interesse für Sie ist.«

»Da bin ich mir nicht so sicher«, erwiderte Wexford. »Für uns ist jeder von Interesse, der mit Mrs. Nightingale Umgang pflegte, selbst wenn er nur ihr Gemüselieferant war.«

»Umgang pflegte Mrs. Nightingale mit ihm nicht, Sir.« Die Vorstellung schien Mrs. Cantrip zu schockieren. »Falls sie überhaupt von ihm wußte, dann nur durch Sean.« Sie seufzte, als bleibe ihr eine schmerzhafte Entscheidung nicht erspart. »Ich kann es Ihnen ja ruhig erzählen, denn der Dorftratsch handelt praktisch von nichts anderem. Alf hat ein Verhältnis mit Seans Mutter.«

»Meine Güte«, sagte Wexford. »Das ist schlimm.«

»Manche geben nicht Alf die Schuld dafür, weil er doch schon verwitwet ist, seit sein Junge zwölf Jahre alt war, und niemand hat, der ihm das Essen kocht und sich um ihn kümmert. Nein, für mich hat sie schuld. Denn schon in der Bibel steht, Sir, daß die Frau den Mann in Versuchung führt, da läßt sich nicht dran rütteln.«

»Stimmt«, pflichtete Wexford ihr aus vollem Herzen bei.

»Nicht daß ich sonderlich viel für Sean übrig hätte, aber niemand kann bestreiten, daß Mrs. Lovell ihn schändlich vernachlässigt hat. Eigentlich hat er nie eine richtige Mutter gehabt.«

»Und Mrs. Nightingale nie einen Sohn.«

Mrs. Cantrip sah ihm ins Gesicht. Wie schon zuvor, als das Gespräch auf ein Thema gekommen war, das sie für tabu erklärt hatte, wirkte sie empfindlich und zurückhaltend. »Sean hätte sich nie getraut, so etwas von der gnädigen Frau zu denken. Es gibt schließlich gewisse Grenzen. Und zudem – Mrs. Nightingale sah so jung und hübsch aus. Sie hatte es nicht gern, wenn die Leute ihr Alter wußten. Manchmal gab es mir einen richtigen Stich ins Herz, was sie alles tat, damit Sean und Nelke glauben sollten, sie sei so alt wie sie. Und als Sean sagte – es gehörte sich ja nicht, Sir, aber er weiß es eben nicht besser –, sie sei keine von diesen Spießern, und einmal sogar behauptete, was gutes Aussehen angehe, könne ihr von den Damen im Umkreis niemand das Wasser reichen, wirkte sie so glücklich und zufrieden.«

»Er ist ein sehr gutaussehender junger Mann«, sagte Wexford.

»Ich finde das zwar nicht, aber die Geschmäcker sind verschieden. Hier wohne ich, dann also auf Wiedersehen. Ich will nur hoffen, Sie nehmen den beiden ihr Verhalten nicht krumm, Sir.«

Burden und Wexford sahen ihr nach, wie sie zu einem frisch gestrichenen weißen Cottage ging, dessen kunterbunter Garten zu denen gehörte, die der Detective Inspector am Nachmittag bewundert hatte. Sie nahm eine gelbe Katze in die Arme, die ihr zur Begrüßung entgegengelaufen war, und schloß die Haustür hinter sich.

»Der arme vernachlässigte Junge«, sagte Wexford nachdenklich, »wurde von Mrs. Nightingale in ihrem Testament mit dreihundert Pfund bedacht. Ich frage mich, ob er davon weiß und es für wert hielt, deswegen einen Mord zu begehen. Aber lassen wir das mal für den Augenblick und statten der Haupterbin einen Besuch ab.«

»Sir?« Burden sah ihn fragend an.

»Ich erzähle es Ihnen im Wagen.« Wexford grinste breit. »Wie lieblich sind auf den Bergen die Füße der Freudenboten!«

Wexford war gespannt, wie sie die Nachricht wohl aufnehmen würde. Freudig überrascht? Oder ängstlich, weil die Polizei von dem Testament erfahren hatte? Möglicherweise hatte sie von seinem Inhalt oder auch nur von seinem Vorhandensein gar nichts gewußt.

Er teilte ihr ohne Umschweife mit, daß Mrs. Nightingale ein Testament zu ihren Gunsten hinterlassen habe, und achtete genau auf ihre Reaktionen. Sie waren enttäuschend. Georgina Villiers zuckte die Achseln und sagte: »Das überrascht mich. Ich hatte keine Ahnung.« Wie gewöhnlich trug sie ihre Kette, die Armreifen und Ohrringe, die ihr so unentbehrlich waren wie einer anderen Frau vielleicht Strümpfe und Lippenstift, und nicht einmal ein kleiner Funke Habgier in ihren Augen verriet, daß sie sich freuen würde, den Schmuck durch echte Steine zu ersetzen. Ihr Gesichtsausdruck wirkte apathisch und teilnahmslos, beinahe schläfrig, als hätte sie vor kurzem eine Tortur überstanden, die ihr gesamtes Empfindungsvermögen völlig aufgezehrt hatte.

»War Ihnen bekannt, daß sie ein Testament gemacht hatte? Oder wissen Sie nicht, was sie Ihnen hinterlassen hat?«

»Nein, weder noch«, sagte Georgina. Sie setzte sich auf eine Sessellehne. Ihre Bluse war ärmellos, und Wexford fielen die kräftigen Muskeln an ihren Schultern und Oberarmen auf. Solche Muskeln hatte er in seinem Leben nur einmal an den Armen einer Frau gesehen, und diese Frau war Ringerin gewesen.

»Sie erben den gesamten Schmuck von Mrs. Nightingale«, sagte er.

»So. Als sie sagten, das Testament sei zu meinen Gunsten, dachte ich schon, daß es etwas in der Art sein muß. Elizabeth besaß kein eigenes Vermögen, und ihr Taschengeld hatte sie immer schon durchgebracht, noch ehe das nächste in Aussicht war. Sie war schrecklich verschwenderisch.«

»Mrs. Villiers, die Umstände des Todes Ihrer Schwägerin erscheinen dadurch in ganz neuem Licht.«

»Wirklich? Ich fürchte, ich verstehe nicht ganz.«

»Dann lassen Sie mich erklären.« Wexford hielt inne, als die Tür aufging und Denys Villiers hereinkam, sein unlängst erschienenes Buch aufgeschlagen in der Hand.

»Ah, da bist du ja, Denys«, sagte seine Frau und stand auf. Ihre Stimme klang weiterhin dumpf und tonlos, als sie sagte: »Stell dir vor, Elizabeth hat ein Testament gemacht und mir alle ihre Ringe und Ketten vermacht.«

Villiers steckte den Daumen zwischen die Buchseiten, um die Stelle zu markieren, und blickte belustigt in die strengen Mienen der beiden Polizisten. Daraufhin brach er völlig unerwartet in hysterisches Gelächter aus.

11

Das Gelächter ihres Mannes löste bei Georgina viel mehr Unruhe aus als Wexfords Mitteilung. Unter der Maske ihrer Teilnahmslosigkeit lag etwas verborgen, etwas, das durch das Gelächter nun zum Vorschein kam und sich in ihren Augen und den bebenden Lippen als nacktes Entsetzen äußerte.

»Hör auf, Denys, hör um Gottes willen auf!« Sie packte ihn am Arm und schüttelte ihn.

»Dürfen wir mitlachen, Sir?« fragte Wexford kühl.

Villiers hörte abrupt mit Lachen auf, wie es nur möglich ist, wenn man nicht aus Vergnügen lacht, sondern weil man auf eine bewundernswerte Ironie des Schicksals gestoßen ist. Er zuckte die Achseln, dann schlug er mit ausdruckslos werdender Miene wieder sein Buch auf und begann zu lesen, wo er aufgehört hatte.

»Mrs. Villiers, ich möchte mit Ihnen noch einmal über die Vorkommnisse vom Dienstagabend sprechen«, sagte Wexford.

»Aber wieso denn?« fragte sie mit mühsam beherrschter Stimme. »Ich dachte, es ist alles vorbei. Gerade fange ich an, nicht mehr daran zu denken, und jetzt... Mein Gott, was soll ich nur machen?« Einen Augenblick starrte sie die beiden Polizisten verstört an, dann rannte sie aus dem Zimmer.

Villiers lächelte verschmitzt, offenbar über etwas in seinem Buch. Obwohl er sich über die maßlose Eitelkeit von Schriftstellern im klaren war, konnte Wexford dennoch nicht begreifen, wie man über etwas richtig lachen konnte, das man selbst geschrieben hatte.

»Wie ich sehe, werde ich Ihr Buch lesen müssen.«

Villiers hob den Blick, und als er das Buch zuklappte, markierte er die Stelle wieder mit seinem Finger. Von einem Stapel auf dem Fenstersims nahm er ein Exemplar *Der verliebte Wordsworth* und reichte es dem Chief Inspector. »Falls es Sie interessiert, können Sie es behalten.« Der Blick der müden grauen Augen begegnete dem von Wexford und hielt ihm stand.

»Danke. Es wird mich interessieren. Ich lasse mich gern belehren. Ich bin auch neugierig, weshalb Sie sich Wordsworth als Forschungsobjekt ausgesucht haben.«

»Eine Frage persönlicher Vorlieben, Mr. Wexford.«

»Doch Vorlieben lassen sich immer auf etwas zurückführen.«

Villiers zuckte unwirsch die Achseln. »Jedenfalls haben Sie uns die Nachricht jetzt überbracht, und wir haben sogar noch über Literatur geplaudert. Gibt es sonst noch etwas?«

»Gewiß doch. Ich untersuche einen Mordfall, Mr. Villiers.«

»Aber nicht sonderlich erfolgreich, wenn ich das mal sagen darf.« Villiers setzte sich rittlings auf einen Stuhl verschränkte die Arme auf dem Rücken und drückte die Brust an die Stäbe der Lehne. Das aschfahle, von einem Faltennetz überzogene Gesicht rief bei Wexford erneut den Eindruck hervor, daß dieser Mann krank, todkrank war. »Was hat es überhaupt für einen Sinn?« fragte er. »Elizabeth ist tot und wird nicht wieder lebendig. Sie finden den Mörder und stecken ihn zwanzig oder dreißig Jahre ins Gefängnis. Wem nützt das? Wer ist dadurch glücklicher?«

»Sind Sie denn Anhänger der Todesstrafe? Es überrascht mich, daß Ihre erste Frau Sie nicht zu einer anderen Ansicht bekehrt hat.«

Falls Villiers erstaunt war, daß Wexford von seiner früheren Ehe wußte, ließ er sich nichts davon anmerken. »Die Todesstrafe?« wiederholte er. »Nein, ich bin nicht dafür. Das ist mir ziemlich egal. Mir ist es auch egal, ob man die Leute ins Gefängnis sperrt oder nicht, abgesehen davon, daß man mit meinen Steuergeldern ihren Unterhalt bezahlt.«

»Mir scheint, Sir, Ihnen ist überhaupt sehr viel egal.«

»Richtig. Die sogenannte Tagespolitik interessiert mich nicht, ebensowenig die öffentliche Meinung. Ich mag die Menschen nicht, und die Menschen mögen mich nicht. Die meisten sind Dummköpfe«, erklärte der Misanthrop mit genüßlicher Erbitterung. »Ich habe wenig Geduld mit Dummköpfen. Fortschritt und das ganze Tamtam geht mir auf die Nerven.« Sehr leise fügte er hinzu: »Ich möchte, daß man mich in Ruhe in der Vergangenheit leben läßt.«

»Dann sprechen wir doch über die Vergangenheit«,

sagte Wexford. »Über die jüngste Vergangenheit. Dienstag abend, zum Beispiel.«

Georgina saß Burden im Wohnzimmer gegenüber und erklärte gereizt: »Ich habe Ihnen schon bei Ihrem letzten Besuch alles über Dienstag abend erzählt. Wenn Sie ein schlechtes Gedächtnis haben, hätten Sie es aufschreiben sollen.«

»Mein Gedächtnis soll nicht Ihre Sorge sein, Mrs. Villiers. Erzählen Sie es mir einfach noch mal. Sie verließen das Herrenhaus um halb elf im Auto Ihres Mannes. Wer ist gefahren?«

»Mein Mann. Er fährt immer, wenn wir zusammen ausgehen. Ich meine, es sollte immer der Mann fahren, finden Sie nicht?« Sie kniff die Lippen zusammen. »In einer Ehe sollte immer der Mann den Ton angeben, damit seine Frau zu ihm aufsehen kann.« Laut und trotzig fügte sie hinzu: »Wir sind glücklich verheiratet.«

»Wie schön für Sie«, sagte Burden. »Um wieviel Uhr sind Sie nach Hause gekommen?«

»Das habe ich Ihnen doch schon gesagt. Ungefähr zwanzig Minuten vor elf. Wir gingen ins Haus und haben uns gleich schlafen gelegt. Das ist alles.«

»Nein, das ist nicht alles. Kein Mensch kommt von einem Abend bei Freunden nach Hause und geht schnurstracks zu Bett. Einer von ihnen muß den Wagen in die Garage gefahren haben. Einer muß die Tür abgeschlossen haben.«

»Ach so, *das* meinen Sie. Mein Mann hat das Auto einfach in die Einfahrt gestellt. In der Garage stand meines.«

»Sind Sie zusammen ins Haus gegangen?«

»Natürlich.«

»Nebeneinander? Haben Sie sich gleichzeitig durch die Tür gezwängt?«

»Seien Sie doch nicht albern«, erwiderte Georgina mürrisch. »Ich ging voran, und mein Mann kam ungefähr eine Minute später nach. Er schloß das Auto ab, weil es die ganze Nacht in der Einfahrt stehen würde. Das macht er immer.«

»Sehr vernünftig. Da Sie offenkundig so sorgfältig sind, haben Sie die Milchflaschen bestimmt nicht vor Ihrem Besuch im Herrenhaus vor die Tür gestellt. Wer hat das getan, als Sie nach Hause kamen? Wer hat nachgesehen, ob die Fenster und die Hintertür geschlossen waren?«

Sie zögerte kurz und sah ihn verdrossen an. Ihre Finger rieben nervös an der Perlenkette. »Das macht immer mein Mann. Ich ging vor ihm zu Bett.«

»Wie lange haben Sie gebraucht, um zu Bett zu gehen, Mrs. Villiers? Zehn Minuten? Eine Viertelstunde? Sie haben sich schließlich nicht ungewaschen und in voller Bekleidung schlafen gelegt.«

»*Natürlich* nicht. Ich habe das Licht im Schlafzimmer angeknipst, mich ausgezogen, bin ins Badezimmer gegangen und dann ins Bett. Kurz darauf ist mein Mann gekommen. Er liest immer noch ungefähr eine halbe Stunde, ehe wir das Licht ausmachen.«

»Schlafen Sie in einem Doppelbett, Mrs. Villiers?«

»Nein, wir haben getrennte Betten. Da dürfen Sie sich aber nichts bei denken. Wir führen eine sehr glückliche Ehe.«

»Ja, das sagten Sie schon. Um wieviel Uhr sind Sie eigentlich zum Herrenhaus gefahren?«

»Es war ungefähr halb neun, als wir dort ankamen.«

»Ich glaube, Sie waren öfters zum Bridgespielen dort«, sagte Burden. »Wie lange blieben Sie in der Regel?«

»In den Ferien manchmal bis Mitternacht.«

»Am Dienstag waren doch noch Ferien, oder? Weshalb sind Sie so früh gegangen?«

»Mein Mann«, sagte Georgina, und wie immer klang ein gewisser selbstbewußter Besitzerstolz aus ihren Worten, »mein Mann mußte in der Schule noch etwas nachschlagen, und…« Sie schlug sich mit der Hand auf den Mund, doch zu spät, um einen erschreckten leisen Schrei zu unterdrücken. »Als wir nach Hause kamen«, stammelte sie, »hat er es sich anders überlegt… Oh, warum können Sie uns nicht in Ruhe lassen. Wir könnten so glücklich sein, wenn uns nur alle in Ruhe ließen.«

Burdens Blick blieb starr auf sie gerichtet. Unbewegt sah er mit an, wie sie zu weinen begann.

»Ich habe den Wagen in der Einfahrt abgestellt«, sagte Villiers zu Wexford. »Nein, ich habe nicht nachgesehen, ob im Haus die Hintertür und die Fenster geschlossen waren. Das fällt in die Zuständigkeit meiner Frau. Ich bin gleich zu Bett gegangen und sofort eingeschlafen.«

Burden trat ins Zimmer. »Darf ich, Sir?«

»Nur zu«, sagte Wexford.

»Was ist mit der Sache, die Sie in der Schule nachschlagen wollten? Das Nachschlagen war doch unbedingt erforderlich, denn deshalb mußten Sie doch schon um halb elf aus dem Herrenhaus weg?«

Villiers zündete sich eine Zigarette an. »Haben Sie noch nie einen Vorwand benutzt, um langweiligen Gastgebern zu entfliehen, Inspector?« fragte er gelassen. »Haben Sie nicht auch schon mal behauptet, Sie würden einen Anruf erwarten oder müßten sich um Ihren Jungen kümmern?«

Burden blickte ihn finster an; er war wütend, daß John in diese Vernehmung hineingezogen wurde. Es war demütigend, feststellen zu müssen, daß Villiers, der ihn als Privatperson demonstrativ ignorierte, von Anfang an gewußt hatte, daß Burdens Sohn zu ihm in die Klasse ging.

»Dann war das also eine faule Ausrede«, sagte er zornig. »Eine bewußte Lüge.«

»Manchmal lüge ich eben«, sagte Villiers und sog mit einer Art frivoler Genüßlichkeit den Rauch ein. »Ich bin ein guter Lügner.«

»Aus dem Munde eines Mannes, dem nach eigenem Bekunden die Meinung anderer gleichgültig ist, klingt das merkwürdig«, warf Wexford ein, und als er Villiers' arroganten Blick zu spüren bekam, fiel ihm plötzlich ein Verspaar ein. Er zitierte es nicht nur, weil es paßte, sondern weil er ein drängendes, unbezähmbares Verlangen empfand, Villiers zu beweisen, daß er kein Trottel, kein tumber, ungebildeter Provinzpolizist war, wie der Schriftsteller offenbar dachte.

»So stieg, so fiel er, niemals gleich der Schar
Mit der zu atmen er verurteilt war.«

Die Wirkung war verblüffend; damit hatte er in keiner Weise gerechnet. Villiers rührte sich nicht, wurde aber kreidebleich. Reglos wie eine Statue schien er auf etwas zu warten, jedoch nicht auf weitere Worte, dachte Wexford, sondern auf Taten, auf eine ausschlaggebende entscheidende Handlung. Doch dann, vielleicht weil die beiden Polizisten verdutzt dastanden und keine Anstalten dazu machten, lachte Villiers.

Dieses Gelächter brachte Burden in Harnisch.

»Was bezwecken Sie damit eigentlich?« fuhr er ihn an. »Was möchten Sie damit beweisen? Weshalb möchten Sie sich über den Rest der Menschheit dermaßen erheben?«

»Erheben – oder mich unterwerfen, Mr. Burden.« Villiers hatte einen Blick von Wexfords Gesicht gewandt, und seine Augen waren groß und »*So stieg, so fiel er* – vergessen Sie das nicht. Und was ich möchte, ist ganz einfach.« Er stand auf und wandte ihnen den Rücken zu. »Ich möchte sterben.«

»Was zum Teufel«, sagte Wexford nachdenklich, als sie wieder im Wagen saßen, »ist denn in den gefahren, als ich diese Zeile zitiert habe?«

»Keine Ahnung«, sagte Burden. Schließlich raffte er sich auf. »Äh – von wem stammt das Zitat? Wordsworth?«

»Ich glaube nicht. Ich weiß nicht, von wem es ist. Es ging mir nur so durch den Kopf.« Burden nickte gleichgültig. Er war es gewohnt, mit Zitaten traktiert zu werden, die seinem Vorgesetzten nur so durch den Kopf gingen. Trockenes Bücherwissen, und mehr steckte schließlich nicht dahinter, brachte ihn immer in Verlegenheit. »Aber es wäre interessant, das herauszufinden«, sagte Wexford. »Gar nicht so leicht, so etwas ausfindig zu machen, wo es in unserem England von Musensöhnen doch nur so wimmelt.«

»Wir dürften wohl Wichtigeres zu tun haben«, meinte Burden unwirsch. »Weiterbringen würde uns, wenn wir einen Zeugen fänden, der bestätigen kann, daß Villiers nach seiner Heimkehr nicht mehr das Haus verließ.«

»Er oder seine Frau.«

»Ein Jammer, daß ihr Haus so abgelegen ist.«

»Ja. Wir müssen jemand finden, der an dem Haus vorbeigefahren ist. Aber das hat Zeit bis morgen früh. Lassen Sie den Schal ins Labor bringen, dann können Sie nach Hause gehen und den Anstreicher spielen. Körperliche Arbeit regt den Geist an, Mike, und während Sie den Pinsel schwingen, können Sie sich den Fall mal gründlich durch den Kopf gehen lassen.«

Burden atmete erleichtert auf und ließ den Wagen an. »Wen von den beiden haben Sie eigentlich in Verdacht?«

»Sie werden mir vorwerfen, meine Schlüsse seien voreilig, Mike, aber ich bin mir so gut wie sicher, daß sie es war. Georgina ist eine kräftige, gesunde junge Frau, körperlich dazu in der Lage, eine andere Frau mit einer Taschenlampe niederzuschlagen. Nicht ihr Mann, sondern *sie* erbt. Sie hielt sich im Herrenhaus auf, als die Taschenlampe zurückgestellt wurde. Sie kannte sich in dem Anwesen aus, und möglicherweise ist ihr das Unkrautfeuer früher am Abend aufgefallen. Jedenfalls wußte sie, daß sie ihre Kleidung auf dem Feuer verbrennen konnte, falls irgendwo – zum Beispiel auf einem Pullover – Blutflecke zurückbleiben sollten.«

»Das deutet alles auf einen vorsätzlichen Mord hin«, sagte Burden. »Demnach hätte sie ausgerechnet eine Taschenlampe als Waffe gewählt.«

»Denken Sie darüber nach. Versuchen Sie, sich einen Reim darauf zu machen. Ich werde inzwischen Lionel Marriott aufgabeln und ihn auf ein Glas ins *Olive* einladen.«

12

Die neue Cocktailbar im *Olive and Dove* war fast menschenleer, denn inzwischen hatte es die meisten Hausgäste in den Speisesaal gezogen, während die ernsthaften Trinker in den Pub oder den Salon abgewandert waren. Wexford bugsierte Marriott in einen abgelegenen Winkel und stellte ihm einen großen Whisky vor die Nase. Die Bar war durch eine gläserne Flügeltür mit dem Speisesaal verbunden, doch Wexford hatte dafür gesorgt, daß die Gäste nicht in Marriotts Blickfeld gerieten. Er wollte ungestört mit Marriott sprechen und ihn nicht der Versuchung aussetzen, Bekannten zu winken oder lächelnd und pantomimisch mit hübschen Frauen Verbindung aufzunehmen.

»So«, sagte er. »Ich möchte, daß du mir etwas über diesen Urlaub an der Costa Brava erzählst.«

»Urlaub!« rief Marriott und blinzelte entgeistert. »Vierzehn Tage Arbeitslager wären mir ehrlich lieber. Schlimm genug, die pickligen Racker nach London ins Victoria and Albert Museum zu schleppen, aber stell dir mal vor, zwei Wochen mit denen in so einer fünftklassigen Absteige eingepfercht zu sein – und das in der Glut-hitze. Weißt du, die sind dort unten wie vom wilden Affen gebissen. Von den Einheimischen ist kein Mädchen vor ihnen sicher. Sie leiden ohnehin schon alle an Satyriasis in fortgeschrittenem Stadium, und sobald sie ein wenig Sonne abbekommen…! Und was die erschreckenden Verstöße gegen die Ausfuhrbestimmungen betrifft, so machst du dir kein Bild, wie teuflisch erfindungsreich manche von denen sind. Noch kaum aus den Windeln, und schon alle erfahrene Schmuggler.«

»Schon gut, schon gut«, sagte Wexford lachend. »Was war mit Villiers?«

»Weiß Gott, woher er die Zeit nahm, dort unten auch noch auf Freiersfüßen zu wandeln. Man sollte doch glauben, es bliebe einem keine freie Minute, wenn man gleichzeitig Zollbeamter, Kindermädchen und Anstandswauwau spielen muß. Wie auch immer, er lernte jedenfalls Georgina kennen.«

»War sie auch auf Urlaub dort?«

»Nur in demselben Sinne wie er«, sagte Marriott und winkte begeistert einer Brünetten zu, die in einem Satinkleid an ihrem Tisch vorbeirauschte. Sehnsüchtig sah er ihr nach, wie sie im Speisesaal verschwand. »Georgina war ebenfalls Begleitlehrerin auf einer Klassenfahrt.

Nach dem, was man so hört, hatte sie einen Verein mannstoller Teenager auf dem Hals. Denys und sie sind sich auf einem ihrer nächtlichen Streifzüge durch die Kneipen begegnet, wo sie ihre Schützlinge vom Boden auflasen.«

»So schlimm kann es nun wirklich nicht gewesen sein, Lionel.«

»Vielleicht übertreibe ich ein wenig«, räumte Marriott unbekümmert ein. »Von Denys habe ich darüber natürlich kein Wort erfahren. Nicht mal eine Karte hat er mir geschrieben. Nein, erst am Tag vor seiner Rückkehr habe ich davon Wind bekommen. Elizabeth und Quen kamen abends noch auf einen Sprung vorbei. ›Wir haben eine erfreuliche Nachricht für dich‹, sagte Quen. ›Denys hat ein Mädchen kennengelernt, und sie wollen heiraten.‹ ›Fixer Junge‹, erwiderte ich, und dann mußte ich natürlich sagen, wie sehr ich mich darüber freute, obwohl ich insgeheim dachte, das arme Ding hat ja wohl nicht alle Tassen im Schrank. Die nächste Runde geht auf mich, Reg.«

»Nein!« widersprach Wexford energisch. »Heute abend bist du eingeladen.« War Marriott erst einmal an der Bar, würde er den Verlockungen seiner Bekannten ausgesetzt sein. Wexford bestellte noch zwei Whiskys; während er an der Theke wartete, ließ er den Blick prüfend über die Kellner im Speisesaal schweifen und fragte sich, welcher davon wohl Quentin Nightingales Nebenbuhler war. Der Große mit der Akne? Der dünne Junge mit den zurückgekämmten schwarzen Haaren?

»Geheiratet haben sie in Georginas Heimatstadt in Dorset«, fuhr Marriott fort. »Quen kam zur Hochzeit, aber Elizabeth war verhindert. Sie hatte Migräne. Diese Wohnung über dem Abdecker konnte natürlich nicht mal Denys seiner zweiten Frau zumuten, deshalb bot ihnen Elizabeth an, im Herrenhaus zu wohnen, während sie auf Haussuche waren.

Die Nightingales richteten ein Diner für die Braut aus. Alles, was Rang und Namen hat, war dort. Die gute alte Priscilla und Sir George, die Rogers' aus Pomfret, die Primeros aus Forby und meine bescheidende Wenigkeit natürlich auch.« Alles andere als bescheiden wirkend, senkte Marriott die Stimme zu einem durchdringenden Flüstern. »Georgina wohnte im Haus, erschien aber als letzte. Aha! dachte ich mir, das schlaue kleine Ding will Eindruck schinden. Niemand von uns hatte sie zuvor schon gesehen, deshalb warteten wir natürlich mit angehaltenem Atem auf ihren Auftritt. Die Frauen hatten sich alle schwer in Schale geworfen. Elizabeth sah entzückend aus. Weißer Samt, du wirst es dir vorstellen können. Das steht fast jeder Frau. Ob du es glaubst oder nicht, ich habe mit eigenen Augen gesehen, wie sogar Denys sie mit einer Art widerwilliger Bewunderung ansah.

Und dann, als wir unsere Ungeduld kaum mehr bezähmen können, schneit Georgina herein – mit popeligen Zuchtperlen und in einem Fetzen von der Stange. Was die Frauen für Augen machten! Georgina war keine Spur von schüchtern. Die Unterhaltung bei Tisch bestritt sie im Grunde allein. Wir erfuhren alles über ihre hausfraulichen Pläne und Absichten, daß sie Denys ein richtiges Heim einrichten würde und sie sechs Kinder haben wollten. Aber sie war eifersüchtig! Sie beschwerte sich doch glatt bei Elizabeth, daß man sie nicht neben ihren Mann gesetzt hatte.

Elizabeth war reizend zu ihr, das muß man ihr lassen. Sie hat ihr sogar ein Kompliment wegen dem Kleid gemacht und gab sich wirklich alle Mühe, Georgina in den Mittelpunkt zu stellen. Sie sprudelte über vor Fröhlichkeit und sah keinen Tag älter aus als fünfundzwanzig.«

»Wirkte Georgina neidisch?« fragte Wexford.

»Auf die Anwesenden? Falls sich Neid dahinter verbirgt, wenn eine alles, was um sie herum ist, madig macht und sich bemüht, auf Grund ihrer spießbürgerlichen Ansichten eine Überlegenheit für sich in Anspruch zu nehmen, ja, dann war sie wohl neidisch. Seit damals bin ich ihr natürlich x-mal begegnet, und ihr einziges Thema ist, was für eine Musterehe sie und Denys doch führen und wie sie ineinander aufgehen.«

»Stimmt das denn?«

»Er ist der Mann ihrer Träume«, sagte Marriott. »Obwohl von den sechs Kindern ja noch nicht viel zu sehen ist. Was ihn betrifft, so denke ich, daß er sich in seiner zweiten Ehe genauso langweilt wie in der ersten, aber Denys Villiers interessiert sich eben nur für eines, und das ist seine Arbeit. Kaum hatten sich er und Georgina in dem Bungalow eingelebt, als er sich auch schon wieder wie in alten Zeiten im Herrenhaus herumtrieb.«

»Anscheinend hast auch du dich dort herumgetrieben, sonst hättest du ihn nicht gesehen«, sagte Wexford gewitzt.

Einen Moment wirkte Marriott verdutzt. Dann sprang er wie von der Tarantel gestochen auf. »Entschuldige mich bitte einen Augenblick, ich will nur mal kurz in den Speisesaal und ein Wort mit...«

Wexford lachte. »Du bist entschuldigt – für heute abend.«

»Du glaubst«, sagte Dr. Crocker am Morgen darauf, »sie hätte zur Tatzeit das Kopftuch getragen. Da muß ich dich leider enttäuschen. In diesem Fall müßte es mit Blut durchtränkt sein.«

»Eigentlich ist es ein Schal – vielleicht trug sie ihn um den Hals oder hielt ihn in der Hand.«

Der Arzt schnaubte verächtlich. »Klar – und nachdem

sie erschlagen war, hat sie ihn abgelegt und sich den Kopf damit abgewischt. So sieht er nämlich aus, als sei Blut damit abgewischt worden.«

Wexford faltete den Bericht zusammen und legte ihn auf sein Dienstbuch. »Du hast gesagt, am Dienstag abend mußtest du zu einer Entbindung. Die Straße von Clusterwell nach Myfleet bist du dabei nicht zufällig gefahren?«

»Aber sicher. Warum?«

»Kennst du Villiers' Bungalow?«

»Natürlich. Er ist ein Patient von mir. Ich bin so gegen elf daran vorbeigefahren.«

»Ist dir der Bungalow irgendwie aufgefallen?« hakte Wexford nach. »Hat Licht gebrannt? Sind die Autos in der Einfahrt gestanden?«

Der Arzt machte ein langes Gesicht. »Ich habe nicht darauf geachtet. Meine Gedanken kreisten um meine Patientin und die Möglichkeit einer Steißgeburt. Aber wenn ich gewußt hätte...«

»Das sagen alle«, erwiderte Wexford. »Da kommt Mike.«

Ein abgeschlaffter Burden trat in das Büro. »Wir haben zu dritt ganz Myfleet abgeklappert«, berichtete er. »Anscheinend fährt dort kein Schwanz abends noch weg. Um neun werden in dem Nest die Bürgersteige hochgeklappt, und wer um diese Zeit noch nicht im Bett ist, sitzt im Pub. Außer Nelleke Doorn kam niemand an Villiers' Haus vorbei. Ich habe sie mir noch mal vorgenommen, aber sie hat nur albern gekichert und mir von einem ekelhaften schwedischen Film erzählt. Ich habe allerdings den Eindruck, daß sie über ihre Fahrt nicht gern sprechen will.«

Wexford hüstelte verlegen. »Quatsch«, sagte er, bemerkte den drohenden Unterton in seiner Stimme und bemühte sich, ihn zu unterdrücken. »Glauben Sie mir, das Mädchen hat nichts mit Mrs. Nightingales Tod zu tun.«

»Schon möglich. Aber komisch ist es trotzdem, finden Sie nicht? Über ihr Techtelmechtel mit Nightingale und dem Kellner redet sie wie ein Wasserfall, aber sobald ich von ihr will, daß sie ihre Fahrt nach Hause beschreibt, kriegt sie den Mund nicht mehr auf. Ach, und noch was – Nightingales Mini stand auf dem Platz vor den Stallungen, und der junge Lovell gab sich beim Waschen alle Mühe, einen Kratzer an der vorderen Stoßstange herauszupolieren.«

»Ich weiß nicht, wo uns das hinführen soll, Mike. Wir suchen nicht nach einem Unfallwagen, sondern nach einem Zeugen, dem etwas aufgefallen ist, als er an Villiers' Bungalow vorbeikam.«

»Halbe Sachen sind nicht meine Art«, verteidigte sich Burden. »Jedenfalls habe ich unten nachgefragt, aber für Dienstag abend liegt keine Unfallmeldung vor.«

»Also Schluß damit, ja?« sagte Wexford mürrisch. »Schicken Sie Martin nach Clusterwell, er soll feststellen, ob jemand abends seinen Hund ausführt. Kann nicht schaden, wenn ich mitkomme«, fügte er hinzu. »Mal die Lage peilen. Es ist doch nicht möglich, daß *gar* niemand auf dieser Straße war.«

Die Häuser von Clusterwell lagen in großen Abständen an einem spinnenförmigen Straßennetz. Sergeant Martin übernahm den Rumpf der Spinne, Wexford die Beine. Während er von Tür zu Tür ging, rief er sich die nervtötenden Routineaufgaben seiner Jugend ins Gedächtnis zurück. Doch die Einwohner von Clusterwell schienen sich auf ihren höchst eigenartigen Begriff von Ehrbarkeit auch noch etwas einzubilden. Wie die Myfleeter blieben sie abends zu Hause. Rechtschaffen war, wer die Türen verriegelte, die Vorhänge zuzog und spätestens um neun vor dem Fernseher saß. Und nach der Anzahl der Promenadenmischungen zu schließen, die Wexford in den Gassen begegneten, machten sich die Hunde auf ihre eigene Art Bewegung.

Ein großer schwarzer Köter knurrte ihn an, als er an die Hecke seines Reviers trat, das wie eine Schrebergartenkolonie aussah. Er verzichtete darauf, sich näher an den hinter Bohnenstangen und aufeinandergestapelten Hühnerställen stehenden Wohnwagen zu pirschen – sein Besitzer war offensichtlich nicht zu Hause. Statt dessen trat er einen Schritt zurück und las den Text des auf einem Pfosten angebrachten schmuddeligen Schildes: *A. Tawney. Frische Eier, Hähnchen zum Braten, Gemüse.*

»Myfleet«, wies er seinen Fahrer lapidar an.

Mrs. Cantrip saß in die Zeitung vertieft im Schaukelstuhl und hatte sichtlich ein schlechtes Gewissen, daß er sie beim Nichtstun ertappt hatte. Nelleke, die ihn hereingeführt hatte, verschwand in Richtung Arbeitszimmer.

»Alf Tawney, Sir? Wenn er nicht seine Runde macht, können Sie ihn wahrscheinlich bei Mrs. Lovell finden.«

»Wie liefert er denn seine Ware aus?«

»Mit dem Rad, Sir. Vorn am Lenker hat er so einen großen Korb.«

Wexford nickte. »Bleibt er die Nacht über bei Mrs. Lovell?«

Mrs. Cantrip zu schockieren war leicht, denn sie gehörte jener Denkrichtung an, die der Ansicht ist, Geschlechtsverkehr könne nur zwischen Mitternacht und Morgengrauen stattfinden. »O nein, Sir«, sagte sie errötend und mit gesenktem Blick. »Spätestens um elf geht er. Ich schätze, sogar Mrs. Lovell hat eine verschwommene Vorstellung davon, was sich gehört.«

Das Liebespaar saß gerade beim Abendessen. Mitten auf dem Tisch ohne Tischtuch stand ein Topf Baked Beans.

Mrs. Lovell setzte sich wieder. »Hat Seine Lordschaft was angestellt?« fragte sie, während sie eine Scheibe Brot absäbelte und den Busen auf die Krümel lagerte.

»Mein Besuch hat nichts mit Sean zu tun.« Wexford war klar, daß man ihm keinen Tee anbieten wollte, doch ein Blick auf die angeschlagenen Tassen und den verkrusteten Rand an der Milchflasche hielt sein Bedauern in Grenzen. »Ich habe auf das Vergnügen gehofft, mich mit Mr. Tawney ein wenig zu unterhalten.«

»Mit Alf? Was wollen Sie von Alf?«

Wexford musterte den Eier- und Gemüselieferanten und fragte sich, wie man einen Mann verhören sollte, der anscheinend nie den Mund auftat. Die kleinen schwarzen Augen in dem dunkelhäutigen Spitzmausgesicht erwiderten seinen Blick starr und ausdruckslos.

Schließlich sagte er: »Sie verbringen wohl ziemlich viel Zeit bei Ihren Freunden hier, Mr. Tawney?«

Mrs. Lovell lachte lauthals auf. »Mein Sean zählt nicht zu seinen Freunden. Du kommst wegen mir, stimmt's, Alf?«

»Hm«, sagte Tawney bekümmert.

»Ist auch nichts gegen einzuwenden«, meinte Wexford. »Nach der täglichen Schufterei braucht ein Mann ein wenig weibliche Gesellschaft.«

»Und ein warmes Essen im Magen. Alf ist ja direkt vom Fleisch gefallen, bevor er auf mich hörte und zu mir kam. Hast du Lust auf ein Cremehörnchen, Alf?«

»Hm.«

»Um wieviel Uhr gehen Sie denn normalerweise von Mrs. Lovell nach Hause?« fragte Wexford.

»Alf muß beizeiten aufstehen«, sagte Mrs. Lovell und wirkte zigeunerinnenhafter denn je.« Spätestens um

Viertel vor elf geht er.« Sie seufzte, und Wexford vermutete, daß dieser frühzeitige Weggang ein ewiger Zankapfel zwischen ihnen war. Erstaunlich scharfsinnig sagte sie: »Sie wollen wohl wissen, ob ihm was aufgefallen ist an dem Abend, als die vom Herrenhaus umgebracht wurde?«

»Genau. Ich möchte fragen, ob Mr. Tawney einen Blick auf Mr. Villiers' Bungalow – Sie wissen, welchen ich meine? – geworfen hat, als er zurück nach Clusterwell geradelt ist.«

»Das mit dem Blick weiß ich nicht. Aber er hat versucht, sie rauszuklopfen, stimmt's nicht, Alf?«

»Hm«, sagte Tawney. Wexford war ganz Ohr und wartete.

»Sag schon, Alf. Der Herr hat dich etwas gefragt.« Ein Beben durchlief Tawneys Körper, als versuche er, tief in seinem Innersten die Sprache zu finden. »Er hatte da eine Stinkwut im Bauch«, erzahlte Mrs. Lovell. »Hat für seine Verhältnisse ziemlich viel gesprochen. *Na los,* Alf.«

Tawney machte den Mund auf.

»War zwecklos«, sagte er. »Sie waren nicht da, Fenster und Türen zu.«

»Damit wir uns richtig verstehen« – Wexford reimte sich die Geschichte so gut es ging zusammen und leistete im Geiste Abbitte bei Burden –, »Mr. Tawney fuhr nach Hause, als ihn ein Auto überholte und beinahe vom Rad stieß.« Mrs. Lovells anerkennungsvolles Grinsen verriet ihm, daß er auf der richtigen Fährte war. »Aber er schrieb sich die Nummer des Wagens auf, die er der Polizei geben wollte, damit sie den Fahrer ermitteln konnte.«

»Die Nummer hat er sich nicht aufgeschrieben.« Mrs. Lovell fischte aus einer Papiertüte das letzte Hörnchen heraus. »Er hat gewußt, wer's war. Die junge Ausländerin vom Herrenhaus.«

»Mr. Tawney hat bei Villiers geklopft, weil er telefonieren wollte?« Unglaublich, sich vorzustellen, wie Tawney die Sache erklärte, sich entschuldigte, wählte, sie nochmals erklärte.

»Im Haus war's stockdunkel«, erklärte Mrs. Lovell ausführlich.« Alf hat sich fast die Finger wundgeklopft, aber niemand ist an die Tür gekommen, stimmt's?«

»Jupp«, sagte Tawney.

Und so was nennt sich dann Beweis vom Hörensagen, dachte Wexford bei sich. »Um wieviel Uhr war das?«

»Alf ist um halb elf hier weggefahren. Er klopfte schon eine ganze Weile, als er hörte, wie die Uhr im Kirchturm von Clusterwell elf schlug. Na los, Alf, erzähl's du ihm. Du bist dabeigewesen.«

Tawney kippte den letzten Schluck Tee hinunter, vielleicht um seine eingerosteten Stimmbänder damit zu schmieren. »Ich hab geklopft, ist aber niemand gekommen.« Er hustete entsetzlich, und Wexford wandte den Blick ab. »Er ist nicht da und sie auch nicht, hab ich mir gesagt.«

»So ist's recht, Alf.« Mrs. Lovell strahlte ihn aufmunternd an.

»Das hätte ich mir denken können. Das Garagentor stand offen.«

»Und von den beiden Autos keine Spur! Deshalb hat er's aufgegeben, und am nächsten Morgen – nun, so ein Zorn verfliegt schnell wieder. Man denkt sich: Was regst du dich auf, die Knochen sind ja noch heil. Aber der kleinen Ausländerschlampe erzähl ich was, wenn sie mir im Dorf über den Weg läuft; darauf können Sie Gift nehmen.«

Arme Nelleke. Wexford spielte mit dem Gedanken, ob er ihr nicht einen zarten Wink geben sollte, unter vier Augen, wo er sie mit Vornamen anreden konnte, wenn sie ihm dieses Vorrecht auch nur deshalb eingeräumt hatte, weil er sie an einen alten Onkel erinnerte. Den freundlichen Onkel spielen – das fehlte noch! Er lachte in sich hinein. Lieber nicht, lieber schön sicher an den Mast gefesselt bleiben, während die Sirene für andere sang.

Im September sehen gewöhnlich auch die gepflegtesten Gärten ein wenig verwildert aus. Dieser hier bildete eine Insel der Ödnis zwischen den Feldern, ein steriles, tristes Stück Land, auf dem jeder widerspenstige Ast und jeder wuchernde Halm zurechtgestutzt war. Das Gras war braun und sehr kurz gemäht; nirgends bot sich ein schattiges Plätzchen.

Denys und Georgina Villiers saßen in zwei Liegestühlen der unbequemen, billigen Sorte, die Metallgestelle und kümmerlich schmale hölzerne Armlehnen haben. Wexford beobachtete sie einen Augenblick, ehe er sich bemerkbar machte. Der Mann, der behauptet hatte, er lese keine Zeitungen, war jetzt so vertieft in eine, daß er keine Notiz von seiner Frau zu nehmen schien. Ohne sich mit einem Buch oder einer Näharbeit die Zeit zu vertreiben, stierte sie ihn mit der gespannten Aufmerksamkeit eines fasziniert auf die Leinwand starrenden Filmfans an.

Wexford hüstelte, und prompt sprang Georgina auf. Villiers hob den Blick und sagte in dem frostig unfreundlichen Ton, der ihm anscheinend ganz nach Belieben über die Lippen kam: »Nimm dich zusammen. Sei nicht so albern.«

Wexford trat zu ihnen. Über Villiers' Schulter warf er einen Blick in die Zeitung und sah, was der Schriftsteller gelesen hatte: eine Rezension seines neuesten Buchs, die eine halbe Seite einnahm. »Mr. Villiers, weshalb haben Sie mir gesagt, Sie seien am Dienstag abend vom Herrenhaus direkt nach Hause gefahren und gleich zu Bett gegangen?« fragte der Chief Inspector schroff. »Um dreiundzwanzig Uhr war Ihr Haus leer, und nirgends brannte Licht. Weshalb haben Sie mir verschwiegen, daß sie noch einmal weggingen?«

»Ich habe es vergessen«, sagte Villiers gelassen.

»Sie haben es *vergessen?* Obwohl ich Sie ausdrücklich danach fragte?«

»Ich habe es trotzdem vergessen.« Auf Villiers' ungerührtem Gesicht zeichnete sich weder Furcht noch Verlegenheit ab. Der Mann verfügte über eine eigenartige Kraft, eine eiserne Selbstbeherrschung; er wirkte unerschütterlich. Weshalb beschlich Wexford dann dieses merkwürdige Gefühl, daß der Mann schon vor langer Zeit einen unheilbaren Knacks abbekommen hatte, daß seine Kraft nie ganz ausgereicht hatte?

»Jetzt hören Sie mal zu, Sir. Sie haben also vergessen, daß Sie noch mal weggegangen sind. Schön. Haben Sie auch vergessen, wohin Sie gegangen sind?«

»Ich war dort, wo ich gesagt habe«, erwiderte Villiers. »In der Schulbibliothek, weil ich etwas nachschlagen wollte.«

»Was nachschlagen?«

»Könnten Sie irgend etwas damit anfangen, wenn ich es Ihnen sagen würde?« fragte Villiers kühl und verächtlich, dann zuckte er mit den Achseln. »Na schön. Ich habe das genaue Verwandtschaftsverhältnis zwischen George Wordsworth und William Wordsworth nachgeschlagen.«

Ein wenig beschämt mußte sich Wexford eingestehen, daß er nichts damit anfangen konnte. Er wandte sich an Georgina, die sich in ihrem Liegestuhl zusammengekauert hatte; an den Armen hatte sie eine Gänsehaut, und auf ihrer Oberlippe schimmerten winzige Schweißperlen. Heute trug sie ausnahmsweise keinen Schmuck. Fand sie nun, da sie sich bald mit echten Edelsteinen schmücken konnte, an den billigen, protzigen Klunkern keinen Gefallen mehr? Oder hatte sie Nightingale aus der Nase gezogen, in welch geringschätzige Worte das Legat ihrer Schwägerin gekleidet war?

»Haben Sie Ihren Mann zur Schule begleitet, Mrs. Villiers?« Ihr mattes Kopfschütteln war gerade noch wahrnehmbar. »In diesem Fall wären Sie ja auch kaum in zwei verschiedenen Autos gefahren. Aber Sie sind noch einmal weggegangen. Wohin?«

Ein schriller, piepsiger Ton lag in ihrer Stimme. »Ich bin herumgefahren – einfach so, auf den Landstraßen.«

»Darf ich fragen, weshalb?«

Villiers antwortete für sie. »Meine Frau hat sich geärgert, weil ich noch einmal weggegangen bin«, sagte er aalglatt. »Wie sie dies bei solchen Gelegenheiten öfters zu tun pflegt, hat sie mit ihrem Auto eine Spazierfahrt unternommen.« Er lächelte giftig. »Um sich abzureagieren«, fügte er hinzu.

»Das nehme ich Ihnen nicht ab«, sagte Wexford bedächtig. Er warf einen schnellen Blick auf den kümmerlichen Garten. »Ich glaube, auf dem Revier könnten wir uns sehr viel offener unterhalten.«

Georgina schrie entsetzt auf und warf sich ihrem Mann an den Hals. Wexford erwartete, er würde sie zurückstoßen, doch statt dessen nahm er sie zärtlich in die Arme. Er war nun aufgestanden und strich ihr über das trockene, struppige Haar. »Wie Sie meinen«, sagte er gleichgültig.

»Nein, nein, nein«, schluchzte sie an seiner Schulter. »Du mußt es ihm sagen. Sag's ihm.«

Er würde eine neue Lüge auftischen, davon war Wexford überzeugt.

»Meine Frau möchte, daß ich Ihnen sage«, erklärte Villiers, »was für ein ausgesprochener Volltrottel Sie doch sind.« Er streichelte Georgina wie einen Hund, dann schob er sie zur Seite. »Nehmen Sie einen Rat von mir an, Chief Inspector. Ehe Sie das nächste Mal jemandem einen Mord in gewinnsüchtiger Absicht unterstellen, sollten Sie vorher lieber erst einmal den Wert dessen überprüfen, was er durch den Mord gewinnt. Ich bin ein guter Lügner«, fuhr er beredt fort, »aber was ich Ihnen jetzt sage, ist keine Lüge. Die Schmuckstücke meiner Schwester sind samt und sonders Kopien. Ich wäre überrascht, wenn der ganze Plunder mehr als fünfzig Pfund einbringt. Suchen Sie sich lieber einen anderen Sündenbock, Mr. Wexford. Sie wissen so gut wie ich, Ihr lächerlicher, aus der Luft gegriffener Verdacht gegen meine Frau steht und fällt mit dem Motiv, und wo ist Ihr Motiv jetzt?«

Den Bach runter, dachte Wexford und sah auf den kleinen Flußlauf, der sich zwischen den im letzten Sonnenlicht neblig schimmernden Feldern hindurchschlängelte. Er war mit einemmal völlig sicher, daß Villiers diesmal nicht gelogen hatte.

13

Von Nelleke war nichts zu sehen, und so öffnete diesmal Quentin Nightingale persönlich die Tür des Herrenhauses, um Wexford einzulassen. In dem schmucklosen Arbeitszimmer ahnte Wexford jedoch, daß ihre Anwesenheit noch nicht lange zurücklag. Sie war hier bei Quentin gewesen, das spürte er, hatte ihn umarmt und geküßt, um dann wegzulaufen, als es an der Tür geklingelt hatte.

Quentin machte einen abwesenden Eindruck, wirkte

wie ein Verliebter, der in der Vergangenheit schwelgt und die nahe Zukunft herbeisehnt. Wexfords Nachricht holte ihn unsanft auf den Boden der Realität.

»Ich habe jedes Schmuckstück, das Elizabeth besaß, selbst für sie gekauft«, sagte er. »Die meisten Quittungen habe ich noch, falls Sie sie wollen.«

»Später. Erst würde ich gern noch einmal die Steine sehen.«

Quentin hängte den Stubbs ab und öffnete den Safe. Mit beiden Händen raffte er die Juwelen aus den Kästchen und ließ sie sich durch die Finger rieseln wie ein Kind, das bei seinem ersten Ausflug ans Meer Muscheln und Steine durchsiebt, und in dessen Vergnügen sich das Staunen über das Unbekannte mischt.

Aus dem Haufen wählte er den Verlobungsring seiner verstorbenen Frau aus und ging mit ihm ans Fenster, doch die einsetzende Dämmerung vereitelte seine Absicht, weshalb er zurückging und die Schreibtischlampe einschaltete.

»Meine Brille«, sagte er. »Direkt neben Ihrem Ellbogen. Wären Sie so freundlich?«

Wexford reichte sie ihm.

»Das ist eine Imitation.« Quentins Stimme bebte leicht. »Es ist nicht der Ring, den ich Elizabeth zu unserer Verlobung geschenkt habe.«

»Woran sehen Sie das?«

»Nicht weil ich mich mit Edelsteinen auskenne. Ich werde mich an einen Fachmann wenden müssen, um uns über die anderen Stücke Gewißheit zu verschaffen. Gibt es so jemanden hier in der Gegend, oder sollte ich einen aus London kommen lassen?«

»Wir können hier einen finden. Sie haben mir aber noch nicht gesagt, woran Sie erkennen, daß der Ring falsch ist.«

»Als ich ihn kaufte, habe ich auf der Innenseite ein paar Worte für sie eingravieren lassen«, sagte Quentin verbittert. Wexford nahm ihm den Ring aus der Hand und war sich darüber im klaren, daß Nightingale nicht die Absicht hatte, ihm den genauen Wortlaut mitzuteilen. »In diesem hier steht nichts.«

»Nein.«

Quentin setzte sich. Mit einer raschen, reflexartigen Bewegung schob er den funkelnden Haufen von sich weg und stieß eine mit Brillanten – Brillanten oder Simili? – besetzte Revière auf den Teppich. Wie eine glitzernde Schlange lag sie vor Wexfords Füßen.

»Ich nehme an, es sind alles Kopien«, sagte Quentin. »Perfekte Kopien, finden Sie nicht? Alle außer einer. Vorzügliche Imitationen der echten Stücke. Mit Ausnahme dieses Rings. Sie ließ die Steine nachmachen und auch das Platin, aber die Inschrift nachmachen zu lassen, war ihr zuviel, weil sie ihr nichts bedeutete. Wie gleichgültig ich ihr doch gewesen sein muß...«

War es diese Quentin nun endgültig und unumstößlich zum Bewußtsein kommende Gleichgültigkeit, die für ihn den Ausschlag gab? War es diese Erkenntnis, die ihn zu jenem unvermuteten und möglicherweise leichtsinnigen Schritt führte? Viel später, nachdem der Fall abgeschlossen war, stellte sich Wexford oft diese Fragen. Doch als er am Morgen darauf von dem Juwelier wieder zum Herrenhaus fuhr, hatte er nicht einen Gedanken darauf verschwendet, und die Nachricht traf ihn völlig unvorbereitet.

Nelleke führte ihn in den Salon, und als er ihr folgte und die Schmuckschatullen schon aus dem braunen Papier auswickelte, stellte er fest, daß Quentin nicht allein war. Denys Villiers stand bei ihm an der Terrassentür und schüttelte Quentin beide Hände. Wexford hörte den Schluß einer offenbar längeren Rede.

»... Jedenfalls gratuliere ich dir von ganzem Herzen, Quen. Ich freue mich aufrichtig für dich.« Dann fiel Villiers' Blick auf Wexford. Er ließ die Hände seines Schwagers los und setzte eine hochmütige Miene auf.

»Darf ich fragen, welchen Anlaß es zum Gratulieren gibt, Sir?«

Villiers zuckte die Achseln und wandte ihm den Rükken zu, Quentin aber, der rot geworden war, streckte die Hand nach Nelleke aus, und das Mädchen lief zu ihm.

»Vielleicht wäre es taktlos, wenn ich es Ihnen sagte, Chief Inspector. Sie könnten zu viel darin hineinlesen.« Villiers rümpfte verächtlich die Nase.

»Fürs erste möchte ich es gerne geheimhalten«, sagte Quentin. »Nelleke und ich werden heiraten.«

Wexford stellte das Paket auf ein Tischchen. »Tatsächlich?« Wie sie da standen, wirkten sie wie Vater und Tochter. Es bestand sogar eine leichte Ähnlichkeit zwischen ihnen, die Art von Familienähnlichkeit, die zwei Vertreter des gleichen klassisch nordeuropäischen Typs stets aufweisen. »In diesem Fall möchte ich mich Ihrer Gratulation anschließen«, sagte er und leistete insgeheim erneut Abbitte bei Burden, dessen Ansichten vielleicht doch nicht so altmodisch waren.

»Selbstverständlich werden wir sechs Monate warten. Ein Jahr wäre vielleicht...«

»Ein ganzes Jahr werde ich nicht warten, Kventin. Halbes Jahr vielleicht. Wäre nicht anständig, mich ein Jahr auf Wohnung in London, die neue Sportwagen und Reise um ganze Welt in Flitterwochen warten zu lassen.«

Sie hatte es also doch aufs Geld abgesehen, dachte Wexford traurig. Er hatte sich geirrt. In letzter Zeit schien er sich überhaupt nur zu irren.

»Ich möchte jetzt gern allein mit Ihnen sprechen, Sir«, sagte er.

»Ja, selbstverständlich.«

Villiers riß jäh die Terrassentür auf und ging verärgert aus dem Zimmer. Nelleke warf ihnen ein strahlendes Lächeln zu, dann folgte sie ihm und blieb auf dem Rasen stehen, um mit unverhohlener Neugier alles um sie herum genau in Augenschein zu nehmen.

»Bis zur Hochzeit wird sie zu Hause bei ihren Eltern wohnen«, sagte Quentin, und in ernstem Ton fügte er hinzu: »Ich möchte, daß alles seine Ordnung hat. Ich möchte – wie sagt Antonius noch gleich? *Lies meinen Tadel nicht im Ruf der Welt. Ich hielt nicht stets das Maß.«*

»Doch für die Zukunft«, erwiderte Wexford schlagfertig, *»fügt alles sich der Form.«* Allerdings, dachte er, allerdings. Aber wie sah diese Zukunft für das Mädchen aus? Eine lange Zeit des Verheiratetseins, viel Geld und viel Muße – das hieß den Versuchungen Tür und Tor öffnen. Für ihn war sie die letzte, er für sie aber vielleicht nur einer der ersten. Würden sie wohl manchmal im *Olive* essen und dort von einem Kellner bedient werden, der sich einst im Dickicht des Cheriton Forest mit der neuen Gutsherrin vergnügt hatte? Armer Kventin, äffte Wexford in Gedanken ihren Akzent nach. Nun war er nicht mehr zu beneiden. Es war ein hübsches Spiel, das er da spielte, ein Spiel, das Wexford früher sehr verlockend erschienen war. Heute jedoch nicht mehr, nicht zu diesen Bedingungen, denn die Einsätze waren hoch, und man war immer auf der Verliererstraße.

»Alles Imitationen«, sagte er lakonisch. »Ich brachte den Schmuck zu einem Juwelier in der Queen Street. Er war mir schon früher behilflich und ist absolut verläßlich. Wenn er sagt, der Schmuck ist falsch, dann ist er falsch. Sie muß ihre Geschenke verkauft und genaue Kopien anfertigen lassen haben.«

»Aber weshalb, Chief Inspector? Mehr Geld, als sie von mir bekam, kann sie unmöglich verbraucht haben. Falls sie mehr wollte, hätte sie nur darum bitten müssen. Das wußte sie.«

»Hätten Sie ihr dreißigtausend Pfund gegeben?«

»Ich bin kein Millionär.« Quentin seufzte und biß sich auf die Lippe. »Der Schmuck war ihr Eigentum, sie konnte damit tun und lassen, was sie wollte. Sie zog es vor, ihn zu verkaufen. Vielleicht spielt der Grund gar keine Rolle.« Er sah Wexford flehentlich in die Augen. »Ich möchte das alles gern vergessen.«

»Ganz so einfach ist es nicht.« Wexford nahm Platz und forderte seinen Gastgeber ziemlich barsch auf, sich ebenfalls zu setzen. »Ihre Frau verkaufte den Schmuck, weil sie Geld brauchte. Nun bin ich an der Reihe, nach dem Weshalb zu fragen. Weshalb hat sie das Geld gebraucht, und was hat sie damit getan? Wir wissen, daß sie es ausgegeben hat. Ihr Konto war überzogen. Wo ist das Geld also geblieben?«

Quentin zuckte bedauernd mit den Achseln. »Sie war ein freigebiger Mensch. Vielleicht hat sie es für wohltätige Zwecke gespendet?«

»*Dreißigtausend Pfund?* Und weshalb hat sie Ihnen kein Wort davon gesagt? Nein, Mr. Nightingale, ich glaube, Ihre Frau ist erpreßt worden.«

Quentin beugte sich vor und runzelte verwirrt die Stirn. »Aber das ist unmöglich! Man wird doch nur erpreßt, wenn man etwas Ungesetzliches getan hat. Meine Frau war…« Er machte eine ratlose Handbewegung, die das ganze Zimmer einschloß. Wexford verstand, was er damit ausdrücken wollte: ihre Stellung und ihr Reichtum hatte die Frau, deren Heim dies hier gewesen war, gegen den Schmutz krimineller Verlockungen gefeit. Zu dieser Schicht gehören wir nicht, sagte sein Blick, mit der anrüchigen Unterwelt haben wir nichts zu schaffen. Haben Sie denn immer noch nicht begriffen, daß gleich nach dem lieben Gott die Engel kommen, und gleich nach den Engeln wir?

»Es muß sich nicht unbedingt um einen Verstoß gegen das Gesetz gehandelt haben«, erklärte Wexford bedächtig. »Vielleicht war es ein Verstoß gegen die herrschende Moral.«

Verwirrt schien Quentin darüber nachzudenken. Dann hellte sich seine Miene auf. »Sie meinen, sie könnte mir untreu gewesen sein, und jemand sei ihr auf die Schliche gekommen?«

»Ja, so ungefähr, Sir.«

»Nein, Mr. Wexford, da sind Sie auf dem Holzweg. Zu der Sorte von Ehemännern zähle ich nicht. Was meine Frau auch getan haben mag, ich hätte ihr verziehen, und das wußte sie auch. Wir haben dieses Thema kurz nach unserer Hochzeit besprochen, wie frischgebackene Ehepaare das häufig tun. Elizabeth hat mich gefragt, wie ich darüber denke. Es war eine rein theoretische Frage, Sie wissen schon, sie sollte dem besseren Kennenlernen dienen. Wir – wir waren damals sehr verliebt.«

»Und was haben Sie ihr zur Antwort gegeben?«

»Ich sagte, falls sie je zu mir kommen und mir erklären würde, sie habe – es habe einen anderen gegeben, ich ihr nie Vorwürfe machen und mich schon gar nicht von ihr scheiden lassen würde. Vorausgesetzt, sie käme zu mir und vertraute sich mir an. Ich erklärte ihr, die Bereitschaft zum Verzeihen gehöre meiner Meinung nach zur Liebe, und schließlich brauche sie mich dann, wenn es ihr schlecht ginge, gerade am nötigsten. Und ich würde von ihr erwarten, für mich erforderlichenfalls das gleiche zu tun. Ich hätte mich nie von ihr scheiden lassen. Sie war meine Frau, und selbst als wir uns so schrecklich auseinandergelebt hatten, hielt ich an der Überzeugung fest, daß eine Ehe für alle Zeiten geschlossen wird.«

Ein netter Mann, dachte Wexford, dessen üblicher Zynismus einen Augenblick in den Hintergrund trat, ein freundlicher und außergewöhnlich kultivierter Mensch. Der Zynismus meldete sich wieder zurück. Ein Mustergatte – oder ein Mann, den das Schicksal dazu bestimmt hatte, daß ihm die Frauen das Fell über die Ohren zogen. Ein Glück, überlegte er sich, daß Quentin Nightingale während seiner ersten Ehe solch bewundernswerte Grundsätze entwickelt hatte, denn während seiner zweiten würde er sie gewiß in die Praxis umsetzen müssen.

»Manche Dinge kann man nicht verzeihen«, sagte er. Beispiele kamen ihm in den Sinn, Fälle aus seiner langen Erfahrung mit Missetätern. Die Frau, die ihren Mann mehr als zehnmal nach seinen wegen Diebstahls verbüßten Gefängnisstrafen wieder aufgenommen hatte, sich jedoch weigerte, ihn nach seiner Verurteilung wegen unsittlichen Entblößens auch nur noch eines Blickes zu würdigen. Oder der Mann, der sich die Seitensprünge seiner Frau gefallen ließ, sie jedoch verstieß, als man sie beim Ladendiebstahl erwischte. »Sie sind ein vernünftiger, toleranter Mann«, sagte er schließlich, »doch Sie denken in zu engen Bahnen. Ich frage mich, ob Sie wirklich genau über sich Bescheid wissen. Sie wissen, was Ihnen gefällt, aber wissen Sie auch, was Sie abstößt?«

»Nichts, was Elizabeth getan haben könnte«, beharrte Quentin eigensinnig.

»Vielleicht, doch sie war überzeugt, es würde Sie abstoßen, so fest überzeugt, daß sie bereit war, dreißigtausend Pfund zu bezahlen, damit Sie nichts davon erfuhren.«

»Wenn Sie meinen«, sagte Quentin ratlos. »Aber wer aus ihrem Bekanntenkreis könnte Geld von ihr erpreßt haben?«

»Ich habe eigentlich gehofft, Sie könnten mir das sagen. Jemand vom Personal?«

»Mrs. Cantrip, die uns seit sechzehn Jahren treu ergeben ist? Der alte Will, die Anständigkeit in Person? Sean, der sie wie eine Heilige verehrte? Sie sehen selbst, wie unsinnig das ist. Weshalb sollte es überhaupt jemand vom Personal sein?«

»Es ist weniger wahrscheinlich, daß es jemand aus Ihrem Freundeskreis ist, finden Sie nicht, Sir? Ein Dienstbote, der hier im Haus wohnte, hätte Zugang zu persönlichen Schriftstücken gehabt, könnte Augenzeuge von etwas geworden sein oder Fotos entdeckt haben.«

»Beweise für ihre Untreue? Aber ich sage Ihnen doch, sie *wußte*, daß ich Verständnis gehabt hätte. Ich hätte darüber hinweggesehen, wie sehr es mich auch geschmerzt hätte.«

Wexford starrte ihn an und war nur mühsam in der Lage, seinen Ärger zu unterdrücken. Der Mann hatte keine Ahnung vom Leben. Er redete von ehelicher Untreue, als wäre sie stets eine unkomplizierte und zeitweilige Schwärmerei für jemand anders, eine Frage von Verführung, Liebe und späteren Schuldgefühlen. Er war naiv. Wexford jedoch nicht. Er hatte die Liebesbriefe gesehen, die sich auch die hochgestelltesten und kultiviertesten Menschen schreiben, die Fotos, für die sich auch die elegantesten und anspruchsvollsten Frauen in Pose setzen. Dreißigtausend Pfund waren unter Umständen kein zu hoher Preis, sie nicht in die Hände eines Ehemanns gelangen zu lassen.

»Sie haben eine Reihe von Au-pair-Mädchen beschäftigt, das haben Sie erwähnt.«

»Ganz normale junge Mädchen«, sagte Quentin. »Absolut ehrlich und froh, bei uns zu sein. Sie empfanden tiefe Bewunderung für Elizabeth.«

So wie Nelleke?

»Vor den Mädchen hatten Sie ein Ehepaar«, hakte Wexford nach. »Wie war noch gleich der Name?«

»Twohey«, sagte Quentin Nightingale.

In dem kleinen weißen Cottage wurde das Unterste zuoberst gekehrt. Als Wexford in das Haus kam, hörte Mrs. Cantrip mit dem zwangsläufig auf den Samstag verlegten Großputz auf und setzte sich mit der gelblichbraunen Katze auf dem Schoß in einen Sessel. In dem Zimmer hing ein starker Geruch nach Bohnerwachs und Mottenkugeln.

»Twohey?« fragte sie. »Mr. Nightingale hat ihn wegen seiner Unverschämtheit entlassen. Er hat nie angemessenen Respekt gezeigt, schon von Anfang an nicht. Und ordentlich gearbeitet hat der sein Lebtag nicht, soweit ich das beurteilen kann. Lungerte immer herum, wo er nichts verloren hatte, schnüffelte alles aus und machte lange Ohren, wenn Sie wissen, was ich meine.«

»Und deshalb hat man ihn rausgeworfen?«

Die Katze glitt geschmeidig auf den Boden und begann, sich die Krallen an einem Tischbein zu wetzen. »Laß das, Ginger«, sagte Mrs. Cantrip. »Mit der Zeit trieb er's zu bunt, Sir, das können Sie mir glauben. Ein paar Wochen vor seinem Rausschmiß wurde er so aufsässig gegenüber der gnädigen Frau, daß es nicht mehr feierlich war, wo doch die Gnädige immer so liebenswürdig war und sich nie zur Wehr setzte.« Sie hob die Katze auf und ließ sie aus dem Fenster zwischen die Zinnien und Dahlien plumpsen. »Sie ertappte ihn, wie er sich gerade von Mr. Nightingales Whisky bediente, und als sie ihn zur Rede stellte, sagte er doch glatt: ›Das bißchen wird Sie wohl nicht gleich an den Bettelstab bringen.‹ Da bleibt einem doch die Spucke weg!«

»Und seine Frau?«

»Die war gar nicht so übel. Um die Wahrheit zu sagen, sie stand ziemlich unter seiner Fuchtel. Mich fand sie ganz nett. Hat mir noch zwei Jahre später eine Karte zu Weihnachten geschickt.«

»Sie kennen also ihre Adresse?« fragte Wexford.

»Ich habe nie zurückgeschrieben, Sir«, sagte Mrs. Cantrip und schnaubte entrüstet. »Auf Umgang mit solchen Leuten lege ich keinen gesteigerten Wert. Mir ist aber aufgefallen, daß die erste Karte in Newcastle abgestempelt war.«

»Haben sie eine andere Stellung angenommen?«

»Das kann ich Ihnen leider nicht sagen, Sir. Im Angeben und Aufschneiden war Twohey ganz groß, und er hat immer wieder betont, wie satt er das Dienstbotenleben habe. Als Eisenwarenhändler werde er sich selbständig machen, hat er gesagt, aber unter vier Augen hat mir Mrs. Twohey anvertraut, das seien alles Luftschlösser. Woher sollten sie auch das Anfangskapital nehmen, Sir? Sie hatten keinen roten Heller, das können Sie mir glauben.«

Nachdem er Sergeant Martin auf die Suche nach Twohey angesetzt hatte, fuhr Wexford zur Tabard Road und parkte vor einem Bungalow, dessen rosa Haustür farblich zu den Geranien im Garten paßte. Auf einer Regenplane auf dem Rasen saßen zwei Kinder, jedoch nicht nebeneinander, sondern an entgegengesetzten Enden, als wollten sie soviel Abstand halten wie mit dem Verbot ihrer Mutter, sich nicht ins feuchte Gras zu setzen, vereinbar war. Der Junge wusch Malerpinsel aus, das Mädchen quartierte Raupen aus einem Einmachglas in diverse Streichholzschachteln um.

Wexford grüßte sie freundlich, dann schlenderte er zu ihrem Vater, der gerade die Garagentüren strich. Er lachte in sich hinein, als er bemerkte, daß Burden alles andere als erfreut auf sein Erscheinen reagierte.

»Streichen Sie ruhig weiter«, sagte Wexford. »Mir macht es Spaß, anderen Leuten bei der Arbeit zuzusehen. Sie brauchen keine so betretene Miene zu machen. Ich möchte nur, daß Sie mir Ihr geneigtes Ohr leihen, während ich Ihnen etwas erzähle.« Dann informierte er Burden über den Schmuck und Twohey.

Hinter ihnen begannen die Kinder, die seit Wexfords Ankunft völlig still gewesen waren, sich leise, aber heftig zu streiten.

»Ich habe mich gefragt, ob dieser Twohey vielleicht auf das Geheimnis der starken Abneigung zwischen Villiers und Mrs. Nightingale stieß. Nightingale ist fraglos sehr eingenommen von Villiers, und wenn er herausgefunden hätte, daß seine Frau ihrem Bruder früher einmal etwas Schreckliches angetan...«

»Was hätte sie ihm denn antun sollen, Sir?« Burden tauchte den Pinsel in die Farbe und kratzte den letzten Rest vom Dosenboden zusammen. »Sehen Sie sich nur mal meine beiden an«, sagte er grimmig. »Sie scheinen sich wirklich zu hassen, und soviel ich weiß, gibt es keinerlei Grund dafür. Wie Hund und Katz sind sie zueinander, und das schon, seit John ein Dreikäsehoch war und Pat noch im Kinderwagen lag.«

»Bis sie erwachsen sind, wird sich das ändern.«

»Glauben Sie? Weshalb könnte die Villiers-Nightingale-Sache nicht genauso verlaufen sein? Offenbar gibt es eben Geschwisterpaare, die sich absolut nicht ausstehen können.«

»Die Villiers wurden getrennt«, sagte Wexford. »Sie hatten nie die Möglichkeit, sich zwischen fünfzehn und fünfundzwanzig einander anzupassen. Nur wenn Sie Pat und John auseinanderrissen, würden sie vielleicht so wie Villiers und Elizabeth werden, weil einer von beiden möglicherweise einen schwelenden Groll in sich hineinfressen würde. Der tägliche Kontakt wird Ihre beiden versöhnlicher stimmen.«

»Ich weiß nicht«, meinte Burden. »Manchmal überlege ich mir, ob ich Pat oder John nicht auf ein Internat schicken soll.«

»Aber unser Fall zeigt Ihnen doch, daß eine Trennung keine Lösung ist, Mike.« Wexford ließ sich auf einer kurzen Trittleiter nieder. »Ich frage mich, könnte es nicht sein, daß Twohey selbst sie getötet hat? Könnte sie sich nicht mit ihm im Wald getroffen haben, wo er sie tötete, als sie ihm mitteilte, ihre Mittel seien nun erschöpft?«

»Wie ist er dann an die Taschenlampe herangekommen?« wandte Burden ein. »Er wäre der letzte, der Zugang zum Geräteraum im Herrenhaus hätte.«

»Stimmt. Also, mal überlegen. Unser Verdacht gegen Georgina fällt in sich zusammen, weil wir jetzt wissen, daß sie kein Motiv hatte. Villiers kommt weiterhin in Frage. Er könnte sie getötet haben, weil sie, da ihr Geld nun zur Neige ging, ihm erklärte, sie werde Nightingale alles enthüllen – eben das verfluchte Geheimnis, was es auch sein mag. Sean könnte sie umgebracht haben, weil er sie mit einem anderen Mann zusammen sah.«

»Nein, Sir. Wir wissen, daß es ein vorsätzlicher Mord war. Der Täter hatte die Taschenlampe bei sich.« Burden legte den Pinsel auf einen Lumpen und drehte die inzwischen leere Dose um. »John!« rief er, dann noch einmal lauter, um sich über dem Gezänk Gehör zu verschaffen: »*John!* Geh mal bitte in den Schuppen und hol mir noch eine Dose rosa Farbe.«

»Ich kann nicht. Es ist stockdunkel da drin, und die Birne ist kaputt.«

»Na, dann nimm eine Taschenlampe. Sei nicht so lahm und laß die Sachen deiner Schwester in Ruhe.«

»Ungeziefer heranzüchten«, höhnte John. Seufzend stand er auf, trottete in die offene Garage und griff nach einer Taschenlampe, die auf einem Regal stand.

Wexford sah ihm zu, dann sagte er: »Aber natürlich. Weshalb habe ich nicht gleich daran gedacht? Wir waren uns doch fast von Anfang an im klaren, daß man eine Taschenlampe mitnimmt, wenn man weiß, daß es dort, wo man hingeht, dunkel ist. Aber man nimmt die eigene Taschenlampe mit, nicht? Eine Taschenlampe hat jeder. John wußte genau, wo seine Taschenlampe steht, und er holte sie ganz selbstverständlich. Wir waren ganz schön dämlich, Mike. Wir dachten, jemand sei ins Herrenhaus gegangen und hätte die Taschenlampe der Nightingales gestohlen. Aber weshalb denn? Welchen Sinn könnte es haben, große Mühen auf sich zu nehmen, um sich eine Waffe aus dem Besitz der Frau zu beschaffen, die man umbringen will? Weshalb nicht die eigene mitbringen?«

»Der Mörder hat aber nicht die eigene mitgebracht«, wandte Burden ein. Er schlug sich mit der Handfläche gegen die Stirn, wo sie einen großen rosa Fleck hinterließ. »Nein, was bin ich blöd. Sie meinen, außer Nightingale selbst kann nur Elizabeth diese Taschenlampe in den Wald mitgenommen haben?«

»Genau das. Und wissen Sie, was das bedeutet? Niemand würde eine Taschenlampe als Mordwaffe wählen, wenn irgend etwas anderes zur Hand wäre. Daraus folgt: *Niemand hat diesen Mord geplant.* Es war kein Vorsatz im Spiel. Der Mörder (oder die Mörderin) handelte impulsiv und schlug auf Elizabeth Nightingale mit der Taschenlampe ein, die sie selbst mitgebracht hatte.«

Burden nickte ernst. »Sie hat die Lampe mitgebracht«, stimmte er zu. »Aber zurückgestellt hat sie jemand anders.«

Aber woher, fragte sich Wexford, hat Villiers gewußt, daß der Schmuck falsch war?

14

Wexford schlenderte mit seiner Frau zur Kirche und trennte sich von ihr an der Pforte. Obwohl er selbst nicht religiös eingestellt war, besuchte er manchmal den Frühgottesdienst, um ihr eine Freude zu machen. Heute zog ihn sein Büro ebenso unwiderstehlich an wie die Kirchenglocken seine Frau, doch der stille Lockruf war nur für ihn hörbar.

Burden war bereits dort, telefonierte geschäftig und setzte die Fahndung nach Twohey in Gang.

»Geboren in Dublin vor ungefähr fünfzig Jahren«, hörte Wexford ihn sagen. »Dunkelhaarig, irischer Typ, kleine Augen, hat am linken Mundwinkel eine Zyste, falls er sie nicht hat entfernen lassen. Eine Vorstrafe wegen Unterschlagung, 1954 als Hoteldirektor in Manchester. Jawohl, könnte sich in Ihrem Newcastle oder in Newcastle under Lyme aufhalten. Sie bleiben in Verbindung mit uns.« Er legte auf und grinste seinen Vorgesetzten erwartungsvoll an.

»Sie haben Ihre Hausaufgaben gemacht«, sagte Wexford, als Burden ihm ein Foto des Mannes reichte, den er gerade beschrieben hatte. »Habe ich Sie nicht ausdrücklich angewiesen, Sie sollen sich den Abend freinehmen und Ihr Haus fertigstreichen?«

»Habe ich doch. Außerdem habe ich meine Hausaufgaben nicht gestern abend gemacht, sondern bin heute morgen früh aus den Federn gekrochen. Mrs. Cantrip und ich haben ein Arbeitsfrühstück eingenommen.«

»Hat sie irgendeine Idee, wie das Geld an Twohey ausbezahlt wurde?«

Burden schloß das Fenster. Auf das Glockengeläut legte er keinen gesteigerten Wert. »Sie hatte keine Ahnung davon. Ich glaube nicht, daß sie es wirklich geschluckt hat. Ihre Mrs. Nightingale das Opfer einer Erpressung?«

»Da bleibt einem doch die Spucke weg, das können Sie mir glauben«, ahmte Wexford sie schmunzelnd nach.

»So ähnlich. Sie ist sicher, daß Twohey nicht hier in der Gegend ist, weil seine Frau sie sonst besucht hätte.«

Wexford zuckte mit den Achseln. Den stabilen Drehstuhl hatte Burden in Beschlag genommen, weshalb ihm nichts anderes übrigblieb, als sich mit einem der wackligen Stühle zu begnügen. Er warf dem Inspector einen ungnädigen Blick zu und fragte verstimmt: »Weswegen sollte er hier in der Gegend sein?«

»Wegen dem, daß vielleicht er es war, mit dem sich Mrs. Nightingale im Wald getroffen hat«, antwortete Burden, der mit der Grammatik manchmal auf Kriegsfuß stand.

»Getötet werden Erpresser, nicht ihre Opfer.«

»Mal angenommen, sie hat ihm gesagt, ihre Mittel seien erschöpft? Er könnte sie aus Wut umgebracht haben. Wir sind uns doch darüber einig, daß es ohne Vorsatz geschah, nicht? Gott sei Dank ist das Gebimmel vorbei.« Er öffnete das Fenster wieder und zog die Jalousie hoch, so daß Wexford von der Sonne geblendet wurde. Gereizt rückte der Chief Inspector den Stuhl ein Stück zur Seite. »Oder Sean Lovell hat sie mit ihm zusammen gesehen, sich über den Grund ihres Treffens getäuscht und…«

»Dann schließen Sie den jungen Lovell jetzt also doch nicht mehr aus?«

»Ich habe meine Meinung über ihn geändert, seit er mir erzählt hat, daß er als junger Kerl mit einem Messer auf seine Mutter losgegangen ist, als er sie mit einem ihrer Freunde ertappte. Außerdem ist da noch das Geld, das er bekommt. Ich wette, sie hat ihm gesagt, er erbe ihr gesamtes Vermögen, ohne vielleicht zu erwähnen, wieviel es eigentlich ist. Er könnte gedacht haben, es sei verdammt viel mehr.«

»Vergessen Sie's, Mike. Entweder hat er sie aus Eifersucht umgebracht oder des Geldes wegen. Beides zusammen geht nicht.« Wexford stand auf. »Jedenfalls gehe ich jetzt ins *Olive* und gebe Lionel Marriott einen aus.«

Burden nahm wieder den Hörer ab. »Wie schön«, sagte er abweisend. »Leider habe ich dafür zuviel zu tun.«

»Sie hat auch niemand gefragt«, schnauzte ihn Wexford an. Dann schmunzelte er. »*Wohl dem*, Mike, *der nicht sitzt, wo die Spötter sitzen.*«

»Na, für gewöhnlich sitzen Sie hier, Sir«, erwiderte Burden zugeknöpft.

Es war merkwürdig, wie in letzter Zeit alles Burden in die Hand nahm, dachte Wexford, als er sich an die Brücke über den Kingsbrook lehnte und wartete, bis das *Olive and Dove* öffnete und Marriott kam. Wenn er auf die Ermittlungen der vergangenen Woche zurückblickte, hatte er den Eindruck, daß die meisten Nachforschungen Burden durchgeführt hatte, während er sich von Marriott Geschichtchen erzählen ließ. Vielleicht war das übertrieben. Aber wie sich immer mehr herausstellte, hatte Burden mit seinen Hypothesen richtig gelegen. Zum Beispiel, daß es kein vorsätzlicher Mord war, daß Nelleke auf eine Heirat mit Nightingale aus und Georgina Villiers nur eine nette, normale Frau war. Bestimmt würde er schon bald auch mit einer Erklärung für das Geheimnis aufwarten und mit einer anderen für Seans nicht vorhandenes Alibi. Er schnippte ein abgesprungenes Stückchen Stein vom Brückengeländer ins Wasser. Unsere Jünglinge sollen Gesichte sehen, dachte er, und unsere Alten sollen Träume haben...

»Ich gäb was dafür, wenn ich wüßte, woran du jetzt denkst«, sagte Marriott und tippte ihm auf die Schulter.

»Ich dachte daran, daß ich alt werde, Lionel.«

»Aber du bist doch so alt wie ich!«

»Ein bißchen jünger, glaube ich«, verbesserte Wexford ihn. »Mir ist gerade eingefallen, daß es in diesem Fall nur so von Menschen wimmelt, die für andere Menschen zu alt sind. Das ruft mir ins Gedächtnis, daß ich älter bin als sie alle.« Er blickte zu dem heiteren Himmel über Sussex auf, der sich wolkenlos und strahlend über ihm wölbte. »Ein alter Mann in einem Monat ohne Regen«, sagte er. »Ein alter Mann an einem Fall ohne Hoffnung...«

»Aber kein altes Hotel mit einer Bar ohne Whisky«, tröstete ihn Marriott. »Na los, Gerontius, trinken wir einen.«

An sonnigen Tagen konnten die Gäste des *Olive* die Drinks im Garten einnehmen. Es war ein staubiger kleiner Garten mit kümmerlichen Gewächsen, doch wie die meisten Engländer hielten es auch Wexford und Marriott fast schon für ihre Pflicht, bei Sonnenschein an den kleinen Tischen im Freien zu sitzen, denn schönes Wetter gab es so selten und immer nur so kurze Zeit.

»Aber ich habe dir doch schon alles erzählt, Reg«, sagte Marriott. »Mehr gibt es einfach nicht.«

»Und das aus deinem Munde?«

»Leider ja, es sei denn, ich soll die Sache mit meinen eigenen Gedanken ausschmücken.«

Wexford fischte ein Blatt aus seinem Glas und blickte ungehalten zu dem Baum auf, von dem es abgefallen war. In schneidendem Ton fragte er: »Hältst du es für möglich, daß Villiers homosexuell ist?«

»Du meine Güte, das glaube ich kaum.«

»Dennoch hast du gesagt, daß er in der Zeit zwischen den beiden Ehen keine Freundinnen hatte.«

»Aber auch keine Freunde.«

»Nein? Und was ist mit Quentin Nightingale?«

»Quentin ist bestimmt nicht homosexuell. Ich habe den starken Verdacht, daß er hinter dieser kleinen Holländerin her ist. Er ist total verknallt in sie, wenn du mich fragst. Ich gebe zu, daß Denys nur mittelprächtige Zuneigung für seine Ehefrauen empfand, doch Quentin war in Elizabeth verliebt, als er sie kennenlernte, und jetzt ist er wieder verliebt.«

Wexford wollte Nightingales vertrauliche Mitteilung nicht einmal durch ein zustimmendes Nicken verraten. »Ich habe mir überlegt, ob Elizabeth vielleicht von der Homosexualität ihres Bruders wußte und ihn dafür haßte, jedoch bereit war, fast alles zu tun, um es geheimzuhalten.«

»Bloß verstehe ich dann nicht, weshalb sie deshalb ermordet werden sollte.«

Als er sein Glas austrank, entschied sich Wexford, Marriott gegenüber kein Sterbenswörtchen über das erpreßte Geld verlauten zu lassen. »Nein, wahrscheinlicher ist, daß sie mit einem Mann im Wald gesehen wurde und die Person, die sie beobachtet hat, zu ihrem Mörder wurde.« Nachdenklich fügte er hinzu: *»Mein kleiner Minnesänger, der einzige echte Nightingale in Myfleet.«*

In übereifrigem Ton sagte Marriott: »Vielleicht ist er ein uneheliches Kind von Quen. Will Palmer sagt doch immer: ›Einen Vater hat der nie gehabt.‹ Wie steht's damit?«

»Was hast du in letzter Zeit gelesen?« grollte Wexford. »Mrs. Henry Wood? *Die Hochzeit des Figaro?*«

»Tut mir leid. War nur so eine Idee.«

»Und als solche mehr als bescheiden. Du bist vielleicht ein guter Englischlehrer, Lionel, aber als Detektiv bist du miserabel.« Wexford lächelte trübselig. »Sogar noch schlechter als ich«, sagte er im Aufstehen, wobei er sich fragte, was Burden während seiner Abwesenheit wohl herausgefunden hatte.

Marriott blieb noch einen Augenblick am Tisch sitzen, doch er holte Wexford ein, als der Chief Inspector gerade über die Brücke ging.

»Mir ist noch etwas eingefallen«, sagte er atemlos. »Elizabeth hat immer eine ganze Menge Päckchen verschickt. Ziemlich kleine, in braunes Packpapier eingewickelte Päckchen. Wenn ich tagsüber im Herrenhaus war, habe ich auf dem Garderobentisch oft so ein Päckchen gesehen – aber es lagen immer ein paar Briefe darauf, die ebenfalls zur Post gingen. Kannst du damit etwas anfangen?«

»Ich weiß nicht, aber trotzdem vielen Dank.«

»Keine Ursache, mein Bester«, flötete Marriott und wandte sich zum Gehen. Er blickte über die Schulter und fügte ziemlich wehmütig hinzu: »Laß mich nicht fallen, Reg, jetzt, wo du mich ausgequetscht hast.«

»Auch ein Bulle braucht Freunde«, erwiderte Wexford, dann ging er über die High Street zum Polizeirevier zurück.

Burden saß hinter dem Schreibtisch aus Rosenholz und aß ein Sandwich zu Mittag.

»Verziehen Sie sich«, fuhr ihn Wexford an. »Sie krümeln auf meine Schreibunterlage.«

»Sie krümeln doch auch immer.«

»Schon möglich, aber es ist meine Unterlage und zufällig auch mein Büro.«

»Tut mir leid, Sir«, entschuldigte sich Burden. »Ich dachte, Sie zögen mit Marriott durch die Kneipen.«

Wexford schnaubte unwirsch. Er blies die Krümel weg und nahm würdevoll Platz. »Gibt's was Neues?«

»Nein, noch nicht. Beide Newcastles erwiesen sich als Nieten. Ich habe mich mit Dublin in Verbindung gesetzt.«

»In einem irren Sie sich, Mike. Twohey hat sich mit Mrs. Nightingale nie im Wald getroffen. Sie hat ihm das Geld in Päckchen geschickt. Ich weiß nicht, an welche Adresse, aber wir könnten versuchen, Nelleke danach zu fragen.«

Burden kniff die Lippen zu einem schmalen Strich zusammen.

»Da Sie bereits zu Mittag gegessen haben«, sagte Wexford, »schlage ich vor, Sie übernehmen das.«

Burden ächzte. »Muß das sein?« fragte er im Ton eines Schuljungen, dem Ton, in dem sein Sohn sprach.

»Soll das ein Witz sein?« brüllte Wexford. »Haben Sie den Verstand verloren? Sie wird Sie schon nicht gleich auffressen.«

»Vor dem Aufgefressenwerden habe ich auch keine Angst«, erwiderte Burden. Er knüllte das Butterbrotpapier zusammen, warf es in den Papierkorb und ging hinaus, wobei er Wexford mit einem Blick bedachte, der gespieltes Entsetzen zum Ausdruck brachte.

Jetzt blieb ihm nichts mehr übrig als abzuwarten, überlegte Wexford. Er schickte Bryant in die Kantine, um eine Kleinigkeit zu Mittag für ihn zu holen, und nachdem er gegessen hatte, übermannte ihn große Müdigkeit. Er beschloß, zum Wachbleiben etwas zu lesen, und weil außer einem Stapel Berichte, die er in- und auswendig kannte, der einzige Lesestoff das Buch war, das ihm Denys Villiers geschenkt hatte, las er das. Oder um es genauer auszudrücken, er las die ersten drei Absätze, nur um dann einzunicken und fast vom Stuhl zu fallen, als die Telefonklingel schrillte.

»Versuchen Sie es mit Eisenwarenhandlungen«, erklärte er dem Anrufer müde. »Vor allem solche, die während der letzten vier Jahre den Besitzer wechselten. Er hat vielleicht seinen Namen geändert.« Einer plötzlichen Eingebung folgend, setzte er hinzu: »Besonders würde mich ein Laden interessieren, der *Nightingale's* heißt, oder vielleicht *Manor Stores*.«

Er wandte sich wieder der Seite eins von *Der verliebte Wordsworth* zu, dann blätterte er weiter bis zu einem Stammbaum. Dort stand der Name, in dicken schwarzen Lettern: George Gordon Wordsworth. Er war, wie Wexford bemerkte, der Enkel des Lyrikers gewesen. Und diese Information, die in seinem jüngst erschienenen Buch bereits enthalten war, hatte Villiers in der Schulbibliothek nachgeschlagen – zumindest hatte er ihm das weismachen wollen. Demnach hatte der Mann die Schwäche, seine Gegner zu unterschätzen.

Es war fast sechs, als Burden zurückkam.

»Sie haben sich weiß Gott Zeit gelassen.«

»Die Holländerin und Nightingale waren nicht zu Hause. Haben anscheinend ein Picknick gemacht. Ich wartete, bis sie zurückkamen.«

»Konnte sie sich an die Adresse auf den Päckchen erinnern?«

»Sie sagt, die von ihr aufgegebenen Päckchen hätten nur Sachen enthalten, die Mrs. Nightingale nach Holland schickte, außer letzten Dienstag, dem Tag, an dem Mrs. N. ermordet wurde. Damals brachte sie zwei Päckchen zur Post, eins für ihre Mutter in Holland, und noch eines. Auf die Adresse hat sie nicht mal einen Blick geworfen.«

Wexford zuckte mit den Achseln. »Na ja, einen Versuch war's wert, Mike. Tut mir leid, daß Ihr Sonntagnachmittag dabei draufging. Aber vergewaltigt wurden Sie nicht, oder?«

»Nightingale war die ganze Zeit dabei.«

»Wie Sie von ihm sprechen, könnte man ihn für die Krankenschwester im Sprechzimmer eines Arztes halten«, sagte Wexford. »Jedenfalls gehe ich jetzt selbst nach Myfleet, ich will mich bloß noch mal im Wald umsehen und vielleicht mit Mrs. Cantrip reden. Ihnen rate ich, nach Hause zu gehen. Falls Anrufe kommen, kann man die zu Ihnen durchstellen.«

Es mochte Tage dauern, es mochte Wochen dauern, doch irgendwann würde man Twohey finden. Und dann, dachte Wexford, als er an der King's-Schule vorbeifuhr, würde er reden. Er würde in Wexfords Büro sitzen und durch die Panoramafenster in die Weite des hellblauen Himmels starren wie Hunderte skrupelloser Gauner vor ihm, doch im Unterschied zu ihnen würde er keine Veranlassung haben, den Mund zu halten. Eine lange Haftstrafe erwartete ihn, ob er nun aussagte oder sich ausschwieg. Wahrscheinlich würde er gern reden, um sich an der Toten und ihrer ganzen Familie zu rächen, denn diese Geldquelle war nun versiegt.

Und was würde er sagen? Daß Villiers' Liebe zu seinem Schwager von der Sorte war, wie sie ihre engstirnige Gesellschaft nicht tolerieren konnte? Daß Elizabeth eine Reihe von Geliebten gehabt hatte, die dem Alter nach Kinder von ihr hätten sein können? Oder daß Villiers und Elizabeth vor langer Zeit in ein Verbrechen verwickelt gewesen waren?

Plötzlich mußte Wexford an das ausgebombte Haus denken, in dem ihre Eltern umgekommen waren. Damals waren sie noch Kinder gewesen, aber auch Kinder hatten schon Morde begangen... Zwei Menschen, unter Trümmern begraben, aber noch am Leben, Eltern, die dem Fortkommen ihrer Kinder im Wege standen. Villiers hatte gewiß einen großen Vorteil durch ihren Tod gehabt. Seine Schwester nicht. Lag darin der Schlüssel zum Ganzen?

Twohey würde es wissen. Der Gedanke, Twohey könnte möglicherweise der einzige sein, der noch am Leben war und es wußte, und sich nun in aller Gemütsruhe verkriechen, war schrecklich frustrierend für Wexford. Und es mochte Tage dauern, vielleicht Wochen...

Weiter nach Myfleet. Die Kirchenglocken von Clusterwell läuteten zur Abendandacht, und kaum waren ihre Schläge hinter ihm verklungen, hörte er vor sich das Geläut von Myfleet, acht Glocken, deren dröhnendes Wechselläuten die Abendluft erfüllte.

An Mrs. Cantrips Haustür hing ein Zettel: *Bin zur Kirche. Komme um 19.30 zurück.* Für jeden Einbrecher die reinste Einladung, dachte Wexford, nur konnte er sich nicht entsinnen, daß in den letzten zehn Jahren jemals in Myfleet eingebrochen worden war. Die umstehenden Bäume verbargen Verbrechen von größerer Tragweite. Er wandte sich um, und die gelbbraune Katze, die ausgesperrt war und zwischen den Blumen herumstrich, schmiegte sich an seine Beine. Tief atmete er den Duft der den ganzen Tag über von der Sonne überfluteten Kiefern ein. Wexford ging in den Wald. Er schlug den Weg ein, den Elizabeth Nightingale an jenem Abend gegangen war, und er folgte ihm bis zu der Lichtung, auf der sie sich Burdens Ansicht nach mit Twohey getroffen hatte und Wexfords Ansicht nach – ja, was getan hatte?

Vielleicht hatte Burden trotz allem wieder recht. Diese Päckchen waren vielleicht nicht mit der Post geschickt, sondern persönlich übergeben worden. Beträge von dieser Größenordnung hätte sie wohl kaum lose mit sich in der Handtasche herumgetragen. Außerdem hatte sie keine Handtasche mit, nur einen Mantel und eine Taschenlampe... Er starrte auf den mit Flechten bewachsenen Baumstamm, auf dem sie gesessen hatte. Auf dem trockenen Sandboden und in den von vier scharrenden Füßen aufgehäuften Kiefernnadeln waren noch die Kratzspuren von vier Schuhen sichtbar.

Wenn Twohey ihr Begleiter gewesen war – mit dem sie vielleicht Sean gesehen hatte, der den Zweck ihrer Zusammenkunft mißverstanden hatte –, woher war Twohey dann gekommen? Aus Pomfret, über den mit Tannen bewaldeten Hügel? Oder hatte er den Weg genommen, der an den Schrebergärten von Myfleet vorbeiführte und schließlich – wohin führte? Wexford beschloß, ihn zu erkunden.

Die Kirchenglocken waren verstummt; Totenstille hatte sich im Wald ausgebreitet. Er ging zwischen den geradwüchsigen schmalen Kiefernstämmen hindurch, warf mal einen Blick nach oben zu den silberhellen Himmelsflecken, mal rund um sich in den Wald hinein, der so düster und bis in Kopfhöhe so kahl war, daß kein Vogel zwitscherte und die einzige Spur von Leben die tanzenden Mückenschwärme waren.

Wegen der Mücken war er froh, als die Bäume zu seiner Linken allmählich lichter wurden und er schließlich entlang den Gartenzäunen von Myfleet ging. Bald darauf hörte er von vorn leises Musikgesäusel. Es war eine rührselige süßliche Melodie, die er unschwer in den Bereich der Pop- oder Tanzmusik einordnete, und sie erinnerte Wexford an jene sanften und leicht erotischen Klänge, die aus Nellekes Transistorradio an sein Ohr gedrungen waren. Gerade als er dachte, wie angenehm anspruchslos die Musik an einem friedlichen Sommerabend wie heute doch klang, hörte sie auf und wurde von einer entsetzlichen Kakophonie abgelöst, die sich aus dem dröhnenden Zusammenspiel eines Schlagzeugs mit mehreren Saxophonen, Hammondorgeln und Elektrogitarren zusammensetzte.

Wexford streckte den Kopf über den Zaun und starrte auf das rechteckige Stückchen Land, teils Wildnis, teils Müllabladeplatz, das der hintere Garten der Lovells war. Aus dem offenen Küchenfenster führte eine ungefähr fünfzehn Meter lange Leitung zu dem Schuppen, aus dem das Getöse drang. Wexford wich ein Stück zurück und hielt sich die drangsalierten Ohren zu.

Dann ließ er die Hände sinken.

In dem Schuppen sprach jemand. Ton und Timbre der Stimme waren unverkennbar, ihr Akzent künstlich gepflegt. So sprach man in der Gegend zwischen Lands End und New York, dachte Wexford.

Mit wachsender Neugier hörte er zu.

Nachdem er sein unsichtbares, ja, nicht vorhandenes Publikum als »Freaks und Frikadellen« angesprochen hatte, machte Sean Lovell in gewandtem Profijargon eine kurze, abschätzige Bemerkung über das letzte Musikstück und kündigte dann mit etwas mehr Enthusiasmus die nächste Platte an. Diesmal war es das Gedudel einer Big Band, und es klang noch mißtönender als der Titel, der Wexford dazu veranlaßt hatte, sich die Ohren zuzuhalten.

Dann hörte es auf. Sean ergriff wieder das Wort, und als Wexford die ganze Bedeutung des Gesagten klar wurde, stieg tiefes Mitleid in ihm auf. Es gibt kaum etwas Jämmerlicheres, dachte er, als einen Mann zu belauschen, der sich allein mit seinem Tagtraum wähnt, einen Mann, der seinem einzigen, privaten und lächerlichen Laster frönt.

»Und jetzt kommen wir zu dem«, kündigte die körperlose Stimme an, »auf den ihr alle gewartet habt. Ihr habt einen langen Weg hinter euch, um heute abend dabeizusein, und ich kann euch versprechen, ihr werdet nicht enttäuscht sein. Hier ist er, Boys und Girls. Applaus für euren Sean Lovell!«

Ohne Begleitung begann er zu singen. Wexford ging weg, sehr behutsam und leise für einen so stattlichen Mann, fast ohne mit den Füßen auf dem mit Kiefernnadeln bedeckten Waldboden ein Knistern zu verursachen.

Nun wußte er, was Sean an jenem Abend getan hatte, was er allabendlich tat und vielleicht noch jahrelang tun würde, bis ihn sich ein Mädchen schnappte und ihm zeigte, daß Träume Schäume sind und der Sinn des Lebens in der Arbeit im Garten eines reichen Mannes liegt.

15

Wexford war so müde, daß er schon eingeschlafen war, kaum daß sein Kopf aufs Kissen sank. Wie die meisten Menschen, die auf jenen Lebensabschnitt zugehen, der nach den besten Jahren kommt, jedoch noch nicht das eigentliche Alter ist, fiel es ihm immer schwerer, eine Nacht wirklich durchzuschlafen. Vor Jahren, als er noch jung war, hatte er es sich vernünftigerweise zur Gewohnheit gemacht, nachts seine Gedanken von den Vermutungen und Sorgen, die ihn tagsüber plagten, zu lösen und auf zukünftige private Vorhaben oder angenehme Erinnerungen zu richten. Sein Unterbewußtsein entzog sich jedoch seiner Kontrolle und machte sich in Träumen von diesen Tagesängsten bemerkbar.

So auch in dieser Nacht. In seinem Traum befand er sich unten am Kingsbrook, wo er gern und oft spazierenging, als er flußaufwärts einen Jungen fischen sah. Der Junge war blond und schlank und hatte ein grobknochiges angelsächsisches Gesicht. Wexford ging auf ihn zu und hielt sich im Schatten der Bäume, da er aus einem unerfindlichen Traumgrund nicht bemerkt werden wollte. Unten am Fluß war es behaglich und warm, ein Sommerabend, dem, wie ihm schien, ein langer heißer Tag vorausgegangen war.

Gleich darauf hörte er jemanden rufen und sah ein Mädchen, das über den Böschungsrand gelaufen kam. An ihrem hellen, fast gelben Haar und der Form ihres Gesichts konnte er erkennen, daß es sich um die Schwester des Jungen handelte, die älter war als er, vielleicht vierzehn oder fünfzehn. Sie war gekommen, um ihn zu holen, und er hörte, wie heftiger Streit zwischen ihnen ausbrach, weil der Junge hierbleiben und weiterfischen wollte.

Ihm war klar, daß er ihnen über die Wiesen nachgehen mußte. Sie liefen vor ihm her, das Mädchen mit wehendem Haar. Über ihm donnerte ein Flugzeug vorbei, und er sah Bomben wie schwere schwarze Federn zur Erde fallen.

Ein Teil des Hauses blieb stehen, kahle, fensterlose Mauern umgaben einen rauchenden Trümmerhaufen, aus dem die Schreie der lebendig Begrabenen drangen. Die Kinder standen weder unter Schock, noch waren sie verängstigt, denn dies war ein Alptraum, in dem natürliche Gefühle außer Kraft sind. Als gleichgültiger Beobachter sah er zu, wie das Mädchen sich tastend einen Weg in das schwarze Inferno bahnte, der Junge dicht hinter ihr. Nun konnte er einen langen bleichen Arm aus dem Schutt ragen sehen und eine Stimme hören, die um Hilfe, um Gnade winselte. Die Kinder fingen an, mit bloßen Händen zu graben, und er ging näher, um ihnen zu helfen. Dann bemerkte er, daß sie die schreienden Gesichter nicht freilegten, sondern noch tiefer eingruben und dämonisch lachend wie besessen daran arbeiteten, das Vernichtungswerk der Bombe zu Ende zu führen; gerade als er ihnen zurief, sofort damit aufzuhören, schreckte er aus dem Traum auf.

Nun wieder bei vollem Bewußtsein, merkte er, daß er sich aufgerichtet und seine Schreie die Form von ersticktem Schnarchen angenommen hatten. Seine Frau, die neben ihm lag, hatte sich nicht gerührt. Er rieb sich die Augen und warf einen Blick auf die Leuchtzeiger seiner Armbanduhr. Es war fünf nach zwei.

Wenn er um diese Zeit einmal wach wurde, wußte er, daß er nie wieder einschlafen würde, und für gewöhnlich ging er dann nach unten, setzte sich in einen Sessel und suchte sich etwas zu lesen. Der Traum blieb ihm quälend deutlich im Gedächtnis, während er seinen Morgenmantel anzog und sich zur Treppe wandte. Am Morgen würde er entsprechende Nachforschungen veranlassen, um genau zu erfahren, was an dem Tag geschehen war, als die Bombe das Elternhaus der Villiers' zerstört hatte. Jetzt aber erst mal was zu lesen...

In seiner Jugend, als er mehr Freizeit und weniger Verpflichtungen gehabt hatte, war er ein Bücherwurm gewesen, und zu seiner Lieblingslektüre hatten sekundärliterarische Werke und Biographien über Schriftsteller gezählt. Mrs. Wexford konnte dies nicht verstehen, und nun erinnerte er sich, daß sie ihn einmal gefragt hatte, weshalb er lesen wolle, was jemand anderes über ein Buch sagte. Weshalb nicht einfach das Buch selber lesen?

Und er hatte nicht recht gewußt, was er ihr darauf zur Antwort geben, wie er es ausdrücken sollte, daß er auf diesem Gebiet dem eigenen Urteil nicht trauen konnte, weil er bloß ein Polizist war und nicht studiert hatte. Er hätte ihr auch schlecht erklären können, daß er nach Belehrung und Wissen strebe, weil es Ziel der Bildung sei, den Blick der Seele auf das Licht zu richten.

Während er daran dachte und an das Vergnügen, das ihm derlei Werke bereitet hatten, richtete er den Blick seiner Augen auf das Buch *Der verliebte Wordsworth*, das er auf dem Couchtisch hatte liegenlassen. Nach nur vier Stunden Schlaf war er nicht mehr müde und wesentlich aufmerksamer als bei seinem früheren Versuch, sich diesem Buch zu widmen. Er konnte es sich ruhig noch einmal vornehmen. Bloß schade, daß es über Wordsworth war. Ziemlich langweiliger Dichter, ging ihm durch den Kopf. Dauernd diese Zwiegespräche mit der Natur und die Spaziergänge im Lake District. Wirklich ein wenig öde. Wenn das Buch doch nur von Lord Byron gehandelt hätte, das wäre etwas anderes gewesen, da hätte man sich mit Lust drüber hergemacht. Bitte schön, das war eine interessante Persönlichkeit, ein romantischer Mann, ein Bilderbuchheld einschließlich spannungsgeladenem Liebesleben, einer katastrophalen Ehe und dem Skandal wegen Augusta Leigh. Doch es war halt ein Buch über Wordsworth. Schön, er würde es lesen, und selbst wenn es ihn langweilte, würde er vielleicht eine Vorstellung von der Art der Faszination erhalten, die dieser Dichter auf Villiers ausübte, fast schon der Besessenheit, die ihn dazu veranlaßt hatte, Gott weiß wie viele Bücher über ihn zu schreiben.

Er fing an zu lesen, und diesmal fand er den Text leicht und eingängig. Nach einer Weile stellte sich der Wunsch bei ihm ein, mehr von Wordsworth' Lyrik gelesen zu haben. Er hatte keine Ahnung gehabt, daß der Mann in eine junge Französin verliebt gewesen war und an der Revolution teilgenommen hatte, was ihn fast den Kopf gekostet hatte. Der Stoff war farbig und reizvoll, und Villiers schrieb gut.

Um sechs machte er sich eine große Kanne Tee. Er las weiter, völlig gefesselt und mittlerweile beträchtlich aufgewühlt. Allmählich strömte Licht in das Zimmer, und nach und nach, im gleichen gemächlichen Tempo wie der heraufziehende Morgen, dämmerte es auch Wexford. Er las das letzte Kapitel zu Ende und klappte das Buch zu.

Er seufzte, dann tadelte er sich: »Du beschränkter alter Idiot!« Daraufhin massierte er sich die steifen Hände und sagte laut: »Wenn es nur Byron gewesen wäre! Mein Gott, wenn doch nur. Längst hätte ich die Lösung gehabt.«

»Der erste Montag morgen nach Schulbeginn«, sagte John Burden und aß seinen dritten Toast mit Marmelade auf, »ist noch schlimmer als der erste Schultag.« Und trübsinnig fügte er hinzu: »Allmählich wird's wirklich ernst.« Mit einem klebrigen Finger piekste er seine Schwester. »Müßte dir jetzt nicht wieder schlecht werden?«

»Wird mir nicht, du Ekel.«

»Warum denn nicht? Heute wird's schlimmer als am ersten Tag, viel, viel schlimmer. Ich wette, wenn du auf die High-School kommst, wird dir dauernd schlecht werden. *Falls* du es schaffst. Dir wird zu übel sein, um die Prüfung zu machen.«

»Wird mir nicht!«

»O doch, dir wird.«

»Seid ruhig, ihr Quälgeister«, sagte Burden. »Manchmal glaube ich, auf dem Revier herrscht mehr Ruhe und Frieden als hier.« Er stand vom Frühstückstisch auf und traf Anstalten, zum Dienst zu gehen. »Ihr müßt die unnatürlichsten Geschwister in ganz Sussex sein.«

John schien es zu gefallen, daß man ihn in diese einzigartige Gruppe einordnete. »Kannst du mich mitnehmen, Dad? Der alte Ablabs führt uns zur Morgenandacht, und wenn ich zu spät komme, ist der Teufel los.«

»Laß den Teufel aus dem Spiel«, sagte Burden zerstreut. »Von mir aus, komm schon. Ich hab heute viel zu tun.«

Ein Tag, an dem es galt, die Stecknadel im Heuhaufen zu finden, eine Ratte in ihrem Loch aufzuspüren. Zügig betrat er das Polizeirevier und begegnete Sergeant Martin in der Halle.

»Gibt's schon was Neues über Twohey?«

»Nein, Sir, soweit ich weiß, nicht, aber Mr. Wexford verfolgt da eine Spur. Er hat gesagt, er will sofort mit Ihnen sprechen, wenn Sie kommen.«

Burden fuhr mit dem Aufzug nach oben.

Der Chief Inspector saß an seinem Schreibtisch und trommelte ungeduldig mit den Fingern auf die Schreibunterlage. Er hatte Ringe unter den Augen und machte, wie Burden fand, einen mehr als angeschlagenen Eindruck. Dennoch deutete sein ganzes Betragen auf einen Augenblick des Triumphs für ihn hin, auf eine folgenschwere Entdeckung, die er bis zu diesem Moment für sich behalten hatte.

»Sie kommen spät«, raunzte er ihn an. »Ich habe den Haftbefehl selbst besorgen müssen.«

»Welchen Haftbefehl? Soll das heißen, Sie haben Twohey gefunden?«

»Zum Teufel mit Twohey.« Wexford sprang auf und nahm seinen Regenmantel vom Kleiderständer. »Ist es denn noch nicht bis in Ihre kleinen grauen Zellen vorgedrungen, daß wir auf der Suche nach einem *Mörder* sind? Wir fahren wegen einer Verhaftung nach Clusterwell.«

Gehorsam ging Burden hinter ihm aus dem Büro. Wexford mochte den Aufzug nicht sonderlich, und seit er eines Nachmittags zwei Stunden darin festgesessen hatte, neigte er dazu, ihn zu meiden. Doch nun hastete er hinein und drückte anscheinend ohne Bedenken auf den Knopf.

»Zu Villiers?« fragte Burden, und als Wexford nicht antwortete, fügte er hinzu: »Ihn werden Sie dort jedenfalls nicht antreffen. Er führt seine Schäfchen heute zur Morgenandacht.«

»Das paßt verdammt schlecht.« Wexford schnaubte aufgebracht. Der Aufzug kam zum Stillstand, und die Tür glitt auf. »Wir nehmen eine Polizistin mit, Mike.«

»Wirklich? Wann wollen Sie mir erklären, wen wir festnehmen und aus welchem Grund?«

»Unterwegs«, antwortete Wexford. »Im Wagen.«

»Erfahre ich dann auch, wie Ihnen die große Erleuchtung kam?«

Wexford lächelte, und in dem Lächeln lag Triumph und wiedererlangtes Selbstvertrauen. »Ich konnte nicht schlafen«, sagte er, während sie auf die Polizistin warteten. »Ich konnte nicht schlafen, deshalb habe ich ein Buch gelesen. Ich bin ein ungebildeter alter Polizist, Mike. Ich lese nicht genug. Dieses hätte ich gleich lesen sollen, als sein Autor es mir gab.«

»Ich wußte nicht, daß es ein Krimi war, Sir«, sagte Burden einfältig.

»Stellen Sie sich doch nicht so saudumm an«, wies ihn Wexford barsch zurecht. »Ich meine nicht, daß in dem Buch steht, welcher Plan hinter dem Mord stand. Es gab sowieso keinen Plan.«

»Selbstverständlich nicht. Es geschah ohne Vorsatz.«

»Ja, da hatten Sie recht, wie in vielem anderen auch«, sagte Wexford, um dann mit plötzlich erstarktem Selbstvertrauen hinzuzusetzen: »Ich kann es Ihnen ruhig verraten, ich dachte schon, Sie hätten in allem recht. Ich dachte, allmählich würde ich alt, zu alt.«

»Na hören Sie, Sir«, sagte Burden aufrichtig. »Das ist Unsinn.«

»Ganz richtig«, bestätigte der Chief Inspector unwirsch. »Ich habe noch gute Augen, und ein wenig Intuition bleibt mir auch noch. Na, stehen Sie hier nicht den ganzen Tag in der Gegend herum. Wir müssen jemanden festnehmen.«

Jemand anderes mußte auf der Kanzel gestanden sein und die Jungen aufgefordert haben, ihre Gedanken und Stimmen gen Himmel zu richten, denn Denys Villiers war zu Hause.

»Ich habe mir freigenommen, fühle mich nicht wohl.«

»Sie wirken krank, Mr. Villiers«, sagte Wexford ernst. Ihre Blicke trafen sich. »Sie wirken ständig krank.«

»Ach? Ja, vielleicht ist es so.«

»Auf den Zweck unseres Besuchs scheinen Sie nicht neugierig zu sein.«

Villiers warf den Kopf in den Nacken. »Nein. Mir ist klar, weshalb Sie gekommen sind.«

»Ich möchte gern mit Ihrer Frau sprechen.«

»Auch das ist mir klar. Bilden Sie sich ein, ich dächte, Sie hätten die Polizistin mitgebracht, um uns ein wenig weibliche Gesellschaft zu leisten? Sie unterschätzen Ihren Gegner.«

»Sie haben stets die Ihren unterschätzt.«

Villiers lächelte gequält. »Ja, wir könnten wohl beide dem Verein zur Förderung des Größenwahns beitreten.« Er ging zur Schlafzimmertür. »Georgina!«

Mit hochgezogenen Schultern und geneigtem Kopf kam sie heraus. Nur einmal zuvor hatte Wexford jemanden so durch eine Tür kommen sehen, und damals war es ein Mann gewesen, ein Vater, der seine Kinder mit vorgehaltener Waffe zwei Tage lang in einem Zimmer festgehalten hatte. Endlich hatte man ihn überredet, die Waffe fallen zu lassen und über die Schwelle zu treten, wo ihn die Polizei erwartete und er seiner Frau in die Arme sinken konnte.

Georgina sank in die Arme ihres Mannes.

Er umarmte sie fest und strich ihr über das Haar. Wexford hörte, wie sie ihm etwas zuflüsterte, ihn bat, sie nicht zu verlassen. Bis auf ihre Ehe- und Verlobungsringe trug sie keinen Schmuck.

Der Anblick war so quälend, daß er sich nicht dazu durchringen konnte, ihr die Anklage zu eröffnen. Verlegen stand er da, räusperte sich und hüstelte leicht. Plötzlich hob sie den Kopf und sah die beiden Polizisten über die Schulter ihres Mannes hinweg an. Tränen liefen ihr über die sommersprossigen Wangen.

»Ja, ich habe Elizabeth getötet«, sagte sie heiser. »Die Taschenlampe lag am Boden. Ich habe sie aufgehoben und Elizabeth getötet. Ich bin froh, daß ich es getan habe.« Denys Villiers, der sie immer noch in den Armen hielt, zitterte heftig. »Hätte ich eher davon erfahren, hätte ich sie schon früher getötet. Ich habe sie getötet, sobald ich davon erfuhr.«

Sehr leise eröffnete Wexford ihr die Anklage und belehrte sie über ihre Rechte.

»Es ist mir egal, was Sie schriftlich festhalten«, sagte sie. »Ich habe es getan, weil ich meinen Mann behalten wollte. Er gehört mir, nur mir. Ich habe sonst nie jemanden gehabt, der mir gehört. Sie hatte alles, aber ich nur ihn.«

Villiers hörte mit unbewegtem Gesicht zu. »Darf ich mit ihr gehen?«

Wexford hatte nie erwartet, ihn jemals so bescheiden fragen zu hören.

»Selbstverständlich dürfen Sie.«

Die Polizistin führte Georgina zu dem wartenden Auto und legte ihr dabei den Arm um die Schulter. Der Arm sollte sie nur stützen und verhindern, daß sie stolperte, doch es sah aus wie eine Geste der Freundlichkeit und so etwas wie schwesterliche Solidarität. Burden folgte ihnen mit dem bedächtigen steifen Schritt eines Trauernden bei einem Begräbnis.

Villiers schaute auf Wexford, und der Chief Inspector erwiderte seinen Blick. »Sie kann Ihnen nicht viel erzählen«, sagte Villiers. »Ich bin der einzige lebende Mensch, der alles darüber weiß.«

»Ja, Mr. Villiers, wir werden eine Aussage von Ihnen aufnehmen müssen.«

»Ich habe bereits etwas Schriftliches vorbereitet. Andere reden darüber oder fressen es in sich hinein, doch Schriftsteller schreiben. Das hier habe ich heute nacht geschrieben. Ich konnte nicht einschlafen. Ich habe überhaupt nicht geschlafen.«

Tatsächlich wartete der Umschlag auf dem Garderobentisch an eine Vase gelehnt. Als er ihn in die Hand nahm, sah Wexford, daß er an ihn adressiert und frankiert war.

»Wenn Sie nicht heute morgen gekommen wären, hätte ich ihn mit der Post geschickt. Ich hätte das Warten nicht länger ertragen. Jetzt, wo Sie ihn haben, werde ich vielleicht schlafen können.«

»Also gehen wir?« fragte Wexford.

Burden saß am Steuer, neben ihm Villiers. Niemand sprach. Als sie nach Kingsmarkham kamen, schlitzte

Wexford den Umschlag auf und warf einen kurzen Blick auf die erste, mit der Maschine geschriebene Seite. Dann bog der Wagen im Vorhof des Polizeireviers ein.

Er stieg aus und öffnete die vordere Beifahrertür. Doch Villiers rührte sich nicht. Als er ihm die Hand auf die Schulter legte, um ihn auf ihre Ankunft aufmerksam zu machen, bemerkte Wexford mit plötzlich aufwallendem Mitleid – zum erstenmal verspürte er diese Regung gegenüber Villiers –, daß der Mann eingeschlafen war.

Zu Händen von Chief Inspector Wexford

Da ich nicht davon ausgehen kann, daß ich zu Ihren Lieblingsautoren zähle, werde ich diese Erklärung so kurz wie möglich halten. Ich schreibe sie nachts, während meine Frau schläft. Ja, sie kann schlafen, den Schlaf der gerechten, unschuldigen Rächerin.

Als Sie Byron zitierten, war ich überzeugt, daß Sie das Motiv für die Tat kannten, wenn vielleicht auch nicht den Hergang. Doch seitdem habe ich mich gefragt: Kannten Sie es wirklich? Wußten Sie überhaupt, was Sie da sagten? Ich starrte Sie an. Ich wartete darauf, daß Sie nun meine Frau festnehmen würden, und im Gesicht müssen Sie mir angesehen haben, vor was ich Angst hatte: daß Sie, um mich zu erschrecken und mir ein Geständnis zu entlocken, mich mit den Worten eines Mannes konfrontierten, von dem alle Welt weiß, daß er der Geliebte seiner Schwester war.

Ich glaube, damit habe ich mich verraten. Spätestens zu dem Zeitpunkt als ich Ihnen mein Buch zu lesen gab. Aber damals dachte ich, Sie seien zu ungebildet, zu abgestumpft und begriffsstutzig, um eine kurze Stelle in meinem Buch mit meinem Leben in Verbindung zu bringen. Doch nun, während draußen der Morgen dämmert und ich in seinem Licht die Dinge kühl und nüchtern betrachte, während ich mir meine provozierende Unverschämtheit Ihnen gegenüber und Ihre kultivierte Gelassenheit ins Gedächtnis zurückrufe, während ich an Ihre brillante Auffassungsgabe denken muß, erkenne ich, daß ich mich geirrt habe. Wenn Sie weiterlesen, wird es Ihnen klarwerden: »Du bester Weiser, Auge unter Blinden du!«

Wordsworth hat das geschrieben, Mr. Wexford. Wie Ihnen sicherlich bekannt ist, hat auch Wordsworth seine leibliche Schwester geliebt, doch als wahrer Ausbund von Pflichtbewußtsein (»Strenge Tochter der Stimme Gottes« nannte er es) verließ er sie. Nun werden Sie nicht mehr fragen müssen, was mich an Wordsworth fesselte, in welchem Punkt unsere Wesensverwandtschaft begründet lag. Denn obwohl Dorothy in meinem Buch nur als kleines Intermezzo zwischen Annette und Mary auftaucht, wird Ihnen die Parallele nicht entgangen sein; Sie werden bemerkt haben, was mich als jungen Mann auf der Suche nach einem Thema, dem ich mein Leben widmen konnte, an diesem Dichter angezogen hat. Natürlich war dies nur ein Aspekt unter vielen. Meiner Meinung nach wird Wordsworth nur von Milton übertroffen, und mit Coleridge kann ich behaupten: »Wordsworth ist ein sehr großer Mensch, der einzige, dem ich mich zu allen Zeiten und in allen Spielarten der Kunst unterlegen fühle.«

Meine Wahl hätte selbstverständlich auch auf Lord Byron fallen können. Das Naheliegende einer solchen Entscheidung stieß mich daran ab. Ferner wollte ich mein Talent nicht an jemanden vergeuden, den ich für oberflächlich und schwülstig halte, einen großmäuligen Popstar, nur weil er (höchstwahrscheinlich) Inzest mit Augusta Leigh beging. Doch gerade *weil* Byron heutzutage für diesen Inzest bekannter als für seine Dichtung ist, berührt er mich seltsam, löst die bloße Erwähnung seines Namens, das Zitieren seiner Verse Nervosität in mir aus.

Doch ich vergesse mein Versprechen, mich kurz zu fassen.

Als wir Kinder waren, habe ich meine Schwester nicht geliebt. Wir stritten uns laufend und litten nicht unter unserer Trennung. Wir waren froh, einander loszuwerden. Erst in meinem Abschlußjahr in Oxford habe ich sie wiedergesehen.

Unser Zusammentreffen ereignete sich auf dem Fest zum einundzwanzigsten Geburtstag eines Kommilitonen von mir. Der Vater dieses jungen Mannes stellte mich seiner Sekretärin vor, einem Mädchen namens Elizabeth Langham. Wir gingen zusammen aus, und bald schliefen wir miteinander.

Ich habe Ihnen gesagt, ich sei ein guter Lügner, doch es ist nicht gelogen, wenn ich Ihnen nun sage, daß ich keine Ahnung hatte, wer sie in Wirklichkeit war, und sie vor diesem Fest noch nie gesehen hatte. Neun Jahre waren vergangen, und wir hatten uns beide verändert. Ich bat sie, mich zu heiraten, und da mußte sie mir die Wahrheit sagen. Zwei Monate lang war ich der Geliebte meiner eigenen Schwester gewesen.

Aus Neid und dem Gefühl heraus, bei der damals für uns gefundenen Lösung ungerecht behandelt worden zu sein, hatte sie seit Jahren mein Schicksal verfolgt. Nachdem sie nach London durchgebrannt war mit einem Mann namens Langham, der ihr einen Sekretärinnenkurs bezahlte, nahm sie eine Stelle bei dem Vater meines Freundes an, weil sie wußte, daß sein Sohn und ich zusammen in Oxford studierten. Sie kam zu dem Fest aus Neugier, mich zu sehen; sie ging mit mir aus, weil ihr ein vager Racheplan vorschwebte. Doch dann geriet ihr die Situation aus der Hand. Obwohl sie wußte, wer ich war, hatte sie sich in mich verliebt. Störte sie es? Ich glaube nicht. Lange vor diesem Ereignis hatte sie die Grenzen der allgemein anerkannten Moral weit überschritten, so daß sie hinter diesem Schritt wohl nur eine besonders gewagte Herausforderung der Gesellschaft sah.

Wir trennten uns, sie ging mit ihrem Chef nach Amerika, ich nach Oxford. Auf meine damaligen Gefühle werde ich nicht näher eingehen. Sie sind ein einfühlsamer Mensch und können sie sich vielleicht ausmalen.

Sobald ich meinen Abschluß hatte, heiratete ich; nicht aus Liebe – ich habe in meinem Leben nie jemand anderen geliebt als Elizabeth –, sondern aus einem Bedürfnis nach Sicherheit und Normalität heraus. Die mir von meinem Onkel gewährten Zuwendungen liefen mit meinem einundzwanzigsten Geburtstag aus, und da mir klar war, daß ich mir mit dem Schreiben von Lyrik oder dem Schreiben über Lyrik nie meinen Lebensunterhalt würde verdienen können, bewarb ich mich für eine Stelle als Lehrer an der King's-Schule.

Bin ich durch meine Rückkehr nach Kingsmarkham ein Risiko eingegangen? Elizabeth hatte mir erklärt, sie verabscheue die Stadt. Ich dachte, ich hätte die einzige Stadt auf der Welt gefunden, die meine Schwester mit Sicherheit meiden würde.

Lionel Marriott, diesem penetranten Salonlöwen, blieb es vorbehalten, mir die Hiobsbotschaft von Elizabeths Anwesenheit hier zu überbringen. Ich hatte Angst, ihr zu begegnen; ich sehnte mich danach, sie zu sehen. Wir trafen uns. Sie stellte mich ihrem Mann vor, einem Millionärssohn, der während der Zeit, als sie in Amerika gearbeitet hatte, dort Urlaub gemacht hatte. In der Annahme, sie würde gerne in der Nähe ihres Elternhauses wohnen, hatte er sie mit dem Kauf von Myfleet Manor überrascht.

Bei Tisch saßen wir zusammen mit ihrem Mann und meiner Frau. Wir plauderten belangloses Zeug. Bei der erstbesten Gelegenheit trafen wir uns allein, und das, Mr. Wexford, war der Neuanfang.

Hätte Quentin Nightingale unserer Liebe nicht unwissentlich Vorschub geleistet, wäre sie undurchführbar geblieben. Wenn er mich nicht gemocht hätte, wäre es Elizabeth und mir kaum möglich gewesen, uns zu treffen, und da ich es nicht ertragen hätte, in ihrer Nähe, doch getrennt von ihr zu leben, wäre ich gezwungen gewesen, mir eine andere Stelle zu suchen und wegzuziehen. Heute wünsche ich mir von ganzem Herzen, es wäre so gekommen.

Frauen sind zäher als wir, haben weniger Skrupel und neigen nicht so sehr zu Schuldgefühlen. Ich nehme an, Elizabeth war in Quentin verliebt, als sie ihn heiratete, und hatte die Absicht, ihm eine tugendhafte und treue Frau zu sein. Als ich wieder in ihr Leben trat, ließ sie diese Vorsätze sofort fallen und begann, ihn zu ihrem Werkzeug zu machen. Ihr Ziel war es, mich als Geliebten zu haben und gleichzeitig ihre Stellung, ihr Geld und ihren guten Ruf zu behalten. Sie wollte weder auf das eine noch auf das andere verzichten müssen, und das gelang ihr auch. Dennoch ist es sinnlos, die Schuld einfach auf den anderen zu schieben. Ich war ebenso schuldig wie sie. Der Unterschied zwischen uns lag darin, daß ich ein Gewissen hatte, sie jedoch nicht.

Auf heimtückische und verschlagene Weise setzte sie Quentin zu. Unter dem Vorwand, dies von June erfahren zu haben, redete sie ihm ein, ich sei ein schwieriger Mensch und leide unter Persönlichkeitsstörungen. Er könne mir helfen, indem er sich meiner annehme. Bezeichnenderweise reagierte er damit, mir ein Zimmer im Stammhaus zur freien Verfügung anzubieten.

Es mußte so aussehen, als würde ich nur auf Quentins Betreiben hin ins Herrenhaus eingeladen, denn es sollte den Anschein haben, als könnten Elizabeth und ich uns nicht ausstehen. Weshalb? Sie sagte, wenn wir in der Öffentlichkeit auch nur normale geschwisterliche Zuneigung an den Tag legten, würde uns dies bald dazu verführen, uns eine leidenschaftlichere Liebe anmerken zu lassen, als es zwischen Bruder und Schwester zulässig ist. Ich glaube nicht, daß dies der wahre Grund war. Eher scheint mir, sie mochte die Geheimnistuerei um ihrer selbst willen, und die Gleichgültigkeit, mit der wir uns in der Öffentlichkeit begegneten, verlieh ihrer Meinung nach unserer heimlichen Liebe so etwas wie Würze.

Wenn ich nun behaupte, daß ich auch Quentin liebte, werden Sie mir dies dann als schändliche Heuchelei auslegen? Oder hat Sie Ihre Erfahrung gelehrt, daß wir oft die Menschen am meisten lieben, die wir hintergangen, betrogen und entehrt haben? Denn in dem Bemühen, sie an der Entdeckung unseres Verrats zu hindern, lernen wir, sie auch vor jedem anderen Übel zu bewahren, und die freundlichen Worte, mit denen wir sie ursprünglich blenden wollten, werden zur Gewohnheit und kommen schließlich von Herzen. Ja, Mr. Wexford, ich habe Quentin geliebt, und Elizabeth, die aus Furcht, ich könnte mich hinreißen lassen und mich einem Freund anvertrauen, alle meine Freundschaften hintertrieb, billigte mir diese eine zu, weil sie nie verstand, daß ich mich danach sehnte, von allen Menschen ausgerechnet bei ihm zu beichten, und seine Vergebung die einzige war, auf die ich Wert gelegt hätte.

Ich komme jetzt zu Twohey.

Schon längere Zeit hatte er Elizabeths Besuche bei mir im Stammhaus beobachtet, und eines Tages sah er, wie ich mit ihr die Treppe hinunterging und sie im Obstlager umarmte. Es war keine brüderliche Umarmung, und Twohey fotografierte uns durch das Fenster. Ich habe mich von ihm erpressen lassen und zahlte. Als er mir alles abgeknöpft hatte, verkaufte Elizabeth nach und nach ihren Schmuck und ließ Kopien davon anfertigen.

Twohey haben Sie noch nicht gefunden, oder? Lassen Sie sich von mir helfen. Außer Georgina so viel Leid wie nur möglich zu ersparen, habe ich nur noch den einen Wunsch, Twohey in der gleichen jämmerlichen Lage zu sehen, in die er Elizabeth und mich gebracht hat. Sie finden seine Adresse auf den Schneiderrechnungen im Sekretär in ihrem Schlafzimmer. Tanya Tye ist der Name (höchstwahrscheinlich der Deckname) der Frau, mit der er in einer Luxuswohnung über dem Geschäft in der Bruton Street lebt. Die Sache war ganz einfach und sehr schlau eingefädelt. Immer wenn Twohey Geld wollte, ließ er Elizabeth eine Rechnung von Tanya Tye zukommen; die geforderte Summe ergab sich aus dem Rechnungsbetrag, an den noch eine Null angehängt wurde. Zum Beispiel:

Wenn sich die Rechnung auf einhundertundfünfzig Pfund belief, sollte sie ihm fünfzehnhundert schicken. Das Geld schickte sie ihm in mit Packpapier eingewickelten Päckchen, das letzte davon hat Nelleke am Tag vor Elizabeths Tod zur Post gebracht. Um ihr zu zeigen, daß er das Geld erhalten hatte, schickte er ihr Quittungen.

Weidmannsheil, Mr. Wexford.

Ich nehme an, Marriott hat Sie in die näheren Umstände meiner Scheinexistenz eingeweiht. Ihnen wird bekannt sein, daß die Nightingales und ich gemeinsam in Urlaub gingen, Elizabeth und ich vor zwei Jahren jedoch allein fuhren, weil Quentin krank war. Marriott meinte damals, bei unserer Rückkehr aus Dubrovnik hätten wir schlecht und abgehärmt ausgesehen, doch er kam nie auf den Gedanken, wir könnten so niedergeschlagen gewirkt haben, nicht weil wir uns gestritten hatten, sondern weil wir glücklich gewesen waren.

Ich wollte, daß sie Quentin verläßt und mit mir zusammen weggeht. Sie lehnte ab. Wären wir vor Jahren zusammengezogen, hätte uns niemand als Geschwister im Verdacht gehabt. Jetzt wußten es alle, die Folge wäre ein ungeheurer Skandal. Das hat sie zumindest gesagt. Doch ich, soror mea sponsor, kannte sie besser. Mir war klar, daß ihr das Geld und ihre Stellung genauso viel bedeuteten wie ich. Sie war daran gewöhnt, zwei Eisen im Feuer zu haben, auf zwei Hochzeiten zu tanzen, und abgesehen von ihrer entsetzlichen Angst vor Twohey war sie wohl im wesentlichen glücklich.

Ich war am Tiefpunkt angelangt. Ich war sechsunddreißig und hatte mein ganzes Leben lang hart gearbeitet, doch ich besaß keinen Penny. Die Früchte meiner Arbeit hatte der Geliebte einer Modistin in Mayfair geerntet und sich damit ein Leben in Saus und Braus ermöglicht. Ich hatte keine Frau, keine Kinder, keine Freunde und hauste in drei Zimmern. Zugegeben, ich hatte Elizabeth, aber für wie lange? Es würde der Tag kommen, an dem sie, älter und ruhiger geworden, mich zugunsten ihrer anderen, sichereren Welt aufgeben würde.

Ich beschloß, einen Schlußstrich zu ziehen, und lehnte daher Quentins Einladungen ins Herrenhaus, seine fast unwiderstehlichen Bitten alle ab. Ich dachte, ich würde arbeiten können. Statt dessen lag ich Abend für Abend auf meinem Bett, zerbrach mir den Kopf, tat nichts und spielte gelegentlich mit Selbstmordgedanken. Es war eine Finsternis der Seele, vergleichbar mit Wordsworth' Nervenzusammenbruch, als er Frankreich verlassen und Annette aufgeben mußte.

An Elizabeth lag mir nichts mehr. Wenn ich jemanden vermißte, dann Quentin. Schließlich ging ich zum Herrenhaus und gab ihnen Bescheid, daß ich nicht mit nach Rom fahren würde. Mein Blick fiel auf Elizabeth, und ich fühlte – nichts. Es war mir unbegreiflich, daß ich die besten Jahre meines Lebens damit verschwendet hatte, sie zu lieben.

Ich ging nach Spanien. Nicht in das romantische, zauberhafte Spanien von Madrid und den Sierras, sondern in ein brodelndes Blackpool, denn das haben wir aus der Costa Brava gemacht, und ich besuchte das Land als Begleitlehrer einer Klassenfahrt. Ich dachte mir damals wohl, Wut, Erbitterung und qualvolle Langeweile zu empfinden, sei immer noch besser, als gar nichts zu empfinden.

Georgina wohnte im gleichen Hotel. Ich bin kein attraktiver Mann mehr, Mr. Wexford, und ich sehe viel älter aus, als ich bin. Amüsantes Plaudern liegt mir nicht, denn ich habe mein Inneres vollständig meiner Schwester anvertraut. Schon vor sehr langer Zeit habe ich verlernt, wie man junge Frauen betört. Ich eigne mich eher für die Zelle eines Trappistenmönchs als für geistreiche Gespräche in einem Boudoir. Aber Georgina, das arme Ding, verliebte sich in mich. Eigentlich ein Witz, Georginas Liebe in dieser miserablen Absteige.

Ich hatte alles, war reich begabt gewesen, und hatte alles vergeudet. Sie hatte nie etwas. Als jüngstes Kind einer vielköpfigen armen Familie hatte sie, wie sie mir erzählte, nie etwas besessen, von dem sie das Gefühl haben konnte, daß es ganz allein ihr gehöre. Kein Mann hatte sie je begehrt oder war auch nur öfter als ein- oder zweimal mit ihr ausgegangen. Sie war unscheinbar, schüchtern und fad.

Ein armes, vom Schicksal mißachtetes Ding, aber mein eigen...

Wir heirateten. Ich brachte Georgina ins Herrenhaus und sah die Enttäuschung auf Quentins Gesicht. Für Elizabeth war es keine Enttäuschung. Sie triumphierte in dem Kleid aus weißem Samt und mit ihren nachgemachten Juwelen. Ich richtete den Blick auf sie, dann auf die arme Georgina, und während ich mich von neuem in meine Schwester verliebte, fragte ich mich: Was hast du getan?

Der dritte Anfang, und der letzte...

Ich wollte einen Hausstand gründen. Ich wollte Kinder. Wenn schon nicht sechs, so doch ein paar. Doch ich hörte nicht auf die strenge Tochter der Stimme Gottes, und auch nicht auf die schrillere, nörgelnde Stimme meiner Frau, die lautstark verlangte, ich müsse ihr ein und alles sein, ein Ausgleich für lange

Einsamkeit, ein Mustergatte, der sie zärtlich liebte. Ich hörte auf meine Schwester.

Kommen wir also zu Elizabeths Todestag. Nein, Sie haben mir natürlich nicht geglaubt, als ich behauptete, daß ich abends immer in die Schulbibliothek ginge, um Recherchen für meine Arbeit anzustellen. Nur jemand, der so unbelesen und uninteressiert an Literatur ist wie Georgina, konnte das glauben. Abgesehen von der Selincourt and Darbyshire Collection Edition, deren Bände bei mir zu Hause stehen, sind die einzigen Werke über Wordsworth in der Schulbibliothek meine eigenen. Ich traf mich zu dieser Zeit immer mit Elizabeth im Wald. An jenem Tag hatten wir den Nachmittag zusammen verbracht, aber das reichte uns nicht. Die Schulferien würden bald zu Ende sein, und dann...? Einmal in der Woche ein Treffen zum Bridgespielen? Literarische Diskussionen mit Quentin, und Elizabeth als schweigsame Dritte? Wir vergingen vor Sehnsucht nacheinander. Wir verabredeten uns auf dreiundzwanzig Uhr im Wald.

Ich habe gesagt, daß Georgina meine Entschuldigungen gelten ließ, doch wenn sie dies hätte, wäre Elizabeth heute noch am Leben. Georgina mißtraute mir allmählich, und für eine so krankhaft eifersüchtige Frau wie sie erfordert Mißtrauen sofortiges Handeln.

Wir fuhren zum Herrenhaus und spielten Bridge. Kurz bevor wir gingen, schenkte Elizabeth Georgina einen Seidenschal. Sie schenkte Georgina immer eine Menge abgelegte Kleidung. Es belustigte sie wohl, meine Frau in ihren ausrangierten Modellkleidern zu sehen, da sie genau wußte, daß Georgina eine schlechtere Figur in ihnen machte als sie und mir dies auch auffallen würde, was zu dem naheliegenden ungerechten Vergleich führte.

Ich brachte Georgina nach Hause und fuhr wieder weg, um mich mit Elizabeth zu treffen. Kurz vor elf kam sie auf die Waldlichtung. Wir setzten uns auf einen Stamm, rauchten und redeten. Elizabeth hatte jene Taschenlampe aus dem Geräteraum mitgebracht, denn wegen der Wolken, die sich vor den Mond geschoben hatten, war es dunkel.

Ungefähr zwanzig Minuten nach elf meinte sie, es sei Zeit aufzubrechen. Georginas leichte Gereiztheit nach unserer Bridgepartie hatte sie nervös gemacht, und sie sagte, ein zu langer Aufenthalt im Wald bedeute, das Schicksal herauszufordern.

Ich hatte es mir zur Gewohnheit gemacht, nach unseren Treffen neben meinem Auto zu warten und ihr nachzusehen, bis sie die Straße überquert hatte und sicher im Park des Herrenhauses angelangt war, und so gingen wir Arm in Arm zum Auto. Auf dem Weg fiel uns ein anderes Auto auf, dessen Scheinwerfer suchend am Waldrand entlangstrichen, doch es fuhr weiter, und wir dachten nicht mehr daran.

Als wir zu meinem Wagen kamen, sagte Elizabeth, sie habe ihre Taschenlampe vergessen und müsse zurückgehen und sie holen, falls sie jemand fand und ihr dadurch auf die Spur kam. Ich wollte sie begleiten, aber sie meinte, sie könne gefahrlos allein gehen. Was könne ihr schon passieren? Ja, was schon? Ich nahm sie in die Arme und küßte sie, so wie ich sie an dem Tag geküßt hatte, als Twohey vor dem Fenster stand. Dann fuhr ich nach Hause. Georgina war nicht da, als ich zurückkam; ihr Auto auch nicht. Sie kam um Mitternacht heim, fröstelte in einer dünnen Bluse – denn ihren Pullover hatte sie auf Palmers Unkrautfeuer verbrannt –, und in der Hand hielt sie eine in Zeitungspapier eingewickelte, blutbefleckte Taschenlampe.

Sie war mir gefolgt, Mr. Wexford, und hatte gesehen, wie ich Elizabeth küßte, deshalb wartete sie bei dem Baumstamm, bis Elizabeth wegen der Taschenlampe noch einmal zurückkam. Was dann geschah, weiß ich nur nach dem, was mir Georgina erzählt hat. So schokkiert, so entsetzt war sie über das, was sie gesehen hatte, daß ihr seelisches Gleichgewicht, um es in der Sprache der Justiz auszudrücken, als gestört gelten muß. Sie versuchte, dies Elizabeth zu erklären, doch sie drückte sich unverständlich aus, war hysterisch, und Elizabeth lachte ihr ins Gesicht. Was sie, Georgina, denn glaube, dagegen unternehmen zu können, fragte sie meine Frau. Es liege in der Natur der Sache, daß unser Verhältnis nicht ewig Bestand haben würde. Georgina müsse warten, bis ich eines Tages zu ihr zurückkehren würde. Bestimmt würde sie es doch nicht auf einen Skandal ankommen lassen, der unumgänglich sei, wenn sie Szenen machte oder jemandem davon erzählte?

Elizabeth beugte sich vor, um nach der Taschenlampe zu suchen, die, wie sie dachte, hinter den Baumstamm gefallen war. Sie hatte sich geirrt. Georgina hielt die Lampe in der Hand, und während Elizabeth ihr den Rücken zuwandte, versetzte sie meiner Schwester damit einen Schlag. Immer wieder schlug sie auf sie ein, bis Elizabeth tot war. Georgina trug selber den Schal. Sie riß ihn sich von den Schultern und wischte sich die Hände daran ab. Dann ging sie über die Straße, stopfte den Schal in einen hohlen Baum und verbrannte ihren Pullover auf Palmers Unkrautfeuer.

Ist damit nicht alles gesagt? Als Georgina nach Hause kam und mir erzählte, was sie getan hatte, gestand ich ihr die ganze Geschichte. Ich erzählte ihr von der Erpressung und der Sache mit dem Schmuck.

Ich weiß, was Sie mich jetzt fragen werden. Warum habe ich als Geliebter und bester Freund meiner Schwester Ihnen meine Frau nicht unverzüglich ausgeliefert? Und wahrscheinlich haben Sie sich schon selbst die Antwort darauf gegeben, nämlich daß ich fürchtete, unser Verhältnis könnte ans Licht kommen. Aber ganz so war es nicht. Vor Gram und Entsetzen war ich wie gelähmt, doch sogar in diesem Augenblick wollte ich mein Leben retten. Nun, wo Elizabeth tot war, konnte ich vielleicht doch noch zur Ruhe kommen, meinen Frieden finden, glücklich sein und ein Leben ohne Lüge führen.

Der Mensch ist ein merkwürdiges Wesen, Mr. Wexford. Er hat sich so weit über die anderen Tiere erhoben, daß ihm Darwins Theorie absurd und als ungeheuerliche Beleidigung erscheint. Aber dennoch hat er den stärksten Instinkt mit ihnen gemeinsam: den Selbsterhaltungstrieb. Die ganze Welt um ihn herum kann in Schutt und Asche liegen, und er sucht dennoch nach einem stillen Winkel, in den er sich verziehen kann, und klammert sich an seine Hoffnung, daß es, ganz gleich, welche Schicksalsschläge ihn auch getroffen haben, nie zu spät sein kann.

In diesem Augenblick haßte ich Georgina. Ich hätte sie erwürgen mögen. Doch ich sagte mir, was geschehen ist, war meine Schuld. Ich hatte es getan. Ich tat es, als ich vor so vielen Jahren zu dem Fest ging. Statt gewalttätig gegen sie zu werden, nahm ich sie daher in die Arme und roch Elizabeths Blut an ihrem Haar und unter ihren Fingernägeln. Ich wusch die Taschenlampe ab und warf die feuchten Batterien weg. Georgina ließ ich ein Bad ein und wies sie an, sich die Haare zu waschen. Den Rock und die Bluse, die sie getragen hatte, verbrannte ich in dem Heizkessel in der Küche.

Ich sah keinen Grund, weshalb Sie Georgina verdächtigen sollten, denn sie hatte kein klares Motiv, und deshalb wurde ich auch so hysterisch, als Sie uns die Nachricht von dem Testament brachten. Meine Frau festzunehmen und sie wegen des falschen Motivs zu verurteilen! Welche Ironie des Schicksals.

Sie war sehr nervös und parierte Ihre Angriffe sehr schlecht. Als wir allein waren, erklärte sie mir, sie würde gern ein Geständnis ablegen, denn Sie und jeder vernünftig denkende Mensch würden Verständnis für sie haben. Ich hielt sie davon ab. Ich dachte, wir hätten noch eine Chance. Dann zitierten Sie mir diese Stelle aus Byrons *Lara*, und ich begann, mir vorbereitende Notizen zu dieser Erklärung zu machen.

Jetzt ist alles vorbei.

Sie werden Georgina nicht zu hart zusetzen, davon bin ich überzeugt, und mir ist klar, daß während ihres Prozesses jeder Zeitungsleser in diesem Land mit Leib und Seele Partei für sie ergreifen wird, und dies gilt auch für diejenigen, deren Stimme mehr Gewicht hat, den Richter und die Geschworenen. Sie wird zwei oder drei Jahre ins Gefängnis gehen, doch irgendwann wird sie wieder heiraten, die ihr unentbehrlichen Kinder haben und das geordnete und beschauliche Leben führen, nach dem sie sich sehnt. June hat schon vor langer Zeit wieder geheiratet. Bald wird Quentin seine kleine Holländerin als Gutsherrin von Myfleet heimführen, und wenn sie ihm untreu wird, so werden es ganz normale, alltägliche Seitensprünge sein, die mein Schwager mit einer ihm hoffentlich nicht zu schwerfallenden Fassung ertragen wird. Was Elizabeth angeht, so starb sie auf dem Gipfel ihrer Liebe und ihres Triumphs, und gerade rechtzeitig, um die Schmerzlichkeit des Altwerdens nicht mehr erleben zu müssen.

Tatsächlich ließe sich mit Wilde sagen, daß die Guten ein glückliches und die Bösen ein unglückliches Ende nahmen, denn dies ist der Sinn der Dichtung. Vielleicht sollte es auch der Sinn des wahren Lebens sein. Mit anderen Worten, ich habe meinen wohlverdienten Lohn empfangen. Ich habe keine Ahnung, was ich jetzt tun soll, aber ich halte es für unwahrscheinlich, daß nach dem Prozeß noch irgendeine Schulbehörde auf meine Dienste als Lehrer Wert legt.

Das ist mir herzlich gleichgültig. Ich glaube, der Skandal wird mir keine schlaflosen Nächte bereiten, und falls mich die Leute schneiden, so komme ich auch ohne sie aus. Den einzigen Menschen, ohne den ich nicht auskomme, werde ich nie wiedersehen, und diese Unerträglichkeit muß ich ertragen. Ich werde sie nie mehr in dem düsteren Wald oder im Halbdunkel des Stammhauses küssen, sie nie mehr in weißem Samt gekleidet sehen oder hören, wie man bewundernd ihren Namen nennt. Sie ist tot, und ihr Tod reißt eine Lücke in mein Leben, die durch nichts zu schließen ist.

Ihr Inspector fragte mich, was ich möchte, und es ist nichts geschehen, was mich zu einer Änderung meiner Antwort veranlassen könnte. Ich möchte sterben.

GALERIA KAUFHOF
Kaiser Joseph Str. 195, 79098 Freiburg

****
Kunde
****

Rendell,Polterab./		8.00 E
655 9783442133666		
T O T A L	EUR	8.00
B A R	EUR	10.00
RÜCKGELD	EUR	2.00
7.00 % MWST	EUR	0.52
NETTOWARENWERT	EUR	7.48

Der lange Galeria Samstag
bis 18.00 Uhr geoeffnet

Bitte den Kassenbon
für Umtausch aufbewahren

Steuer-Nr.: 5133/5884/1410

0026 000085 008 12.08.05 16:13

Forderung nicht möglich.

Unterschrift

Hiermit ermächtige ich das umseitig genannte Unternehmen, den umseitig ausgewiese Rechnungsbetrag von meinem umseitig durch Kontonummer und Bankleitzahl bezeichneten K durch Lastschrift einzuziehen.

Ich weise mein Kreditinstitut, das durch die umseitig angegebene Bankleitzahl bezeichnet ist, an Nichteinlösung der Lastschrift oder bei Widerspruch gegen die Lastschrift dem umseitig genan Unternehmen auf Anforderung meinen Namen und meine Adresse vollständig mitzuteilen, dami Ansprüche gegen mich geltend gemacht werden können.

Ich bin damit einverstanden, dass meine Daten für den Zweck der Zahlungsabwicklung elektror gespeichert und verarbeitet werden und im Falle der Nichteinlösung diese Tatsache in eine Sperr aufgenommen und an andere Unternehmen, die ebenfalls das Lastschriftverfahren anwenden Nutzung übermittelt wird. Eine Teilnahme am Lastschriftverfahren ist bis zur Bezahlung der off Forderung nicht möglich.

Unterschrift

Hiermit ermächtige ich das umseitig genannte Unternehmen, den umseitig ausgewies Rechnungsbetrag von meinem umseitig durch Kontonummer und Bankleitzahl bezeichneten K durch Lastschrift einzuziehen.

Ich weise mein Kreditinstitut, das durch die umseitig angegebene Bankleitzahl bezeichnet ist, a Nichteinlösung der Lastschrift oder bei Widerspruch gegen die Lastschrift dem umseitig genai Unternehmen auf Anforderung meinen Namen und meine Adresse vollständig mitzuteilen, dam Ansprüche gegen mich geltend gemacht werden können.

Ich bin damit einverstanden, dass meine Daten für den Zweck der Zahlungsabwicklung elektro gespeichert und verarbeitet werden und im Falle der Nichteinlösung diese Tatsache in eine Sper aufgenommen und an andere Unternehmen, die ebenfalls das Lastschriftverfahren anwende Nutzung übermittelt wird. Eine Teilnahme am Lastschriftverfahren ist bis zur Bezahlung der of Forderung nicht möglich.

Unterschrift

Hiermit ermächtige ich das umseitig genannte Unternehmen, den umseitig ausgewie Rechnungsbetrag von meinem umseitig durch Kontonummer und Bankleitzahl bezeichneten durch Lastschrift einzuziehen.

Ich weise mein Kreditinstitut, das durch die umseitig angegebene Bankleitzahl bezeichnet ist, a Nichteinlösung der Lastschrift oder bei Widerspruch gegen die Lastschrift dem umseitig gena Unternehmen auf Anforderung meinen Namen und meine Adresse vollständig mitzuteilen, da Ansprüche gegen mich geltend gemacht werden können.

Ich bin damit einverstanden, dass meine Daten für den Zweck der Zahlungsabwicklung elektr gespeichert und verarbeitet werden und im Falle der Nichteinlösung diese Tatsache in eine Spe aufgenommen und an andere Unternehmen, die ebenfalls das Lastschriftverfahren anwend Nutzung übermittelt wird. Eine Teilnahme am Lastschriftverfahren ist bis zur Bezahlung der c Forderung nicht möglich.